LE PAVILLON DE JADE

Heinz G. Konsalik

LE PAVILLON DE JADE

FRANCE LOISIRS
123, boulevard de Grenelle, Paris

Titre original : *Der jade Pavillon*
Traduit de l'allemand par Danièle Darneau

Édition du Club France Loisirs, Paris,
réalisée avec l'autorisation des Presses de la Cité.

ISBN 2-7242-8008-3

A mon épouse Ebbi,
ma meilleure collaboratrice, la plus courageuse
et la plus digne de confiance, qui, à deux reprises,
a sillonné la Chine à mes côtés.
Je lui dois plus que je ne saurais le dire.

PROVERBES CHINOIS

Il est facile de venir au monde
Il est difficile de devenir un homme.

Aucune route ne te paraîtra longue
Si un ami chemine à tes côtés.

Avant d'entreprendre de changer le monde
Fais trois fois le tour de ta propre maison.

1

Le temple du Sommet de jade

Yang Ling était paysan. Il vivait à Changli, petit village situé sur le haut plateau de Lijiang. Les habitations aux toits recouverts de pierres plates rapportées de la montagne avoisinante avaient été sommairement construites à l'aide de paille tressée, de glaise et de brique.

Yang Ling, donc, était un vieil homme osseux âgé de soixante-dix ans environ, de taille moyenne. Il avait transmis sa maison et ses champs à son fils aîné ; de beaux champs fertiles plantés de choux, de soja, de millet, d'arachides et de gingembre, sans compter les rizières en terrasses. Cependant, Ling n'était pas homme à se prélasser sur un banc, parmi les azalées, sur le devant de la maison ou dans la cour intérieure, tandis que ses belles-filles s'activaient en séchant le thé ou que ses petits-enfants s'ébattaient joyeusement sous ses yeux. Au contraire, il surveillait l'exécution des tâches quotidiennes d'un œil vigilant. Et ceci, de cinq heures du matin au coucher du soleil. En tant que patriarche de la famille, il était l'objet de la plus grande vénération. C'est pourquoi son lit, qui était assez large pour lui permettre de se mouvoir, bénéficiait du meilleur emplacement de la maison, à gauche de la porte d'entrée.

Le petit déjeuner de Ling était invariablement composé de petits pains à la vapeur accompagnés d'une soupe au riz, et le dimanche, d'un œuf frit, de galettes de soja, sans oublier le tofu, cette sauce au soja pimentée qui ne fait défaut dans aucune bonne maison. Le jour de son anniversaire, la femme de son fils aîné présentait au patriarche une poêle en fonte contenant des champignons noirs et des cœurs de chou cuits à la graisse de porc. S'y ajoutaient la grande bouteille thermos remplie d'eau chaude ainsi que la petite boîte contenant le thé vert sans lequel Ling n'envisageait pas de commencer sa journée.

Après le petit déjeuner, Ling boutonna sa veste Mao bleue, dont il refusait de se séparer en dépit des nombreux changements des dernières années. Il se rendit dans la remise et tourna trois fois autour du petit tracteur à trois roues qu'elle abritait. Bien sûr, le moteur cacochyme de l'antique véhicule pétaradait, les courroies d'entraînement en cuir présentaient le même aspect parcheminé que le visage de Ling, mais cela ne l'empêchait pas d'accomplir bravement sa tâche, comme s'il savait qu'il constituait le signe extérieur de richesse de son propriétaire.

Ling n'appartenait pas à la catégorie des paysans les plus pauvres. D'ailleurs, on n'en trouvait pas dans la région fertile du Yunnan, et encore moins dans la plaine de Lijiang, le berceau de la lignée des Naxis. Ling était un «entrepreneur» libre, qui avait fondé une entreprise de transports avec son tracteur et deux remorques construites par ses soins. Avec son équipement, il assurait l'acheminement des pierres destinées à la construction des maisons, des digues, des murs et des routes. Il pouvait, en outre, aller vendre du charbon de bois ou du chou chinois sur le marché de Lijiang et, de surcroît, installer les invités d'un mariage ou d'un enterrement sur la plate-forme de ses remorques pour les amener sur le lieu des festivités.

Ling avait réussi sa vie. Son fils aîné était devenu un bon paysan, à l'image de celui qu'il avait été lui-même autrefois. Les sillons des champs qu'il labourait avec son attelage de buffles étaient un plaisir pour les yeux.

Son deuxième fils avait ouvert à Dali un atelier de cordonnerie. Il tenait son échoppe dans la rue principale du vieux Dali et il était bien le seul cordonnier à la ronde en mesure de proposer trente-neuf sortes de talons, quatorze types de semelles, cinquante-deux fers à chaussures différents et vingt-neuf couleurs de cuir. Il avait même pu s'acheter un vélomoteur de la marque «Drapeau rouge», ce qui était le *nec plus ultra* en matière de vélomoteur.

Son troisième fils était dans les pièces détachées pour bicyclettes. Il possédait lui-même une bicyclette de la marque «Pigeon volant» qui avait coûté deux cent trente yuans et, lorsqu'il lui arrivait de venir rendre visite à son père à Changli avec une bouteille d'eau-de-vie de Dongjiu que Ling buvait à petites gorgées comme une médecine, les enfants du village faisaient cercle autour du vélo, en fixant Peixin (c'est ainsi que s'appelait ce fils qui avait réussi) d'un œil plein de respect.

Mais le plus important de la famille Yang était le quatrième fils, Huizi. Celui-ci était arrivé jusqu'à Kunming, la capitale de la province. Ayant eu l'intelligence d'adhérer au Parti communiste, il passait une partie de son temps à haranguer la populace. En contrepartie, il avait obtenu la licence nécessaire pour pouvoir conduire un taxi à trois roues, avec lequel il pétaradait à travers les rues poussiéreuses. On lui avait même accordé une place à la station de taxis officielle. Tous les mois, il faisait parvenir cinquante yuans à Changli, ce qui donnait lieu à la réunion d'un conseil de famille qui décidait de l'utilisation prioritaire de cet argent.

L'argent de Huizi, ce bon fils, était arrivé une fois de plus, et Ling avait sorti la petite boîte en bois de camphrier gravé pour compter les yuans économisés. C'était une somme rondelette avec laquelle on pouvait réellement faire un achat. Par exemple, elle pouvait servir d'acompte pour l'acquisition d'un nouveau tracteur. Mais Ling secoua la tête, s'assit sur un vase d'argile retourné, dans la cour intérieure de la maison, et regarda Xu Yunpei, sa femme. Cette dernière lui avait donné sept enfants, et Ling s'estimait heureux d'avoir fait son temps. En effet, les hommes jeunes étaient désormais contraints par les autorités à se limiter à un seul enfant, le deuxième ne pouvant être conçu qu'après réponse favorable à une demande d'autorisation préalable et le troisième étant impitoyablement éliminé. A présent, Yunpei était ratatinée comme une racine de ginseng, mais Ling l'aimait toujours et ne jugeait pas utile d'entretenir une liaison secrète avec une quelconque concubine rencontrée occasionnellement et en cachette dans la montagne.

— Ecoute, mon Lac d'automne paisible, dit il.

C'était ainsi qu'il appelait Yunpei depuis sa quatorzième année, l'année de leur rencontre à la Fête du Dragon, au temple des Cinq Phénix, sur l'étang du Dragon noir. Il avait dégusté avec elle des boulettes de riz gluant entourées de feuilles de bambou. Un seul regard de ses yeux brillants avait suffi, et son nom s'était imposé: « Lac d'automne paisible ». Peu après, ils s'étaient mariés, avaient eu leurs enfants, agrandi leurs champs, et même réussi à survivre à la Révolution culturelle de Mao Tsé-Toung. Car Ling était un gars futé. A peine la révolution destructrice avait-elle commencé qu'il tendit au-dessus de la porte de sa maison une banderole de tissu rouge comportant cette pensée inscrite en lettres blanches : « Sous le ciel, seul compte le bien-être de la communauté. » D'autres pensées de Mao décoraient chaque porte de la maison : « Servir le peuple », « Une vie entière pour le Parti, pour la Révolution ». Plus impressionnant encore était le mot d'ordre inscrit sur un calicot qui traversait la cour intérieure de part en part : « Pour la grande communauté, contre les intérêts individuels ». Grâce à quoi, la famille Yang fut sauvée de l'extermination et du travail obligatoire. A la mort de Mao, en 1976, la première action de Ling fut d'enlever toutes les pensées qui ornaient sa maison.

— Ecoute, reprit-il, relevant la tête vers Yunpei. Je ne vais pas bien. L'estomac. J'ai mal. Je deviens de plus en plus faible. Hier, j'ai failli tomber du tracteur dans une petite courbe de rien du tout. En quarante ans, cela ne m'était jamais arrivé. Quelque chose me dévore de l'intérieur.

Yunpei garda le silence. Elle n'avait jamais beaucoup parlé au cours de sa vie, à quoi bon, d'ailleurs ? Tout ce que disait Ling, tout ce qu'il faisait était juste, et il n'est pas bon qu'une femme se mêle de parler, si elle n'en connaît pas plus long que son mari. Elle s'était toujours contentée de regarder Ling et d'acquiescer. Il lui témoignait un grand amour, un amour hors du commun, en l'informant de ce qu'il avait fait et de ce qu'il avait l'intention de faire. Durant toute sa vie, elle avait été heureuse d'avoir un mari tel que Ling, qui ne la jetait pas sans un mot sur la couverture pour la prendre brutalement, mais était tendre, la caressait et lui embrassait les seins.

— Tu es malade ? demanda-t-elle d'un ton d'excuse d'avoir osé prononcer une chose semblable.

— Oui.

— Et tu es allé trouver Kuang Yemei ?

C'était une question stupide ! Ling regarda sévèrement sa femme. Kuang Yemei était le guérisseur du village de Changli, un guérisseur comme en possède chaque village, qui a la connaissance de la médecine millénaire, telle qu'elle est fournie par la nature. Où se trouvait le docteur le plus proche ? A Lijiang, ou à Dali, et les très bons docteurs, les professeurs, donnaient leurs consultations à Kunming, à quatorze heures de bus.

— Kuang a dit : « Ce sont des humeurs impures ! » Oui, voilà ce qu'il a dit.

Ling se racla la gorge, rassembla les mucosités dans sa bouche et cracha dans un petit pot rond en argile peinte.

— Et il a dit aussi : « Tu es vieux, c'est comme le moteur de ton tracteur qui rouille, qui grince, qui cliquette, et qui va un beau jour éclater en morceaux. Je peux te donner quelque chose contre la douleur, mais seuls les docteurs de Kunming pourraient trouver ce que tu as. Je me suis laissé dire qu'ils ont des appareils avec lesquels ils regardent dans le ventre. Veux-tu y aller ? »

— Oui, veux-tu aller à Kunming ? répéta Yunpei, après que

Ling se fut tu et eut pris une profonde inspiration, car de nouvelles mucosités obstruaient sa gorge.

— Non. Autant jeter mon argent par la fenêtre.

— Tu veux mourir ? Tout simplement te laisser mourir ? Tu penses que ta vie est terminée ?

Ling secoua la tête. Il se leva, traversa la cour, sortit et tourna son regard vers les treize sommets enneigés du Yulongxue Shan qui étincelaient au loin, dominés par la montagne du Dragon de jade.

— C'est là-haut que je vais aller, dit-il. C'est là mon dernier espoir. Au monastère du Dragon de jade. Il s'y trouve un moine du nom de Deng Jintao, on dit que ses mains ont été bénies par Bouddha.

— Il paraît que Deng Jintao est un vieil homme, un très vieil homme, qu'il n'y voit presque plus et qu'il ressemble à du cuir desséché. Du moins, c'est ce qu'on raconte.

Yunpei se tut, elle en avait déjà trop dit, ce qui était inconvenant, si Ling plaçait son dernier espoir dans ce lama. Vivre, c'est espérer. Qui vit sans espoir n'a pas sa place en ce monde.

— J'ose te faire part de mes pensées stupides et sans intérêt. Tu as compté l'argent, Huizi a encore envoyé cinquante yuans, nous pouvons aller à Dali ou à Kunming pour consulter un spécialiste. Peut-être te fera-t-il un prix, en tant que membre du Parti. Mao a dit...

— Il a dit beaucoup de choses que plus personne ne veut entendre aujourd'hui.

Ling cracha une nouvelle fois, cette fois-ci, ce fut un long jet, qui atterrit sur la route de terre.

— Aujourd'hui, poursuivit-il, les gens ne pensent plus qu'à gagner de l'argent, ils veulent devenir riches, aussi riches que ceux qu'ils voient à la télévision dans les films de Hong Kong. Les camarades qui nous gouvernent n'expriment plus les mêmes pensées que Mao. Qu'a dit Teng Hsiao-Ping récemment ? « Peu importe que le chat soit blanc ou noir, l'important, c'est qu'il attrape des souris. » Et ils veulent tous attraper des souris, de belles souris bien grasses en forme de yuans, y compris les docteurs de la ville.

Ling contempla l'imposant sommet enneigé de la montagne du Dragon de jade, qui semblait avoir poussé dans le bleu profond du ciel, comme un pont jeté entre l'univers et l'éternité.

— Deng Jintao le fera gratuitement.

— Existe-t-il un seul moine au monde qui ne tende pas la main ?

— Celui-ci n'accepte que des offrandes, des dons qu'on lui apporte de son plein gré, m'a-t-on dit.

— Et combien vas-tu donner ?

— Comment veux-tu que je le sache ? Mieux il me guérira, plus je lui donnerai.

— Et s'il te guérit entièrement, tout l'argent y passera.

— Est-ce que mon corps, est-ce que ma vie ne valent pas un peu d'argent ?

Il cracha pour la troisième fois et rentra dans la maison. Dans la cour, il but encore une tasse de thé vert et sentit combien son estomac l'absorbait avec reconnaissance.

— Je vais me rendre au monastère aujourd'hui même.

— Mon indigne personne pourra-t-elle t'accompagner ? demanda Yunpei, en baissant humblement la tête.

— Pourquoi ?

— Je t'ai accompagné pendant plus de quarante ans.

Ling lui fit la grâce d'acquiescer. « J'ai une bonne épouse », pensa-t-il. Depuis le jour de leur mariage, elle ne lui avait réservé que des satisfactions. Elle avait mis ses enfants au monde et entretenu sa maison, elle avait ouvert la terre derrière les buffles dans les rizières, elle avait entretenu les terrasses de légumes, elle avait arraché les mauvaises herbes et fait les récoltes. Dans les grandes corbeilles qu'elle avait tressées elle-même, elle avait transporté, pendus à son épaule, non seulement les produits des champs, mais aussi de la terre, des pierres, des plaques de roche. Elle avait fait cuire les tuiles de glaise et la vaisselle dans le four de la ferme, et fabriqué de la bonne chaux de construction à partir de la pierre à chaux.

Et jamais elle ne s'était plainte, jamais elle n'avait eu un mot désagréable. Simplement, le soir, elle se jetait souvent comme assommée sur le lit, mais jamais pourtant sans se rapprocher de lui, son époux, pour sentir sa chaleur. Ling s'estimait heureux, c'était la raison pour laquelle il s'irritait du comportement de ses belles-filles qui avaient un train de vie tel que l'on aurait pu croire que leurs époux gagnaient au moins mille yuans par mois.

— Tu devrais te faire examiner en même temps que moi, Lac d'automne paisible, dit Ling, en s'emparant de sa main décharnée et calleuse.

Ces mains-là n'avaient jamais déclaré forfait, c'était en grande partie grâce à elles que le petit paysan Ling était devenu le prospère Yang Ling.

— Toi aussi, tu es malade, ajouta-t-il. Je le sais depuis des semaines. Mais jamais tu ne te plains.

— Les plaintes pourraient-elles changer quoi que ce soit ?

Elle retira sa main. Cela faisait des années qu'il ne l'avait touchée, sauf pour l'encourager au travail, ou par hasard, en chargeant la remorque du tracteur. Depuis de longues années, il dormait seul dans son large lit, ce lit dans lequel il avait engendré ses sept enfants. Il avait besoin de place, il se retournait en dormant, il grognait, gémissait et se réveillait en sursaut, pour cracher copieusement dans le petit récipient posé à cet effet à côté du lit. Yunpei dormait sur un mince matelas de mousse près de l'âtre et elle n'en éprouvait nulle contrariété, car le couchage était plus moelleux sur cette nouvelle matière synthétique que sur le vieux matelas maintes fois réparé dont le rembourrage s'échappait çà et là du tissu.

— Mettons-nous en route !

Ling finit son thé, remit le couvercle sur la tasse qu'il posa à côté de la bouteille thermos.

— Prépare des couvertures, des caleçons, des vestes matelassées, des tricots et trois paires de bas pour chacun. Et les bottes en peau de castor. Et les bonnets de fourrure à oreilles. Il peut faire froid là-haut, sur la montagne du Dragon de jade.

— Nous allons rester dans les montagnes, Ling ?

— Oui, jusqu'à ce que Deng Jintao nous dise : « Retournez dans votre village, humbles mortels. La maladie a fui vos corps pour rejoindre les esprits du feu. Vos corps sont purs désormais. »

— Et s'il ne le dit pas ?

— Il dira quelque chose, Lac d'automne paisible. Il dira : « la vie », ou il dira : « la mort ». Peu importe. Ensuite, nous lui donnerons notre présent et nous nous en retournerons dans notre village. Quoi qu'il en soit, nous rapporterons au moins une chose : nous saurons ce qui nous attend. La solitude d'un homme qui ne sait pas ce qui l'attend est immense, ses pensées elles-mêmes ne peuvent l'accompagner.

Yunpei, qui comme toujours avait pour tâche de pourvoir à la réalisation des idées de Ling, se précipita dans la maison afin de préparer des paquets avec les couvertures, les vêtements et tout le nécessaire pour un voyage de longue durée. Leur belle-fille versa de l'eau bouillante dans trois grandes thermos de quatre litres chacune et bourra un sac de lin avec du thé vert. Si d'aventure une tempête de neige ou une tempête de sable venaient à se produire sur la route du temple du Sommet de jade, si le voyage venait à se prolonger, si la nourriture venait à manquer, si, sur le haut plateau dénudé, il ne se trouvait ni racine, ni arbuste, ni haie, ni plante pour calmer leur faim, deux gorgées de thé vert maintiendraient leurs forces.

Ling s'occupa de son tracteur. Il graissa les arbres et les

pignons, nettoya le moteur, tira sur les courroies d'entraînement, contrôla les essieux et les roues. Il n'aurait pas été plus minutieux pour préparer un voyage à Shanghai ou tout là-haut dans le Nord, en Mongolie ou au Tibet. Pour finir, il accrocha la remorque plate et, mains dans le dos, suivit d'un œil satisfait les efforts de Yunpei qui, aidée de sa belle-fille, apportait les lourds ballots, puis les hissait sur la plate-forme. Il entrait dans ses attributions d'entretenir sa machine, tandis que l'intendance était dévolue aux femmes. La répartition était équitable.

Avant que Ling ne s'assît sur le siège de fer troué du tracteur, Yunpei, attentionnée, y plaça un coussin plat. Le séant de Ling n'était plus très charnu, les os pointaient sous la peau jaunâtre et plissée, et il lui arrivait souvent, en rentrant des champs ou de quelque transport de louage, de s'asseoir dans les eaux froides de la rivière qui traversait Changli, puis de demander à Yunpei de lui frotter les fesses et le bas du dos avec de la graisse de mouton. Il lui arriva même un jour de saigner de la fesse gauche. Il consulta alors Kuang Yemei, le guérisseur, qui lui appliqua une mixture de plantes fleurant l'aubergine. Il avait payé un yuan pour ce traitement. En deux jours, il avait été guéri de la douleur et de la plaie, qui avait disparu comme par magie. Les cadeaux dont on couvrait Kuang Yemei, y compris en dehors des traitements, étaient amplement justifiés. D'autant plus vif et compréhensible était le courroux du guérisseur vis-à-vis du prêtre bouddhiste Deng Jintao qui vivait au milieu des rochers de la montagne du Dragon de jade. Personne ne savait d'où ce dernier était venu, et Chen Xue, le moine le plus âgé, supérieur du monastère, restait silencieux lorsqu'on lui posait la question.

— C'est par la grâce de Bouddha qu'il nous a été envoyé, répondait-il adroitement, car personne n'osait mettre en cause la bienveillance de Bouddha. C'est un sage, un guérisseur, un œil qui voit à l'intérieur des êtres humains. S'il te dit : « Tu vas vivre », tu continueras à vivre. Mais s'il te dit : « Tu vas mourir », alors fais le tour de ta maison et cherche le meilleur endroit pour déposer ton corps dans la terre. Oui, tel un fils de Bouddha, il est apparu soudainement, comme descendu du sommet du Yulongxue sur un nuage, et il m'a immédiatement guéri d'une mauvaise toux avec cinq gouttes d'un liquide contenu dans un flacon de verre rouge.

Il n'était donc pas surprenant que le nom de Deng Jintao fût sur toutes les lèvres. Kuang Yemei, dans sa petite échoppe de guérisseur remplie de poudres et de mixtures, de serpents, de crapauds et de lézards desséchés, de racines tordues et de récipients pleins de vers vivants, lorsqu'il était seul et sans témoin, passait son temps à proférer les pires imprécations. Il connaissait les secrets des médications millénaires, il guérissait les diarrhées et les faiblesses de la vessie, les maladies infantiles et autres maux de tous ordres, depuis les plaies infectées jusqu'aux maladies de la femme. Il préparait des mélanges de pommades contre les boutons et parvint même à guérir un paysan qui avait rapporté une syphilis de Kunming. Bien sûr, le pécheur avait échappé de peu à la mort par suite d'un surdosage de mercure, mais, depuis trois ans, il coulait des jours paisibles sans la moindre rechute et, qui plus est, avait engendré un fils en excellente santé.

Est-ce que cela ne comptait plus ? De quel succès tangible ce Deng Jintao pouvait-il donc se prévaloir ? Des rumeurs, des histoires qu'on colportait, des actions miraculeuses enveloppées de brouillard ne constituaient aucune preuve concrète. Car quiconque, après un séjour au monastère du Dragon de jade, retournait dans son village, restait muet sur sa maladie et sur sa guérison. Cette discrétion était observée aussi bien par les habitants de Changli que par ceux des villages environnants du vallon des Collines du Lion, ainsi que par ceux qui vivaient dans les villages de la minorité des Naxis sur le haut plateau, ou même à Lijiang. Deux médecins, qui avaient ouvert leur cabinet à Lijiang après avoir fait leurs études à la fameuse université de Chengdu, constataient en grinçant des dents que des patients qu'ils avaient abandonnés redescendaient de la montagne du Dragon de jade apparemment guéris. Comme, par exemple, le coiffeur Gu Changwei : celui-ci réouvrit son échoppe sur la place du marché et recommença à raser les barbes et à couper les cheveux comme s'il n'avait jamais souffert de tuberculose pulmonaire.

— Ce moine est un charlatan ! disaient les médecins à leurs patients, gagnés par l'impatience. Il trouble l'esprit des gens avec des maximes, des bâtonnets d'encens, des gouttes inefficaces ou des pilules au-dessus desquelles il balance des encensoirs et, pour finir, il leur dit : « Partez, vous êtes guéris. » Et tout à coup — écoutez-moi bien, mes chers frères et mes chères sœurs — ils s'écroulent sans prévenir et ils sont morts. Il ensorcelle les gens, mais jamais la sorcellerie n'a reconstitué un os pourri. Quiconque se rend chez Deng Jintao devrait auparavant choisir sa sépulture.

La renommée de Deng Jintao grandissait cependant comme le riz dans une bonne année. Depuis six mois, il existait un service d'autobus qui se rendait deux fois par mois au temple du Sommet de jade. Le patron de l'entreprise, un homme aux oreilles pointues originaire de Dali, exigeait trois yuans pour ce trajet effectué dans un bus dont les amortisseurs craquaient et dont le moteur émettait un hululement plaintif à la moindre petite côte. Mais le bus était plein tous les quinze jours. Les malades en surnombre n'hésitaient pas à voyager sur le toit, se cramponnant aux barres d'appui, et ce, pour la somme de deux yuans.

Voilà pourquoi Yang Ling était en route vers les montagnes, sur son propre petit tracteur à trois roues, sa femme Xu Yunpei installée sur la remorque entre les ballots de couvertures et de vêtements chauds. Elle avait placé la grande thermos d'eau chaude, ainsi que le sac de thé vert, à côté d'elle, afin d'être en mesure de servir Ling immédiatement, au cas où il réclamerait sa boisson.

La matinée avait été ensoleillée, mais le ciel se voilait de plus en plus avec l'altitude. Lorsqu'ils eurent atteint le vaste haut plateau presque entièrement dénudé, Ling coupa le moteur, réclama son thé, avala quelques longues gorgées et pointa le doigt en direction de la montagne du Dragon de jade saupoudrée de blanc. De larges ruisseaux d'eau claire et glacée traversaient le plateau pour se transformer, en bas dans la vallée, en rivières qui apportaient la vie aux champs et aux rizières.

— C'est là-haut qu'il nous faut aller, dit Ling après que Yunpei eut bu son thé elle aussi. C'est là-haut que se trouve le temple du Sommet de jade.

— Est-ce très haut, ô homme plein de courage ?

— On prétend que le temple se trouve à trois mille trois cent cinquante mètres. Ce sont des géologues qui ont fait les calculs, il faut les croire.

— Nous allons grimper là-haut, avec nos paquets sur le dos ?

— Les moines ont tracé un chemin, c'est un chemin étroit et plein de pierres, mais c'est un chemin. Si le bus de Dali réussit à monter, nous réussirons aussi. Le chauffeur du bus le fait pour de l'argent, et moi je le ferai pour sauver ma vie.

Le trajet fut une torture pour le vieux moteur, qui gémissait, toussait et émettait des sons qui n'étaient pas sans évoquer des pleurs, et le pot d'échappement laissait échapper une fumée noire et graisseuse, pétaradante, comme sortie du canon d'une arme à feu. Mais Ling ne prit pas le risque de s'arrêter pour accorder un petit répit au moteur. Il savait que celui-ci ne pourrait pas redémarrer, qu'il se buterait comme un âne fatigué qui se laisse rouer de coups de bâton plutôt que de bouger. « Tout a une âme, pensa Ling. Même le moteur d'un tracteur... Plus que quatre tournants, quelques lacets encore, et nous serons en vue du temple. Chen Xue et ses frères nous ont aperçus depuis longtemps. Avant tout, ils ont senti que Yang Ling et Xu Yunpei faisaient route vers leur monastère, car ils sentent venir le vent, avant qu'il ne souffle sur les montagnes, ils sentent la neige, avant qu'elle ne tombe, ils voient venir les fleurs des arbres, des buissons et des plantes avant leur éclosion. Le regard de Bouddha habite leurs yeux. Honorable Chen Xue, c'est le plus mauvais de tous les hommes, le pauvre ver de vase, le misérable paysan Yang Ling qui vient à toi. »

Ling, à bord de son tracteur prêt à rendre l'âme, avait fini par atteindre le petit parc de stationnement que les moines avaient construit à l'aide de pierres plates taillées dans les rochers et recouvertes d'une chape de ciment. Des pins aux formes tourmentées et des azalées tordues par le vent entouraient l'emplacement et formaient une allée clairsemée qui conduisait aux quarante marches à l'extrémité desquelles se trouvait le temple du Sommet de jade. Les couleurs rouges, bleues et jaunes des ornements du toit qui représentaient des têtes d'oiseau, des gueules de dragon et des figures allégoriques, chatoyaient dans le soleil de l'après-midi.

Sur la plus haute marche de l'escalier se tenait une fine silhouette courbée, tout en os, enveloppée dans une robe de prêtre d'un rouge délavé, qui égrenait un chapelet dans ses doigts décharnés.

Ling et Yunpei se prosternèrent. Yunpei portait, ficelé sur son dos, le lourd paquet contenant les cadeaux. Elle n'en ressentait pas le poids, heureuse de porter l'offrande de Ling au monastère.

Ling, qui lui ne portait rien, se frappa trois fois la poitrine de ses bras et dit, plein d'humilité :

— C'est un bon à rien, un parasite, un être indigne de vivre qui te salue et demande ton aide. Même si ma vie est inutile, ô grand sage, je ne souhaite pas mourir maintenant. Je voudrais profiter de quelques années encore pour pouvoir contempler le lever et le coucher du soleil, je voudrais pouvoir encore irriguer mon riz, couper mon chou, saler mes légumes, sortir mon gingembre de la terre, cueillir mes mandarines et déguster le porcelet à la chair tendre.

— Tu es donc malade ? demanda le moine.

Il parlait d'une voix profonde et tremblante, étonnamment monocorde.

— C'est la raison pour laquelle tu me vois ici devant toi, dans la poussière, ô Maître.

Chen Xue — car c'était bien lui — tendit le bras et indiqua un bâtiment constitué de différentes parties et recouvert d'une peinture jaunie, auquel on accédait par un chemin de pierre. C'était la résidence des moines, qui comprenait une cuisine, les cellules, une pièce qui faisait office de salle de réunion durant les mois d'hiver, car elle contenait un poêle en terre, et, derrière un passage constitué de piliers de bois peints en rouge, une salle toute en longueur, aux murs recouverts de papier peint avec art, où l'on avait installé un comptoir. Cette dernière pièce était la boutique ouverte aux pèlerins. On pouvait y acheter des sculptures en jade ou en verre de couleur représentant la montagne du Dragon de jade, des poupées en costume national naxi, des sceaux en pierre et des pinceaux, des lavis et des colliers en os de yack. Et maints objets d'un goût douteux et autres souvenirs fabriqués industriellement, qu'un négociant de Kunming montait au temple deux fois par an.

— Dans trois ans, vous pourrez ouvrir un supermarché ! avait prédit le négociant, un homme affable appartenant à l'ethnie des Dongs. Et ensuite, vous verrez débarquer les Ricains, qui viendront ici pour tourner leur premier film policier lama. Vous serez découverts.

Mais Chen s'était contenté de secouer la tête d'un air entendu, et avait désigné les montagnes de la chaîne du Yulongxue Shan.

— Est-ce que tu vois le Shanzidou ? demanda-t-il. Là-bas, à droite. On a réussi à conquérir tous les sommets de l'Himâlaya, mais on n'a jamais pu conquérir le Shanzidou. Jamais personne n'a atteint le sommet. Rappelle-toi ce qui est écrit dans les textes anciens des écritures Dongba du peuple naxi : « A l'ère où le ciel et la terre n'étaient pas encore séparés, le dieu de pierre chantait encore, les arbres marchaient et les cailloux parlaient. » Il en sera toujours ainsi, mon frère. Le ciel et la terre sont toujours frère et sœur dans le Lijiang. L'homme peut bien détruire la terre, il ne pénétrera jamais dans le Shanzidou. Il existe encore des frontières posées par Dieu.

Ling comprit le geste du lama. Il toucha le bras de Yunpei, se prosterna encore une fois devant Chen et s'engagea dans le chemin de pierre qui montait vers la résidence des moines. Avant d'ouvrir la porte laquée de rouge, il s'aperçut avec effroi qu'il avait omis de s'enquérir de Deng Jintao, le grand guérisseur, car il se pouvait qu'il se fût trompé de jour et que la main bienfaisante de Bouddha fût occupée par ailleurs. Cependant, Chen avait indiqué ce chemin-là, ce qui signifiait donc que le saint homme était disponible.

Le sol du jardin intérieur était recouvert de carreaux d'argile. Quelques vieux tabourets de bois, ainsi que quelques petites tables, étaient disposés çà et là. Des fleurs magnifiques étalaient leur parure, comme si cet endroit accroché au flanc d'une montagne neigeuse ne connaissait jamais d'hiver. Mais c'est un grossier magnolia à la large cime qui suscitait l'admiration et le respect des visiteurs, car Chen prétendait sans sourciller que cet arbre était âgé de plus de mille ans. Le sauvage Khublai Khan en personne se serait tenu devant cet arbre, et — n'oublions pas qu'il n'était qu'une brute inculte — aurait uriné contre le tronc. C'est pour cette raison que l'arbre aurait pris cet aspect grossier.

Une histoire comme celle-là méritait bien une petite offrande. On ne pouvait pas dire que le temple du Sommet de jade tombait en ruines par manque de moyens. Dans la salle de prière, un bouddha en or flambant neuf témoignait de la ferveur des fidèles.

Ling et Yunpei étaient restés sur le seuil du jardin intérieur et attendaient, pleins de déférence, que quelqu'un les priât d'entrer. Ling remarqua, à côté de l'accès à la cuisine, une grande bouteille thermos un peu cabossée, des tasses et une petite boîte à thé en bois de rose. S'agissait-il d'un thé aux propriétés curatives contenant des herbes connues du seul Deng Jintao ?

Ling avança d'un pas, tendit la main derrière lui, attira Yunpei et nota qu'elle tremblait. L'heure présente constituait pour elle le grand événement de sa vie. Elle avait pensé au début que ce serait la naissance d'un enfant, mais, après sept accouchements, il ne lui était resté de ce mystère que le souvenir d'une douleur qu'elle maudissait.

Ling fit signe à Yunpei de détacher de son dos le baluchon contenant les cadeaux, puis, armé de tout son courage, s'avança vers le magnolia millénaire. Sous les larges branches qui formaient une sorte de toit, il aperçut une colonne de bois sculptée avec art, laquée d'or, dont la décoration représentait un combat de dragons. Un pavillon miniature, en jade vert et brun, était posé sur la plate-forme de la colonne. Un petit dragon doré, à la gueule grande ouverte, trônait sur le toit du pavillon. Malgré cette gueule ouverte, le dragon ne semblait pas cracher le feu destructeur, on avait plutôt l'impression qu'il riait.

Un dragon qui riait... Ling en resta stupéfait. Jamais il n'avait vu une chose pareille. Le rire est un signe d'amitié, et un dragon qui rit peut être considéré comme un ami... Etait-ce possible ? Le grand sage Deng Jintao avait-il pour compagnon un dragon qui ne dévorait pas les hommes ? Etait-ce de ce dragon qu'il tenait cette force qui lui permettait de guérir quand les autres disaient : « Cherche l'emplacement de ta sépulture » ? Ling se trouvait-il face au souffle de la toute-puissance de Bouddha ?

Le son d'une voix lui parvint depuis le seuil de la salle de réunion. Il sursauta effroyablement, et Yunpei tomba à genoux derrière lui. Un très vieux moine en robe rouge pâle, un moulin à prières à la main, était entré dans la cour. Il leva sa main libre en signe de salut. Sa coiffe de lama en laine de yack brodée de bandes dorées lui recouvrait une partie du visage. On ne voyait réellement que ses yeux, de couleur sombre, qui paraissaient jeunes et éternels comme les montagnes enneigées. Deng Jintao, l'Immortel ?

Ling tomba à genoux, un vertige le saisit, et toute sa fatigue, toute sa douleur interne, s'envolèrent comme une fumée balayée par le vent. Son trouble fut à son comble lorsque, derrière Deng Jintao, apparut une femme aussi vieille que lui, qui marchait courbée, sa robe jaune flottant autour d'elle, les mains cachées dans des gants de laine multicolore, peut-être bien parce qu'elles n'étaient plus que des os dénués de toute chair. Une morte, qui continuait de vivre par la grâce divine ? Ling ferma les yeux pour se réfugier dans les ténèbres.

— De quoi souffres-tu ?

La voix de Deng Jintao était cassante.

— As-tu peur de la mort ? A ton âge ?

— Oui, ô Seigneur plein de sagesse.

— D'où viens-tu ?

— De Changli, Seigneur.

— Changli...

Le vieillard sembla fouiller sa mémoire, puis poursuivit :

— Je connais Changli. J'ai passé une nuit là-bas.

— Quand, ô Maître ?

— Le temps ne compte pas. J'ai dormi au chaud par une nuit froide, parmi les bottes de paille de riz.

— Il y a sûrement longtemps, Maître.

— Si longtemps que je l'avais oublié, le nom de Changli a réveillé mon souvenir.

Deng Jintao fixa un point dans le lointain au-dessus de la tête courbée de Ling, par-delà les murs qui les entouraient. « Est-ce que deux ans sont une longue période ? se demanda-t-il. C'est une question de point de vue. Chaque jour qui passe est un pas vers l'éternité, un trésor qui s'enfuit irrémédiablement. Pense que chaque journée nouvelle est une goutte de ton sang qui s'échappe de ton corps. Ne laisse pas cette goutte se perdre dans le sable. »

— Où as-tu mal ? demanda-t-il.

Au son de sa voix, Ling eut un nouveau sursaut.

— Partout, ô Maître.

— As-tu pris un bain aujourd'hui ?

— Tôt ce matin. Comme chaque jour. Dans la rivière. Et je vais recommencer ce soir. Je me baigne dans l'eau froide de la rivière depuis ma plus tendre enfance. Autrefois l'eau me permettait de me rafraîchir, maintenant je dois me réchauffer dans des étoffes de laine.

Deng Jintao hocha la tête sans répondre. Il se dirigea vers la petite table, dévissa la bouteille thermos, remplit deux tasses de thé et les déposa devant le petit pavillon de jade. Il fit tourner le moulin à prières au-dessus, murmura quelques mots inintelligibles et posa ses mains sur les couvercles.

Il remit les tasses à Ling et à Yunpei qui s'étaient agenouillés pour recevoir le liquide brûlant qu'ils goûtèrent avec précaution. Bien entendu, c'était du thé vert naturel, comme le consomment des milliers de Chinois, mais il avait pourtant un goût particulier. Ling s'en aperçut aussitôt : on y avait ajouté quelque chose d'amer, et sa langue décela aussi du gingembre. Lorsqu'il eut absorbé la première gorgée, il eut l'impression que son tube digestif était devenu incapable de ressentir quoi que ce soit. Mais, de même que Yunpei, il but courageusement tout le contenu de la tasse, puis il leva un regard plein de déférence vers Deng Jintao. Les douleurs de son estomac s'estompaient. Le guérisseur Kuang Yemei avait été incapable d'obtenir ce résultat, bien qu'il le traitât depuis des semaines avec ses gouttes, ses poudres et ses herbes.

Deng Jintao désigna un banc peint en jaune qui se trouvait le long du mur. Ling se leva, traversa le jardin en traînant les pieds et s'étendit sur les planches. Yunpei le suivit comme son ombre.

Deng Jintao se pencha au-dessus de lui, releva la veste Mao jusqu'à son menton, mettant à nu un ventre décharné, et fit glisser ses mains sur la peau couleur de cuir. De temps à autre, il appuyait ici ou là, et lorsque Ling pinçait les lèvres, il hochait la tête et continuait à palper.

— Est-ce que tu bois ? demanda-t-il brusquement.

Ling s'affola. Que répondre ?

— Rien qu'un tout petit verre, de temps en temps. Cela réveille les sens.

— De vin ou d'alcool ?

— D'alcool, ô Maître. — Ling sentait la honte le gagner. — Rien qu'un petit verre d'eau-de-vie des trois fleurs.

— Dans un estomac vide ?

— Oui, avant de prendre mon bain dans la rivière. Je sens ma fatigue s'envoler.

— Mais ton estomac brûle. Tes renvois sont aigres.

— Oui, mais depuis quelques semaines seulement, Maître, alors que je bois mon eau-de-vie depuis plus de cinquante ans.

— Cela fait cinquante ans que tu tourmentes ton estomac. A ton tour maintenant d'être tourmenté pendant quelque temps.

Le vieux lama disparut dans ses appartements, pour réapparaître muni d'un tube incolore, au bout duquel brillait un instrument chromé qui avait l'aspect d'une petite lampe terminée par une loupe. Rempli de crainte, Ling regarda fixement l'appareil et contracta tous ses muscles.

— Je vais introduire ce tube dans ton œsophage, jusqu'à ton estomac, dit Deng Jintao, en se penchant sur un Ling terrifié, dont il releva la tête. Je vais regarder dans ton estomac et sortir la maladie de sa cachette.

— Regarder ? Dans mon estomac ? Dans mon intérieur ? bégaya Ling, se raidissant de plus belle.

— Même si je te l'expliquais, tu ne comprendrais pas. Cela s'appelle l'endoscopie. J'éclaire l'intérieur de ton estomac, ce qui me permet de voir tout ce qui s'y passe. Je vais peut-être bien aspirer un petit bout de la muqueuse, pour avoir ta maladie sous les yeux.

— Vous voulez m'aspirer, Maître ? proféra Ling d'une voix blanche. Comme le dragon noir qui aspire le sang des humains ?

— Rien qu'un tout petit morceau.

Deng Jintao se pencha encore plus avant sur Ling.

— Ouvre la bouche ! ordonna-t-il brusquement.

Ling, habitué sa vie durant à obéir, ouvrit grand la bouche. Ses chicots d'un brun jaunâtre ressemblaient à des petites mottes de terre glaise. Il retint sa respiration lorsque le maître enfonça le tube dans son gosier et le fit descendre à travers son œsophage.

— Je vais vomir, dit Ling dans un râle. Ça monte... Vite, de l'air ! J'étouffe. Je...

Il saisit la main de Yunpei, comme s'il était en son pouvoir de le maintenir sur terre, puis perdit connaissance et ne ressentit plus rien de l'introduction de l'endoscope dans son estomac.

Ling s'éveilla car il lui fallait avaler. Yunpei était en train de lui faire absorber le thé au goût étrange, cependant que l'on entendait Deng Jintao s'activer dans la maison, faisant tinter du verre. La très vieille femme aux longs cheveux blancs dont Yunpei ne connaissait que le nom, Hao Peihui, et qui était incapable de dire son âge, tant sa naissance avait eu lieu en des temps reculés, avait allumé quelques bâtonnets d'encens devant le petit pavillon de jade posé sur la colonne. Un parfum fort et entêtant enveloppait le pavillon, qui disparaissait sous les volutes de fumée.

Ling, dans l'expectative, restait étendu sans bouger sur son banc jaune. Lorsque le vieux moine réapparut, il se raidit derechef. Le moine tenait à la main un petit plateau de verre qu'il mit sous les yeux de Ling. Une minuscule forme rougeâtre et fibreuse était posée sur le verre. Cela n'avait rien de particulièrement impressionnant. Ling pâlit cependant lorsque Deng Jintao mit le plateau de côté en déclarant tranquillement :

— C'est un morceau de la muqueuse de ton estomac. Je l'ai découpé.

— Que... que... qu'est-ce que vous avez fait, Maître ? Ling en bégayait de saisissement.

— J'ai examiné l'intérieur de ton estomac.

— Vous avez... avec vos yeux... à l'intérieur de moi... comme si j'étais du verre...

— C'est à peu près cela. Tu as attendu bien trop longtemps pour soigner ta maladie. Tu pourrais être guéri depuis longtemps. Ton estomac est entièrement rouge.

— Oh ! Je vais donc mourir quand même, grand Maître ?

— Naturellement. Mais pas tout de suite.

Deng Jintao s'assit sur le banc près de Ling et lui tapota l'estomac. Ce n'était pas douloureux, ce qui pour Ling était déjà un miracle en soi.

— Ecoute ce que je vais te dire : plus d'alcool.

— Maître, je vais jeter toutes mes bouteilles à la rivière.

— Pas d'autre vin que le vin de riz, parce que c'est un vin qui combat le froid intérieur, accélère la circulation du sang, agit contre le raidissement des muscles et fortifie la rate et l'estomac. Mais plus un seul verre de bière, Ling, jusqu'à ce que je t'en donne l'autorisation.

— Plus de bière, Maître ?

— Plus une seule goutte ! Veux-tu que ton estomac devienne comme une passoire pleine de trous, à travers lesquels seront distillées des humeurs qui empoisonneront ton corps ?

Deng Jintao saisit un petit sac de cuir qu'il portait à la ceinture, en sortit un sachet transparent rempli de petites pilules jaunes.

— Tu vas prendre ces pilules trois fois par jour avant chaque repas. Trois fois, n'oublie pas.

— C'est impossible, Maître. Je ne mange que deux fois par jour, le matin et le soir...

— Et le midi...

— Le midi, je buvais de la bière.

Ling était très embarrassé, mais on ne pouvait pas mentir à un saint homme comme Deng Jintao.

— A partir d'aujourd'hui, tu vas remplacer la bière par une bonne purée de légumes chaude. Sans sel, sans poivre, sans épice d'aucune sorte.

— Je vois que j'ai une bien vilaine maladie, soupira Ling. Ah, Yunpei, mon Lac d'automne paisible, ta cuisine était bonne...

— Yunpei pourra continuer à manger de tout. De tout ce qui t'est interdit à toi. Il n'y a aucune contre-indication pour elle, au contraire, il serait bon qu'elle mange davantage, qu'elle mange ce dont elle a envie, et non plus ce que toi, tu exigeais.

— Elle peut manger de tout?

Ling se redressa et ses yeux lancèrent des éclairs. Yunpei baissa la tête pour dissimuler son sourire, mais ses lèvres reprirent bien vite leur pli sévère.

— Pourquoi la vie est-elle aussi injuste? Le buffle peine dans la rizière et il récolte des coups de bâton en prime. Juste à côté de lui, les canards passent leur journée à se dandiner en chantant leur chanson. Et, bien qu'ils ne travaillent pas, ils peuvent manger de tout, eux aussi.

— Pour finir par être mangés par toi, le moment venu. Veux-tu manger ta femme? Non, tu veux qu'elle vive à tes côtés, c'est pourquoi son alimentation doit être différente de la tienne.

Deng Jintao se leva.

— Et maintenant, va te recueillir devant le pavillon. Le dieu Bouddha m'a peut-être accordé la grâce de reconnaître ta maladie.

Ling et Yunpei s'abîmèrent en prières devant le petit pavillon de jade entouré de nuages parfumés. Une demi-heure plus tard, ils avaient retrouvé le chemin pierreux, qui se séparait quarante mètres plus loin, pour conduire soit au parc de stationnement, soit au temple. Chen Xue se trouvait toujours à la même place sur le bord de la dernière marche. Il semblait ne pas avoir bougé un cil durant tout ce laps de temps.

Main dans la main, Ling et Yunpei descendirent l'escalier pour rejoindre leur tracteur. Ils avaient laissé le sac contenant les cadeaux dans le jardin intérieur, sans y faire la moindre allusion. Il eût été de la dernière impolitesse de le mentionner. On ne rétribue pas les services d'un maître, on s'acquitte de sa dette par un cadeau.

Dans la cour intérieure du bâtiment d'habitation, Hao Peihui, la vieille femme sans âge, retira sa perruque aux longs cheveux blancs emmêlés et éteignit les bâtonnets d'encens. Deng Jintao but une tasse de thé vert.

— Et qu'est-ce qu'il avait? demanda Peihui, tout en essuyant le noir de carbone qui s'était déposé sur les colonnes de jade du petit pavillon. Tu lui as fait une de ces peurs!

— C'est pour qu'il m'obéisse. Ce qu'il a? Une gastrite tout à fait classique, avec une hyperacidité qui provoque automatiquement l'atrophie de la muqueuse, dangereuse parfois chez un vieillard.

Jintao posa sa tasse.

— S'il fait tout ce que je lui ai dit, dans un mois, il sera fort comme ses buffles.

Le son d'une trompe de bambou leur parvint du temple, au moment où il commençait à retirer son masque de caoutchouc parcheminé.

Deng Jintao replaça le masque sur son visage.

— Dépêche-toi de remettre ta perruque, mon Etoile de cristal, dit-il. Voilà le bus de Dali. Refais du thé. Plaise au Ciel qu'aucun des malades n'ait besoin d'être opéré.

Il rentra dans le bâtiment, jeta un coup d'œil sur une grande armoire en pin à l'intérieur de laquelle s'amoncelaient tous les instruments nécessaires à un chirurgien, et secoua la tête.

S'il lui fallait un jour ouvrir cette armoire pour venir en aide à un grand malade, la vie de celui-ci ne vaudrait pas cher.

2

La famille Huang

Huang Lida était âgée de six ans lorsque les gardes rouges, accompagnés du commissaire politique Chang Lifu, débarquèrent en camion à Huili, son village. A peine les hommes eurent-ils avisé la première maison qu'ils se mirent à lancer de grosses pierres sur le paysan Liang Taiping, son propriétaire.

Atteint à la tête, ce dernier s'écroula, roula contre le mur de terre glaise de sa maison et fut, pendant quelque temps, dans l'incapacité de suivre le cours des événements. Lida se tenait sur les escaliers de pierre taillés dans la butte sur laquelle on avait érigé l'école, ainsi que la petite maison de l'instituteur Huang Keli. Cette dernière était entourée d'un petit jardin où poussaient avant tout des plantes médicinales et des racines de gingembre. Mais on y trouvait également une petite plate-bande de fleurs, véritable luxe que s'accordait l'instituteur. En effet, les fleurs ne sont pas comestibles, et la moindre particule de terre a pour fonction d'empêcher les êtres humains, aussi bien que les animaux, de mourir de faim.

Les gardes rouges, de jeunes garçons dont pas un seul n'était âgé de plus de vingt ans, sautèrent du camion après s'être arrêtés devant la coopérative de Huili. Sans attendre qu'on leur ouvre de l'intérieur, ils enfoncèrent la porte d'un coup de pied, entraînèrent dans la rue tous ceux qui se trouvaient dans le bureau, encerclèrent les malheureux en poussant des cris de victoire, puis entreprirent de les rouer de coups de crosse. Quelqu'un hurla : « Camarades, qu'est-ce que nous vous avons fait ? » mais ce cri fut recouvert par les hurlements des gardes rouges et les cris de douleur des victimes.

Lida s'assit sur l'une des marches de l'escalier de pierre. Même si elle ne comprenait pas ce qui se déroulait sous ses yeux, elle saisissait cependant que des étrangers étaient arrivés dans l'intention de faire du mal. Et ils avaient tous le même aspect : vêtus d'un uniforme vert, ils portaient une casquette bombée sur la tête et un brassard rouge autour du bras, sur lequel on pouvait lire l'inscription « Garde rouge ». Le sac de lin qui pendait à leur cou contenait ce qui leur tenait le plus à cœur : de l'argent, une brosse à dents, et le Petit Livre Rouge intitulé : « Pensées du président Mao Tsé-Toung ». Sans ce petit livre, on était muet, sourd et aveugle. La vie nouvelle n'était tout simplement pas envisageable sans les pensées de Mao.

Chang Lifu, le commissaire, se dirigea vers les marches de pierre, escorté de dix gardes rouges. Il leva la tête pour scruter des yeux l'école et la maison de l'instituteur. Bien entendu, Lida n'échappa pas à son regard inquisiteur. Assise sur les escaliers, elle le fixait de ses yeux d'enfant grands ouverts et remplis de questions. Elle semblait pétrifiée, tel le lapin hypnotisé par le serpent.

— Est-ce que c'est votre nouvelle école ? cria Chang à son adresse.

Elle hocha la tête en signe d'acquiescement et attendit l'arrivée du groupe qui se ruait au sommet de l'escalier et s'arrêta à sa hauteur.

— Est-ce que l'instituteur est là ? s'enquit Chang.

Sa voix claqua comme un fouet.

Lida rentra la tête dans les épaules et fit un signe affirmatif. Puis, se souvenant des leçons reçues, suivant lesquelles la politesse avait autant d'importance dans la vie que l'eau et le riz, elle répondit d'un ton déférent :

— Oui. Mon père est là.

— L'instituteur est donc ton père ? demanda Chang.

— Oui, camarade, c'est mon père.

Chang fut surpris qu'une enfant si petite et si frêle lui donnât du « camarade ». Il se pencha vers elle pour lui demander si son père avait beaucoup parlé à sa famille et aux écoliers de Mao et du communisme, mais la petite fille eut un mouvement de recul et pinça les lèvres. L'haleine de Chang sentait l'alcool.

— Tu sens mauvais ! s'exclama-t-elle, en se levant d'un bond.

Elle escalada les escaliers à telle allure que la main que Chang avait tendue pour l'attraper se referma sur le vide. Les jeunes gardes rouges qui l'entouraient ricanèrent ostensiblement. Offenser le commissaire Chang équivalait à tendre la main à une vipère.

Ils n'avaient pas oublié le village de Siyang, où ils étaient passés dix jours auparavant. Ce jour-là, l'aîné du village avait déclaré à Chang :

— Qu'est-ce que tu veux ? C'est toujours pour la Révolution culturelle ? Mao est un homme malade. Prends bien garde à ce que l'heure de sa mort ne sonne pas aussi l'heure de ta propre fin. Essaie donc de te trouver un travail convenable, comme par exemple cultiver un champ de riz ou un champ de légumes.

Chang avait été atteint jusqu'au tréfonds de l'âme. Il fit dévaster la maison entière, puis avisa la famille du vieux, et compta six personnes effrayées et tremblantes, parmi lesquelles son neveu âgé de neuf ans. Il fit fouiller le village, jusqu'à ce qu'un garde rouge trouvât ce que Chang cherchait : une longue tige de fer au bout légèrement aiguisé. Il fit allumer un grand feu de bois, et ses sbires tinrent la tige au-dessus du feu jusqu'à ce que la pointe fût incandescente et que la tige eût atteint une température assez élevée pour qu'il fût impossible de la saisir sans l'aide de pinces. Chang la fit transporter jusqu'à un gros rocher, empoigna un grand marteau, et pendant que trois gardes rouges maintenaient la tige de fer, il forgea une longue pique à grand renfort de coups vigoureux.

Les gardes rouges ne purent par la suite s'empêcher de frissonner d'horreur au souvenir de ce qui se passa alors. Ils avaient assisté à bien des atrocités au cours de leur marche à travers les villages des minorités miaos et dongs, dont on ne savait pas d'où elles venaient, mais qui vivaient en Chine depuis des siècles et étaient considérées comme chinoises. Mais ce qu'ils avaient vécu là avait laissé dans leur cœur une plaie dont la cicatrice les ferait souffrir jusqu'à la fin de leurs jours.

Pendant que les gardes rouges s'étaient saisis des membres de la famille, leur maintenant les bras vers l'arrière, on embrocha en premier lieu l'aîné du village. La pointe qui était encore rouge passa au travers du corps frêle et plat du vieillard comme à travers une éponge, la tige de fer le traversa de part en part, et le vieux, résigné, loin de se défendre, mourut en regardant Chang de ses yeux qui s'éteignaient, sans avoir poussé un seul cri. La famille entière fut ainsi embrochée sur la tige de fer, et la femme cria, et l'enfant hurla, mais Chang n'eut aucune pitié.

Lorsqu'ils furent tous embrochés, on traîna ceux qui vivaient encore jusqu'au fleuve voisin et on les jeta dans les eaux paresseuses du cours d'eau. Imperturbable, Chang, depuis la rive, suivait des yeux la disparition des corps emportés par le courant. A partir de ce moment-là, les gardes rouges furent animés du plus grand respect pour le commissaire Chang, et alors qu'auparavant ils chuchotaient entre eux : « Mais que vient-il faire parmi nous ? Nous sommes les petits généraux de Mao, nous sommes capables de nous commander nous-mêmes », ils disaient désormais : « C'est une bonne chose qu'il soit avec nous. Les ennemis de classe, il les sent ! »

Chang gravit les escaliers à la tête de ses troupes et fut le premier à atteindre la hauteur sur laquelle se trouvaient l'école et la maison de l'instituteur. Muni d'un balai de branchages, un vieil homme nettoyait le hall de l'école, qui menait aux salles de classe. L'une des salles était réservée aux élèves des petites classes, l'autre salle abritait les élèves plus âgés. Chang eut le temps d'apercevoir la petite fille, qui disparut dans la maison, et d'entendre son cri d'alarme. Avant d'avoir pu faire trois pas, il vit apparaître un homme vêtu de la traditionnelle tenue de travail bleue. Les gardes rouges, ayant atteint la place, s'arrêtèrent devant l'école. Le vieil homme qui balayait s'était volatilisé, son balai gisait, abandonné, dans l'entrée.

Huang Keli n'était pas un homme très robuste, mais il n'était pas chétif non plus. Il avait l'allure plutôt sportive; sa tête recouverte de cheveux noirs était ronde, sa peau bronzée, et par comparaison avec les autres hommes de la lignée des Miaos, il était grand, mesurant un mètre soixante-dix-sept. Mais, chose fatale, il portait des lunettes. Des verres entourés d'une simple monture de fil.

Résolument, il se dirigea vers Chang, qui s'était arrêté. Il se courba légèrement et prononça l'habituel : « Bienvenue ! Bienvenue ! »

Puis, après une courte hésitation : « Je me réjouis de vous voir. »

L'hésitation déplut immédiatement à Chang, qui l'avait remarquée, aussi courte fût-elle. On n'hésite pas lorsque la personne que l'on reçoit est réellement la bienvenue.

— C'est toi l'instituteur ? demanda-t-il d'une voix dure.

— C'est cela, camarade. Je suis Huang Keli. Souhaiteriez-vous visiter l'école ?

— Combien parmi tes élèves connaissent par cœur les pensées du Grand Timonier Mao ?

Tout en posant cette question, il avait sorti le Petit Livre Rouge de la poche de son uniforme et l'agitait à travers les airs. Dans les villes et les bourgades de moyenne importance, il allait de soi que chacun possédait cette bible écrite par Mao et la portait sur lui comme une troisième oreille ou un troisième œil; même les illettrés l'avaient dans leur poche. Cependant, dans les villages et à plus forte raison dans les habitations des peuples faisant partie des minorités, on ne trouvait que rarement le Petit Livre Rouge.

Des armées de fonctionnaires avaient bien distribué le livre, les responsables des coopératives en avaient bien mis des piles entières à la disposition de la population, qui s'était bel et bien servie, mais chacun s'était empressé d'entreposer l'ouvrage là où il n'avait que faire, dans le fatras de quelque remise, quand il n'avait pas servi à allumer le feu. Ceci constituait aux yeux de Chang un motif suffisant pour punir un village entier et, en premier chef, pour démolir les petits temples de village. Il pressentait déjà que ce village-là n'échapperait pas à la règle, et qu'il pourrait donner libre cours à sa vindicte.

— Ils ont appris par cœur quelques poèmes du Grand Camarade, répondit Huang, conscient du danger qui le guettait. Mao Tsé-Toung est un grand poète, principalement quand il décrit la nature. Aucun poète vivant ne peut rivaliser avec lui. Souhaitez-vous interroger quelques élèves ?

— Tu parles de poésie, je parle de ses pensées politiques. C'est de cela — Chang brandit le livre rouge sous le nez de Huang, comme s'il s'agissait d'un poing capable d'abattre les murs —, des pensées immortelles du Grand Timonier, que je parle. Est-ce que tu as ce livre ?

— Non.

— Est-ce que tes élèves l'ont ?

— Non.

Une agitation se forma au sein de la troupe des gardes rouges.

— C'est un intellectuel réactionnaire ! cria l'un d'eux depuis le centre du groupe. Camarade commissaire, il porte des lunettes ! Il appartient à la bande des ennemis de classe !

— J'ai éduqué mes élèves dans l'esprit des vertus millénaires : la modestie, la bienveillance, le respect des convenances, le partage, l'indulgence, l'obéissance, la discipline, la soumission aux ordres, la conscience de la prédominance de l'intérêt général sur l'intérêt particulier et la prévoyance.

— Et quoi d'autre ? demanda Chang.

— Cet enseignement englobe toutes les vertus.

— C'est un réactionnaire ! s'écria un autre « petit général de Mao ». Camarades, il fait partie de ceux qui pervertissent notre jeunesse ! C'est un violeur de la conscience des enfants !

La troupe des gardes rouges se déploya. Quatre d'entre eux se ruèrent sur Huang pour le maîtriser. Ils furent à deux doigts de lui arracher les bras, ils lui crachèrent au visage, l'agrippèrent par les cheveux. L'un des jeunes révolutionnaires se précipita à l'intérieur de l'école, d'où il ressortit avec une grande bouteille d'encre dont il secoua le contenu sur la tête de Huang. Le reste de la troupe investit la maison d'habitation.

Chang ne fit pas un geste pour empêcher l'assaut, bien qu'un ordre de sa part eût suffi pour arrêter la horde sauvage. Il avait été offensé, et même si la coupable n'était qu'une petite fille, sa fierté était atteinte.

A présent, les « petits généraux de Mao » s'en prenaient à un jeune garçon maigre et poussé en graine, qu'ils projetèrent hors de la maison, et qui s'écrasa sur le sol après avoir fait plusieurs culbutes. Il s'agissait de Tifei, le fils aîné de Huang, âgé de quinze ans tout juste, qui était apprenti mécanicien à Ningdu, une petite ville des environs de Huili. Il parcourait tous les jours quarante kilomètres dans les deux sens, sur un vieux vélomoteur, quel que fût le temps, sous la brûlure du soleil comme sous la morsure du gel. Mais il était resté à la maison ce jour-là, car son grand-père, Huang Yuan, un bon menuisier, voulait poser un nouveau revêtement de lattes de bois sur le mur du fond de l'étable et avait besoin de son aide.

Deux gardes rouges avaient suivi Tifei après son vol plané. Ils fondirent sur le garçon à demi inconscient et le ruèrent de coups de pied.

De la maison parvenaient des cris stridents, entrecoupés de rires gras.

Lida s'était réfugiée dans un coin de la pièce, derrière une grande jarre d'argile à moitié remplie de riz. Elle ne comprenait pas ce qui se passait, tout en percevant l'inconcevable. Les hommes avaient attrapé sa mère. Ils mirent ses vêtements en lambeaux, la traînèrent hurlante par les bras et les jambes, pour l'amener jusqu'à la table qui se trouvait au milieu de la pièce. Puis ils la jetèrent sur le plateau de la table et déchirèrent les derniers restes de ses vêtements, de telle sorte qu'elle se trouva entièrement nue. Deux d'entre eux écartèrent ses jambes, puis le premier des hommes en uniforme vert se précipita entre ses cuisses, laissa tomber son pantalon et fit quelque chose que Lida ne comprit pas. Avec son bassin, il poussa et poussa encore entre les jambes de sa mère, applaudi par les autres qui l'entouraient. Sa mère hurlait et gémissait, puis sa voix s'enroua, jusqu'à ce qu'elle finît par se taire et se laisser faire sans protester, tandis que des gardes rouges se succédaient entre ses jambes écartées pour accomplir ces mouvements étranges. Les révolutionnaires étaient au nombre de neuf, et lorsque le dernier s'éloigna avec un grand rire, sa mère gisait inanimée, tandis que ses jambes pendaient comme désarticulées par-dessus le bord de la table.

Lida, se hissant pour risquer un coup d'œil au-dessus du rebord de la jarre, vit que ses seins étaient en sang, comme déchirés par des coups de dents. Du sang coulait aussi entre ses jambes, le long des cuisses.

Lida resta dans sa cachette jusqu'à ce que les gardes rouges eussent quitté la maison. Puis elle s'avança sans bruit vers la table et se pencha sur sa mère évanouie. Elle la détailla longuement, trempa son index dans le sang qui s'échappait des blessures de ses seins, puis dans celui qui coulait entre ses jambes. Elle se sauva ensuite par la porte de derrière et courut jusqu'à l'étable, où elle se cacha derrière une botte de paille de riz.

Entre-temps, on avait attaché Tifei à un arbre. Six gardes rouges l'entouraient et débattaient à haute voix de ce qu'il convenait de faire de lui. Le tuer purement et simplement eût été trop bête, mieux valait s'amuser un peu avant.

Huang Keli, la tête et les épaules recouvertes d'encre noire, à genoux sur le sol devant l'école, entendait les hurlements de sa femme Jinvan dans la maison, tout en ayant sous les yeux le spectacle de son fils Tifei livré aux poings des gardes rouges. Il leva la tête vers Chang, qui se tenait devant lui, jambes écartées.

— Pourquoi faites-vous cela ? demanda-t-il.

Chang fut surpris du ton calme de sa voix.

— C'est moi qui suis l'instituteur, poursuivit-il. Si j'ai mal fait, c'est moi qu'il faut punir.

Chang regarda la tête couverte d'encre noire.

— C'est ton œuvre, dit-il. Tu es peut-être un bon instituteur, mais tu t'es trompé d'enseignement. Notre pays est en pleine transformation, nous sommes au début d'une ère nouvelle, nous traquons la paresse capitaliste, et le seul mot d'ordre qui fasse foi désormais est celui-ci : « Pensée jeune pour un avenir rouge ». Le Grand Timonier nous a indiqué le chemin, lorsqu'il a dit : « Les quatre vieux maux doivent être extirpés : vieux mode de pensée, vieilles mœurs, vieille culture et vieilles habitudes ! » Nous sommes en train de créer un monde nouveau qui va servir de modèle aux autres peuples de la terre. Comment peux-tu encore vivre sans participer à cette œuvre grandiose ?

Huang pencha la tête.

— Faites vite, camarade commissaire, mais laissez ma famille en vie.

— Avec moi, on ne meurt pas sans avoir compris le message des temps nouveaux.

Chang poussa son pied dans le flanc de Huang, qui bascula dans la poussière. Passant sa langue sur ses lèvres éclatées, Huang sentit le goût amer de l'encre.

— Aujourd'hui, une seule pensée est enseignée à l'école, c'est sur elle que reposent les fondements de notre avenir. Répète après moi, Huang : « Aime ta Patrie, le Peuple et le Parti. »

Huang répéta, se remit à genoux et leva les yeux vers Chang :

— Je n'ai jamais rien enseigné d'autre aux enfants, on y a ajouté le Parti, c'est tout.

— D'autres choses encore vont venir s'y ajouter, répliqua Chang avec ironie. Continue à répéter après moi. Le Grand Timonier a dit : « La lutte des classes est la matière qui doit être enseignée avant toute autre à notre jeunesse. »

Huang répéta et se passa les deux mains sur les yeux. L'encre lui avait collé les paupières ; il gardait difficilement les yeux ouverts.

— Ce n'est pas fini...

Chang savourait sa revanche. Il tenait un maître d'école en son pouvoir. Lui, l'ancien forgeron, haïssait les maîtres d'école depuis l'enfance, depuis qu'il avait été humilié par ses camarades de classe pour avoir été désigné comme l'élève le plus paresseux et le plus médiocre.

— Ce n'est pas fini, Huang. « Servir le Peuple », « Une vie entière pour le Parti, pour la Révolution », « Sous le ciel, seul compte le bien-être de la communauté ».

Il lui donna un nouveau coup de pied dans les côtes.

— Tu comprends ça ?

— Je n'ai jamais vécu autrement, camarade commissaire. Simplement, les mots étaient différents.

Les cris de Tifei leur parvenaient depuis l'arbre auquel le jeune garçon était attaché. Deux gardes rouges étaient en train d'enfoncer des baïonnettes dans son corps nu, mais pas assez profondément pour le tuer ; seules les pointes pénétraient dans sa chair, ouvrant de petites incisions d'où le sang jaillissait pour ruisseler bientôt sur la totalité de son corps. Les « petits généraux de Mao » appelaient cela en riant « chatouiller », et plus on criait pendant le traitement, plus ils redoublaient de zèle.

Chang avait détaché son pistolet de son ceinturon et posé le canon sur la nuque de Huang.

Huang ferma les yeux. « Meurs en homme digne. Ne t'abaisse pas à supplier qu'on t'épargne. La Révolution culturelle a englouti des millions de morts depuis l'appel de Mao Tsé-Toung à la lutte des classes, il y a dix ans. Au bout de dix ans, en cette année 1976, l'année du dragon, le pays entier s'est repris à espérer. Les gens commençaient à croire qu'ils avaient survécu, que l'orage était passé, qu'ils étaient devenus les hommes nouveaux. Comme on peut se tromper ! »

Huang pressa ses mains sur sa poitrine et attendit le coup de feu. « Ce ne sera pas douloureux, pensa-t-il. J'aurai juste l'impression de recevoir un grand coup de marteau sur la nuque, puis mon âme se séparera de mon corps, libérée de tous les tourments, et plus personne ne pourra me torturer. Enviez les morts, a dit le poète Li Xian, car leur vie est derrière eux. Pourquoi ne tirez-vous pas, camarade commissaire ? »

Chang hésita, pour la première fois, peut-être, dans son parcours d'exécuteur investi par Mao d'une mission sacrée, celle de réaliser son rêve d'une société sans classes. A son propre étonnement, quelque chose au fond de lui l'empêchait d'appuyer sur la gâchette, geste qu'il avait déjà accompli une centaine de fois sans éprouver le moindre sentiment. Il respira profondément plusieurs fois de suite, finit par retirer le pistolet de la nuque de Huang, et laissa retomber sa main. Brusquement, il se rendit compte que c'étaient les yeux de la fillette qui l'empêchaient d'abattre Huang. Ce regard d'enfant qui ne montrait pas la plus petite trace d'effroi. Cette voix claire mais ferme, qui lui avait répondu : « Oui, l'instituteur est mon père. » Cette fierté dans le ton de cette enfant, puis le cri du cœur : « Tu sens mauvais ! » Et la fuite de la petite, non pas devant lui, mais devant son haleine imbibée d'alcool.

— Regarde-moi, camarade instituteur ! ordonna Chang.

Huang leva la tête et avala plusieurs fois sa salive. « Mes ennuis ne sont pas terminés, songea-t-il. Il veut me faire souffrir, il veut se repaître de ma peur. Mais mon cœur ignore la peur, monsieur le commissaire. Torturez-moi, si tel est votre bon plaisir... Nous autres Chinois avons une tradition de patience, longue de cinq mille ans, acquise sous le joug des empereurs, et aujourd'hui sous celui de Mao. Je suis d'ailleurs surpris que notre peuple ne naisse pas avec l'échine courbée. »

— Je vous regarde, répondit-il. Je suis à votre disposition.

— Nous avons oublié quelque chose, Huang Keli, déclara Chang en remettant son pistolet à sa ceinture.

« Voilà qui n'annonce rien de bon », se dit Huang, rassemblant toutes ses forces pour mourir dignement, même sous la torture.

— Tes aveux, poursuivit Chang.

— Qu'est-ce que je dois avouer ? — Huang jeta un regard irrité à Chang. — J'ai toujours accompli mon devoir.

— Dans l'esprit de Mao ?

— Dans l'esprit de l'humanité.

— Réactionnaire !

Alors que Chang se détournait, Tifei poussa un grand cri, qui retentit jusque sur la place de l'école. Chang fit un signe énergique, et les gardes rouges s'arrêtèrent immédiatement de

« chatouiller » Tifei de la pointe de leurs baïonnettes. Ils reculèrent, ramenèrent leurs fusils contre eux et attendirent les nouveaux ordres.

Chang s'adressa de nouveau à Huang.

— Tu vas te repentir, dit-il en lui lançant un regard qui semblait vouloir transpercer sa tête noircie d'encre. Tu vas ramper à travers la place comme une vermine en criant bien fort : « Je suis l'autorité académique réactionnaire Huang Keli ! Je suis l'ennemi de classe Huang Keli ! » Allez, rampe !

Et Huang traversa la place de l'école à quatre pattes, clamant son autocritique à pleins poumons. Il rampa devant l'arbre où était attaché son fils qui se vidait de son sang par ses innombrables blessures et lui cria au visage : « Je suis l'ennemi de classe Huang Keli ! » et en même temps, il était heureux de constater que Tifei était encore vivant. Il fit ainsi le tour de la place en avouant sa culpabilité, tout en s'adressant mentalement à Chang : « Si cela te fait plaisir, alors profites-en. Mais laisse vivre ma famille ! »

— Un seau ! cria Chang à l'adresse de ses gardes rouges. Un seau et une corde ou du fil de fer. Allez chercher des bâtons d'encens dans le temple ! Dépêchez-vous, dépêchez-vous, je vous dis !

Six gardes rouges étaient déjà au travail dans le temple. Armés de haches et de barres de fer, ils étaient occupés à détruire la statue de Bouddha en argile décorée, ainsi que l'autel des sacrifices, les banderoles pieuses et les ouvrages sculptés des portes, des murs et du plafond en bois. Le gardien du temple, un vieillard à la barbe jaune pâle clairsemée, qui gisait dans une flaque de sang à côté du Bouddha, fut bientôt recouvert par les débris de l'envoyé de Dieu. Quelques femmes aux cheveux ornés d'épingles d'argent martelé à la main et vêtues du traditionnel costume miao qu'elles portaient en permanence, même en dehors des jours de fête, se tenaient devant le temple détruit, muettes et immobiles. Les gardes rouges n'y prêtèrent aucune attention et s'abstinrent de les violer comme la plupart des femmes des villages qu'ils avaient traversés : elles étaient trop vieilles.

Après avoir effectué un tour complet de la place en rampant, Huang s'arrêta devant Chang. Il leva la tête vers lui et attendit la suite des événements. Un garde rouge surgit alors de la maison avec un grand seau en tôle et se dirigea vers eux. Il semblait connaître les méthodes de Chang, car le seau était rempli de grosses pierres noircies de suie, que Huang identifia comme étant celles qui servaient à entourer le foyer. Un anneau en fil de fer avait déjà été fixé sur l'anse du seau. Chang hocha la tête en signe de satisfaction et posa le seau entre lui-même et Huang.

— La charge d'un enseignement nouveau est lourde à porter, monsieur le maître d'école Huang, dit-il en passant l'anneau de fil de fer autour du cou de sa victime, tout en s'assurant qu'aucun morceau de tissu ne se trouvait entre l'anneau et la peau de Huang. Mais qu'est-ce qu'une charge? Une charge ne peut être jugée lourde que par celui qui doit la porter. Lève-toi!

Huang se souleva sur les mains, mais retomba sous le poids du seau rempli de pierres. En même temps, il ressentit la brûlure du fil de fer qui lui entaillait la nuque. « C'est si simple, pensa-t-il, et si efficace. Vous êtes un inventeur génial, camarade commissaire. Mais vous allez être surpris, car je vais me relever, même si ce fil de fer doit me creuser la chair jusqu'aux vertèbres. »

Huang prit une profonde inspiration et réussit à se remettre debout. Le visage impassible, il fit face à Chang sans mot dire, le seau rempli de cailloux pendant sur sa poitrine. Il sentit que le fil de fer était en train de creuser un sillon dans son cou, qu'un liquide tiède coulait sur ses épaules et dans son dos, mais son regard était serein. Il finit par faire remarquer à Chang qui gardait un silence étonné :

— Je suis debout, camarade commissaire.

— Répète après moi : « Je suis le criminel Huang Keli. »

Huang s'exécuta en prononçant les mots d'une voix normale et ferme, mais Chang ne s'estima pas satisfait.

— Plus fort!

— Je suis le criminel Huang Keli! hurla Huang.

— Va jusqu'à l'école et reviens!

Huang obéit une nouvelle fois, mais lorsqu'il fut revenu devant Chang, ses paupières frémirent, et un peu de bave apparut aux coins de sa bouche. Ne réussissant pas à se contrôler, il fut envahi par la honte de donner à Chang l'occasion de constater sa faiblesse. « Reste ferme sur tes jambes », s'enjoignit-il mentalement. Puis il distribua des ordres à son corps : « Toi, mon genou gauche, ne tremble pas! Ma jambe droite, ne plie pas! Ma nuque, tu ne sens pas le fil de fer qui entre dans ta chair! Mon corps entier, tu es insensible! Tu ne sens rien! Huang Keli ne souffre pas! »

Un garde rouge sortit du temple au pas de course, portant dans ses mains un petit tube de bambou rempli de bâtonnets d'encens.

Chang s'en saisit, retira deux bâtonnets du tube et en mit un dans chacune des mains de Huang. Puis il plongea sa main dans la poche de sa tunique, en sortit une boîte d'allumettes et indiqua le sol : « A genoux! »

Huang se mit à genoux une fois de plus. Le seau crissa sur le sol, l'anneau de fil de fer se détendit. Et Huang s'adjura de plus belle : « Ne tombe pas ! Ne prends pas garde à ta douleur ! Tu n'as pas mal ! Tu n'as pas mal ! »

Chang se pencha vers Huang et alluma les bâtonnets d'encens. Une fumée fine comme un fil s'éleva, répandant une odeur d'herbes et d'épices.

— Et maintenant, répète vingt fois : « Grand Timonier Mao Tsé-Toung, pardonne mes crimes ! » Parle fort, de façon à ce que tes mots atteignent les nuages et soient portés par eux jusqu'à lui.

Huang obéit encore. Vingt fois il implora le pardon de Mao, comme si celui-ci était un nouveau dieu tout-puissant régnant sur des Chinois purifiés de toutes les anciennes croyances.

— Mais quelle espèce d'homme es-tu donc ? s'écria Chang après le vingtième appel au pardon. Pourquoi donc es-tu resté un pauvre diable de maître d'école, au lieu de devenir un révolutionnaire ?

Avant de répondre à cette question inattendue, Huang s'arrogea le droit de passer l'anneau de fil de fer par-dessus sa tête et de repousser le seau rempli de pierres à quelques pas de lui. Chang ne fit rien pour l'en empêcher et renonça à le torturer davantage. Huang se releva et se pressa la main sur la nuque, là où le fil avait profondément incisé sa chair. Le sang continuait de s'échapper de l'entaille. Sa tête noire et rouge sang semblait avoir été grimée en vue de quelque festivité.

— Je n'ai jamais été un homme courageux, camarade commissaire, déclara Huang, qui s'étonnait qu'on le laissât vivre, qu'on le laissât vivre encore. J'ai déjà puisé suffisamment de courage en moi pour devenir instituteur. Mon honorable père n'a toujours pas compris ce choix. Mais la ligne de conduite que j'ai suivie a toujours été celle du respect des cultures anciennes et de leur morale. J'ai considéré qu'il était de mon devoir de les transmettre à la jeune génération.

— Et maintenant, nous assistons à l'avènement d'une culture et d'une morale nouvelles, Huang Keli !

Chang observa Huang tandis que celui-ci écrasait les bâtonnets d'encens presque entièrement consumés, puis éparpillait les résidus avec ses pieds.

— Tu l'as bien compris maintenant ? insista-t-il.

— Oui, je l'ai bien compris, répondit Huang docilement.

Puis, jetant un regard en direction de l'arbre auquel Tifei était toujours attaché :

— Est-ce que je peux détacher mon fils ?

— Oui. Entrons dans ta maison ! J'ai encore beaucoup de

choses à apprendre à un homme qui va transmettre les enseignements de Mao à compter d'aujourd'hui.

Huang se rendit auprès de Tifei et défit ses liens. Le jeune garçon ne tenait debout que grâce à la corde. Il tomba dans les bras de son père et se laissa traîner par lui jusqu'à la maison, où il s'écroula sur le lit de Huang qui se trouvait à côté de la porte d'entrée, à la place d'honneur destinée au chef de la famille.

Huang Yuan, le grand-père, à qui cette préséance revenait de fait, avait déclaré après la naissance de Tifei :

— Mon fils, tu as désormais ta propre famille et tu es plus intelligent que moi. C'est toi, maintenant, le chef de la famille ; alors, prends mon lit et conçois encore beaucoup d'autres enfants avec Jinvan.

Mais ils n'y réussirent pas. Le seul enfant qui leur vint encore fut Lida, après plusieurs fausses couches. La première survint après que Jinvan eut été piétinée par un buffle en labourant le champ de choux, la seconde fut la conséquence d'une chute dans l'escalier, une pluie incessante ayant rendu la pierre et la glaise lisses comme de la glace, et la troisième arriva simplement, sans cause apparente. L'enfant partit avec le sang, personne ne sut jamais pourquoi. Neuf ans plus tard, alors que Huang s'était résigné au fait que ces trois fausses couches avaient rendu sa femme stérile, Lida vint au monde. Lors de cet événement, et pour la première fois, on put voir des larmes dans les yeux de Huang.

Dans la grande pièce, Jinvan, morte de peur, était recroquevillée près du foyer détruit. Un tremblement violent la parcourut des pieds à la tête à la vue de Chang et de son mari recouvert d'encre et de sang. Après que les gardes rouges l'eurent laissée, elle avait troqué ses vêtements en lambeaux contre des habits en bon état. Ses cuisses la brûlaient, et elle avait posé un linge humide sur ses seins. Son regard courait de Huang à Tifei qui gisait sur le lit en gémissant doucement.

Chang parcourut la pièce des yeux, comme s'il cherchait quelque chose.

— Où est la petite fille ? demanda-t-il.

Jinvan se recroquevilla encore un peu plus.

— Elle s'est sauvée, dit-elle d'un ton soumis, en baissant la tête. Elle n'a que six ans. Epargnez-la, monsieur, s'il vous plaît...

Chang fut à deux doigts de se sentir offensé une fois de plus.

— Est-ce que je ressemble à un violeur d'enfants ? explosa-t-il. Lève-toi, femme, et va chercher ta fille !

Puis, se tournant vers Huang, il ajouta :

— Si je ne t'ai pas abattu, c'est à elle que tu le dois. Je veux la voir !

Jinvan, docile, hocha la tête, se leva et sortit de la maison en courant, laissant choir aux pieds de Huang le linge humide qu'elle pressait sur ses seins.

Huang parcourut le linge du regard, remarqua les taches de sang et serra les dents. Il ne souffla mot, mais une haine irrépressible envahit son cœur, une haine contre Mao et ses sbires, une haine dans laquelle il s'enveloppa à dater de cet instant comme dans une épaisse fourrure.

— Puis-je vous proposer du thé, camarade commissaire? demanda-t-il, et chacun des mots qu'il prononçait était le fruit d'un combat intérieur. Nous avons notre propre thé, nous le cultivons nous-mêmes sur une terrasse en montagne, c'est un thé vert aromatisé, dont le goût est totalement différent de celui du thé ordinaire des paysans.

— Tu peux m'en proposer, Huang.

Chang s'assit sur le rebord de la table, à l'endroit précis où ses gardes rouges avaient brutalisé et violé Jinvan, laissant ses jambes pendre dans le vide. Huang dévissa la grande bouteille thermos, déposa du thé dans une grande tasse de porcelaine peinte et versa l'eau chaude dessus.

« Si j'avais du poison sous la main, j'en mettrais dans le thé, se dit-il, puisant dans sa haine. Il ne se rendrait compte de rien, c'est le goût du thé que je cultive moi-même, voilà ce que je dirais. »

Chang prit la tasse, aspira le thé vert à grand bruit et le trouva bon. Il sentit sur sa langue un soupçon de mandarine, ainsi que l'arôme d'une autre fleur qu'il n'aurait pas su désigner. Dans tous les cas, ce n'était pas l'habituel thé de paysan, qui avait tout de l'eau colorée, le goût de paille en prime.

Jinvan retrouva Lida dans l'étable, cachée sous un tas de paille de riz. Couchée là immobile, elle avait échappé à deux reprises aux recherches des gardes rouges, qui avaient fouillé le moindre recoin sans s'intéresser au tas de paille. L'un d'eux y avait bien piqué sa baïonnette, mais plus par excès de zèle que dans un but bien précis; la pointe d'acier s'était fichée dans le sol de terre battue, à dix centimètres à peine de Lida. Et voilà qu'elle entendait de nouveau le battement de la porte ! Elle se tint coite dans sa cachette.

La voix de sa mère qui lui parvint soudain ne la décida pas à se mettre à découvert. Peut-être celle-ci avait-elle été contrainte de partir à sa recherche, et dans ce cas, les gardes rouges la suivaient. Lida prit le parti de ne pas se montrer. Elle gardait toujours à l'esprit l'image du corps nu de sa mère sur la table, elle revoyait les soldats au-dessus d'elle, pantalons baissés. Ses hurlements résonnaient encore à ses oreilles et, sur son index, elle sentait toujours le sang séché qu'elle avait recueilli entre ses jambes écartées. Ce n'est que lorsque qu'elle entendit Jinvan l'appeler : « Lida, es-tu là ? Viens, je suis seule ! » qu'elle se décida à sortir de la paille.

— Ils ne m'ont pas trouvée, dit-elle. Est-ce qu'ils sont partis ?

— Non, ils sont encore là. Mais ils ne nous feront plus de mal. Le monsieur important, le commissaire, veut te voir.

— L'homme qui sent mauvais de la bouche ?

— Oui, c'est lui.

Jinvan serra Lida contre elle, tout en ôtant les brins de paille de ses cheveux.

— Il dit que tu nous as sauvé la vie. De quoi avez-vous parlé ?

— Je lui ai seulement dit : « Tu sens mauvais. »

— Et tu es toujours en vie.

— Je me suis sauvée. Je cours plus vite que lui.

— Tu as vu ce que les gardes rouges m'ont fait ?

— Oui. Tu as saigné. Entre les jambes. Pourquoi ?

— Raconte-le à ton père, Lida. Moi je ne peux pas.

Jinvan serra Lida encore plus fort. « Elle nous sauve vraiment la vie, pensa-t-elle ce faisant. Si elle n'était pas là, je me pendrais cette nuit même à une poutre. »

— Ils t'ont fait très mal ? demanda Lida.

— Oui. Plus tard, quand tu seras grande, tu comprendras.

Elle saisit la main de Lida et sentit que cette enfant pourrait lui insuffler des forces nouvelles.

— Sois polie avec le grand commissaire, et ne lui dis plus qu'il sent mauvais. Un monsieur aussi important que le commissaire ne sent pas mauvais, et même si c'est le cas, cela ne se dit pas.

— J'ai appris à ne jamais mentir.

— Ce n'est pas un mensonge, Lida.

Elles quittèrent l'étable main dans la main et empruntèrent le chemin qui conduisait à la porte de derrière de la maison.

— C'est une question de politesse, Lida, et la politesse est l'une des vertus que les hommes vénèrent, poursuivit Jinvan.

Chang accueillit Lida en la détaillant longuement du regard. Il reprit une gorgée de thé aromatisé, se rinça la bouche avec le liquide, l'aspira à travers ses dents et ne l'avala qu'après avoir effectué toutes ces opérations. Il fit signe à Lida de s'approcher, se pencha vers elle et lui souffla dessus.

— Est-ce que je sens encore ? demanda-t-il.

Il ne prononça pas le mot « mauvais », qui l'offensait.

— Non, honorable monsieur.

Lida affronta courageusement le regard qui la scrutait.

— Plus maintenant, ajouta-t-elle. Et c'est la vérité, ce n'est pas de la politesse.

Chang se redressa avec un éclat de rire.

— Ta fille est intelligente, maître Huang. Surveille-la comme la prunelle de tes yeux. Je n'en fais pas mystère. J'ai tué ou fait tuer des enfants. Des germes de réactionnaires capitalistes. Les enfants d'aujourd'hui sont les ennemis de demain, voici la seule vérité ancienne que j'accepte encore de prendre en compte. Mais votre fille et vous-mêmes allez avoir la vie sauve. Elle a des yeux de rossignol... Je n'ai eu qu'une seule occasion dans ma vie de voir et d'entendre le rossignol. Je ne l'oublierai jamais.

Il prit une profonde inspiration, se laissa glisser au bas de la table et caressa les cheveux noirs, coupés court, de Lida.

— Nous allons rester là, maître Huang. Femme, fais-nous un bon repas pour ce soir.

Il sortit de la maison, afin de donner à ses gardes l'ordre de rester.

Huang ramassa le linge ensanglanté.

Jinvan baissa la tête et fit un signe d'acquiescement :

— Oui, ils l'ont fait, dit-elle à voix basse. Je suis une femme indigne de toi, maintenant.

— Je vais tuer Chang dès cette nuit. — Huang serra les poings. — Oui, cette nuit.

Il prononça ces paroles d'un ton grave, empreint d'une certaine solennité. Jamais, au grand jamais, l'idée de tuer un homme n'avait effleuré Huang jusque-là. Lorsque les articles des journaux faisaient allusion aux milliers ou plutôt aux millions de Chinois victimes du combat de Mao pour la culture, il s'était toujours contenté de secouer la tête en disant : « Mais à quoi cela peut-il donc servir ? Quelqu'un peut-il m'expliquer, à moi qui ne suis qu'un stupide maître d'école, ce que signifie un meurtre au nom de la culture ? Ils réduisent à néant les temples millénaires... Mais dans quel but ? Qu'ont-ils donc de mieux à proposer que la petite bible rouge remplie des pensées de Mao, sur lesquelles il y aurait d'ailleurs beaucoup à redire, pour peu que l'on soit doté d'un minimum d'esprit logique ? Il n'aura suffi que de quelques années pour faire de notre vie quotidienne un cauchemar de tous les instants. Mes amis, qui aurait pu prévoir une telle monstruosité ? Nous, qui formons un peuple dont la tradition remonte à cinq mille ans, on nous fait fondre comme de la vieille ferraille, et de cette coulée est censé surgir un soi-disant homme nouveau. Mais comment accepter cette chose inacceptable ? »

Bien sûr, Huang ne criait pas sa façon de penser sur les toits, car, même dans son propre village, il soupçonnait certains de n'être que des mouchards à la solde du secrétaire du Parti. Ce dernier était un homme avec qui toute discussion était impossible. Bien au contraire, il signalait tout suspect à la direction du Parti à Kunming, et on voyait alors apparaître au village un commissaire, flanqué de quelques gardes rouges qui ne tardaient pas à embarquer ceux qui se mêlaient d'avoir l'esprit critique. On ne revoyait plus jamais ces impudents et, d'ailleurs, personne ne s'en préoccupait. On n'évoqua leur souvenir qu'une seule fois, le jour où quelqu'un prétendit savoir qu'on les avait transportés dans des coopératives populaires, où ils se portaient bien et travaillaient dans l'esprit de Mao et dans le sens de la Grande Révolution.

Mais ce soir-là, après que Jinvan lui eut montré le linge taché de sang et qu'il eut examiné son bas-ventre, Huang fit à haute voix le serment de tuer Chang.

Il devait accomplir son devoir. Même un pauvre petit maître d'école se doit de défendre son honneur.

Tifei était étendu dans un coin de la pièce, sur une couverture de laine de mouton. Sa mère passait une pommade verte parfumée au romarin sur ses blessures et sur les zébrures laissées par les coups de fouet. Essuyant la sueur qui inondait son visage parcouru de tremblements, elle ne cessait de répéter :

— Tu es vivant, mon fils. Sois heureux d'être vivant. Ils ont été cléments avec nous. Et nous allons continuer à vivre, il ne nous tuera plus maintenant. Il est l'hôte de notre maison.

— Jamais un dragon n'a apporté le bonheur, Mère.

— Demain ils vont repartir, et tout sera passé. Père va lire à Chang les écrits de Mao, pour lui prouver qu'il a compris les paroles du Grand Timonier. Il va enseigner les pensées de Mao à l'école.

— Nous allons donc ramper sur le ventre comme des vers?

— Mieux vaut être un ver qui s'enfouit au creux de la terre qu'un héros sans tête.

— Et si tu... et si tu attendais un enfant de ces diables, Mère?

— Changmin, qui est une femme intelligente, saura nous sortir d'affaire. On raconte que, grâce à son savoir, elle a été capable d'éviter à trente-neuf enfants de voir le jour pour vivre une vie de misère. Elle y arrivera bien pour moi aussi.

La petite Lida s'était assise sur le pas de la porte pour pouvoir mieux observer les mouvements des gardes rouges, les « petits généraux de Mao », qui se réunissaient sur la place de l'école afin de prendre les ordres de Chang Lifu. Celui-ci les informa de sa décision de passer la nuit au village, à charge pour tout un chacun de se trouver un toit. Mais il leur donna pour consigne d'éviter de brutaliser et, à plus forte raison, d'occire les propriétaires de leurs maisons d'emprunt. Les femmes elles-mêmes ne devaient pas être importunées. Nombreux furent les gardes rouges qui réagirent vivement à cette dernière injonction. C'était justement la vue des femmes qui les excitait, et voilà qu'on leur interdisait de toucher au butin qu'ils avaient conquis et d'en tirer du plaisir. Et d'ailleurs, de quel droit Chang leur donnait-il ce genre d'ordres ? N'était-il pas uniquement commissaire politique, sans aucune fonction militaire ? Mais il était vrai aussi que, dès le début de leur odyssée, Chang avait accaparé le commandement. Tous s'y étaient soumis, ce qui rendait maintenant difficile toute velléité de s'opposer ouvertement à ses ordres. De même qu'il aurait été inconcevable de lui rappeler que son rôle se bornait à propager la politique et l'idéologie de Mao, et qu'il n'était pas compétent pour ce qui concernait la guerre contre la bourgeoisie capitaliste.

Chang ordonna à ses troupes de se retirer. Celles-ci se répandirent dans le village, occupèrent les maisons, distribuèrent force coups de pied dans les fesses des paysans soumis, mais néanmoins gémissants, et exigèrent qu'on leur prépare un bon repas, avec, au menu, du vin de riz et de la bière de maïs, ainsi que la traditionnelle soupe au tofu, aux champignons et aux légumes. Toutes les étroites cheminées de pierres enduites de glaise se mirent à fumer, et le village entier fut noyé dans une odeur de légumes cuits à l'eau et de fricassée de poule.

Chang, pour sa part, était rentré dans la maison de l'instituteur.

Huang s'inclina très bas. Observant la tradition de politesse qui constituait l'un des éléments de la vie (même si l'on a des intentions de meurtre), il proposa son lit à Chang, ce lit même où Jinvan et lui avaient conçu leur fils Tifei et leur fille Lida. Bien que la procréation fût dans l'ordre naturel des choses, Huang, dans le plus profond de son âme, lui accordait une valeur sacrée. Mais ces choses-là ne se disent pas.

— Si ce lit ne vous paraît pas trop indigne, il est à vous, camarade commissaire, prononça-t-il avec toute l'obséquiosité requise. On y dort bien. Il est moelleux et agréable pour le dos, pour le corps entier.

— D'accord.

Chang s'assit sur le lit, les jambes écartées. Puis il avisa Jinvan, qui préparait le feu en soufflant sur les braises et en disposant du bois dans le carré de pierres.

— Vous ai-je déjà présenté mes excuses ?

— Pourquoi donc, monsieur ? demanda Jinvan d'une voix timide.

— Pour ce que mes soldats vous ont fait. Je ne voulais pas de cela, ce n'est pas moi qui l'ai ordonné. Mais à la vue d'une belle femme, ils oublient qu'ils sont des hommes, ils se transforment en bêtes sauvages. Le tigre ne se contente pas de se délecter de la vue de sa proie, il lui faut aussi la déchirer. Voyez les choses ainsi : vous êtes tombée entre les griffes d'une bande de tigres.

Huang intervint d'un ton poli :

— Le tigre est un animal solitaire, il ne vit pas en groupe comme le lion, par exemple.

— Le maître d'école a parlé !

Loin de se mettre en colère, Chang éclata de rire. Il poursuivit :

— Et qu'en est-il de la hyène ?

— Elle vit en bande.

— Bon, disons alors que Jinvan est tombée sur une bande de hyènes.

Chang se remit à rire et tapa sur ses grosses cuisses.

— Toute révolution a besoin de victimes. A quoi servirait-elle, autrement ? Ce sont les victimes qui donnent à une révolution sa renommée historique et sa légitimité. Parlerait-on encore de la Révolution française, si des milliers de têtes n'avaient pas roulé au sol, si le peuple français s'était contenté de défiler en agitant des drapeaux et en poussant des cris de victoire ?

— Et de combien de morts notre Révolution culturelle s'est-elle nourrie à ce jour ? demanda Huang. Le sait-on, camarade commissaire ?

— Pas avec précision. L'« épuration des classes sociales », comme la nommait Lin Piao, a été très sévère. Teng Hsiao-Ping a dit un jour : « Cette époque a exigé le sacrifice de cent millions de personnes. » Cela m'a surpris. Cent millions de morts seulement sur une population de plus d'un milliard de Chinois. Maître d'école Huang, admettez-le : nous avons été humains !

Un sourire perfide se dessina sur les lèvres de Chang.

— Personne ne s'est aperçu qu'ils manquaient, de la même façon que personne ne trouverait rien à redire si nous rayions votre village de la carte.

— Quel profit en retirerait la Révolution culturelle ?

— Aucun. « Purification », voilà ce que nous écririons dans notre rapport, et tout serait réglé.

Chang s'étira sur le lit, passa ses bras derrière sa nuque et observa la petite Lida qui était assise près de sa mère, à côté du feu. L'odeur de poule rôtie envahissait la pièce.

— Je l'aurais fait, Huang Keli, si ta fille ne m'avait rappelé ma propre fille.

— Vous avez une fille, camarade commissaire ?

— Oui, j'ai une fille. Du même âge que la tienne. Je ne l'ai pas revue depuis longtemps.

Il fixa longuement Huang sans mot dire, puis il ajouta d'une voix sourde :

— Cela fait si longtemps que j'ai perdu mon cœur et mon âme... Mais les yeux de ta fille m'en ont rendu une petite partie. C'est grâce à cela que vous êtes toujours en vie.

Huang garda le silence. Il ne voyait pas la nécessité de continuer cette conversation. Cela n'aurait rien changé, l'âme morte de Chang n'aurait pas repris vie pour autant. Ils mangèrent la poule rôtie accompagnée de riz et burent trois bouteilles de bière de maïs. Jinvan avait également préparé du chou et des épinards d'eau servis avec du tofu, des galettes de soja, le tout cuit à l'eau dans une marmite en fer.

Chang se sentait comme un coq en pâte, recrachant joyeusement les os de poule à travers la pièce, pour signifier à Jinvan combien il appréciait son repas. Puis il se coucha sur le lit de Huang, frotta sa panse rebondie et fut submergé par une saine fatigue.

Peu de temps après, il dormait. Huang dit à voix basse à sa femme :

— Je vais le laisser dormir une heure, et dès qu'il aura plongé dans un profond sommeil, je le tuerai. Je vais lui trancher la gorge. Est-ce que tu as un couteau bien aiguisé ?

— Oui, Keli, le couteau à chou. Je viens de l'aiguiser sur la pierre. Il coupe comme un rasoir.

— Il n'y a plus qu'à attendre !

— Est-ce que tu te sens capable de tuer un homme, Père ?

La voix du pauvre Tifei leur parvint depuis le réduit où il était couché.

— Je n'ai jamais essayé. C'est la première fois. Mais je pense que je pourrai.

— Laisse-moi m'en occuper, Père, dit Tifei. Je suis jeune, j'oublierai bien plus vite que toi. Et que comptes-tu faire du corps ?

— Je le jetterai dans l'ancien puits. Il est assez profond pour que l'on ne le retrouve pas.

Huang secoua vigoureusement la tête et poursuivit :

— Non, non, mon fils, c'est moi qui vais le faire. Ils ont déshonoré ma femme.

— Qui est aussi ma mère.

— Il est vrai que c'est une bonne raison.

Huang se rendit près du feu, où Jinvan et Lida finissaient le reste du riz qu'elles trempaient dans une petite coupe de porcelaine remplie de sauce de soja avant de l'avaler.

— Jouons-le aux dés !

Huang sortit deux dés en corne de buffle blanchis et polis, les soupesa dans son poing fermé et les jeta sur le sol de terre battue. Six et cinq. Il regarda son fils d'un air triomphant, se frotta les mains comme s'il avait tiré un bon prix de la vente de sa part de récolte de riz annuelle, sur le marché de Xiaguan.

— Fais-en autant, mon fils ! s'écria-t-il joyeusement.

Tifei fit rouler les dés dans sa main, prit une bonne inspiration, puis les jeta sur le sol. Quatre et un.

— C'est très peu ! s'exclama Huang. C'est donc moi qui vais tuer Chang. Mais je suis d'accord pour une sorte de coopération : c'est moi qui lui tranche la gorge, et toi tu le jettes au fond du puits. Comme cela, nous aurons fait chacun quelque chose pour ta mère.

Huang jeta un coup d'œil sur la pendule de tôle cabossée qui était accrochée au mur, à côté d'un panneau représentant une scène d'un opéra traditionnel chinois, qui constituait le seul décor coloré de la pièce.

Encore une heure.

Un ronflement tonitruant accompagné d'une espèce de sifflement provenait du lit. Chang dormait, les jambes largement écartées. Son pantalon tendu dessinait parfaitement la forme de son sexe.

« Je vais lui couper la gorge, pensa Huang, gagné par une froide détermination. Je commencerai par la gorge, et ensuite je lui couperai la queue, cette maudite queue qui a violé tant de femmes et tant de jeunes filles. Quand le dieu des morts lui posera la question : "Où est ton sexe, Chang ?" il sera contraint de répondre, la honte au front : "Ils me l'ont coupé et l'ont fait brûler. C'était ma seconde arme : dans ma main droite, j'avais mon pistolet, et dans mon pantalon, j'avais ma queue. C'est grâce à elles deux que j'ai conquis des provinces entières. Tu vois, ils m'ont totalement désarmé." Le dieu des morts se moquera de lui, et il l'enverra dans la section réservée aux eunuques. Pourrait-on imaginer traitement plus infamant pour un Chang ? »

Lorsque l'aiguille de la pendule indiqua l'heure fatidique, Huang, qui attendait sans mot dire, assis sur un tabouret, vit soudain apparaître Jinvan, armée du couteau. Il le lui prit des mains, passa son pouce sur la lame et hocha la tête d'un air satisfait. La maison était plongée dans l'obscurité, la seule lueur était celle du feu de charbon de bois qui brûlait dans l'âtre.

Lida dormait à poings fermés sur sa couche. Jinvan avait mis une petite dose d'alcool de riz dans son thé, ce qui avait plongé l'enfant dans un sommeil presque léthargique.

— Il ne faut pas qu'elle voie cela, avait expliqué Jinvan à son époux. Son âme pourrait en rester marquée jusqu'au jour de sa mort. Nous lui dirons que Chang est parti à l'aube.

— Mais ses soldats sont toujours là.

— Est-ce qu'un commissaire d'un rang aussi élevé que le sien ne peut pas repartir tout seul?

— Oui, à condition de prendre sa voiture. Mais la voiture de Chang est devant l'école. Nous ne ferons croire à personne qu'un commissaire est reparti à pied.

Puis Huang déclara calmement :

— Laissons les choses suivre leur cours.

Il quitta son siège, saisit le manche du large couteau et se dirigea vers Chang, dont les ronflements remplissaient le silence de la pièce. La fenêtre et la porte entrouverte de la cour intérieure laissaient filtrer la lumière laiteuse d'un quartier de lune, qui permettait de deviner les contours de la forme endormie. Seule la tête était mieux éclairée, et justement à l'endroit de la gorge où Huang projetait d'enfoncer son couteau.

Huang examina attentivement cette tête, et les pensées se mirent à se bousculer dans son cerveau.

« Tout bien réfléchi, il n'a pas touché Jinvan, se dit-il. Au fond, les coupables, ce sont ses gardes rouges, les "petits généraux de Mao". Ce sont les gardes rouges qui se sont comportés comme des sauvages à travers tout le village, qui ont allumé des incendies, rossé les paysans, violé leurs femmes, pillé les réserves, abattu les animaux, torturé Tifei. Ce n'est pas lui, le commissaire Chang Lifu, qui a commis ces crimes. Mais c'est la règle, le commandant est responsable des actes de ses troupes. A quoi sert d'être commandant, sinon? Par ailleurs, si on considère les choses sans haine, il est en train de dormir dans mon lit, en toute confiance, sans crainte aucune, sans douter le moins du monde que la paix ne règne désormais entre nous; il dort comme un brave homme, et il faudrait lui trancher la gorge et jeter son corps dans un puits profond, tari depuis de nombreuses années? Mais si je ne le tue pas, que va-t-il se passer demain, lorsqu'il se réveillera? Le cauchemar recommencera, il redeviendra alors l'impitoyable commissaire. Il partira plus loin, pour brûler le prochain village. Non, il faut le tuer. »

Pourtant, Huang hésitait. Il faisait tourner le couteau dans sa main, indécis, pendant que Jinvan et Tifei respiraient difficilement dans son dos, oppressés à l'idée d'assister, pour la première fois, au spectacle d'un homme saigné pendant son sommeil, comme on saigne un mouton.

La voix de Tifei troua l'obscurité :

— Donne-moi le couteau, Père. Je n'aurai aucun remords.

Huang secoua la tête. Il s'agenouilla près du lit sur le sol de terre battue et se pencha sur le visage de Chang.

— Il a protégé Lida, dit-il d'une voix rauque.

— Parce qu'elle n'est qu'une enfant. Si elle avait eu trois ans de plus, ils l'auraient violée, elle aussi.

— Il ne faut pas accuser les gens de fautes qu'ils n'ont pas commises.

Huang se releva et mit le couteau dans sa ceinture de lin tissé.

— Celui qui est capable de pardon possède l'âme la plus pure. Attendons donc demain !

— Attendons que le dragon soit de nouveau déchaîné et recommence à cracher le feu ! rétorqua Tifei, plein d'amertume. Tu ne seras jamais un héros, Père.

— Mais je n'ai pas envie d'être un héros. Je suis un instituteur qui s'efforce d'apprendre aux enfants à bien se comporter dans la vie. Les héros ne sont pas faits de bois de magnolia mais de fer, et moi je préfère les magnolias.

C'est ainsi que Chang conserva la vie.

Il fut réveillé par un coq aux couleurs éclatantes, qui était venu chanter jusque devant la porte. Il se redressa sur son lit d'emprunt, parcourut la pièce d'un regard circulaire et remarqua que l'instituteur était assis sur le sol à côté du lit comme s'il avait passé la nuit à le veiller. Il nota la présence du large couteau à la lame polie, incongrue dans les mains d'un instituteur, et fut immédiatement conscient d'avoir entamé une deuxième tranche de vie durant son sommeil. Il plongea son regard dans les yeux battus de Huang.

— Pourquoi ne l'as-tu pas fait ? demanda-t-il d'un ton rogue.

— Tuer un homme pendant son sommeil n'a rien d'une action d'éclat, répondit Huang.

Tels furent les derniers mots que l'on prononça à ce sujet. Chang s'assit à la table basse et engloutit son petit déjeuner constitué de croquettes chaudes au levain, d'une soupe aux nouilles agrémentée de petits morceaux de tofu, de fleurs de lotus cuites à l'eau et de viande de poule froide épicée et finement hachée. Il ne souffla mot durant tout le repas, mais, de temps à autre, il enveloppait la petite Lida d'un regard plein de chaleur.

Huang finit par interrompre le long silence :

— Quel est votre programme, camarade commissaire ?

— Nous levons le camp. Dans deux heures, vous serez libérés de ma présence. Mais nous nous reverrons.

— Je n'en demande pas tant, répliqua Huang, courageusement. Pourquoi voulez-vous revenir ?

— Je reviendrai pour voir Lida.

Chang se leva, rajusta son ceinturon où était attaché son pistolet et porta la main à sa poche. Il en extirpa un paquet de billets, qu'il jeta sur le sol devant Jinvan. L'une des coupures plana au-dessus du feu, mais Lida fut assez rapide pour l'attraper avant qu'elle n'y tombe.

— Pour ton repas, femme ! dit Chang.

— C'est de l'argent volé, fit remarquer Huang.

— C'est écrit dessus, maître d'école ?

— Non, mais cela me sautera aux yeux, quand je m'en servirai. Chacun de ces billets a été trempé dans le sang.

— Alors lave-les, suspends-les à un fil et fais-les sécher.

Chang riait, mais son rire était mauvais.

— Sais-tu combien de sang et de sueur collent à l'argent des capitalistes ? poursuivit-il. Mais tout le monde accepte cet argent sans sourciller, bien au contraire, on fait des courbettes jusqu'au sol. Voilà justement ce que nous voulons changer. Le peuple doit apprendre à avoir conscience de sa propre valeur. Nous nous trouvons dans une période de rupture historique. Maître d'école, que sais-tu des temps nouveaux ? Rien. Tu n'as jamais lu les écrits du grand Lin Piao : « Débarrassons-nous des déchets ! Il nous faut du sang neuf dans nos rangs ! » Cela te concerne aussi. Tu fais partie des déchets. Du monde d'hier. Mais nous, nous travaillons pour le futur. Tu n'es pas au Parti ?

— Non.

— Tu devrais. Dans ton intérêt et celui des enfants, et parce qu'il vaut mieux, de toute façon. En tant que membre du Parti, toutes les portes te seront ouvertes, toutes les influences acquises. Ne vis pas dans le passé, mais pour l'avenir. C'est tout un peuple qui est en train de se ressaisir, pour redevenir une nation, un peuple d'hommes nouveaux tels que les souhaite Mao.

La voix de Chang s'enfla, comme s'il était en train de tenir un discours devant une assemblée composée d'un millier de personnes.

— Il te faudra faire un triple serment de fidélité, pour appartenir à l'élite des Chinois du vingt et unième siècle : fidélité au Grand Timonier Mao, fidélité aux idées de Mao, fidélité à la ligne politique de Mao. Tu es d'accord?

— Oui, répondit Huang, conciliant.

Puis Chang poursuivit son cours :

— Le grand théoricien du Parti, Yao Wen-Yuan, a dit : « Les masses laborieuses doivent prendre les rênes du pouvoir. » Mao, de son côté, a décrété : « Il est absolument indispensable que les jeunes qui ont une formation scolaire aillent s'instruire à la campagne. » Apprendre auprès des paysans, et non auprès des intellectuels, voilà le nouveau slogan. Et c'est à toi, Huang Keli, qu'est dévolue la tâche de transmettre ces idées. C'est toi, en tant qu'instituteur, qui as le devoir d'enseigner à tes écoliers la pensée de Mao. Et tu as failli à ce devoir jusqu'à présent.

— J'ignorais la nouvelle doctrine de Mao, répondit Huang humblement.

— Tu la connais maintenant.

Avant de franchir le seuil de la porte, Chang se retourna une dernière fois. Son regard se fit doux, et il sourit à la petite Lida.

— Je reviendrai. Je ne peux pas te dire quand. Mais je reviendrai. Et ce jour-là, tu me réciteras un poème de Mao.

— Sûrement, camarade commissaire, répondit sagement Lida. Au revoir.

— Au revoir.

Chang sortit à grands pas de la maison. Lorsqu'il eut rejoint les gardes rouges qui l'attendaient de l'autre côté entourés d'une nuée d'enfants, il redevint instantanément le dragon tant craint de tous. Des ordres claquèrent, et la troupe redescendit la colline en ordre de marche. Toutes les portes des cours intérieures se fermèrent, on ne vit plus âme qui vive, les chiens eux-mêmes se tinrent cois. Une seule personne se montra, tout au bout de la rue, là où se trouvait la misérable Maison du Parti du village : c'était le secrétaire du Parti qui, figé sur le seuil, les salua, bien que son visage fût recouvert de marques bleues. Il avait été sauvagement battu, parce que sa fonction de représentant du Parti le désignait comme le responsable du fait qu'il ne se trouvât pas un seul véritable communiste dans le village. Le seul langage que comprennent les incapables, c'est celui des pieds et des poings, telle était l'une des devises de Chang Lifu, et ses succès témoignaient du bien-fondé de cette pratique.

Que représentent un mois, un an, en Chine? A Huili, tout était aussi paisible que trois mille ans auparavant. Les champs verdissaient, donnaient leurs fruits, puis on faisait les récoltes. Dans les champs et les rizières se trouvaient les bases de la vie, la nourriture quotidienne. Les fours à briques des villages laissaient échapper la fumée par leurs interstices, les meules à charbon de bois empestaient l'air. Quelle importance ? Bien vite venait le vent, qui emportait fumées et puanteurs au loin vers la plaine et les montagnes. Le chaud soleil d'été dardait ses rayons sur les silhouettes courbées dans les champs, les troupeaux de canards nasillards se dandinaient à travers les rues vers les mares, à la recherche de varech et d'algues.

Mais sur les marchés qui avaient lieu une fois par semaine, on rencontrait des voyageurs, qui racontaient ce qui se passait dans les grandes villes, à Kunming, à Dali, à Lijiang. Il arrivait même que l'on rencontrât des gens qui revenaient de Shanghai ou de Chengdu et qui parlaient des choses extraordinaires que l'on trouvait là-bas, comme par exemple ces machines pourvues de longs bras terminés par des griffes, capables de ramasser plus de terre ou de cailloux que dix hommes réunis. Ces gens disaient qu'il existait aussi des machines larges comme des routes qui déroulaient un revêtement de goudron tout prêt, compressé ensuite par des rouleaux gigantesques.

Puis on rentrait chez soi et, au village, on tombait en arrêt devant le spectacle des champs qui brillaient au soleil comme des tapis de soie verte. Alors on se disait : « A quoi bon ces machines monstrueuses ? Nous avons fait travailler nos mains, et elles ont fait du beau travail. Voilà *notre* terre. Personne ne pourra nous la prendre. C'est dans cette terre que reposent les ossements de nos ancêtres, dont les mânes flottent au-dessus des champs et se réjouissent de nos actions. Voilà le vrai bonheur, qui a mille fois plus de valeur qu'un sac rempli de billets. La vraie vie, c'est celle que nous forgeons nous-mêmes, éternellement recommencée, année après année, siècle après siècle. Nous n'avons nul besoin de leurs souliers faits à la main à Hong Kong. Ceux que fabrique notre grand-mère avec du cuir de chèvre nous conviennent parfaitement, et nos vestes de paysans en étoffe tissée à la main nous sont plus utiles que les costumes de soie venu de Pékin. »

Que représente le temps pour la Chine ? Une partie d'éternité, car la Chine est éternelle.

C'est ainsi que s'écoulaient les années, au rythme naturel du soleil et de la lune.

Peu de choses changèrent à Huili après le passage de Chang et de ses gardes rouges. Quelque temps plus tard, on apprit au village que Mao Tsé-Toung était mort à Pékin à l'âge de quatre-vingt-deux ans, on entendit parler des actes effroyables commis par un groupe de politiciens désigné sous le nom de la « Bande des Quatre », composée de Chiang Ching, la veuve de Mao,

Chang Chun-Chiao, Yao Wen-Yuan et Wang Hong-Wen, mis sous les verrous immédiatement après la mort de Mao.

Cependant, on ne manifesta aucun intérêt à la nouvelle de la mort du neveu de Mao, fusillé pour cause de résistance. Pékin était si loin du petit village de Huili, situé au fin fond de la province du Yunnan, dans la région montagneuse du Yungu, où les poules dormaient à côté des nouveau-nés et où les cochons noirs et ventrus mangeaient dans la même gamelle que le chien de la ferme.

Le maître d'école Huang Keli avait librement adapté les préceptes éducatifs de Chang, en les mélangeant subtilement au culte miao. A l'enseignement traditionnel, il ajoutait les poèmes de Mao, de telle manière que chaque écolier fût en mesure de réciter quatre poèmes, ce qui était susceptible de satisfaire tout éventuel contrôleur dépêché par le Parti. Mais on ne vit plus apparaître l'ombre d'un contrôleur. Le communiste du village, content de ne plus être battu, envoyait tous les mois un rapport positif à Kunming, rapport qui était lu, roulé en boule et jeté dans la corbeille à papiers.

Le viol de Jinvan n'avait eu aucune conséquence. La vieille Changmin, qui avait sorti prématurément tant d'enfants du corps de leurs mères, n'eut pas à déployer ses talents.

— Rendons grâce au dieu de la chance, se réjouit Huang, en déposant sur l'autel dudit dieu un bol rempli de pommes, de mandarines et de tranches de canard rôti.

Lida se révéla être une bonne élève. Elle dépassa rapidement son père et sa mère par la taille. Sortant de sa chrysalide comme un papillon, elle devint une magnifique jeune fille. A treize ans, elle avait déjà de jolis seins ronds et prenait son bain seule au fleuve, car les garçons la dévoraient du regard, avec dans les yeux un éclat qu'elle savait interpréter, et qu'elle n'aimait pas.

Huang caressait l'idée de l'envoyer étudier à Kunming, où elle pourrait loger chez une tante, afin de préparer son diplôme d'institutrice. Mais elle supplia son père :

— Papa, cher petit papa, laisse-moi rester ici, je ne suis pas faite pour être institutrice.

— Tu es une enfant intelligente, rétorqua Huang. L'intelligence ne nous appartient pas en propre, elle appartient au peuple tout entier. C'est la raison pour laquelle les dieux t'ont dotée de cette qualité. N'attire pas sur toi leur colère. Les instituteurs ont retrouvé leur place, en Chine, depuis la fin de la Révolution culturelle. Teng Hsiao-Ping a chassé le fantôme de Mao, son communisme est un communisme réel, où l'homme a recouvré sa dignité d'être humain. Les traditions anciennes revivent, notre pays tout entier est au début d'une ère nouvelle.

Oui, Huang s'intéressait désormais à la politique. Il avait beaucoup lu et beaucoup écouté ce qui se disait autour de lui.

En 1968, Mao avait lancé un mot d'ordre : « Désertez la ville, la campagne a besoin de vous ! »

Quinze millions de jeunes fanatiques adeptes de Mao s'étaient alors rués à la campagne, avides de construire de leurs mains la nouvelle nation de paysans exigée par Mao.

— Quinze millions de jeunes nous ont submergés, ma fille, et sont repartis en laissant pour tout souvenir des drapeaux, des banderoles, des affiches, des statues de Mao et des mots grandiloquents. Mais tout cela, c'est le passé. La Chine est en train de sortir de l'obscurité. Et elle a besoin d'instituteurs pour transmettre la lumière. Lida, tu vas aller étudier à Kunming.

Jinvan, sa mère, avait ajouté :

— Nous avons tant souffert, ma fille, participe à la construction d'un monde où l'on ne souffrira plus. Nous serons fiers de toi. Tu seras l'honneur du village et de tout le peuple miao. Vas-y, ma fille, c'est ton devoir.

Mais que peuvent tous les discours du monde contre la volonté d'une fille dotée d'une tête intelligente, certes, mais dure comme du bois ? Lida resta à Huili.

En revanche, Tifei quitta le village, alors que son père attendait de lui qu'il reprît les champs et les rizières. Lorsque le vieux menuisier, le grand-père Huang Yuan, qui n'était plus qu'un squelette recouvert d'une peau desséchée, sentit sa dernière heure approcher, il fit venir son petit-fils auprès de son matelas de paille de maïs. De sa voix enrouée, haut perchée et chevrotante de vieillard, il s'adressa à lui en ces termes :

— Ne méprise pas notre terre... Dis-moi donc ce que tu comptes faire dans la vie.

Tifei lui avait répondu :

— Grand-père, je veux devenir conducteur de camions.

— Mais tu es un paysan !

— Non. Je veux commencer par conduire un grand véhicule de transport, peut-être bien un autobus, pour transporter les gens à travers le pays. Ensuite, je mettrai de l'argent de côté pour m'acheter mon propre camion, et devenir riche.

— Tu veux devenir un capitaliste !

— Oui.

— Dieu, qu'il est dur de mourir avec cette idée dans le cœur !

Le vieillard détourna les yeux, se racla la gorge comme pour un dernier râle, et s'étendit comme s'il était déjà installé dans son cercueil.

— Il veut quitter sa terre. Il veut emmener les gens en promenade. Et il va laisser les champs se dessécher, le riz brûler au soleil, les étangs se tarir et le désert prendre leur place. Pourquoi donc ai-je vécu aussi vieux pour voir cela ? Keli, mon fils, ne me prépare plus rien à manger... je veux mourir.

On continua bien sûr à nourrir Huang Yuan, mais le vieillard devenait de plus en plus maigre, de plus en plus parcheminé, de plus en plus petit. Et un beau jour, sans crier gare, il mourut. On le retrouva un matin, gisant sur son matelas, bouche ouverte, comme s'il avait voulu appeler une dernière fois Tifei à son chevet pour lui dire qu'un paysan ne quittait jamais sa terre. On l'ensevelit dans un cercueil qu'il avait fabriqué lui-même, en bon menuisier. Ce cercueil en bois dur comme le fer ne pourrirait que très lentement et permettrait au corps de se momifier. L'esprit de Yuan sortirait de ce cercueil pour exhorter ainsi ceux qui viendraient lui parler sur sa tombe : « Mes chers descendants, votre sol est votre vie. Il en est ainsi depuis des milliers d'années, et pour des milliers d'années encore. Tout progrès s'accompagne d'un temps de repos, et votre terre sera toujours pour vous un havre de paix ! »

Tifei quitta donc le village de Huili pour se rendre à la ville de Kunming, où il apprit à conduire une voiture et fit connaissance avec les entrailles d'un moteur. Il écrivit à ses parents des lettres enthousiastes. Lorsqu'il fut autorisé à conduire un poids lourd pour la première fois, il fêta l'événement de sa vie avec ses collègues. Il s'enivra si bien qu'il roula sous la table et y passa le reste de la nuit, dans une flaque de bière et d'alcool parsemée d'os de poulet.

Lida resta au village, aidant son père et sa mère aux champs. A dix-sept ans, elle avait le plus grand mal à tenir les hommes à distance. Elle était épanouie comme une rose, sa démarche était élastique et souple, sa longue chevelure noire flottait au vent des montagnes comme un voile de soie, et, lorsque la chaleur tombait du ciel et qu'elle dégrafait les boutons de sa veste, ses seins fermes prenaient une couleur brune qui les faisait paraître encore plus pleins. Sa peau semblait absorber les rayons du soleil pour s'en parer.

Rien de cela n'échappait à Huang, qui tint un jour le langage suivant à son épouse :

— Femme, notre fille est mûre pour prendre époux. Mais qui consentira-t-elle à accepter ? Il n'y en a pas un au village qui lui convienne. On la surnomme « la fière ». La fille aux yeux de dragon et à la gorge de jade. Elle repousse Hong Hangyu lui-même, qui est pourtant le fils du négociant de Nanhua, celui qui nous achète nos produits. C'est un bon parti, et il est instruit, ce qui ne gâte rien. Mais elle l'ignore délibérément, et quand par hasard il lui arrive de le regarder, elle ne le voit pas, il est comme transparent ! Où cela nous mènera-t-il? Je veux pouvoir faire sauter des petits-enfants sur mes genoux, et leur chanter des chansons !... Elle ne fait aucun cas des hommes. Absolument aucun. Mais qu'est-ce qu'elle a donc dans la tête? Toutes ses camarades de classe sont déjà mariées et mères de famille, elles en sont déjà à construire leur propre maison, mais elle, elle en est encore à flâner dans les champs, à parler aux canards, à s'amuser à nourrir une grue. Elle passe ses journées à piocher, sarcler, irriguer les champs, labourer la terre avec sa charrue en compagnie de son buffle, empiler les cailloux pour construire des murets ! Tu devrais lui parler, femme... Quand je le fais moi-même, elle m'écoute sans prononcer un mot, elle se contente de sourire et de se taire. Qu'est-ce qu'elle attend? Le prince charmant des contes de fées? Elle n'a aucune chance de le séduire, s'il la rencontre au détour d'un champ avec ses jambes recouvertes de croûtes de glaise et ses cheveux collés par la sueur.

— Ce sera peine perdue, répondit Jinvan. Je connais d'avance sa réponse : « Tifei est parti, vous vieillissez, mais la terre vit et a besoin d'être entretenue. J'aime la terre... Qu'est-ce qu'un homme, comparé à un champ de riz, d'où jaillissent les jeunes pousses ? »

— Mais ce n'est pas normal ! s'écria Huang, comme scandalisé par la mentalité de cette fille qu'il ne comprenait plus. Bientôt viendra le temps où les gens la poursuivront en se moquant d'elle et la désigneront comme une fille qui se contente toute seule.

— Mon époux, à quoi penses-tu ? s'exclama Jinvan, choquée. Peut-être que c'est tout simplement parce que son heure n'est pas encore arrivée. Nous ne nous développons pas tous au même rythme !

— Elle saigne depuis l'âge de quatorze ans. C'est une femme complète. Je suis *sûr* qu'elle est capable d'avoir d'autres objets de passion que la terre et les animaux. Tu sais ce que nous allons faire ?

Huang jeta un regard rusé à Jinvan, avant de poursuivre :

— Nous allons inviter Hong Hangyu. Tout à fait officiellement. Nous allons donner une grande fête avec tant de bonne nourriture que notre plus grande table sera trop petite. Peut-être finiront-ils par se plaire? Il suffit de tout faire pour les rapprocher. Hangyu est bel homme, ils iront bien ensemble. C'est un couple élu par le ciel.

Puis, baissant le ton, il ajouta :

— Sans compter que Hangyu est un homme riche.

— Lida méprise l'argent. Nous en avons souvent parlé ensemble, répondit Jinvan d'une voix triste. « Ma fille, lui ai-je dit, quand tu seras devenue institutrice à Kunming, tu auras de grandes perspectives, tu seras un modèle pour tes élèves, ils t'imiteront et répéteront tes leçons à leurs familles. Grâce à ton intelligence, tu auras le pouvoir de participer à la construction de la Chine nouvelle, suivant les idées de Teng Hsiao-Ping, de Hu Yaobang et de Zhao Ziyang. Si tu réussis à former un grand nombre d'élèves complets, qui maîtriseront aussi bien la politique que la pensée communiste et le sport, tu seras honorée et peut-être même appelée à siéger dans une commission. Tu pourras devenir célèbre, le grand esprit est en toi. » Mais c'est peine perdue, elle se contente de sourire, de me caresser le visage et, quand elle me voit pleurer de chagrin, elle me tamponne les yeux pour essuyer mes larmes. Puis elle retourne bien vite à ses activités et va retrouver son buffle dans les champs. Tifei nous a déjà quittés, il suit sa route, bien qu'il soit fait pour notre terre. Mais je sais que Lida n'est pas destinée à labourer les champs, qu'elle est faite pour une autre vie. Le jour où elle partira, elle s'envolera, emportée par un nuage.

— Il faut lui parler, répondit Huang. Ce n'est qu'en dialoguant que l'on finit par se comprendre. Le silence est le messager de la mort. Plaçons tous nos espoirs dans le beau Hangyu !

Les jours suivants, Huang s'efforça de parler avec Lida, abordant bien des sujets, mais évitant soigneusement celui du mariage ou de l'homme dont elle deviendrait un jour l'épouse et qui la rendrait mère.

A Huili, comme dans les autres villages, on se levait dès cinq heures du matin, on prenait son bain quotidien dans la rivière, dans l'étang ou tout simplement dans une cuve de bois. On se lavait avant tout les pieds et le bas-ventre, car le jour nouveau offert par les dieux devait commencer dans la propreté. Quiconque ne se levait pas avant six heures était considéré comme un « lève-tard » et se trouvait en butte aux taquineries et autres allusions l'accusant d'avoir passé toute la nuit couché sur sa femme et d'être par conséquent vidé jusqu'à la moelle des os. Peu nombreux étaient ceux qui acceptaient d'être moqués ainsi. Afin de prouver leur force, ils faisaient des démonstrations de boxe « d'ombres », qui consistait en une suite de mouvements des bras, des jambes et du torse, contre un ennemi fictif. Mais l'exercice indispensable était le Qigong, une gymnastique respiratoire venue du fond des âges, qui permettait de remplir les poumons d'air frais, chassait l'air vicié qu'on respirait dans les étroites habitations et libérait les bronches de la nicotine.

Lida commençait dès le matin à contrarier son monde. Pendant que Huang et la plupart des habitants du village étaient rassemblés sur la place de l'école pour faire leurs exercices de boxe « d'ombres » et de respiration avec le plus grand sérieux et la plus grande concentration, Lida revêtait un survêtement de sport qu'elle avait acheté sur le marché hebdomadaire de Dayao. Elle chaussait ses jolis pieds de chaussures de toile blanche et commençait à courir tout autour des rizières, sur les étroits sentiers qui séparaient les terrasses entre elles. Puis, elle faisait le tour des champs de choux et des étangs poissonneux, d'un pas léger et aérien, comme s'il n'était pour elle qu'un jeu d'enfant que de trotter dans le matin déjà chaud sur le sol poussiéreux comme sur la terre glissante. Quelques jeunes garçons la suivaient des yeux depuis la route. Lorsqu'elle passait devant eux et qu'ils voyaient ses seins ronds danser sous le fin tricot de coton, ils applaudissaient et déversaient des tonnes de commentaires, à la manière de tous les jeunes garçons du monde. Elle n'en tenait aucun compte, et continuait à courir, imperturbable. Elle ne rejoignait la maison que lorsque la deuxième partie du rituel commençait.

Après leur gymnastique, Huang et Jinvan s'occupaient de leurs oiseaux. Ils décrochaient les petites cages de bambou et ôtaient les pièces de tissu qui les recouvraient pendant la nuit. Puis ils les transportaient jusqu'aux arbres en parlant et sifflant de concert avec leurs occupants et, après les avoir suspendues aux branches, ils se régalaient à écouter les chants, les roucoulements et les pépiements de leurs amis aux ailes bariolées. Les Chinois sont fous des oiseaux. Il arrive fréquemment que des personnes âgées seules au monde possèdent vingt ou trente cages de bambou contenant des oiseaux de toutes les sortes et de toutes les tailles, avec lesquels elles s'entretiennent, comme s'ils étaient des êtres humains capables de comprendre la moindre de leurs paroles.

Huang aussi s'asseyait sous les arbres avec ses oiseaux, il les écoutait chanter et leur parlait de ses soucis au sujet de sa fille. Jinvan, pendant ce temps, rentrait préparer le petit déjeuner, qui devait obligatoirement être chaud.

Un petit déjeuner froid n'est pas un petit déjeuner. Un petit déjeuner froid est une injure au jour nouveau accordé par les dieux. Seuls les légumes salés ou les pattes de poule épicées peuvent être consommés froids. Le riz doit être cuit à la vapeur pour lisser les parois de l'estomac, et la soupe, comportant la plupart du temps du riz ou des nouilles cuits à l'avance, a pour fonction de réveiller les esprits de la vie endormis durant la nuit, pendant que les fines tiges de pâte grésillent dans l'huile de friture et que le pain à la vapeur chante dans sa marmite. C'est grâce au petit déjeuner que l'on est en mesure de mener une vie active et bien remplie. Et il n'existe pas de spectacle plus satisfaisant, pour l'épouse et mère de famille chinoise, que celui de sa famille, installée à table ou à même le sol, en train de siroter de grandes rasades de thé vert et d'avaler goulûment son repas, sans proférer la moindre parole. Lorsque l'on possède un poste à transistors acheté chez un marchand de la ville, on écoute en même temps la météo, les dernières nouvelles, la publicité pour des réfrigérateurs, des bicyclettes, des vélomoteurs, des machines à laver et des caméras, en bref, pour des objets qui resteront généralement dans le domaine du rêve. Ensuite, le haut-parleur diffuse de la musique. La plupart du temps, il s'agit de chansons folkloriques chinoises, mais il arrive aussi que l'on entende une valse de Johann Strauss ou des extraits de symphonies de Beethoven, le plus souvent l'« Hymne à la joie ».

C'est ce moment-là que Huang, en homme bien élevé, choisissait pour manifester par un renvoi sonore combien il avait apprécié le repas. Puis il se rendait à l'école, inspectait les pièces pour vérifier si le gardien avait bien effectué ses travaux de nettoyage, s'asseyait sur sa chaise et attendait l'arrivée de ses élèves.

Ce matin-là, la tradition ne fut pas scrupuleusement respectée : Huang ne se rendit pas tout de suite à l'école, mais attendit sous l'arbre, en compagnie de ses oiseaux, que Lida fût revenue de sa séance d'exercices matinaux.

— Elle arrive, mes chers amis, dit-il à voix basse à ses confidents à plumes, lorsque Lida fut en vue, remontant la colline à petites foulées. Chantez comme jamais, pour la mettre de bonne humeur.

Il plaça son tabouret sous son oiseau préféré, une bête de taille moyenne au cou et au dos rouge sang, tandis que son ventre était d'un bleu ciel éclatant. Cet oiseau portait un nom que Huang n'avait pas retenu, un nom latin prononcé d'un air savant par le vendeur de Xiaguan. D'ailleurs, qui donc serait capable de retenir un nom pareil, en dehors d'un spécialiste ? Huang l'appelait « Œil céleste dans l'aurore rougeoyante ». Lorsque l'oiseau entendait son nom, il gonflait les plumes de sa tête et venait se placer contre la grille de bambou, afin de passer son bec doré au travers. Il pouvait ainsi jacasser sans fin d'une voix basse et mélodieuse.

Lida rejoignit son père le souffle court, s'arrêta à sa hauteur et ouvrit la fermeture à glissière de son survêtement. Ses seins jaillirent, luisants de sueur et si tentateurs que Huang lui-même sentit sa gorge se nouer et avala péniblement.

— Le champ d'épinards a besoin d'être arrosé, dit-elle. Il est trop sec. Il faut lui donner de l'eau deux fois par jour. Je n'ai pas besoin de m'occuper du riz, je vais pouvoir aller chercher des seaux d'eau dans l'étang pour les épinards.

— C'est trop lourd pour toi, ma fille, répondit Huang en jetant un regard en coin à son bel oiseau, qui avait passé son bec à travers la cage, comme s'il voulait participer à la conversation. C'est un travail d'homme.

— Et tu peux me dire où je trouverai un homme ?

Huang la regarda, les yeux remplis d'amour. Il pensait à Jinvan, sa femme, à l'époque où elle était aussi jeune que Lida, aussi belle et aussi mince, avec comme elle de beaux seins fermes. Lui, le pauvre maître d'école, l'avait eue contre la volonté de ses parents, de riches paysans.

— Tu ne peux plus le faire, Père, poursuivit Lida, d'un ton qui, loin d'être blessant, était sincèrement compatissant. Tu as ton école et tes fleurs, et tes épices derrière la maison... Les champs te tueraient.

— Les jeunes gens vigoureux ne manquent pas, ma fille. Tu n'as qu'à regarder autour de toi !

— Mais je n'en vois pas un qui me plaise. Pas un qui puisse me donner l'envie de partager une vie entière avec lui.

— Et pour qui te réserves-tu ? Pour un prince de conte de fées ? Les princes ne viennent pas se fourvoyer à Huili.

— J'ai le temps, Père.

— La jeunesse, c'est comme une rose coupée. Sans eau, elle se fane tout de suite. Lorsque la fleur est tombée, on ne laisse pas sa tige dans le vase. Tu vas bientôt avoir dix-huit ans, ma fille.

— Je le sais.

Du dos de la main, elle essuya la sueur de son visage et de ses seins.

— Je m'en vais, annonça-t-elle. Je vais porter l'eau. A midi, je prendrai le buffle pour labourer le champ de légumes.

Elle rentra dans la maison. Huang la suivit des yeux, poussa un profond soupir et jeta un regard suppliant à son oiseau favori :

— Que faire, Œil céleste dans l'aurore rougeoyante ? Qu'en penses-tu ?

Mais Œil céleste lui-même y perdait son latin. Il resta sans voix, se retira des bords de la cage et s'installa sur la tige centrale.

— Les choses ont tellement changé, soupira Huang, en se levant. Tifei s'amuse à conduire des camions en ville, et Lida ne veut ni mari ni enfants. Que va devenir notre terre, je me le demande ? Je suis bien à plaindre.

Il décrocha la cage de la branche pour la rapporter à l'intérieur de la maison, où il la suspendit à son clou derrière la porte, puis il se rendit dans la grande pièce.

Jinvan était déjà occupée à préparer le repas de midi.

— Qu'est-ce que tu fais de bon ? demanda Huang, nez au vent.

— Des aubergines braisées.

Huang s'étonna :

— C'est jour de fête, femme ?

— Oui, mon époux.

— En quel honneur ?

— C'est l'anniversaire de Tifei.

— Et il n'est pas venu voir ses parents ! Quelle pitié ! Quelle pitié !

Huang quitta la pièce. L'air libre, quoique chaud, lui fit du bien, car il avait le sentiment d'étouffer dans la maison. C'était l'anniversaire de Tifei, et pas une lettre n'était arrivée depuis des semaines, pas même une carte avec ces simples mots : « Je vais bien. » Rien, absolument rien. Un fils muet parti au loin, voilà de quoi faire souffrir un cœur de père.

Huang passa une journée très triste. Après la classe, il resta dans la salle, les yeux fixés sur le tableau noir où figurait un exercice de calcul, et il se demanda ce que valait sa vie et ce qu'il avait accompli de bon. Des centaines d'élèves étaient passés par son enseignement, il leur avait inculqué les bonnes mœurs, la politesse et le respect. Il leur avait aussi appris à lire et à écrire, à calculer et à dessiner, il leur avait, à son échelle, ouvert les yeux sur le monde qui les entourait et sur l'histoire de la Chine qui avait si souvent été écrite avec du sang. Il voyait dans la sévérité des mœurs de la Chine les bases de toute vie humaine. Les ministres pouvaient bien se succéder à Pékin, les mots d'ordre changer, les esprits nouveaux pouvaient bien être chassés par des esprits encore plus nouveaux, la Chine était un pays de toute éternité, qui durerait tant que le soleil durerait. Cette foi dans la Chine éternelle devait être gravée dans le cœur de chacun, pour être transmise de génération en génération.

Huang ne quitta pas l'école avant l'heure du repas de fête donné en l'honneur de son fils absent. Jinvan avait disposé sur la table les bols pour le riz et les petites coupes contenant la sauce de soja, les baguettes de bois, et la tasse à thé vert du grand-père Yuan. Ce dernier se trouvait ce jour-là parmi eux, son âme prenait part au repas, il se réjouissait sûrement de constater que l'on avait pensé à lui pour le faire participer à la fête.

Huang regarda longuement sa fille Lida.

« Je veux un petit-fils, pensa-t-il. Je ne veux pas chercher un mari à sa place, comme c'est la tradition, et le lui imposer, non, ce n'est pas cela que je veux. Je ne veux pas non plus qu'elle conçoive ses enfants dans les larmes, pour les haïr ensuite parce qu'ils n'auront pas été désirés, non, il faut qu'elle prenne un mari par amour, pour pouvoir être ensuite une bonne épouse. Mais comment pourrait-elle rencontrer ce mari si elle reste à Huili à travailler aux champs, à parler aux canards, à nourrir la grue ? A moudre elle-même les pierres dans le moulin pour en faire une farine fine comme de la poussière, que l'on verse dans la sauce de tofu pour la faire épaissir ? Un étranger, peut-être ?... Mais a-t-on déjà vu un étranger à Huili ? De temps à autre, on voit bien passer un autobus surchargé de sacs, de caisses, de cartons et de nattes... Mais comme les gens qu'il transporte se rendent tous à Dali, il pétarade à travers le village à toute allure sur la route du bas sans s'arrêter, et il disparaît dans un nuage de poussière. En dehors de ce bus, on ne voit passer que les petits transporteurs des environs et les paysans juchés sur leurs tracteurs.

» Il faut qu'elle parte, pensa Huang, tout en engloutissant son riz et ses aubergines. Même si mon cœur est lourd à cette idée, il faut absolument que son horizon cesse de se réduire aux maisons de torchis et à leurs toits recouverts de pierres, aux buffles, aux cochons, aux chemins étroits coupés dans les rochers rougeâtres, qui ne vont pas plus loin que le village voisin, encore plus reculé que le nôtre. »

Après le repas, tandis que Lida donnait du grain de maïs aux poules dans l'arrière-cour, Huang déclara à Jinvan :

— Femme, j'ai une idée. Je pense que c'est une bonne idée.

— Tes idées sont toujours bonnes, mon mari, répondit Jinvan, en épouse dévouée.

— Au prochain jour de marché, nous allons envoyer Lida à Yao'an avec une grande carriole remplie de fruits et de légumes.

— Le prochain marché a lieu à Nanhua, Huang.

— Eh bien, soit, à Nanhua.

— Tu l'enverras seule ?

— Toute seule.

— Ce sera la première fois.

— Il faut un début à tout, car il faut bien une fin aussi.

— Elle se fera rouler.

— Ma fille ne se laissera pas rouler aussi facilement. Elle a l'œil vif, elle est forte, on voit bien qu'elle n'est pas une proie facile. Femme, il faut qu'elle rencontre des gens.

Mais les espoirs de Huang furent déçus.

Lida se rendit bien au marché de Nanhua avec le tracteur à trois roues attelé d'une grande charrette remplie de fruits, de choux chinois et de paquets de nouilles transparentes. Elle vendit tout et acheta elle-même des marmites neuves, une baignoire de zinc, une hache, deux pelles, une grande passoire et une grande bouteille thermos de trois litres pour le thé vert, qui étanchait la soif lorsque l'on travaillait tous les jours aux champs.

Mais Huang eut beau la questionner, tout en déployant des trésors de fourberie afin que Lida ne pût pas le percer à jour, elle ne fit pas la moindre allusion à quelque homme que ce fût.

Il compta l'argent, et se déclara très satisfait de la façon dont elle avait mené son affaire.

— A compter de ce jour, c'est toi qui te rendras au marché, lui dit-il. Tu vois, les hommes préfèrent se servir chez une jolie fille, plutôt que chez un vieillard ridé.

— Les hommes sont bêtes, répondit-elle. Mon voisin vendait son chou moins cher que moi, et c'est le mien qu'ils ont acheté !

— C'est bien ce que je dis ! C'est bien ce que je dis !

Huang se frotta les mains. Sa ruse réussirait bien un jour !

Le marché de Nanhua sembla malgré tout avoir produit un certain effet sur Lida : elle avait acheté un beau tissu chez un marchand d'étoffes, dans l'intention de se faire une robe neuve. Le tissu était à fond bleu, sur lequel se détachaient des points blancs. On aurait dit un ciel parsemé d'étoiles.

— Comme ce tissu est beau ! s'enthousiasma Jinvan. Je vais te faire une robe comme personne n'en a jamais vu à Huili. Fendue sur les deux côtés. Je t'en prie, ne cache pas ta beauté, ma fille, la beauté passe si vite. Nous sommes pauvres, mais la valeur de ta beauté est inestimable. Si seulement tu ne passais pas ton temps avec ton buffle, tes canards et tes autres bestiaux !

— Les animaux sont meilleurs que les hommes, répliqua Lida, ce qui conduisit Jinvan à se demander d'où sa fille tenait cette sagesse.

Un an s'écoula, et Huang s'accoutumait à l'idée de ne jamais faire sauter de petits-enfants sur ses genoux. Les nouvelles en provenance de Kunming étaient rares. Tifei avait enfin pu s'acheter son propre camion, il travaillait de l'aube au coucher du soleil, ce qui lui laissait peu de temps pour se mettre à la recherche d'une femme à épouser. En revanche, il était bon client chez les prostituées de la ville. Lorsque ses amis lui demandaient pourquoi il fréquentait des putains, il répondait du ton d'un gars à qui on ne la fait pas :

— Elles ne me coûtent que quelques yuans, et je n'ai aucune obligation. Ce n'est pas payer trop cher pour ma liberté. Pourquoi m'encombrer d'une femme qui passerait son temps à critiquer mes moindres faits et gestes ? Qui transpirerait à côté de moi, dans mon lit ? Qui réclamerait : « Viens, j'ai envie », même quand je n'en pourrais plus de fatigue ? Alors que je peux aller m'en choisir une à n'importe quel moment, si l'envie m'en prend. Bien sûr, ce ne sont que des putains, mais elles remplissent leur office sans rien exiger d'autre que quelques petits billets, qui ne me coûtent pas plus cher que ce que je prends pour un transport. Que demander de plus ?

Pendant ce temps, Huang se lamentait :

— Je ne serai jamais grand-père. Mais pourquoi donc ai-je tant travaillé ? Pour mourir sans descendance ? Ma vie n'aurait plus aucun sens si je n'avais pas mes élèves à qui j'apprends à devenir des hommes.

C'est en regardant grandir ses enfants que l'on a conscience de la fuite du temps. Lida eut vingt ans, en 1987, année du lièvre et de grands changements.

En effet, l'année commença de la façon suivante : l'« unité » de Huili (ce terme d'« unité » désignait désormais les villages, les coopératives agricoles, les usines et, en règle générale, toute collectivité) demanda au syndicat des instituteurs de Kunming si l'on pouvait mettre un jeune instituteur adjoint à la disposition du cher, du bon, de l'estimable, du très honorable et très sage maître d'école Huang Keli. Celui-ci avait besoin d'être déchargé d'une partie de sa tâche, car le poids des ans avait altéré son corps. Il était souvent fatigué, et, lorsqu'il parvint à leurs oreilles qu'à deux reprises il s'était endormi sur sa chaise pendant son cours, les responsables de l'unité se réunirent et décidèrent de se préoccuper en temps utile de lui trouver un bon successeur. Il était évidemment impossible de remplacer Huang, car un sage tel que lui était irremplaçable. Mais on espérait que Huang insufflerait un peu de son esprit au nouvel instituteur, et que l'unité de Huili posséderait comme par le passé une école remarquable.

C'est ainsi qu'un beau jour l'instituteur Hou Xianglin fit son apparition au village. Dès sa descente de l'autobus de Kunming, il alla se présenter à Huang. C'était un homme soigné qui portait un costume de ville moderne et des lunettes cerclées d'or. D'allure sportive, il était âgé d'environ vingt-cinq ans, et sa bonne éducation le conduisit à s'incliner profondément devant Huang, Jinvan et Lida, en déclarant :

— Je sais que je suis un homme indigne, et je vous prie de m'autoriser à pénétrer dans les lieux de la sagesse, afin de recevoir votre enseignement pour le transmettre à mon tour.

Déclaration à laquelle Huang répondit en ces termes :

— Ma maison t'accueille avec bienveillance. C'est une maison modeste, comme tu peux le constater. Tu devras habiter à l'école, dans un premier temps, jusqu'à ce que l'unité ait construit une nouvelle maison pour toi. Mais notre table te sera toujours ouverte. Jinvan, ma femme, est une cuisinière émérite. Sa cuisine réjouira ton palais.

Ces paroles officielles ayant été prononcées, Huang lui tendit la main, et Hou Xianglin fit aussitôt partie de la famille. Huang pensait que le jeune maître pourrait peut-être se révéler l'homme qui saurait plaire à Lida et lui faire découvrir qu'elle était une belle femme désireuse de donner le jour à ses futurs petits-enfants.

— Nous allons passer de bons moments ensemble, se réjouit Huang, après avoir observé que Xianglin, au cours du repas, ne cessait de loucher sur la poitrine ronde de Lida. Que dit le sage ? : « Une bonne parole donne de la chaleur pour trois hivers, tandis qu'un mot méchant refroidit comme six mois de gel. »

Xianglin répondit immédiatement par une autre parole de sage, ce qui prouvait combien il était cultivé :

— « Les hommes parfois se mettent à cent pour construire une maison, mais il suffit d'une femme pour créer un foyer. »

Tout en prononçant ces paroles, il regardait Lida, qui se leva en déclarant :

— Il faut que j'aille m'occuper du buffle, il a toussé toute la journée.

Puis elle tourna les talons.

Un beau jour — l'été était revenu, et la terre était si sèche qu'elle en craquait de partout — on vit s'arrêter un autobus surchargé devant le bureau du secrétaire de l'unité de Huili. Le seul passager à descendre fut un vieil homme qui se déplaçait en s'appuyant sur une canne. On lui jeta du bus une espèce de sac à dos. Le vieil homme se posta sur la route pour évaluer le raidillon qui montait vers l'école et la maison de l'instituteur.

Lorsqu'il entreprit d'escalader la colline, on put s'apercevoir qu'il traînait la jambe gauche, et lorsqu'il repoussa son chapeau en paille de maïs à large bord sur sa nuque pour se protéger de la chaleur, il mit à nu un visage couturé de plaies mal cicatrisées. A cause de ces cicatrices, l'homme paraissait plus vieux que son âge. Ses forces aussi semblaient être limitées, car il dut s'arrêter plusieurs fois pendant son ascension. Il poussait de grands soupirs, s'appuyant sur sa canne qui avait été taillée dans une tige de rosier. Il finit par jeter son sac à dos sur le chemin et pompa l'air dans ses poumons, comme un papillon qui se regonfle avant de prendre son vol.

Huang venait de finir un cours et de confier la classe des grands à son jeune collègue, lorsque le vieil homme atteignit la place de l'école et vint s'appuyer sur l'arbre contre lequel, de nombreuses années auparavant, les gardes rouges avaient torturé Tifei. Puis le vieil homme tourna la tête vers la maison de Huang. Jinvan, installée à l'ombre d'un auvent fabriqué avec des feuilles tressées, était occupée à nettoyer le chou destiné au repas de midi. Elle hachait les légumes en petits morceaux et les jetait ensuite dans un seau en plastique rempli d'eau.

Elle leva les yeux vers l'étranger et s'étonna de le voir rester sur place. Lorsque Huang fit son apparition, sortant de l'école, le vieil homme ramena son chapeau de paille sur son visage.

Huang, la tête baissée vers le sol et perdu dans ses pensées, ne le remarqua que lorsqu'il fut à deux pas de lui. Il s'arrêta, se pencha en arrière, plissa les yeux et se demanda s'il était l'objet d'une hallucination ou s'il s'agissait simplement d'une ressemblance. L'étranger ne prononça pas un mot, restant appuyé sur sa canne. Il continua à garder le silence lorsque Huang passa ses deux mains sur son maigre visage.

— Non, finit par dire Huang à voix basse. Non ! Est-ce possible ? Je ne le crois pas.

— Crois-le, répondit l'étranger d'une voix enrouée. C'est vrai.

— Par les dieux, qu'ont-ils fait de toi ?

Huang tutoyait l'autre involontairement.

— Tu le vois.

— Chang ! Le commissaire Chang Lifu !

— Oh ! Il y a longtemps ! Est-ce que je ne t'avais pas dit que je reviendrais ?

— Oui, et nous nous disions tous : quand il reviendra, il fera partie des personnalités de Pékin. Mais comment es-tu arrangé ? Viens, entre, repose-toi, prends un bain, mon lit est ton lit, cette fois encore. Le commissaire Chang !

— Non, il n'y a plus de commissaire. Je suis Chang l'infirme. Les chiens s'enfuient à ma vue.

Il rejeta son chapeau en arrière et montra son visage. Huang sentit son estomac se contracter de dégoût.

— Pourquoi ne te détournes-tu pas, Huang ? demanda Chang. Pourquoi ne me chasses-tu pas en criant : « Va-t'en, ton aspect est celui d'un dragon dépecé ! » ?

— Qu'est-ce qu'ils t'ont fait, Chang ?

— Ils ont brûlé des cigarettes sur mon visage, ils m'ont fracassé la jambe gauche avec une barre de fer, mon corps est comme un échiquier, quadrillé de cicatrices sanglantes.

— Et qui a fait ça, Chang ?

— Mes gardes rouges !

Chang rabattit le chapeau de paille sur son visage et baissa les yeux vers la plaine, comme si son regard pouvait embrasser la Chine entière que, suivant ses critères personnels, il avait si fidèlement servie, et qui l'en avait remercié de façon si abjecte. Deux jours après l'arrestation de la « Bande des Quatre » en 1976, il fut entouré par ses gardes rouges qui le battirent, le jetèrent au sol et, après l'avoir immobilisé, éteignirent leurs cigarettes sur son visage. En même temps, ils l'insultaient et attendaient de lui qu'il criât et implorât leur pitié. Mais Chang ne fit rien de tel. Il supporta la douleur sans mot dire, et lorsque celle-ci devint insupportable, il perdit connaissance, et fut délivré de tout.

C'était miracle qu'ils l'eussent laissé en vie, qu'ils ne l'eussent pas empêché de s'enfuir. Il rampa jusque chez un marchand de bicyclettes, qui le cacha en attendant que sa jambe fracassée fût guérie. Il était resté dans la localité de Zigong, gagnant sa vie tout d'abord en vendant des chaussures sur le marché, puis des pantalons, pour finir par être engagé comme menuisier pour fabriquer des cercueils. Il entrait dans ses fonctions de laver et préparer les morts, afin qu'ils puissent arborer dans leurs cercueils une expression sereine et comme délivrée de la vie.

Ainsi s'écoulèrent les années. De temps en temps, Chang pensait à la petite Lida Huang, dans son village miao de Huili, et se demandait ce qu'elle était devenue. Elle devait être grande, à présent, peut-être même jeune épouse et jeune mère. Elle se souvenait sans doute à peine du commissaire Chang Lifu, qui, grâce à elle, avait laissé sa famille en vie, renoncé à incendier le village et à massacrer les habitants. Du grand Chang, si redouté, il ne restait plus qu'un infirme ! Il avait subi le même sort que bon nombre de ses pairs, qui avaient vénéré Mao comme un nouveau dieu : la révolution les avait emportés dans l'abîme. Les temps nouveaux les avaient broyés.

— Entre, dit Huang d'une voix étranglée.

Au même moment, il se remémora les leçons de bonnes mœurs qu'il avait dispensées à ses élèves, qui étaient censés les mettre en pratique : pardonne à tes ennemis quand ils sont à terre. Ne punis pas ceux qui sont sans défense et que tu tiens à ta merci. Sois un héros véritable en pressant les vaincus sur ton sein. Qu'allait-il faire de cet infirme qui avait tué et donné l'ordre de tuer ? Combien avait-il de morts sur la conscience ? Nul ne le savait, pas même lui, car personne n'avait compté le nombre de cadavres qu'il laissait derrière lui jour après jour. Les crimes qu'avait commis cet homme ne pourraient plus être expiés dans cette vie, mais peut-être le fait de continuer à vivre représentait-il pour lui une expiation plus lourde à porter qu'une exécution rapide par balle ou à l'arme blanche.

— Où est Tifei ? demanda Chang, sans bouger de l'arbre.

— Tu te rappelles son nom ? Tifei possède une entreprise de transport à Kunming. Il va bien, très bien... C'est presque un capitaliste. Et tout cela, sans la protection du Parti.

— Oui, c'est possible aujourd'hui. Les temps changent ! Et Lida ?

— Elle me donne du souci, Chang. Pas un homme est assez bon pour elle. Je ne sais pas ce qu'elle attend, ou plutôt, qui elle attend. Son buffle est plus important à ses yeux que n'importe quel jeune homme dur à l'ouvrage.

— Elle va s'enfuir en me voyant, dit Chang. Et Jinvan va laisser brûler son riz. Mais il fallait que je vienne, il le fallait absolument, une force inconnue, plus puissante d'année en année, m'y a poussé. Tu comprends cela ?

— Oui, je comprends, mentit Huang.

Huang ne comprenait pas, mais il se souvint d'un proverbe qu'il apprenait à ses élèves : « Il n'y a que deux hommes bons : celui qui est mort, et celui qui n'est pas encore né. » Ce qui se trouvait entre les deux n'était qu'un incessant va-et-vient de hauts et de bas, de bonnes actions et de mauvaises actions. Dans le fond, les hommes étaient tous semblables, chacun à sa façon, et peu d'entre eux se connaissaient eux-mêmes.

Huang prit Chang par le bras, l'aida à avancer, et c'est ainsi qu'ils se présentèrent à Jinvan, qui était toute à la préparation de son chou. Lorsqu'elle reconnut Chang, elle laissa tomber son couteau et pressa le chou contre sa poitrine, comme pour se protéger d'un coup.

— Prends ton couteau et frappe, lui dit Chang, en lui offrant son torse osseux. Je vois que c'est un bon couteau, bien aiguisé. Frappe. La seule chose que je demande, c'est de revoir Lida une dernière fois. Laisse-moi assez de temps pour cela.

— Chang est notre invité, précisa Huang, car Jinvan était incapable de prononcer la moindre parole. Il faut qu'il prenne un bain, ensuite il s'assoira à notre table pour partager notre repas. Nous verrons demain ce que nous pourrons faire de plus pour l'aider. Avant tout, nous devons le protéger des autres. La capacité de pardon n'est pas donnée à tout le monde.

Chang prit donc un bain derrière la maison, dans un grand bassin de bois, et frotta sa peau recouverte de croûtes de crasse. Huang lui frictionna le dos et Chang plongea sa tête dans l'eau. Après avoir émergé, il fit remarquer :

— Tu aurais pu en profiter pour me noyer. Il t'aurait suffi de me maintenir la tête sous l'eau.

— Et pourquoi aurais-je fait une chose pareille ?

— Pour mille raisons, Huang.

— Mais je n'en trouve aucune qui soit assez valable pour me rendre inhumain.

Peu de temps après, Chang, revêtu d'un pantalon bleu et d'une chemise rayée appartenant à Huang, les pieds chaussés de sandales de paille de riz tressée, buvait avec délices une grande tasse de thé vert.

— Que va dire Lida ? ne cessait-il de répéter. Va-t-elle me reconnaître ? Je ne me reconnais pas moi-même quand je me regarde dans une glace. Elle était si petite, à l'époque. Elle ne se souvient plus de moi. C'est que j'étais grand et fort, dans mon uniforme ! Avoue-le, j'étais imposant !

— Je dirais plutôt que tu étais redouté.

— C'est la Grande Révolution qui nous a tous transformés.

— Pas tous.

— C'est exact, pas toi.

— Vous avez tué cent millions de personnes, mais nous sommes plus d'un milliard. Qui donc pourra jamais conquérir la Chine ?

— Ils ont simplement répété les pensées de Mao.

— Mais ce qui fait s'activer la langue ne touche pas forcément le cœur.

La joute verbale se poursuivit ainsi jusqu'à ce que le pas lourd d'un buffle parvînt à leurs oreilles.

Huang leva la tête et regarda Chang, l'oreille attentive :

— C'est Lida qui rentre des champs.

Jinvan apporta la grande marmite de fer contenant la soupe et la posa sur la table. Le chou, les morceaux de tofu et la viande de poule nageaient dans le bouillon, le tout formant une soupe épaisse. Le riz fumait dans une jatte de bois, les coupelles contenant la sauce de soja et une sauce rouge pimentée se trouvaient sur la table, une tête de mouton, dont on détacherait la viande plus tard, mijotait sur le feu. C'était un bon repas, et Jinvan savait doser les épices de façon à ce qu'elles soient fortes, mais sans brûler la gorge.

Chang jeta un regard affamé sur les mets parfumés. Il était visible qu'il était tourmenté par la faim et que son dernier repas correct remontait à plusieurs jours. Il jouait nerveusement avec les baguettes de bois. Huang, conscient de l'effet produit par la vue de la nourriture sur l'estomac de Chang, expliqua :

— Lida ne va pas tarder, nous attendons qu'elle ait fini de se préparer pour le repas.

Chang hocha la tête, posa les baguettes près de son bol de riz et implora :

— Si elle ne me reconnaît pas, ne lui dites pas qui je suis. Dites-lui que je ne suis qu'un vagabond à qui vous donnez l'hospitalité pour la journée.

Divers bruits leur parvinrent, venant de l'étable. Puis ils entendirent de l'eau ruisseler et une voix fredonner doucement une mélodie populaire miao. Lida semblait, par ce chant, exprimer sa satisfaction de sa journée et du travail accompli.

— Elle a une belle voix, dit Chang. N'avez-vous jamais pensé à la faire chanter devant un professeur? Les artistes sont bien payés chez nous, car ils sont la voix de la Chine vis-à-vis de l'étranger. Il me semble que Lida est vraiment douée. Quel dommage qu'elle ne se serve de cette voix que pour crier après un buffle! Sans compter qu'elle se dessèche au soleil...

— Tu crois vraiment ce que tu dis?

— C'est la pure vérité.

— Peut-être que nous tenons là le moyen de la décider à s'établir en ville! Lida, une artiste, sur scène, à la radio, à la télévision!

Les yeux de Huang étincelaient de fierté.

Mais Jinvan gardait la tête froide, chose rare car, la plupart du temps, c'était Huang qui avait l'esprit pratique.

— Et notre terre, dans tout ça? demanda-t-elle. Que deviendront nos champs? Ce qu'il faut à Lida, c'est épouser un paysan, et qu'ils aient des enfants qui deviendront des paysans à leur tour. Est-ce que tu crois qu'on fait pousser le riz avec des chansons? Et le chou avec des airs d'opéra? Tu n'as pas engendré assez de fils, Huang.

— Deux naissances difficiles suffisent amplement.

Huang leva la tête et écouta. La chanson s'était arrêtée. Lida s'habillait à présent, elle mettait sûrement un pantalon avec une large blouse par-dessus.

— Elle va arriver tout de suite, chuchota-t-il. Allez, Chang, on parie : est-ce qu'elle va te reconnaître, oui ou non?

Il tendit une main sèche :

— Je parie qu'elle te reconnaîtra, je t'ai bien reconnu, moi.

— Je n'ai rien à parier, répliqua Chang. Qu'est-ce que je vais miser? Il ne me reste plus que la vie. Et personne n'en veut.

Excité, Huang se frotta les mains.

— Elle vient, elle vient !

La porte de derrière s'ouvrit et Lida entra dans la pièce, revêtue de la tenue que Huang avait prédite : elle était habillée d'un pantalon de lin bleu et d'une large blouse de paysan. Elle avait relevé ses cheveux mouillés, et sa coiffure ressemblait à une petite tour plantée sur le sommet de sa tête. Elle resta figée sur le seuil de la porte, comme si on l'avait retenue par la blouse. Chang rentra la tête dans les épaules. Il avait l'impression que ses cicatrices recommençaient à lui brûler le visage, il sentait le bout incandescent des cigarettes lui trouer la peau avec un petit crépitement.

— Chang Lifu, prononça Lida, pétrifiée d'étonnement et d'effroi. Le commissaire Chang.

— Je ne suis plus commissaire. C'est un infirme brisé que tu as devant toi.

Chang avala plusieurs fois sa salive avant de pouvoir continuer à parler, tant sa gorge était nouée.

— Tu es grande. Grande et belle. Les années s'enfuient, comme si elles étaient emportées par un dragon ! Je te revois courir devant moi sur la colline, et moi qui étais prêt à abattre mon gourdin sur toi parce que tu m'avais dit : « Tu sens mauvais ! »

— Mais c'était la vérité. Vous sentiez l'alcool.

Lida s'approcha, s'inclina légèrement devant l'invité pour le saluer et s'assit à la table où fumait la marmite contenant le chou, le tofu et la viande de poule. La tête de mouton baignait dans une sauce particulièrement forte.

Ils mangèrent en silence. De temps à autre, Jinvan jetait un regard à Chang, qui se bourrait littéralement de riz et rongeait consciencieusement les os de poulet, comme s'il n'avait vécu jusqu'alors que de déchets de cuisine déversés dans les rues. Il se régalait de tofu, mets ordinaire s'il en est, comme s'il s'agissait de graines de lotus. Lorsqu'il fut enfin rassasié, il posa ses deux mains sur son ventre et déclara, satisfait :

— C'est mon estomac qui va faire une révolution ! Il n'a jamais eu autant de travail au cours des dix dernières années.

Après le repas, Huang alluma sa pipe remplie du tabac qu'il faisait sécher lui-même ; c'était la récompense d'une journée bien remplie. Il s'octroyait également un petit verre d'alcool de riz distillé par le voisin et mis dans des bouteilles d'argile.

Chang parla de son existence passée jusqu'à une heure avancée de la nuit, décrivant le triste parcours qui le mena du rang de commissaire à la déchéance et la mendicité. Il avait fini par déchirer sa carte du Parti et maudissait désormais Mao, le considérant comme le plus grand empoisonneur des esprits de tous les temps.

— Tu as cependant bien joui de ton pouvoir, fit remarquer Huang pendant une pause de Chang. Tu m'as traité d'une de ces façons ! Tu m'as fait ramper sur le sol en m'obligeant à crier les pensées de Mao !

— C'est qu'à l'époque j'avais foi dans la Révolution culturelle. Nous avons été des millions à y croire, et brusquement, à la mort de Mao, on nous a annoncé que nous étions dans l'erreur. En une seule nuit, les héros de Mao se sont métamorphosés en ennemis du peuple. Peut-on imaginer pareil retournement de situation ? Le dernier de mes ordres a été pour dire : « Dispersez-vous ! Que chacun rentre chez soi ! » Ils ont obéi, mes gardes rouges, mais ils ne sont pas rentrés chez eux immédiatement. Ils se sont d'abord précipités sur moi pour me réduire à l'état d'infirme. C'est à ce moment-là que j'ai compris que l'homme n'était qu'un récipient sans fond, dans lequel on pouvait déverser tout ce que l'on voulait ; qu'il ingurgitait tout, jusqu'au moment où quelqu'un d'autre lui déversait autre chose qu'il absorbait sans broncher davantage. L'homme est la plus incomplète de toutes les créatures. Il peut se transformer à l'infini, parce que jamais il ne sera un être achevé. C'est la leçon que m'a donnée la révolution, Huang. Maintenant, j'observe le monde.

Avant que Huang n'ait pu formuler la moindre réponse, Lida s'écria, tutoyant l'homme à son tour :

— Je peux t'assurer, Chang, que tu vas rester avec nous aussi longtemps que tu le souhaiteras.

— Jusqu'au jour où Tifei surgira à l'improviste de Kunming et me tuera en m'apercevant. Qu'il le fasse ! Je ne me défendrai pas.

Chang but encore une tasse de thé, refusant l'alcool de riz qu'on lui offrait.

— Je ne veux pas prendre le risque d'entendre Lida me dire encore : « Tu sens mauvais ! » Je peux donc rester avec vous ?

— Oui. Disons... jusqu'à la fin de tes jours.

— Je me rendrai utile, Huang ! Je pourrai planter le riz, je pourrai récolter le chou, sans compter que j'ai appris à fabriquer les meubles et à réparer les toits chez le fabricant de cercueils. Je sais faire tant de choses qui pourront vous soulager !

— Nous allons voir, répondit Huang, en souriant pensivement.

« La vie est pleine de surprises, se disait-il. Un commissaire qui répandait la terreur autour de lui est prêt à devenir valet de ferme, à s'occuper des canards et des cochons. »

— Tu es notre hôte, Chang Lifu. Repose-toi d'abord de ton long périple. Tu pourras peut-être m'être utile à l'école.

— A l'école ? Moi ?

— Oui. Tu parleras aux enfants de la Révolution culturelle, des erreurs de Mao, de l'aveuglement de l'esprit, du danger de la dictature. Tu es un témoin actif de cette époque, et ton exemple apprendra aux enfants que ce n'est pas la violence qui crée un monde nouveau, mais la raison.

— La raison existe-t-elle seulement, Huang ?

Chang posa cette question en secouant la tête.

— Elle sommeille en chacun de nous, il nous suffit de la réveiller en temps utile, répondit Huang.

Il se souvint tout à coup que le lendemain était un mercredi, et il interrompit leur conversation d'un geste de la main.

— Lida, dit-il, demain est bien jour de marché à Xiaguan ?

— Oui, Père.

— Tu veux bien prendre Chang avec toi ?

— Pour qu'on me reconnaisse et qu'on m'achève à coups de pierres ?

— Personne ne te reconnaîtra. Tu as l'air d'avoir hérité d'un autre corps. Tu pourras aider Lida à charger et décharger.

Et c'est ainsi que, le lendemain matin, entre Huili et Xiaguan, sur la route qui menait à Dali et au lac Erhai, on put apercevoir Lida et Chang, juchés sur un petit tracteur attelé d'une remorque pleine à craquer.

Le marché du mercredi de Xiaguan était un grand rassemblement de marchands et de paysans. Les uns et les autres venaient de loin pour se rencontrer. Ils montaient leurs étals à l'entrée de la petite ville sur une place immense, et occupaient les deux côtés des rues, de telle sorte qu'il était presque impossible de se frayer un chemin. On avançait, poussé par la foule, au coude à coude, on s'écartait tant bien que mal pour laisser passer les charrettes, les femmes en costume miao et bai qui traînaient leurs dernières acquisitions, les porteurs de sacs, les porteurs de corbeilles avec leurs jougs sur les épaules, ou les porteurs de cages à oiseaux suspendues à de longues tiges de bambou. Les petits kiosques régalaient leurs clients de soupe au riz, de soupe aux nouilles, de viande rôtie, de raviolis chinois fourrés de légumes ou de viande. On se pressait autour des débits de thé ou de limonade et, à l'extérieur, on se fondait dans la cohue du marché aux bestiaux qui proposait des moutons, des veaux et des cochons ventrus.

En fait, Tong Jian n'avait pas du tout eu, à l'origine, l'intention de se rendre au marché de Xiaguan. Il revenait de Dali où il avait rendu visite à son oncle Zhang Shufang. Celui-ci possédait une petite maison au bord du lac Erhai. Il avait pour profession de dessiner des poèmes et des hymnes sur du papier de riz très fin, et de les vendre.

Zhang Shufang était un poète connu bien au-delà des limites du Yunnan. Mao lui-même avait tenu à lui faire parvenir une lettre de louanges, que l'heureux destinataire avait encadrée et placée au-dessus de son bureau. Maintenant, cette lettre était rangée au fond d'une armoire, et elle était remplacée par un lavis représentant les montagnes de Cangshan, dont les neiges éternelles veillaient sur le lac et sur la ville de Dali. Zhang avait composé de nombreux poèmes en leur honneur, ainsi qu'une chanson que l'on chantait dans les écoles, ce qui perpétuait sa renommée auprès des jeunes générations. Jian aimait à s'asseoir auprès de son oncle et à jouir de la vue offerte par le lac sur lequel dansaient les barques plates des pêcheurs.

Il était encore tôt dans l'après-midi lorsque Jian arriva à Xiaguan. Il gara sa petite voiture japonaise contre un mur de glaise et décida de faire un tour au marché. Bien sûr, il existait des marchés à Kunming, mais ceux-ci étaient plus ordonnés, plus citadins, en quelque sorte. Et les différents groupes ethniques désignés sous le nom de minorités y étaient plus rarement représentés que sur les marchés de campagne. Ces peuples, bien que minoritaires, n'en appartenaient pas moins à la nation chinoise. Pour Jian, qui, en fier Chinois Han, se considérait comme un Chinois véritable, la vue de cette mosaïque de peuples constituait une sorte de spectacle de cirque. Toute la palette des races asiatiques y était représentée, depuis le Mongol au plat visage jusqu'à la douce jeune fille Bai.

Jian n'était pas pressé. Il se faufila à travers la foule grouillante, s'arrêtant çà et là, et fit halte pour observer un dentiste qui avait installé sa table au milieu des autres étals. Les instruments du praticien étaient disposés sur la table, jouxtant un amoncellement de dents extraites qui se trouvaient là pour lui servir de publicité, et témoignaient en même temps de sa compétence professionnelle. Un patient, auquel il s'agissait de retirer un chicot jaunâtre, se trouvait justement entre ses mains. La mâchoire du patient était badigeonnée d'un liquide brunâtre qui avait des propriétés anesthésiantes et dont la composition secrète était connue du seul dentiste, ce qui constituait une autre preuve de sa compétence. Jian attendit que l'extraction fût terminée. La dent alla rejoindre les autres, sur le tas. Le dentiste tamponna la plaie saignante avec un autre liquide, opération qui eut pour effet de stopper net l'hémorragie. Satisfait, le patient se leva de son siège branlant, paya et disparut dans la foule.

Le dentiste étendit la main sous la table, et remonta une bouteille qu'il porta à ses lèvres. A ce moment-là, il aperçut Jian.

— Toi aussi ? l'interpella-t-il. Assieds-toi. Ouvre la bouche. Rassure-toi, je vais trouver le diable qui te fait souffrir.

— Mes dents sont saines, cher confrère, répliqua Jian en riant.

Le dentiste posa les mains sur ses genoux et observa plus attentivement le jeune homme.

— Confrère ? demanda-t-il.

— Je suis étudiant en médecine.

— A Kunming, ai-je raison ?

— Oui.

— En médecine dentaire ?

— Non, je veux devenir chirurgien.

— Moi aussi, c'est ce que je voulais. Mais il est moins dangereux d'extraire une dent que d'ouvrir un ventre. Après avoir compris cela, je me suis arrêté aux dents.

— Et tu as suffisamment à faire ?

— Je ne me plains pas. Tu habites probablement dans les beaux quartiers de la ville.

— Mon père est professeur. Il possède sa propre clinique à Kunming. C'est un homme connu.

— Alors réjouis-toi d'être né. Laisse-moi maintenant. Les gens pensent que nous négocions le prix d'une dent, et les clients éventuels passent leur chemin. Chaque dent représente pour moi un bol de riz et un poisson, alors que pour ton père, c'est un canard laqué de Pékin par jambe coupée. Allez, va plus loin. Ce qu'il me faut ce sont des clients, pas des bavardages.

— Je te souhaite de bonnes affaires, confrère.

Jian fit un tour sur lui-même pour s'éloigner. En faisant ce geste, il heurta une personne qui s'était placée près de lui à le toucher et qui semblait être fascinée par les dents entassées sur la table. C'était une jeune fille vêtue d'une veste de paysanne et d'un pantalon bleu. Ses longs cheveux encadraient un visage qui, par ses traits réguliers, évoqua immédiatement pour lui un lavis ancien suspendu dans la salle d'attente de son père. Ce dessin représentait la concubine d'un empereur du XVe siècle, et Tong Shijun, le médecin renommé, était fier de posséder un original aussi précieux. Il avait donné à la concubine le nom de « Junjun », car sa véritable identité était restée inconnue.

— Excusez-moi ! s'écria Jian après avoir bousculé la jeune fille. Quel maladroit je fais ! Junjun pourra-t-elle me pardonner ?

— Junjun? Quelle Junjun? s'étonna la jeune fille, qui frottait son bras gauche, heurté par le coude de Jian.

— C'est la longue histoire d'une jolie jeune fille, rétorqua Jian. Elle s'appelait Junjun, elle était adorable comme un bouton de nénuphar et devint si belle en s'épanouissant que les poissons en perdirent la vue et se laissèrent attraper à la main.

— C'est un joli conte.

La jeune fille continuait de se frictionner le bras.

— Junjun ne vit que dans l'imagination des poètes.

— Mais il existe une réalité qui dépasse toute l'imagination du monde.

Il s'inclina poliment, sans quitter des yeux le ravissant visage.

— Je suis Jian.

— Je m'appelle Lida.

— T'ai-je fait mal au bras?

— Tu as les coudes pointus, mais je frotte mon bras pour enlever la douleur. C'est ainsi qu'on fait chez nous.

— Pour activer la circulation sanguine. Montre un peu.

Sans attendre sa réponse, il lui prit le bras, examina le point douloureux, et continua à tenir son bras dans ses mains, bien qu'il n'y eût plus rien à examiner.

— Tu auras un hématome, c'est sûr.

— Qu'est-ce que c'est qu'un hématome?

— Un bleu. Une concentration de sang. D'abord il sera bleu, puis jaune, puis il partira tout seul. Viens avec moi! Ma voiture n'est pas loin. J'ai un baume très efficace contre les hématomes dans le coffre de ma voiture.

— Tu vends des remèdes? demanda Lida, intéressée. Des poudres, des baumes, et des gouttes? Existe-t-il quelque chose contre la toux sèche?

— Il existe des médicaments pour toutes les maladies. Mais il faudrait d'abord que je voie le patient.

— Tu parles comme un médecin.

Elle le regarda avec étonnement et avec des yeux plus critiques que jusqu'alors.

— Qui es-tu donc en réalité?

— Je suis étudiant en médecine à l'université de Kunming. Je m'appelle Tong Jian.

— Monsieur Tong...

Elle libéra son bras et le cacha derrière son dos.

— Je... je n'ai plus mal. Je n'ai pas besoin de votre baume. Il... il faut que j'aille rejoindre mon oncle. Il m'attend près du tracteur. Nous avons encore une longue route à faire. Je vous remercie.

Jian était un homme de taille moyenne, mince, aux cheveux coupés court et aux yeux très légèrement bridés, comme souvent chez les Chinois Han des vieilles familles aisées originaires des grandes villes. Ses lèvres étaient fines, mais, quand il riait, ses dents brillaient et de minuscules rides apparaissaient aux coins de ses yeux, comme si son rire venait de son visage entier et jaillissait de tous les pores de sa peau. Il portait un costume gris clair taillé dans un bon tissu et une chemise bleu ciel dont le col ouvert permettait de voir la petite chaîne en or ornée d'une médaille qui entourait son cou. Les jeunes filles se trémoussaient, aguicheuses, lorsqu'elles le rencontraient dans les rues de Kunming, et le bruit courait à l'université que des étudiantes s'étaient battues pour lui, s'arrachant les cheveux par poignées et mettant leurs robes en lambeaux au cours du pugilat. Mais personne ne pouvait dire s'il avait une amie. On le voyait toujours seul ou accompagné de sa sœur Fengxia, qui était d'une rare beauté. Ceux qui les voyaient pour la première fois se promener tous deux sur les bords du lac Dianchi ou de l'étang du Dragon noir ne pouvaient s'empêcher de s'extasier : « Quel couple heureux ! Que ces jeunes gens sont beaux ! »

— Je te raccompagne auprès de ton oncle. Je t'offre le baume. Pourquoi secoues-tu la tête ?

Jian la vit pincer les lèvres. Il comprit qu'elle se serait sauvée si la foule ne l'avait enfermée dans son étau.

— Si vous me donnez un baume, je veux le payer. Et je ne souhaite pas que vous voyiez mon oncle. Il serait une injure pour vos yeux.

— C'est lui qui a une toux sèche ?

— Oui.

— Je peux le soulager.

— Nous n'avons pas de quoi payer un docteur. Nous nous soignons par nous-mêmes. Nous avons des herbes pour tout, ainsi que des racines et des plantes. Mon père s'y connaît dans ce domaine.

— C'est un guérisseur ?

— Non, il est instituteur.

— C'est un beau métier.

— Un métier de crève-la-faim.

Elle haussa les épaules, secoua la tête pour retirer ses longs cheveux noirs de son visage, se retourna et plongea dans la foule. Jian lui emboîta le pas. Elle ne se retourna même pas pour voir s'il la suivait. Elle voulait lui signifier par là combien il lui était indifférent et combien était insurmontable la différence de classe qui les séparait.

A l'extérieur du marché, dans un enchevêtrement de tracteurs, de carrioles et de camions, Chang Lifu attendait, assis à l'ombre de la remorque, sur laquelle s'entassait tout ce que Lida avait acheté et tout ce qu'elle n'avait pas vendu. Il s'agissait avant tout de chou, car l'offre était gigantesque, de même que pour les blocs de tofu, qui étaient proposés sur de longues rangées de tables. C'étaient les écrevisses qui avaient battu tous les records ce jour-là. Elles avaient toutes été vendues. Les étals de viande aussi étaient presque vides, hormis quelques bandes de lard et quelques panses ridées. Comme toujours, les marchands d'oiseaux se frottaient les mains, en particulier ceux qui élevaient des oiseaux de combat qui pouvaient être d'un bon rapport à l'occasion des épreuves. Les vainqueurs étaient revendus aux amateurs pour une valeur représentant plusieurs fois leur prix d'achat.

Chang avait posé son grand chapeau de paille près de lui à cause de la chaleur, et ne se préoccupait pas des regards apitoyés des passants. A trois reprises, on jeta de l'argent dans son chapeau, car les gens le prenaient pour un mendiant qui exposait son visage défiguré pour en tirer quelque menue monnaie. La première fois, il voulut protester et administrer un coup de pied au généreux donateur, puis il se souvint opportunément qu'il n'était plus le grand commissaire Chang Lifu, mais un vieux valet de ferme, à qui l'on faisait la grâce d'accorder le gîte et le couvert. Il se leva en gémissant lorsqu'il aperçut Lida qui fendait la foule en lui faisant signe des deux bras.

— Où étais-tu ? l'apostropha-t-il.

Puis il fut pris d'une quinte de toux sèche, comme toujours, lorsqu'il éprouvait ne serait-ce que la plus petite contrariété.

— Comment veux-tu que je te retrouve dans cette cohue ? Nous n'arriverons plus à rentrer avant la nuit !

Soudain, il s'arrêta de parler. Il jeta un regard furieux par-dessus la tête de Lida, et, serrant les poings, il se mit à crier :

— Qu'est-ce que tu as à me regarder comme ça ? Il y a des gens beaux et des gens laids, mais est-ce que tu es obligé de me dévisager comme une bête curieuse, uniquement parce que je suis laid ? Va-t'en, ou je te crache à la figure, espèce de goujat prétentieux !

Lida se retourna et constata que Jian se tenait derrière elle, entièrement plongé dans l'observation attentive du visage de Chang. Elle fut prise de colère, et ses yeux sombres se mirent à lancer des éclairs.

— Il m'a poussée, oncle Chang, s'écria-t-elle d'une voix qui aurait pu laisser supposer qu'elle avait été grièvement blessée. Et maintenant, il me poursuit pour me donner une pommade. C'est un beau monsieur de Kunming, un étudiant en médecine. Il s'amuse de nous, pauvres paysans.

— Suivez-moi jusqu'à ma voiture, se contenta de répondre Jian. Elle est garée là-bas, contre le mur.

— C'est une belle voiture ! Tu fais partie des nouveaux capitalistes ?

Lida secoua la tête :

— Je n'ai pas envie de voir ta voiture, ajouta-t-elle.

— Je veux examiner ton oncle. J'ai tous les instruments nécessaires dans ma voiture. Lida, tout ce que je veux, c'est vous venir en aide.

— Nous n'avons pas assez d'argent pour payer un médecin.

— Cela ne vous coûtera pas un yuan.

— Oh, il y a quelque chose là-dessous, intervint Chang. Personne au monde ne fait quoi que ce soit pour rien, et encore moins un étudiant. Partez, avant que je ne me mette vraiment en colère.

Il leva sa canne d'un air menaçant :

— Je suis encore capable de frapper, même si cela ne se remarque pas. Ne me provoquez pas.

Il fallut à Jian un long moment avant que son pouvoir de persuasion ne fût suivi d'effet.

— On peut peut-être essayer, si c'est gratuit, finit par lâcher Chang contre son gré. Mais vous n'irez pas bien loin comme médecin, si vous continuez à jouer longtemps les grands seigneurs. Je plains votre père d'avoir un fils aussi stupide.

Et c'est ainsi que Chang, malgré sa méfiance, finit par suivre Jian jusqu'à sa voiture, où il fut consciencieusement ausculté. Jian écouta le bruit de ses bronches et de ses poumons avec son stéthoscope, puis lui tapa dans le dos en ordonnant :

— Respire fort... Ne respire plus... Expire...

Chang obéit docilement, mais, lorsque Jian eut fini de l'examiner, il s'inquiéta :

— Est-ce que j'ai trop d'air dans le corps ? C'est à cause du chou. Ne vous faites pas de souci, docteur, je vais faire sortir l'air en pétant.

— Tu as une bronchite que tu traînes depuis longtemps. Est-ce que tu craches beaucoup ?

— Je crache normalement, comme tout un chacun.

— Est-ce qu'il y a du sang ?

— De temps en temps.

— Et qu'est-ce qui s'est passé pour ton visage ?

— Ne parle pas de mon visage ! hurla Chang, en enfonçant son chapeau sur sa tête. Ça ne regarde personne.

— Tes cicatrices ressemblent à des traces de brûlure.

— C'est un dragon noir qui m'a soufflé dessus.

— Je vais te soigner. Où habitez-vous ?

— A Huili.

— Un village miao, précisa Lida. Ce n'est pas un endroit pour un respectable Chinois Han.

— Vous allez me précéder, et je vais rouler derrière vous. Ton visage m'intéresse, l'oncle.

— Pas moi. Je me suis habitué à voir un étranger dans ma glace.

— Ton visage peut être réparé.

— Tu veux m'enlever la peau ?

— En quelque sorte, l'oncle.

— Il est fou. Lida, je te le dis : c'est un fou ! Viens, allons-nous-en. S'il nous suit, ce sera tant pis pour lui, pas pour nous. Arrivé à Huili, il se rendra bien compte que son entreprise n'a pas de sens.

Ils roulaient déjà depuis deux heures sur la route de Nanhua, où un chemin bifurquait vers Yao'an. Puis une route partait de là vers les montagnes de Yungu, où se trouvait Huili. Chang ne cessait de se retourner. La voiture de Jian roulait au pas derrière leur véhicule qui avançait tranquillement, de son allure de tracteur.

— J'ai un sentiment étrange, Lida, dit Chang après s'être retourné pour la vingtième fois. Il veut me soigner, mais ce n'est qu'un prétexte. Je crois qu'il a autre chose en tête.

— Et qu'est-ce qu'il pourrait bien avoir en tête, oncle Chang ?

— Toi, ma fleur de lotus. Tu lui plais. La façon dont il t'a regardée...

— Qu'est-ce que tu vas chercher !

Mais elle avait baissé la tête en disant cela, et ses cheveux tombés en avant dissimulèrent la légère rougeur qui avait empourpré son visage.

— Un petit monsieur bien éduqué comme lui s'intéresser à moi ? Et d'ailleurs, il ne me plaît pas.

— Pourquoi ? C'est un beau jeune homme.

— Il ne me plaît pas, c'est tout. Il est insistant et prétentieux. Il ne me plaît pas.

Le ton était convaincant, mais Lida mentait. Son cœur se mettait brusquement à battre différemment lorsqu'elle pensait à Jian, et son corps était parcouru d'un frisson inconnu d'elle jusqu'alors.

Ils atteignirent Huili dans la soirée. Lida sauta du tracteur, se précipita à l'intérieur de la maison et n'adressa pas la parole à Jian.

— Elle est comme ça.

Philosophe, Chang rassurait Jian, qui s'extrayait de sa voiture japonaise.

— N'attache pas d'importance à son silence. Les êtres humains sont comme les fruits du grenadier : quand ils ouvrent la bouche, ils dévoilent le contenu de leur cœur.

A quoi Jian répondit :

— Il existe également un autre proverbe : « Pour parcourir une route, fût-elle longue de mille kilomètres, on commence toujours par faire le premier pas. » J'espère que j'ai fait le premier pas.

3

La famille Tong

Depuis sa plus tendre enfance, Tong Shijun était considéré comme un être d'exception. Il était né et avait grandi au sein d'une famille qui avait servi le dernier empereur. Le grand-père Tong supervisait la pharmacie impériale et avait ses entrées à tout moment à la Cité interdite. Il connaissait toutes les concubines et n'ignorait rien de leurs petites misères.

Les Tong étaient par conséquent une famille très en vue, et il allait de soi que Shijun, le fils aîné, serait destiné à embrasser plus tard la profession de médecin. Cependant, la révolution contraria tous les projets. L'empereur s'exila à l'étranger, la guerre civile entre l'Armée populaire de Mao Tsé-Toung et l'Armée nationale de Chiang Kai-Shek déchira le pays entier, et, lorsque la vieille famille Tong eut repris ses esprits, elle se retrouva dans un autre monde. On avait décapité le grand-père pharmacien. Le fils de ce dernier, le père de Shijun, fut contraint de balayer les rues et de nettoyer les toilettes publiques, avant d'être appelé — car certaines relations n'avaient pas été complètement rompues — à la direction des services de nettoiement de la ville. Il fut ainsi propulsé parmi la hiérarchie des édiles de la ville de Kunming, et le rêve d'autrefois put donc être réalisé : Shijun étudia la médecine.

Mais ce Tong-là était, comme nous l'avons déjà dit, d'une autre trempe que ses ancêtres. Car s'il vivait dans l'état d'esprit légué par des siècles de règne féodal, cela ne l'empêchait pas d'être en même temps un communiste convaincu, vénérant Mao comme un envoyé des dieux, et ne se séparant jamais du Petit Livre Rouge.

Il ne fut pas le moins du monde ébranlé dans ses convictions lorsque, vers la fin de la Révolution culturelle, un commandant des services de sécurité de la police nommé Feng Tiyun fit irruption dans la maison familiale, l'arme au poing. Les policiers prirent pour première cible la grande statue de Bouddha qui se trouvait dans le hall d'entrée. Ils abattirent cette statue à coups de marteau et de hache, et le petit Jian, âgé à l'époque de douze ans, qui, dans sa candeur d'enfant, s'était placé sous la protection de Bouddha, fut projeté contre le mur comme un petit chat nouveau-né.

Feng interpella Tong Shijun en ces termes :

— Alors, tu es médecin ? Tu regardes dans la gorge et dans le trou du cul des pauvres gens et tu te fais payer pour ça ? Tu n'es qu'un cochon de capitaliste ! Nous allons te pendre tout à l'heure sur la grand-place de Kunming. Ce sera une belle fête populaire.

Tong Shijun n'était pas homme à se laisser impressionner par des menaces. Il répondit qu'il était membre du Parti, et il sortit le Petit Livre Rouge de Mao de sa poche. Le commandant lui arracha le livre des mains et lui plaqua les saintes paroles du Grand Timonier sur les joues, hurlant à la trahison, car, selon lui, cela faisait belle lurette que les temps nouveaux avaient pris une autre direction. Tong fut ligoté et emmené. Par bonheur, son épouse, Meizhu, et sa fille, Fengxia, s'étaient rendues ce jour-là à Chengdu, la ville natale de Meizhu, afin de rendre visite au père de celle-ci, qui était souffrant. Meizhu aussi était médecin, et lorsque le grand-père lui avait fait savoir qu'il ne passerait pas l'hiver, elle avait pris la décision d'aller l'examiner à fond, bien que le vieillard se trouvât déjà entre les mains de trois médecins. Grâce à quoi, les deux femmes échappèrent à la honte du viol, d'autant plus que Fengxia, âgée de quatorze ans, était justement à l'âge dont les soldats étaient le plus friands.

Une foule grondante et menaçante s'était rassemblée dans les rues de Kunming, pour jouir du spectacle organisé conjointement par la police et par les gardes rouges, qui avaient lancé un vaste coup de filet pour rafler tout ce que la ville comptait de hauts fonctionnaires, d'avocats, d'architectes, de médecins, etc. En résumé, tous ceux qui faisaient partie des élites étaient dirigés *manu militari* vers une place où s'entassaient déjà des centaines de compagnons d'infortune qui attendaient de connaître leur sort. Un homme en uniforme vert, que tous appelaient « général », surplombait la scène sur un podium et supervisait le tout d'un œil farouche.

Tong Shijun et son jeune fils Jian furent parqués avec les autres victimes. Tong en reconnut un grand nombre, qui le connaissaient également pour avoir été ses patients. Ceux-ci ne manquèrent pas de s'étonner de le voir arrêté, alors qu'il était membre du Parti.

— Est-ce que vous y comprenez quelque chose ? lui demanda l'un d'eux.

Il s'agissait du directeur d'une fabrique de textile qui avait été arraché à son bureau et exhibé à travers les halls de production. Et ses ouvriers modèles et fidèles, qui l'avaient toujours honoré jusqu'alors, avaient applaudi, lui avaient craché à la figure et administré force coups de pied.

— J'ai toujours accompli mon devoir. Chaque année, j'ai dépassé les objectifs. Mon usine a été distinguée par Mao, elle a reçu une médaille d'argent, comment est-il possible que je sois traité de la sorte ? Il ne peut s'agir que d'une erreur.

— Nous n'avons pas été assez vigilants, mon cher ami.

Tong passa son bras autour des épaules de son fils.

— Nous n'avons pas su reconnaître les signes avant-coureurs. L'influence de Mao s'est affaiblie petit à petit. Pendant ce temps, celle de Chou En-Lai, qui tirait les ficelles à l'arrière-plan, a pris de plus en plus d'importance. De même que celle de Teng Hsiao-Ping, qui s'est fait le représentant de Mao au Comité central du Parti... Teng, dont chacun sait qu'il n'aime pas les communistes radicaux. Lorsque Chou En-Lai est tombé malade d'un cancer, Teng était tout désigné pour reprendre ses fonctions publiques. Chou vient de mourir. Son successeur officiel est Hua Kuo-Feng, mais vous savez bien que rien ne se fait sans l'accord de Teng. Vous n'avez sans doute pas oublié le dazibao placardé à Canton, en mars : « Chiang Ching est une prostituée à la solde de la classe des profiteurs. » Comment expliquez-vous que l'on ose montrer du doigt la femme de Mao aussi ouvertement ? Voilà les signes que nous n'avons pas su reconnaître. C'est notre aveuglement que nous payons maintenant.

— Mais ce sont les soldats de Mao qui nous ont parqués ici !

— Est-ce bien sûr ?

Tong se remémora la façon dont le commandant Feng lui avait claqué la « bible de Mao » sur la figure, et secoua la tête.

— Tout le monde se bat contre tout le monde, sans que personne ne sache pourquoi. On s'entre-tue, et c'est tout.

On entendit tirer des coups de feu dans les rues. Des mitrailleuses crépitèrent. Le directeur de la fabrique de textile pâlit et saisit le bras de Tong.

— Pensez-vous qu'ils vont nous fusiller, nous aussi ? bégaya-t-il. Ou alors, est-ce qu'ils se contenteront de nous mettre dans des camps ?

— Ils vont nous tuer, répondit Tong avec le plus grand calme. Avez-vous peur de la mort ?

— Oui, pas vous ?

— Je suis médecin, j'ai une autre relation avec la mort que la plupart des gens. Lorsque je me trouve en présence d'une maladie que je sais incurable, je me dis : « Cet homme a sa vie derrière lui. On ne peut rien y changer. Il faut l'accepter, c'est tout. » Faites-vous une raison, mon cher ami ! Nous n'avons pas d'autre choix que d'attendre notre mort.

Et, effectivement, ils attendirent. Ils attendirent jusqu'au soir, amassés en foule compacte sur la place. Le bruit des fusillades de rues s'était arrêté. Des gardes rouges à vélomoteur apportaient message sur message au général, qui patientait lui aussi sur son podium.

Enfin, on vit arriver un officier. Armé d'un mégaphone, il grimpa sur le podium à côté du général et se mit à hurler en direction de la foule des prisonniers :

— Qui est médecin ? Il nous faut des médecins ! Que tous les médecins s'avancent !

Ils furent au nombre de dix-sept à s'avancer, dont Tong, qui hésita tout d'abord, car il ne voulait pas abandonner son fils.

Mais Jian lui dit :

— Va, Père ! Tu n'auras pas à rougir de moi !

A quoi Tong répondit avec fierté :

— Meurs bravement, mon fils ! Pas un cri ! Un Tong meurt dignement.

Après avoir prononcé ces paroles d'adieu, il s'avança et déclina sa qualité de médecin.

Etroitement surveillé, le groupe de médecins entreprit une marche qui le conduisit jusqu'à une fosse argileuse située à l'extérieur de la ville. Tong se dit que cette fosse était particulièrement bien indiquée pour servir de fosse commune, et qu'ils seraient probablement les premiers à tomber au fond, abattus d'une balle dans la nuque.

C'était effectivement une fosse commune, mais elle n'était pas destinée aux médecins. Tout autour du trou, une foule de blessés allongés à même le sol hurlait et appelait à l'aide. Il y avait eu en ville une bataille sanglante entre les gardes rouges et la milice civile, et l'on faisait appel aux médecins pour faire le tri entre ceux qui pourraient survivre, et les autres.

Tong et ses confrères furent donc assignés au rôle de juges suprêmes. Parcourant les rangées, ils furent contraints de faire tomber le couperet, en décrétant, tels des dieux tout-puissants :

— Toi, tu peux vivre, toi, tu portes la mort en toi.

Celui-ci crachait une mousse sanguinolente après avoir reçu une balle dans le poumon : éliminé ! Les intestins sortaient du ventre de celui-là : éliminé ! Cet autre avait eu les deux jambes criblées de balles : éliminé ! Impossible d'opérer à cet endroit, sur la terre nue, sans un seul instrument.

Tong embrassa la situation d'un regard circulaire. Trois de ses confrères semblaient perdus au milieu des longues rangées de blessés et ne bougeaient pas, bras ballants. Il alla les rejoindre et leur demanda, perplexe :

— Pourquoi restez-vous ainsi, sans rien faire, chers confrères ?

— Comment pourrais-je donner mon avis ? répondit l'un d'eux. Je suis gynécologue.

— Et moi, je suis dentiste, déclara le second.

Et le troisième ajouta :

— Je suis vétérinaire. Si tous ces gens-là étaient des animaux, je les ferais abattre. Mais je ne suis pas compétent dans le cas présent.

Tong retourna auprès des blessés, suivi de quatre gardes rouges. Lorsqu'il indiquait un blessé dont le cas était désespéré, ils saisissaient le malheureux pour le transporter jusqu'à la fosse, où ils le jetaient sur la montagne de cadavres. Une pelleteuse déversait les morts par-dessus les vivants. On déchargea ensuite des fûts d'essence, dont le contenu fut répandu sur les corps. Un jeune lieutenant alluma une chemise déchirée et tachée de sang, puis la lança dans l'excavation. Une flamme s'éleva immédiatement et, en quelques minutes, la fosse se transforma en un gigantesque trou enflammé qui dégageait une épouvantable odeur de chair brûlée perceptible depuis la ville.

Tong n'avait pas le temps de se laisser envahir par le dégoût. Il s'occupait des blessés qui avaient une chance de survivre. Ils présentaient pour la plupart des blessures légères, qui pourraient être facilement soignées si les camions qui avaient amené les morts pouvaient transporter les blessés à l'hôpital.

Bien que surveillé par de jeunes gardes rouges méfiants, Tong réussit à quitter l'endroit pour retourner sur la place où était entassée la foule des prisonniers. Il eut le bonheur de constater que son fils Jian se trouvait encore parmi eux, vivant, et lui fit un signe de tête. Puis il se dirigea vers le général, qui disposait à présent d'une chaise pour s'asseoir, et qui continuait à recevoir des messages de tous les côtés.

Le général examina Tong d'un regard dur. Le costume de ce dernier était couvert de taches rouges, et ses mains étaient couvertes du sang des blessés.

— Que veux-tu ? Qui es-tu ? demanda le général.

Il parlait d'une voix glaciale, habituée au commandement, qui provoquait d'ordinaire un frisson de crainte chez le commun des mortels. Mais après tout ce qu'il avait vu, Tong n'en était plus à se laisser impressionner par une voix.

— Il me faut des camions, répondit-il, sans manifester la moindre soumission.

— Qu'est-ce que tu veux ?

— Des camions, pour transporter les blessés à l'hôpital.

— Il a perdu l'esprit.

Le général se retourna. Derrière lui, le commandant Feng Tiyun se tenait prêt. Il n'attendait plus que l'ordre d'emmener sur le lieu d'exécution les ennemis de classe réactionnaires, rassemblés sur la place par groupes de dix.

— Je suis médecin, insista Tong, courageusement. Il est de mon devoir de m'occuper des blessés. Mais personne, pas même Mao, n'est capable de suturer des plaies à mains nues.

En entendant cette phrase, le commandant Feng sursauta si fort que tout le monde put s'en apercevoir. Il sortit son pistolet de son ceinturon, prêt à abattre ce médecin fou qu'il avait lui-même cueilli chez lui. Un simple signe de tête du général serait suffisant.

Mais Tong poursuivit d'une voix calme :

— Il y a beaucoup de gardes rouges parmi les blessés. Ils vont mourir, camarade général, si on ne leur vient pas en aide. Ils vont mourir, bien que nous, médecins, nous soyons en mesure de les sauver. Il ne nous faudrait pour cela que quelques camions qui assureraient leur transport à l'hôpital.

Le général hocha la tête, non pas pour signifier à Feng de se servir de son pistolet, mais pour indiquer à Tong qu'il avait entendu sa requête.

— Tu vas avoir des camions, dit-il, mais uniquement pour transporter les gardes rouges. Les autres se débrouilleront.

Tong disposa donc de quatre camions et de six soldats, qui ne se compliquèrent pas l'existence. Attrapant les blessés comme de simples morceaux de bois, ils les jetèrent sur la surface de chargement dans tous les sens et les empilèrent les uns sur les autres. L'officier qui commandait le détachement n'avait pas entendu l'ordre du général de n'emmener que les soldats, aussi Tong en profita-t-il pour embarquer la totalité des blessés.

A l'hôpital, Tong passa toute la nuit à la table d'opération, en compagnie de dix autres médecins. Entre chaque blessé — neuf d'entre eux moururent, malgré tous les soins — Tong se réservait une minute de repos, durant laquelle il pensait à son fils. Jian avait-il déjà été exécuté, se trouvait-il déjà au fond d'une fosse, recouvert d'essence ? Par quel moyen pouvait-on prévenir Meizhu et Fengxia de ne pas rentrer à Kunming dans les prochains jours ? En espérant que les sauvages « petits généraux de Mao » n'avaient pas encore noyé Chengdu dans un bain de sang...

Tong restait ainsi près de la table d'opération, les yeux dans le vague, jusqu'à ce que l'infirmier lui amenât le blessé suivant :

— Une balle dans l'épaule gauche. Il faut l'extraire.

C'était du travail à la chaîne, les corps défilaient les uns après les autres. Les instruments, qui de toute façon n'étaient pas en nombre suffisant, n'étaient ni changés ni désinfectés, faute de temps. Tong se disait que beaucoup parmi ceux qu'on relevait de la table et qui se croyaient sortis d'affaire mourraient de septicémie dans les prochains jours.

Au matin, le général fit une apparition à l'hôpital. Il jeta un coup d'œil dans la salle d'opération et fit signe à Tong de sortir dans le couloir. Le commandant Feng Tiyun l'accompagnait, le visage sombre.

— Tu as un fils ? demanda le général.

Tong fit un signe affirmatif de la tête, bien que le cœur menaçât de lui manquer. Il regarda Feng, mais celui-ci tourna la tête.

D'une voix étranglée, Tong demanda :

— Qu'en est-il de Jian ?

— Tu as sauvé des vies, répondit le général. De nombreuses vies de courageux patriotes. Pour te remercier, je vais sauver une vie, moi aussi. Je t'ai amené ton fils. Il attend en bas, dans l'entrée.

— Merci, camarade général, répondit Tong.

Des larmes envahirent ses yeux, il ne pouvait pas s'en empêcher, bien qu'il se sentît honteux de pleurer ainsi, lui, un homme.

Le général se retourna abruptement et s'en alla. Les autres médecins se précipitèrent sur Tong pour le féliciter.

— C'est la première fois qu'une chose pareille se produit ! s'écria l'un d'eux. Il faut retenir le nom de ce général !

— Je ne sais pas qui il est, ni d'où il vient.

— Les autres le savent sûrement.

Mais aucun des blessés ne connaissait l'identité de cet officier supérieur. Il était arrivé de Pékin, il s'était approprié le commandement, avait déclaré son prédécesseur traître à la patrie et l'avait fait fusiller. Depuis lors, il dirigeait la division d'une main de fer, et personne ne s'aventurait à lui poser quelque question que ce fût. C'était un homme étrange, qui ne parlait presque pas, mais qui, d'un signe, décidait de la vie ou de la mort. Le commandant Feng Tiyun, en revanche, était bien connu sur la place. C'était le bourreau de la troupe. En compagnie de ses hommes en uniforme vert, il tuait, dans la rue, séance tenante, tous ceux qui avaient fait l'objet d'une condamnation en procédure accélérée. Il faisait fusiller des femmes et des enfants, parce que leurs maris ou leurs pères étaient des intellectuels. Instituteurs, professeurs, avocats, en résumé, tous ceux qui avaient fait des études étaient considérés désormais comme réactionnaires.

Les retrouvailles entre Tong et son fils Jian furent brèves. Ils s'embrassèrent sans mot dire, chacun sachant ce qui se passait dans la tête de l'autre.

— Oui, Père, dit Jian. Je vais tenter d'aller à Chengdu et, si c'est encore possible, de cacher Mère et Fengxia. On raconte que la Révolution culturelle est à l'agonie, comme Mao Tsé-Toung lui-même, qui ne se montre pratiquement plus en public. On dit que le gouvernement est assuré par sa femme Chiang Ching et par Yao Wen-Yuan, son gendre. Nous allons nous cacher jusqu'à la mort de Mao. Tout changera après sa mort, puisque Teng Hsiao-Ping prendra la tête du gouvernement.

— Tu es un garçon intelligent et courageux, répondit Tong avec fierté.

« Il n'a que douze ans, et autant de courage que les guerriers des légendes anciennes, se dit-il. Il deviendra quelqu'un, plus tard. Chacun prononcera le nom de Tong avec respect. »

Sa prophétie se réalisa. Avec la différence que ce ne fut pas le nom de Jian qui fut connu au-delà des frontières du Yunnan, mais celui de Tong Shijun lui-même.

Jian avait réussi à faire sortir sa mère et sa sœur de Chengdu, pour les amener à un oncle qui avait la chance de ne pas être académicien, mais sculpteur.

Dans un premier temps, l'artiste s'était consacré à la création de temples et de pavillons qu'il taillait dans le marbre. Mais à l'avènement de la Révolution culturelle, il s'adonna à la sculpture d'animaux, principalement de tortues, symboles de longue vie. Il sculptait également des petits coffres, des oiseaux de toutes sortes, des petits magnolias, des châtaigniers en fleur, des boutons de fleurs de lotus prêts à s'ouvrir. Toutes ces productions étaient réalisées en marbre, en jade ou en stéatite, et elles étaient si finement ciselées que l'on pouvait voir les nervures des feuilles.

Une horde de gardes rouges passa bien par son atelier, sans se gêner pour rafler toutes ses œuvres achevées, mais elle eut la bonté de ne pas dévaster sa maison. Au contraire, une marque à la peinture rouge appliquée sur la porte donna la consigne d'épargner sa demeure. Les troupes de purificateurs qui passèrent par la suite observèrent cette recommandation. C'était une bonne cachette. Jian, sa mère et Fengxia y restèrent jusqu'à l'arrestation de la « Bande des Quatre », événement qui consacra officiellement la fin de la Révolution culturelle. Quelques jours plus tard, les Tong, après avoir voyagé assis sur le toit d'un camion, cramponnés à des cordages, retrouvèrent leur bonne ville de Kunming. Lorsqu'ils y pénétrèrent, ils eurent l'impression de ne l'avoir jamais quittée : la vie avait continué son cours normal, les marchés regorgeaient de légumes, d'épices, de nouilles, de tofu et de cages à oiseaux, les marchands de vêtements avaient monté leurs étalages et les poissons rouges nageaient dans de grandes bassines, ainsi que les crabes et les tortues aquatiques que l'on aimait à faire cuire dans la soupe.

La maison familiale n'avait pas été détruite, mais, à l'intérieur, c'était le chaos. Elle avait été pillée, l'autel avait été réduit en miettes, les nouveaux messagers de la culture avaient laissé leurs excréments partout, dans les lits, dans les fauteuils, sur les bancs du jardin, dans le bassin à poissons rouges. Lorsque Tong reprit possession de sa maison après le départ du général et de sa division, il constata que pas un centimètre carré n'avait été épargné. Il retrouva même un cadavre à moitié décomposé dans un bac à fleurs vide, celui de son serviteur Jinghen, qui avait déjà été au service de son père.

Un certain nombre de blessés se trouvait toujours à l'hôpital. Un commissaire de la milice civile s'occupait de les soumettre à interrogatoire. Les blessés craignaient maintenant pour leur vie, car ils portaient l'uniforme désormais honni des « petits généraux de Mao ». Même s'ils avaient jeté leur brassard rouge portant la mention « Garde rouge », personne n'avait oublié les ravages qu'ils avaient causés au sein de la population, ni le nombre de morts qu'ils avaient tenus au bout de leurs fusils.

Tong avait repris ses fonctions de médecin-chef de l'hôpital. Il ne put empêcher que de nombreux gardes rouges fussent arrachés à leurs lits, placés le long du mur de l'établissement et fusillés. Ceux qui ne pouvaient se tenir debout furent exécutés couchés. Les crimes continuaient, mais on leur donnait une autre appellation.

Meizhu, Jian et Fengxia retrouvèrent une maison vide et dévastée. Le plus gros des immondices avait été nettoyé, mais le spectacle de la désolation ambiante était suffisant pour que Meizhu fondît en larmes. Elle déclara à Jian :

— Mon fils, n'oublie jamais ce que tu vois là. N'oublie pas ce qu'un peuple est capable de faire quand on le pousse à la folie. Il suffit d'un seul homme tel que Mao pour qu'une nation entière se retrouve en ruines. N'écoute jamais celui qui te promet la liberté, il n'y a pas d'hommes libres. Apprends à ne compter que sur toi-même, la seule personne en qui tu puisses avoir confiance, c'est toi. C'est la seule façon de pouvoir supporter la vie.

Le soir, lorsque Tong rentra de l'hôpital — il ne savait pas que sa famille était de retour — un parfum de viande rôtie l'accueillit dès le hall d'entrée. La lumière brillait dans la cuisine et dans la salle à manger, et les gravats entreposés devant la grande salle de séjour avaient été déblayés.

Le cœur de Tong se mit à battre la chamade. Il se précipita à la cuisine et vit sa femme Meizhu affairée devant un grand feu de bois, une vieille poêle à frire à la main. Au comble de l'émotion, il l'appela par son nom, et ils tombèrent dans les bras l'un de l'autre. Tong prit le visage de sa femme entre ses mains, la regarda, laissa glisser ses lèvres sur ses paupières closes et prononça, après un long silence : « Je t'aime. » Il ne pouvait pas lui exprimer son amour en termes plus forts. Depuis des années, il n'avait plus employé ces mots. Tong n'était pas homme à étaler ses sentiments. Il gardait le silence, y compris dans la chambre à coucher, mais ses mains parlaient pour lui lorsqu'elles glissaient le long du corps mince de Meizhu ; elles en disaient plus que tous les mots du monde.

— C'est une épaule de porc, annonça-t-elle lorsqu'il eut enfin relâché son étreinte. Avec du poireau, des racines de gingembre et des germes de soja. C'est ton plat préféré. Jian a réussi à voler la viande : nous n'avons plus un sou vaillant.

— Jian se souvient sûrement de l'endroit où il l'a volée. Demain, nous y retournerons pour payer cette viande. Un Tong ne vole pas, même si son estomac est tiraillé par la faim.

— Nous voulions te faire plaisir. Te faire une surprise.

— C'est bien ainsi que je le prends.

Tong fit un geste de la main.

— N'en parlons plus ! J'ai déjà oublié que je mangeais de la viande volée.

Le jour suivant, Tong se rendit sur le marché, accompagné de Jian. Le jeune garçon marchait à ses côtés en baissant la tête, tout honteux, mais aussi très déçu, car s'il avait pris la viande, c'était pour faire une bonne surprise à son père. Lorsqu'ils furent arrivés au marché à la viande, il indiqua l'étal du boucher, qui d'ailleurs ne l'avait pas vu perpétrer son forfait.

Le boucher fut étonné à la vue de cet homme qui, flanqué d'un adolescent, s'inclinait devant lui en déclarant ;

— Je suis le docteur Tong de l'hôpital, et voici mon fils Jian.

— Enchanté.

Le boucher s'inclina à son tour.

— C'est un honneur pour moi que de vous voir devant mon modeste et indigne étal. Qu'y a-t-il pour votre service ?

— Je voudrais payer, répondit Tong, en ramenant devant lui un Jian rouge pivoine, qui se cachait derrière son dos.

— Qu'est-ce que vous voulez comme morceau ? demanda le boucher avec une certaine humeur.

— Nous avons déjà été servis.

Tong posa ses deux mains sur les épaules de Jian.

— Mon fils vous a acheté hier un morceau d'épaule de porc, mais il a oublié de vous laisser l'argent. Je voudrais réparer cet oubli. Que vous devons-nous, en dehors de votre clémence et de votre pardon ?

Le boucher fixa Jian, puis Tong, se passa la main sur le visage et se dit qu'il existait encore quelques honnêtes gens. Qu'il était encore possible que le père d'un voleur se déplaçât pour payer la marchandise volée. Que, de surcroît, ce père était un homme instruit, un médecin de l'hôpital, et qu'il était plein d'humilité à cause de son fils qui lui faisait honte. Il ne pouvait s'empêcher de comparer avec son propre fils, qui conduisait un *rickshaw* * à Kunming, et qui ne se privait pas de rouler de temps en temps les étrangers qu'il transportait, en multipliant le prix de la course par trois. Sans compter que, lorsque ses clients payaient en dollars, il appliquait un taux de change qui lui faisait gagner jusqu'à quatre fois le prix.

— Et comment est-ce que je vais faire pour calculer si vous ne me donnez pas le poids ? demanda le boucher. Il faudrait que je devine !

— Mettons-nous d'accord ! — Tong mit la main à sa poche et en sortit une liasse de billets : — Dites un prix, je le paierai.

— Je ne veux pas vous léser, très honoré docteur. Je suis un honnête homme, et...

— Considérez ceci comme l'expression de notre repentir.

Il prit la main de Jian, y déposa les billets et le poussa vers le bord de la table. « Paie ! » lui enjoignit-il sévèrement.

Jian avala plusieurs fois sa salive. Il avait l'impression qu'on l'étranglait. Il tendit l'argent au boucher. Comme celui-ci ne le prit pas immédiatement, il le déposa sur la table, sous les morceaux de viande accrochés à une tige de fer.

* En Chine, voiture légère tirée par une bicyclette et destinée au transport des personnes.

— C'est trop, se défendit le boucher. Beaucoup trop. C'est le prix d'un demi-cochon.

Tong ne prit pas la peine de répondre. Il saisit à nouveau Jian par les épaules, le poussa devant lui et quitta l'étal du boucher. Il avait recouvré son honneur.

— Quelle est la leçon de tout cela? demanda-t-il à son fils lorsqu'ils se retrouvèrent dans la rue après avoir quitté le marché.

Les lèvres de Jian se crispèrent, et il répondit :

— Il faut rester honnête, même si on doit en crever.

— Tu as appris un bien mauvais langage pendant la révolution, répliqua Tong avec le plus grand sérieux. Mais tout ceci va changer. Une nouvelle Chine va naître, avec un communisme nouveau, ouvert sur le monde.

— Tu... tu restes communiste? s'étonna Jian.

— Je n'ai jamais songé à changer.

— Malgré tout ce que nous avons vu, malgré toute l'expérience que nous avons vécue dans notre chair?

— La vie est un perpétuel renouvellement, mais elle exige aussi le respect de la tradition. Nous apprenons la sagesse de nos ancêtres, mon fils, tout en nous efforçant d'acquérir un nouveau mode de pensée. La Chine est éternelle comme notre terre, ce sont les hommes qui changent. Le communisme, lui aussi, se renouvelle, et je veux participer à l'œuvre qui permettra aux deux enseignements, à l'ancien et au nouveau, de s'harmoniser pour que leur musique commune soit belle à entendre. Lorsque tu seras plus âgé, tu comprendras cela, et tu seras communiste, toi aussi.

— Je ne sais pas, Père... Peut-être suis-je vraiment trop jeune encore.

— Certainement, mon fils.

Tong Shijun mit son bras autour des épaules de Jian.

— Dans dix ans, tu ne reconnaîtras plus le monde. Dans vingt ans, il aura encore changé, et toi aussi. Qui peut prévoir le futur? Nous sommes des Chinois, mon fils, nous croyons à l'immortalité, à l'éternité. Et maintenant, nous allons entrer chez Xiao Ming pour boire un verre de bière. C'est que tu es au seuil de ta vie d'homme...

Les années, parfois, passent si vite qu'elles peuvent se comparer aux flocons de neige qui fondent dans la main. Et l'on est tout étonné de constater que des événements déjà lointains sont si présents au souvenir qu'ils semblent s'être passés la veille...

N'était-ce pas la veille que Tong Shijun avait été nommé

médecin-chef, puis directeur de la clinique ? N'était-ce pas la veille qu'il avait été nommé professeur, qu'on lui avait attribué une chaire de médecine et que les deux livres qu'il avait écrits avaient été choisis pour être étudiés dans toutes les universités de Chine ? N'était-ce pas la veille que Fengxia, sa fille, lui avait demandé l'autorisation d'amener un jeune homme à la maison pour le présenter à sa famille ? N'était-ce pas la veille que Wu Junghou avait fait son apparition, vêtu d'un costume gris à la veste boutonnée bien haut, et que Fengxia avait déclaré avec fierté :

— Junghou est fonctionnaire du Parti communiste. Il est directeur adjoint des services de santé.

Jian — âgé de vingt-deux ans, il étudiait la médecine à Kunming — avait salué Wu d'un bref signe de tête et avait quitté la pièce. Wu avait levé les sourcils et l'avait suivi des yeux avec étonnement. Il jugeait extrêmement discourtoise l'attitude d'un homme qui quittait la pièce lorsque l'on se présentait pour entrer dans le cercle de famille.

— N'y prête pas attention, lui avait dit Fengxia. Il n'est pas comme nous tous. Nous nous y sommes habitués. Mais il sera un bon médecin, plus tard. Ses professeurs ne tarissent pas d'éloges à son sujet. Ils disent de lui qu'il est le meilleur.

N'était-ce pas la veille que Wu et Fengxia avaient fêté leurs fiançailles ? Que, dans le jardin de la maison des Tong, on avait fait partir un grand feu d'artifice ? Que les invités, les plus hauts fonctionnaires du Parti de Kunming, assis autour de tables basses, avaient eu droit à un festin composé de quinze sortes de mets différents, auxquels avaient travaillé six cuisiniers ? Que l'on avait offert, à chaque personne qui passait devant la maison des Tong, alléchée par les parfums, une pâtisserie accompagnée d'un petit verre ? Que Tong avait déclaré solennellement à Wu et à sa fille Fengxia :

— Vous vous êtes fait promesse de devenir mari et femme. Fêtons cette promesse !

Meizhu, la mère, s'était approchée des fiancés, portant dans ses mains deux coupes d'argent reliées entre elles par un ruban de soie rouge, et Tong y avait versé un vin mordoré, aux reflets légèrement teintés de vert. Wu et Fengxia avaient pris les coupes, croisé leurs bras et bu le vin, en échangeant un regard plein d'amour et de désir.

Puis ce fut au tour des autres invités de boire. Jian, lui, ne toucha pas au vin, s'abstint de lever son verre en l'honneur des fiancés, resta à l'arrière-plan, puis rentra à l'intérieur.

Fengxia le suivit et le trouva assis dans un fauteuil, une tasse de thé à la main.

— Mais qui es-tu ? Hein, qui es-tu donc ? Mon frère ? Non, tu es un buffle, un buffle ! Mais que t'a donc fait Junghou pour que tu cherches à le vexer de cette façon ? Je l'aime !

— C'est ton affaire, répondit Jian avec le plus grand calme.

— Il va devenir ton beau-frère.

— Je m'y ferai.

— Ah, je sais ce qui te dérange chez lui. Je le sais ! Tu l'embrasserais comme un frère s'il n'était pas un fonctionnaire du Parti !

Elle trépigna, comme font les paysannes pour égrener les épis de blé.

— Et il va grimper encore plus haut, à Pékin, il est sur la liste des camarades qui vont être promus, et... et...

— Tu as encore d'autres choses à m'annoncer ? s'enquit Jian ironiquement.

Fengxia serra les poings et les brandit devant son frère.

— Oui ! J'ai encore d'autres choses à te dire ! hurla-t-elle. Je vais être membre du comité central du Yunnan.

— Je ne savais pas que les études de chimie rendaient fou, répondit Jian, persiflant de plus belle. Mais peut-être est-ce dû aux émanations empoisonnées que tu respires au laboratoire.

— Espèce de réactionnaire ! Un beau jour, tu seras condamné à être fusillé ! Et tu seras bien content de la protection de Wu, si elle peut te permettre d'en réchapper !

— Je me protégerai tout seul.

Jian montra la porte :

— Va, ne fais pas attendre tes invités. N'oublie pas tes bonnes manières, je suis assez impoli pour deux.

— Mais qu'est-ce que tu as dans la tête ?

— J'attends l'avènement d'un autre monde.

— Ah ? Quel genre de monde ?

— Liberté.

Jian ne prononça qu'un seul mot, mais ce mot sonna comme l'épilogue d'un long discours.

— Nous sommes libres, c'est toi-même qui t'es enchaîné avec tes idées réactionnaires !

Fengxia se dirigea vers la porte, puis s'arrêta et se retourna une dernière fois vers son frère :

— Tu ne viendras pas à ma fête ?

— Non. Dis à Wu que j'ai encore un travail à terminer pour l'université.

— Il ne comprendra pas.

— Je m'en doute. Il ne connaît l'université que de l'extérieur, c'est bien la raison pour laquelle il est devenu fonctionnaire du Parti !

— Je te hais, Jian, je te hais !

— Merci. Je préfère que tu me haïsses, plutôt que de m'aimer.

— La Chine restera communiste, jamais elle ne deviendra capitaliste !

— La Chine s'appelle l'« Empire du Milieu ». Nous allons donc trouver une solution à mi-chemin.

Après le feu d'artifice, la plupart des invités rentrèrent chez eux. Wu, le fiancé, prit également congé, en remerciant Tong de la magnifique fête et en s'inclinant avec déférence devant Meizhu, la mère de sa fiancée. Il s'éloigna à bord de la voiture que le Parti avait mise à sa disposition en tant que permanent.

Après le départ de Wu, Jian rejoignit sa famille, qui était en train de boire un dernier verre de vin dans la grande salle de séjour.

Tong l'entreprit immédiatement :

— Tu as manqué de courtoisie, mon fils.

— Je n'apprécie pas Wu, répondit Jian.

— Tu es le seul ! hurla Fengxia, si fort que l'oncle de Dali, Zhang Shufang, qui était resté parmi eux, sursauta, effrayé par le son aigu de sa voix.

— Et d'ailleurs, il ne t'aime pas non plus ! ajouta-t-elle.

— C'est la seule et unique chose sur laquelle nous soyons d'accord, et il n'y en aura jamais d'autre.

— Que reproches-tu à Wu ? demanda l'oncle Zhang.

— Rien, en dehors de sa vilaine habitude de lécher le cul aux pontes du Parti.

Fengxia rougit, puis pâlit immédiatement après, ce qui trahit son vif émoi. Tong fronça les sourcils. A ce jour, ce langage-là n'avait pas encore eu cours dans sa maison. Meizhu regarda son fils, choquée elle aussi. Seul l'oncle Zhang sembla prendre la chose avec une sage bonhomie.

— Nous allons nous marier le plus tôt possible, déclara Fenxia d'une voix tremblante. Je ne veux pas vivre plus longtemps sous le même toit qu'un frère tel que celui-ci.

— La maison de tes parents ne se compose pas uniquement de Jian, rétorqua Tong. C'est une maison honorable.

Puis, se tournant vers Jian, il poursuivit :

— Excuse-toi auprès de ta sœur, mon fils.

Jian se tut. Il n'était plus le gamin de douze ans qui avait volé un morceau d'épaule de porc sur le marché et qui avait dû s'excuser humblement. Cet épisode remontait à dix ans, et même s'il restait toujours le fils de son père et lui devait le respect, il y avait tout de même une différence entre l'enfant qu'il était alors et l'adulte qu'il était devenu.

— Non ! finit-il par dire en voyant que tout le monde attendait sa réponse. Je n'aime pas Wu, c'est mon droit le plus strict. Dois-je me trahir moi-même, feindre d'être un autre ?

Il regarda son père, le front soucieux :

— Si tu le permets, Père, je vais aller continuer mes études à Chengdu ou à Shanghai.

— Je ne le permets pas.

Tong se leva et embrassa sa famille du regard.

— Il est tard, nous devrions aller dormir. La nuit porte conseil. Nos idées ne sont plus très claires ce soir.

Il fit un signe de tête et quitta la pièce.

Les autres restèrent assis dans un silence qui fut interrompu par l'oncle Zhang :

— Tout homme est une énigme pour lui-même, et chacun résout cette énigme à sa façon. Je crois que le monde disparaîtra le jour où il n'en sera plus ainsi.

Le calme s'installa dans la grande maison. Aucun d'eux ne trouva le sommeil, chacun tournant et retournant ses pensées dans sa tête. Tong confia à son épouse :

— J'aime mes deux enfants de la même façon, mais ils se haïssent entre eux et vont se déchirer. Femme, qu'allons-nous faire ?

Meizhu répondit :

— Shijun, les choses se passeront comme elles doivent se passer. Nous ne pouvons pas changer le cours du destin, c'est le destin qui change notre cours.

— Mais c'est du fatalisme, Meizhu.

— Le fatalisme ne fait-il pas partie de notre tradition ?

Tong approuva et se tourna sur le côté. Il admira l'intelligence de sa femme, et en éprouva une grande fierté.

Jian ne poursuivit pas ses études à Chengdu et resta à Kunming, même après le mariage de Fengxia et Wu, un an plus tard. Les jeunes époux s'installèrent dans une cité moderne construite par le Parti pour ses fonctionnaires. Fengxia, qui avait terminé ses études de chimie, possédait un bon diplôme. Appuyée par Wu, elle avait atteint le but qu'elle s'était fixé et qu'elle avait annoncé à Jian : elle devint membre du comité central du Yunnan et obtint par là le droit de surveiller sa propre famille. Quant à Wu Junghou, il avait été promu directeur des services de santé. Jian parlait de lui en le comparant à un singe qui voulait jouer les tigres, mais Tong prenait sa défense :

— Nous avons obtenu pour la clinique un appareil à ultrasons dernier modèle, un appareil qui vient d'Allemagne. Et ce n'est pas fini, car nous allons recevoir prochainement un appareil qui nous permettra de pratiquer des examens grâce à une nouvelle technique, l'échographie. Cette méthode rend possible l'observation des modifications à l'intérieur du corps, sans le recours aux rayons X qui peuvent être dangereux. Nous n'aurions jamais obtenu ces appareils sans l'intervention de Wu.

Tong constata que son fils paraissait peu impressionné.

— Tu vas bientôt être médecin toi-même, poursuivit-il. Lorsque tu seras médecin, tous tes actes seront guidés par une seule préoccupation, celle du bien-être des malades. Tu feras abstraction de tes propres sentiments. Pour être un bon médecin, il ne suffit pas d'avoir fait de bonnes études de médecine, sanctionnées par un bon diplôme. Tu devras être à l'écoute du malade, tu devras t'efforcer de gagner sa confiance afin qu'il te confie ses peines les plus secrètes, car beaucoup de maladies proviennent de l'âme et ne sont pas guérissables avec des pilules ou des gouttes. Mais il est évident que cela ne s'apprend pas à l'université. On vous forme comme des mécaniciens à qui on apprend à réparer les moteurs des voitures. Pour vous, le patient est une mécanique qui grippe quelque part, à charge pour vous de détecter la cause de la panne. Mais nous avons affaire à des êtres humains, mon fils, et la vie n'est pas un moteur en fonctionnement. Comprends-le et rends hommage à Wu qui nous soutient. Au nom des malades, rends-lui hommage.

Jian ne tint pas en place pendant les vacances de fin d'année. Il se rendit à Dali chez son oncle Zhang Shufang, le grand peintre-poète.

Pour son anniversaire, Jian avait eu en cadeau une petite voiture japonaise que lui avait offerte son père, grâce aux bons soins de Fengxia en personne, qui l'avait obtenue par l'intermédiaire du comité central. Jian avait hésité tout d'abord à accepter cette voiture, mais il la prit tout de même, car il ne pouvait faire à son père l'offense de refuser son cadeau.

A Dali, Jian faisait presque quotidiennement des promenades en barque. Il se mêlait aux pêcheurs, ou alors il se couchait au fond de l'embarcation, les bras croisés sous la nuque, et admirait les sommets abrupts des montagnes du Cangshan, en songeant aux nombreux contes que l'on se racontait à leur sujet depuis des siècles.

De temps à autre, Jian se rendait à l'île Jinsuo Dao, et mangeait du poisson grillé au charbon de bois dans le petit village de pêcheurs. Ou bien il accostait sur la petite île du temple Xiao Putuo Dao, où il s'asseyait à l'ombre des colonnes délicatement décorées et se sentait heureux de se trouver en pleine nature, seul, sans âme qui vive aux alentours.

Mais parfois, il lui prenait le besoin d'entrer en contact avec les gens qui l'entouraient et il se rendait alors dans les villages des minorités. Il se promenait à travers les rues des colonies bai, conversait avec les Yis, ou allait rendre visite aux Huis, lorsqu'ils avaient tué le mouton des jours de fête. Les Huis étaient musulmans et ils étaient parvenus à sauver leur foi au cours des siècles.

Un beau matin, l'oncle Zhang lui annonça :

— Demain, ce sera le jour du grand marché de Xiaguan. Ne veux-tu pas aller le visiter ?

— Un marché ? Qu'est-ce qu'il a de particulier ?

— C'est le lieu de rendez-vous des paysans, des commerçants, des artisans, des cuisiniers ambulants de toutes les régions environnantes, sans oublier les minorités en costume national. Ce sera pour toi l'occasion de voir tout un mélange de populations et de races les plus diverses. Tu y verras en particulier des Miaos, ils sont facilement reconnaissables à leurs bijoux d'argent et à leur gaieté naturelle. Il ne faut pas manquer cela, Jian. La Chine a toujours été un pays de merveilles, mais la merveille des merveilles, c'est l'homme. Je te le recommande, va à Xiaguan. Les marchés de Kunming sont des marchés de ville, mais ici, tu vas comprendre le miracle de la nature.

Jian se laissa convaincre. Au matin, il fit le court trajet qui séparait Dali de Xiaguan. Il gara sa voiture à l'extérieur du marché, contre un mur de glaise, dans le tumulte des tracteurs et de leurs remorques. Les gens grouillaient autour de lui, certains paysans portaient des costumes qu'il n'avait jamais vus qu'en photo. Des charrettes à bœufs se frayaient un chemin parmi la foule, des camions et des bus poussaient les gens sur le côté, klaxonnant sans relâche. Traversant les nuages de poussière, les paysans des environs tiraient leurs voitures à bras chargées de choux, de melons, d'épinards à larges feuilles, de mandarines et d'oranges, de poireaux et de racines de gingembre.

Jian se faufilait au milieu de la cohue, se laissant porter par la foule, s'arrêtant devant les stands des marchands de chaussures qui s'étalaient sur des mètres. Chez un cuisinier ambulant, il prit un bol de soupe aux nouilles qu'il trouva exquise. Un mendiant aveugle qui chantait des chansons mélancoliques d'une voix tremblante, dans un dialecte incompréhensible pour lui, attira son attention. L'aveugle hochait la tête en signe de remerciement à chaque fois qu'il entendait le bruit d'une pièce de monnaie tombant dans son chapeau de paille, ce qui n'arrivait que très rarement. Jian lui jeta un demi-yuan. Le mendiant interrompit sa chanson monocorde pour lui dire :

— Je te souhaite une longue vie pleine de bonnes actions.

Jian éclata de rire, et l'aveugle reprit sa chanson.

Puis la foule le poussa jusqu'à la table d'un dentiste, qui était justement en train de traiter un patient, à qui il retirait un chicot jaunâtre. L'arracheur de dents fit un signe à Jian en lui déclarant : « Attends, j'ai bientôt fini », puis il se pencha de nouveau sur la bouche grande ouverte du patient. Le patient fit rouler ses yeux, sa mâchoire craqua affreusement, mais il n'eut pas une seule plainte, peut-être parce qu'il avait décidé d'être un héros, ou bien parce qu'il n'éprouvait réellement aucune douleur, grâce au liquide dont le dentiste avait barbouillé sa mâchoire auparavant. Les gens se pressaient avec curiosité autour de la table du dentiste, admirant l'amoncellement des dents qui y étaient exposées.

Lorsque Jian se retourna après un bref entretien avec le dentiste, il heurta une jeune fille qui s'était placée derrière lui. Il la pria de l'excuser, lui demanda s'il lui avait fait mal, tout en ne pouvant s'empêcher d'admirer en même temps son doux visage auréolé de longs cheveux noirs, sa bouche rouge, ses yeux aussi sombres qu'un lac dans la nuit. Lorsqu'elle lui adressa la parole, sa voix chanta à ses oreilles avec le timbre d'un rossignol.

« Aujourd'hui, c'est mon jour de chance, pensa-t-il. J'ai bien fait de suivre les conseils de l'oncle Zhang. C'est dans une foule de plus de mille personnes que je rencontre la plus jolie fille de Chine. »

Il noya la jeune fille sous un flot de paroles, lui faisant des excuses interminables. Il proposa de lui passer un baume sur le bras qu'il avait heurté, afin d'éviter un hématome et, petit à petit, il réussit à la décider à le suivre jusqu'à sa voiture.

Puis il fit la connaissance d'un vieil homme au visage affreusement défiguré, qu'elle appelait oncle Chang. Le vieil homme, qui se tenait près d'un tracteur attelé d'une remorque plate, eut dans un premier temps un comportement extrêmement dissuasif à son égard. Mais Jian finit par arriver à ses fins et obtint l'autorisation de suivre leur tracteur qui avançait à une allure d'escargot, en ahanant et en émettant une odeur nauséabonde. Lorsqu'ils furent arrivés au village miao de Huili, Lida — c'était ainsi qu'elle s'était présentée — sauta immédiatement du siège du tracteur et disparut à l'intérieur de la maison.

— Voici l'école, annonça Chang. Et voici la maison de l'instituteur Huang Keli. Tu en as assez vu? Nous sommes pauvres, mais pour être heureux, nous n'avons pas besoin de voiture japonaise. Nous sommes heureux lorsque nous voyons le soleil se lever, puis se coucher, et nous nous réjouissons en nous disant que nous avons vécu une journée de plus, une journée pleine de sens, que nous avons utilisée à bon escient.

Chang désigna la maison, puis secoua la tête :

— Ce n'est pas la peine d'attendre, Lida ne sortira plus.

— Alors, entrons !

Jian ouvrit le coffre de sa voiture, en sortit un sac de toile portant l'inscription « Hong Kong » en grosses lettres, et se tourna vers Chang.

— Il s'agit de toi, pas de Lida. Tu as une toux sèche, tu craches du sang de temps en temps et ton visage...

— C'est une vilaine maladie, une maladie inconnue qui a bouffé ma peau, dit Chang. Mais tout ça, c'est du passé. Ça fait déjà neuf ans.

— Je vais t'examiner à fond, oncle Chang.

— Je n'en vaux pas la peine, je suis un vieil homme.

Chang leva les deux mains dans un geste de défense. A ce moment-là, il aperçut Huang Keli qui sortait de la maison, et, derrière celui-ci, la tête de Jinvan, sa femme, qui apparaissait dans l'encadrement de la porte. Après avoir jeté un bref coup d'œil rempli de curiosité, Jinvan disparut de nouveau.

— Voilà le maître d'école, dit Chang.

Jian posa son sac de toile à terre et attendit que Huang se fût approché suffisamment près pour s'incliner, comme la coutume l'exigeait. Huang lui fit un signe de tête, l'évalua rapidement et arriva à la conclusion que le visiteur était un homme agréable, aux yeux intelligents et, à en juger par son comportement, bien éduqué.

— Mon nom est Tong Jian, dit le jeune homme, se voyant observé par Huang d'un œil critique. Je suis étudiant en médecine à Kunming.

— Je sais, répondit Huang. Ma fille me l'a dit.

— Lida a parlé de moi?

— Elle a simplement dit que vous l'aviez suivie en voiture, et qu'elle avait fait votre connaissance au marché. Puis-je vous demander ce qui vous amène jusqu'à notre pauvre village?

— Ma toux et ma figure ! s'écria Chang, avant de laisser à Jian le temps de faire une réponse stupide. C'est pour m'examiner et me prescrire des remèdes. Entièrement gratuitement, il ne veut pas accepter un fen. Qu'est-ce que tu penses de ça?

— Soyez mon hôte, monsieur Tong, s'empressa de répondre Huang en désignant sa maison. Je suis sûr que vous n'avez jamais pénétré dans une cabane aussi misérable, mais vous pourrez certainement supporter ce décor, le temps de prendre un thé.

— J'ai vécu avec ma mère et ma sœur caché dans une porcherie, à la fin de la Révolution culturelle. Votre maison est un palais, en comparaison.

— Vous avez été poursuivis ? demanda Huang.

— Nous sommes une famille connue à Kunming. Mon père n'a dû son salut qu'au fait d'avoir soigné les gardes rouges blessés.

— Et le fils de cet homme se déplace jusque dans un pauvre village miao, pour soigner un vieil homme. Quel honneur !

Huang passa devant, et Jian le suivit à l'intérieur, où Jinvan s'activait devant le feu pour faire cuire le repas du soir. Le riz fumait déjà dans le récipient de bois où il avait été versé. Une marmite contenait une soupe aux nouilles transparentes, et un parfum de canard rôti s'échappait d'une poêle en fonte qui se trouvait sur le feu.

— Ce que nous avons à vous proposer est peu de chose, monsieur Tong, dit Huang, comme pour s'excuser de ne pas avoir présenté sur la table des écrevisses ou des filets de porc à la sauce aigre-douce. Mais Jinvan n'a pas sa pareille pour épicer les plats simples, de telle façon qu'ils réjouissent le palais.

— Ne m'appelez pas « monsieur Tong », s'il vous plaît, mais Jian tout court.

Jian parcourut la pièce des yeux. Elle était grande, bien entretenue et impeccablement rangée. Ses murs étaient ornés de deux reproductions en couleurs qui provenaient probablement d'un illustré et qui représentaient un paysage grandiose : les majestueuses montagnes de Zhangjiajie, dont les artistes peintres eux-mêmes, enthousiastes, proclamaient qu'elles étaient plus belles que les montagnes de Guilin. Une photographie faisait face aux reproductions. C'était un portrait de Teng Hsiao-Ping, l'homme qui voulait conduire la Chine vers les temps nouveaux.

Jian s'avança vers la photo et demanda :

— Vous honorez Teng, monsieur Huang ? Vous le tenez en estime ?

— J'honore tous ceux qui ont des idées utiles.

Huang jeta un coup d'œil vers Jinvan qui était en train de retourner le canard dans la poêle :

— Où est Lida ?

— Dans l'étable, dans le jardin, avec son buffle, est-ce que je sais ! Elle était pressée de sortir de la maison.

— Ne va-t-elle pas manger avec nous ?

— Je vais l'appeler, mais je ne sais pas si elle viendra.

— Elle viendra ! décréta Huang, dont la voix s'était durcie brusquement. Je lui ai appris la politesse et la bienséance. Jian, veuillez pardonner à ma fille de se conduire ainsi.

Ils prirent place à table. Chang souriait aux anges, car il ne partageait pas l'opinion de Huang au sujet de l'absence de sa fille et pressentait qu'une rose était en train de fleurir dans le cœur de la jeune fille. Il se disait que c'était là un sentiment inconnu pour elle, et que sans doute elle ne voyait pas d'autre solution que de prendre la fuite devant lui.

Jinvan posa le canard rôti dans un plat d'argile, puis saisit une poêle en aluminium que Lida avait rapportée de quelque marché. Elle attrapa un morceau de bois et frappa plusieurs fois contre le fond de la poêle, comme on frappe le gong chez les gens aisés pour réunir les membres de la famille.

La porte de derrière s'ouvrit et Lida entra. Huang se dit avec fierté : « Ma fille est bien élevée, tout de même, elle tient à ne pas me faire honte devant notre visiteur. » C'est alors qu'il s'aperçut qu'elle s'était changée. Elle portait une robe légère en coton, couleur bleu ciel, qui moulait son corps.

Le cœur de Jian se mit à battre plus vite. Lida disposa les bols, ouvrit trois bouteilles de bière et remplit les verres avec le liquide qui répandait une forte odeur de houblon. Ce faisant, elle évitait de regarder Jian. Puis elle prit place à côté de sa mère, assez loin de lui.

Le repas du soir était délicieux. Jinvan était réellement experte dans l'art des épices, et Jian fit remarquer, en connaisseur :

— Ce repas pourrait rivaliser avec la cuisine des meilleurs restaurants de Kunming.

— Je n'ai jamais mangé dans un restaurant de Kunming, répondit Huang. Mais Jinvan est une véritable magicienne. Elle serait capable de transformer un trognon de chou en cœur de lotus.

Il faisait déjà nuit lorsque le repas se termina enfin. Ils burent leur thé vert dans les grandes tasses à couvercle. Au-dessus de leur tête, sous un abat-jour de bambou tressé, brûlait une pauvre ampoule électrique, qui ne suffisait pas à éclairer la pièce entière. A côté de l'âtre, Lida lavait la vaisselle à l'eau chaude dans une bassine, en utilisant une brosse dure pour frotter les baguettes de bois que le grand-père avait fabriquées lui-même en son temps. On n'utilisait ces baguettes que pour des occasions exceptionnelles, et aujourd'hui, c'en était une. En effet, ce n'était pas tous les jours qu'un *monsieur* issu d'une famille réputée dînait à la table d'un pauvre instituteur, membre de la minorité des Miaos.

Jian regarda l'ampoule électrique et fit observer :

— La lumière n'est pas suffisante pour me permettre un examen correct. Je vais rentrer chez moi et revenir demain. Cela vous convient-il, monsieur Huang ?

— Et où habitez-vous, Jian ? demanda Huang.

— A Dali. Le trajet n'est pas long.

— Mais il fait nuit !

La remarque venait de Jinvan.

— J'ai de bons phares, madame Huang.

— La circulation de nuit n'est pas très sûre, en ce moment. On raconte que dernièrement on a attaqué sept camions en une seule nuit, pour les piller.

Chang retrouva soudain la mémoire :

— C'est vrai ! La police a été sur le pied de guerre pendant trois semaines, mais la bande a dû être prévenue... Ne prends pas le risque de te trouver seul à bord de ta voiture pendant la nuit, sinon, tu pourrais bien...

Il fit un geste de la main, comme pour se trancher la gorge.

— Même le plus courageux des hommes ne peut pas se défendre, si on l'attaque par-derrière.

— Je vous propose de passer la nuit dans ma misérable demeure, décida Huang, en s'adressant à Jian avec la plus grande courtoisie. Misérable, mais propre. Vous ne risquez aucune infection. Il n'y a chez nous ni rats, ni araignées, ni punaises. Mon lit est le vôtre.

— Et où dormirez-vous ? demanda Jian.

— Dans la petite chambre à côté, qui est habituellement celle de Lida.

— Et Lida ?

— Dans l'étable, répondit Jinvan.

A quoi Chang ajouta :

— Près de son buffle. L'étable est aussi propre que cette pièce. On y met de la paille fraîche tous les jours.

Jian hésita, d'autant plus que Lida, près du foyer, ne disait mot, lui tournant le dos et s'affairant avec les marmites et les poêles, ce qui n'était pas nécessaire du tout.

— Je vais réfléchir, dit-il, en se levant. Je vais d'abord respirer un peu dehors. La nuit est belle et chaude. J'aime ce genre de nuits, elles portent l'âme à la poésie.

Il sortit, et Huang attendit deux minutes, par politesse, pour éviter d'être entendu par Jian.

— C'est un homme bien élevé, dit-il. Et pas prétentieux du tout.

— Je parie qu'il va rester, gloussa Chang. Mon visage et ma toux l'intriguent.

« Et pas uniquement ça... se dit-il intérieurement. On n'élucidera jamais le mystère de l'aveuglement des pères quand il s'agit de leurs filles. Jinvan, elle, a tout compris depuis longtemps, on le voit dans ses yeux. »

Huang était perturbé par une question.

— Pourquoi donc as-tu parlé d'une bande de voleurs, tout à l'heure ? demanda-t-il à sa femme. Qu'est-ce qui t'a pris ? Personne n'a jamais été attaqué, par ici ! Et toi, Chang, qui as appuyé ce mensonge avec ton histoire de police... Pourquoi diable avez-vous voulu faire peur à Jian ?

— Pour qu'il reste ici... Pour qu'il ait une raison de dire : « J'accepte votre lit, monsieur Huang. »

Les yeux de Chang brillèrent de malice :

— Après tout, il s'agit de ma toux et du sang que je crache de temps en temps. Plus jamais nous ne rencontrerons de médecin qui tiendra absolument à me soigner pour rien. C'est une occasion unique dont il faut profiter, Huang Keli.

— Je vais à l'étable, dit Lida en s'essuyant les mains sur un chiffon. Il est tard. Demain matin, il va falloir que je retourne le champ de choux du haut.

— Tu ne veux pas voir comment Jian s'y prendra pour m'examiner ? demanda Chang d'un ton négligent.

— Non.

Elle rejeta ses cheveux sur ses épaules avec un mouvement de la tête.

— Je n'ai pas envie de perdre mon temps à regarder travailler les autres.

Elle quitta la pièce par la porte de derrière et se rendit à l'étable où le buffle meuglait d'une façon inhabituelle. Quelque chose semblait lui déplaire. Là aussi, le seul éclairage consistait en une simple ampoule électrique.

Lida s'arrêta brusquement à la porte de l'étable et comprit pourquoi le buffle était si inquiet. Jian était assis sur une caisse renversée. Il se leva dès qu'il vit entrer Lida.

— Que fais-tu ici ? demanda-t-elle d'une voix plus forte et plus sévère qu'elle ne l'eût souhaité. Je pensais que tu voulais chercher une inspiration poétique dans la beauté de la nuit.

— Un vieux conte m'est revenu à l'esprit, veux-tu l'entendre ?

— Oui, s'il n'est pas trop long. J'ai sommeil.

— Il y a bien longtemps, commença Jian, on trouvait à la campagne des peignes, mais pas encore de miroirs. Les miroirs étaient connus des gens riches uniquement, qui les utilisaient pour s'y mirer plusieurs fois par jour. Il advint qu'un jour une pauvre femme de paysan brisât son peigne de bois. Elle dit alors à son mari : « Il va falloir que tu retournes bientôt à la ville pour vendre les champignons au vinaigre. Rapporte-moi donc un peigne en bois qui soit beau, grand et solide, un peigne qui ne se casse pas facilement. N'oublie pas ! » Mais, connaissant son mari, et le sachant très étourdi, elle l'entraîna devant la maison, lui montra la lune, qui avait la forme arrondie d'un croissant, et lui dit : « N'oublie pas de me rapporter un peigne ! Il faut qu'il soit arrondi et solide comme la lune qui est là-haut. » Puis vint le jour où le paysan se rendit à la ville avec son petit tonneau rempli de champignons au vinaigre, et ce jour-là était jour de pleine lune. Arrivé au marché, il se souvint qu'il devait rapporter quelque chose à sa femme, une chose qui avait un rapport avec sa beauté. Mais de quoi diable pouvait-il s'agir? Il réfléchit intensément, puis il eut une inspiration : elle avait dit qu'il fallait que ce fût comme la lune. Il leva donc les yeux vers le ciel, et y aperçut la pleine lune. Il fit le tour des étalages, jusqu'à ce qu'il avisât un miroir, qui était aussi rond que la lune accrochée au-dessus de sa tête. Le paysan donna presque tout son argent pour l'obtenir, mais que n'eût-il pas donné pour sa femme ? Il retourna fièrement dans son village et offrit son cadeau à sa femme. « Il est beau comme la lune, lui dit-il. Il va te plaire ! » Sa femme défit le paquet. Jamais encore elle n'avait vu un objet tel que celui-ci. Lorsqu'elle vit soudain apparaître un visage sur la surface ronde et lisse du miroir, elle s'affola, prit ses jambes à son cou et se précipita en pleurs chez sa mère, à qui elle raconta son malheur : « Mon mari a pris une concubine ! Que dois-je faire ? » « Fais voir ! répondit la mère, qui regarda dans le miroir, prit peur à son tour, et se mit à trembler de tous ses membres. Il est devenu fou ! s'écria-t-elle épouvantée. Pourquoi ne prend-il pas une fille jeune et jolie ? Au lieu de quoi, il ramène chez lui une affreuse vieille chouette, qu'il exhibe partout ! Il n'est pas normal ! Il faut le faire savoir au juge du district. »

» Et c'est ainsi que la mère et la fille se rendirent de concert chez le juge, auprès de qui elles étalèrent leurs récriminations. Pour preuve, elles lui tendirent le miroir. Le juge regarda dans le miroir, et son visage s'assombrit. Il s'écria alors : « Les gens sont inouïs ! C'est à n'y pas croire ! Non seulement ils se querellent pour des détails, mais, en plus, ils ont le front de paraître devant un juge vêtus d'une robe de juge. Ce paysan va jusqu'à porter ma propre robe ! Le respect s'est-il donc totalement perdu ? »

» En conséquence de quoi, le pauvre paysan fut condamné à

recevoir vingt-cinq coups de bâton sans connaître jamais la raison de cette punition. Il jeta le miroir dans un étang. Depuis lors, ce sont les poissons qui se mirent dedans, et qui jouent avec leur propre reflet.

Jian se tut.

Lida s'était assise dans la paille à côté de son buffle. Elle l'avait écouté en silence, puis finit par dire doucement :

— C'est un conte étonnant. Pourquoi me le racontes-tu ?

— Tu as bien un miroir ?

— Oui, bien sûr.

— Et quand tu regardes dans ton miroir, qui vois-tu dedans ?

— Moi, évidemment.

— Toi, qui es la plus belle des jeunes filles, toi, dont la beauté fait pâlir toutes les autres. Allons-nous nous comporter aussi stupidement que le paysan, sa femme, sa belle-mère et le juge du district ?

— Je ne vois pas ce que tu veux dire.

— Ce que je veux dire, c'est qu'il ne faut jamais condamner d'avance quelqu'un que l'on ne connaît pas. Attends que nous fassions mieux connaissance. Désormais, quand je regarderai la lune, quel que soit l'endroit où je me trouverai, j'y verrai ton visage. La lune sera le miroir qui me permettra de te garder toujours avec moi.

— La poésie t'a tourné la tête, répondit-elle. Laisse-moi. Je veux aller me coucher.

Jian se leva. Il dut lutter intérieurement pour ne pas arracher Lida à la paille et la serrer contre lui. Il se contenta de la regarder longuement et quitta l'étable sans un mot.

Lida resta assise un moment dans la paille, immobile, telle une poupée de son. Mais, brusquement, elle se mit à trembler des pieds à la tête. Elle se réfugia auprès du buffle, enfouit son visage dans sa masse rassurante et prit sa grosse tête dans ses bras.

— Aide-moi, lui dit-elle. Il a dérobé mon cœur. Je veux le reprendre... je veux que mon cœur nous appartienne à tous les deux.

Dehors, dans la nuit éclairée par la lune, Jian, léger comme un papillon, se sentait planer dans le ciel, libéré de la gravité terrestre.

Mais la voix de Huang le ramena sur terre :

— Jian, mon lit vous attend. Les nuits sont courtes, pour nous autres paysans. Lida commence sa journée à cinq heures. Venez, Jian.

« A cinq heures », se dit Jian en allant rejoindre Huang.

A l'heure dite, Jian attendait Lida devant sa porte. C'est

ensemble qu'ils menèrent le buffle jusqu'au champ de choux du haut, celui qui devait être labouré. Et cela leur parut si naturel qu'aucun d'eux n'éprouva le besoin d'en dire ne serait-ce qu'un seul mot.

4
Le pavillon de jade

Une semaine s'était écoulée. Jian s'apprêtait à quitter Dali pour retourner à Kunming. Il emportait avec lui une série de tableaux peints par l'oncle Zhang Shufang, et destinés à être exposés dans une galerie de la ville. L'artiste savait par avance que les étrangers, les « longs nez », se bousculeraient pour acheter ses œuvres, contribuant ainsi à arrondir son pécule.

Cependant, avant de reprendre la route, Jian prit une dernière tasse de thé en compagnie de Zhang. Les yeux dans le vague, il ne disait mot.

— Je ne veux pas te forcer à parler, lui dit son oncle d'un ton bienveillant. Mais tu es resté absent cinq jours, et mon inquiétude a été vive.

— Je te prie de me pardonner, mon oncle.

— Je ne vais pas non plus te demander où tu étais, si tu ne juges pas utile de me le dire.

— J'étais à Huili, oncle Zhang.

— Où donc ?

— A Huili, un village perdu dans les montagnes de Yungu. Un village miao.

— Pendant cinq jours ? Et qu'est-ce qui t'a retenu là-bas ? Les attraits de la culture miao ?

— Entre autres, mon oncle.

— Ah ? Mais encore ?

— Une jeune fille.

Jian prit une profonde inspiration et rejeta l'air dans un soupir.

— Une jeune fille semblable à une fleur d'abricotier. Un miracle de la nature, une merveille transformée en femme. Si tu la voyais, il te serait impossible de ne pas la prendre pour modèle.

— Tu es tombé amoureux ?

— Non, je l'aime. Etre « amoureux » est un sentiment éphémère, il peut se faner très vite, comme une fleur. Mais l'amour est une semence qui transforme la terre.

— Je croyais que les études de médecine t'avaient appris à raisonner avec rigueur.

Zhang saisit la grande bouteille thermos et versa de l'eau chaude sur les feuilles de thé vert dont il avait parsemé le fond de sa tasse.

— Tu m'étonnes, poursuivit-il.

— Je n'ai jamais eu les idées plus claires qu'aujourd'hui.

— Parce que tes idées tournent en rond, Jian, parce que tu es obsédé par cette jeune fille et par l'amour qui vient de naître en ton cœur. Mais le monde ne se limite pas à Tong Jian.

— Que veux-tu dire, oncle Zhang ?

Le peintre-poète aspira une gorgée et observa Jian par-dessus le bord de sa tasse. Le regard pensif, il secoua la tête plusieurs fois.

— Cette jeune fille est une Miao ? finit-il par demander, avec une nuance de pitié dans la voix.

— Oui. Lida est une Miao.

— Tu es un Chinois Han, Jian. Depuis des siècles, les Tong sont des Chinois Han, et il n'a jamais été question d'accepter qui que ce soit d'autre qu'un Han dans ta famille.

— Mais tout ça, c'est dépassé, oncle Zhang ! s'écria Jian. Les temps ont changé !

Cependant, il comprit à cet instant qu'il aurait à lutter pour faire reconnaître son amour pour Lida.

— La tradition est le sol nourricier dans lequel s'enracinent toutes les jeunes pousses. Une Miao dans la famille Tong... Ce serait rien moins qu'un tremblement de terre.

— Mais que m'importent les Miaos, les Bais, les Yis, les Huis, les Tujlas, les Naxis et les autres ! Moi je ne vois que des hommes et des femmes. Et j'aime une femme, pas une Miao.

— Tu vas expliquer cela à ton père.

— Il me comprendra.

— Il ne te comprendra jamais.

— Mais il considère que tous les êtres humains sont frères et sœurs : il est bien communiste, n'est-ce pas !

— Ce n'est pas tout à fait exact, Jian. Avant tout, il est Chinois Han, gardien de la tradition, ensuite il est médecin, puis chef de famille, et en dernier lieu seulement il est communiste.

— Fengxia sera de mon côté.

— N'espère rien du côté de ta sœur. C'est une Han, son mari Wu est un Han lui aussi, et ils peuvent bien en tant que fonctionnaires du Parti tenir les discours les plus progressistes qui soient, jamais tu ne leur feras accepter une Miao.

Zhang se cala au fond du banc de bois de rose sculpté et se mit à caresser sa barbiche clairsemée.

— Accepteras-tu un conseil ? demanda-t-il.

— Bien entendu, oncle Zhang, si ce n'est pas le conseil d'oublier Lida. Car tu me demanderais l'impossible... Elle est en moi, tu comprends, et elle est là, devant toi, elle a les traits de Jian, nous ne formons plus qu'une seule et même personne.

— Voici mon conseil : ne raconte pas à ton père ce qui t'a retenu pendant cinq jours.

— Cinq jours ! Qui vont devenir ma vie entière !

— Ne lui dis rien et attends. Nous autres, Chinois, nous connaissons la patience. Nous attendons depuis cinq mille ans que naisse le jour qui ne verra plus ni maître, ni esclave. Et nous continuons à attendre ce jour béni, car si on lui ôte l'espoir, l'homme n'est plus qu'un récipient vide. En comparaison, que représenteront pour toi quelques mois d'attente ?

Zhang se pencha et posa ses mains sur celles de Jian, qui tambourinaient nerveusement sur la table :

— Présente-la-moi, Jian.

— Qui, Lida ?

— Bien sûr.

— Tu veux la convaincre de me quitter !

Jian se leva d'un bond, ses yeux se rétrécirent, et sa bouche se pinça jusqu'à se réduire à la dimension d'une cicatrice.

— Toi aussi, tu es contre elle.

— Garde-toi de prononcer des jugements prématurés, faute d'avoir entendu auparavant et le plaignant, et l'accusé. Je souhaite lui parler... Les mots sont des poids que l'on pose sur une balance. L'amour éblouit le regard, mais un vieil homme comme moi ne se laisse plus abuser par lui. Je veux te venir en aide.

— Il y a quelques minutes, tu as dit...

— Je me suis contenté d'imaginer ce qu'en penserait ton père, l'interrompit Zhang. J'ai simplement formulé ce qui t'attendrait au cas où tu dévoilerais tout, emporté par tes sentiments.

Zhang reprit sa place au fond du banc.

— C'est une paysanne ?

— Pas exactement. Son père est l'instituteur de Huili. Mais c'est elle qui cultive la terre qu'ils possèdent. Pendant cinq jours, j'ai labouré les champs à ses côtés, avec son buffle. Je me suis senti bien comme jamais auparavant, parce que je ne savais pas qu'il était si simple d'être heureux.

— Tu n'es pas un paysan, tu te destines à la médecine. Tu deviendras un jour plus réputé que ton père Tong Shijun, car en toi sommeillent un esprit et un savoir qui ne demandent qu'à s'éveiller. Tu n'es pas né pour passer la charrue mais pour utiliser tes connaissances à guérir les malades et à donner aux désespérés le courage d'affronter la vie.

— Mais cela n'a pas de rapport avec Lida, oncle Zhang !

— Si, car je ne suis pas sûr qu'elle soit la femme qui saura se tenir aux côtés d'un homme réputé.

— Elle en sera capable. Elle apprendra.

Jian regarda sa montre. C'était une montre en or, et non une imitation comme celles que l'on vendait à Hong Kong aux touristes crédules.

— J'ai encore quatre cents kilomètres à parcourir avant d'arriver à Kunming. Il faut que je parte, oncle Zhang.

Ils s'embrassèrent. Zhang accompagna Jian à sa voiture et leva le bras en signe d'adieu, pendant que son neveu affrontait le chemin cahoteux qui desservait sa maison isolée des bords du lac. Puis, lorsque la voiture fut hors de sa vue, il retourna dans son atelier, contempla ses peintures à moitié achevées et dit pensivement :

— Je le comprends. Dans ma jeunesse, j'ai aimé une jeune Dong. Il m'était bien égal à l'époque qu'on soit Dong ou Han ! Oh oui, Jian, je te comprends !

Il s'assit devant une aquarelle, saisit un pinceau et peignit un visage de jeune fille entouré de branches d'arbres en fleurs. Il se souvenait exactement de ses traits.

Ce qui est gravé au fond de l'âme ne s'efface jamais.

Jian fut accueilli chez lui par sa mère Meizhu, qui l'examina et s'estima satisfaite de l'effet bénéfique de ses vacances. Il était bruni par le soleil et se montrait d'une bonne humeur à laquelle il n'avait pas habitué son entourage. Durant tout le trajet, il s'était répété les paroles de l'oncle Zhang et y avait réfléchi. Ce que celui-ci lui avait conseillé, c'était de mentir, mais son éducation le portait à ne jamais cacher la vérité. Il n'avait jamais fait l'expérience du mensonge, l'idée même de tromper la confiance de son père lui paraissait sacrilège. Il avait toujours dit ce qu'il pensait, et sa brouille persistante avec Fengxia et son beau-frère Wu n'était que le prix de sa sincérité.

Il se rappela une parole de son père, alors que ses querelles avec Wu menaçaient de dégénérer en pugilats. Tong lui avait dit : « Sois plus diplomate, mon fils. En étant diplomate, on ne dit rien qui ne soit vrai, on arrange la réalité. Le choix des mots est plus important que leur contenu. »

« Tenons-nous-en donc à cette attitude, mon père. Je ne mens pas en me taisant, et, en parlant, je ne prononcerai pas le nom de Huili. »

— Où est Père ? s'enquit Jian, après avoir pris une douche pour se débarrasser de la poussière de la route et passé un peignoir de soie.

Le décor de la maison lui parut soudain ostentatoire, surchargé de bibelots, de sculptures, de meubles occidentaux que Tong avait fait venir de Guangzhou, l'ancienne Canton. Jian n'avait jamais éprouvé ce sentiment jusqu'alors. S'étendant pour quelques minutes sur un lit recouvert d'une couverture de soie, il ne put s'empêcher de songer au lit de l'instituteur Huang Keli placé à côté de la porte, grâce à laquelle un courant d'air frais aérait la pièce en permanence. Il avait merveilleusement bien dormi dans ce lit, profondément et d'un sommeil sans rêves, épuisé par les durs travaux des champs, mais infiniment heureux d'avoir passé la journée entière aux côtés de Lida.

Cependant, il était inquiet du résultat de l'examen approfondi auquel il avait soumis l'oncle Chang Lifu. Sa toux sèche et ses expectorations ensanglantées étaient le signe irréfutable d'une tuberculose. A cela s'ajoutait une bronchite chronique. En l'écoutant au stéthoscope, Jian avait entendu des râles et des ronflements à l'intérieur de sa poitrine, et il avait eu le plus grand mal à dire sereinement :

— Chang, ton poumon est atteint, mais il existe des médicaments qui pourront t'aider.

Il avait prononcé le mot « aider », et non pas « guérir » car, à ce stade de la maladie, il n'y avait plus d'espoir de guérison. Le mal avait déjà consumé le corps entier, et Chang semblait pressentir la vérité, même s'il hochait la tête en signe d'approbation.

— Nous ne trouverons pas les médicaments ici, c'est certain, peut-être même pas à Dali, mais sûrement à Kunming. Je vais les faire préparer et je les apporterai lors de ma prochaine visite.

C'était la première fois que Jian évoquait son départ. Il vit les yeux de Lida s'agrandir, son visage se figer, mais elle ne prononça pas un mot, elle ne posa aucune question, elle se contenta de le regarder, et ce regard contenait toute la souffrance du monde. « Tu ne reviendras pas, disait ce regard. Lorsque tu seras à Kunming, tu m'oublieras. Nous ne nous reverrons jamais, et tu épouseras une belle jeune fille riche, tu deviendras un médecin célèbre et tu oublieras les moments que nous avons passés à creuser des sillons dans la terre à l'aide de la charrue tirée par le buffle. Tu ne te souviendras plus des canards qui plongeaient dans la mare à la recherche d'herbes vertes, de la grue qui planait au-dessus des terrasses de riz, jouant avec le vent chaud qui la portait sans un seul battement d'aile. Mon nom lui-même sortira de ton esprit, je serai effacée de ta mémoire, tu auras des enfants, et la dynastie des Tong sera fière de toi. »

L'angoissante question fut posée par Huang lui-même :

— Quand comptez-vous prendre la route, Jian ?

— Demain. J'irai d'abord passer la nuit à Dali chez Zhang Shufang et je continuerai ensuite vers Kunming.

— Et quand est-ce que j'aurai mes médicaments ? demanda Chang. Il sera trop tard quand j'aurai craché tous mes poumons.

— Je reviendrai le plus vite possible.

« Voilà un mot qui n'engage à rien, se dit Lida, qui s'étonnait de respirer encore. Dans *le plus vite possible*, le mot le plus important est *possible*, car quand on dit *possible*, on parle d'une chose impossible à évaluer. On peut donner toutes les significations au mot *possible*, y compris l'impossibilité. Jian, tes yeux ont l'éclat de la sincérité, mais dis-tu la vérité ? »

Le lendemain, Jian partit très tôt, mais Lida avait quitté la maison encore plus tôt que lui. Elle s'était réfugiée dans les champs, avec son buffle. Elle avait choisi un champ de maïs que l'on ne pouvait atteindre que par un chemin étroit situé dans une dépression entre deux collines, pour être sûre que Jian ne la retrouverait pas. Personne ne pourrait la trouver à cet endroit, en dehors des gens qui connaissaient les alentours de Huili. Elle s'assit dans un petit creux, posa sa tête sur ses genoux, et se mit à regarder, droit devant elle, le paysage éclairé par le soleil du matin.

Chang Lifu avait accompagné Jian jusqu'à sa voiture. Appuyé contre le coffre, une lueur de malice au fond de l'œil, il interrogea Jian :

— Es-tu capable de résoudre une énigme, Jian ?

— Tout dépend de la difficulté de l'énigme.

— Elle est très facile et effroyablement difficile en même temps. Ça peut arriver ! Il suffit de trouver le chemin qui mène à la solution, et le reste n'est qu'un jeu d'enfant.

— Et tu en connais une ?

— Je crois. Ecoute : quelqu'un qui voit clair peut-il être aveugle ?

Jian regarda Chang sans comprendre, puis il secoua la tête et finit par éclater de rire :

— Tu te moques de moi ! On ne peut pas voir clair et être aveugle en même temps.

— Si, c'est très possible, Jian.

— Tu es parfois bien naïf, Chang. Si je suis capable de voir, je ne suis pas aveugle !

Chang tendit le bras et indiqua un point dans le lointain.

— Est-ce que tu vois les pins là-bas, sur la montagne ? demanda-t-il.

— Naturellement.

— Et tu vois le héron qui plane au-dessus de la rizière ?

— Je le vois très bien.

— Tu as une bonne vue, une vue bien aiguisée, Jian. Alors pourquoi es-tu aveugle quand tu regardes Lida ?

Jian sentit une chaleur monter en lui et atteindre sa tête, où le sang se mit à battre.

— Qu'est-ce que tu veux dire par là ? demanda-t-il d'une voix oppressée.

— Ne vois-tu pas qu'elle t'aime ?

— Tu te trompes, Chang.

Jian prit une profonde inspiration :

— C'est moi qui l'aime.

— Et tu le lui as dit ? Tu as sorti ton cœur de ta poitrine et tu le lui as offert ?

— Non, j'avais peur.

— Peur de quoi ?

— Qu'elle n'éclate de rire ou qu'elle ne tourne les talons, qu'elle ne veuille plus entendre parler de moi.

— Donc, tu es bien aveugle. Le soleil brille dans ses yeux quand elle pose son regard sur toi ! Le ciel envahit son cœur quand tu es auprès d'elle... et tu ne le vois pas.

Jian sentit la honte le gagner à l'idée que Chang avait été obligé de lui ouvrir les yeux. Il respirait difficilement.

Il serra les lèvres.

— Tu sais où elle est, en ce moment ? demanda-t-il enfin.

— Quelque part dans les champs.

— Je vais aller la voir et lui parler. Chang, dis-moi la vérité : tu crois qu'elle m'aime vraiment ?

— Comment un futur médecin, un homme instruit comme toi, peut-il être aussi bête ?

Chang secoua la tête. Au moment où Jian voulut monter dans sa voiture, il le retint par la manche de sa chemise.

— Tu veux la prendre pour femme ?

— Oui, Chang.

— Je dis pour femme, pas pour concubine.

— Si tu n'étais pas un vieil homme malade, je te donnerais une correction que tu ne serais pas près d'oublier. Je veux épouser Lida.

— Voilà une belle bagarre en perspective entre toi et ton père. La famille Tong n'en voudra sûrement pas dans sa maison.

— J'aurai ma propre maison.

— Mais quand ? Tu es encore étudiant et tu manges à la table de ton père. Tu n'es encore qu'un fils qui doit obéissance à son père.

— Lida et moi sommes assez jeunes encore pour avoir le temps d'attendre de disposer nous-mêmes de notre vie et de notre avenir.

— Vous en avez pour des années.

Chang laissa Jian monter dans sa voiture. L'excitation lui déclencha une quinte de toux qui ressemblait au jappement d'un chien enroué. Il se tordit en deux et pressa les mains contre sa poitrine.

Jian pencha la tête. Encore un an, pensa-t-il. Non, moins d'un an, il mourra avant. Ses poumons sont rongés par le bacille de la tuberculose. Il faudrait d'ailleurs l'isoler, mais où l'envoyer ? Personne ne voudra le prendre au seuil de la mort, il est déjà mort aux yeux des autres. Les gens diront plutôt : « Il n'a qu'à se coucher dans un coin et se tenir tranquille, sans ennuyer le monde... »

— Je vais aller chercher Lida dans les champs, dit Jian, en fermant la portière de la voiture. Tu m'as donné le vrai courage, Chang. C'est vrai, je suis aveugle.

Mais Jian ne trouva pas Lida. Il ne connaissait pas encore le champ de maïs caché entre les collines. Il parcourut les champs dans tous les sens, mais il ne put détecter ni Lida ni son buffle. Il se rendit à la mare aux canards, plaça ses mains en porte-voix et cria son nom à pleins poumons dans toutes les directions du ciel. Ses appels restèrent sans réponse.

Mais Lida l'avait entendu. Elle appuya ses mains contre ses oreilles et se mit à pleurer. Le buffle, qui se trouvait devant elle, lui lécha les mains de sa langue râpeuse, car les larmes qui coulaient entre les doigts de Lida avaient un goût de sel. Et il aimait le sel.

Après s'être époumoné pendant de longues minutes, Jian renonça. Il prit la route de Dali, le désespoir au cœur.

Le jour suivant, Chang alla se planter sur le bord de la route du côté de Dayao, et fit signe de s'arrêter au bus surchargé de la ligne Kunming-Chengdu, via Dukou. Le conducteur ne s'arrêta que parce que Chang était un vieillard qui avait droit au respect.

Chang se fraya tant bien que mal un passage au milieu des autres passagers, en hochant la tête de tous les côtés en signe de remerciement : « Il reste toujours une petite place, quand on se pousse. Nous devrions tous nous pousser un peu plus, camarades. Il y en aurait, des places supplémentaires ! »

C'est en camion que Chang effectua le voyage de retour depuis Dukou, où il était descendu. Il sacrifia un yuan pour payer le trajet. Quatre menuisiers spécialisés dans la fabrication des cercueils coltinèrent un lourd cercueil de bois sculpté jusqu'au camion et le déposèrent avec peine sur la surface de chargement. Chang s'assit dessus et cria au chauffeur :

— Ça y est, camarade. Maintenant il ne me reste plus un sou vaillant, mais, par contre, j'ai un cercueil aussi beau que celui d'un personnage haut placé. J'y ai droit, d'ailleurs. Mais, c'est vrai, tu ne sais pas qui tu conduis... Il y a plus de dix ans...

Il s'arrêta net, fit un signe comme pour chasser le passé et caressa de la main les sculptures du cercueil.

— Vas-y, démarre.

Ce soir-là, la famille Huang eut un choc : elle vit apparaître un groupe formé de quatre hommes solides chargés d'un monumental cercueil, qui gravissaient la colline avec peine, suivis de Chang. Les porteurs d'occasion allèrent déposer leur fardeau dans la dépendance attenante à l'étable où Chang avait placé sa couche, et l'un d'eux déclara :

— Voilà un beau cercueil, il ne risque pas de pourrir de sitôt.

Huang les rejoignit dans la dépendance, examina le cercueil de tous côtés et demanda :

— Qu'est-ce qui te prend, Chang ? Pourquoi as-tu acheté ce cercueil ?

— Tu ne connais pas le vieil adage : « A soixante-dix ans, prépare-toi à la mort » ? Je veux être enterré dignement, avec les honneurs dus au commissaire Chang Lifu.

— Tu n'as pas encore soixante-dix ans.

— Les quelques petites années qui manquent encore, je ne les ferai pas. J'ai acheté ce cercueil parce que le moment était venu.

— C'est uniquement parce que tu tousses que tu dis ça ?

Chang s'assit sur son beau cercueil, avant de répondre :

— Quelque chose me brûle de l'intérieur. Où est-ce que vous allez m'enterrer ?

— J'ai autre chose à penser.

— J'ai un vœu à formuler.

— Dis-le.

— Installez ma tombe là-bas, sur le rocher rouge. Ce sera difficile, mais c'est mon dernier vœu.

— Et pourquoi précisément sur le rocher rouge? s'étonna Huang.

— J'aurai une large vue sur le pays, sur le pays où j'ai régné comme un petit potentat. Ils m'ont tous haï, moi, le commissaire Chang Lifu, eh bien, dans la mort, je veux implorer leur pardon avec la plus profonde humilité.

Chang souleva le couvercle du cercueil, alla chercher la couverture et les coussins qui se trouvaient sur sa couche et en tapissa le fond. Puis il se coucha à l'intérieur sous les yeux de Huang.

— Lève-toi, dit Huang, oppressé. Je ne supporte pas de voir ça.

— Tu vas t'y habituer, Huang. A partir d'aujourd'hui, je ne vais plus dormir ailleurs. Un beau matin vous me retrouverez dans mon cercueil et vous constaterez simplement que je ne respire plus.

Tard le soir, alors que Chang satisfait s'était effectivement couché dans son cercueil bien rembourré, Huang annonça à sa femme Jinvan :

— Chang veut nous quitter, femme.

— Nous quitter? Pour aller où? Est-ce qu'il ne se plaît plus avec nous?

— Il veut mourir, femme.

— Ah, il a compris qu'il va mourir.

Huang se redressa dans son lit et regarda sa femme, stupéfait :

— Tu le sais depuis longtemps?

— Je ne sais que ce que je vois, et je vois un homme qui retourne à la terre.

— Tu as parlé de ça avec Jian?

— Non, Jian le sait mieux que moi.

— Avec Lida, alors?

— Non. Son cœur est déjà bien assez lourd.

— Femme, dis-moi tout. Pourquoi a-t-elle le cœur lourd? Une peur soudaine l'envahit.

— Serait-elle malade, elle aussi?

— Oui.

Jinvan secoua la tête, comme si elle n'arrivait pas à saisir comment son mari pouvait avoir une connaissance de la nature humaine aussi restreinte, alors qu'il passait ses journées à dispenser à de jeunes enfants une éducation qui était destinée à leur servir pour la vie entière.

— Somme toute, est-ce que tu connais ta fille?

— C'est une question stupide qui ne mérite pas de réponse.

— Non, tu ne la connais pas. Tu sais où elle était, hier ? Tu sais où elle a passé sa journée, aujourd'hui ?

— Dans les champs, comme d'habitude.

— Le buffle est resté propre comme en sortant de l'étable, sans l'ombre d'une croûte de terre aux pattes, sans trace de sueur sur son poil ni de saleté sur ses naseaux. Il n'a pas travaillé. Qu'est-ce qu'ils ont fait dans les champs ? Est-ce que c'est à force de récolter le chou qu'on a les yeux rouges ?

— Les yeux rouges ? Le buffle a les yeux rouges ?

— C'est Lida qui a les yeux rouges.

— Elle a une irritation ? Je vais aller acheter des gouttes.

— Tu ne te rends vraiment compte de rien, Keli ! Lida a pleuré. Elle pleure depuis deux jours et deux nuits, et tu parles de lui donner des gouttes !

— Elle pleure ?

Huang se passa les deux mains dans les cheveux avec égarement :

— Elle souffre à ce point, et personne ne me dit rien !

— Elle pleure parce qu'elle aime Jian ! prononça Jinvan d'une voix forte. Tu comprends maintenant, mon époux ? Jian est parti, et personne ne sait s'il reviendra.

— Grand Dieu, elle aime Jian ?

Huang sauta du lit et commença à marcher de long en large dans la pièce. Il joignit les mains et se mit à gémir :

— C'est un malheur qui s'abat sur notre maison ! Un malheur. Elle est convoitée par tous les jeunes paysans des environs, mais elle les dédaigne et se comporte comme si elle n'était pas une femme. Et maintenant, il faut que ce malheur fonde sur nous !

— Tu n'aimes pas Jian ?

— Femme, je ne suis qu'un pauvre maître d'école, et un Miao par-dessus le marché. Lui, c'est un Han, et issu d'une famille riche. Impossible d'envisager une union. Les choses ne pourront que tourner mal.

Il s'arrêta de marcher et frappa ses poings l'un contre l'autre :

— J'espère que Jian ne reviendra jamais, que nous ne le reverrons plus. Et je vais marier Lida à un homme de sa condition. Je vais me mettre moi-même à sa recherche.

— Tu veux devenir le bourreau de ta fille ? s'écria Jinvan.

Elle aussi sauta de sa couche. Pour la première fois de sa vie, elle abandonna son attitude respectueuse vis-à-vis de son mari. Elle se posta devant lui et éclata, comme si elle s'adressait à un âne entêté :

— Elle l'aime, elle mourra entre nos mains si Jian est parti pour toujours ! Son âme est en train de quitter son corps, emportée par les larmes, et bientôt nous pourrons considérer notre fille comme morte. Même si elle continue à respirer, ses yeux seront vides et sans vie.

Huang gardait la tête baissée. Il n'était ni offensé ni même irrité de la sortie de Jinvan. C'était bien pire que cela, le poids douloureux qui pesait sur sa poitrine l'écrasait à l'étouffer.

— Que dois-je faire, femme ? demanda-t-il dans un soupir.

— Je ne sais pas, mon époux. C'est toi qui es le plus intelligent, c'est toi l'instituteur.

— C'est une situation sans issue, les choses ne peuvent que mal finir. Il faut que je parle à Jian.

— Et où donc ?

— S'il le faut, j'irai jusqu'à Kunming.

— La famille Tong te jettera dehors. Est-ce que tu veux te laisser humilier, Keli ?

Huang réfléchit et donna raison à sa femme. Il était probable qu'il serait mal reçu à Kunming. Il s'exposait à perdre et la face et sa dignité, si d'aventure on lui montrait la porte ou, pire, si on riait à ses dépens en clamant qu'il fallait être un idiot pour s'imaginer qu'un Tong pût jamais épouser une Huang. Avait-on jamais vu un mariage entre un tigre et une souris ?

— Jian a bien dit qu'il avait un oncle à Dali, le célèbre poète et peintre Zhang Shufang qui l'a hébergé chez lui pendant ses vacances ? Femme, je vais me rendre à Dali pour parler avec Zhang. Peut-être pourra-t-il me conseiller, en homme avisé qu'il est.

— Et pendant ce temps, l'âme de Lida s'enfuira un peu plus avec chaque larme.

— C'est à toi de lui parler, c'est une affaire de femmes, dit Huang en retournant à son lit, sur lequel il se laissa tomber. Parle-lui. Moi, je ne peux pas, je pleurerais avec elle, et cela n'arrangerait rien.

Au moment où, à Huili, l'atmosphère était à l'affliction et les esprits en proie à de sombres réflexions, Jian, toujours enveloppé dans son peignoir de soie, se présentait à son père pour le saluer à son retour.

Tong Shijun était rentré de la clinique, mais ne parlait pas, plongé dans ses pensées. En effet, il avait essuyé un échec et avait été contraint de reconnaître les limites de la médecine traditionnelle.

Il s'agissait d'un patient dont les reins s'étaient progressivement détruits. Tong avait administré au malade un remède empirique utilisé en médecine chinoise, le *wenpi tang*, qui était composé d'extraits de ginseng, de gingembre, de réglisse et de rhubarbe. Mais le mal avait progressé, et l'écran de l'appareil d'échographie avait montré une ombre sur le rein gauche, à laquelle Tong ne trouvait pas d'explication. Parallèlement, les douleurs avaient augmenté. Tong compulsa les vieux livres de médecine chinoise, mais ne découvrit rien dans leurs sages préceptes qui pût s'appliquer à son patient. Le cœur lourd, il décida donc de s'adresser à son confrère, le chirurgien-chef. Il répugnait à le faire, car la tradition interdisait que l'on coupât une partie du corps humain, cela étant considéré comme une mutilation. Les eunuques des cours impériales avaient bien prouvé combien une opération pesait sur l'âme, car ils conservaient leur membre coupé et l'emportaient dans la tombe, afin que leur corps retrouvât son intégrité dans la vie éternelle.

Mais la nouveauté et les formidables progrès de la médecine occidentale avaient emporté l'adhésion des médecins chinois les plus attachés à la tradition. Dans les grandes villes, l'usage du scalpel était devenu aussi fréquent que la pratique de l'acupuncture. Les guérisseurs ne faisaient plus la loi qu'à la campagne, où ils fabriquaient leurs essences, leurs poudres, leurs comprimés, à partir de mélanges d'herbes médicinales et de substances animales.

Tong Shijun, le grand médecin de Kunming, qui, d'ordinaire, saluait son confrère chirurgien avec courtoisie, mais aussi avec une condescendance perceptible, et qui n'avait aucun contact avec celui-ci en dehors des murs de la clinique, lui rendit visite deux heures après avoir confié son patient à la chirurgie.

— Y voyez-vous plus clair ? demanda-t-il.

Ce à quoi le chirurgien répondit tout aussi brièvement :

— J'y vois très clair.

— Et qu'avez-vous diagnostiqué ?

— C'est une tumeur du rein. Nous allons l'opérer demain. Nous allons procéder à une néphrectomie. J'espère qu'il n'y a pas eu formation de métastases. Dans ce cas, il serait trop tard.

Le chirurgien était un homme encore jeune, qui avait étudié à Paris, à Munich, et, en dernier lieu, à Houston au Texas, ce qui lui avait permis d'acquérir les meilleures techniques opératoires. C'est pourquoi il avait été d'emblée nommé chirurgien-chef à Kunming, grâce à l'intervention de Wu, le gendre de Tong.

« Le progrès ne peut pas rester bloqué aux portes de la Chine, avait dit Wu. Les méthodes traditionnelles et les méthodes modernes doivent être appliquées conjointement. »

Tong n'envisageait pas du tout de demander le résultat de l'opération pour savoir si on avait agi à temps. Il le savait : c'était trop tard. Et cet échec pesait sur ses épaules. Rien ne parvenait à le chasser de son esprit, pas même la vue de son fils Jian, qui était rentré de vacances.

— Comment traiterais-tu un rein? demanda-t-il brusquement à son fils, alors qu'ils buvaient ensemble le thé des retrouvailles.

— Quel genre de rein, Père?

— Eh bien, un rein qui occasionne des douleurs.

— Je commencerais par une analyse d'urines.

— L'analyse a indiqué la présence d'une inflammation. Continue!

— Je ferais une échographie.

— Elle a été faite, on a détecté une ombre suspecte.

Jian regarda pensivement son père.

— Une radiographie.

— A la radio, il n'y a rien en dehors de cette ombre.

Jian se tut un instant, puis il posa une question qui atteignit Tong à l'estomac, comme un coup de poing :

— Est-ce qu'il est mort, Père?

— Pas encore.

— Que veux-tu dire?

— Il va être opéré demain. C'est un carcinome. S'il y a déjà eu dissémination de métastases, on peut le considérer comme perdu.

Tong fixait sa tasse de thé.

— Je me suis trompé, Jian. Je me suis trompé de traitement.

— Des millions de gens meurent chaque année d'un cancer, Père. Malgré les opérations, malgré la radiothérapie et les meilleures chimiothérapies.

— Depuis cinq mille ans, en Chine, nous guérissons les maladies par la nature. Toi aussi, tu apprends à le faire à la faculté. Devons-nous jeter tout cela aux orties?

— Pense à une parole de Teng Hsiao-Ping : « Peu importe qu'un chat soit noir ou blanc, l'important, c'est qu'il attrape les souris. » Conserver l'ancien et y ajouter le nouveau, c'est la sagesse fondamentale de la science chinoise.

Jian se tut, puis il exprima ce qu'il avait l'intention d'annoncer à son père depuis longtemps déjà :

— Moi aussi, je veux me spécialiser en chirurgie.

— Tu n'as plus confiance en notre médecine?

— Si, Père. Mais en ouvrant un corps, je me trouve directement au front, en première ligne, et je vois l'ennemi de mes yeux. Jusqu'ici nous ne pouvions que deviner où il se cachait, et il nous fallait partir à sa recherche à tâtons.

Tong garda le silence quelque temps, puis il changea de sujet de conversation. Un court instant, il se remémora le massacre des gardes rouges à Kunming et les longues rangées de blessés qu'il avait parcourues, triant les mourants et ceux pour qui il n'y avait plus d'espoir. Puis il se revit à la table d'opération, recousant, tant bien que mal, les corps déchiquetés de ses mains ensanglantées. Et il avait réussi ainsi à sauver des vies humaines, même si parfois il manquait un bras ou une jambe. La médecine en première ligne ! Mais lui, le grand Tong Shijun, il n'avait finalement pas dépassé le stade des plantes médicinales. Pour preuve, lors de l'apparition des premiers flacons de perfusion en Chine, son hésitation à piquer le trocart dans les veines de ses patients, sous prétexte qu'il s'agissait, aux yeux de la tradition, d'une atteinte à l'intégrité du corps. Seule la pensée que l'acupuncture, elle aussi, exigeait que l'on piquât le corps avec une aiguille l'avait tranquillisé, et avait fini par le décider à recourir au goutte-à-goutte pour ses patients.

— Comment as-tu passé tes journées chez l'oncle Zhang? demanda-t-il à son fils.

— J'ai fait de nombreuses promenades en barque, j'ai nagé, et j'ai aidé les pêcheurs à remonter les filets.

— Tu as bonne mine, Jian.

— J'ai passé de bonnes vacances, Père.

Jian se rappela la mise en garde de l'oncle Zhang. En voyant son père assis devant lui, tel le représentant d'un passé enfui depuis longtemps déjà, il n'eut pas du tout l'impression de mentir en lui taisant l'existence de Lida et du village miao de Huili, de l'instituteur Huang, de sa femme Jinvan, de Chang, le tuberculeux, et du buffle attelé à sa charrue de bois.

— Je pourrais vivre à Dali sans difficulté.

— Dali serait une ville trop petite pour toi, Jian. Tu vas vivre à Pékin, à Shanghai ou à Canton, où tu seras considéré comme un grand médecin. Je ne voudrais pas mourir sans avoir vu ce jour.

A cet instant, Jian hésita, se demandant si ce n'était pas le moment de parler de la famille Huang, de Lida, qui passait la charrue dans les champs tout en gardant des mains si douces, de sa beauté et de sa vertu, et de leur grand amour dont ils n'avaient jamais parlé ensemble. Mais une phrase de Tong balaya sa tentation de s'ouvrir à lui. Son père était en train de dire :

— J'ai parlé avec Qian Fang. Il est d'accord pour que tu épouses sa fille Yanmei après avoir fini tes études.

— Et à part lui, qui est d'accord?

— Moi. Quand les pères sont d'accord...

— Ça, c'était valable il y a mille ans ! C'est de moi qu'il s'agit, et je ne me marierai qu'avec la femme que j'aurai choisie...

— Yanmei est une beauté. Elle est intelligente, de bonne famille, a reçu une excellente éducation.

— Mais qu'est-ce qu'elle sait faire, à part jouer au tennis ? Est-ce qu'elle est capable de faire la cuisine, de vider un poulet, de tuer le cochon, d'atteler un buffle à la charrue ?

Tong regarda son fils comme si celui-ci avait frappé sa propre mère.

— Mais tu divagues ! Elle sera l'épouse d'un grand médecin, qu'est-ce qu'elle aura à voir avec ces basses besognes ? Elle a une jolie voix et possède un beau répertoire...

— Parce qu'elle va pousser la chansonnette devant moi tous les soirs ? Je veux choisir ma femme moi-même, Père.

— Il est de tradition dans la famille Tong...

— Je vis au vingtième siècle, nous ne sommes plus à l'époque Ming. Je n'ai pas besoin de tradition.

— Moi-même j'ai été fiancé à ta mère dès mon enfance. Sommes-nous malheureux pour autant ?

Tong se tenait si raide dans son fauteuil qu'on avait l'impression qu'il avait avalé un bâton.

— Tu as bien dit : « Je n'ai pas besoin de tradition » ?

— Je l'ai bien dit.

— Comment peut-on vivre sans tradition ?

— Je vais te le montrer, Père.

— Et la honte sera sur moi. Veux-tu avoir un père qui a perdu la face, toi, un Tong ? J'ai promis à Qian Fang que tu épouserais Yanmei.

— Alors va le voir et dis-lui en toute simplicité : « Jian, mon fils, ne veut pas épouser Yanmei. »

— Et dès cet instant, les familles Tong et Qian seront ennemies à tout jamais.

— Cela n'aura absolument aucune influence sur le déroulement ultérieur de mon existence. J'aurai sûrement plus d'un ennemi au cours de ma vie.

— Oui, si tu te les crées toi-même.

Tong se leva et abaissa le regard sur son fils, comme si celui-ci était courbé à ses pieds, abîmé dans une profonde révérence.

— Je n'irai pas chez Qian, je ne veux pas l'offenser jusqu'à la mort.

— C'est donc moi qui irai.

Jian se leva lui aussi d'un bond et arracha son peignoir de soie. Il le jeta dans un coin comme un vieux chiffon taché.

— Je m'en vais d'ici ! hurla-t-il. J'étouffe dans ce luxe. Je retourne à Dali.

— Voilà comment un fils remercie son père, répondit Tong, plein d'amertume. C'est vous, les « hommes nouveaux » ? J'ai la chair de poule en pensant à l'avenir.

— Il n'y aura pas d'avenir si tout le monde se comporte comme toi. Le professeur Tong Shijun, communiste et millionnaire, admirateur de Teng et gardien de la tradition ! Quel drôle de mélange ! C'est plutôt moi qui ai des raisons d'avoir honte ! Oui, j'ai honte, honte devant tant d'hypocrisie !

Jian se retourna brusquement, planta là son père, ce qui constituait le summum de l'impolitesse, et se précipita hors de la pièce. Sur le seuil de la porte, il se heurta à sa mère, faillit la renverser, bredouilla quelques mots d'excuse et poursuivit sa course.

Meizhu le suivit des yeux, effarée, puis s'adressant à son époux :

— Vous êtes-vous querellés, Shijun ? demanda-t-elle. Il vous suffit de vous trouver face à face pour que vous vous comportiez comme des oiseaux de combat.

— Jian a honte d'être notre fils.

— Il est encore jeune et emporté. Un alcool de fruit en pleine fermentation fait obligatoirement du bruit.

— Jian refuse d'épouser Yanmei.

— Mais il ne la connaît pas encore.

— C'est justement cela. Il m'a demandé si elle était capable d'atteler un buffle à la charrue, tu te rends compte ? Qu'est-ce qui peut bien se passer dans sa tête ? Et il veut retourner à Dali. Il paraît qu'il étouffe ici. Il a élevé le ton devant moi. Un fils qui élève le ton devant son père... les bonnes mœurs sont-elles donc complètement passées de mode ?

— Laisse-le retourner à Dali, Shijun. L'influence de l'oncle Zhang ne pourra que lui être bénéfique. Jian se sent bien en sa compagnie.

— Il paraît qu'il étouffe ici, répéta Tong un ton plus haut. Qu'est-ce qui peut bien l'étouffer ?

— Jian n'est pas fait comme nous. Il a toujours été différent. Pense à la façon dont il se comporte avec Wu et Fengxia. Quand il aura fini ses études de médecine, il ne sera plus le même. Dès qu'il sera amoureux d'une jeune fille, il changera du tout au tout.

— Il peut bien être amoureux tant qu'il voudra. Mais c'est Yanmei qu'il épousera. C'est décidé. Je me suis engagé.

— Sur quelle date vous êtes-vous mis d'accord ?

— Pour dans quatre ans, immédiatement après son examen.

— Dans quatre ans !

Meizhu eut un doux sourire.

— Les hommes font des plans, mais c'est le destin qui régit la vie. Et si Yanmei tombait amoureuse d'un autre homme pendant ces quatre ans ?

— C'est impossible.

Une pensée soudaine qui le fit sourire traversa l'esprit de Tong :

— Et quand bien même, ce serait alors Qian Fang qui perdrait la face, et non pas moi.

Il secoua la tête :

— Mais cela ne se produira pas. Qian préférerait plutôt enfermer sa fille dans une cage dorée, comme un petit oiseau. Il existe encore des parents qui prennent leur rôle au sérieux, de par le monde !

Huang Keli mit ses plans à exécution. Personne n'en eut connaissance, excepté Jinvan avec qui il avait débattu de tout, et celle-ci garda le silence. Huang avait simplement dit qu'il devait passer deux jours à Nanhua, où le Parti organisait des conférences pour les maîtres d'école de village. Huang était soi-disant prié de s'y rendre pour se former aux enseignements nouveaux et aux nouvelles orientations du communisme. Ce fut Lida elle-même qui l'amena jusqu'à l'arrêt de bus de Dayao avec le petit tracteur. En compagnie de nombreux autres passagers, Huang grimpa sur le toit du véhicule surchargé et dut se cramponner aux paquets attachés à l'aide de grosses cordes. Lorsque le bus démarra dans un grand gémissement, il fit un signe d'adieu à Lida.

Huang avait choisi de mettre son plus beau costume, « car, avait-il déclaré à Lida et à Chang, il n'est jamais mauvais de laisser une bonne impression à des fonctionnaires. Un homme bien habillé inspire confiance. »

A Nanhua, il prit le bus pour Dali, et il fut tellement secoué au cours du voyage que tous ses os craquèrent. Lorsqu'il arriva dans la vieille cité dont la porte prestigieuse était gardée par des lions de pierre, il entreprit de trouver quelqu'un qui fût en mesure de lui indiquer le chemin à prendre pour arriver jusqu'à la maison du célèbre Zhang Shufang. Mais il eut beau poser la question aux gens de la rue, personne ne paraissait connaître Zhang. Il finit par entrer dans une petite clinique qu'il prit tout d'abord pour un bazar. Il fut détrompé en apercevant trois lits occupés par des malades, au fond de l'établissement. L'un des malades avait même une perfusion, ce dont le propriétaire de la clinique, qui se présenta à Huang comme étant médecin, n'était pas peu fier. C'est là que le voyageur apprit que le peintre-poète Zhang demeurait dans une maison isolée située au bord du lac. On y accédait par une route qui traversait les roseaux, et, si Huang voulait s'y rendre à pied, il lui faudrait compter quatre heures de marche. Le médecin décrivit la direction à prendre avec précision, puis il se rendit dans la partie de la clinique où se trouvait la pharmacie et se remit à la fabrication d'une poudre à base de peau de serpent.

Huang était loin d'être stupide, car s'il l'avait été, il aurait été bien en peine de devenir instituteur. Il se rendit dans la rue principale du vieux Dali et entreprit de faire le tour des ateliers de réparation de cycles pour négocier la location d'une bicyclette. Ce n'est qu'au cinquième atelier que la chance fut avec lui ; il donna cinquante yuans de caution pour une bicyclette rouillée qui ne les valait pas, puis s'installa sur la selle cabossée de l'engin et pédala allègrement en direction du lac Erhai.

Sur les bords du lac, tous les pêcheurs connaissaient le grand Zhang, ce qui permit à Huang de trouver la maison sans difficulté. A son arrivée, il posa sa bicyclette contre le mur de la maison et frappa à la porte. Il frappa quatre fois de suite, mais personne ne répondit. Il poussa donc résolument la porte et entra. Zhang s'était absenté, mais certains indices prouvaient qu'il n'allait pas tarder à revenir : de l'eau frémissait sur le feu, et du tofu coupé en petits morceaux attendait d'être additionné à quelque préparation. Peut-être Zhang s'était-il rendu chez l'un des pêcheurs pour aller prendre livraison d'un poisson fraîchement sorti de l'eau.

Huang se promena dans la maison, admira les lavis et se dit qu'il comprenait la raison de la célébrité de Zhang. Ses tableaux avaient le souffle de la vérité et sa poésie celui de l'imagination ; et ces deux forces poussaient l'artiste à la création d'œuvres d'art propres à réjouir et les yeux et l'âme.

Huang entendit la porte s'ouvrir et se refermer derrière lui. Zhang fit irruption dans la pièce et s'arrêta net. Il tenait effectivement à la main un gros poisson argenté aux nageoires dorsales rouges.

— Comment es-tu entré ? demanda-t-il.

— J'ai frappé quatre fois, et comme la porte était ouverte... Regardez autour de vous, je n'ai rien touché, je n'ai rien pris, pas même un petit bout de tofu.

Zhang examina le visiteur, posa le poisson sur une planche et se dit qu'un homme portant un costume aussi propre ne pouvait être ni un mendiant ni un voleur.

— Qu'est-ce que tu veux ? demanda-t-il un peu plus aimablement. Tu veux acheter un tableau ou l'un de mes poèmes ?

— Je souhaiterais vous parler. Vous êtes l'oncle de Jian ?

— Ah ! Tu le connais ?

— Je suis Huang Keli, de Huili.

— L'instituteur, le père de Lida ? Asseyez-vous. Prenez un peu de poisson avec moi. Vous arrivez à l'instant de Huili ?

— Oui. Je suis venu spécialement pour vous voir.

Huang s'assit et posa ses deux mains sur ses genoux.

— Il faut que je vous parle de Lida, ma fille, et de Jian, qui a amené le désordre dans notre maison.

— L'amour est-il le désordre ? demanda Zhang.

Il avait saisi un grand couteau pour écailler le poisson argenté, qu'il ouvrit et vida. Puis il sépara délicatement la chair blanche des arêtes. Il s'appuya ensuite sur le couteau et attendit la réponse de Huang.

— C'est un malheur pour ma maison, poursuivit Huang. Je vois à vos réactions que Jian vous a déjà parlé de tout.

— C'est exact, nous avons eu une longue conversation.

— Donc vous connaissez notre problème.

— C'est moins votre problème que celui de la famille Tong.

— Vous êtes dans l'erreur, je crois, monsieur Zhang. Les Tong vivent drapés dans leur fierté de vieille famille chinoise Han. De notre côté, nous sommes fiers d'appartenir aux Miaos. Les Tong sont riches, alors que je ne suis qu'un pauvre instituteur. Je mesure ma pauvreté à l'aune de la richesse de mon fils Tifei, qui possède deux camions qui roulent pour lui à Kunming et qui touche cinq fois plus que moi à la fin du mois. C'est du moins ce qu'il dit, mais je crois que c'est pour ne pas me vexer car, en réalité, il gagne dix fois plus que moi !

— Le grand amour n'a que faire des chiffres.

Zhang entreprit de découper le poisson en petits morceaux. Le claquement du grand couteau qui hachait la chair accompagnait ses paroles.

— J'ai conseillé à Jian de ne rien dire encore de votre fille à ses parents. J'espère qu'il s'y tiendra.

— Et dans le cas contraire, qu'est-ce qui se passera ?

— Eh bien, Tong Shijun se retrouvera assis sur la chaise que vous occupez en ce moment. Ou mieux, il viendra vous voir à Huili.

— Pour me proposer de l'argent, beaucoup d'argent, si je tiens Lida éloignée de Jian.

— C'est possible.

Zhang s'empara de la grande marmite remplie d'eau bouillante qui se trouvait sur le feu, et y fit glisser les morceaux de poisson. Il y ajouta des oignons finement hachés, des poireaux, une petite racine de gingembre, des pousses de bambou séchées et une poignée de chou en saumure. « Il fait la cuisine comme Jinvan, se dit Huang, fasciné par sa dextérité. Un homme aussi célèbre que lui qui fait la cuisine ! Voilà quelqu'un qui sort vraiment de l'ordinaire. »

— Je le jetterai à la porte de ma maison, tout Tong Shijun qu'il est, s'il me fait une proposition pareille, déclara-t-il avec énergie. L'amour ne s'achète pas ! Et d'ailleurs, à quoi sert d'interdire ? Voilà ce que je veux exprimer quand je dis : Jian a apporté le désordre dans ma maison. Depuis qu'il est retourné à Kunming, Lida passe sa vie à pleurer, ses yeux sont vides, elle erre lamentablement comme si elle n'avait plus conscience du monde qui l'entoure.

Il mit ses mains autour de ses genoux.

— Avez-vous un conseil à me donner, monsieur Zhang ? C'est pour cette raison que je suis venu vous voir.

— Je n'ai qu'un seul conseil : laissons agir le temps. Tout est encore trop récent. On boit le vin jeune pour se rafraîchir, mais ce vin ne dispense son plein arôme que lorsqu'il est arrivé à maturité. L'homme mûrit, lui aussi, de même que la nature qui l'entoure ; car nous sommes partie intégrante de cette nature. La seule différence, c'est que nous ne sommes ni des fruits, ni des légumes, mais des hommes.

— Ce n'est pas avec de la philosophie qu'on a prise sur l'amour, monsieur Zhang, répondit Huang tout en se lamentant intérieurement à la pensée que, malgré la fuite des années, jamais Lida ne pourrait aimer un autre homme que Jian et que jamais il n'éprouverait le bonheur de bercer un petit-fils sur ses genoux.

— Le grand amour transporte les montagnes, répliqua Zhang.

— Dans le cas qui nous occupe, il est en train de détruire une âme.

— Deux âmes, monsieur Huang. Vous ne parlez que de votre fille, n'oubliez pas Jian, s'il vous plaît. Lui aussi risque de perdre son âme.

— Les choses seront plus faciles pour lui.

— Je serais très curieux de savoir sur quoi vous vous appuyez pour faire une telle affirmation.

Zhang vérifia si le poisson était à point et pour terminer versa les cubes de tofu dans la soupe. Le riz qui avait cuit entre-temps dans une autre marmite formait à présent une appétissante masse blanche et parfumée. Ce serait bientôt le moment de se mettre à table.

— Si sa famille lui interdit d'aimer la fille d'un pauvre instituteur miao, il sera contraint d'obéir, en bon fils qu'il est.

— Je crains qu'il ne se révèle comme étant un fils désobéissant.

Zhang alla chercher deux grands bols à soupe et des bols plus petits dans un placard, ainsi que des baguettes et le petit pot en porcelaine dans lequel il conservait la sauce au soja et sur lequel il avait peint son motif favori, c'est-à-dire le lac Erhai surmonté des sommets enneigés du Diancang Shan.

Huang se leva vivement de sa chaise.

— Puis-je vous aider, monsieur Zhang? demanda-t-il.

— Non. Vous êtes mon invité, monsieur Huang.

Zhang versa la soupe de poisson dans une grande jatte de terre cuite qu'il apporta sur la table.

— Peut-être ce repas nous aidera-t-il à trouver une solution. C'est en mangeant qu'on a les meilleures inspirations, car il y a une relation entre l'estomac et le cerveau. Peu nombreux sont ceux qui le savent et utilisent cet avantage.

Ils mangèrent donc, mais ce fut un repas silencieux, ni l'un ni l'autre ne sachant si son vis-à-vis était inspiré, ni même s'il réfléchissait à quoi que ce soit.

Enfin, alors qu'ils en étaient arrivés au riz qu'ils épicèrent avec la sauce au soja, Huang rompit le silence.

— Jian est un jeune homme de qualité, déclara-t-il.

— Sans le moindre doute.

— Il pourrait envoyer à Lida une lettre dans laquelle il dirait que son séjour à Huili a été très agréable, mais que maintenant il est repris par ses études, qu'il lui faudra peut-être les continuer à Shanghai, et qu'à son avis il n'aura plus l'occasion de revenir à Huili.

Zhang posa les baguettes sur le côté. Le poisson avait été un délice. Ils s'en étaient rassasiés et ils en conservaient encore le goût épicé sur le palais.

— Jian n'écrira jamais ce genre de lettre. Il va revenir. Il l'a promis à son malade, Chang Lifu. Il m'a beaucoup parlé de Chang.

— Chang va bientôt mourir. Il s'est acheté un cercueil et y passe déjà toutes ses nuits. Sa maladie n'est plus guérissable. Jian le sait bien. Il n'a plus aucune raison de revenir à Huili.

— Et s'il revient quand même?

— Alors il faudra — je vous demande de m'excuser, monsieur Zhang — il faudra que je le chasse de ma maison. Lida ne l'apprendra jamais, car elle passe ses journées aux champs. Mais ma grande crainte est de la voir se consumer de l'intérieur.

— Nous voici donc revenus au point de départ de notre conversation sans avoir trouvé un début de solution. Il ne reste apparemment plus qu'une seule issue : laissons donc les jeunes gens prendre la décision eux-mêmes.

— Nous courons à la catastrophe, monsieur Zhang.

— Peut-être la catastrophe se réduira-t-elle à un orage qui aura pour effet de nettoyer l'air par la même occasion.

— Les nuages peuvent tout aussi bien éclater et semer la destruction autour d'eux.

Huang se leva et s'inclina :

— Je vous remercie de votre hospitalité, monsieur Zhang.

— Où allez-vous ?

— Je retourne à Huili.

— Maintenant ? Il n'y a plus de bus à cette heure.

— Mais il existe d'autres moyens de locomotion que le bus ! On peut voyager en camion, ou en charrette. Je ne suis pas difficile, et les heures ne comptent pas pour moi. Demain, je serai de retour dans mon village.

— Monsieur Huang, je vous propose de passer la nuit ici. Notre réflexion n'est pas encore terminée.

— Le cercle est une figure fermée, nous n'en sortirons pas. Ne faisons pas semblant d'ignorer la vérité !

Huang ajouta en secouant la tête :

— Demain, le monde n'aura pas changé.

— Vous êtes dans l'erreur. Le monde se transforme jour après jour.

— Pas le mien, ni celui des Tong. Je dois m'occuper de ma fille Lida.

Huang resta pourtant chez Zhang Shufang, qui lui dressa un lit de fortune à côté de l'atelier. Ils passèrent encore un long moment ensemble, burent du thé, et Huang parla de sa vie d'instituteur, de Chang, qui avait été autrefois le commissaire tant détesté, et qui, dans sa déchéance, était devenu misérable comme un lépreux. Zhang fit observer :

— Le fait de l'avoir recueilli chez vous prouve que vous avez une force de caractère et une humanité hors du commun, monsieur Huang. Je ne sais pas si j'aurais été capable d'agir de même après toutes ces atrocités.

— Qu'auriez-vous fait ?

— Je l'aurais peut-être abattu comme un chien enragé.

— Ce n'est pas votre genre, monsieur Zhang. Ce vieil homme meurtri et aux frontières de la mort n'était plus le commissaire Chang Lifu.

— Est-ce que Jian connaît l'histoire de Chang ?

— Non. Mais est-ce que c'est important ? Est-ce que cela changerait quelque chose ? Aux yeux d'un médecin, c'est un malade qui a besoin d'être soigné.

— Votre sagesse est plus grande que la mienne, répondit Zhang, impressionné. Il est regrettable que les Tong et les Huang soient séparés par un fossé infranchissable. Mais — et ceci apaise mon cœur — la nouvelle génération, la jeunesse, n'a plus pour unique idéal le respect de la tradition. Il faut laisser le temps au temps.

Il était déjà tard lorsqu'ils s'étendirent sur leur couche. Mais Huang ne trouvait pas le sommeil. Il se tournait et se retournait en tous sens, et lorsqu'il s'endormit enfin, l'aube n'était plus très loin.

Un bruit furtif réveilla Zhang qui avait le sommeil léger. Il eut le sentiment que quelqu'un s'était introduit dans la maison, prudemment, sans faire de bruit, comme l'aurait fait un voleur. Mais Zhang était dénué d'expérience dans ce domaine, c'était la première fois qu'il était confronté à un éventuel voleur.

Il se leva, saisit un gros gourdin en bois et se rendit d'un pas décidé dans son atelier plongé dans la pénombre du jour commençant. Il poussa la porte avec énergie et s'apprêtait à crier : « Montre-toi, espèce de voyou ! », quand les mots refusèrent de sortir, purement et simplement coincés dans sa gorge. L'intrus restait coi lui aussi. Il se tenait au milieu de la pièce, l'esquisse d'un pâle sourire aux lèvres.

— Jian ! finit par articuler Zhang. C'est toi !

— J'ai roulé toute la nuit, oncle Zhang. Il fallait que je revienne. Rien n'aurait pu me retenir.

Jian s'assit sur une chaise. Après ce long voyage, et maintenant que son but était atteint, la fatigue l'emportait sur tout le reste.

— A Kunming, je me suis cru enfermé dans la fosse aux dragons.

— Ton père sait-il où tu te trouves ?

— Je lui ai dit que j'allais à Dali.

— Et il sait pourquoi ?

— Non. J'ai suivi ton conseil. Mais cela ne nous a pas empêchés de nous quereller. Il s'est mis d'accord avec un riche marchand de soie pour que j'épouse sa fille, en vertu de la tradition qui prévoit que les pères fassent affaire entre eux, les enfants étant censés leur obéir docilement. Mais il m'est impossible d'être docile : j'aime Lida.

Zhang reposa le gourdin sur la table et passa ses deux mains dans sa maigre barbe blanche, comme à son habitude lorsqu'il réfléchissait ou qu'il éprouvait le besoin de se calmer. Dans la pièce voisine, Huang dormait sans se douter de rien. Lorsqu'il se réveillerait, il se trouverait nez à nez avec Jian, et bien malin qui pouvait prévoir sa réaction.

— Etends-toi sur mon lit et repose-toi, dit Zhang. Combien de temps vas-tu rester ?

— Je ne sais pas encore.

Jian se leva et tituba quelque peu :

— J'ai fait quatre cents kilomètres, et de nuit. J'ai les os rompus. Je vais aller m'allonger dans la pièce voisine.

— Elle est occupée. J'ai un invité.

— Pour longtemps ?

— Je ne crois pas. A ta vue, il quittera la maison immédiatement.

Jian s'efforça de sourire et menaça son oncle du doigt :

— Oncle Zhang, s'agirait-il d'une femme ? A ton âge, tu te permets encore de telles fantaisies ? Tu trompes bien ton monde !

— Ce sera une surprise pour toi, Jian. Il faudra que tu t'en sortes avec dignité. Et maintenant, va te reposer.

Ils se rendirent dans la chambre à coucher. Jian se laissa immédiatement tomber sur le lit et s'endormit au bout de quelques instants. Zhang attendit que sa respiration fût profonde et régulière, puis il risqua un coup d'œil dans la pièce où dormait Huang. Celui-ci était couché sur le dos et émettait un léger sifflement à chaque expiration.

Zhang retourna dans son atelier. Il s'assit devant une feuille de papier de riz vierge, saisit un gros pinceau, le trempa dans un godet et dessina un cercle. Puis il détruisit le cercle en le barrant de deux traits entrecroisés et se sentit soulagé.

Le cercle des pensées qui tournaient en rond était brisé. Un chemin avait surgi du néant, et Jian avait trouvé ce chemin.

Huang fut le premier des deux visiteurs à se réveiller. Il trouva Zhang déjà affairé aux fourneaux. Pour le moment, ce dernier s'occupait de faire cuire les petits pains ronds à la vapeur. Les longues bandes de pâte grésillaient dans l'huile, et la soupe au riz attendait d'être réchauffée. Les tasses à thé vert et la grande bouteille thermos contenant l'eau chaude se trouvaient déjà sur la table. Un poste de radio diffusait doucement de la musique, entrecoupée d'informations et de slogans publicitaires.

— Que ce jour soit un jour plein de joie, formula Huang en s'inclinant poliment.

Et Zhang répondit :

— Il a déjà commencé dans la joie puisque j'ai la chance de

vous avoir pour invité. Souhaitez-vous prendre une douche, monsieur Huang ?

— Volontiers, s'il m'est permis de souiller votre salle de bains, monsieur Zhang.

— La salle de bains est dans l'annexe. Vous y trouverez des serviettes.

Huang se rendit dans l'annexe, où il se déshabilla et se doucha. L'eau froide le rafraîchit agréablement, son sang circula mieux et ses idées s'éveillèrent. Il sortit tout nu dans le soleil du matin, respira le parfum des fleurs et celui de l'herbe. Son regard fut attiré par les roseaux, d'où s'échappaient de toutes parts des volutes de fumée qui montaient dans le ciel sans nuages. Les pêcheurs faisaient cuire leur petit déjeuner dans leurs barques.

Entre-temps, Jian s'était réveillé, après avoir dormi d'un sommeil agité. Il était trop tendu pour dormir calmement, malgré son épuisement. Il entra dans la salle de séjour où Zhang était justement en train de sortir les petits pains à la vapeur de leur marmite pour les poser sur une grande assiette de céramique.

— Comment se porte ton visiteur, oncle Zhang ? demanda-t-il avec un sourire entendu après avoir échangé avec son oncle les politesses d'usage. Dort-il encore ?

— Il est en train de prendre une douche.

— Et toi, tu n'es pas en train de lui frotter le dos, tu fais la cuisine ? Je pensais que c'était l'inverse entre hommes et femmes.

Zhang ne répondit pas. « Encore quelques minutes, se disait-il en tournant la soupe au riz qu'il avait mise sur le feu. Huang est un homme cultivé, il sera capable de se contrôler. »

Puis il suggéra à son neveu :

— Tu pourras prendre ta douche après le petit déjeuner.

— Je vais aller piquer une tête dans le lac, ce sera encore mieux.

— Nous verrons bien si tu en auras l'occasion.

Jian regarda son oncle avec étonnement, ne comprenant pas le sens de ses paroles. Mais, une minute plus tard, il comprit. La porte s'ouvrit sur un Huang frais et dispos, qui s'arrêta net sur le seuil, comme retenu par une main invisible. Toute la joie de vivre qui habitait l'instituteur disparut instantanément pour faire place à la sensation désagréable que son sang s'était transformé en plomb fondu.

Jian avait accusé le coup lui aussi, mais ce fut lui qui retrouva la voix le premier.

— Monsieur Huang, c'est vous l'invité ? Veuillez accepter l'expression de ma déférence.

Huang répondit :

— Ce qu'il est donné de voir à mes yeux assombrit cette journée. Puis-je prendre congé de vous, monsieur Zhang? Je n'oublierai pas votre hospitalité.

— Une journée sans petit déjeuner n'est qu'une coquille vide. Venez donc prendre place à table.

Huang s'assit de mauvais gré sur un tabouret. Il ne prit qu'un seul petit pain à la vapeur et qu'un demi-bol de soupe au riz, accompagné de thé. Il évitait de poser les yeux sur Jian, se persuadant que celui-ci n'était pas présent.

Ils restèrent ainsi face à face dans un silence pesant, qui finit par être rompu par Zhang :

— Vous pouvez constater, monsieur Huang, que Jian a tenu parole. Son attitude est une attitude honorable, digne de louanges. Il se comporte comme un médecin entièrement préoccupé de la santé de ses malades.

Rassemblant tout son courage, Jian rectifia :

— Je ne suis pas venu pour Chang Lifu, mais pour voir Lida. Monsieur Huang, j'aime votre fille.

— C'est un malheur, proféra Huang d'une voix forte. Je ne vous permettrai plus de franchir le seuil de ma maison.

— Eh bien, je dormirai dans ma voiture, à la lisière des champs.

— Je ne permettrai plus à ma fille d'aller travailler dans les champs.

— Allez-vous laisser se dessécher la terre qui nourrit les vôtres depuis tant de siècles?

Jian se leva d'un bond et tendit les bras vers Huang :

— Je ne pourrai plus vivre sans Lida.

— Que de grands mots!

Huang se leva aussi :

— Votre vie vient tout juste de commencer, et vous savez déjà ce que vous réserve le futur?

— Ma vie entière est tournée vers la réalisation d'un grand projet, et c'est accompagné de Lida que je veux atteindre cet objectif.

— Vous renoncez à être un Tong? Quelle présomption! Vous êtes un Tong, et vous resterez un Tong.

— Oui, je reste un Tong. Mais je ne vis plus à la même époque que mon père et mes ancêtres. Je vis à l'ère nouvelle.

— Et qu'est-ce que l'ère nouvelle? demanda Zhang.

— L'ère de la liberté!

— Voici une notion bien abstraite pour un Chinois. Avons-nous jamais connu la liberté?

— Elle va surgir bientôt.

— D'où ? De l'Occident ? La liberté est inapplicable en Chine. Une population de plus d'un milliard d'êtres humains doit être gouvernée d'une main ferme, plus d'un milliard de libertés juxtaposées finiraient dans le chaos.

Zhang reversa de l'eau chaude sur ses feuilles de thé et poursuivit :

— Nous ne sommes pas un peuple, nous sommes un cinquième de l'humanité ! En Chine, rien n'est comme ailleurs. Vous voulez vivre libres et heureux, et vous oubliez en même temps la sagesse de l'expérience. Pense à la parole du sage Tseng Kuang : « De même que la fleur ne peut pas fleurir durant cent jours, l'homme ne peut pas vivre mille jours consécutifs de bonheur. »

— Je peux te retourner une parole du sage Kung Tse : « C'est dans ses jeunes années que l'on doit penser à se fabriquer le bâton qu'on utilisera dans ses vieux jours. » C'est ce bâton que nous sommes en train de fabriquer en ce moment.

— Est-ce que nous sommes ici dans une assemblée politique ? s'écria Huang avec emportement. Il s'agit de ma fille Lida ! Qu'un Tong veut prendre pour concubine !

— Je veux épouser Lida, monsieur Huang.

— Pour l'instant vous n'êtes rien, et vous ne possédez rien. Vous n'êtes qu'un Tong, qui se fait nourrir par les Tong.

— Je serai médecin dans quatre ans.

— Quatre ans !

Huang joignit les mains au-dessus de sa tête.

— Et qu'est-ce qui va se passer au cours de ces quatre ans ? Lida sera dans ses champs à Huili, et vous vous serez à l'université de Kunming... Tout ça, ce ne sont que des chimères !

— L'amour n'a que faire des années, il utilise un autre mode de calcul !

Jian jeta à Huang un regard implorant :

— Je viendrai à Huili aussi souvent que possible.

— Comme un chien, quand il vient renifler l'odeur de sa femelle en chaleur.

Huang frappa du poing sur la table, si fort que les couvercles des tasses tintèrent.

— Et avant la fin de ces quatre années, le jour viendra où monsieur Tong brillera par son absence, où il ne donnera plus signe de vie et aura disparu. Ce jour-là, ma fille Lida sera laissée pour compte, et plus personne ne voudra la prendre pour femme, pas même le plus pauvre des paysans, pas même un aveugle. Et alors, il ne lui restera plus que la corde pour se pendre. Non !

Laissez-moi partir, monsieur Zhang. J'ai encore une chance d'attraper le bus de Nanhua.

— Vous n'avez pas besoin de prendre le bus, répondit Jian, atteint par la sortie de Huang, qui témoignait de la belle opinion que celui-ci semblait avoir de lui. Je vous ramène chez vous, monsieur Huang.

— Quand bien même je devrais rentrer à pied, je ne monterais pas dans votre voiture.

La querelle se poursuivit pendant près de deux heures. Les protagonistes discutèrent si passionnément qu'ils en arrivèrent à un stade avancé d'enrouement, mais, malheureusement, en pure perte. Cependant, à l'issue de ces deux heures, Zhang interrompit les hostilités en faisant remarquer avec un haussement d'épaules :

— Monsieur Huang, le bus de Nanhua est parti depuis longtemps.

— Je trouverai bien une bonne âme pour m'emmener si je me place au bord de la route. Je n'ai aucune honte à être un pauvre homme contraint de mendier les services de son prochain. Il se trouvera bien quelqu'un pour me tirer d'affaire.

Jian jeta un coup d'œil à sa montre.

— Nous partons dans une demi-heure, monsieur Huang. Permettez-moi auparavant d'aller faire quelques brasses dans le lac.

Et il joignit le geste à la parole.

Pour la seconde fois, Huang abattit son poing sur la table.

— Quelle tête de mule ! s'écria-t-il.

— C'est bien vrai. Il fera son chemin dans la vie, commenta Zhang, plein de fierté. Vous prendrez bien une petite bière avec moi avant votre départ ?

— Je ne monterai pas dans sa voiture.

— Vous êtes têtu, monsieur Huang. Que vous montiez dans sa voiture ou non, Jian ira à Huili. D'ailleurs, réfléchissez un peu : il y sera bien avant vous, et vous pensez bien qu'il ne se gênera pas pour prendre Lida dans ses bras à son arrivée.

— Vous êtes un homme intelligent, monsieur Zhang. Je vous remercie. Votre argument me convainc de ma stupidité. Vous avez raison, il faut que je parte avec Jian pour éviter le pire.

Ils prirent la route vers midi. Huang s'assit sur le siège arrière pour éviter de se trouver à côté de Jian. C'était la première fois qu'il voyageait dans une voiture confortable, aux sièges bien rembourrés, au lieu de se retrouver ratatiné dans un autobus, coincé au milieu d'une population transpirante. Sans compter qu'il avait tout le loisir d'admirer le paysage, de jouir du spectacle offert par les attelages de bœufs ou d'ânes, les camions et les charrettes à bras, qu'ils dépassaient et laissaient derrière eux dans un nuage de poussière.

Mais brusquement, Huang sursauta. Il se pencha en avant pour donner une bourrade dans le dos de Jian.

— Il faut que nous fassions demi-tour ! lui cria-t-il.

— Pourquoi ?

— J'ai loué une bicyclette à Dali, il faut que je la rende.

— Aucune importance, monsieur Huang. Le loueur la fera passer aux pertes et profits. Le pire qu'il puisse faire, c'est de vous maudire, mais comme vous ne serez pas là pour l'entendre...

— Il ne risque pas de me maudire ! J'ai payé une caution qui vaut trois fois le prix de son vélo. Au contraire, il pourra se frotter les mains d'avoir fait une si bonne affaire !

— Combien avez-vous payé ?

— Cinquante yuans bien comptés. Vous savez combien ça représente pour un pauvre maître d'école ?

— Je vais vous rendre cet argent, monsieur Huang.

— Non.

Huang se réinstalla confortablement au fond de son siège.

— Je n'accepterai pas la charité d'un Tong.

— Ce n'était qu'une proposition.

— Une mauvaise proposition, qui ressemble plutôt à une offense.

— Je vous prie de m'excuser.

Huang garda le silence. Plus ils se rapprochaient du carrefour de Nanhua, d'où partait la route de Dayao, qui à son tour était le point de départ de l'étroit chemin menant aux montagnes de Huili, plus ses pensées se faisaient sombres. Il essayait d'imaginer la réaction de Lida à la vue soudaine de Jian. Prendrait-elle la fuite devant lui ou bien courrait-elle se jeter dans ses bras ? S'ils s'embrassaient, cela pourrait presque compter comme des fiançailles, car dans un village on est observé par une centaine d'yeux curieux, et la famille Huang serait déshonorée si elle permettait pareille chose sans présenter Jian à tout le village comme le futur gendre. En ville, c'était sans doute différent, mais les choses se passaient ainsi dans les campagnes, et à plus forte raison chez les Miaos. En ville, les bonnes mœurs étaient passées de mode. Huang se souvenait de la visite de son fils Tifei lui parlant de Kunming et — profitant de l'absence de Jinvan, qui s'était rendue à l'étable pour attraper une poule — lui racontant avec un clin d'œil que les putains faisaient le pied de grue devant les grands hôtels, en abordant de préférence les étrangers. Le tarif était de dix dollars pour les « longs nez », ce qui représentait une petite fortune en yuans, et pour une demi-heure de travail tout au plus. C'était interdit officiellement, mais les officiers de la police et de l'armée eux-mêmes... Tifei avait éclaté de rire et avait fait claquer sa langue, comme si lui-même avait l'expérience de la chose.

« La ville, pensait Huang, en fixant la nuque de Jian. C'est un homme de la ville, est-ce qu'il a fréquenté les putains, lui aussi ? Et maintenant, il faudrait que je le laisse fréquenter ma fille Lida ? Je serai obligé de le tuer s'il manque de respect à ma fille. L'honneur des Huang est sacré, même s'ils sont pauvres et n'appartiennent qu'à l'ethnie des Miaos. »

En fin d'après-midi, Huang aperçut son village de Huili accroché à la montagne. Son cœur se réchauffa, car c'était un beau village. Et si son village était si beau, c'était en grande partie grâce à lui, car il enseignait aux enfants qu'on aimait son village natal au même titre que sa famille. Ils passèrent devant un champ qui appartenait à Huang. Jian freina si brutalement que ce dernier fut renversé et atterrit contre le dossier du siège avant.

— Vous avez écrasé quelque chose ? s'enquit-il quand il fut remis de sa surprise. Attendez, je descends et je vais voir.

Mais il comprit pourquoi Jian avait freiné de la sorte, et son cœur se mit à battre.

Dans le champ, un buffle tirait une charrue à travers la terre grasse, et, derrière la charrue, Lida enfonçait le soc de bois dans le sol et faisait avancer le buffle à l'aide d'une baguette de bambou.

— Repartez ! dit Huang, tout en s'étonnant du son étranglé de sa voix.

Mais Jian ouvrit la portière d'un geste brusque. Il bondit hors de la voiture, se mit à faire des signes et à appeler Lida, qui semblait de rien entendre car elle donnait elle-même de la voix pour encourager le buffle. Jian se précipita alors jusqu'à la mare aux canards, puis grimpa le long de la terrasse pour atteindre le champ où elle se trouvait. Huang sortit lui aussi de la voiture, et assista à la scène en spectateur impuissant, tout étonné lui-même de constater qu'il était envahi de joie et submergé d'émotion.

Il vit Lida, qui avait fini par entendre les appels de Jian, jeter son bambou et lâcher la charrue, il vit le buffle s'arrêter et lever sa grosse tête, il vit Lida courir vers Jian, il les vit ouvrir les bras et se précipiter l'un vers l'autre, il les vit s'embrasser comme si le monde alentour avait disparu.

— Que faire ? s'interrogea Huang à voix haute tout en levant la tête vers le ciel du soir. J'ai toujours su qu'il n'existait rien de plus fort que l'amour. Et la joie est en moi... Je devrais en avoir honte, mais je n'y peux rien.

Un long moment s'écoula avant que Lida et Jian ne relâchent leur étreinte, puis tout recommença, comme s'ils n'avaient jamais été séparés : c'est ensemble qu'ils libérèrent le buffle de son attelage et qu'ils le menèrent jusqu'à la route.

Jian revint à la voiture en déclarant à Huang, les yeux brillants :

— Me voici chez moi !

Et Huang lui répondit :

— Bienvenue chez nous !

Jian roula au pas derrière le buffle jusqu'au village, et les gens qui aperçurent Huang trônant dans la belle voiture le saluèrent, lui firent des signes et se mirent à chuchoter entre eux.

Jian s'arrêta devant l'école. Ils sortirent de la voiture et se dirigèrent vers la maison. Jinvan était assise sur le banc de devant, occupée à peler des patates douces. A la vue de la voiture, puis de Jian suivi de son mari, elle laissa échapper son couteau. Chang jaillit de la dépendance, toussant fortement d'excitation, et se précipita à la rencontre de Jian.

— Tu as tenu parole ! s'écria-t-il. Tu ne m'as pas oublié ! Est-ce que tu as apporté ma médecine ? Est-ce qu'il n'est pas trop tard pour qu'elle agisse ?

— Elle te sera utile, rétorqua Jian en éludant la question. L'espoir fait vivre.

Jinvan entoura Jian de ses bras, pleurant de bonheur, lui caressant les cheveux, incapable de prononcer un mot.

Huang invita Jian à entrer. Il pénétra le premier dans la grande pièce et cria à l'adresse de Jinvan :

— Femme, le voyage a été éprouvant. Nous mourons de faim !

Peu de temps après, ils se retrouvèrent tous autour de la table. Lida apportait les plats, mais Huang s'irritait de voir Jian emporter les bols vides et servir la soupe.

C'était une besogne de femme, indigne d'un homme. « C'est peut-être à cause des temps nouveaux, se dit-il. Mais ce ne serait pas une bonne chose, car c'est l'homme qui est le maître dans sa maison, cela fait partie de son honneur. Toutes les mœurs nouvelles ne constituent pas forcément un progrès. »

Après le repas, Huang, parlant également au nom de sa femme, proposa à Jian de se tutoyer. Ce dernier s'en montra très heureux.

Il était naturel que Jian dormît à nouveau dans le lit de Huang, ne serait-ce que pour faciliter le contrôle auquel celui-ci se sentait astreint. Il était peu envisageable que Jian se glissât secrètement auprès de Lida, mais pour éviter que cette sorte d'idée ne leur traversât l'esprit, Huang transporta la couche de Lida dans la pièce du fond auprès du lit de Jinvan, ce qui garantissait la sécurité et un sommeil sans trouble.

Mais il fallait s'occuper du buffle, et il ne se passait pas une soirée sans que Lida ne nettoyât la bête et ne brossât le poil dur de sa peau, comme s'il s'agissait d'un noble pur-sang digne des meilleurs soins.

Le travail à l'étable donnait à Jian la possibilité de se trouver seul avec Lida. Il la secondait, et, lorsque le buffle était bien propre, ils s'asseyaient ensemble sur la caisse renversée, se tenaient par la main et s'embrassaient.

Chang, qui les avait observés un jour à travers une fente dans le bois de la paroi, avait couru rassurer Huang et Jinvan :

— En voilà un amour pur ! Il ne la touche pas, même pas sa poitrine !

— Va te coucher dans ton cercueil et tais-toi ! avait répondu Huang, sèchement. Tes pensées malsaines ne nous intéressent pas.

Après que Chang se fut éloigné en maugréant, Jinvan demanda :

— Que va-t-il se passer maintenant, mon époux ?

— Jian veut épouser notre fille dans quatre ans.

— Dans quatre ans ? Qui sait tout ce qui peut se passer en quatre ans !

— Moi, je ne le sais pas. Si les gens devaient connaître leur destin à l'avance, il n'y aurait pas assez de cordes pour se pendre. Laissons agir le temps !

Le temps passa trop vite pour tout le monde, car, après seize jours de bonheur, arriva le moment où Jian annonça au cours du repas du soir ce que Lida attendait avec angoisse depuis le début :

— Il faut que je retourne à Kunming. Les cours reprennent à l'université. J'ai encore beaucoup à apprendre avant de devenir médecin...

— Et quand te reverrai-je ? demanda Lida.

Huang admira son courage : elle avait posé la question d'une voix ferme et sans que ses yeux ne trahissent son émotion.

— Si j'avais des ailes, je serais ici tous les soirs.

— Mais tu n'es pas un oiseau, répondit Huang. Avec quatre cents kilomètres à l'aller et autant au retour sur nos routes en mauvais état, ton voyage pourrait bien te prendre deux jours. Et ce n'est que le trajet ! Qu'est-ce qui resterait pour le séjour ?

— Je ferais ces huit cents kilomètres uniquement pour le plaisir de passer une soirée avec vous. Peu importent les distances, s'il m'est permis de voir Lida, ne serait-ce qu'une heure !

Le jour du départ fut un jour de tristesse, comme cet autre jour où Lida avait joué à cache-cache avec ses sentiments, tout en versant plus de larmes que les travaux des champs ne coûtaient de sueur. Elle savait que Jian reviendrait, elle savait qu'ils faisaient partie l'un de l'autre, elle savait que cet amour allait désormais gouverner sa vie, mais elle savait aussi, tout comme Jian, que son existence devrait être dissimulée aux yeux des parents de celui-ci, aussi longtemps qu'il n'aurait pas terminé ses études.

Jian venait de poser ses bagages dans le coffre de sa voiture lorsqu'il vit Chang Lifu sortir de son annexe pour venir le retrouver en traînant la savate. Chang ne toussait plus depuis quatre jours, pas même lorsqu'il s'énervait ou qu'il était content. Le moindre état d'âme provoquait ordinairement chez lui une crise qui secouait son corps entier. Il était simplement devenu un peu plus faible et, après avoir nourri les poules, travaillé dans le jardin ou mis de la paille de riz fraîche dans l'étable pour le buffle, il était obligé de s'asseoir ou de se coucher pendant un certain temps. Ses jambes commençaient à trembler, ou alors la fatigue le submergeait à un point tel qu'il devait lutter contre le sommeil.

— Je vais beaucoup mieux, Jian, dit-il en s'appuyant contre la voiture. Je ne tousse presque plus, tu crois que c'est l'effet de la médecine ?

— Ce ne serait pas une médecine si elle était sans effet, répondit Jian évasivement. Tu vois bien que tu ne souffres presque plus.

— Je suis simplement fatigué, toujours fatigué.

Jian hocha la tête. La médecine avait un effet calmant. C'était une préparation à haute teneur en plantes et en racines, additionnée de venin de serpent, plus efficace que les médicaments chimiques importés de l'étranger. Jian avait trouvé la composition de cette préparation dans le livre de pharmacie de son père ; c'était un remède connu en Chine depuis des siècles et qui avait soulagé trois empereurs, ainsi que Tong Shijun l'avait noté en marge de la composition. Il n'était pas précisé cependant qu'elle ne guérissait pas mais qu'elle se contentait de soulager les symptômes. Chang avait besoin de cette petite aide avant de mourir. Du point de vue médical, il était perdu.

— Ton corps réagit à la médecine, c'est ce qui le fatigue, mentit Jian en évitant le regard inquisiteur de Chang. Ta fatigue va passer.

— Je ne vais donc pas mourir, Jian ?

— Nous mourrons tous un jour, Chang.

— Ce que tu me dis là n'est pas une vérité scientifique, mais une loi de la nature. Je ne vais pas mourir maintenant, ni demain, ni dans une semaine, ni dans un mois ?

— Qui peut le dire ? Qui peut répondre à cette question ? Notre corps échappe à notre volonté. Il accepte certaines maladies, et il en repousse d'autres, sans nous demander notre avis. C'est lui qui nous domine, nous ne pouvons pas lui imposer quoi que ce soit. Pourquoi certains meurent-ils à dix-huit ans, et d'autres à quatre-vingt-dix ?

Jian proféra un nouveau mensonge :

— Tu vas mieux, alors, garde l'espoir.

Le moment de la séparation ne s'éternisa pas. Il est inutile de faire traîner les choses lorsque l'instant du départ est venu, car la moindre parole est une blessure pour le cœur. Jian embrassa Lida, qui, pour la première fois en présence de ses parents, lui passa les bras autour du cou, se serra contre lui, caressa sa nuque et ses cheveux. Elle se pendit à son cou comme si elle attendait de lui qu'il la porte à sa voiture pour la prendre avec lui dans la grande ville de Kunming. Il lui était parfaitement égal désormais qu'un tel comportement heurtât tous les usages, et elle ne se sentit en rien gênée par la présence du gardien de l'école, qui, délaissant les travaux de balayage qu'il avait entrepris dans le hall d'entrée, avait posé son ustensile pour observer attentivement la scène, confortablement appuyé sur le manche. Il était certain que tout le village de Huili serait informé sous peu des agissements de Lida, la fille de Huang, qui avait embrassé son bien-aimé en public. Et ne parlons pas de l'attitude du maître d'école, qui non seulement n'avait rien entrepris pour l'en empêcher, mais, au contraire, l'avait encouragée par son silence complice.

Quelques enfants aussi étaient témoins de la scène. Deux petites filles gloussèrent à haute voix, ce qui amena Chang à avertir Jinvan en ces termes :

— Maintenant, il ne leur reste plus qu'à se marier. Ou alors, Huang sera obligé de tuer Jian pour laver l'honneur de la famille.

— Attendons un peu, répondit Jinvan pensivement. Laissons faire le temps. Voyons déjà comment va se poursuivre la vie durant ces quatre années. De même qu'un magnolia porte mille fleurs, l'homme lui-même n'est qu'un arbre qui peu à peu laisse tomber mille feuilles.

Jian s'arracha aux bras de Lida. Il se précipita vers sa voiture, y monta en hâte, ferma la portière, démarra en trombe et s'en alla sans même se retourner pour un dernier signe d'adieu. Il voulait emporter l'image de Lida pendue à son cou, pour la garder dans son cœur pendant tout le temps amer de l'absence.

Ce jour-là, le buffle resta à l'étable. Lida ne l'emmena pas aux champs. Elle resta assise sur le banc fabriqué par le grand-père Huang Yuan, les yeux fixés sur la route par laquelle Jian avait disparu. Le buffle, très étonné, meugla et s'agita, poussant sa grosse tête contre la paroi de bois. Il se languissait du vent des montagnes, de la clarté de l'air et du parfum de la terre éventrée.

Jian fit une halte au bord du lac Erhai chez l'oncle Zhang Shufang, afin de prendre une bouteille thermos remplie d'eau chaude et un petit paquet de thé vert pour le long trajet de Dali à Kunming. Son arrivée chez ses parents serait très tardive, et il ne serait pas superflu de se maintenir éveillé grâce au thé, qui calmerait également son estomac.

— Quand reprends-tu les cours ? demanda Zhang, en complétant son viatique par un panier de jonc rempli de belles mandarines juteuses et de grosses prunes jaunes et dorées.

— Demain, répondit Jian brièvement.

Il ne pensait qu'à Lida, il se remémorait sans cesse son désespoir au moment de leur baiser d'adieu.

— Tu seras donc chez toi au tout dernier moment.

— Oui.

— Voilà qui ne plaira pas à ton père.

— Beaucoup de choses vont se passer encore, qui ne lui plairont pas.

— Il va exiger ta déférence et ton respect.

— Il les aura s'il me laisse aller mon chemin.

— Et où va te mener ce chemin ?

— A la liberté individuelle.

— Cela me rappelle le conte du dragon qui baigne une petite souris sur sa langue mouillée. Jian, n'oublie pas que ta vie sera régie par le Parti. Tu ne pourras pas y échapper. Partout où tu iras, tu le trouveras sur ton chemin. Il est partout ! Ou alors, tu veux quitter la Chine ?

— Je vais épouser Lida.

Zhang se tut un instant et regarda le lac par la fenêtre. Il suivit des yeux les barques des pêcheurs, posées comme des taches grises sur le bleu scintillant de l'eau.

— Je pensais que l'instituteur aurait fait preuve de plus d'intelligence, dit-il finalement. Jian, ton père est un homme puissant dont on écoute les paroles et dont on honore la sagesse. Tu connais ses relations, qui vont jusqu'à Pékin, jusqu'aux plus hauts responsables du Parti. Huang joue perdant.

— Je me trouverai à ses côtés. Celui qui le combattra devra d'abord passer par moi.

— Tu es un Tong ! Tu veux lever la main contre ton propre père, rompre avec les traditions ?

— Je m'appelle Tong, mais ce nom n'implique pas l'abdication de ma propre volonté !

— N'oublie pas ta sœur Fengxia et son époux Wu Junghou. Eux aussi seront tes adversaires.

Jian sourit et secoua la tête.

— Ce sont des fonctionnaires communistes. La tradition, pour eux, se résume à reconstruire les vestiges du passé que Mao a laissé détruire, afin que le monde se souvienne que la Chine était déjà un pays doté d'une culture avancée à l'époque où le reste de l'humanité se promenait encore vêtu de peaux de loup et vivait dans les cavernes. Mais pour ce qui est de *vivre* dans la tradition, dans le sens où mon père le souhaite, cette idée ne provoque chez eux qu'un rire moqueur ou un hochement de tête apitoyé.

— Peut-être ont-ils tort.

Zhang indiqua le foyer :

— Je peux te proposer une soupe au riz, Jian.

— Je te remercie, oncle Zhang.

Jian s'inclina devant son oncle, prit la bouteille thermos ainsi que le panier contenant les fruits, et rejoignit sa voiture.

— Je reviendrai dans quinze jours pour boire le thé avec toi. Je ferai une halte sur la route de Huili.

— Pour passer une demi-journée là-bas ? Mais tu es fou ! Jian, écoute les proverbes issus des siècles passés. L'un d'eux dit : « Lorsqu'on laisse ses désirs gouverner son cœur, plus rien ne peut barrer la route à la frivolité, et c'est ainsi que certains parmi les esprits les plus sages de leur temps ont trébuché par la faute des femmes. »

— Oncle Zhang, jamais tu n'as tenu l'amour au creux de tes bras...

Jian poursuivit, planté dans l'encadrement de la porte :

— Je vais te répondre par un autre proverbe : « Si les hommes se contentaient de ne parler que de ce qu'ils comprennent, un grand silence régnerait sur la terre. » Et je vais te dire une parole de Li Yü, le sage : « Pas plus que le ciel de la terre, l'homme ne peut être séparé de la femme. » Il faut te faire une raison, oncle Zhang : rien ne peut plus me séparer de Lida.

— L'amour est le tombeau de la raison. Moi je le sais, et toi, tu ne vas pas tarder à l'apprendre. Fais bon voyage et salue tes parents de ma part.

Jian s'inclina une dernière fois et quitta la maison de Zhang. Il éprouvait une grande sympathie à l'égard de son oncle car ce dernier était un homme bon et sage, dont les conseils étaient précieux en cas de difficulté, et dont l'âme était réceptive à toutes les misères. C'était un homme qui ne taisait pas la vérité. Lorsqu'il affirmait que Huang serait perdant vis-à-vis de Tong, il avait sans nul doute raison. De même, lors de la visite de Mao, au cours de laquelle ils avaient échangé leurs poèmes, Zhang n'avait pas craint de déclarer au Grand Timonier que le communisme ne devait pas être synonyme de liquidation des opposants ; que la disparition des classes sociales devait être le résultat du travail accompli en commun pour la construction du socialisme, et non pas celui de la mainmise d'une catégorie d'hommes sur une autre catégorie d'hommes. Mao l'avait écouté calmement et attentivement, puis il avait répondu : « Zhang Shufang, tes poèmes reflètent le fond de ton âme : tu es un rêveur. Mais sache que lorsqu'on laisse un homme aller à son gré, il va presque toujours dans la mauvaise direction, s'il n'y a personne pour le guider. Et je veux inciter la Chine à suivre le bon chemin. »

Zhang n'oublia jamais cette conversation. Lorsqu'il vit les ruines laissées à travers tout le pays par la Révolution culturelle de Mao, cette épouvantable destruction de toutes les valeurs, Zhang comprit que le chemin était mauvais. En revanche, le successeur de Mao, Teng Hsiao-Ping, prouva qu'il avait découvert le chemin qui était bon pour l'avenir de la Chine quand, en 1979, il engagea sa politique d'ouverture en direction de l'Occident tant détesté. Et lorsque la Chine entière s'étonna du changement de cap vis-à-vis d'un monde vilipendé jusqu'alors, l'oncle Zhang ne fut pas surpris, car il avait prévu cela depuis longtemps.

Jian réfléchit à tout cela et à beaucoup d'autres choses encore pendant son voyage de retour à Kunming. Si les prévisions de l'oncle Zhang concernant les familles Tong et Huang s'avéraient justes, la lutte qui s'annonçait serait sans merci. Et ces mots n'étaient pas trop forts, car Jian était prêt à sacrifier à son amour pour Lida tout ce qui avait donné jusque-là son prix à son existence. Lida était son soleil, et lui-même était la terre qui, grâce à sa chaleur, faisait germer la vie.

Le voyage de nuit fut pénible. Il fut arrêté trois fois par des contrôles de police. Les policiers fouillèrent sa voiture pour vérifier qu'il ne transportait pas de drogues, et l'interrogèrent pour savoir d'où il venait et pourquoi il roulait de nuit. Lorsqu'ils apprirent qu'il était étudiant en médecine à Kunming, quatre d'entre eux lui racontèrent leurs petites misères, lui demandèrent conseil et se plaignirent du médecin de la police qu'ils décrivirent comme un être brutal qui, pour le moindre bobo, commençait systématiquement par prescrire un laxatif puissant. Ce grossier personnage avait coutume d'ajouter en même temps : « C'est en chiant qu'on élimine la plupart des maladies ! Le diable est toujours dans les intestins. Un intestin propre, c'est un petit matin de printemps ! » Bizarrement, le médecin de la police parvenait à certains résultats grâce à cette méthode. Jian partit d'un grand éclat de rire à ce récit, mais aucun des policiers ne s'en montra offusqué. Au contraire, l'un d'eux fit même le commentaire suivant : « Toi et ton père, vous êtes sans doute des gens importants. Quand on peut s'offrir une voiture pareille, on est soit un personnage en vue, soit un truand. »

Ce n'est qu'au matin, alors que le ciel commençait à éclairer la ville de Kunming d'un éclat bleuté, que Jian atteignit la maison de ses parents. Tout le monde dormait encore. Il se rendit sans bruit dans sa chambre, se déshabilla, se mit sous la douche et laissa l'eau froide ruisseler sur son corps fatigué. Il sentit son épuisement disparaître peu à peu sous l'effet de la fraîcheur. En se frottant avec sa serviette, il réveilla sa circulation sanguine et se sentit bientôt aussi dispos que s'il s'était reposé des heures durant.

Une demi-heure plus tard, il se retrouva face à face avec son père dans la salle à manger. Ils étaient seuls, et se mesurèrent des yeux sans mot dire, chacun attendant que l'autre entamât la conversation.

Tong Shijun s'assit à table. On avait déjà apporté les petits pains à la vapeur, et une soupe aux nouilles fumait dans une grande jatte de porcelaine. Ce fut lui qui ouvrit les hostilités :

— Je craignais, commença-t-il, que tu ne sois pas de retour pour le début du semestre.

— Je n'ai jamais failli à mon devoir, répondit Jian, crispé.

— As-tu passé de bonnes vacances ?

— Oui.

— As-tu bien profité du lac ?

— Oui.

« Il est étonnant que le mensonge sorte aussi facilement de ma bouche », se dit Jian. Il n'en revenait pas lui-même de constater qu'il était capable de regarder son père droit dans les yeux, sans être trahi par son regard.

Tong prit un petit pain à la vapeur dans l'assiette et le rompit.

— J'en suis content pour toi, dit-il d'un ton négligent. Mais tu n'es pas resté tout le temps à Dali chez ton oncle Zhang.

Jian retint son souffle un instant, puis il raidit son attitude, prêt au combat.

— Comment as-tu pu faire cette constatation ? demanda-t-il.

— L'un de mes amis a séjourné à Dali en même temps que toi et a rendu visite à Zhang. Tu n'y étais pas.

— Quand je vais nager ou que je vais à la pêche, je ne peux pas être à la maison.

— Zhang n'a laissé entendre à aucun moment que tu te trouvais chez lui.

— Et pourquoi devrait-il parler de moi à un visiteur étranger à la famille ?

Jian s'assit à table en face de son père et le regarda attentivement :

— Tu as envoyé cet homme chez Zhang pour m'espionner ?

— Tu dois avoir mauvaise conscience, pour t'imaginer une chose pareille !

— J'ai voyagé pendant quelques jours. Je suis allé à Lijiang, au Diancang Shan, à Dukou, dans les grottes de la montagne de la Cloche de pierre.

Jian posa ses poings serrés sur ses genoux et lança un regard presque hostile à son père :

— Est-ce que c'est une raison pour avoir mauvaise conscience ?

— Quand on s'imagine avoir un espion sur les talons, c'est qu'on a quelque chose à cacher.

Tong se pencha au-dessus de la table, remplit son bol de soupe aux nouilles et entreprit de déjeuner.

— Tu as un regard bien fixe, mon fils.

— J'ai l'impression d'être soumis à un interrogatoire.

— C'est que je suis habité par un grand souci, Jian.

Tong repoussa son bol, comme si la soupe aux nouilles avait tourné.

— J'ai eu le temps de réfléchir. Réponds à ma question : es-tu en relation avec des milieux réactionnaires ?

Jian respira. Les craintes de son père s'orientaient vers les idées émises, quoique de façon extrêmement prudente, par un groupe d'étudiants qui sévissaient surtout à l'université de Pékin. Ces jeunes contre-révolutionnaires réclamaient plus de démocratie en Chine. Des rumeurs circulaient à Kunming, mais personne ne savait rien de précis. La notion de « démocratie » était un article importé de l'Occident, un slogan du capitalisme, pour lequel on n'éprouvait que mépris.

— Non, répondit Jian fermement. Je ne connais pas de réactionnaires.

— Tu n'assistes pas à des réunions clandestines ?

— Je me demande bien qui je pourrais rencontrer, si je ne connais personne !

— Ta réponse apaise mon cœur.

Tong observa son fils d'un œil inquisiteur.

— Nous sommes une famille ancienne, qui, dans le passé, est toujours parvenue à s'adapter à n'importe quelle situation pour tirer son épingle du jeu.

— Jusqu'à ma sœur Fengxia, qui est devenue une fonctionnaire du Parti.

— Tu dis cela comme si tu le lui reprochais.

— Je méprise toute personne intelligente qui tire profit de l'air du temps.

— Donc tu m'englobes dans ton mépris ?

— Tu es mon père.

— Et je suis communiste. Je suis membre du Parti. Je le suis devenu parce que je peux en tirer profit. Pour mes malades. L'appareil d'échographie, les nouvelles installations de radiographie, les cent lits supplémentaires octroyés à mon établissement, tout cela ne représente-t-il pas un progrès ? Sans le Parti, nous serions restés aussi inertes que la pierre qui repose au fond d'un lac tranquille. A présent, l'eau est pleine de remous et la pierre émerge, telle une île.

— Mais la foi des Tong en la tradition n'en est pas atteinte pour autant.

Jian quitta sa place sans avoir touché au petit déjeuner.

— As-tu parlé à Qian Fang à propos de Yanmei ?

— Non, pas encore.

— Pourquoi, Père ?

— Je vis dans l'espoir que tu changes d'avis.

— Ton espoir est vain. Je n'épouserai jamais Yanmei.

— Et pour quelle raison ?

— Père, nous en avons assez parlé. J'ai l'intention de choisir mon épouse moi-même, je n'accepterai pas que l'on me marie contre mon gré. Est-ce qu'on t'a forcé autrefois à épouser Mère ?

— Qu'est-ce que cette façon de t'exprimer ! Ta mère appartient aux plus grandes familles. Elle m'a été promise alors que, tout enfant encore, elle tressait des guirlandes de fleurs dans le jardin de ses parents.

— Et elle a trouvé le bonheur à tes côtés.

— Je n'ai jamais entendu la moindre plainte dans sa bouche.

— Parce que la tradition interdit à une femme de se plaindre de son mari. Sa vie est celle d'une femme soumise, dont l'unique fonction est de mettre docilement des enfants au monde.

— Jian !

Tong se leva d'un bond et frappa du poing sur la table.

— Tu parles de ta mère !

— Je parle du droit de la femme en Chine. La femme n'a jamais eu aucun droit. La satisfaction de la vanité masculine a toujours exigé d'empêcher les femmes d'avoir la moindre velléité d'autonomie. Les femmes triment du matin au soir depuis le fond des âges. Et dans notre milieu, leur tâche se borne à être belles.

— Ta mère a fait des études, tout comme moi. Elle est médecin.

— A-t-elle jamais eu, étant ton épouse, la possibilité de pratiquer son métier ? Elle n'a jamais été que la respectable Mme Tong, la Zhang Meizhu de bonne famille dont l'époux, le célèbre Tong Shijun, est allé jusqu'à devenir communiste pour protéger cette tradition. Ce n'est pas ce monde-là que je veux, Père.

— Et comment vois-tu ton monde, espèce de fou ?

— Je veux devenir un bon médecin et mener une vie à laquelle j'aurai donné son sens moi-même. Je ne veux pas d'une vie édictée à l'avance. Tu commences déjà en m'imposant Yanmei, tu voudrais que je me plie à ta volonté et que je la prenne pour femme. Non ! J'ai ma propre volonté, Père.

— Ce qui veut dire que ce sera ma volonté contre la tienne.

— S'il le faut. Je ne me déroberai pas.

— Ton comportement me rappelle une fable écrite par Hsiao Fu il y a bien longtemps : un homme pauvre rencontre un jour un vieil ami, qui, depuis leur dernière rencontre, s'était transformé en esprit. Lorsque ce dernier apprit la pauvreté de son ami, il pointa le doigt vers un caillou du chemin. Immédiatement, le caillou fut changé en or. L'esprit en fit cadeau à son ami pauvre. Mais ce dernier ne s'estima pas encore satisfait, et l'esprit lui offrit donc un grand lion en or. Mais l'homme n'était toujours pas satisfait. « Que veux-tu donc de plus ? » lui demanda l'esprit. « C'est ton doigt que je veux », répondit son ami. — Tong scruta le visage de son fils. — Comprends-tu cette fable, Jian ?

— Je ne veux pas de caillou en or, ni de lion, et encore moins de ton doigt, répondit Jian durement. Ce qu'il me faut, je me le procurerai moi-même !

— Tu n'es rien ! Rien du tout ! hurla Tong, hors de lui. Il ne faut pas être un héros pour lancer des pierres quand on est à l'abri.

— Si je veux lancer des pierres, je me les procurerai moi-même ! hurla Jian en réponse. Quant à l'abri, parlons-en ! Il est ici, dans cette maison, sous tes ordres ! Je peux aussi changer d'abri !

Il se précipita hors de la pièce et claqua la porte si fort derrière lui que son père eut peur pour ses bois sculptés. Tong se rassit lentement à table et se remit à manger sa soupe. Ses mains tremblaient, et il ne cessait de se demander quelle pouvait bien être la cause de cette transformation chez Jian, si ce n'était pas la fréquentation secrète de groupes révolutionnaires. Zhang en savait-il plus long ? Celui qui a engendré un fils a le droit de vouloir en tirer fierté, et il est de son devoir de faire de lui un homme accompli.

A la fin du petit déjeuner, Tong avait pris la décision de se rendre à Dali pour aller voir l'oncle Zhang. Néanmoins, ce projet n'était pas réalisable immédiatement, car on avait besoin de lui à la clinique, et il ne voyait pas qui pourrait être susceptible de le remplacer pendant quelques jours. Comme tous les patrons, Tong était convaincu d'être irremplaçable. Si ce n'était pas le cas, cela signifierait qu'il ne serait plus le patron.

Alors qu'il se levait de table, Meizhu entra. Ses yeux firent le tour de la pièce, et, constatant que son époux était seul, elle demanda :

— Est-il possible que ce soit la voix de Jian que j'ai entendue ? Est-il rentré ?

— Oui, c'était bien lui. Il est déjà reparti. Les cours reprennent aujourd'hui à l'université.

Tong prit une profonde inspiration :

— C'est un bon fils, femme. Il nous réserve de grandes satisfactions.

Mais tandis qu'il prononçait ces paroles, que Meizhu prit pour argent comptant, il se disait avec amertume qu'il n'existait rien de pire au monde que l'hostilité entre un père et son fils.

Un beau matin, on ne vit pas sortir Chang Lifu de son annexe. Il était d'ordinaire le premier à apparaître, peu après cinq heures du matin. Toussant et ahanant, il venait aussitôt boire un gobelet d'eau chaude. Huang était réveillé tous les jours par cette toux, mais il ne sortait pas de son lit, comme le font habituellement les paysans à cette heure matinale. Il restait étendu en pensant à la journée nouvelle qui s'annonçait. Un instituteur peut se permettre de rester couché plus longtemps, car en contrepartie il est moins bien payé que les autres. Même un ouvrier de fabrique non qualifié peut tirer plus de fierté de son salaire qu'un instituteur, auquel on alloue cent soixante yuans par mois.

Ce matin-là, Huang attendit encore un quart d'heure avant d'enfiler son pantalon pour se rendre à l'annexe. Un rai de lumière filtrait à travers la paroi, inondant la pièce d'une lueur d'aube claire. L'un des rayons du soleil atteignait exactement le milieu du cercueil, éclairant le visage couvert de cicatrices de Chang.

Chang était étendu sur le dos. Il avait croisé les mains et regardait fixement les poutres du plafond. Il ne bougea pas lorsque Huang entra dans la pièce. Il ne tourna pas la tête pour le regarder. Il ressemblait à un morceau de bois qu'on aurait posé dans un cercueil pour jouer un bon tour à quelqu'un.

Huang s'approcha et se pencha sur la tête de Chang, qui n'eut toujours aucune réaction. S'il n'avait réussi à déceler une lueur dans ses yeux, Huang aurait été convaincu que Chang avait quitté ce monde.

— Tu ne vas pas bien ? demanda-t-il d'un ton compatissant. Tu as encore passé une mauvaise nuit ?

Chang garda le silence. Seules ses mains jointes étaient parcourues d'un tremblement à peine visible.

— Est-ce que tu souffres ? continua Huang. Est-ce que la médecine de Jian n'est plus efficace ?

Chang ne répondit toujours pas. Mais un peu de vie anima son regard, il ouvrit et referma les paupières, puis il tourna la tête vers Huang et le fixa des yeux sans mot dire.

— Veux-tu que je t'apporte une tasse d'eau chaude ?

Le regard qui atteignit Huang lui fit l'effet d'une douche froide.

— Non ! prononça Chang, tout à coup.

Sa voix était aussi caverneuse que s'il parlait depuis le fond d'un puits.

Huang sursauta en l'entendant.

— Tu ne peux plus te lever ?

— Je meurs, dit Chang de sa voix d'outre-tombe. Je meurs.

— Tu parles, donc tu vis.

— Je ne suis plus qu'une enveloppe vide, Huang. Plus rien ne vit en moi. J'ai tout sorti en toussant et en crachant. J'attends que l'enveloppe se ratatine comme un tuyau vidé de son air. Quand Lida ira chercher son buffle, je serai mort.

— C'est dans une demi-heure.

Huang tentait un sourire d'encouragement.

— Si l'homme pouvait commander à l'heure, le monde aurait disparu depuis longtemps. Dans une heure, tu seras dans le jardin, à nourrir les poules.

— Dans une heure, je serai en train de retourner à la poussière.

Chang ferma les yeux. Le soleil du matin qui s'infiltrait entre les fentes des planches l'éblouissait. Oui, il le gênait, alors que d'ordinaire Chang accueillait le soleil avec déférence, le saluait en prononçant des mots flatteurs, et le remerciait de revenir lui rendre visite.

— Je voudrais te raconter une dernière chose, Huang, dit-il. Il en est encore temps.

— Raconte-moi tout ce que tu voudras.

— Tu vas entendre des choses affreuses, Huang.

— Pas pires que celles que j'ai vécues en 1976. Nous le savons tous : tu es un meurtrier.

— Et qu'est-ce qui vous a retenus de m'abattre séance tenante quand vous m'avez vu revenir chez vous après toutes ces années ?

— Lorsque tu es revenu, tu n'étais plus qu'un vieil homme malade et tourmenté, qui était passé par toutes les souffrances qu'il avait infligées lui-même à ses victimes. Mais ce n'est pas pour cela, Chang, que je ne t'ai pas fracassé la tête avec une barre de fer. Ce n'est pas non plus par pitié, tu n'as pas mérité la pitié. Le pardon ? Comment pourrait-on jamais te pardonner tes forfaits ? Partout où tu es passé, tes bottes n'ont laissé que des traces de sang. Ta cruauté a été si grande que chacun a pu voir que tu n'avais pas d'âme, car si tu avais eu une âme, elle aurait éclaté sous les cris des torturés et des mourants. Si, malgré tout, je n'ai pas levé la main sur toi en te voyant apparaître soudain sur le seuil de ma maison, c'est qu'à cet instant-là un seul souvenir s'est imposé à ma mémoire, effaçant tous les autres. Ce n'est pas celui de la torture infligée à mon fils Tifei, ni du viol de ma femme Jinvan. Non, mon esprit s'est concentré sur une unique pensée, et c'est la raison pour laquelle je t'ai accueilli comme un parent revenant d'un long voyage à l'étranger.

— Et quelle a été cette pensée ?

— C'est la pensée que tu as laissé la vie sauve à Lida. Et je me suis rappelé que tu l'avais protégée de tes gardes rouges en renvoyant ta bande, et que ma gratitude avait été si grande que je t'avais offert mon lit pour y dormir. Cette nuit-là, je me suis rendu à ton chevet avec la ferme intention de te trancher la gorge, mais je n'ai pas pu m'y résoudre, car mon regard ne cessait de revenir à Lida, qui, sur un signe de ta part, avait été épargnée.

Huang se pencha un peu plus sur le visage de Chang :

— Pourquoi l'as-tu laissée en vie ?

— Je n'ai pas de réponse à cela. Il y a des choses qui échappent à toute explication. Je n'ai pas pu la tuer. Lorsque je l'ai vue courir devant moi, petite, malingre, semblable à un petit oiseau effrayé, et qu'elle a levé la tête vers moi, ses yeux m'ont rappelé que j'avais une fille moi aussi. Une fille du même âge tendre qu'elle, et je n'aurais pas hésité à arracher le cœur de celui qui se serait avisé de la toucher ou de lui faire du mal. C'est peut-être cela qui m'a empêché d'attraper Lida et de la jeter contre le mur de ton école.

— J'avais oublié... Mais là où grandit un enfant, on trouve aussi la mère qui lui a donné le jour. Pourquoi es-tu venu chez nous, au lieu de te mettre à la recherche de ta fille et de sa mère ?

— Je les ai retrouvées. Dans une fosse commune. Fusillées par des contre-révolutionnaires qui chassaient les « petits généraux de Mao » et qui avaient appris que Shufen et Tianlin étaient la femme et la fille du commissaire Chang Lifu. Elles ont payé pour mes fautes.

Chang respira avidement. Ses doigts crispés avaient perdu toute couleur, à force d'être serrés les uns contre les autres.

— J'ai pu en rattraper quatre, parce qu'on me les a livrés. Je les ai tués, je les ai découpés à la hache et j'ai dispersé les morceaux dans les rues. Ensuite, j'ai compris ma faute, et je me suis réveillé de la folie qui m'avait poussé à faire le bien au nom de Mao. Telle a été la fin du commissaire Chang Lifu.

— Que s'est-il passé ensuite ?

— Ensuite j'ai pris la fuite.

Chang ferma les yeux. Sa voix creuse s'affaiblissait de plus en plus, et la respiration qui sortait de sa poitrine détruite s'était transformée en râle.

— Voilà, je meurs, dit-il d'une voix à peine audible. Je sens venir le froid. L'éternité s'ouvre devant moi.

Huang le regarda sans mot dire, assis au bord du cercueil. Il ne remarqua pas tout de suite qu'il avait cessé de respirer. Chang s'était éteint sans bruit, discrètement, sans bouger. Ce n'est que lorsque sa bouche s'ouvrit brutalement et que sa mâchoire inférieure tomba que Huang comprit qu'il était mort.

Il se pencha, prit une bûche de bois sur le sol, l'appuya contre le menton du mort et ferma sa bouche. Puis il quitta la cabane et annonça à Lida qui venait à sa rencontre, inquiète de l'absence inhabituelle de son père et de Chang au moment du petit déjeuner :

— Il est mort.

Lida se mit à courir et se précipita dans l'annexe. Huang, qui avait continué son chemin, l'entendit sangloter. Il jeta un bref regard à Jinvan, s'assit à table, attira vers lui son assiette pleine de soupe au riz, attrapa un pain à la vapeur et commença à manger.

— Chang est mort, se contenta-t-il de dire.

Voyant les yeux de Jinvan se remplir de larmes, il ajouta :

— Il n'était pas digne de tes larmes, mais il mérite le chagrin de Lida.

La classe commençait à huit heures. C'était une journée semblable à toutes les autres, à ceci près que l'on avait refermé le couvercle sur le cercueil, geste qui séparait définitivement Chang du monde des vivants.

Tong Shijun mit six mois avant de se décider à charger son adjoint de le remplacer pendant quatre jours. Lorsque ce fut chose faite, le voyage prévu chez l'oncle Zhang put enfin avoir lieu.

Tong n'avait eu que très peu d'occasions de parler avec Jian. Ils se voyaient pendant les repas, mais leurs conversations étaient inconsistantes comme de la bouillie. Dès la fin des repas, Jian s'enfermait dans sa chambre pour se pencher sur ses notes de cours et sur ses livres de médecine.

Il avait écrit une dizaine de lettres à Lida, mais sans les poster, car chacune d'elles n'était qu'un océan de vague à l'âme et de désir, et l'idée que Huang pourrait les lire lui était extrêmement désagréable. Il était en effet convaincu que Huang, qui réceptionnait lui-même le courrier, ordonnerait à Lida de lui montrer ces lettres.

Le destin est souvent enclin à jouer de mauvais tours. Et le destin était d'humeur ludique ce jour-là, car il trouva amusant d'inspirer à Tong Shijun l'idée de prendre un minibus qui partait pour Dali à la première heure, et à Jian de prendre le volant le même jour, aux environs de midi, pour rejoindre lui aussi la route de Dali.

Ce n'est que le soir, en constatant que son fils ne rentrait pas, que Meizhu pressentit ce qui s'était passé. Mais elle n'avait aucune possibilité de le prévenir. Zhang Shufang n'avait pas le téléphone et ne s'en était d'ailleurs jamais préoccupé. Il était impensable d'installer une ligne téléphonique dans une cabane au milieu des roseaux du lac Erhai. « Le téléphone réduit les gens en esclavage, avait déclaré Zhang un jour où cette question était évoquée en sa présence. N'importe qui peut venir vous déranger et vous voler votre temps. J'écarte tout ce qui est susceptible d'aliéner ma liberté. »

Mais ce jour-là, le téléphone aurait pu être un allié précieux. Meizhu, en proie au plus vif désespoir, passa son temps à marcher de long en large à travers la maison. Elle finit par s'agenouiller devant l'autel où trônait la statue dorée de Bouddha, en suppliant la divinité d'éviter la catastrophe.

Oncle Zhang éprouva une telle surprise en voyant Tong apparaître sur le seuil de sa porte sans crier gare qu'il ne trouva rien d'autre à dire que : « Bonjour » et « Sois le bienvenu ! ». Mais, lorsqu'il eut repris ses esprits, il tapota l'épaule de Tong, saisit sa main, la secoua et s'écria joyeusement : « Alors, tu vis toujours ? Tu n'es pas encore mort ? »

Cette question était particulièrement justifiée dans ce cas précis, bien qu'elle ne constituât qu'une formule de politesse échangée entre parents. Zhang n'avait pas revu Tong depuis deux ans, et ils n'avaient eu aucun contact entre-temps, ne serait-ce que par écrit. Jian leur servait bien d'agent de liaison, mais les deux hommes n'avaient aucun message à faire transmettre par son intermédiaire, en dehors de leur bon souvenir réciproque. Il n'existait aucune communauté d'esprit entre eux, d'autant plus qu'aux yeux de Tong il était presque déshonorant pour la famille qu'un peintre aussi en vue que Zhang vécût dans une cabane, au lieu de vivre dans une belle demeure digne de son rang et de son éducation.

— Zhang est un grand artiste, mais il sort de l'ordinaire, avait un jour déclaré Tong à son épouse. Nous agirions contre sa volonté si nous nous préoccupions de lui.

Zhang, pour sa part, ne s'était rendu que quatre fois à Kunming dans les dernières années, et cela pour la seule raison que ses merveilleuses peintures y étaient exposées et que l'on organisait des manifestations en son honneur. Lorsque la nouvelle s'était répandue que Mao l'avait rencontré et que le Grand Timonier lui avait lu ses poèmes, qu'il avait pris l'avion pour Kunming dans le seul but de lui rendre visite, les honneurs avaient atteint leur point culminant.

La désapprobation de Tong Shijun vis-à-vis du mode de vie de Zhang qu'il considérait comme une provocation pour la famille, assortie d'un manquement à la tradition, n'en avait été que plus vive.

Et voici que Tong se trouvait sur le seuil de la maison d'un Zhang pantois à l'idée que ce grand personnage condescendît à pénétrer dans sa modeste cabane.

Zhang tint courtoisement la porte à son visiteur.

— Entre, lui dit-il. Que me vaut le plaisir de ta visite ?

— Puis-je passer une journée chez toi ? demanda Tong.

— Tu es le mari de Meizhu, et, à ce titre, tu seras donc toujours le bienvenu. Si tu réussis à dormir dans un lit dont le moelleux laisse à désirer, ma maison est la tienne.

Tong entra dans le grand atelier, jeta un coup d'œil sur le tableau à demi achevé posé sur la longue table, écarta les bras et s'étira pour détendre ses muscles raidis par quatre cents kilomètres parcourus dans un minibus cahotant. Puis il s'assit sur une chaise en osier tressé et admira le lac par la fenêtre. Les ombres du soir qui glissaient sur l'eau la faisaient chatoyer comme de l'encre bleue. Les derniers esquifs de pêcheurs rejoignaient la rive, pour disparaître dans les roseaux.

— Quel beau paysage ! dit Tong tout à coup.

— La nature regorge de merveilles, répondit Zhang. Heureux est l'œil à qui il est donné de les voir et de les reconnaître pour telles.

Il posa sur la table deux tasses à couvercle, une boîte à thé vert en céramique et une grande bouteille thermos remplie d'eau chaude.

— Tu as sûrement faim, ajouta-t-il. Pourras-tu te contenter de poisson frit et de champignons en conserve ? Je ne m'attendais pas à ta visite.

Tong hocha la tête en signe d'approbation. Son long voyage l'avait fatigué, il avait l'estomac creusé par la faim. En effet, en dehors de quelques fruits achetés à l'occasion d'une halte et d'une soupe aux légumes aqueuse additionnée de tofu qu'il avait prise chez un marchand ambulant, il n'avait rien mangé.

— Je me contenterai de n'importe quoi.

Zhang fut très surpris de cette phrase qui sonnait curieusement dans la bouche du respectable Tong.

Un poisson de taille moyenne aux écailles tirant sur le rouge trempait dans un seau d'eau. Zhang l'ouvrit, le vida et le découpa en petits morceaux, puis il mit une poêle et une marmite de riz gluant sur le feu. Pendant ce temps, Tong continuait de regarder silencieusement le lac qui disparaissait rapidement dans l'obscurité.

— Pour quelle raison t'es-tu infligé ce long et pénible voyage ? demanda Zhang, après avoir salé le poisson et l'avoir frotté avec un mélange de poivres.

Le poisson se mit immédiatement à frémir dans la poêle chaude.

— Je voulais te parler, Shufang.

Tong abandonna sa place près de la fenêtre pour revenir à l'intérieur de la pièce, où l'odeur de poisson frit se répandait.

— A propos de Jian, ajouta-t-il.

Zhang s'occupa du riz fumant et le remua à l'intérieur de la haute marmite. Il se demanda ce que signifiaient les paroles de Tong et si Jian avait, malgré tout, fini par parler de Lida. Dans ce cas, les hostilités ne tarderaient pas à être déclenchées entre le professeur de médecine, fier Chinois Han, et le pauvre instituteur du village de Huili.

Et Zhang fit ce qu'il pouvait faire de mieux à cet instant précis : il se tut et attendit.

Tong observa attentivement son hôte. Constatant que le nom

de Jian n'avait pas provoqué de réaction chez ce dernier, il ne se sentit plus aussi sûr de lui.

— Mon fils me cause de l'inquiétude, dit-il d'un ton soucieux. Un changement s'est opéré en lui. Son âme me devient étrangère, ses paroles l'éloignent de moi, et ce n'est qu'en le regardant bien qu'il m'arrive encore quelquefois de reconnaître en lui mon fils. La terre s'ouvre entre nous deux. As-tu une explication à cela?

— Non. Comment pourrais-je comprendre vos problèmes?

Zhang retourna les morceaux de poisson qui étaient en train de frire dans la poêle.

— Jian a passé près de trois semaines chez toi. N'a-t-il jamais parlé de nos différends?

Zhang respira. La question de Tong était la preuve que celui-ci ignorait tout de Lida, qu'il était convaincu que Jian était resté chez son oncle pendant toute la durée de ses vacances.

— Non, répondit Zhang. Ton fils a parlé de son père d'une façon très respectueuse. Il voue son attention à la politique de notre pays.

— C'est bien ce que je veux dire, Shufang.

Tong soupira. La fumée du poisson frit lui piquait les yeux.

— Mon âme est pleine de crainte, poursuivit-il. Les rêves de Jian à propos d'une Chine nouvelle peuvent lui coûter sa tête. Je te le demande, et, je t'en prie, sois sincère : sais-tu s'il a participé à des réunions clandestines organisées par des réactionnaires, à Dali?

— Non. J'en mettrais ma main au feu. Es-tu tranquillisé?

— La moitié de mon cœur seulement.

— Que faut-il encore pour que tu le sois tout à fait?

— Il me faut la réponse à la question que je me pose concernant le changement de comportement de Jian.

Tong se leva et parcourut la pièce des yeux. Puis il alla prendre une coupe de riz, une petite assiette, le petit pot contenant la sauce de soja et quelques baguettes sur l'étagère. Il apporta le tout et retourna chercher le plateau tournant que l'on pose au centre de toute table dressée, laquelle doit être ronde et non pas de forme allongée ou carrée, car le repas est un moment de partage, et c'est une joie pour les convives que de s'asseoir face à face.

L'étonnement de Zhang était à son comble. Le grand Tong mettait la table!

— Tu peux mettre une coupe pour moi, dit Zhang. J'ai merveilleusement réussi le poisson, je crois.

Tong alla chercher un deuxième couvert, remplit de riz fumant une petite écuelle de bois, servit les champignons en conserve dans une assiette et porta le tout sur la table, pendant que Zhang disposait la poêle contenant le poisson sur le plateau tournant.

Puis ils s'assirent face à face, et Zhang demanda :

— Prendrons-nous une bière, Shijun ?

— Si tu me le proposes. J'aime la bière.

— C'est la meilleure, elle vient de Pékin.

Tous deux se levèrent, et tandis que Tong allait chercher deux verres, Zhang se rendit dans la pièce voisine où se trouvait le réfrigérateur, qui portait le joli nom exotique de « Snow Flake ». Zhang se l'était procuré dans un grand magasin de Kunming, quatre ans auparavant. Contre toute attente, il remplissait encore son office.

Ils purent enfin commencer à dîner. Au bout d'un moment, Tong complimenta son hôte :

— Tu pourrais en remontrer aux meilleurs chefs de Kunming. Ton poisson est un délice, leurs poulets au gingembre rôtis au four et autres spécialités ne supporteraient pas la comparaison.

Mais, après le repas, Tong sentit une grande lassitude l'envahir progressivement, décuplée par l'effet de la bière. Ses forces l'abandonnèrent si brutalement que sa tête tomba sur sa poitrine. Il se releva en sursaut, se sentant tanguer sur son siège.

— Ma jeunesse m'a abandonné depuis longtemps, dit-il pour s'excuser, craignant d'offenser son hôte en s'endormant à sa table. A mon âge, on est vidé de toutes ses forces après tant d'heures de route. Puis-je te demander de me montrer mon lit ?

— Ta chambre est à côté.

Zhang conduisit Tong dans la pièce voisine, celle où Jian avait dormi lui aussi, et apporta une tasse, du thé et une bouteille thermos, afin que son invité, s'il devait se réveiller au cours de la nuit, eût de quoi se rafraîchir.

Tong s'arrêta devant le lit et l'examina.

— Est-ce le lit où dormait mon fils ? demanda-t-il.

— Oui. Au soir de chaque jour, il se couchait ici en me confiant : « Je suis heureux, oncle Zhang. » Et le bonheur était visible dans ses yeux.

— Et pour quelle raison se sentait-il si heureux ici, auprès de toi ?

— Je pense que c'est parce qu'ici il se sent libre d'agir à sa guise, délivré de toute pression.

Tong garda le silence. Il avait saisi le reproche dans les paroles de Zhang, mais s'abstint de répondre. Il s'assit sur le lit, se laissa tomber en arrière, et il ne lui fallut que quelques minutes pour s'endormir.

Six heures plus tard, Jian arrêtait sa voiture devant la maison de l'oncle Zhang. Il était quatre heures du matin. Un quartier de lune inondait le lac de sa couleur argentée, faisant miroiter les vagues nonchalantes comme autant de perles de verre.

Zhang, qui était doté d'un sommeil léger, entendit le claquement de la porte d'entrée qui se refermait. Il se saisit de son gros gourdin, sauta de son lit et se tint prêt à accueillir l'intrus. Lorsque la porte de sa chambre s'ouvrit doucement, il ordonna d'une voix menaçante :

— Entre, voyou ! Je vais te montrer que ton crâne est fragile comme du verre !

— Encore ! répondit Jian, en riant.

Zhang laissa retomber le gourdin qu'il tenait à la main.

— C'est la deuxième fois que tu veux m'ouvrir le crâne !

— Le ciel me tombe sur la tête ! C'est toi, Jian ? Chut, doucement...

Zhang alla allumer la lampe. Jian cligna des yeux, aveuglé par la luminosité soudaine.

— Pourquoi, chut ? demanda-t-il, en riant sous cape de l'embarras visible de Zhang. Tu reçois vraiment une dame, cette fois-ci ?

— C'est bien pire ! Par le ciel, qu'est-ce que tu fais ici ?

— Je vais chez Lida.

Jian huma l'air. L'odeur du poisson frit flottait encore dans la pièce.

— Ce parfum me rappelle que je n'ai rien mangé depuis dix heures.

Ses yeux firent le tour de la pièce. Il remarqua la vaisselle sale et dit :

— Tu n'as pas mangé seul, oncle Zhang.

— Rien ne t'échappe. Oui, j'ai un invité. Il dort à côté.

— J'avais l'intention de rouler d'une traite jusqu'à Huili, mais je me serais endormi sur le seuil de la porte en arrivant chez Huang. Je me suis dit qu'il valait mieux faire un petit détour par chez toi pour me reposer un peu et être en forme demain, au moment d'embrasser Lida. Et voilà que mon lit est occupé !

Il parcourut la pièce des yeux.

— Donne-moi deux couvertures, je vais m'étendre sur le sol.

— Tu ne peux pas rester ici, Jian.

Zhang passa ses doigts nerveux à travers sa maigre barbiche blanche.

— Et pourquoi donc ?

— Je préfère aller voir jouer un drame au théâtre, plutôt que de le voir éclater chez moi.

— Tu me refuses ton hospitalité, même si je dors sur le sol ?

— Jian, ne le prends pas mal.

Zhang posa son doigt sur ses lèvres.

— Et parle moins fort, ne réveille pas mon autre invité !

— C'est un homme ou une femme ?

— Un homme. C'est un homme haut placé, très honorable, mais vous ne devez à aucun prix vous rencontrer. Si la foudre tombait à nos pieds, elle ne ferait pas plus de dégâts que votre face-à-face.

— Un haut fonctionnaire du Parti ? Chez toi, oncle Zhang ?

— Viens voir par toi-même, Jian. Suis-moi sur la pointe des pieds. Allez, viens voir !

Zhang ouvrit la porte de la pièce, jeta un coup d'œil à l'intérieur et aperçut Tong, couché sur le dos, plongé dans un profond sommeil, le visage éclairé par les rayons de la lune. La lassitude du dormeur paraissait si grande qu'on avait l'impression qu'il était inconscient. Il respirait difficilement, comme s'il transportait une lourde charge.

— Doucement, chuchota Zhang. Et en le voyant, mets une serrure devant ta bouche.

Jian se glissa sur la pointe des pieds à côté de Zhang et s'approcha du lit pour reconnaître son occupant. Il sursauta d'effroi, mais sa bouche resta muette, comme Zhang le lui avait ordonné. Il fit demi-tour, rejoignit l'atelier et attendit que Zhang eût refermé la porte pour demander à voix basse :

— Quand est-ce qu'il est arrivé ?

— Ce soir, en minibus. C'est son inquiétude à ton sujet qui l'a poussé à venir jusqu'ici. Jian, même s'il est l'illustre Tong, avant tout, il est ton père.

Jian s'assit dans le fauteuil en osier qu'avait occupé Tong précédemment, et coinça ses mains entre ses genoux.

— Se doute-t-il de quelque chose à propos de Lida ? Vient-il te demander conseil ?

— Tong Shijun craint que son fils ne se joigne aux réactionnaires. A Pékin, certains groupes d'étudiants rêvent d'un peu plus de liberté, bien que cette notion soit des plus abstraites. Ton père est animé par la crainte que tu ne finisses un beau jour devant un peloton d'exécution.

Jian respira. A la vue de son père dans cette maison, il avait senti son sang se figer dans ses veines. Il avait immédiatement songé à Lida et au caractère impitoyable de la tradition qui lui serait opposée par Tong. Mais il comprenait également que l'oncle Zhang était dans l'impossibilité de le garder chez lui ; car si son père, le lendemain, à son réveil, le retrouvait lui, son fils, assis face à lui à la table du petit déjeuner, la terre se mettrait à trembler de si abominable façon que l'on pourrait croire que le dragon noir était sorti de sa caverne pour aller cracher le feu.

— Je vais aller me reposer auprès des pêcheurs, dit Jian en se levant. Deux, trois heures, cela devrait être suffisant.

Zhang accompagna Jian à la porte, puis, en hôte bien éduqué, il le reconduisit jusqu'à sa voiture et attendit qu'il y eût pris place.

— As-tu songé à une explication, au cas où ton père rentrerait à Kunming avant toi ?

— Non.

La voix de Jian se fit dure :

— Je suis un homme, ma vie personnelle ne le regarde pas.

— Mais tu es également son fils, et ton devoir est de répondre à ses questions.

— Je mentirai.

Jian mit la clé de contact.

— Je suis tes propres conseils, oncle Zhang.

Il démarra, et Zhang le suivit des yeux jusqu'à ce que les feux arrière eussent disparu dans un détour de l'étroit chemin. Puis il rentra chez lui, s'assit à la fenêtre et attendit que vienne le matin. Il vit poindre la première lueur du soleil au-dessus du lac Erhai et la lune s'effacer peu à peu, pour ne subsister que sous la forme d'un croissant presque transparent. « Mon garçon, dit-il à haute voix, écoute le conseil des vieux sages : prends garde à tes pensées ! Tes pensées sont le début de tes actions. »

Jian atteignit le village de Huili vers midi. De l'école s'échappaient les accents d'un chant, une vieille mélodie populaire que les écoliers étaient en train d'apprendre pour l'interpréter au cours de la prochaine fête.

Jian sortit de sa voiture. Il se réjouissait à l'idée de surprendre Jinvan. Celle-ci était justement en train de préparer le repas de midi, qui, jour après jour, disposé sur la table ronde, attendait Huang à la fin de ses cours.

Mais Jian résolut d'aller tout d'abord rendre visite à Chang Lifu dans le jardin.

Or, Chang ne travaillait pas dans le jardin, pas plus que les poules ne se promenaient en liberté comme autrefois. On avait grillagé un carré de terre pour les enfermer, et c'est à l'intérieur de cette prison qu'elles picoraient les grains d'orge et de maïs.

Jian se rendit alors à l'annexe où logeait Chang. Mais, là aussi, tout avait été transformé. La couche faite de matelas avait disparu, la pièce était remplie d'un bric-à-brac hétéroclite, on avait suspendu de la viande séchée et du lard fumé aux poutres du plafond et tout semblait indiquer que Chang ne vivait plus à cet endroit.

Jian s'assit sur un sac et, peu à peu, la réalité se fit jour dans son esprit. Il n'y avait pas eu de salut pour Chang : inutile d'espérer remettre en état deux poumons rongés par la tuberculose. Mais, à l'idée qu'il ne reverrait plus Chang vaquer à ses occupations, toussant et crachant, Jian sentit la tristesse envahir son cœur. Il se souvint que Chang avait été le premier à déceler l'amour naissant entre lui et Lida. Chang lui avait même fait un jour cette déclaration surprenante : « Si tu la rends malheureuse, je te coupe la tête. Je ne possède plus rien, mais il me reste un grand couteau bien aiguisé. » Il avait prononcé ces paroles avec le plus grand sérieux, et ses yeux avaient retrouvé le regard dur et impitoyable tant redouté chez le commissaire Chang Lifu.

Jian resta ainsi pendant un certain temps, plongé dans ses pensées. Le chant qui sortait de l'école s'était arrêté, remplacé par un poème que Jian avait appris par cœur lui aussi et qui était vieux de plus de deux mille ans.

Jinvan, postée devant le foyer, était en train de faire rôtir de la viande dans une grande poêle de fer, lorsque Jian fit irruption dans la pièce. Saisie d'un mélange d'effroi et de joie, elle faillit renverser la poêle. Cependant, en femme bien élevée, elle s'abstint de venir à la rencontre du visiteur. Comme il n'était pas de mise non plus de l'embrasser, elle se contenta donc de s'incliner vers lui et de lui adresser les paroles de bienvenue conventionnelles :

— Bienvenue, Tong Jian. Nous nous réjouissons d'avoir une nouvelle occasion de te recevoir comme notre hôte.

Elle essuya ses mains avec un torchon, alla chercher la grande tasse à couvercle, le thé vert et la bouteille thermos, versa le thé et tendit la tasse à Jian. Celui-ci aspira prudemment une gorgée du liquide brûlant, puis il reposa la tasse sur la table.

— Chang est mort ? demanda-t-il.

Jinvan opina du chef.

— Il est mort en paix. Nous l'avons enterré sous le rocher qui surplombe les champs. C'était son vœu. Il veut avoir une large vue sur le pays. Keli dit qu'il a parlé de toi et de Lida jusqu'à la dernière minute. Il a donné à Keli son grand couteau qui coupe comme un rasoir en lui faisant jurer de te trancher la gorge si tu apportais le malheur à Lida.

— Jinvan, Lida et moi, nous serons les êtres les plus heureux qui soient sous le soleil. Le temps de l'attente s'envolera comme l'oiseau qui passe, et dès que j'aurai obtenu mon diplôme, Lida viendra habiter dans ma maison.

— Tu vas l'emmener dans une ville éloignée, n'est-ce pas? C'est par amour que j'ai conçu une fille, et c'est l'amour qui me la reprendra. Le jour viendra où Tifei se mariera à Kunming, où il fondera sa propre famille. Lida sera avec toi, aussi loin de nous que si elle était partie vivre sur une étoile, dans un autre monde... Keli et moi vieillirons seuls, la maison s'écroulera, la charpente pourrira, les champs se dessécheront et là où poussent aujourd'hui les légumes, le riz et le maïs, prospéreront les mauvaises herbes.

— Est-ce que tu m'en veux, Jinvan?

Jian s'assit et mit ses deux mains autour de sa tasse de thé.

— Personne n'est en mesure de prévoir l'avenir, poursuivit-il. La vie est pleine de surprises. Qui dit que je ne m'installerai pas comme médecin à Huili?

— Alors tu connaîtras la faim et la misère. Aucun paysan, ni ici ni dans les environs, n'a les moyens de payer un médecin. Même la médecine des guérisseurs est plus chère que la mort. On ne lésine pas pour aider un mort à retourner à la terre, mais lorsqu'il s'agit de permettre à un vivant de rester en vie un peu plus longtemps, personne n'est prêt à lui donner ne serait-ce qu'un fen.

On avait fini de réciter le poème dans la salle de classe. Jinvan s'en retourna à ses préparatifs culinaires. Elle retira le riz du feu et remua la viande dans la poêle.

— Keli ne va pas tarder à arriver, dit-elle. Et tu peux être sûr qu'à la vue de ta voiture il va presser le pas.

— Et Lida? Est-ce qu'elle rentre pour déjeuner?

— Tu as déjà oublié? Tu sais bien qu'on lui apporte son repas. En général, elle se déniche une pierre où s'asseoir pour manger confortablement.

Jian se leva.

— Je vais lui apporter son repas moi-même, dit-il. Et je mangerai avec elle, elle me fera bien une petite place sur sa pierre! Jinvan, Lida est toute ma vie.

En sortant de l'école, Huang aperçut immédiatement la voiture de Jian. Jinvan avait vu juste, car il allongea aussitôt le pas. Cependant, arrivé aux abords de la maison, il tempéra sa hâte, afin de ne pas être surpris en flagrant délit d'impatience. Il pénétra dans la pièce d'un pas digne, tendit la main à Jian, s'installa à table et attendit que Jinvan apportât les cinq entrées que l'on servait pour commencer un déjeuner.

— Combien de temps restes-tu?

Telle fut la première question qu'il posa à Jian.

— J'avais envisagé de rester une journée.

— Lida en sera fort attristée.

— Il me sera difficile de rattraper les cours perdus si je m'absente trop longtemps. Je ne peux pas rester ici plus de trois jours.

Jinvan saisit une corbeille en osier pour y placer les petits pots de terre contenant le repas de Lida. Ce jour-là, le menu se composait de riz, de viande baignant dans une sauce de couleur foncée bien épicée, de chou agrémenté de lard coupé en fines bandelettes et de soupe aux nouilles transparentes, sans oublier les cubes de tofu.

D'ordinaire, lorsque Lida travaillait dans les champs, c'était le gardien de l'école qui lui apportait son déjeuner, en suspendant la corbeille au guidon de sa bicyclette.

— J'y vais, maintenant, dit Jian, lorsque tout fut prêt.

Alors qu'il s'éloignait, Jinvan lui recommanda :

— Si Lida n'est pas aux champs, va voir à la rivière. Elle a emporté une grande corbeille de linge. Tu la trouveras sans doute à l'endroit où le bord est recouvert de grandes pierres rondes.

Jinvan ne s'était pas trompée. Le buffle était en train de brouter des touffes d'herbe dans le champ de choux, où l'on avait déjà fait la récolte. A la vue de Jian, il leva sa grosse tête, émit un son étouffé et branla du chef.

— Je sais, elle n'est pas là, dit Jian en lui tapotant le cou.

Il décida de descendre la route qui longeait la rivière. Des barques de bois plates, qui servaient aux paysans à rejoindre leurs champs situés de l'autre côté du cours d'eau, étaient posées sur les rives dévastées par les inondations.

Les grandes pierres rondes, polies par l'eau au cours des âges, constituaient le lavoir de Huili. C'est à cet endroit que s'agenouillaient les paysannes, leur corbeille à linge posée à côté d'elles. Armées d'un battoir de bois, elles tapaient sur leur linge pour en extraire la saleté, puis le rinçaient dans le courant des eaux paresseuses, recommençant l'opération aussi longtemps qu'il le fallait pour faire disparaître les plus grosses taches. Elles faisaient bouillir les pièces très sales à la maison, dans une grande lessiveuse, puis elles les transportaient encore chaudes jusqu'à la rivière et les agitaient dans l'eau pure et si claire que l'on pouvait aussi la puiser pour l'usage quotidien dans la maison.

Jian reconnut Lida de loin. Installée sur l'une des pierres rondes, elle battait allégrement son linge. Elle tournait le dos à la route, et le claquement du battoir recouvrait le bruit du moteur, ce qui l'empêcha de remarquer l'arrivée de Jian. Lorsque celui-ci, sans crier gare, mit ses bras autour d'elle et lui déposa subrepticement un baiser dans le cou, elle sauta en l'air sous l'effet de la surprise, laissant échapper le drap qu'elle tenait à la main. Le drap glissa à l'eau et fut entraîné au loin par les flots, tandis que Jian et Lida échangeaient un long baiser, au mépris de toutes les règles de savoir-vivre qui interdisaient les manifestations de tendresse en public.

Retrouvant soudain ses esprits, Lida aperçut son drap qui s'enfuyait.

— Mon drap ! Mon drap est en train de disparaître ! Jian, va le rattraper ! Si je le perds...

Mais Jian n'avait pas envie de relâcher son étreinte. Il pressa sa tête contre sa poitrine en se contentant de murmurer :

— Je t'en rachèterai dix.

— Non, non, tu ne te rends pas compte, les draps sont chers pour nous ! S'il te plaît, va le rattraper !

Ce fut plus facile à dire qu'à faire ! Armé d'une perche qu'il avait prise dans une barque, Jian courut après le drap, en essayant désespérément de le saisir pour le tirer sur le bord. Mais le drap retombait sans cesse et continuait sa course de plus belle, entraîné par le courant. Jian redoubla d'ardeur. Hélas, à peine pensait-il tenir enfin sa proie qu'elle se détachait sous l'effet d'une poussée plus forte que les autres. Pour finir, le tissu consentit à s'entortiller autour de la perche, ce qui permit à Jian de réussir son sauvetage.

Enfin venu à bout du drap récalcitrant, Jian le jeta dans l'herbe et rattrapa au vol Lida qui courait vers lui. Au moment où ils s'étreignaient, un camion passa sur la route. Son conducteur klaxonna comme un sauvage, et les ouvriers de chantier qui se trouvaient dedans se mirent à pousser des cris de jubilation et à applaudir.

— Je suis incapable de parler, dit Lida.

Elle était pendue au cou de Jian, les yeux fermés sous la caresse de ses lèvres qui glissaient sur son visage.

— Serre-moi fort, Jian. Serre-moi bien fort. Est-ce que tu crois qu'on peut étouffer de bonheur ?

Un peu plus tard, ils s'assirent côte à côte sur l'une des pierres rondes de la rive et firent honneur au repas que Jinvan leur avait préparé.

— Combien de temps vas-tu rester ? demanda Lida.

— Trois jours. C'est le maximum.

— Trois éternités.

Elle appuya sa tête contre son épaule.

— Nous cueillerons chacune des heures passées ensemble comme autant de fleurs.

— Et qu'est-ce que tu dirais d'un petit voyage ? demanda Jian, en l'entourant de son bras.

— Un voyage ? Pour aller où ?

— Est-ce que tu connais Lijiang ?

— Je n'ai jamais dépassé Xiaguan. C'est le plus bel endroit du monde, c'est là que je t'ai rencontré.

— A Lijiang, je connais un vieux monastère lama, accroché au flanc de la montagne du Dragon de jade. Du haut des marches du monastère, on a vue sur la plaine, et nous sommes justement à l'époque où la plaine se transforme en une mer d'azalées de toutes les couleurs. On voit aussi les bœufs, les chèvres, les yacks, se promener dans les prés, et les gens ramasser des herbes médicinales dont les effets ne sont souvent connus que d'eux seuls. Cette région est le domaine des Naxis, un peuple mystérieux dont on n'a pas encore étudié l'origine ; on suppose qu'ils ont quitté le nord de la Chine depuis des millénaires pour s'établir dans le Sud. C'est l'un des rares peuples au monde chez qui le chef de famille est la femme. Les scientifiques appellent cela le matriarcat.

Incrédule, mais avec un petit sourire, Lida regarda Jian dans les yeux.

— Les hommes n'ont donc pas le pouvoir, là-bas ? demanda-t-elle.

— Ils ont un certain pouvoir, mais très limité. La vie quotidienne est régie par les femmes. Ce sont elles qui prennent toutes les décisions. L'époux passe toute sa vie en compagnie de sa femme au domicile de la mère de celle-ci. A la naissance d'une fille, on lui attribue une chambre pour elle seule, alors que ses frères doivent partager une chambre commune. Les filles reçoivent plus tard leurs amants dans leur chambre. Et ce sont les mères qui choisissent les époux de leurs filles.

— Si j'étais une Naxi, tu aurais très peu droit à la parole ?

— Très peu.

— Il faudrait que tu obéisses à mes ordres ?

— Les femmes ne donnent pas d'ordres, mais prennent les décisions.

— Et les hommes se plient à leur volonté ?

— Oui, et cela depuis des milliers d'années.

Lida rit, se renversa en arrière et déclara avec un regard en coin :

— J'aimerais bien être une Naxi. Tels seraient mes ordres, jour et nuit : « Viens dans ma chambre, et aime-moi. »

— N'aie aucun regret.

Jian passa la main dans ses cheveux, attira sa tête vers lui et l'embrassa.

— Ce sont les femmes qui font la loi, donc elles doivent aussi assumer les tâches ordinairement réservées aux hommes. On leur réserve les travaux les plus pénibles, dans les champs, dans les carrières. Et ce sont les femmes qui ont le dos déformé par les mauvaises positions.

— Et que font les hommes ?

— Ils se réfugient dans le plaisir.

C'était au tour de Jian d'éclater de rire.

— Les Naxis sont un peuple de danseurs, de chanteurs et de musiciens doués et passionnés.

Il lui tendit la main.

— Tu veux faire l'échange ? Nous allons vivre comme chez les Naxis. Tu vas travailler, et moi, je vais me consacrer à la danse et au chant.

— Je serais ravie de te voir danser et de t'entendre chanter, mais, en dehors de cela, ma vie ne serait pas différente de celle que je mène aujourd'hui. Mais tu es mon seigneur et maître, et je veux qu'il en soit toujours ainsi.

Le soir venu, ils regagnèrent la maison. Lida menait le buffle, et Jian portait la grande corbeille remplie de linge sur l'épaule. On aurait pu les prendre pour n'importe quel couple de jeunes paysans rentrant des durs travaux des champs, tandis que la belle-mère, de son côté, avait préparé le repas du soir et dressé la table ronde.

Comme chaque jour, Lida commença par soigner le buffle, lavant la saleté inscrustée sur ses pattes et dans son poil, comme s'il était la plus noble des bêtes. Jian l'aida, en passant une grande brosse dure dans les poils épais de la tête et du cou, cependant que la bête le fixait de ses gros yeux ronds et sortait sa grande langue râpeuse pour le lécher sur la main et sous le bras.

— Tu lui plais, dit Lida. Tu es son ami. D'habitude, il a plutôt tendance à montrer les cornes aux étrangers, jamais il n'a léché la main de personne.

Elle s'appuya contre Jian et lui permit de l'enlacer et de poser ses mains sur ses seins. Un tremblement presque imperceptible parcourut son corps lorsque ses doigts glissèrent sur la pointe de ses seins. Elle était nue sous sa chemise bleu ciel, car les journées étaient encore chaudes. Un grand désir de tendresse et d'abandon l'envahit, mélangé à l'appréhension du moment où elle passerait de l'état de jeune fille à celui de femme.

Après la toilette du buffle, Lida alla prendre une douche dans la salle d'eau jouxtant l'étable. La maison de Huang était l'une des rares du village à posséder une telle salle d'eau. Huang avait conçu lui-même cette installation remarquable. Sur le toit de l'étable, il avait fixé un grand fût galvanisé qui servait de réservoir d'eau. Il avait percé ce fût en haut et en bas et adapté deux flexibles en plastique à l'endroit des orifices. Grâce à ce dispositif, il était possible de se doucher dans la petite pièce. Lorsque le fût était à moitié vide, Huang le remplissait avec une pompe à main, de telle sorte que l'on disposait toujours de l'eau et de la pression requises. Quelques habitants du village avaient copié son idée. La propreté du corps constituant dans le sud de la Chine un devoir quotidien, on se lave les pieds et le bas-ventre tous les soirs, et on apprend aux enfants que cette pratique fait partie des habitudes qui sont indispensables pour mener une vie honorable.

Jian se doucha à son tour, après que Lida lui eut cédé la place dans la salle d'eau. Il était loin de se douter que Lida avait fermé les yeux sous le jet d'eau froide en s'étirant de tout son long, et que le désir de ses caresses lui avait presque fait éclater le cœur. Elle s'était vue partageant sa douche avec lui, leurs deux corps nus se pressant l'un contre l'autre, les mains de Jian glissant sur sa poitrine, son dos et son sexe. Elle était restée un moment immobile sous la douche pour donner libre cours à ses rêves, puis, s'arrachant à son désir, elle avait arrêté l'eau et s'était essuyée avec une serviette rugueuse.

Lorsque Jian vint la rejoindre dans la grande pièce, elle était assise à la table dressée pour le repas du soir, vêtue d'une simple robe de coton rouge dont les manches, le col et le bas étaient ornés d'un rebord brodé à la main. Ses longs cheveux noirs humides étaient noués dans son cou par un ruban jaune, et cette coiffure faisait merveilleusement ressortir son visage ovale, ses yeux sombres et ses lèvres bien ourlées.

Observant sa fille durant le repas, Huang eut l'intuition des sentiments qu'elle éprouvait. Soucieux de conserver son honneur et de ne pas perdre la face, il décida de proposer à Jian de prendre son lit près de la porte. Lida dormirait dans la pièce voisine avec sa mère, et lui-même se préparerait une couche avec une natte de paille de maïs et deux couvertures, près de la porte menant à cette pièce. Il éviterait ainsi d'éventuelles déambulations nocturnes, mais avait-on absolument besoin de la nuit pour donner libre cours à l'amour ? L'irréparable pouvait tout aussi bien se produire dans une petite grotte parmi les rochers rouges, pendant que les amoureux étaient dans les champs. Mais son sentiment de l'honneur interdisait à Huang de les suivre pour les surveiller en cachette.

Après le repas, Huang alluma la pipe taillée par le grand-père

Huang Yuan, et offrit à Jian de partager une bouteille de bière avec lui. Il se sentit bientôt envahi par un sentiment de bien-être.

Lorsque Jinvan sortit pour aller chercher une deuxième bouteille de bière, Jian se jeta à l'eau.

— J'ai une requête à te présenter, dit-il.

Lida lavait la vaisselle près de l'âtre.

— Puis-je la satisfaire ? s'enquit Huang en suivant des yeux les volutes de fumée de sa pipe.

— Lida et moi aimerions nous rendre à Lijiang.

— C'est bien loin.

— Le voyage peut durer trois jours.

Jian prit une profonde inspiration. Une fois de plus, il transgressait les règles sévères de bienséance qui régissaient la vie des Miaos.

— Me fais-tu confiance, Keli ? Me donnes-tu ton accord ?

— Faire confiance à quelqu'un, c'est souvent faire un placement sans intérêts, répondit Huang pensivement. J'ai confiance dans ta volonté et dans ta parole, mais les résolutions les plus fermes peuvent s'envoler comme la poussière dans le vent quand la faiblesse de la nature humaine prend le pas sur la morale.

— Tu sais que je vais épouser Lida.

— Dans trois ou quatre ans. Mais si la famille Tong est plus forte que la famille Huang...

— Il n'y a rien de plus fort en ce monde que mon amour pour ta fille. Ce n'est pas la tradition des Tong qui lui barrera le chemin. Aucun mur ne pourra être assez solide pour prétendre pouvoir m'arrêter.

— Lida est la fille d'un pauvre instituteur.

— Je ne veux plus entendre parler de cela !

Jian planta ses doigts dans le bras de Huang.

— Keli, je ne suis moi-même qu'un pauvre étudiant, et je peux très bien renoncer à la richesse et au rang de mon père. Il existe pour moi une autre vie que celle pour laquelle j'ai été éduqué. J'accepte que tu me tues si je quitte jamais Lida.

— Quelle valeur pourrai-je donner à ta mort, si tu brises la vie de ma fille ? On ne retrouve jamais son honneur perdu.

Huang regarda droit devant lui, se remémora sa conversation avec Zhang Shufang et hocha plusieurs fois la tête, comme s'il voulait se conforter dans ses idées.

— Je vous donne mon accord.

— Keli, tu as droit à ma reconnaissance éternelle.

— Où passerez-vous vos nuits ?

— Je connais quelques maisons d'hôte et quelques auberges à Lijiang. Nous trouverons bien un lit.

— *Un* lit? demanda Huang, mettant bien l'accent.

— Ce n'est pas la première fois que je vais à Lijiang. Si nous pouvons habiter dans la maison d'hôte numéro deux — je la connais bien — inutile de poser cette question. Cette maison d'hôte dispose de plus de cent chambres et de plus de trois cents lits.

— Et s'il n'y a plus de place?

— Alors, nous tenterons notre chance à l'hôtel Lijiang qui possède autant de chambres et plus de lits.

— J'ai confiance en toi, Jian.

Huang jeta un coup d'œil dans la direction de Lida, qui avait fini de laver la vaisselle. Jinvan avait posé une nouvelle bouteille de bière sur la table.

— Quand comptez-vous partir?

— Demain, avant le lever du jour. Je vais prendre la route qui passe par Dukou. Elle est étroite et serpente à travers toute une série de cols de montagne et de défilés impressionnants, mais c'est le chemin le plus court.

— Le plus important est que votre séjour soit agréable.

Huang se leva, finit son verre et alla chercher les nattes dans l'annexe de l'étable.

Jinvan patienta jusqu'à ce que le bruit des pas de Huang ne fût plus perceptible.

— Que les mânes des ancêtres te protègent, dit-elle à Lida. Va te reposer, demain sera une journée fatigante pour toi.

Lida prit congé de Jian avec un long regard reflétant tout son désir, et disparut derrière la porte de la pièce voisine. Jian alla prendre ses quartiers près du lit de Huang devenu son lit pour l'occasion. Il ôta ses chaussures, quitta sa chemise et son pantalon, et s'allongea sur la couverture de laine, uniquement vêtu d'un caleçon court à fleurs.

Jinvan jeta un regard étonné sur son sous-vêtement.

— Est-ce que les hommes portent ce genre de choses à Kunming? demanda-t-elle.

— Pas tous, les jeunes seulement. C'est une mode qui nous est venue de Hong Kong.

— Est-ce que tu pourras m'envoyer deux de ces caleçons pour Keli, en rentrant à Kunming?

— Tu penses qu'il les portera?

— Je les trouve amusants sur toi, je pense qu'ils seront amusants aussi sur Keli. Ils me plaisent bien.

— Je vous en enverrai quelques-uns.

Emu, Jian se dit que Jinvan avait envie de voir son mari rajeuni, qu'elle l'aimait tout autant qu'un quart de siècle auparavant, que la richesse comme celle des Tong n'était pas toujours synonyme de bonheur, et que la pauvreté pouvait être une richesse plus grande que celle qui était contenue dans les coffres remplis d'or, quand l'amour unissait deux personnes pour toujours.

Huang revint, portant ses nattes. Le caleçon de Jian n'échappa pas à son regard. Il ne fit pas le moindre commentaire, mais après que Jinvan se fut couchée auprès de sa fille et qu'il eut installé sa couche près de la porte, il vint retrouver Jian et lui demanda à voix basse :

— On porte des culottes comme celle-ci à Kunming ?

Jian ne put retenir un sourire.

— Oui, répondit-il chuchotant lui aussi.

— Tu veux bien m'en envoyer une ?

Huang posa le doigt sur ses lèvres :

— Mais ne vends pas la mèche à Jinvan, je veux lui faire la surprise.

Jian acquiesça silencieusement, puis il prononça d'une voix solennelle :

— Si un bon génie venait me trouver en me demandant : « Quel est ton vœu le plus cher ? Je suis prêt à l'exaucer », alors je lui répondrais : « Donne à mon cœur un amour aussi profond que celui qui unit Jinvan et Keli. »

— Je prédis que ton vœu sera exaucé, rétorqua Huang, tout aussi solennellement. Si ma prédiction ne se réalise pas, alors ma malédiction te poursuivra.

Il se leva, retourna à sa couche, s'allongea, et évoqua en pensée sa longue vie aux côtés de Jinvan, une vie dure et néanmoins magnifique, dont il n'aurait pas voulu perdre une seule journée. Et il se souvint de la parole du sage Tschu-Li : « L'esprit qui confère la vie à toute chose se nomme l'amour. »

Il s'endormit heureux.

Tong Shijun se réveilla tard. A son entrée dans la grande pièce, les parfums mélangés de la soupe au riz du matin, des petits pains à la vapeur et des baguettes de pâtes frites vinrent chatouiller ses narines. Zhang Shufang était assis à sa table de travail. Sous son pinceau surgissait une aquarelle pleine de couleurs, représentant une superbe branche d'azalée suspendue au-dessus d'un paysage de lac surplombé d'une montagne enneigée. Sur le lac, on reconnaissait les barques des pêcheurs.

— Jamais encore je n'avais dormi d'un sommeil aussi réparateur, dit Tong en s'étirant. Je me sens fort comme un jeune homme.

— C'est l'air du lac Erhai et la pureté qui descend des montagnes.

Zhang déposa son pinceau dans une coupe de laque pour aller remuer la soupe au riz qui mijotait sur le feu.

— Il est trop tard maintenant pour aller retrouver Kunming et l'air vicié de la ville.

— Je dois repartir, Shufang. J'ai toute une série d'examens à pratiquer demain. Mes malades m'attendent.

— Le bus est parti depuis longtemps. L'illustre Tong souhaite-t-il faire de l'auto-stop au bord de la route comme un pauvre paysan ? Le spectacle vaudra le coup d'œil !

— Un père se doit d'être un modèle. Que penserait mon fils, si je ne remplissais pas mes obligations ?

— Jian fermerait les yeux et garderait son opinion pour lui, répondit Zhang. Accorde-toi donc cette journée supplémentaire. Je vais t'emmener sur l'île de Jinsuo Dao, nous visiterons le village de pêcheurs. Ensuite, nous irons remercier Dieu de ses bienfaits dans le temple de Xiao Putuo Dao. Et tu mangeras là-bas le meilleur canard de ta vie, je te le garantis.

— Entendu, mais je voudrais d'abord aller téléphoner à Meizhu depuis la poste de Dali. Elle risque de s'inquiéter en ne me voyant pas rentrer aujourd'hui.

— Dans ce cas, nous irons à bicyclette, car il n'y a pas d'autre moyen pour rejoindre Dali. J'ai la mienne, et je peux t'en prêter une autre que j'ai trouvée devant chez moi. Je pense que son propriétaire l'a jetée là pour s'en débarrasser. Il faut dire qu'il n'y avait plus de quoi pavoiser avec.

Il s'agissait du vélo pour lequel Huang avait payé une grosse caution, et qu'il avait oublié de rapporter. Lorsqu'il l'avait découvert, Zhang avait balancé l'engin dans la remise, sur un tas de paille. Et maintenant, il se réjouissait d'avance à l'idée de voir l'illustre Tong pédaler jusqu'à Dali sur ce vieux débris.

Tong mit la table comme la veille, en poussant force soupirs.

— Pourquoi donc n'as-tu pas encore acheté de voiture, Shufang ? Tu as les moyens de t'en payer une, tu ne manques pas d'amis haut placés à Pékin, et tu n'aurais aucun délai d'attente avant d'obtenir une de ces voitures allemandes fabriquées à Shanghai, les Volkswagen Santana.

— Me vois-tu au volant d'une voiture ?

— Oui, très bien !

— Et tu me penses capable de prendre des cours de conduite, à mon âge ? Et d'ailleurs, pourquoi n'as-tu pas de voiture, toi, l'illustre Tong ?

— Je dispose depuis deux ans d'une voiture de fonction qui vient me prendre le matin et me ramène le soir.

— C'est ce qu'on appelle le nouveau socialisme.

Le ton moqueur de Zhang indisposa Tong, qui prit soin d'aborder un autre sujet.

— Je retourne à Kunming le cœur en paix, dit-il. Si tu m'affirmes que Jian n'a aucune relation avec les groupes révolutionnaires, je te crois.

— Ce que je te dis a valeur de serment. Jian n'a jamais rencontré cette sorte de gens. Cela ne signifie pas pour autant qu'il n'est pas critique vis-à-vis du régime.

— Il divague autour du thème de la liberté. Qu'est-ce donc au juste, la liberté ?

— La liberté, pour un Chinois, c'est — je ne te donne qu'un exemple — de pouvoir s'acheter un billet d'avion pour Londres, Paris ou Rome, sans avoir à quémander l'agrément de l'unité ou à se battre pour obtenir l'autorisation de sortie du territoire. La liberté, pour un Chinois, c'est de disposer d'un passeport, de pouvoir changer d'emploi à sa guise et d'habiter où bon lui semble. La liberté, c'est quand il n'existe pas d'unité pour disposer de la vie des gens à leur place. La liberté, c'est l'individualité, Shijun, et c'est à cela qu'aspire Jian, entre autres, comme un assoiffé qui réclame de l'eau.

— Mais comment veux-tu maintenir la cohésion d'un peuple de plus d'un milliard d'individus, si chacun a le droit d'agir comme bon lui semble ? L'Occident a beau jeu de critiquer ! La France, l'Italie ou l'Angleterre comptent chacune environ cinquante millions d'habitants. Superviser cinquante millions de personnes n'est pas très difficile, on peut leur offrir la liberté, mais quand il s'agit de plus d'un milliard ? La Chine n'est pas seulement un Etat, c'est un monde ! As-tu idée de ce qui se passerait si un milliard d'individus vivaient en totale liberté ? Ce ne serait pas moins catastrophique que si le soleil tombait sur la terre. Celui qui promet à la Chine une démocratie à l'occidentale se comporte comme un incendiaire qui voudrait mettre le feu à la planète tout entière.

— C'est Tong Shijun, le grand communiste, qui parle ainsi ! Lui qui possède une voiture avec chauffeur, pendant que des millions de paysans labourent encore leurs champs en enfonçant dans la terre leur charrue de bois tirée par des bœufs comme ils le faisaient il y a cinq mille ans.

— Bientôt ce ne sera plus une charrue de bois, mais une charrue en métal. Mais pas plus. A l'heure actuelle, on utilise des centaines et des milliers de personnes à la construction des routes nouvelles, à la régulation du débit des fleuves, à la construction des canaux. Si du jour au lendemain on remplaçait ces ouvriers par des pelles mécaniques, par des grues et des bulldozers, là où on employait auparavant des centaines d'ouvriers, on se contenterait d'utiliser une seule machine, conduite par un seul homme. Et que deviendraient les centaines de laissés-pour-compte ? Que deviendraient les trois ou quatre cents millions de sans-emploi remplacés par des machines ? Quatre cents millions de chômeurs, peux-tu te représenter la chose ? Si toutes les mers du monde débordaient des rivages en même temps en inondant toutes les terres émergées, l'ampleur de la catastrophe serait minime comparée à la violence et à la destruction dans lesquelles serait emporté le monde entier grâce aux « hommes libres » de Chine. J'admire Teng Hsiao-Ping, qui réussit à ouvrir la Chine à l'Occident, tout en évitant de la lui livrer corps et âme. Mais qui donc à l'étranger, loin d'ici, en Europe ou aux USA, peut arriver à nous comprendre ?

— Suivons l'exemple du Japon !

— Le Japon est un pays de cent quarante millions d'habitants, on est loin du milliard ! C'est cela qui m'irrite : personne ne réussit à imaginer ce que représentent un milliard d'individus. Nous représentons le cinquième de la population mondiale !

Tong découpa son pain à la vapeur en petits morceaux blancs qui collaient aux mains. Il bouillait intérieurement, et il ne comprenait pas comment Zhang pouvait rester si serein. Comment un homme aussi sage que lui pouvait-il tomber dans le piège d'une foi absurde dans un avenir chimérique ?

— Mon fils Jian est lui aussi incapable de comprendre, ajouta Tong, plein d'amertume. Lui, un Chinois, est incapable de comprendre que la Chine est différente du reste du monde. Aurais-tu un conseil à me donner ?

— Non, dit Zhang.

— Les temps s'annoncent durs pour nous, Shufang.

Tong repoussa ses baguettes, son inquiétude l'emportait sur sa faim.

— J'ai peur. Mon fils est comme un vin en pleine fermentation, plus rien ne peut l'arrêter. L'université de Kunming est encore calme pour l'instant, mais l'idée de ce que les jeunes appellent la liberté se répand comme une traînée de poudre. Nous ne tarderons pas à être atteints, et lorsque ce jour se lèvera, Jian sera un fils dressé contre son père.

Zhang secoua la tête en pensant à Jian et à Lida, et à Huang Keli, à la tradition des Tong et à l'affrontement inévitable qui se préparait, pour des raisons si mesquines, si dérisoires.

— Je pense que Jian est préoccupé par d'autres problèmes, dit-il.

— Et lesquels ?

Tong redressa vivement la tête :

— Donc, il a bien des problèmes ? Que sais-tu au juste, Shufang ?

— Jian veut être le meilleur de sa promotion, toujours le meilleur.

Ce mensonge ne coûta aucun effort à Zhang, car il servait de bouclier à Jian. Zhang considérait que lui accorder sa protection n'était pas déshonorant pour lui.

— Il veut devenir un bon médecin, poursuivit-il, pour ajouter encore à l'éclat de la famille Tong. Et il va y parvenir, Shijun. Il a la tête dure, tout comme toi, une tête capable de briser les murs.

— Oh, pour moi, c'est du passé.

Tong leva une main lasse :

— Je suis un vieil homme qui n'aspire plus qu'à la tranquillité.

— Tu n'as que cinquante-cinq ans.

— Mais je suis fatigué, très fatigué. Comprends-tu que j'ai placé tous mes espoirs en Jian ? Un père se perpétue dans son fils, aurai-je le bonheur de me perpétuer ?

Zhang fixa son bol de riz. Il dut se rendre à l'effrayante évidence qu'il n'y aurait jamais de chemin où les Tong et les Huang pourraient marcher de concert, de la même façon que le soleil et la lune sont deux astres bien distincts qui ne se rencontrent jamais.

— Je te comprends, Shijun, dit-il, et les mots avaient du mal à sortir de sa bouche. Que nous reste-t-il d'autre à faire que de nous soumettre au destin ? Le sage est alors libéré du doute, le bon est libéré du chagrin, le courageux est libéré de la peur. Soyons courageux, Shijun !

Au petit matin, Lida et Jian prirent la route pour Lijiang. Jinvan leur avait préparé des mandarines, des pommes, des poires, de grosses prunes jaunes et des pamplemousses d'un jaune doré. Il allait de soi qu'elle n'avait pas oublié la bouteille thermos remplie d'eau chaude ni la petite boîte de thé vert. Huang, pour sa part, avait suspendu au cou de sa fille une amulette en argent pur qui représentait un héron en plein vol. A côté du héron étaient inscrits ces mots : « Sois comme l'oiseau qui appartient au ciel. » Huang avait déclaré à Lida, en passant la chaîne d'argent autour de son cou :

— Qu'elle te protège, ma fille. Elle me vient de ton arrière-grand-mère, qui a été une femme heureuse, malgré toute la dureté de son existence. Ne l'enlève jamais, car elle réchauffera ton âme.

— Je ne l'enlèverai jamais, Père, promit Lida.

Lorsque la voiture eut disparu dans l'un des méandres de la route longeant la rivière, Huang saisit la main de Jinvan et la garda dans la sienne.

Jinvan ressentit son léger tremblement et passa son pouce sur le dos de sa main.

— Reverrons-nous Lida telle qu'elle était en partant? prononça-t-il avec difficulté.

Jinvan sourit et répondit par une autre question :

— Te souviens-tu de nous deux, il y a vingt-sept ans?

Huang hocha la tête, tout en continuant à suivre la route des yeux, comme s'il y voyait encore la voiture de Jian.

— Je n'ai rien oublié, pas un instant, dit-il.

— Tu m'as séduite dans une petite cabane au milieu de la rizière. Il pleuvait, les gouttes d'eau tombaient sur nos corps nus à travers le vieux toit de paille, et nous ne nous en rendions même pas compte. Nous étions enveloppés dans notre bonheur, et une tempête aurait bien pu emporter la cabane que cela ne nous aurait pas dérangés.

— Oui, c'est vrai.

Huang se tourna vers Jinvan et lui jeta un coup d'œil interrogateur :

— Comment se fait-il que ces souvenirs te reviennent en ce moment précis?

— As-tu jamais demandé à mon père s'il te donnait la permission de m'aimer? Est-ce que j'ai demandé à mes parents s'ils seraient contents de t'avoir pour gendre? Est-ce que nous sommes allés les trouver, main dans la main, pour leur dire que, dans la vieille cabane au milieu de la rizière, nous avions...

— Ne nous compare pas avec Lida et Jian!

Huang retira sa main des doigts caressants de Jinvan.

— C'est tout à fait différent.

— Explique-moi ça, Keli.

— Huang Keli était un pauvre élève instituteur, un Miao, qui était amoureux d'une Dong tendre et belle. Jian est le fils du grand Tong Shijun, et Lida est une pauvre Miao, qui n'a rien d'autre à offrir que son honneur. Quel prix peut avoir l'honneur d'une fille d'instituteur aux yeux d'un Tong? Le tigre joue avec le lapin, mais à la fin, il le mange!

— Il y a vingt-sept ans, tu t'asseyais à la table de mon père, bien content d'avoir droit à une soupe. Pour notre famille, tu n'étais rien, tout le monde s'accordait à me dire que nous n'étions pas faits l'un pour l'autre et que j'étais stupide de t'inviter chez nous. Il y avait soi-disant quantité d'autres jeunes gens qui n'auraient pas demandé mieux que d'être aux petits soins pour une jeune fille telle que moi. Mais c'est toi que j'aimais, et après l'heure passée dans la cabane, le reste du monde m'est devenu totalement indifférent. Pourquoi veux-tu que Lida et Jian ne soient pas faits comme nous ?

— Mon salaire d'instituteur équivaut à l'argent de poche d'un Tong.

— Mais pourquoi est-ce que tu te diminues ainsi ? Crois-tu que tu seras obligé de courber la tête le jour où tu rencontreras Tong ? Toi aussi, tu as une tradition derrière toi !

— Oui, j'ai une tradition.

Le visage de Huang s'était durci comme la pierre.

— Ma tradition, c'est la pauvreté. Y a-t-il une raison d'en être fier ?

— Oui. Celui qui travaille pour lutter contre la faim possède l'honneur du combattant. Ne t'abaisse pas devant la richesse, bats-toi !

Huang tourna vers Jinvan un regard chargé d'une grande souffrance, puis il lui demanda d'une voix hésitante :

— Tu sais donc que Lida va se donner à Jian ?

— Je sais ce qui s'est passé il y a vingt-sept ans. Le monde se transforme constamment, mais pas l'amour, aussi longtemps que l'homme sera doté d'un cœur.

— Tu es une femme intelligente, dit Huang. Pardonne mon aveuglement, qui m'a empêché de le remarquer jusqu'à présent. Mais cela fait mal.

— Quoi ?

— De savoir que Lida ne sera plus une jeune fille en rentrant. Mais peut-être faut-il être un père soi-même pour comprendre mon tourment.

Il rentra dans la maison, se mit à table et se servit un bol de sa soupe au riz du matin. Et il resta muet jusqu'à l'heure du début des cours.

La route qui allait de Dukou à Lijiang avait dû être construite par des dragons animés d'une haine féroce envers le genre humain, car il était impensable autrement d'envisager d'ouvrir un chemin à travers ces montagnes pelées et hostiles, au milieu de ces gigantesques blocs rocheux, qui avaient probablement servi de jouets aux monstres. La route résonnait du vacarme des cascades et des torrents qui dévalaient les pentes. Elle menait à des défilés si étroits qu'ils en étaient terrifiants, et à des cols si hauts qu'ils semblaient aboutir tout droit dans le ciel.

Lida était assise à côté de Jian, la tête rentrée dans les épaules. Elle mourait de peur. Jamais elle n'aurait imaginé que la nature pût être aussi violente. La voiture dépassa une nouvelle cascade qui dégringolait dans un bruit de tonnerre.

— Tu es sûr qu'il n'y avait pas d'autre route ?

— Oui, si nous étions passés par Dali, il nous aurait fallu faire un grand détour. C'est le chemin le plus direct depuis Huili.

Jian passa un bras autour de son épaule, ne conduisant plus que d'une seule main.

— Tu as peur ?

— Oui.

— Nous arrivons bientôt dans la région des Naxis. C'est là que l'on a découvert un rouleau portant d'anciennes écritures dongbas. Elles décrivent la route où nous nous trouvons dans l'état où elle se présentait il y a plusieurs siècles. Ce n'était pas une route, mais un sentier pour les yacks. Le texte disait : « A l'ère où le Ciel et la Terre n'étaient pas encore séparés, le dieu de pierre chantait encore, les arbres marchaient et les cailloux parlaient. » Regarde autour de toi, ils le font encore.

Au sortir de la traversée de la chaîne montagneuse du Mianmian Shan, une vue magnifique s'offrit soudain à leurs yeux : la ville de Lijiang s'étalait au creux d'une large vallée. Les toits gris de la vieille cité, serrés les uns contre les autres, miroitaient sous le soleil. Dans le lointain, mais paraissant si près qu'on avait l'impression de pouvoir les toucher, luisaient les sommets de la montagne du Dragon de jade, et les neiges éternelles étincelaient sur le massif du Shanzidou. Le fleuve Jinsha décrivait un large cercle embrassant la ville et la plaine, tel un cadre posé autour d'une peinture grandiose.

Jian arrêta la voiture et descendit. Il aida Lida à sortir et l'attira contre lui. Accompagnant ses paroles d'un geste circulaire du bras indiquant le paysage qui les entourait, il s'écria :

— Crois-tu que l'on puisse jamais oublier un spectacle comme celui-ci ? Le grand Kublai Khân lui-même s'est arrêté ici et son cœur a été conquis par tant de beauté. C'est dans ce pays que les sorciers des Naxis utilisaient leurs pouvoirs magiques pour venir à bout de toutes les maladies, qu'ils observaient les astres, qu'ils chassaient les diables du corps des possédés, qu'ils disposaient les dieux à la clémence, ou qu'ils imploraient leur aide en dansant la danse du feu ou la danse du sabre. Lida, tu as devant toi un pays qui a été façonné par la main des dieux.

— C'est magnifique, murmura Lida. Restons ici quelques instants.

Ils s'assirent sur le bord de la route, mangèrent quelques fruits extraits de la corbeille préparée par Jinvan, et burent une tasse de thé. Ils se sentaient comme enivrés par la beauté de la montagne du Dragon de jade et par les reflets d'argent du fleuve Jinsha, qui coule là avant de devenir ensuite le Yangtsé, le plus impressionnant cours d'eau de Chine.

En descendant dans la plaine, ils furent subjugués par la profusion des camélias, si nombreux qu'ils formaient un océan de fleurs. Prenant son rôle de guide très au sérieux, Jian expliqua à Lida :

— On dit que vingt mille camélias fleurissent à Lijiang, et que c'est ici que l'on trouve la plus grande fleur de camélia du monde, avec un diamètre de vingt-trois centimètres.

Après être entré dans la ville par la rue Wuyi, Jian tourna dans la rue Xinhua, puis prit la rue Neuve pour s'arrêter devant un bâtiment imposant, situé entre le Palais des enfants et le théâtre Yunling, en face de la poste : la maison d'hôte numéro deux.

Jian ouvrit la porte et s'approcha de la réception, où une jeune femme qui trônait derrière un comptoir tourna vers lui un regard chargé d'ennui. « Pas de chambre », dit-elle, avant qu'il n'eût pu ouvrir la bouche et en le toisant de la tête aux pieds. Jian portait un jean provenant d'une usine installée récemment à Shanghai et des chaussures de sport montantes. Tout dans sa tenue le désignait comme un voyageur de passage, et il n'offrait donc que peu d'intérêt aux yeux de la jeune femme. Les clients qui ne restaient qu'une seule nuit donnaient beaucoup de travail et ne laissaient pas beaucoup d'argent. La maison d'hôte étant un établissement d'Etat, le fait que les lits fussent tous occupés ou non était sans importance, car les maigres salaires étaient versés quoi qu'il arrivât.

Jian sourit, s'approcha du comptoir et déclara :

— Nous avons l'intention de passer trois jours ici, et nous souhaiterions avoir une belle chambre à deux lits. Avec une salle de bains et un téléviseur couleur. Je sais que vous avez trente chambres avec salle de bains et télévision.

La jeune femme lui rendit son sourire, tourna la tête vers les clés suspendues derrière elle à des crochets, prit l'une d'elles et la poussa vers Jian.

— Chambre 21, dit-elle. Vous connaissez notre maison ? C'est quarante yuans la nuit. Vous avez les moyens de payer ?

La question était pour le moins déplacée, et Jian, afin de ne pas perdre la face, se devait d'y répondre avec fermeté.

— Où est le directeur ? s'écria-t-il avec emportement. Je veux lui parler immédiatement. Immédiatement ! J'habite à Kunming, et vous pouvez être sûre que les services du tourisme seront informés de votre attitude !

— Tout le monde peut se tromper ! répondit la jeune femme, tandis que son sourire se figeait sur ses lèvres. Venez prendre ma place pendant une semaine, et vous verrez comment vous réagirez quand neuf clients se seront évanouis dans la nature sans payer. L'honnêteté a été sacrifiée sur l'autel de l'ère nouvelle. Autrefois, la malhonnêteté était considérée comme une honte, aujourd'hui, elle est devenue un sport national.

Elle posa sa main sur la clé, comme si elle voulait la protéger.

— Prendrez-vous la chambre 21 ?

— Naturellement, je la prends.

— Où est la personne qui vous accompagne ?

— Ma femme est dans la voiture.

Jian n'eut pas la moindre hésitation en prononçant ces paroles, sachant que Lida se serait sentie offensée s'il avait déclaré vouloir prendre la chambre avec une jeune fille. Elle aurait couru le risque d'être toisée comme une concubine et on n'aurait pas manqué de lui lancer des regards moqueurs.

— Vous avez votre propre voiture ? demanda la jeune femme, en libérant la clé. Vous auriez dû le dire plus tôt. Veuillez pardonner à une femme stupide.

Jian prit la clé sur le comptoir et retourna auprès de Lida, qui était descendue de la voiture. Appuyée sur le coffre, elle admirait les grands immeubles et les femmes qui marchaient dans la rue en costume national naxi, principalement en robe gris-bleu matelassée dans le dos et ornée de motifs en forme de cercle. Elles portaient peu de couleurs, différentes en cela des Miaos et des Bais, qui affectionnent les couleurs vives, avec une prédilection pour les rouges flamboyants et le bleu ciel, ainsi que pour l'éclat de l'argent.

— Nous avons une chambre ! annonça Jian joyeusement, en agitant la clé. Avec une salle de bains et une télévision. Mais il a fallu que je dise que tu étais ma femme.

— Et tu as eu du mal à le dire ? demanda-t-elle.

— Lida...

— Je vais devenir ta femme, poursuivit-elle, sans aucun trouble apparent. Tu n'as donc pas menti.

Elle ouvrit le coffre, en sortit son sac de voyage de grosse toile imprimée, ainsi que la corbeille contenant les fruits. Jian avait emporté une valise de cuir, un beau bagage qui avait dû coûter au moins quatre-vingts yuans, car il venait de France. Un petit écusson de laiton placé sous la poignée portait l'inscription : « Bon voyage ». Comment aurait-il pu en être autrement, quand un Tong se déplaçait ?

La femme du comptoir suivit Lida des yeux, et l'observa pendant qu'elle montait les escaliers. Elle se demanda comment il était possible qu'un homme qui possédait sa propre voiture et une valise aussi luxueuse permît à sa belle jeune femme de se promener avec une robe aussi bon marché sur le dos. Bon, on verrait bien qui il était, quand il aurait rempli le registre.

La chambre était grande, les lits étaient poussés chacun contre un mur, et une vieille armoire aux portes coincées était placée à côté de la porte. Le téléviseur couleur était posé sur une commode qui meublait un angle près de la fenêtre dont les doubles rideaux étaient déchirés. Une table complétait le mobilier. On y avait disposé un cendrier, deux grandes tasses à couvercle, une coupe contenant des sachets de thé vert et une grande bouteille thermos toute cabossée. Le plafond de la salle de bains avait perdu un panneau, et la chasse d'eau coulait sans discontinuer.

Mais, pour Lida, cette chambre était digne d'un palais. Elle fut enchantée de la baignoire, elle fit marcher la douche, et n'en crut pas ses yeux en découvrant, sur la tablette du lavabo, deux petites savonnettes, deux petits sachets de gel de douche, et, comble de luxe, deux brosses à dents enveloppées de plastique.

— Tout cela est donné gratuitement ? s'enquit-elle, stupéfaite.

— La chambre est bien assez chère, c'est la moindre des choses.

Jian s'assit sur l'un des deux lits. La fatigue de la route commençait à se faire sentir. Il se laissa tomber en arrière et croisa les bras derrière sa nuque. Il entendait Lida aller et venir dans la salle de bains. L'eau dégringola dans la baignoire, et un rire parvint à ses oreilles.

Jian se leva et entra dans la salle de bains. Lida était debout dans la baignoire. Elle tenait la douche au-dessus de sa tête, s'étirant et ondulant voluptueusement sous l'eau qui ruisselait sur elle et aspergeait toute la pièce.

Pour la première fois, Jian la vit dans sa nudité, et sa beauté lui coupa le souffle. Il ne fit pas un geste, redoutant de l'effrayer. Il se contenta de la toucher du regard, caressant les cheveux noirs et ruisselants d'eau qui encadraient son visage, effleurant ses épaules, ses seins, son ventre et ses cuisses, descendant jusqu'à ses petits pieds dont les orteils se tortillaient de plaisir. Il n'avait eu jusqu'alors que le pressentiment de sa beauté, et à présent qu'il lui était donné de la voir, Lida lui apparaissait dans toute sa splendeur. Elle lui sembla délicate, sans aucun rapport avec la jeune fille au buffle, celle qui était assez forte pour transporter des sacs lourdement chargés, comme un homme robuste. Son corps lui parut être fait d'une porcelaine fine et fragile, semblable à ces figurines que l'on trouvait dans les magasins de porcelaine de Shanghai et de Canton, et que l'on osait à peine toucher.

Tout doucement, Jian retourna dans la chambre, se déshabilla et se faufila dans la salle de bains. Lida lui tournait toujours le dos et ne pouvait pas l'entendre arriver, assourdie par le bruit de l'eau. Mais elle ne montra aucune surprise en sentant soudain le contact de sa peau nue et lisse contre elle dans la baignoire, puis la caresse de ses mains qui se mirent à suivre la courbe de son corps.

Elle se tourna vers lui, sourit, et, comme si elle avait accompli ces gestes depuis toujours, elle l'éclaboussa du jet de la douche, s'empara du savon et entreprit de le savonner.

Jian ne bougea pas lorsque ses mains, petites, mais fermes et fortes, étalèrent la mousse sur sa poitrine et sur son ventre. Lorsqu'elle lui ordonna de se tourner, il obéit sans mot dire et se laissa docilement frotter le dos. Un sentiment inconnu s'empara de lui lorsqu'il sentit la pression de ses doigts sur sa peau, le contact de son corps sur le sien.

Lida tenait la douche en l'air, faisant ruisseler l'eau sur leurs deux corps étroitement serrés. Jian respira le parfum du savon sur sa peau et referma les bras sur elle.

— Tu es une merveille, murmura-t-il tout bas. Une merveille de la création. Je voudrais me mettre à tes genoux et t'adorer comme une déesse.

— Et toi, tu es l'homme le plus stupide du monde, rétorqua-t-elle, car tu n'as toujours pas fait de moi ta femme.

A ces mots, il arrêta la douche, descendit de la baignoire, souleva Lida dans ses bras et la porta dans la chambre. Sans prendre la peine de se sécher, ils tombèrent sur le lit, les bras et les jambes de Lida se refermèrent sur lui, et du plus profond de leurs corps monta un soupir. Une brève douleur, puis une petite angoisse laissèrent bientôt la place à la joie ineffable et au plaisir qui montèrent en Lida au rythme des mouvements de Jian.

— Voilà, je suis ta femme, dit-elle plus tard, alors qu'ils étaient étendus, l'un contre l'autre, inondés de sueur. Et il ne nous reste plus qu'à vivre ensemble, ou à mourir ensemble.

Puis elle rit, roula sur lui, l'embrassa et se souleva sur les bras :

— Et maintenant, retour à la douche !

Ils restèrent dans leur chambre jusqu'au soir, couchés côte à côte sur le lit. Ils regardèrent un film de Hong Kong qui racontait l'histoire d'une famille où coulaient l'argent et les larmes. Songeuse, Lida demanda :

— Est-ce que c'est vraiment comme ça? Est-ce que les maisons sont vraiment aussi cossues, les voitures aussi grosses, les femmes portent-elles vraiment autant de bijoux?

Jian hocha la tête et confirma :

— Oui, à Hong Kong, c'est comme ça.

Alors, elle déclara :

— Mon bonheur, c'est toi, je n'en demande pas plus pour vivre ici-bas.

Ils restèrent allongés ainsi main dans la main jusqu'au crépuscule, elle, la petite Miao, et lui, le fils du grand Tong, oubliant le monde qui les entourait.

C'est la lumière qui les réveilla le lendemain. Le rideau déchiré était à moitié tombé et n'arrêtait pas les rayons du soleil. Jian resta couché en prenant bien garde de ne pas bouger, et il contempla longuement Lida. C'était leur première nuit ensemble, et elle était déjà passée. Lida s'était lovée contre lui tel un chat endormi, épousant les contours de son corps, et un sourire restait gravé sur son visage, comme si elle était encore loin de tout, emportée par un rêve magnifique. Son corps nu brillait dans le soleil du matin comme un bronze clair. Sa peau était celle d'une jeune fille qui, jour après jour, travaillait dans les champs, et cette peau était imprégnée de la force du soleil qui s'infiltrait à travers tous les vêtements. Mais, en même temps, elle était lisse et veloutée, elle semblait se tendre sous la caresse de la main et elle aspirait la tendresse par tous ses pores.

Jian, plein de ferveur, baisa ses yeux clos. Lorsqu'elle s'étira et, à demi endormie encore, tourna la tête vers lui, il embrassa ses lèvres et laissa sa bouche sur la sienne jusqu'à ce qu'elle fût complètement réveillée.

Elle lança ses bras autour de son cou et lui chuchota à l'oreille :

— Je t'aime, personne d'autre ne peut aimer comme nous.

— Il faut profiter de notre journée, rétorqua-t-il. J'ai beaucoup de choses à te montrer.

— Restons encore couchés quelques minutes. Je veux te sentir, je veux voir tes yeux, entendre ta respiration.

Ses mains glissèrent sur son dos, et Jian frémit sous cette caresse. Il enfouit sa tête dans son cou et s'enivra du parfum de sa peau, aussi délectable que le frais parfum des fleurs d'oranger. Ils restèrent ainsi un moment l'un contre l'autre, silencieux, enveloppés dans le bonheur ineffable de ne former qu'un seul être, et ils n'éprouvèrent aucun besoin de parler, car les mots leur semblaient dérisoires.

Après le petit déjeuner pris dans la grande salle à manger qui résonnait du vacarme des conversations des autres clients — car, en Chine, manger et parler vont de pair —, Jian prit la route de la montagne du Dragon de jade, dont le sommet recouvert de neiges éternelles étincelait au soleil du matin.

Jian s'arrêta au bord de l'une des rivières qui coulent dans la large plaine et qui amènent les eaux cristallines ruisselant des montagnes jusqu'au fleuve Jinsha. Devant eux paissaient des yacks au poil épais. Toute la haute plaine ne formait qu'un tapis de fleurs, qui semblait avoir été étendu par la nature en l'honneur de la montagne du Dragon de jade, la reine des montagnes à la tête recouverte d'un voile blanc et dont le sommet était resté inviolé par les hommes.

Lida s'assit sur une pierre et resta muette d'admiration devant tant de splendeur.

— Crois-tu qu'il puisse exister un endroit plus beau que celui-ci ? demanda-t-elle après un long silence.

— Non.

Jian était debout derrière elle et lui caressait la nuque.

— C'est le plus beau paysage de toute la Chine. Il pousse ici cinquante sortes d'azalées, soixante sortes de primevères, vingt sortes de lys et cinq sortes de camélias. Je vais te montrer tout à l'heure un camélia dont on raconte qu'il est âgé de cinq cents ans. On l'appelle le « camélia aux dix mille fleurs ». Les gens viennent de loin pour l'admirer et se recueillir devant ses grandes fleurs rouges et roses. Lijiang est un conte qui est devenu réalité.

— Huili est laid, en comparaison, murmura Lida. Vraiment laid.

— C'est différent. Huili est différent, Lida. Ton village est un beau village avec ses champs de légumes, ses étangs, ses rizières en terrasses, ses rochers rouges et ses maisons recouvertes de plaques de pierre accrochées au flanc de la colline. La Chine regorge de mille beautés, que ce soit le Nord avec ses déserts ou ses défilés contre lesquels le Yangtsé s'est brisé, ou la forêt de pierre près de Kunming, ou encore les rochers de calcaire de Guilin, qui ont l'air de gigantesques chapeaux de sucre. Seuls les poètes ont le pouvoir de décrire les beautés de la Chine, et seuls les peintres ont celui de les capter. Et c'est ce qu'ils font depuis des milliers d'années, sans relâche, et avec un art sans cesse renouvelé. Huili aussi a sa propre beauté, simplement, les poètes et les peintres n'ont pas encore fait sa découverte.

Lida s'empara de sa main.

— Tu es un homme bien élevé, dit-elle. Je sais d'où je viens. Et ce que je vois aujourd'hui est pour moi un rêve qui ne me quittera jamais.

— Ce n'est qu'un début.

Elle secoua la tête d'un air incrédule.

— Il ne peut rien y avoir de plus beau, dit-elle en se levant.

Lorsqu'ils furent remontés dans la voiture, Lida demanda :

— Où allons-nous maintenant ?

— Sur la montagne du Dragon de jade, voir un vieux monastère lama où cinq moines vivent saintement sous la houlette de leur supérieur, Chen Xue. Personne ne connaît l'âge de Chen Xue. Les paysans prétendent qu'il est immortel et qu'il est aussi vieux que le camélia qui se trouve dans la cour intérieure du monastère. J'y suis allé trois fois, et à chacune de mes visites, Chen n'a cessé de me parler des rouleaux dongbas qui sont si mystérieux, qui attirent les érudits du monde entier sans pour autant leur livrer leurs secrets, au même titre d'ailleurs que le peuple naxi dans son ensemble. Chen sera heureux de me revoir.

Jian s'arrêta encore au pied du massif montagneux du Yulongshan pour désigner à Lida un versant recouvert d'une végétation luxuriante. Une route étroite grimpait dans la montagne et disparaissait ensuite dans l'épaisseur des vieux arbres. A mi-hauteur, sous la lisière des arbres, là où les rochers prenaient un aspect dénudé, on apercevait le faîte d'un toit peint en rouge et jaune qui étincelait au soleil, comme s'il avait été sculpté dans de l'or.

— C'est le temple de Chen, indiqua Jian. Les gardes rouges de la Révolution culturelle de Mao sont montés jusque-là et ont tout saccagé. Chen et ses quatre moines ont travaillé pendant des années pour restituer l'aspect de l'ancien temple et de l'ancien monastère. Ils n'ont pas encore pu terminer leur œuvre, car ils ne possèdent aucune richesse et vivent des dons des visiteurs et de l'argent qu'ils reçoivent en paiement de leurs soins aux malades.

— Ce sont des médecins ?

— Non, mais ils connaissent les secrets de plus de sept cents plantes médicinales, et ils parviennent toujours à trouver parmi elles celle qui saura être efficace sous forme de poudre ou de décoction. Lijiang n'est pas seulement le royaume des fleurs, mais c'est également le royaume de la médecine naturelle. Dès l'époque de la dynastie Qing, notre médecine traditionnelle connaissait près de quatre cents plantes à partir desquelles on pouvait fabriquer des remèdes. Aujourd'hui, notre connaissance s'est élargie, et nous utilisons d'autres variétés de graines, d'herbes et de racines, en particulier le ginseng dont les propriétés sont identiques à celles du ginseng du Japon ou de Corée. On fabrique plus de cent quarante médicaments à Lijiang. Mon père connaît tout cela sur le bout des doigts — il est le grand spécialiste de la médecine traditionnelle — et il est d'avis que la plupart de nos remèdes sont bien meilleurs que les préparations chimiques de la médecine occidentale, qui jette sur nous un regard condescendant. Par exemple, depuis plus d'un siècle, les Occidentaux s'efforcent de guérir l'épilepsie avec des médicaments, mais leurs succès sont modestes. Nous autres, Chinois, nous guérissons cette maladie grâce à des comprimés de *cynanchum otophyllum*, un produit provenant exclusivement de plantes.

— Tu parles comme un professeur. Mais il est vrai que tu ne vas pas tarder à en devenir un.

Lida rit et regarda la montagne, d'où émergeait le toit doré du monastère.

— Tu peux m'expliquer ce qu'est l'épilepsie ?

— C'est une maladie qui a pour effet de faire tomber les gens à terre et de les faire s'agiter dans tous les sens sans s'en rendre compte. Je te dis cela d'une façon très simple, mais c'est une maladie très compliquée, et tu ne comprendrais pas.

— Je sais, je suis bête.

— Lida, tu sais bien que ce n'est pas ce que je voulais dire.

— Un bon médecin doit être capable de tout expliquer.

Elle remonta dans la voiture et ferma la portière.

— Il te reste encore beaucoup à apprendre, avant de devenir un bon médecin, ajouta-t-elle.

— C'est vrai.

Jian s'assit au volant et demanda en la regardant :

— Tu sais ce que tu es ?

— Ta femme.

— Oui, doublée d'une tigresse qui se sert de ses griffes.

— Je t'ai blessé ?

— Non. Même tes coups de griffe sont pour moi des caresses.

Elle l'embrassa dans le cou, montra la montagne et lui proposa :

— Allons chez Chen Xue. Il va sûrement pouvoir me donner des éclaircissements sur l'épilepsie.

Chen, le moine lama sans âge, les attendait sur la plus haute marche de l'escalier de pierre usé par le piétinement et décapé par les siècles. En se plaçant à un endroit précis, il apercevait la route et il jouissait d'une large vue sur la plaine, de telle sorte que rien ne pouvait le surprendre. Son œil était étonnamment vif dans ce visage qui ressemblait à un parchemin ridé, tanné par le soleil, le vent, la neige et la pluie. Chen portait une cape rouge qui arrivait jusqu'au sol, et une coiffe brodée recouvrait sa chevelure blanche. Sa barbe clairsemée évoquait pour Jian la barbe de l'oncle Zhang, que celui-ci avait coutume de lisser de ses doigts quand il réfléchissait. Les sandales que le moine portait aux pieds étaient de sa fabrication ; on s'en rendait compte à leurs coutures rudimentaires.

— Tong Jian, s'exclama Chen d'une voix éraillée de vieillard. Bienvenue !

Puis, apercevant Lida, il hocha la tête plusieurs fois en guise de salut.

— Tu as amené ta fiancée ?

— Comment peux-tu savoir que c'est ma fiancée ?

— Je le lis dans ses yeux.

Chen sourit.

— Venez dans ma maison, dit-il en indiquant une maison peinte en rouge, en jaune et en bleu, éloignée de trente mètres environ du monastère, et construite sur une pente au milieu des azalées et des camélias en fleurs.

— C'est une joie pour moi que de vous voir. Poursuis-tu toujours tes études, Jian ?

— J'en ai pour quatre ans encore, vénérable Maître.

— Ce sont de longues études. Et que connaîtras-tu alors ?

— Les origines des maladies de l'être humain et les moyens de les combattre.

— Vraiment ?

Chen eut un nouveau sourire :

— La foi est une montagne dont on n'atteint jamais le sommet.

Il passa devant pour les conduire jusqu'à sa demeure, et ils arrivèrent dans une cour intérieure au milieu de laquelle se trouvait un camélia hors d'âge et une grande quantité de fleurs en plates-bandes ou disposées dans des bacs et dans des vasques d'argile. Les portes sculptées et peintes de la cour intérieure desservaient le lieu de repos et la cuisine, l'autel, et la bibliothèque dans laquelle étaient rassemblés les documents concernant l'histoire du temple lama, ainsi que les connaissances que l'on avait pu rassembler sur le peuple naxi.

Lida et Jian s'assirent sur les chaises de bois basses qui étaient placées sous le camélia. Pendant que Chen disparaissait dans la cuisine pour aller chercher des feuilles de thé, de l'eau chaude et des tasses, Lida fit observer à voix basse :

— Il a des yeux étranges. Tu l'as déjà remarqué ?

— Ce sont des yeux où parle la sagesse.

— Non, ce sont des yeux qui vous regardent comme si vous étiez en verre transparent. Il voit à l'intérieur des gens, il voit tout ce que nous pensons.

Chen revint, distribua les tasses, disposa les feuilles de thé à l'intérieur et versa l'eau chaude dessus. Il s'était changé. Il portait à présent son habit de prêtre. Après avoir servi ses invités, il saisit un moulin à prières tibétain dans sa main droite. Ses yeux au mystérieux regard s'attardèrent sur Lida, qui fut soudain parcourue par une sensation de chaleur analogue à la chaude caresse des rayons du soleil.

Le saint homme prit alors la parole :

— Tu as reçu le bonheur en partage, proféra-t-il. Mais le printemps n'est pas éternel, le jour viendra où l'orage se déchaînera, où les arbres seront anéantis par la foudre.

Chen se pencha en avant. Son regard traversa Lida, il saisit ses mains :

— Je vois un jeune arbre qui se courbe sous la tempête, mais qui ne rompt pas. Et je vois un osier qui réclame de l'eau, et une hache qui veut les abattre. La terre est rouge, comme rougie de sang. Une tempête arrache les feuilles des arbres, que son souffle violent éparpille à travers le pays. Mais l'arbre et l'osier défient le vent. Et je vois arriver un magicien, qui les transporte avec toutes leurs racines dans un autre pays, pour les y planter.

Lâchant la main de Lida, le moine s'appuya sur le dossier de son siège. Il ferma les yeux, faisant disparaître par ce geste la chaleur qui enveloppait Lida. Celle-ci, terrorisée, se cramponna à Jian, car Chen semblait être sur le point de mourir sous l'effet de ses visions.

Mais l'épuisement du prêtre ne fut que passager. Au bout de quelques minutes, il se redressa, saisit son moulin à prières, fit tourner les boules, et seules ses lèvres bougèrent pendant son appel silencieux à Dieu.

Lida et Jian posèrent leurs tasses à thé sur le sol, se levèrent, se courbèrent devant Chen et quittèrent la cour intérieure de sa maison.

Ce ne fut que lorsqu'ils eurent regagné la voiture que Lida retrouva l'usage de la parole.

— Qu'est-ce qu'il a bien pu voir ? demanda-t-elle, d'une voix qui se nouait.

— L'osier, c'est toi, et l'arbre, c'est moi, répondit Jian.

— Mais la terre est rouge, comme rougie de sang.

— Je dois reconnaître que je ne comprends pas non plus.

— Et les arbres dont la tempête fait tomber les feuilles ?

— Je ne sais pas. Chen est plus clairvoyant que le commun des mortels.

— Il n'a vu que du malheur, Jian.

— Mais il a aussi parlé d'un magicien qui transplantait les arbres dans une terre sûre.

Jian haussa les épaules en signe d'impuissance. Il leva les yeux vers le temple qui était encadré, à sa gauche, par le monastère, et à sa droite, par la maison de Chen, puis dit en secouant la tête :

— Je ne l'avais jamais vu aussi sombre. D'ordinaire, il est d'humeur très joyeuse. Mais en regardant dans tes yeux, Lida, il a vu s'ouvrir devant lui le futur, il a vu que se préparaient des événements dont nous sommes incapables de saisir la portée. Peut-être voulait-il nous mettre en garde.

— Nous mettre en garde contre qui, ou contre quoi, Jian ?

— Je ne sais pas.

— As-tu des ennemis ?

— Non. Je n'ai qu'un seul adversaire, ajouta-t-il à voix basse, comme pour lui-même.

— Et qui est-ce ?

— C'est mon père, malheureusement.

— Parce que tu aimes une petite Miao sans le sou.

— Il ne le sait pas encore.

— Tu n'as pas eu le courage de le lui dire ? Tu as caché mon existence, parce que tu sais qu'il peut te contraindre à ne plus me voir ? Ou alors, tu as honte de moi, parce que je suis la fille d'un pauvre instituteur de village.

— Lida !

Jian se tourna vers elle et voulut l'attirer contre lui, mais elle l'en empêcha, et il fut stupéfait de constater avec quelle force elle le repoussait.

— J'étais décidé à informer mon père, mais j'ai suivi le conseil de mon oncle Zhang, qui m'a dit : « Vous ne pouvez pas vous marier avant quatre ans. Il sera amplement suffisant d'attendre la fin de tes études pour mettre ton père au courant. Tous les moyens sont bons pour éviter une guerre familiale de quatre années, dont tu sortirais brisé, beaucoup plus sûrement que par un mensonge de quatre ans. On parvient à vivre dans le mensonge, chacun de nous vit avec ses mensonges, mais le mot guerre est synonyme de destruction. Protège ton amour en le rendant invisible. » Mon oncle Zhang est un homme sage.

— Et si j'ai un enfant de toi au cours de ces quatre années ?

— Cela n'arrivera pas. Il existe à l'Ouest une pilule pour l'éviter. Je vais en faire venir de Hong Kong.

— Et si cela arrivait maintenant, pendant ces trois jours ?

Jian leva la tête vers le monastère et vers la maison de Chen.

— Dans ses visions, il n'a pas vu d'enfant. Chen n'aurait pas manqué de le voir dans tes yeux.

— Quand vas-tu dire la vérité à ton père ?

— Peu de temps avant de passer mon dernier examen. A ce moment-là, il n'aura plus aucun pouvoir sur moi.

— Mais il a le pouvoir maintenant.

— C'est un homme réputé qui compte parmi les mille personnalités citées dans la liste des sommités de la République populaire de Chine. Un seul mot de sa part, et il me faudra quitter Kunming ! Il peut me faire transférer à l'université de Shanghai ou de Canton, et s'il choisissait l'une de ces deux villes, ce serait une grâce de sa part, car il existe plus de cent universités et plus de cinq cents écoles où l'on enseigne la médecine. Mon père aurait donc assez de possibilités à sa disposition pour me bannir n'importe où.

— Et il ferait une chose pareille ?

— Immédiatement ! Sans hésitation.

— Et il détruirait mon père ?

— Son influence ne s'étend pas jusque-là, mais il est certain qu'il vous causerait de gros problèmes.

— Et dans quatre ans, rien de tout cela n'arrivera ?

— Non.

Jian posa son bras sur les épaules de Lida, qui, cette fois-ci, ne se défendit pas.

— Dès que j'aurai mon diplôme en poche, je serai libre. Il ne pourra plus rien contre moi. Nous ferons construire une maison où bon nous semblera, et je m'établirai comme médecin. Tout le bonheur du monde sera pour nous.

— Si mon unité et les services officiels de santé donnent leur autorisation.

— D'ici quatre ans, tout cela pourra avoir changé. La Chine ne peut plus se permettre de rester un Etat isolé, hermétiquement clos au reste du monde, car elle prendrait le risque de régresser politiquement et économiquement. Teng Hsiao-Ping est un homme avisé, qui veut faire de ce pays coupé du monde qu'était la Chine une véritable puissance mondiale. La réconciliation avec l'URSS et les nouveaux contacts avec les Etats occidentaux sont un début, les signes annonciateurs de la Chine nouvelle.

— Et tu veux cacher mon existence à ta famille pendant quatre ans ? reprit Lida. Il faudra nous contenter de nous voir en cachette une fois de temps en temps ? Mon cœur saignera à chaque séparation !

— Nous devons tenir, Lida. Nous devons puiser toutes nos forces dans notre amour.

— Et si, malgré tout, ton père apprend mon existence ?

— Alors ce sera la guerre, la guerre entre lui et moi.

— Et ce sera la sommité de la République populaire de Chine qui remportera la victoire.

Elle le regarda de ses yeux grands ouverts et lui déclara avec le plus grand calme :

— Et alors, je me tuerai.

— Lida ! s'écria-t-il, horrifié. Comment peux-tu dire une chose pareille ?

— Ce n'est pas parce que nous sommes des Miaos que nous n'avons pas le sens de l'honneur. Ne crois pas que l'honneur soit l'apanage des Hans. Je ne pourrais plus vivre sans toi. Pour moi, l'univers est devenu petit, tout petit. C'est toi mon univers, toi seul. Comment pourrais-je vivre, si j'étais privée d'univers ?

Elle se retourna et ouvrit brusquement la portière de la voiture :

— Partons, Jian. J'ai peur de ce temple et de ce Chen. Pourquoi n'a-t-il pas gardé ses visions pour lui ? Que signifie le sang sur la terre ?

— Je n'ai aucune interprétation à te proposer, Lida.

— Est-ce que cela signifie que tu serais capable de tuer ton père pour moi ?

— Par pitié, ne pose pas ce genre de questions ! Il est évident que j'en serais incapable !

— Tu préférerais tuer notre amour ?

— Non. Je préférerais plutôt renoncer à mes études de médecine. Je viendrais m'installer à Huili, je labourerais les champs avec le buffle, je construirais de nouvelles terrasses pour les rizières, j'irais extraire des cailloux dans les rochers et je bâtirais notre maison.

— Et tu serais malheureux toute ta vie. Tu ne serais qu'un pauvre paysan regrettant de ne pas être un riche médecin ! Et la famille Tong nous frapperait jusqu'à ce que nous nous retrouvions couchés à terre, geignant comme des chiens.

Elle s'assit dans la voiture et regarda devant elle la petite route étroite qui descendait la montagne.

— Jian, dans deux jours tu vas repartir. Fermons les yeux, et ne pensons plus aux visions de Chen. Je veux m'endormir et me réveiller dans tes bras, et ne plus penser à rien d'autre qu'au bonheur de t'avoir près de moi.

Jian approuva de la tête et se remémora les paroles de son oncle Zhang lui prédisant que son combat ne serait pas uniquement un combat contre son père, mais également contre sa sœur Fengxia et contre Wu, son mari, c'est-à-dire contre deux fonctionnaires communistes investis d'une autorité encore plus importante que celle du vieux Tong. Et ces deux-là ne se priveraient pas d'user de leur pouvoir pour contraindre un rebelle à la docilité.

Il vint rejoindre Lida dans la voiture et la regarda fièrement. Puis il l'embrassa dans le cou et dit :

— Nous allons réussir, ma chérie. Qu'y a-t-il de plus fort au monde que notre amour? Ils pourront toujours essayer de le détruire, ils s'y casseront les dents. Tu n'as aucune raison d'avoir peur.

— Et où m'emmènes-tu maintenant?

— A Dali. Mais d'abord, je vais te montrer l'étang du Dragon noir à Lijiang. Il n'y a rien de plus beau à voir dans toute la Chine que le sommet de la montagne du Dragon de jade, le temple du Dieu-Dragon et Deyuelou, le pavillon de la Lune au pont de marbre blanc, qui se reflètent dans l'étang du Dragon noir. C'est un spectacle inoubliable.

— Sûrement, mais j'oublierai tout quand tu seras à mes côtés, répondit Lida. Tu peux bien mettre toute la beauté du monde à mes pieds, je n'en veux pas, ma seule raison de vivre, c'est de t'attendre.

Ils retournèrent à Lijiang, en passant par le lac de Jade, et s'arrêtèrent devant le camélia aux dix mille fleurs, dont on dit que le tronc est vieux de cinq cents ans. Lida commit un acte défendu : elle cueillit une grosse fleur rouge pour la mettre dans ses cheveux noirs. Le gardien accepta de regarder ailleurs, moyennant un petit dédommagement de cinq yuans.

Puis ils arrivèrent sur la rive de l'étang du Dragon noir. Lida saisit la main de Jian et la serra fort, muette devant tant de beauté, de silence sublime et de recueillement. Le Yulongxue Shan aux treize sommets enneigés se reflétait dans l'eau claire traversée par des bancs de poissons rassemblés sous les rayons du soleil, et le pont de marbre blanc du pavillon de la Lune étincelait à la lumière. Devant eux, à droite, parmi les branches d'osier et de châtaignier, chatoyaient les toits sculptés multicolores du temple des Cinq Phénix, le lieu sacré le plus important du mystérieux peuple naxi.

Jian se taisait, lui aussi. Bien que connaissant cet endroit pour y être venu souvent lors de ses séjours chez l'oncle Zhang, il ne manquait pas d'être émerveillé à chaque fois par tant de beauté. Il adhérait pleinement à un poème de l'oncle Zhang, qui proclamait : « Si ton œil est enivré de beauté et que ton âme s'élève vers le ciel comme s'élève la grue qui monte vers le soleil, c'est que tu es sur la rive de l'étang du Dragon noir, et que tu pries. »

— Allons au pavillon de la Lune, dit Lida à voix basse.

Il acquiesça, et ils marchèrent le long de la rive, puis ils traversèrent en passant sur le pont de marbre, et furent escortés par un banc de poissons qui semblaient vouloir les conduire au pavillon. Ils s'arrêtèrent devant les grandes colonnes de bois peintes en rouge qui soutenaient le premier des trois toits incurvés. Ils étaient seuls au bord du lac. Jian attira Lida à lui pour l'embrasser. Elle se cramponna à ses épaules en se serrant contre lui, comme si elle avait voulu s'unir à lui en cet endroit, dans le pavillon, avec pour témoins de mariage la montagne du Dragon de jade et le temple des Cinq Phénix.

Un bruit de voix parvint à leurs oreilles, et ils relâchèrent leur étreinte. Un groupe de touristes pékinois avait envahi l'aire de stationnement et prenait des photos dans tous les sens en jacassant.

— Il faudra que nous revenions ici, pour revoir ce pavillon, dit Lida sur le pont de marbre qui les menait au temple des Cinq Phénix.

— Nous pourrons revenir à Lijiang dès que nous aurons un peu de temps.

— J'aimerais rester ici pour toujours. Lorsque tu m'as embrassée dans le pavillon, j'ai fait un serment.

— Lequel ?

Elle secoua la tête, se pencha au-dessus du rebord du pont et suivit des yeux le banc de poissons aux mouvements agiles qui se prélassaient dans l'eau claire. Sur la rive opposée, un troupeau de canards se dispersa en caquetant, affolé par la frénésie de photographie des Pékinois.

— Personne n'en saura rien, pas même toi, répondit-elle. C'est un serment qui restera enfoui au fond de mon cœur. C'est un secret entre mon dieu et moi.

Au cours de l'après-midi, ils atteignirent Dali et le lac Erhai, l'ancien domaine des Bais, qui y avaient établi leur premier royaume, le royaume de Nanzhao. Florissant de 738 à 902 après Jésus-Christ, il fut conquis par le puissant empire de Dali, qui régna sur la Chine du Sud-Ouest du Xe au XIIIe siècle, et ne s'écroula que lorsque le légendaire empereur mongol Kublai Khân eut conquis cette partie de la Chine.

Lida reconnut Dali de loin, avec ses trois pagodes dont les tours élancées se reflétaient dans le lac Erhai. Par les matins clairs, les pagodes se dédoublaient, et on pouvait en apercevoir trois sur la terre ferme, et trois dans les eaux bleues du lac. Blanchies à la chaux, elles brillaient au soleil.

Jian s'arrêta sur le parc de stationnement. Ils furent immédiatement entourés d'une nuée de marchands et de vieilles femmes en costume bai, qui vinrent leur vanter leur marchandise : les étoffes brodées, les châles et les foulards rivalisaient avec les pagodes, les tortues et les petits lions en marbre gris clair finement nervuré.

Un large escalier conduisait aux sanctuaires qui étaient situés sur des terrasses. Chacune des terrasses était envahie par des centaines de tréteaux débordant de marbres sculptés rivalisant de beauté, allant des tortues, symboles de longévité, aux lampes de jardin en forme de pagode, des boîtes aux reproductions de temples, des objets sacrés aux dragons cracheurs de feu, en passant par les grues aux ailes fragiles.

Lida s'arrêta sur l'escalier et pencha la tête en arrière pour admirer les trois pagodes blanches. Son œil fut attiré par l'étal d'un marchand qui proposait des objets sculptés en marbre et en jade. Au milieu de la table se trouvait une sculpture de jade vert et brun clair, représentant un pavillon dont la toiture en forme d'ailes déployées était soutenue par de ravissantes colonnes. Le faîte et les gouttières du toit étaient façonnés en filigrane, les murs étaient incrustés de proverbes anciens, et l'entrée du pavillon était gardée par deux lions chargés d'effrayer les mauvais esprits.

— Qu'il est beau ! s'exclama Lida, émerveillée. Dieu, qu'il est beau !

Elle fit le tour de la table, admira la petite œuvre d'art sur toutes ses faces, et finit par s'agenouiller pour pouvoir mieux examiner les lions et lire les inscriptions.

— Il ressemble au pavillon de la Lune de Lijiang ! Regarde ce qui est écrit ici : « L'oiseau préfère une simple branche d'arbre à une cage dorée. »

Elle lança à Jian un regard de défi :

— C'est la vérité. Moi non plus, je ne voudrais pas vivre dans la cage dorée des Tong.

Jian l'entendit, mais s'abstint de répondre. Avisant le marchand, il indiqua le pavillon de jade :

— Combien en veux-tu ?

— Cent vingt yuans. Il les vaut.

— Camarade, ne me prends pas pour un Américain ou pour un Allemand.

Mettant la main à sa poche, Jian en sortit une liasse de billets

— Réfléchis et donne-moi un prix raisonnable.

— L'artiste a travaillé dessus pendant plus d'une semaine. Je l'ai payé cher, et j'ai une femme et sept enfants qui pleurent de faim.

— C'est ta faute, camarade. Sept enfants, alors qu'il est interdit d'en avoir plus de deux ! Donc, je te paie pour deux enfants. Faisons un rapide calcul.

— Mon cher et généreux ami !

Le marchand joignit les mains, roula des yeux et prit un ton geignard :

— A la campagne, les contrôles ne sont pas très stricts. Et mes sept enfants ont trois mères différentes.

— J'ai l'impression que ton cas s'aggrave !

Jian compta quelques billets et les tendit au marchand :

— Tiens, voilà soixante-dix yuans. Et c'est bien parce que c'est toi, camarade.

— Soixante-dix yuans, mais il va falloir que je mange des mauvaises herbes pour survivre ! Tu veux laisser ma famille mourir de faim ?

— Soixante-quinze. C'est mon dernier mot. Et je m'en vais tout de suite.

— Tu m'arraches le cœur, mon ami.

Le marchand se tourna vers Lida, toujours en train d'examiner le pavillon.

— C'est ta femme ?

— Oui.

— Est-ce que tu pourrais supporter de la voir se tordre de faim ? Une si belle femme ! Tu vois bien qu'elle aimerait l'avoir, ce pavillon, et tu marchandes le prix comme un Mongol marchande le prix d'un mouton.

— Soixante-quinze yuans.

Jian posa les billets sur la table, qui, posés là, dégagèrent un pouvoir d'attraction magique. Le marchand soupira, les attrapa et mit prestement l'argent dans la poche de son pantalon. A son sourire en coin, Jian comprit que le vaurien avait malgré tout conclu une bonne affaire.

— Prends ce pavillon, prends-le. Il vous portera bonheur. Il a été béni par un moine, dit le marchand. Il a un pouvoir surnaturel qui n'a pas de prix. Mais prends-le. Ta femme est belle et, dans ses mains, le pavillon prendra une valeur sacrée. Il accompagnera votre vie.

Puis, avec un nouveau soupir venu du plus profond de son être :

— Et tout ça pour soixante-quinze yuans !

Jian se pencha et saisit le pavillon de jade à deux mains. Lida se redressa, comme au sortir d'un rêve. Elle n'avait pas suivi la discussion, captivée par la beauté de la petite sculpture.

— Allons voir les pagodes, dit-elle.

Jian sourit et lui tendit le pavillon :

— Il est à toi, mon soleil.

Pétrifiée, elle regarda fixement le pavillon que Jian tenait dans ses mains, et il lui sembla que son cœur allait s'arrêter.

— Que ce pavillon ne te quitte jamais, ajouta-t-il avec une certaine solennité. De cette façon, je ne serai jamais loin de toi, même après mon retour à Kunming. Quand tu lui parleras, je t'entendrai.

— Il est magique ! intervint le marchand, un large sourire barrant son visage. Un moine l'a béni. Quand je pense que je le donne pour soixante-quinze malheureux yuans ! Je mériterais le fouet pour me punir de ma bêtise. Mais tu es si belle que mon cœur se réjouit que ce soit toi qui en profites. Qu'il t'apporte le bonheur !

— Il... Il est à moi ? demanda Lida d'une toute petite voix.

Elle tendit les mains, saisit le pavillon de jade et le serra contre sa poitrine. Et soudain, elle sentit une force inconnue, un courage insoupçonné l'investir, et son souffle se fit court. Elle regarda Jian avec des yeux rayonnants, comme sous l'emprise d'un feu intérieur.

— Mon pavillon de jade ! Ce sera l'objet sacré de ma vie, et le temple de mon âme. Jian, je me sens pleine de force !

A compter de cet instant, elle ne lâcha plus son pavillon de jade, le portant au creux de son bras comme un enfant qu'elle aurait emmené en voyage.

Lorsque le crépuscule s'étendit sur le lac et que le ciel se délita en traînées roses et dorées, elle fit remarquer à Jian :

— Il est temps de retourner à Lijiang.

— Non, répondit-il. Nous restons à Dali.

— Mais il faudra que tu paies la chambre, même si nous n'y dormons pas. On ne jette pas l'argent par les fenêtres !

— Tu ne regretteras pas d'avoir passé la nuit à Dali.

Il montra la rive couverte de roseaux, vers laquelle se dirigeaient les barques des pêcheurs.

— Nous allons passer la nuit là-bas.

— Dans une auberge, sur les bords du lac ?

— Non. Dans la maison d'un homme qui a droit au plus grand respect. Il m'a accordé son affection, et à toi aussi il donnera une place dans son cœur.

— C'est l'un de tes amis ?

— C'est un ami, mais c'est également mon oncle.

Lida serra le pavillon de jade plus fort sur sa poitrine. Son visage devint sérieux et se ferma.

— Non, dit-elle avec détermination. Nous n'irons pas chez ton oncle. Nous allons retourner à Lijiang.

— Tu ne connais pas mon oncle Zhang.

— C'est un Tong.

— Non, c'est le frère du père de ma mère.

— Cela ne change rien. C'est un Han, il est riche, et moi je suis la pauvre Miao.

— Zhang est de notre côté. Nous avons eu de longues conversations à ton sujet.

— C'est bien lui qui t'a conseillé de ne rien dire à ton père ?

— Oui. C'est un bon conseil, mon oncle est un homme avisé.

— Il veut cacher mon existence, parce qu'il m'estime indigne d'aimer un Tong.

— Non ! Il veut empêcher que l'on me sépare de toi par la force. Il veut nous éviter d'avoir à subir la puissance de mon père jusqu'au jour où cette puissance n'aura plus d'emprise sur nous.

— Dans quatre ans.

Lida éleva le pavillon de jade à la hauteur de ses yeux et le regarda.

— Pendant quatre ans, je n'aurai d'autre ressource que de parler à notre pavillon. Pendant quatre ans, je le ferai dormir à mes côtés, à ta place. Et quand mes lèvres toucheront ses trois toits, ce seront ton front, tes yeux et tes lèvres que je baiserai. Ces quatre années me paraissent plus faciles à traverser maintenant. Tu ne me quitteras jamais. Nous n'avons plus besoin des conseils de ton oncle Zhang.

— Il se peut bien que Zhang devienne un jour notre planche de salut. Je voudrais que vous fassiez connaissance. Il me comprendrait mieux.

— Tu viens de dire la vérité !

Elle pressa le pavillon de jade contre elle.

— Donc il est contre moi, lui aussi ? Non, je ne veux pas le voir !

Elle s'étonnait elle-même d'être capable de contredire Jian aussi durement, et de ne rien éprouver du respect qu'une femme était censée montrer à son mari. Elle se sentait investie d'une force magique, comme si l'objet de jade n'était pas une sculpture de pierre tendre, mais une épée qui la rendait capable de vaincre l'ennemi.

Jian la regarda, au comble de la stupéfaction. Mais il ne pouvait en même temps s'empêcher d'admirer sa détermination.

— Oncle Zhang est un grand poète et un grand peintre, dit-il. Et c'est dans son âme qu'un poète ressent la vie, de même qu'un peintre voit les choses avec d'autres yeux que les nôtres. Tu vas voir, il va te prendre dans ses bras, et tu seras admise dans son univers. Viens, nous allons chez lui.

Elle hocha la tête, chercha des yeux l'accord de son pavillon de jade et répondit en le posant au creux de son bras, comme un enfant :

— Bien, allons-y, si c'est ta volonté, mon époux. Et peu importe ce qui se passera, lui me protégera. C'est en lui qu'habite notre amour, jusqu'à la mort.

Après que Tong Shijun l'eut quitté, ayant pris le bus de Dali, Zhang Shufang s'était assis devant sa maison, sur le bord du lac Erhai, et avait composé deux poèmes. C'étaient des hymnes à la beauté de la terre, dont les mots étaient si doux qu'ils évoquaient l'éternité. Les yeux fixés sur le lac, il se disait ses poèmes à haute voix afin d'entendre le son rendu par les mots, l'harmonie du rythme et le langage de l'âme. Le soir tomba, et Zhang rentra pour faire cuire des nouilles et du tofu. Le riz avait déjà commencé à frémir sur le feu. C'était un repas simple, mais un vieil homme n'a plus besoin de se nourrir beaucoup pour subsister. Lorsqu'il dispose d'un bol de riz avec une sauce au soja, d'un poisson grillé, d'un morceau de tofu et d'un peu de chou, il se réjouit d'être en vie et remercie les dieux de lui être si favorables.

Zhang était en train de vérifier si l'eau bouillait, lorsqu'il entendit le coup de frein d'une voiture qui arrivait par l'étroit chemin. Il s'essuya les mains sur un torchon et alla à la porte. Quand une voiture s'arrêtait devant chez lui, il n'y avait que deux possibilités : il s'agissait du fonctionnaire des services culturels de Dali, ou bien alors c'était Jian. Mais cette dernière éventualité l'aurait beaucoup surpris, car Jian était parti dans l'intention de passer trois jours à Huili, auprès de sa Lida. Zhang ne recevait aucune autre visite car, même à Dali, seules des personnalités du Parti triées sur le volet possédaient une voiture, à l'exception du médecin-chef de l'hôpital. Le médecin ne venait jamais, Zhang n'ayant nul besoin de faire appel à ses services.

Zhang ouvrit la porte et aperçut la voiture de Jian, puis Jian lui-même qui en sortait. Pour la première fois, son instinct le trompa. Il crut, en effet, que Jian s'était querellé avec le père de Lida et qu'il venait chercher un appui auprès de son oncle.

C'est avec des yeux d'autant plus incrédules qu'il vit une jeune fille ouvrir l'autre portière et descendre de la voiture. Il n'était pas difficile de deviner de qui il s'agissait ! Il dévisagea Lida d'un œil inquisiteur et plein d'appréhension. La jeune fille resta debout près de la voiture, comme si un fossé large et profond l'empêchait d'avancer jusqu'à Zhang. Elle serrait contre sa poitrine un petit pavillon de jade, dont Zhang, en artiste qu'il était, reconnut immédiatement la qualité et la beauté.

— Jian ! s'écria-t-il quand Jian eut passé son bras autour de Lida pour l'amener avec lui. Et Lida, la fille de l'instituteur Huang Keli ! Entrez ! Bienvenue, bienvenue ! C'est une grande joie que vous faites à un vieil homme comme moi. C'est l'heure du repas, mais je crains de ne pas avoir assez à manger pour trois.

Lida répondit d'un ton modeste :

— Je vais nous préparer quelque chose, si le grand maître me juge digne de me tenir près de son feu et d'utiliser ses ustensiles de cuisine.

— Nous avons fait quelques emplettes à Dali, oncle Zhang, ajouta Jian. J'ai bien pensé que tu n'avais pas prévu grand-chose pour toi tout seul. Mais Lida va nous cuisiner un repas de fête composé de quatorze spécialités différentes. Et nous avons même apporté de la bière.

— Il y en a dans mon réfrigérateur. Ne crois pas que je survive en mangeant de la terre comme font les vers. Quatorze spécialités ?

Zhang adressa un clin d'œil joyeux à Lida :

— Tu es une jeune fille de qualité ! Entrez, mes chers enfants.

Il les précéda, et Lida sortit quelques paquets du coffre. Lorsque Jian fit mine de vouloir l'aider, elle l'en empêcha en lui disant :

— La cuisine, c'est mon affaire. Va plutôt raconter nos aventures à ton oncle.

Pendant que Lida s'activait à la préparation du repas, Zhang la couvait d'un regard satisfait. Quelque chose l'avait surpris, cependant : avant de se mettre au travail, Lida avait posé son pavillon de jade à côté du foyer, sur un plateau de bois. Zhang essayait de saisir le sens de ce geste, mais en vain.

— Pourquoi a-t-elle posé sa sculpture à cet endroit ? s'enquit-il auprès de Jian.

Celui-ci répondit tout bas :

— C'est ce qu'elle possède de plus sacré. Sa vie est enfermée à l'intérieur de ce pavillon.

— Mais ce n'est qu'une reproduction ! s'exclama Zhang, en secouant la tête, interloqué. Où avez-vous acheté cet objet ?

— Sur le marché au marbre près des trois pagodes. Le marchand nous a dit qu'un moine l'avait béni.

— Et vous croyez à cette histoire ?

Zhang ne put s'empêcher de rire discrètement, tout en jetant un regard réprobateur à Jian.

— Comment un jeune homme doué de ton intelligence peut-il tomber dans ce panneau ? Jian, qu'as-tu fait de ta raison ?

— Lida et le pavillon de jade ne font plus qu'un, désormais.

Jian ne se formalisa pas de l'accès d'hilarité de l'oncle Zhang. Celui-ci ne savait pas ce qui s'était passé la veille.

— C'est la reproduction presque fidèle du pavillon de la Lune de l'étang du Dragon noir de Lijiang. Ce pavillon a une signification particulière pour nous deux.

— Vous arrivez de Lijiang ?

— Oui. Et c'est moi qui ai souhaité te présenter Lida. Tu es la seule personne au monde en qui nous ayons confiance. Tu t'es drapé dans le silence lorsque mon père est apparu soudain à ta porte, la bouche pleine de questions à mon sujet. Tu nous as protégés, sans connaître Lida.

— Je connais son père, Huang Keli. C'est un brave homme, un homme intelligent de surcroît, qui mériterait plus de considération. S'il était venu au monde dans une famille différente, il ne serait pas un simple instituteur de village, mais il pourrait faire connaître sa voix dans toute la Chine. Il y a tant de potentialités endormies au sein de notre peuple, qui ne s'éveilleront jamais !

Zhang se leva et fit le tour de la table ronde.

— Je vais chercher la bière.

Il s'arrêta devant le foyer. Lida était en train de couper en menus morceaux une poule qu'elle avait préalablement frottée d'une marinade aigre-douce, et qui voisinait avec un beau morceau de porc posé sur une planchette. La pièce de porc avait visiblement été choisie avec soin.

Zhang saliva d'avance, et dit :

— Mes yeux remarquent avec plaisir que tu nous prépares un repas comme je n'en ai pas fait depuis longtemps... Tu es une bonne cuisinière. D'où tiens-tu cet art ?

— C'est ma mère Jinvan et ma grand-mère Peihui qui me l'ont transmis.

Elle baissa la tête, car le regard de Zhang la mettait mal à l'aise.

— Notre existence a toujours été modeste, précisa-t-elle. Mais les repas ont beaucoup d'importance, car ils constituent notre seul plaisir. Lorsque ma grand-mère Peihui était encore parmi nous, nous attendions le moment du repas du soir avec impatience, pour découvrir la surprise qu'elle nous avait réservée. En prenant place autour de la table, nous étions heureux.

Lida releva la tête et regarda Zhang dans les yeux.

— Vous n'avez jamais été pauvre. Vous ne savez pas à quel point la subsistance peut être un combat de tous les jours.

— Et en même temps, tu es si riche, sans le savoir ! C'est ta jeunesse qui est ta richesse. Tu peux encore donner un sens à ta vie. Toi et Jian, vous allez partir à la conquête du futur.

Il sortit de la pièce. Lida se retourna vers Jian et lui dit avec un soupçon d'amertume dans la voix :

— Il a beau jeu de prononcer de sages paroles, ce n'est pas lui qui passe dix heures d'affilée courbé au-dessus des plants de riz, les pieds dans l'eau.

— Oncle Zhang t'a déjà admise dans son cœur, répondit Jian. Il va nous venir en aide, j'en suis sûr.

Zhang revint avec trois bouteilles de bière au creux du bras, et, tandis que les différentes sortes de viande mijotaient sur le feu, Lida mit le couvert et versa la bière dans les verres. Ses mouvements étaient si assurés qu'on avait l'impression qu'elle connaissait cette maison depuis toujours et qu'elle était l'un des membres de la famille.

Pendant qu'elle lavait les légumes auprès du feu, Zhang se pencha vers Jian et lui dit à voix basse :

— Tu as pris la bonne décision. Voilà une femme avec laquelle tu pourras passer ta vie entière. Si ton père était parmi nous, et s'il la voyait faire...

— Il ne changerait pas d'opinion. La famille Huang n'existe pas pour lui. Je suis son fils, mais je dois dire que, par moments, je souhaiterais qu'il soit étouffé par sa maudite tradition.

— Un fils n'a pas le droit de prononcer de telles paroles, le reprit Zhang, sévèrement. Il y a toujours un chemin pour nous mener au but, même si ce chemin doit être escarpé, sinueux et rempli de pierres.

— Est-ce que tu veux nous venir en aide, oncle Zhang, pour nous permettre de trouver ce chemin ?

— Que peut faire un pauvre homme comme moi ?

— Permets-nous de nous rencontrer chez toi.

— Je vous ai ouvert ma porte aujourd'hui, et je m'apprête à déguster ce que Lida est en train de préparer. Et je vais vous donner un lit où vous dormirez ensemble, sans me préoccuper de savoir si vous êtes un couple marié ou non. Je ferme les yeux devant les pratiques immorales perpétrées sous mon toit !

Zhang eut un sourire encourageant :

— Est-ce que cela ne suffit pas ?

— Je ne pourrai jamais assez te remercier.

— Et pourquoi me remercierais-tu ?

Zhang poursuivit en regardant Jian pensivement :

— Je reconnais en toi ma propre jeunesse. Lorsqu'un vieil homme se souvient, il ne pense ni à hier ni à avant-hier, il pense aux années qui sont si loin en arrière qu'elles semblent appartenir à la légende. J'avais peut-être ton âge, je ne sais plus exactement, lorsque j'ai rencontré mon destin. Je me promenais sur le marché de Kaili, lorsque j'aperçus une jeune fille assise tristement derrière ses gros paquets de nouilles transparentes. La mélancolie de cette jeune fille était compréhensible, car les clients passaient devant sa marchandise sans s'arrêter. Je suis donc allé vers elle et je lui en ai acheté un ballot entier, sans savoir d'ailleurs ce que je pourrais bien en faire, car je n'en avais absolument aucun besoin. Mais lorsque j'ai mis les yuans dans sa petite main, l'éclair de joie qui a traversé ses yeux a été ma plus belle récompense. C'était probablement la plus grosse vente de sa vie. Je suis retourné souvent sur le marché de Kaili pour lui acheter des nouilles que je distribuais ensuite au coin de la rue. Un jour, je pris mon courage à deux mains, et je lui demandai si elle voulait venir avec moi.

— Oncle Zhang !

— Elle dit oui et vint me retrouver à l'endroit convenu, seule, sans son père, sans l'ombre d'un frère. Je saisis alors que sa famille était contente d'avoir une bouche de moins à nourrir et remerciait sans doute le ciel d'avoir envoyé un homme pour la sortir de la misère. Elle s'appelait Chongyan et appartenait au peuple des Dongs. Je la pris avec moi et allai trouver mon père pour la lui présenter. Mais mon père ne la regarda même pas et me jeta à la figure :

— Eloigne cette vermine, ou je ne te considère plus comme mon fils.

— Et qu'as-tu fait, oncle Zhang ?

— J'ai quitté ma famille et j'ai emmené Chongyan. Plus jamais je n'ai revu mon père, ni ma mère, ni mes frères, ni mes sœurs. L'un de mes frères pourtant m'a rendu quelques visites en secret, c'était le père de ta mère. Nous avons vécu un an au ban de la société. Chongyan devenait plus triste de jour en jour parce qu'elle me voyait souffrir en silence, mais nous nous aimions si désespérément que nous venions à bout de tous les obstacles. Souvent elle pleurait la nuit dans mes bras et elle me demandait : « Je t'apporte le malheur ? dis-le-moi. » Et moi, je répondais : « Je ne pourrais pas vivre sans toi. »

» Je peignais beaucoup et j'écrivais des poèmes. Le succès est venu, et peu à peu je suis devenu un homme aisé. Mais plus j'étais reconnu, plus Chongyan s'étiolait, et plus elle se cachait aux yeux du monde. Un jour de printemps, nous sommes allés à Dali, au bord du lac Erhai. La nature fleurissait de mille couleurs éclatantes. Je me suis assis sur la rive et je me suis mis à peindre cette beauté magique qui remplissait le cœur. Chongyan m'a observé en silence pendant quelque temps, puis elle s'est levée, s'est éloignée en marchant le long de la rive, et a fini par disparaître dans les roseaux. Je n'y ai pas prêté attention sur le moment, car je peignais comme un possédé, mais, au bout de quelques heures, elle n'était toujours pas revenue. J'ai posé alors mes pinceaux et je suis parti à sa recherche le long du chemin. J'ai crié son nom pendant un temps qui m'a semblé interminable. Tout à coup, la peur m'a noué la gorge. Je me suis précipité dans les roseaux, j'ai pataugé dans l'eau jusqu'au lac, et c'est là que je l'ai vue flotter à la surface comme un grand nénuphar. J'ai nagé vers elle et je l'ai tirée vers la rive, mais c'était trop tard, elle ne respirait plus. Elle s'était noyée. Noyée, pour me permettre d'être libre de retourner dans ma famille.

Zhang ferma les yeux, rejeta la tête en arrière et montra le lac par la fenêtre :

— C'était là-bas, exactement. Ici, c'est l'endroit d'où elle est partie pour aller mourir dans le lac. J'y ai construit cette maison. Je ne suis jamais retourné dans ma famille. Et j'ai peint le visage de Chongyan sans discontinuer.

Il regarda Lida :

— Et maintenant que Lida est là, devant le feu, c'est Chongyan que je vois à sa place. Je vais vous aider et faire tout ce qui est en mon pouvoir pour éviter que le destin de Chongyan ne se reproduise. Ma maison est votre maison.

Zhang leva le nez, huma l'air et dit bien fort :

— Quel parfum délicieux ! Mais ajoute donc un peu de gingembre à la viande de porc !

Après le repas, et après la deuxième bouteille de bière, Zhang, repu, se cala confortablement dans son fauteuil, au comble du bien-être. Son regard revenait sans cesse à Lida. Mais ce n'était pas le regard concupiscent d'un homme, non, Zhang regardait Lida avec les yeux d'un peintre qui, au-delà du visage, part à la recherche de l'âme.

— Je vais te peindre, Lida, dit-il soudain. Devant le lac, parmi les azalées en fleur. Ce sera le plus beau tableau de toute ma vie.

— Nous n'avons pas le temps, oncle Zhang. Nous devons repartir demain pour Lijiang, et ensuite rentrer à Huili.

— Je n'ai pas besoin qu'elle pose, son visage est dans ma tête.

Zhang se leva en gémissant ; il avait trop mangé.

— Quand reviendrez-vous ?

— Je ne sais pas, répondit Lida. J'ai appris à attendre, il me reste à apprendre à ne pas compter les jours, ni les semaines ; je dois apprendre à vivre en dehors du temps.

Ils passèrent ensemble le reste de la soirée à écouter Zhang leur raconter ses souvenirs, jusqu'au moment où le lac disparut, englouti par la nuit. Zhang évoqua une tempête qui avait coûté la vie à de nombreux pêcheurs et failli arracher la maison. Il leur montra ses tableaux, leur lut quelques poèmes, et but encore deux bouteilles de bière qui finirent par avoir raison de lui. Il bâilla plusieurs fois et se frotta les yeux :

— Un vieil homme comme moi se languit de son lit, dit-il. Je vais me coucher. Jian, tu sais où se trouve votre lit.

Il se dirigea vers sa couche, rabattit la couverture et s'assit sur le bord :

— Le seul luxe de cette maison est l'eau courante, ajouta-t-il.

Lida et Jian se déshabillèrent dans l'annexe où se trouvait la douche et, comme lors de la première nuit à Lijiang, ils la prirent ensemble. Ils se lavèrent mutuellement, se serrèrent l'un contre l'autre, s'étourdirent de baisers, de caresses et se laissèrent envahir par le feu dévorant du désir.

Lorsqu'ils revinrent à l'intérieur, Zhang dormait déjà. Ses bras reposaient le long de son corps, son menton était levé vers le ciel, et son crâne osseux ainsi que sa maigre barbiche blanche lui conféraient un aspect cadavérique. Ils passèrent près de lui en se faufilant sans bruit, uniquement vêtus d'une serviette de toilette qu'ils avaient mise autour des hanches, et ils se glissèrent nus dans le lit de la chambre voisine. Lida se roula en boule comme un chat, se lova contre Jian et soupira lorsqu'il la retourna sur le dos et se mit à la caresser.

— Mon époux, lui dit-elle doucement en tenant sa tête dans ses deux mains, mon époux, tu es tout mon bonheur.

Puis elle tourna la tête sur le côté et lança un regard au pavillon de jade qui était posé sur un tabouret de bois à côté du lit. Le clair de lune éclairait la pierre et la faisait miroiter d'un éclat mystérieux.

Tong Shijun atteignit Kunming épuisé par son effroyable voyage en bus, aussi poussiéreux que s'il avait travaillé avec les cantonniers sur le bord de la route, ruisselant de sueur et imprégné des émanations distillées par les autres passagers. Sa femme Meizhu lui prépara immédiatement un bain et resta dans l'attente du récit de son voyage chez Zhang.

Mais Tong ne dit mot. Il s'étendit dans la baignoire, versa dans l'eau un extrait de plantes qui répandit un fort parfum et se laissa aller, ne pensant plus à rien.

Lorsqu'il fut délivré de la fatigue du voyage, il se glissa dans un lourd peignoir de soie brodée d'or, arrangea ses cheveux et entra dans la grande salle de séjour. Sa tasse de thé l'attendait déjà sur une table incrustée d'ivoire. Meizhu, assise dans un fauteuil, regarda entrer son mari, une expression d'attente au fond des yeux.

— Notre fils est un bon fils, dit Tong en aspirant le thé vert fumant. J'ai retrouvé ma tranquillité d'esprit.

— Tu avais vraiment douté de lui ?

— Oui. Quand on écoute ses discours, on a l'impression d'entendre parler un rebelle. Mais ce ne sont que des déclarations intempestives, rien de plus. Il n'a aucun contact avec les révolutionnaires fanatiques. Il a réellement passé son temps chez Zhang et sur le lac Erhai, où il a fait beaucoup de natation et partagé les activités des pêcheurs.

— Je le savais.

Meizhu respira, soulagée. Visiblement, tous ses soucis se révélaient infondés, et Jian n'avait pas rencontré son père.

— Notre fils ne ment pas, ajouta-t-elle.

— Il n'était pas question de mensonge, mais de silence.

Tong reprit une gorgée de thé. Il s'appuya sur le dossier de son fauteuil et entendit qu'on mettait le couvert à côté, dans la salle à manger.

— Vous n'avez pas dîné ?

— Je t'ai attendu. J'ai attendu hier, aussi. Tu as un jour de retard.

— Tu connais ton oncle. Quand quelqu'un vient lui rendre visite, ce qui arrive rarement, les années ne comptent plus ; il mange et boit comme le mendiant qu'on installe à la table d'un repas de fête.

Tong eut un faible sourire.

— Je suis tout bonnement tombé dans mon lit et j'ai raté le bus du matin. Mais je t'ai appelée de Dali.

— Tu as simplement dit au téléphone : « J'arriverai plus tard. » Nous avons donc mis la table pour toi, et je t'ai attendu.

— Alors j'ai mal choisi mes mots. Excuse-moi, Meizhu. Mon esprit est resté flou pendant toute la matinée.

Il jeta un coup d'œil à sa montre.

— Où est Jian ? Dans sa chambre ? Je vais aller le voir pour lui dire que je suis fier de lui.

— Jian n'est pas là, répondit Meizhu, réussissant de façon magistrale à contrôler sa voix.

— Il n'est pas là ? Il a déjà dîné ? Où est-il allé ?

— Je ne sais pas. On ne demande pas à son fils adulte de rendre compte de ses faits et gestes.

— On demande toujours à son fils quels sont ses projets. Il reste un fils, même quand il a lui-même des fils. Il est peut-être allé au théâtre ?

— Non.

Tong examina attentivement sa femme. Son ton incertain ne lui avait pas échappé, et il comprit tout à coup que Meizhu lui taisait quelque chose. Mais quand on tait quelque chose, c'est qu'on a quelque chose à cacher, et, comme il s'agissait de son fils, il avait le droit de connaître la vérité.

— Où est Jian ? demanda-t-il d'une voix forte. Il se passe dans cette maison quelque chose que l'on veut me cacher par le silence. Je repose ma question : où est Jian ?

— Je ne sais pas, Shijun.

Meizhu joignit les mains dans un geste de supplication.

— Il est parti avec sa voiture et il n'est pas encore revenu.

— Quand est-il parti ?

— Il est parti le même jour que toi, mais quelques heures plus tard, vers midi. Il est rentré de la faculté, il s'est changé rapidement et il a pris sa voiture. Je ne sais pas du tout où il est allé, mais j'ai eu une intuition.

— Et à quoi as-tu pensé ?

— J'ai pensé qu'il pouvait être allé à Dali, lui aussi.

— Non, je ne l'ai pas vu arriver.

Tong poussa un profond soupir.

— Où est mon fils Jian ?

Il regarda de nouveau Meizhu d'un œil scrutateur dans lequel se lisait un soupçon de méfiance.

— Et qu'est-ce qui a pu te faire penser qu'il était allé à Dali ? On ne fait pas un trajet de quatre cents kilomètres sans une bonne raison. Qui plus est, en n'hésitant pas à manquer les cours de l'université. Meizhu, que sais-tu au juste ?

— Je ne sais rien, Shijun. Je constate simplement que Jian a changé. Il nous parle encore moins qu'avant, il se terre dans sa chambre derrière ses livres. Je ne trouve plus le chemin de son cœur. Il se cuirasse et a tout de l'escargot réfugié à l'intérieur de sa coquille.

— Tu as raison.

Tong fit un signe d'approbation, lentement, comme si sa tête s'était soudain remplie de plomb.

— Quel est donc ce fardeau qui lui pèse tant ?

Meizhu mordait nerveusement sa lèvre inférieure, puis elle finit par lâcher ce qu'elle avait en tête depuis le début :

— Lorsqu'un jeune homme change de façon aussi flagrante que Jian, c'est en général à cause d'une jeune fille.

— Une jeune fille ?

Tong redressa brusquement la tête. Il repensa au refus de Jian d'épouser Yanmei, la jeune fille choisie pour lui, et à leur querelle à ce propos.

— Une jeune fille, à Dali ? Zhang ne m'en a rien dit, et il est impossible qu'il ne le sache pas, si cette jeune fille existe vraiment.

Il se frappa le front du plat de la main.

— J'ai pensé à tout, sauf à cela ! Une jeune fille !

— Ce n'est qu'une supposition, Shijun, dit Meizhu pour tenter de le calmer. Les mères ont un flair particulier. Mais je peux bien m'être trompée.

— Je vais lui parler.

— Crois-tu qu'il va te dire la vérité ?

— Mon fils ne me ment pas. Il ne jette pas son honneur aux orties pour un jupon.

— Et s'il s'agit vraiment d'une jeune fille ?

— Il sera de son devoir d'y renoncer.

— Il peut ne s'agir que d'une aventure passagère.

— Un Tong peut y laisser son honneur.

— Shijun, l'origine des Tong remonte à plus de mille ans, tes ancêtres avaient tous des concubines. Un homme n'était pas un homme sans concubines.

— Les choses ont changé au cours des siècles.

Tong jeta un regard sévère à sa femme :

— Est-ce que j'ai une concubine ?

— Non. Tu es un parangon de vertu. Mais pourquoi Jian ne pourrait-il pas voir les choses différemment ? Les jeunes d'aujourd'hui...

— Il n'a qu'à aller au bordel, s'il a des besoins sexuels.

— Shijun, que dis-tu là ?

Meizhu était choquée au plus haut point.

— Jian n'irait jamais dans un endroit pareil.

— Je préférerais qu'il prenne une putain pour trente yuans, plutôt que de précipiter une jeune fille de Dali dans le malheur, une jeune fille qu'il ne pourra jamais épouser. Il va prendre Yanmei pour femme.

— Tu sais très bien qu'il refuse même de voir Yanmei.

— Il va bien falloir qu'il se plie à la tradition. Il lui reste encore assez de temps pour se faire à cette idée.

Sur ces paroles, Tong considéra la question comme réglée. Il alla se coucher après son dîner tardif, mais son émoi intérieur était vif et prenait le pas sur sa fatigue. Meizhu dormit à son côté d'un sommeil agité, se tournant et se retournant, et il se souvint de la façon dont les choses s'étaient passées pour eux. Le père de Meizhu et son propre père s'étaient mis d'accord pour faire d'eux un couple, et il se revit lors de leur première rencontre, face à sa fiancée, intimidé mais docile. Il était content du choix de son père, car Meizhu était une jolie fille de bonne famille, élevée dans les principes d'une tradition millénaire, et, lorsqu'ils s'étaient regardés, ils avaient su immédiatement qu'ils s'aimeraient, en dehors de toute contrainte paternelle.

Pourquoi donc devrait-il en aller autrement pour Jian et Yanmei ?

« Laissons agir le temps », pensa Tong. Il se tourna vers Meizhu, contempla son mince visage toujours beau, se pencha sur elle et baisa ses paupières qui frémissaient pendant son sommeil. Puis il s'allongea de nouveau, mais le sommeil refusait toujours de venir.

Lorsque enfin il sombra dans un rêve au cours duquel Jian, en tenue de guerrier du Moyen Age, était aux prises avec un dragon cornu, l'aube pointait déjà. Mais son image intérieure s'assombrit soudain, et Tong ne sut jamais, à son grand regret, lequel des deux était sorti victorieux du combat : Jian, ou le dragon ?

Huang Keli attendait le retour de Lida avec impatience. Lorsqu'il vit enfin la voiture de Jian apparaître sur la route du bas et escalader la colline, son cœur devint lourd à l'idée de lire dans les yeux de Lida qu'elle n'était plus la même. Au bruit du moteur, Jinvan sortit sur le pas de la porte, elle aussi, mais elle laissa à Huang le soin de s'approcher de la voiture et de saluer les voyageurs.

Lida sortit, le pavillon de jade au creux de son bras. Ses yeux resplendissaient d'un éclat qui atteignit Huang au plus profond de l'âme. Un tel regard ne pouvait être que celui d'une femme comblée, et son père sut immédiatement quel était le secret que Lida enfermait dans son cœur. Il la prit dans ses bras ainsi que Jian, qui, même si personne ne le formulait expressément, faisait désormais partie de la famille. Puis, en guise de salut de bienvenue, il tendit à Jian la coupe remplie d'eau-de-vie que Jinvan était allée chercher à l'intérieur.

— Mon fils, prononça Huang d'un ton solennel, après que Jian eut bu le contenu de la coupe, sois le bienvenu dans ma maison qui est aussi la tienne. Puis-je me permettre de t'appeler mon fils ?

— Oui. Tu peux me nommer ainsi, Père.

Tout était dit, en réponse à la question informulée.

Huang sentit tomber sur sa poitrine un poids qu'il ne pouvait s'expliquer. Etait-il dû à la joie et au bonheur, ou à la crainte et à l'inquiétude ? Peu importait ce qui se passerait désormais : Lida était devenue la femme de Jian, et le destin était en marche. Pour le meilleur ou pour le pire, seul l'avenir le dirait.

Lida était entrée à l'intérieur de la maison et avait posé le pavillon de jade sur la table. Jinvan l'admira sous toutes ses faces, mais, lorsqu'elle voulut s'en emparer afin de lire les mots gravés, Lida retint sa main.

Jinvan en fut contrariée, mais n'en laissa rien paraître.

— C'est un bel objet, dit-elle, tout en retirant sa main. Où l'avez-vous acheté ?

— Près des trois pagodes de Dali. Un moine l'a béni et y a insufflé un sortilège.

— Un sortilège ? Qu'est-ce que cela signifie ?

— Lorsque je touche le pavillon, je suis envahie par une grande force. Je sens une onde de chaleur me parcourir. En le prenant dans les mains, je me sens pleine d'un courage qui me permet de vaincre tous les obstacles. Personne d'autre que moi n'a le droit de le toucher.

Jinvan garda le silence, mais elle lança un regard en biais au pavillon de jade et s'étonna que sa fille pût croire de telles balivernes. Elle se promit d'en toucher deux mots à son mari, qui se contenterait probablement de secouer la tête en disant : « Cela ne peut pas lui faire de mal. Cette foi l'aidera à surmonter la solitude après le départ de Jian et à attendre son retour. »

C'était la dernière nuit du séjour de Jian à Huili, car il devait impérativement rentrer pour rattraper les cours qu'il avait manqués. Il aida Huang à ranger l'annexe qui avait servi de chambre à Chang. Huang, la tête pleine de projets, promit à son nouveau fils de monter un mur à l'intérieur, d'installer une porte de bois massif et de recouvrir le sol de terre battue par des planches en bois. Il envisageait également d'acheter à Dukou un lit à deux places, une armoire, une table, deux sièges de bois confortables et une étagère, afin de permettre à Lida et à Jian d'avoir un endroit à eux. Cette annexe serait considérée comme un luxe pour un endroit tel que Huili, et Huang serait fier de l'avoir installée.

Jian et Lida dormirent dès cette nuit-là dans l'annexe, dans le lit de Lida. Ils étaient nus et ne pouvaient pas imaginer de s'endormir et de s'éveiller autrement que souffles mêlés, peau contre peau.

— Tu es si calme, Jinvan, dit Huang, lorsqu'ils furent seuls dans la maison.

— Et pourquoi ne devrais-je pas l'être ?

— Notre fille dort avec un homme.

— Je serais inquiète si elle ne le faisait pas.

— Sais-tu ce que nous sommes devenus ?

Huang tira une bouffée de sa pipe et souffla la fumée contre le plafond.

— Tu es une entremetteuse, et moi je suis un entremetteur. Nous acceptons l'immoralité sous notre toit. Je n'aurais jamais imaginé être capable de fermer ainsi les yeux. Moi, l'honorable maître d'école Huang Keli, je mets un homme dans le lit de ma fille. Je vais jusqu'à l'aider à transporter le lit. Et il n'y a en moi aucune honte, aucune révolte contre cette absence de mœurs. Jinvan, je ne me comprends plus moi-même.

— Il vaut mieux les faire dormir sous notre toit plutôt que de les contraindre à s'aimer en secret dans une cabane au milieu des rizières.

Elle sourit à Huang. Il comprit à quoi elle faisait allusion et répondit en regardant la pointe de ses chaussures :

— Tu as raison, Jinvan. L'amour édicte ses propres lois.

Durant la nuit, Lida fut réveillée par les rayons de la lune qui s'infiltraient à travers les fentes du mur de bois. Elle se glissa prudemment hors des bras de Jian, se dirigea sur la pointe des pieds vers la caisse sur laquelle elle avait posé le pavillon de jade, s'accroupit devant et posa ses deux mains sur la pierre fraîche. Une nouvelle fois, elle sentit la chaleur de la force magique, qui s'atténua immédiatement lorsqu'elle lâcha la pierre, et revint lorsqu'elle entoura de ses doigts les colonnes qui supportaient le toit en forme d'ailes déployées.

— Demain, je serai seule de nouveau, chuchota-t-elle en caressant le pavillon qu'elle avait l'impression de voir s'éclairer de l'intérieur. Demain, il ne me restera plus que le souvenir de toute la beauté qu'il m'a été donné de voir. Et ma tâche quotidienne reprendra, il me faudra labourer la terre, couper les légumes et irriguer les rizières, chercher des cailloux dans les rochers pour construire un nouveau mur. Je vais vivre dans l'attente du retour de Jian et c'est toi qui vas me donner la force de supporter ce temps de l'attente. Fais agir le sortilège qui vit en toi.

Elle resta accroupie ainsi un long moment, puis elle se glissa dans le lit où les rayons de la lune caressaient le corps nu de Jian.

Elle se coucha contre son bien-aimé endormi, dont la main se posa machinalement sur sa poitrine comme pour lui donner de la force.

Elle resta éveillée longtemps, sentant la pression de la main de Jian sur ses seins, et luttant contre la nostalgie et le désir qui montaient en elle. Elle resta couchée près de lui, silencieuse, s'obligeant à rester immobile, respirant l'odeur de sa sueur, qui était pour elle un parfum enivrant. Elle avait tourné la tête sur le côté et voyait, posé sur la caisse, le pavillon de jade qui brillait sous la lune comme un objet irréel. « Il vit, pensa-t-elle. Il vit vraiment, et tant qu'il vivra je vivrai aussi. »

Et une profonde sérénité l'envahit.

5

Le combat des pères

Jian savait qu'il ne serait pas accueilli très chaleureusement en rentrant à Kunming; il s'attendait plutôt à devoir subir un interrogatoire en règle. Lors de leurs adieux, Zhang lui avait réitéré sa recommandation de taire l'existence de Lida et de tout nier au cas où Tong Shijun aurait exprimé quelque soupçon. Mais comment Tong aurait-il pu soupçonner ce qui s'était passé? Zhang était le seul à être dans la confidence, et sa discrétion était acquise.

Après un trajet de quatre cents kilomètres au cours duquel il ne s'était arrêté qu'une seule fois, à Nanhua, pour avaler une soupe de légumes et un bol de riz chez un marchand ambulant au bord de la route, Jian fut content d'arriver. Il était pressé de s'étendre sur son lit pour pouvoir penser tranquillement à Lida.

Tong Shijun n'était pas encore rentré de l'hôpital, où il procédait à des consultations à la chaîne, de nombreux cas de dyspepsie s'étant déclarés. Cette affection ne mettait pas la vie des malades en danger, mais elle gênait le bon déroulement du processus de travail, car les absents faisaient cruellement défaut au sein des unités industrielles et agricoles. On réussissait à enrayer la maladie si elle était traitée dès les premiers symptômes avec la médecine naturelle traditionnelle. Mais quand elle était franchement déclarée, les herbes et les racines se révélaient totalement inefficaces. Les stocks d'antibiotiques venus de l'Occident s'épuisaient très rapidement, et les expéditions complémentaires effectuées à partir de Hong Kong ou de Shanghai arrivaient au compte-gouttes. C'est pourquoi on tentait de déceler la maladie dès ses débuts, en envoyant les ouvriers se faire examiner à titre préventif, de façon à pouvoir la traiter par les méthodes traditionnelles. Les patients se pressaient en rangs serrés à l'hôpital où de longues files d'attente se formaient à la porte des cabinets de consultation.

A peine Jian eut-il franchi le seuil de la maison que sa mère vint à sa rencontre. Très pâle, elle semblait être au comble de l'émotion, et ses yeux légèrement rougis indiquaient qu'elle avait pleuré.

— Jian, qu'as-tu fait ? s'écria-t-elle. Où étais-tu ? D'où viens-tu ? Tu nous as laissés sans nouvelles pendant trois jours !

— Me voilà.

Jian se laissa tomber dans un canapé et étira les jambes.

— Tu vois, je vais bien.

— Que vas-tu dire à ton père ?

— Rien.

— Je ne pense pas qu'il s'en contentera. Jian, vous allez vous affronter comme deux tigres ennemis.

— Je commence à y être habitué, Mère.

Jian retira sa veste, la jeta sur le tapis et mit ses jambes sur le canapé, sans retirer ses chaussures.

— Toi et Père devriez finir par vous rendre compte enfin que j'ai vingt-trois ans et que je suis étudiant en médecine. Je ne suis plus le petit garçon qui jouait dans le jardin avec des tortues et des petits lapins blancs.

— C'est avec les filles que tu joues maintenant ?

Jian la regarda attentivement. « Elle ne sait rien, pensa-t-il en un éclair. Elle ne peut pas le savoir, elle essaie de deviner, elle joue avec les suppositions, elle tente de m'avoir. Si je me tais maintenant, je trahis Lida et je me trahis en même temps. ».

— Qu'est-ce qui a pu t'amener à me poser cette question absurde ? rétorqua-t-il en essayant un sourire.

— Tu as changé, Jian. Une mère voit ces choses-là, beaucoup plus qu'un père. Ta vie a pris une autre direction. Où vas-tu, Jian ?

— A l'université, pour devenir médecin.

— C'est l'une des deux routes. Et l'autre ?

— On ne peut emprunter qu'une seule route à la fois, pas deux.

Meizhu posa la question franchement :

— Y a-t-il une jeune fille dans ta vie ?

— Et où suis-je censé la rencontrer ?

— A Dali, peut-être ?

— Pourquoi, à Dali ? Elle pourrait très bien habiter à Anshun ou à Gejiu, ou à Yibin, ou bien aussi à Zigong ou à Luzhou, et ne parlons pas de Guiyang et Zunyi, sans oublier Kunming, après tout ! Il y a d'ailleurs beaucoup de jolies filles à Kunming.

Pourquoi devrais-je aller cueillir une azalée à Dali, quand une rose fleurit à ma porte ?

— Donc, il y a vraiment une jeune fille dans ta vie, répondit Meizhu résolument. Un Tong repose dans les bras d'une personne indigne. Alors que tu sais très bien que tu es promis à la belle et honorable Yanmei.

— La fille qui repose dans mes bras ne peut pas être indigne ! Mon amour lui confère sa dignité.

— Amour ! Ne prononce pas ce mot sacré à propos de ces filles. Ce qui te pousse vers elles, c'est l'instinct naturel. Ce sont des putains, même si elles ne vivent pas dans un bordel.

— Ô ma mère, ces mots dans ta bouche !

Jian essaya de rire, mais son rire resta coincé dans sa gorge.

— Depuis ta jeunesse, poursuivit-il, la Chine a bien changé. Tu étais pure quand tu as abordé le mariage. Ce Tong Shijun, que tu n'avais jamais vu auparavant, a pris possession de toi, et tu es devenue partie intégrante de sa maison. Il te donne des ordres, et tu lui obéis. Il est le maître tout-puissant, et tu courbes la nuque devant lui. Il a engendré deux enfants, et tu as fait selon son bon plaisir, parce qu'il l'a voulu.

Meizhu le regarda droit dans les yeux.

— J'ai aimé ton père, et je l'aime encore.

— Parce que tu n'as jamais rien connu d'autre, et que c'est ton devoir. Et Yanmei a reçu la même éducation que toi. Mais je ne veux pas d'une servante dans mon lit. Je veux une amante pleine de passion.

— Tu veux épouser une de ces filles sans morale ?

— Je cherche encore. C'est comme pour le vin, j'en suis encore au stade où l'on en déguste différentes sortes pour se faire une idée. Votre morale est moisie et rance, hypocrite et mensongère.

— Si ton père entendait tous ces mots affreux...

— Je les lui dirai en face, s'il le souhaite.

Jian se leva.

— Je vais prendre un bain, dit-il en tendant sa main à sa mère. Sens ! C'est le parfum bon marché d'une fille de banlieue, mais son corps est celui d'une orchidée !

Meizhu recula, une lueur de dégoût dans les yeux, mais Jian la suivit, bras écartés.

— J'étais étendu sur elle comme sur un pré rempli de fleurs, et ses doigts effleuraient mon dos comme des papillons, pendant qu'elle se tortillait comme un serpent.

— Mais comment es-tu devenu ? bégaya Meizhu en repoussant d'un coup brutal les bras de Jian qui lui barraient le passage.

C'était la première fois qu'elle le frappait. Jian rit de contentement et applaudit en s'exclamant :

— Gloire à toi, Mère ! Tu es donc capable de te comporter en souveraine, tu n'es pas seulement l'esclave enchaînée d'or du grand Tong ! Je t'en conjure, continue à progresser dans ce sens, forge-toi une personnalité ! Et n'aie crainte ! Ton époux perdra ses repères, mais tu auras accompli un pas vers la liberté. C'est en marchant à petits pas que nous avançons le plus vite, les petits pas nous mènent plus loin qu'un grand bond en avant.

Jian fit un signe d'encouragement à sa mère, qui paraissait changée en statue de sel.

— Je vais aller me laver, et j'ai une faim de tigre.

Après avoir pris un bain rapide, il retourna dans la salle de séjour.

Il s'arrêta à la porte.

Tong Shijun était rentré. Il était installé sur le canapé, buvait une tasse de thé, et le regard avec lequel il accueillit Jian n'annonçait rien de bon.

— Mon fils nous fait l'honneur de sa présence, dit-il en guise d'entrée en matière. Monsieur l'étudiant aime la liberté.

— Tu as tout dit en un seul mot, Père, rétorqua Jian. Tu as vite compris !

— J'ai surtout compris que mon fils tournait le dos à ses responsabilités et qu'il se prélassait je ne sais où. Un Tong vagabond !

— Tu n'as pas besoin de me rappeler mes responsabilités. Je sais exactement ce que je fais.

— Où as-tu passé les trois derniers jours ?

La question claqua comme un coup de fouet.

Jian serra les dents puis répondit :

— Un vagabond va où le pousse le vent et suit le vol des oiseaux.

— J'exige une explication ! se mit à hurler Tong, hors de lui.

— Tu exiges ? Tu as vraiment employé le verbe « exiger » ?

— Oui !

— Alors je porte à ta connaissance que je refuse de te donner une explication.

— Tu t'opposes à la volonté de ton père ?

— Non ! Je me défends contre un tyran !

— Es-tu encore mon fils ? Oublies-tu toute déférence vis-à-vis de moi ?

— Sache que tu n'es plus un mandarin comme tes ancêtres, mais un communiste. Un professeur communiste de la République populaire de Chine. Et je suis le fils communiste d'un communiste et je dis au communiste qui se conduit comme un mandarin : je vis comme bon me semble ! Est-ce que ma réponse est assez claire ?

Tong se mit à trembler de rage et d'affliction. Il sentait une paire de tenailles lui étreindre le cœur.

— J'ai posé la question à ta mère, elle ne me répond pas non plus.

— J'ai envie de la serrer dans mes bras. Elle devient enfin un être humain à part entière. Elle m'a frappé tout à l'heure pour la première fois.

— Elle t'a quoi ?

Tong eut du mal à trouver sa respiration. Une femme, quand bien même était-elle son épouse, avait osé frapper son fils !

— Elle va te demander pardon, dit-il d'une voix sourde. Elle va demander ta grâce, afin que tu acceptes de la regarder encore et de lui parler.

— Je l'embrasserai si elle refuse de le faire.

— Tu connais une fille ?

— Je connais plein de filles ! J'en change tous les jours, et je dis à chacune d'elles : « C'est Jian qui est couché sur toi, le fils du grand Tong Shijun. » Et la plupart me font la réponse suivante : « C'est un grand honneur pour moi que d'être prise par toi. » De cette façon, Père, ton nom devient encore plus connu qu'il ne l'était.

— Ai-je élevé un fils ou un porc ? hurla Tong. Tu as passé trois jours et trois nuits avec les putains ?

— Avec les filles de braves citoyens, Père. Des filles de camarades honorables. N'as-tu eu que des putains avant ton mariage avec Meizhu ?

Tong Shijun, qui s'était levé pour bondir sur Jian, retomba sur le canapé et pressa ses deux mains sur son cœur. Soudain conscient d'être allé trop loin, Jian, inquiet, fit le tour de la table pour prendre le pouls de son père. Mais celui-ci le repoussa brutalement. Il se leva avec peine et sortit de la pièce en vacillant légèrement, sans jeter un regard à son fils.

Meizhu et Jian dînèrent seuls. Tong Shijun passa la soirée à réfléchir dans sa bibliothèque, installé dans un profond fauteuil de cuir. Plus il pensait au changement intervenu dans l'attitude de son fils, plus forte était sa conviction que tout ce que Jian lui avait raconté ne correspondait pas à la vérité. Il n'était pas possible que Jian eût papillonné de fille en fille pendant trois jours et trois nuits pour s'amuser. Ce n'était pas son style, malgré toute son insouciance. La question restait entière : où avait-il passé ces trois jours et ces trois nuits ?

La sérénité de la sagesse fit son œuvre. Tong commença par analyser le caractère de son fils, comme s'il procédait à l'autopsie d'un cadavre afin de déterminer les causes du décès. Et c'est ainsi qu'il arriva à la conclusion qu'il ne pouvait y avoir qu'*une seule* fille dans la vie de Jian, que celui-ci était véritablement tombé amoureux et qu'il essayait de protéger son amour par ses discours dénués de sens.

« Voilà la vérité », se dit Tong. Et il saisit immédiatement le danger. Les aventures multiples passent rapidement, mais lorsque l'on est amoureux d'une jeune fille, c'est comme si l'on était sous le charme du chant d'un rossignol qui ne vous quitte plus. Si telle était la vérité, il perdrait la face vis-à-vis du père de Yanmei, et son honneur serait entaché d'une souillure indélébile.

Tong préféra éviter toute nouvelle conversation avec son fils ce soir-là. Il alla se coucher, et, lorsque Meizhu vint le rejoindre, il lui demanda :

— Tu as frappé Jian ?

— Oui. Il l'avait mérité.

— Est-ce qu'une mère porte la main sur son fils ?

— Je suis bien contente de l'avoir fait. J'ai l'impression de mieux respirer maintenant.

Elle se souleva, se tourna vers Tong et lui adressa un regard qu'il ne lui avait jamais vu jusqu'alors.

— Avons-nous vraiment vécu ? lui demanda-t-elle.

— Quelle question ! Pendant près de trente ans, nous avons tout fait en commun.

— Non, tu as pris des décisions que nous avons exécutées. As-tu demandé, ne serait-ce qu'une seule fois : est-ce bien ainsi, Meizhu ?

— Tout ce que j'ai fait, j'ai bien fait de le faire. Cite-moi une seule erreur. Rappelle-toi la Révolution culturelle. Nous y avons survécu. Bien que je sois un intellectuel, je n'ai pas été fusillé. Je me suis mis à la disposition des hordes de Mao en tant que médecin. Et lorsque Mao a appris que Zhang Shufang était ton oncle, on m'a attribué un laissez-passer qui nous a protégés de toute éventuelle poursuite. Ils m'ont accepté au sein du Parti. Mao m'a fait cadeau d'un drapeau. J'ai toujours agi pour le mieux, Meizhu, et tu me poses maintenant la question : « Avons-nous vraiment vécu ? » Qu'est-ce que je n'ai pas su te donner ?

— Le sentiment d'être un être humain à part entière.

— Je suis le fruit de mon éducation.

Il tourna la tête vers elle.

— Donc, tu as frappé Jian, et tu te sens plus libre après l'avoir fait ?

— Je ne veux plus me contenter d'être une spectatrice de la vie, je veux y goûter moi-même. Je ne suis pas encore trop âgée pour cela.

— Tu ne vieilliras jamais, Meizhu. Tu es toujours jeune à mes yeux.

Elle sentit son cœur battre plus vite. Il n'était pas dans les habitudes de Tong de lui adresser des déclarations d'amour, pas même au début de leur union. Et voilà que, dans ses vieux jours, il prononçait des mots qui l'atteignaient plus profondément que s'il lui avait dit : « Je t'aime. »

« Tu es toujours jeune à mes yeux », cette phrase prouvait la solidité de son amour.

— Jian aime une jeune fille, reprit Tong. Tout ce qu'il raconte n'est qu'un mur qu'il veut élever autour d'elle pour la protéger. Il l'aime vraiment, je pense, s'il en est à submerger son père de mensonges. Mais qui peut-elle bien être ? Où habite-t-elle ? De quel milieu est-elle ?

— Est-ce que cela a vraiment de l'importance si Jian est heureux ?

— J'aimerais qu'il me la présente.

— Il va te la cacher aussi longtemps que tu voudras le forcer à épouser Yanmei.

— Il ne pourra pas dissimuler son existence pendant toute sa vie. Aujourd'hui, ou dans quelques mois, il va bien falloir qu'il nous la présente.

Tong saisit la main de Meizhu et la posa sur sa poitrine.

— Parle à notre fils. Je t'en prie.

— Tu m'en pries ? Tu ne l'ordonnes pas ? Shijun, tu n'es pas capable de ne plus être un Tong véritable !

— Mais Jian aussi est un Tong véritable, et pourtant il ne me ressemble pas ! Je ne suis plus assez fort, Meizhu.

Il enleva sa main de sa poitrine, la porta à ses lèvres et l'embrassa au creux de la paume. Elle ne se rappela pas l'avoir jamais vu faire ce geste.

— Cette querelle avec Jian lamine mes forces. Je veux la paix dans ma maison. Je voudrais que mon fils m'amène la fille qu'il aime.

— Et si tu la juges indigne de devenir une Tong ?

— Mon fils n'aime pas une fille indigne, car il est mon fils.

— Il y a pourtant quelque chose qui l'empêche de nous la présenter.

— Dis-lui que je vais aller trouver le père de Yanmei et que je romps ma promesse. De cette façon, il verra qu'il peut avoir confiance en son père.

— Et pourquoi ne le lui dis-tu pas toi-même ?

— Dois-je perdre la face deux fois ?

Tong regarda Meizhu d'un air suppliant ; une grande souffrance était visible dans ses yeux.

— Je ne verrais plus qu'une grande tache dans mon miroir !

— Tu resteras toujours le grand Tong plein de fierté que tu es. Personne ne peut te faire perdre la face.

Meizhu se recoucha sur ses coussins, en laissant toutefois sa main sur la poitrine de Tong. Elle sentait que son contact lui faisait du bien.

— Je vais parler à Jian demain, dit-elle. Mais tout d'abord, je vais devoir chasser sa méfiance, car il ne va jamais croire que tu veux faire la paix.

— Qu'est-ce que c'est que cette jeune fille ? répéta Tong pour la énième fois. Est-ce que cela ne te dérange pas de savoir qu'elle couche avec Jian ?

— Les jeunes d'aujourd'hui ne voient pas l'amour de la même façon que nous. On n'exigeait pas d'une concubine qu'elle ait un sens moral, mais une fiancée se devait d'être vierge sous son voile. On en rit aujourd'hui. L'amour s'est libéré de toutes les contraintes. Mais est-ce vraiment un progrès ?

Elle éteignit la lampe de la table de nuit. Lorsqu'elle voulut retirer sa main, Tong la retint. Et ils s'endormirent avec le sentiment d'avoir accompli un pas important pour l'avenir de leur fils.

Le lendemain matin, Jian était en train de prendre son petit déjeuner, lorsque Meizhu entra dans la salle à manger. Elle s'assit en face de lui et posa ses mains l'une sur l'autre.

— J'ai quelque chose à te communiquer de la part de ton père, annonça-t-elle.

Jian releva la tête, surpris. C'était la première fois que sa mère transmettait les désirs de son père.

— Que veut me dire mon père ?

— Ses pensées lui ont volé son sommeil durant la nuit.

— Je le déplore, si c'était à mon propos, répondit Jian froidement. Mais je ne peux rien y changer.

— Tu le peux. C'est ce que j'ai à te dire de la part de ton père. Ses réflexions l'ont conduit à la conclusion que tout ce que tu lui avais raconté à propos des filles que tu prétendais fréquenter n'était que le fruit de ton imagination. Tu as inventé toutes ces histoires dans le seul but de protéger une jeune fille bien précise.

— Plutôt que de réfléchir, mon père aurait mieux fait de dormir.

— Il est rempli d'inquiétude, car il t'aime plus que tout au monde. Tu es l'objet de toute sa fierté. C'est par toi que sera assurée la pérennité des Tong, et la femme que tu t'es choisie et qui sera la mère de tes enfants plaira également à ton père. Voici ce que j'ai à te dire de sa part : il te prie de bien vouloir lui permettre de faire la connaissance de la jeune fille.

Jian hésita. Il comprit que son père voulait le pousser dans un cul-de-sac dont il ne pourrait plus sortir sans prendre le risque de devoir rompre pour toujours avec sa famille. Jian n'aurait pas cru son père capable de percer son secret.

— Il n'y a aucune jeune fille dans ma vie, dit-il d'une voix ferme.

Meizhu secoua la tête.

— Je t'en prie, plus de mensonges.

— Mon père se trompe.

— Il veut que la paix règne au sein de la famille. Jian, aide-le. Amène cette jeune fille ici, et présente-la-nous.

— Je ne peux pas vous présenter quelqu'un qui n'existe pas.

— Je vois la vérité dans tes yeux.

Jian regarda sa mère. Meizhu, vêtue d'une robe de chambre de soie et les cheveux dénoués, était encore une belle femme à la mince silhouette, plus grande que la plupart des Chinoises. Son port altier était inculqué aux filles des familles riches depuis leur plus tendre enfance.

— Cette jeune fille est-elle d'extraction si basse que tu n'oses pas la présenter à ton père ? demanda-t-elle.

— Je ne fais pas la différence entre la basse et la haute extraction. J'aime une femme, pas un statut social !

— Ça y est, tu l'as dit, tu aimes une jeune fille.

— J'ai uniquement donné mon point de vue, rien de plus.

— C'est une ouvrière ? Une paysanne ? Une vendeuse ?

— Mère, il est inutile de me poser toutes ces questions.

Jian se leva et regarda sa montre.

— Il faut que je me dépêche. Ce matin, j'ai un cours d'anatomie avec dissection.

Meizhu ne se laissa pas troubler. Elle examina son fils comme seules les mères savent le faire.

— Quelle est la réponse que je dois transmettre à ton père ?

Jian se retourna afin d'échapper à son regard inquisiteur. Il était conscient du profond chagrin que lui causaient ses mensonges.

— Dis à mon père que ses réflexions vont dans un sens différent du mien.

— Tu ne veux pas clore cette querelle ?

— Ce n'est pas moi qui l'ai commencée. Quand j'aurai une

jeune fille dans ma vie, poursuivit Jian en prenant une profonde inspiration, mon père la verra, dès que le moment sera venu.

— Il a l'intention d'accepter de perdre la face et de retirer sa promesse de faire de Yanmei ta femme. Es-tu conscient de ce que cela représente pour ton père?

— Il corrige une erreur qu'il a lui-même commise. Celui qui crée les problèmes doit être capable de les résoudre.

— Comment peux-tu être aussi dur?

La voix de Meizhu se fit presque implorante, et Jian fut atteint au cœur par la souffrance de sa mère.

— Jian, ton père est malade de chagrin. Il sent son fils s'éloigner de lui un peu plus chaque jour. Tu n'as donc plus confiance en lui?

— Je vois bien qu'il souffre, mais il ne changera pas. Il restera à tout jamais Tong Shijun, qui considère le respect et la soumission comme naturels. Mais c'est justement cela qu'il ne peut exiger de moi. Je ne courberai jamais la tête en disant comme un inférieur : « Qu'il en soit fait selon ta volonté. » Il ne comprend pas que les jeunes de notre génération sont différents. Il ne veut pas le comprendre.

Jian regarda l'heure à nouveau.

— Il faut vraiment que je parte, Mère.

— Réfléchis encore à tout cela, dit Meizhu en l'accompagnant jusqu'à la porte. As-tu jamais vu ton père s'adresser à nous sur le ton de la prière?

— Non.

— Mais c'est ce qu'il fait maintenant. C'est un appel qu'il te lance. Jian, ne passe pas sans l'entendre. Donne-lui une réponse.

— Je vais lui parler ce soir.

— Et la jeune fille?

— Il n'y a pas de jeune fille, dit Jian résolument.

— Tu es resté parti trois jours et trois nuits.

— Personne ne peut exiger de moi que je m'explique à ce sujet. Ni mon père, ni toi, ma mère.

Il ouvrit la porte et se retourna une dernière fois vers sa mère avant de monter dans sa voiture.

— Je ne suis pas un fils soumis, et je n'ai pas l'intention de changer.

Il monta dans sa voiture, et lorsqu'il aperçut sa mère sur le pas de la porte, elle lui parut soudain plus petite et fragile comme une femme au seuil de la vieillesse. Il était conscient de la peine qu'il lui infligeait, il en ressentait lui-même de la douleur, mais il n'y pouvait rien, car s'il dévoilait la vérité sur Lida, le déclenchement de la catastrophe serait inévitable.

Meizhu suivit son fils des yeux, jusqu'à ce que la voiture eût disparu à l'angle de la rue. Elle rentra à l'intérieur de la maison, ferma la porte et se dirigea vers la chambre à coucher.

Tong était assis dans le lit. Son visage était celui d'un vieillard, marqué par une nuit blanche.

A la vue de Meizhu, il demanda immédiatement :

— Que dit mon fils ?

— Rien.

Elle s'assit sur le bord du lit et enfouit son visage dans ses mains.

— Il a construit un mur entre lui et nous. Nous pouvons entendre nos voix, mais nous sommes incapables de nous rejoindre.

Ils restèrent tous deux silencieux, et Tong déclara au bout d'un long moment :

— Nous trouverons bien une peinture pour embellir ce mur en le décorant de belles couleurs.

Huang Keli se donna tout le mal du monde pour transformer la dépendance de bois en une véritable maison bien solide. Il voulait pouvoir être fier de montrer à Jian la belle maison qu'il avait construite pour lui et pour Lida.

En compagnie du gardien de l'école et d'un voisin, il fit cuire les tuiles et la chaux dans le four de l'unité de Huili. Lida fit maints voyages jusqu'à la carrière, où elle ramassait des pierres qu'elle chargeait sur la remorque du petit tracteur. Avec ces pierres, on allait construire la première véritable cheminée du village. En effet, il n'y avait pas de chauffage dans les maisons, en dehors des feux de charbon de bois qui répandaient leur fumée âcre à travers les pièces. Lorsque l'on souhaitait avoir un peu plus de confort, on se faisait rapporter du Dukou un tuyau de poêle en fer-blanc, et on perçait un trou dans le mur extérieur ou dans le toit, ce qui permettait à la fumée de l'âtre de pierre de grimper vers le ciel. Mais personne n'avait de vraie cheminée.

La totalité des habitants du village, béate d'admiration, se rassembla devant la maison de Huang pour voir monter l'ouvrage. Lorsque l'œuvre fut accomplie, et après que Huang eut allumé le premier feu, l'émerveillement fut à son comble. Le secrétaire de l'unité tint un discours où il fut question du progrès et de l'esprit d'entreprise du communisme.

Comme c'était la coutume, Huang organisa une fête lorsque la charpente du toit fut montée. Les voisins apportèrent de la viande, du riz, des nouilles, des poulets et des canards. Jinvan et Lida se mirent à la cuisine dès cinq heures du matin, afin que le repas de fête fût prêt pour midi. L'alcool de riz et la bière au gingembre coulèrent à flots. On mangea, on chanta, et on dansa au son de la flûte et du tambour.

Les poutres de la maison avaient été recouvertes de feuilles de papier sur lesquelles on avait formulé des vœux et des bénédictions, et des bandes multicolores entouraient le moindre morceau de bois.

C'est au soir de cette belle journée de fête que l'accident eut lieu.

Le brave âne, qui, jour après jour, transportait docilement et patiemment les planches de bois, les cailloux et les autres matériaux de construction jusqu'au sommet de la colline, avait été attaché à une poutre. Au bruit du feu d'artifice que l'on tirait à l'occasion de toute festivité, un bruit fait de craquements, de pétarades et de sifflements, il se détacha, et, dans son affolement, vint se jeter au milieu de la foule des invités. Il fonça sur Lida, qui n'eut pas le temps de se jeter de côté. Le choc la renversa, mais elle eut la présence d'esprit de lever les bras afin de protéger sa tête. L'âne la piétina, ses sabots lui labourèrent les épaules et le dos, et elle perdit connaissance sous l'effet de la douleur.

Huang, aidé de deux voisins, la transporta à l'intérieur pour l'allonger sur la table. Le guérisseur de l'unité de Huili, un « médecin aux pieds nus », ôta la blouse de Lida et examina les ecchymoses d'un air grave.

Zhou Chen appartenait à la catégorie des guérisseurs qui avaient été formés aux bases de la médecine moderne ainsi que de la médecine traditionnelle, afin de compenser le manque de médecins. Ces guérisseurs s'occupaient avant tout de la population des campagnes.

— C'est grave ? demanda Huang.

— Elle souffre de contusions multiples. Je ne peux pas te dire si elle a des blessures internes, je ne pourrai le savoir que si elle crache du sang ou si elle a du sang dans les selles. Mais j'ai l'impression qu'elle n'a que des blessures externes.

— Est-ce que tu pourras la soigner, ou est-ce qu'il faut la transporter à l'hôpital de Dayao ?

— Ils ne t'en diront pas plus à Dayao. Ils ont bien un médecin là-bas, mais il a perdu la raison par la faute de l'alcool.

Zhou palpa les ecchymoses et prit un air satisfait.

— J'ai un baume et une teinture qui vont lui faire du bien, dit-il. La teinture a un effet rafraîchissant et enlève la douleur. Ne t'inquiète pas, Keli, son état paraît plus grave qu'il n'est en réalité. Je vais aller chercher mes remèdes. Lorsque Lida reviendra à elle, dis-lui que d'ici quinze jours son dos sera aussi lisse et aussi beau qu'auparavant. Elle n'aura aucune cicatrice.

L'émotion passa. Le propriétaire de l'âne rattrapa sa bête et lui administra une bonne correction qu'elle supporta sans broncher, et la fête reprit son cours.

On apporta de la cuisine des plateaux chargés de gâteaux parsemés de baies sucrées.

Les vénérables anciens, qui étaient assis au premier rang et à qui on servait les meilleures parts, félicitèrent Huang, leur hôte, et furent les premiers à être ramenés fin saouls au bercail par leurs fils ou leurs petits-fils.

Lorsque Lida reprit conscience, on la transporta dans le lit de Huang. Elle reposait sur le ventre, et passait son temps à rassurer Jinvan qui était morte d'inquiétude, en lui disant qu'elle ne souffrait pas et qu'elle s'était évanouie sous l'effet de la frayeur de se voir soudain livrée aux sabots de l'âne.

Zhou revint, armé de sa pommade et de sa teinture, et en frotta le dos de Lida, qui se mit à répandre une odeur d'antimites.

— Les deux remèdes sont de ma fabrication ! déclara Zhou d'un air important. J'ai toujours été l'un des plus doués de ma classe, tu dois t'en souvenir, Keli. J'ai même découvert un médicament pour soigner une maladie devant laquelle tous les médecins sont impuissants.

— Et qu'est-ce que c'est que cette maladie ?

— Le rhume. Mon médicament assèche les muqueuses. Finis les nez qui coulent !

Zhou referma son flacon de teinture.

— Il n'y a qu'un tout petit effet secondaire sans importance, poursuivit-il d'un ton négligent.

— Ah bon, lequel ?

— Les gens qui suivent ce traitement ont la diarrhée.

Zhou haussa les épaules.

— Il faut savoir choisir : ou bien on préfère avoir un nez qui coule comme une fontaine, ou alors un intestin qui gronde.

— Je pense que je choisirais le nez, Zhou.

— C'est ce qu'ils disent tous.

Zhou regarda Huang, comme s'il cherchait son soutien.

— La commission des produits pharmaceutiques m'a refusé mon médicament, alors que c'est vraiment le seul qui chasse le rhume. Sans compter qu'il a un double effet bénéfique : d'une part il libère le nez, de l'autre il nettoie l'intestin. Je ne comprends pas qu'on refuse de le reconnaître. Je vais essayer de trouver un médicament contre la bêtise !

La fête dura toute la nuit, jusqu'au moment du départ des

derniers invités, qui s'en allèrent en titubant. Le secrétaire de l'unité demanda à Huang :

— Alors, c'est sûr, Lida va se marier avec ce Tong de Kunming ?

— Oui, c'est sûr. Il a donné sa parole.

— Et s'il l'oublie ?

— Je serai contraint de lui reprendre l'honneur de ma fille.

— Tu le tuerais ?

— Oui.

— Et Lida ?

— Elle se suiciderait.

— Et tu dis tout ça sans t'émouvoir ?

— Les Huang sont pauvres d'argent, mais riches d'honneur. Voilà ce qui me permet de ne pas m'émouvoir.

Lorsque le secrétaire fut parti lui aussi, Huang s'assit seul dans la nouvelle annexe sur un morceau de poutre qu'on avait scié et regarda les étoiles du ciel jeter tous leurs feux. Il sursauta quand Jinvan vint le rejoindre sans crier gare. Elle s'était glissée sans bruit près de lui, comme si ses pieds n'avaient pas touché terre.

— Tu ne rentres pas, Keli ? demanda-t-elle. Qu'est-ce que tu fais, tout seul dans le noir ?

— Il faut que je m'habitue à un état qui va durer longtemps.

— Je ne comprends pas de quoi tu parles, mon époux.

— Moi, Huang Keli, le maître d'école de Huili, je suis désormais le plus pauvre du village. Cette fête m'a coûté mes dernières économies. Je n'ai plus rien. Avec quoi vais-je payer le toit, même si je le pose moi-même ? C'est comme pour la porte, personne ne me l'offrira.

Il indiqua une feuille que quelqu'un avait fixée à une poutre.

— Lis ce qu'on a écrit, dit-il : « Le bonheur est dans cette maison. » C'est faux. Il aurait fallu écrire : « Les dettes sont dans cette maison. »

— Nous allons vendre la récolte de deux champs sur le marché de Yao'an.

— Et nous mangerons des vers de terre cet hiver.

— D'ici là, Jian reviendra. Il nous aidera.

— Je me refuse à mendier quoi que ce soit auprès de mon gendre.

Huang mit sa tête dans ses deux mains.

— Je réfléchis à ce que nous pourrions bien vendre.

— Nous n'avons rien dont nous pourrions tirer quelque argent.

— Le buffle. Je peux vendre le buffle.

Jinvan posa sur son mari des yeux pleins d'effroi.

— Tu ne peux pas faire ça à Lida, Keli.

— Je lui mettrai le marché en main : qu'est-ce que tu préfères, une maison pour toi et Jian, ou un buffle ? Qu'est-ce qu'elle va répondre, à ton avis ?

— La construction d'une maison peut s'étaler sur des années, alors qu'un buffle, on en a besoin tous les jours. Mais c'est à toi de prendre la décision. C'est toi le maître.

Elle sortit sans bruit comme elle était venue et le laissa seul dans ses pensées, avec les étoiles.

Le lendemain matin, Lida se rendit aux champs accompagnée du buffle. Huang ne trouva pas le courage de lui dire qu'il avait l'intention de vendre l'animal. Il se contenta de protester :

— Zhou t'a ordonné de rester couchée pendant quatre jours !

— Il peut ordonner ce qu'il veut, mais moi, j'ai du travail. Dans quatre jours, j'irai au marché de Dayao, et il faut que je récolte le maïs avant d'y aller, pour pouvoir le vendre.

Elle caressa le buffle entre les cornes et s'appuya contre son corps massif.

— Et je prendrai aussi dix canards et un cochon.

— Nous avons un cochon ? demanda Huang, sans comprendre.

— Oui.

Lida éclata de rire, elle pouvait dévoiler son secret à présent :

— J'ai construit une petite porcherie près des rochers et je l'ai élevé là-bas.

— Et comment l'as-tu eu ?

— C'est Zhou Chen qui me l'a offert. Sa truite a eu neuf petits, et comme il ne savait pas trop qu'en faire, il en a gardé deux et a distribué les autres.

Elle rit à nouveau de l'étonnement de Huang.

— Il est devenu bien gros et bien gras, je vais pouvoir en tirer un bon prix. Nous n'aurons plus de dettes.

— Tu étais au courant ?

— Tu m'as appris à compter, et j'étais la meilleure de la classe.

— Mais que ferons-nous quand cet argent sera dépensé ?

— Mère et moi, nous allons broder des chemises, des vestes, des couvertures, des rubans, et nous les proposerons aux acheteurs de Kunming. Nous avons de nombreuses nuits devant nous pour travailler.

— Et quand vas-tu dormir ?

La voix de Huang était enrouée par le chagrin. Il fut submergé par la honte à la pensée de n'être qu'un instituteur incapable de faire autre chose que d'enseigner et de tenir des discours empreints de sagesse. Sa femme et sa fille, au contraire, s'étaient engagées à corps perdu dans la bataille contre la misère et, malgré son incompétence, l'honoraient et le reconnaissaient pour leur maître.

— J'aurai assez de temps pour dormir quand la maison sera terminée et que Jian viendra m'y rejoindre. C'est pourquoi il faut qu'il la trouve terminée quand il reviendra. Nous l'accueillerons à la porte et nous lui dirons : « Entre, c'est ta maison. »

— Et s'il arrivait demain ?

— C'est impossible, il faut qu'il se consacre à ses études.

Lida secoua la tête.

— Il ne pourra pas venir avant l'hiver. Il trouvera alors une belle maison bien chauffée, et il sera content.

Huang approuva et rentra chez lui la tête basse. Il pensait que sa fille était merveilleuse et que sa femme l'était aussi, et que plutôt que de se tourmenter en se faisant des reproches, il ferait mieux d'apprécier son bonheur.

Lida le suivit des yeux jusqu'à ce qu'il eût disparu dans la maison, puis elle descendit la colline pour rejoindre ses champs, accompagnée du buffle. Elle savait que les temps à venir seraient durs, mais elle sentait en elle la force que lui insufflait le pavillon de jade lorsqu'elle l'entourait de ses mains. Elle ne se séparait jamais de lui, il était toujours à portée de sa main, elle l'emportait avec elle jusque dans les champs, au fond du sac tressé qu'elle pendait à son épaule.

Et elle parlait à Jian tous les soirs, comme s'il était auprès d'elle, lui racontant sa journée, lui répétant combien elle se languissait de ses mains, de sa tendresse, de ses lèvres et de son corps. En fermant les yeux, elle entendait la voix animée lui répondre : « Je suis auprès de toi, ne le sens-tu pas ? »

Elle se tournait alors vers le pavillon de jade, qui semblait s'éclairer de l'intérieur, et elle lui disait tout bas : « Merci, merci ». Puis elle s'endormait.

Un samedi matin, par une chaude journée d'automne, Jian annonça à sa mère :

— Je m'en vais. Je serai de retour lundi. Je te le dis, au cas où Père poserait des questions.

Aucune amélioration n'avait eu lieu dans les relations entre Jian et son père. Tong ne renouvela pas sa demande de faire connaissance avec la jeune fille que Jian aimait, mais il n'alla pas non plus trouver le père de Yanmei pour reprendre sa parole. Depuis des mois, le père et le fils n'échangeaient qu'un minimum de paroles. Ils s'évitaient, ce qui ne posait aucun problème étant donné la taille de la maison. Ceci n'empêchait nullement Tong d'être fier de son fils, même s'il se gardait bien de le montrer. Il s'était renseigné auprès des professeurs de Jian, qui s'étaient répandus en compliments, en particulier le professeur titulaire de la chaire de pathologie, qui s'était écrié : « Votre fils a tous les dons requis pour devenir un grand chirurgien. » Tong s'en réjouit et s'en irrita en même temps, car il n'éprouvait aucune sympathie pour la chirurgie ni pour les chirurgiens. Il était d'avis qu'il entrait dans les compétences de n'importe quel boucher de savoir ouvrir un corps. Tout l'art de la médecine, au contraire, résidait dans la capacité de reconnaître les maladies par l'esprit et le savoir, et le roi des médecins, d'après Tong Shijun, ne pouvait être que celui qui soignait par les remèdes et non par la chirurgie.

— Où vas-tu, Jian? demanda Meizhu.

Jian lui sourit.

— Mère, tu m'as promis de ne plus me poser ce genre de questions.

— Je pourrais avoir absolument besoin de te communiquer quelque chose! Où puis-je te joindre?

— Mère, ce vieux truc ne prend pas. Je vais tout simplement disparaître pendant trois jours.

— Pourquoi trois jours, à chaque fois?

— Oui, pourquoi? Il y a des devinettes qui paraissent très difficiles uniquement parce que leur solution est très facile.

— Veux-tu que j'essaie de deviner?

— Oui, essaie, Mère.

— Tu fais un long voyage pour arriver chez cette jeune fille.

— Ce serait une possibilité.

Le sourire de Jian était feint. Il admirait le sixième sens de sa mère et il savait que celle-ci représentait un danger plus grand que son père.

— A chaque fois que tu rentres, tu t'étires comme si tu avais été plié en quatre dans une caisse ou si tu avais passé des heures dans ta voiture. Et tu as de la poussière dans les cheveux. De la poussière qui vient de la route. Les rues sont propres à Kunming; c'est à la campagne que les chemins sont poussiéreux.

— Tong Meizhu, le fin limier méconnu! As-tu pensé à contrôler mes chaussures, pour savoir s'il y avait de la terre collée dessus? Y a-t-il des traces d'herbe sur mon pantalon? Ma chemise dégage-t-elle une odeur de buffle? Mère, ton imagination finira par te jouer des tours!

— Je sens que tu as un complice. Quelqu'un qui t'aide.

— Et qui pourrait être ce complice?

— Oncle Zhang.

Cette réponse atteignit Jian comme un coup de tonnerre, mais il n'en laissa rien voir. Sa mère lui fit peur tout à coup. Avec son intuition qui fonctionnait comme une antenne, elle captait les ondes les plus infimes et les transformait en images. Il eut du mal à contrôler sa voix.

— C'est bien la conclusion la plus absurde à laquelle tu pouvais arriver, dit-il.

Puis il se dirigea vers la porte et lui fit un signe d'adieu.

— Au revoir, Mère, à dans trois jours.

Et il se dépêcha de sortir.

La réaction de son fils rendit Meizhu pensive. Lorsque Tong vint prendre son petit déjeuner, il la trouva sur la terrasse couverte en train d'admirer son jardin dont les fleurs aux couleurs éclatantes la remplissaient de fierté. Le petit étang où les poissons rouges batifolaient sous les nénuphars scintillait au soleil du matin. Cette cour intérieure était une oasis de calme et de silence, où l'âme pouvait s'épancher et se débarrasser de ses fardeaux.

Tong s'assit à côté de sa femme sur le banc laqué de rouge et posa son bras autour de son épaule. Meizhu ne bougea pas, pas même au contact de sa main qui s'était mise à caresser son bras.

— Jian est parti, dit-il après un long silence.

— Tu le sais, Shijun ?

— J'ai entendu le moteur de sa voiture. Aujourd'hui, il n'y a pas de cours. Il n'est donc pas allé à l'université.

— Non. Jian disparaît encore dans la nature pour trois jours. Il va encore rendre visite à cette fille. Son amour pour elle doit être très grand, plus grand que sa confiance en nous. Il se ferme complètement, je n'ai plus aucun moyen d'approcher son cœur. J'en ai parlé avec Fengxia. Wu a rencontré Jian à l'université et lui a posé des questions, mais Jian l'a envoyé promener grossièrement en lui disant que cela ne le regardait pas et qu'il ferait mieux de s'occuper de sa propre maison. Wu considère ce genre de paroles comme vexatoires et sa colère contre Jian est grande. Fengxia était en fureur. Elle a explosé en disant : « Mon frère est fou, il s'est laissé jeter un sort par une petite sorcière et la luxure l'a rendu aveugle. » Fengxia a dit « luxure ». Mon cœur s'est presque arrêté de battre.

— Fengxia est hâtive dans ses jugements, mais pour une fois, je dois lui donner raison. Notre fils s'est transformé, il est devenu dépendant de cette fille. Meizhu, nous perdons un enfant, alors que nous nous réjouissions à l'idée d'avoir une deuxième fille grâce à lui.

— J'ai un sombre pressentiment, Shijun. Jian fait un long trajet pour rencontrer cette fille.

— C'est aussi ce que je pense, dit Tong.

— Oui, mais une chose me frappe : dans les derniers temps, il est allé plusieurs fois au même endroit, y compris durant ses vacances.

— C'est vrai, à Dali, chez Zhang.

Le regard de Tong devint fixe. Zhang en savait plus long qu'il n'avait bien voulu le dire quand il était allé lui rendre visite chez lui. Mais il était vrai qu'il ne s'était inquiété que d'éventuels contacts politiques, qu'il n'avait pas parlé de rencontres amoureuses. Cela ne lui était pas venu à l'esprit, à l'époque.

— Tu crois que c'est à Dali que Jian rencontre son amoureuse ?

— C'est ce que me dit mon intuition.

— C'est peut-être même une Bai ?

— Ce serait une raison plausible pour expliquer les cachotteries de Jian.

— Et Zhang lui aurait offert son aide ?

— Je ne sais pas, ce n'est qu'une intuition. Zhang est quelqu'un qui ne voit pas les choses de la même façon que nous. Pour un poète, l'amour est sacré. Jian représente aux yeux de Zhang la réincarnation de sa propre jeunesse.

— Je vais retourner le voir et je lui dirai deux mots !

Tong secoua la tête.

— Une Bai !

— Si elle est de bonne maison ! A Dali, certaines familles Bai sont bien considérées. Même si Jian feint de sourire de la tradition, il ne se marierait jamais en dessous de sa condition.

— Qui donc parle de mariage ? C'est une aventure amoureuse, rien de plus. Un moment d'ivresse qui se dissipera tôt ou tard. Tout du moins, c'est ainsi que je vois les choses. C'est la première expérience amoureuse de Jian. Il réussira à s'en débarrasser tout seul. Mais je voudrais voir cette fille. Zhang, lui, la connaît sûrement, si tes pressentiments ne te trompent pas.

— Quand prévois-tu d'aller à Dali ?

— Pas tout de suite. Dans les trois prochaines semaines. Je n'aimerais pas rencontrer Jian chez Zhang. Il ne faut pas qu'il sache que son secret est éventé.

Ce jour-là, alors que Jian était en route pour Huili, Tong oublia pour la première fois son sens de l'honneur. Il le fit par inquiétude pour son fils.

Il se rendit dans la chambre de Jian et entreprit de la fouiller.

Meizhu ne réussit pas à cacher sa désapprobation.

— Shijun ! s'écria-t-elle en lui barrant le chemin, alors qu'il était en train d'ouvrir un tiroir dans une grande commode laquée. Tu ne peux pas pénétrer ainsi dans la chambre de ton fils.

— Si, je peux ! Je suis chez moi ! J'ai le droit...

— Tu n'en as pas le droit ! l'interrompit Meizhu.

Tong la regarda, médusé. Sa femme le contredisait ! C'était un événement si énorme, si incroyable, que le souffle lui manqua.

Meizhu elle aussi était bien consciente que c'était la deuxième fois qu'elle manquait au devoir de soumission édicté par la tradition.

— C'est le domaine personnel de Jian. Il n'appartient qu'à lui seul.

— C'est mon fils, et je veux savoir ce qu'il me cache. Crois-tu pouvoir m'en empêcher ?

D'une bourrade, Tong repoussa Meizhu sur le côté. C'était la première fois en vingt-huit ans qu'il la brutalisait.

Meizhu atterrit contre le mur. Pétrifiée, elle resta sur place, dans une immobilité que Tong, dans son énervement, interpréta de travers. Le sang battait à ses tempes. Il ne pensait plus qu'à trouver des indices qui lui apprendraient qui était la fille que Jian aimait en secret. Il ne vit pas à cet instant que son attitude était en train de creuser, entre lui et sa femme, un fossé qui ne pourrait plus être comblé. Après cette agression, Meizhu prit la décision de ne plus accepter d'être humiliée en aucune façon.

Tong avait ouvert les tiroirs de la commode et vérifiait leur contenu. En dehors des livres, des blocs-notes, papiers à lettres et autres, il découvrit une carte routière de la Chine du Sud-Ouest, une carte très détaillée ayant pour centre Kunming et qui couvrait une partie de la province du Yunnan.

Tong s'installa dans un fauteuil, étala la carte sur ses genoux et suivit du doigt le trajet que Jian avait souligné au stylo rouge : il partait de Kunming ou de Dali, pour aller jusqu'au carrefour de Nanhua, puis il suivait la route du Nord par Yao'an et Dayao et, de là, une route étroite qui retournait vers l'ouest en traversant une région apparemment déserte et sauvage, pour aboutir à un cercle que Jian avait dessiné au milieu de cette solitude. A côté du cercle, un nom était inscrit : Huili. C'était sans doute un village, si insignifiant qu'on ne le trouvait même pas sur une carte. Tong posa les deux mains sur la carte routière et regarda Meizhu, qui se trouvait toujours contre le mur, comme changée en statue de sel.

— Ce n'est pas Dali, dit-il, oppressé. C'est un village insignifiant, sale, inconnu, entre Dayao et Binchuan. Un trou perdu, peuplé de paysans.

Il ferma les yeux, comme s'il avait reçu un coup. Il essaya de se remémorer les paroles que Jian avait prononcées lors de son premier refus d'épouser Yanmei, et dont lui-même n'avait pas saisi le sens à l'époque. Que voulait dire Jian en objectant : « Est-ce que Yanmei est capable de planter des plants de riz ? Est-elle capable de labourer la terre et de guider un buffle ? Est-elle capable de sarcler un champ pour arracher les mauvaises herbes ? » Tong n'avait pas écouté ces questions dénuées de sens, mais, à présent, elles avaient un sens.

Une paysanne de Huili. La fin de la famille Tong, dont le nom était déjà connu à l'époque de la dynastie Ming.

Meizhu se décolla du mur, prit du bout des doigts la carte posée sur les genoux de Tong et comprit, à la vue du trajet souligné de rouge, que Shijun avait découvert le secret de son fils. Mais, aussi grande que fût sa réserve vis-à-vis de son époux en cet instant, elle n'envisagea pas une seconde de ne pas se ranger à ses côtés ; une paysanne ne pourrait jamais devenir l'épouse de Jian.

— Que vas-tu faire ? demanda Meizhu en laissant tomber la carte sur le tapis.

— Plusieurs questions se posent, rétorqua Tong. Pour commencer, Zhang est-il au courant de l'existence de cette paysanne ?

— Connaissant Zhang, on peut répondre sans hésitation par oui. Il est au courant. Et ce sera un triomphe pour lui que de faire éclater la famille Tong grâce à cette fille.

— Pourquoi me hait-il tant ? demanda Tong.

— Il ne te hait pas, il te trouve ridicule. Et c'est le pire qui puisse arriver à un homme, Shijun.

— Je ne lui ai jamais donné l'occasion d'avoir une telle opinion de moi. J'ai organisé des expositions pour ses œuvres, j'ai travaillé pour faire connaître son nom dans toute la Chine, par-delà les limites du Yunnan. J'ai mérité sa reconnaissance et non pas ses sarcasmes.

Tong eut un geste irrité.

— Mais que nous importe Zhang ! Notre fils s'est fourvoyé, et nous devons le sortir de cette erreur.

— Te sens-tu capable d'éteindre un feu avec un seau d'eau ?

— Si le feu n'est plus entretenu, il tombe et s'éteint.

— Veux-tu faire disparaître la fille ? s'écria Meizhu, d'une voix que la peur rendait aiguë. Shijun, que se passe-t-il dans ta tête ?

— Je vais aller à Huili, répondit Tong d'un ton coupant. L'honneur de la famille est digne de tous les sacrifices.

— Sais-tu que Jian n'aurait aucun scrupule à te tuer ?

— Jamais il ne lèverait la main sur moi.

— Il te ferait sans hésiter la même chose que ce que tu envisages de faire à la jeune fille.

— Meizhu, de quoi me crois-tu capable ?

Tong se baissa, ramassa la carte sur le sol et la replia.

— Je trouverai bien un moyen de convaincre cette fille que Jian ne l'épousera jamais. Avant toute chose, je parlerai à son père, et, s'il est un homme raisonnable, il empêchera sa fille de revoir Jian. Lorsque des pères se parlent, ils arrivent toujours à trouver un accord.

— Comment un pauvre petit paysan aurait-il les moyens de se défendre contre l'illustre Tong ?

— C'est bien ainsi que je vois les choses.

Tong mit la carte routière dans la poche de sa veste.

— Donc, Jian est en route pour Huili. Accordons-lui encore cette visite, ce sera sa dernière. Et je te demande de ne pas lui parler de ce que j'ai décidé. Il ne faudra pas qu'il apprenne jamais que je me suis rendu dans ce village. Si le paysan sait écrire, il enverra une lettre à Jian dans laquelle il lui interdira de revoir sa fille. Et si la fille sait écrire, elle ajoutera à la fin : « C'est ma volonté aussi. » Un Tong, et Jian est un vrai Tong, est trop fier pour mendier de l'amour.

Il regarda Meizhu, satisfait.

— Et si le paysan n'accepte pas ? Il a attrapé un poisson en or dans ses filets !

— La question d'argent est sans importance.

Tong sourit d'un air souverain.

— Sur cette question-là aussi, les hommes arrivent à se mettre d'accord en général.

Dans des occasions comme celle-ci, Meizhu devait reconnaître que Tong Shijun était vraiment un grand seigneur.

Pour Huang Keli, la vie se présentait sous de meilleurs auspices.

Lida avait effectivement réussi à vendre son maïs à un négociant. Elle avait apporté le porc bien engraissé à « l'Unité d'abattage n° 2 », et elle tira un bon prix de ses dix canards, car ils avaient été élevés en plein air et non pas gonflés par des injections d'eau, comme certains paysans dénués de scrupules ne manquaient pas de le faire. L'argent que Lida avait rapporté du marché fut suffisant pour payer les dettes. Il y en eut même un peu plus, que Huang utilisa pour acheter des planches à parquet.

La maison destinée à Lida et à Jian était la plus belle et surtout la plus moderne de Huili et de tous les environs. Pas de murs en torchis, pas de sol de pierre, pas de feu à l'air libre, pas de trou pour faire sortir la fumée, non, chez Lida et Jian, tout était resplendissant de propreté. Lida avait souhaité avoir un autel, qui fut installé dans un angle, et lorsqu'il fut terminé, elle y plaça non pas un bouddha ou un saint quelconque, mais son objet le plus cher, le pavillon de jade.

Par une belle journée ensoleillée d'automne, les Huang reçurent une visite inopinée. Ils virent arriver une vieille voiture japonaise dont la carrosserie avait beaucoup souffert, qui peina fort pour escalader la colline et finit par s'arrêter devant l'école. Huang courut à sa rencontre, car il pensait que c'était Jian qui, ayant eu un accident en cours de route, avait dû abandonner sa voiture et louer ce véhicule poussif. Mais la portière du passager s'ouvrit sur Zhang Shufang, qui salua Huang aussi affectueusement qu'il aurait salué un frère.

— Quelle joie ! s'écria Huang. Quel honneur ! Le poète Zhang vient me voir dans ma misérable cabane. Jinvan, viens voir, nous avons un visiteur de marque !

— Le chemin qui mène jusqu'à vous est une punition des dieux ! Su Hongmo, le propriétaire de ce dragon à moteur, a passé son temps à faire des prières à haute voix pour demander aux cieux de protéger son véhicule ! Et il faut dire que nous avons craint à plusieurs reprises de le voir tomber en pièces détachées.

Jinvan arrivait, portant dans ses mains la petite coupe d'argile pleine d'alcool de riz avec laquelle les Miaos accueillaient tous les visiteurs qui étaient les bienvenus. Zhang laissa Jinvan porter la coupe à ses lèvres, en aspira une gorgée et la remercia en s'inclinant. Il ne toucha pas la coupe, connaissant la vieille coutume des Miaos suivant laquelle celui qui touchait la coupe se voyait contraint de la vider.

Après les salutations, Zhang fit un mouvement de tête en direction de la nouvelle annexe qui était presque terminée. Les quelques mots de bénédiction qui avaient pour fonction d'éloigner les mauvais esprits avaient déjà été peints au-dessus de l'entrée.

— C'est leur maison ? demanda-t-il. C'est là qu'habiteront Jian et Lida ? Jian m'a écrit qu'il voulait installer une remise en bois attenante à l'étable. Mais je vois que cette remise s'est transformée en vraie maison.

— C'est une surprise.

Eclatant de fierté, Huang fit les honneurs de la maison à Zhang, qui ne trouva pas de mots assez élogieux.

— C'est une construction absolument somptueuse. Des murs enduits, une cheminée de chauffage, un autel, un parquet. C'est un standing auquel n'ont pas droit des millions de citadins ! Vous avez certainement dépensé beaucoup d'argent.

— Nous avons vendu une partie de la récolte, dix canards, un gros cochon, et d'autres choses çà et là. Sans compter que j'ai encore des dettes... Jinvan et Lida passent leurs soirées à broder des corsages, des jupes, des vestes et des ceintures avec des fils dorés. C'est grâce à elles que nous allons pouvoir réduire le montant de nos dettes.

Huang ajouta dans un soupir :

— Je n'ai plus besoin de grand-chose pour vivre, mais je veux que Lida et Jian soient heureux.

— C'est bien la raison pour laquelle je suis venu à Huili.

— Non, monsieur Zhang.

Huang leva ses deux mains en signe de refus.

— Ne me proposez pas d'argent. Je ne suis pas un mendiant. J'ai appris à m'en sortir avec mon salaire d'instituteur, c'est-à-dire cent quarante yuans par mois. Nous n'avons jamais eu faim. Non, je n'accepterai pas d'argent de vous.

— Mais je n'ai pas pensé à cela. J'ai apporté des tableaux, mes plus belles peintures de ces dernières années. Nous allons en décorer les murs.

Il ne précisa pas que les tableaux, si Jian s'avisait de les vendre, leur rapporteraient jusqu'à dix mille yuans chacun. Une fortune !

— C'est une bonne idée, dit Huang en se frottant les mains de joie. Lida aime les beaux tableaux, mais nous n'avons jamais pu nous en offrir. De temps en temps, elle découpait des photos dans les magazines et les collait au mur, mais elle était encore enfant à l'époque. Elle va danser de joie en voyant vos tableaux, monsieur Zhang.

Après avoir bu du thé et mangé de la viande de poule, Zhang défit l'emballage de ses tableaux. Il avait apporté des crochets et des clous, on pouvait donc les suspendre immédiatement. Su Hongmo, le propriétaire du taxi, debout au milieu de la pièce, fit bénéficier Zhang de ses directives pendant que celui-ci, secondé par Huang, clouait les crochets aux murs : « Plus à gauche, à droite maintenant, ça va, c'est bon ! » Quand tout fut bien en place, il ne manqua pas de faire remarquer qu'il fallait être doué d'un sens esthétique inné pour maîtriser l'art d'accrocher les tableaux correctement.

A la fin de sa journée, Lida rentra, conduisant son inséparable buffle. Elle fut enchantée.

— C'est magnifique, dit-elle d'une voix qui trahissait sa joie à la vue des tableaux. Oncle Zhang, tu as fait de notre maison un jardin aux fleurs merveilleuses. Comment te remercier ?

— En étant une bonne épouse pour Jian, répondit Zhang. Et ne te laisse pas abattre par les difficultés que vous aurez à surmonter. Vous avez devant vous une route difficile. Tong Shijun va essayer par tous les moyens de vous séparer. Pour l'instant, il ne sait rien, mais un jour viendra où il faudra lui apprendre ton existence.

— Pourras-tu le faire pour nous, oncle Zhang ?

— Je n'ai aucune influence sur Tong. Seul Jian, son fils unique, peut lui parler.

— J'ai eu le temps de réfléchir, intervint Huang. Le grand Tong a son honneur à défendre, mais le petit instituteur-paysan Huang aussi. Je n'ai pas à rougir. J'ai travaillé pendant ma vie entière, j'ai fait de mes enfants des gens courageux, et si le professeur Tong est capable d'écouter un cœur et de diagnostiquer que ce cœur est malade, moi, de mon côté, j'ai semé dans le cœur des enfants la graine de l'amour de leur patrie, je leur ai appris à lire, écrire et compter, et je leur ai inculqué les bonnes mœurs et la bienséance. Est-ce que cela a moins de valeur que d'être capable de dire : « Tu as telle ou telle maladie, et je vais t'aider à guérir ? » Nous avons chacun notre place ici-bas. De quoi donc vivrait un Tong Shijun s'il n'y avait pas de paysans pour planter le riz et les légumes, pour élever les animaux qui fournissent la viande qu'il trouve dans son assiette ? Est-ce qu'il sait faire le tofu et moudre les épices ? Non, sur un signe de lui, on lui apporte ce qu'il veut et il trouve tout naturel de manger à sa faim. Est-ce que c'est vraiment naturel ? Est-ce que Tong Shijun est vraiment tellement supérieur au paysan qui fait couler sa sueur de l'aube à la nuit tombée qu'il peut se permettre de le considérer comme un moins que rien ? Moi, le maître d'école Huang Keli, un Miao, qui suis ici, et lui, le professeur Tong Shijun, un Han, qui est là-bas, nous sommes égaux parce que nous accomplissons tous deux notre devoir. Et sa tête serait vide s'il ne réussissait pas à comprendre cela. Il a un fils, moi j'ai une fille, et nos deux enfants s'aiment : c'est dans l'ordre des choses, n'est-ce pas ?

Zhang opina du chef, mais il garda le silence. Il savait que la rencontre entre Tong et Huang n'aurait rien à envier aux duels des temps passés. La règle exigeait un seul survivant, et pour Tong, cette règle était toujours valable, en dépit de Mao et du communisme.

— Le temps va changer beaucoup de choses, dit Zhang, apaisant. Et nous avons le temps.

Deux jours plus tard, Tong découvrait la carte routière dans la chambre de Jian. Et le temps passa à toute vitesse.

Zhang, qui pouvait se permettre de louer les services de Su Hongmo et de sa voiture pour plusieurs jours, resta à Huili plus longtemps qu'il ne l'avait prévu. Liang Taiping, un voisin de Huang, arrangea sa chambre pour lui et alla dormir dans l'étable, tout content de gagner quelques yuans aussi facilement : Zhang avait été généreux en fixant le prix de la location. On mit un matelas à la disposition de Su Hongmo dans une salle de classe de l'école, ce qui présentait toutefois un inconvénient, celui de devoir plier le lit de fortune dès sept heures du matin, car les cours commençaient une heure plus tard. Le chauffeur de taxi tenait alors compagnie à Jinvan dans la maison Huang, lui racontant moult aventures qu'il avait vécues au cours de sa vie professionnelle. Le gaillard déclenchait l'hilarité autour de lui, car les multiples péripéties dont il régalait son auditoire valaient leur pesant de gaieté. Il raconta par exemple qu'un couple d'amoureux lui avait demandé d'errer sans but précis à travers la nature parce que son taxi était le seul endroit où ils pouvaient se rencontrer tranquillement. Mais leur amour était si fort que le siège arrière s'écroula sous l'intensité de leurs sentiments, et le fougeux amant eut toutes les peines du monde à payer la réparation, que Su, grand seigneur, lui permit de régler en quatre mensualités.

Zhang mit son temps à profit pour peindre. Il prit pour modèle le village de Huili, les champs et les rizières en terrasses, les rochers rouges, la petite rivière qui, au printemps, quittait parfois son lit pour inonder l'unique route séparant Huili du reste du monde.

Zhang passait ses journées assis au milieu des champs sur un tabouret de bois. Son motif favori était Lida : Lida debout au milieu des rizières, ou en train de sarcler les champs de légumes, ou montant un mur de retenue avec les pierres qu'elle était allée chercher dans les rochers pour entourer une surface laissée jusque-là en jachère.

Il peignait aussi son visage, ses yeux noirs, ses cheveux brillants, la courbe de ses lèvres, la fraîcheur de sa beauté qui était restée intacte malgré les durs travaux des champs. Mais il avait une prédilection pour l'image qu'elle offrait au moment où, assise sur une pierre près du rocher rouge, elle sortait son repas de midi de sa corbeille, le petit pavillon de jade reflétant les rayons du soleil posé à côté d'elle.

Zhang était assis auprès d'elle lorsqu'en bas, sur la route, ils virent se détacher une voiture japonaise.

— C'est Jian ! s'écria Lida en sautant sur ses pieds. Il est venu me voir !

Elle dévala l'étroit chemin en faisant de grands signes. Jian courut à sa rencontre et l'attrapa au vol. Peu leur importait de respecter les convenances, ils s'embrassèrent en pleine rue, et il leur était parfaitement égal de savoir qu'un nombre important de spectatrices assises sur le devant de leur porte ne perdaient pas une miette de la représentation.

Puis Lida amena Jian devant la nouvelle maison. Elle le prit par la main, ouvrit la porte et le fit entrer. Il vit combien elle était fière et heureuse de lui faire cette surprise. Elle se tut et attendit sa réaction.

— Cette maison est magnifique, s'exclama-t-il, tout en se disant *in petto* que la remise du jardin familial à Kunming dans laquelle on entreposait les outils de jardin était une villa en comparaison. Et ces tableaux ! On dirait que ce sont des peintures de l'oncle Zhang.

— Elles sont bien de lui. Il nous en a fait cadeau.

— Il est venu vous voir ?

— Il est toujours là !

Elle éclata de rire en voyant son expression médusée, lui sauta au cou et l'embrassa, au comble du bonheur.

— Il m'a peinte, Jian. Moi avec le buffle. Nous mettrons le tableau au-dessus de notre lit.

Puis ce fut au tour de Jinvan et de Huang de venir dans la nouvelle maison. Ils serrèrent Jian dans leurs bras. Jinvan n'avait pas oublié la boisson de bienvenue et fit boire Jian dans la coupe d'argile. Quelques gouttes d'alcool de riz tombèrent sur le sol de la pièce, comme autant de gouttes d'eau bénite.

— Il manque encore quelques petites choses, dit Huang, comme pour s'excuser. Mais, d'ici l'hiver, tout y sera.

Se rengorgeant de fierté, il ouvrit la porte qui conduisait à la salle de bains, et s'effaça. C'était le joyau de la maison. Personne n'avait jamais rien vu de tel à Huili : une cabine de douche aux parois de verre, un lavabo de céramique rose, et des toilettes avec l'eau courante.

Ce que Huang et Lida avaient réussi à construire en si peu de temps était proprement renversant, et Jian s'écria, au comble de l'étonnement :

— Mais comment avez-vous pu réussir à faire tout cela ?

Sur ces entrefaites, Zhang rentra des champs avec son attirail de peinture. Il serra Jian contre lui.

— En voilà une surprise ! s'exclama-t-il. Tu peux te permettre de laisser tes études en plan, tout simplement ?

— Je me suis octroyé un peu de temps.

— Et qu'en pense ton père ?

— Nous ne nous parlons presque plus. Je lui ai expliqué que j'entendais vivre à ma guise. J'ai eu beaucoup de difficultés pour lui faire saisir ce que je voulais dire et je ne sais toujours pas s'il a compris.

— Il ne se doute de rien? Il ne sait pas où tu vas quand tu disparais?

— Il n'en a pas la moindre idée. Mais je pense que Mère...

— Que veux-tu dire?

— Elle a une intuition incroyable. Elle pense que je viens chez toi.

— Jian, le danger nous guette.

Zhang était devenu très grave.

— Ton père va revenir me voir à Dali et exiger des explications.

— Nous devrons continuer à nous réfugier dans le mensonge. Pendant deux ans au moins.

— Je ne sais pas si ce sera possible. La méfiance éveille des forces insoupçonnées. Jian, c'est une vieille règle en cas de guerre : la meilleure défense, c'est l'attaque.

— Je ne peux pas encore parler de Lida à mon père. Il se servirait de ses relations au sein du Parti pour faire plier Huang. Nous devons continuer à tenir notre cachette secrète.

— Et si tu disais la vérité à ta mère?

— Elle lui répéterait docilement tout ce que je lui aurais dit.

— Donc c'est moi qui serai le butoir contre lequel ils viendront échouer.

Zhang poussa un profond soupir, puis, comme à son habitude quand il était préoccupé, il se mit à caresser sa maigre barbiche blanche.

— Ils vont m'insulter et me maudire, mais ma peau est comme une toile cirée, tout glisse dessus.

Une idée soudaine sembla traverser son esprit, car il eut un sourire futé.

— Qu'en penserais-tu, si nous les mettions sur une fausse piste? Si je leur faisais croire à une histoire de jeune fille qui vivrait à Lijiang?

— C'est une bonne idée. Nous allons y réfléchir.

Jian indiqua les tableaux.

— Ce que tu nous as offert là, je ne peux l'accepter. C'est une fortune qui est accrochée aux murs!

— Ferme-la! répondit Zhang grossièrement. Ceci ne regarde que toi et moi.

Tard dans la soirée, Huang et Jinvan accompagnèrent Jian et Lida en cortège jusqu'à leur nouvelle maison. Ils s'arrêtèrent sur le seuil et répandirent des grains de riz sur le sol, comme il est d'usage lorsqu'un jeune couple pénètre pour la première fois dans sa propre demeure.

— Il est vrai, dit Huang, que vous heurtez tous les bons usages en partageant un lit sans être mariés, mais les choses ont tellement changé à l'heure actuelle — en bien ou en mal, là n'est pas la question — que c'est un détail sans importance. Que le bonheur ne vous quitte jamais, et que le froid ne souffle jamais sur votre amour.

Il donna un coup de coude à Jinvan, qui saisit immédiatement. Elle se retourna et reprit le chemin de leur propre maison. Huang la suivit, légèrement courbé en avant. Il sentait le poids de la lourde charge qu'on ne manquerait pas de lui poser sur les épaules. Il pensait aux craintes de Zhang, au moment où Tong Shijun apprendrait la vérité, et il admit objectivement qu'il comprenait le point de vue de Tong, car, si les rôles étaient inversés, s'il était le père d'un fils tel que Jian, il se défendrait lui aussi contre une belle-fille non désirée, cette attitude fût-elle stupide et dépassée.

Jian et Lida restaient plantés face à face à se regarder, sans parler. Il est des instants de bonheur où toute parole est inutile.

Lida enleva sa robe. En embrassant son corps nu, Jian remarqua deux taches rouges sur son dos. Il fit courir ses doigts sur sa peau veloutée et palpa l'emplacement des taches. La jeune fille frissonna.

— Tu t'es cognée ? lui demanda-t-il.

— J'ai été renversée par un âne.

— Quand ?

— Oh, il y a quelques semaines. J'ai eu pas mal de bleus, mais il ne me reste plus que ceux-là.

— Tu as vu un médecin ?

— C'est Zhou Chen qui m'a traitée.

— Avec quoi ?

— Je ne sais pas. Avec un baume et avec une teinture.

Jian palpa encore les hématomes. Il sentit très nettement une induration sous ses doigts, les épanchements de sang semblaient avoir formé des kystes au lieu de disparaître au bout de quelques jours comme ils auraient dû.

— As-tu mal quand j'appuie dessus ? demanda-t-il.

— Non, je ne sens que la caresse de tes doigts.

Elle s'étira voluptueusement et soupira :

— Ils sont si doux et si tendres.

Il embrassa sa nuque, puis il la souleva et la porta jusqu'au lit. Il la posa avec mille précautions, comme une porcelaine fragile.

Il s'agenouilla auprès du lit, ses lèvres effleurèrent ses seins, son ventre, et se posèrent au creux de ses cuisses, qui se tendaient vers lui.

— Tu es si belle, dit-il tout bas. Plus belle que toutes les princesses des contes de fées.

— Ce n'est pas un conte de fées, c'est la réalité.

Elle saisit sa tête et la pressa fort contre elle.

— Je t'aime, et si notre amour disparaissait, j'en mourrais.

Le matin suivant, pour la première fois depuis des années, Lida ne se leva pas à cinq heures pour accomplir sa tâche quotidienne. Elle dormit jusqu'à huit heures dans les bras de Jian, tandis que le buffle, habitué à un rythme immuable, trépignait avec ses sabots, donnait des coups de corne contre le mur de bois de l'étable, meuglait et se comportait comme s'il avait été piqué par tout un essaim de guêpes.

Huang lui-même ne cessait de regarder sa montre en secouant la tête d'un air contrarié.

Jinvan lui posa la main sur le bras et le tranquillisa d'un sourire.

— C'est leur première nuit dans leur nouvelle maison, dit-elle. Accorde-leur ces quelques heures, ne sois pas si sévère.

— La vie, tout comme une pièce de monnaie, possède deux faces : l'une d'elles est l'amour, l'autre est le devoir. Les deux forment un tout.

— Le riz ne va pas se dessécher pour une journée. Et les légumes ne vont pas se flétrir pour autant, ni le maïs tomber. Demain matin, Lida sera seule de nouveau quand Jian sera reparti pour Kunming. Et qui sait quand il pourra revenir ?

Huang était déjà en train de faire sa classe lorsque Jian et Lida firent enfin leur apparition pour prendre leur petit déjeuner.

Jinvan ne dit pas un mot. Elle se contenta de regarder Lida, qui baissa la tête, tandis qu'une rougeur envahissait ses joues. Jian prononça quelques mots d'excuse :

— Nous avons voulu retenir le temps. Je te prie de nous pardonner, Jinvan.

Après le petit déjeuner, auquel il avait pris part également, Zhang prépara ses affaires, qu'il mit dans le coffre du « Dragon au souffle bruyant », sobriquet qu'il donnait à la vieille voiture cabossée. Su Hongmo balançait la tête de gauche à droite à l'idée de devoir affronter le voyage de retour sur des routes aussi épouvantables. Il finit par déclarer à Zhang :

— Très honorable monsieur Zhang, si la voiture me lâche, je ne serai plus qu'un pauvre homme sans travail et sans riz. Je n'ai pas les moyens de m'en payer une autre. Nous devrions réfléchir ensemble aux dispositions à prendre.

— J'ai loué vos services, à vos risques et périls, Hongmo.

— Mais vous ne m'aviez pas prévenu qu'il s'agissait de faire des kilomètres sur une planche à laver. Vous n'auriez jamais eu assez d'argent pour me convaincre.

— Je ne connaissais pas moi-même la route de Huili. C'est la première fois que je viens. Si vous aviez mieux entretenu votre auto...

— Entretenu ? s'écria Su en levant les deux bras au ciel. C'est une des meilleures autos de Dali ! Mais elle n'est pas prévue pour faire des raids dans le désert.

Il montra la voiture de Jian, qui, bien que couverte de poussière, paraissait neuve.

— Attendez un peu de voir à quoi va ressembler cette voiture après avoir roulé plusieurs fois sur cette route infernale. Monsieur Zhang, êtes-vous d'accord pour partager les frais de réparation ?

— Non. C'est un honneur pour vous que de me conduire. Mettez le moteur en route, nous partons tout de suite.

Su ouvrit la portière d'un geste rageur et s'installa au volant. Lorsqu'il mit le moteur en marche, on crut entendre tirer le canon à plusieurs reprises. Puis le moteur se calma et se mit à ronronner. L'une des meilleures autos de Dali était prête à partir.

Après que Zhang eut pris congé de tout le monde, il prit Jian à part une dernière fois.

— Je crains que ton père ne revienne me voir, dit-il. Dois-je le mettre sur une fausse piste ?

— Il se rendra bien vite compte de la supercherie.

— Je ne pourrai que lui répéter ce que je serai censé avoir appris par toi. Il lui sera impossible de me prouver le contraire. Et il repartira sans en savoir plus. Ce n'est que par toi qu'il pourra apprendre la vérité.

— Il lui faudra patienter pendant au moins deux ans encore.

— Je te souhaite bonne chance, mon garçon.

Zhang embrassa Jian une dernière fois, le serra contre lui, grimpa dans la voiture et donna à Su un coup dans les côtes.

— Allez-y ! dit-il. Je hais les adieux. Dire adieu, c'est mourir un peu.

Su appuya sur l'accélérateur, la voiture fit un bond en avant et se mit à dévaler la colline.

— Faisons une prière pour que Zhang arrive sain et sauf à Dali, dit Jinvan, qui agitait sa main en signe d'adieu. Il est bien courageux de se lancer dans une telle aventure à son âge.

Après le petit déjeuner, Jian descendit l'étroit chemin recouvert de plaques de pierre qui menait chez Zhou Chen, à qui il avait déjà eu l'occasion de rendre visite lors d'un précédent séjour. Il pénétra dans la pièce qui servait tout à la fois de salle de soins, de pharmacie, de cuisine et de chambre à coucher. Zhou était assis derrière une sorte de comptoir, en train de remuer une mixture dans un bol, tout en parlant avec un patient. Ce dernier était un paysan qui s'était foulé le pied, et Zhou se disposait à lui appliquer un cataplasme avec la mixture précitée, en lui expliquant que le médicament numéro 87 ferait disparaître la tuméfaction et la douleur.

— La science vient rendre visite au praticien, dit-il en guise de salut à Jian. Camarade Tong, que puis-je pour vous? Avez-vous besoin d'un conseil?

Jian ne prêta pas attention à cette provocation. Il s'assit sur une chaise branlante et jeta un bref regard sur la cheville enflée du paysan, qui nécessitait un bandage à l'alcool camphré avec une bande élastique. Avant tout, le pied devait être mis au repos.

Il entama la conversation :

— Tu as soigné Lida après son accident?

— C'est exact.

Zhou continuait à remuer sa bouillie.

— Son dos ressemblait à du marbre, poursuivit-il. Des stries et des taches partout. Mais je l'en ai délivrée.

— Il en reste deux, qui se sont transformées en hématomes indurés.

— Deux malheureuses petites choses insignifiantes! Alors que ma teinture est capable de rendre une sangsue anémique!

— Et qu'est-ce qu'il y a dans ta teinture?

— Du venin de serpent, de la bile de grenouille et des extraits de diverses plantes et racines que je garde secrètes.

Zhou prit un air supérieur. Tout médecin aux pieds nus possède ses secrets de fabrication, qui le rendent indispensable dans son village.

— Et tu ne lui as rien donné d'autre?

— Monsieur le savant, je lui ai encore appliqué un baume, tel qu'il est décrit dans le livre de médecine rédigé en 1167.

— Pas de Lasonil? Pas de Doloben? Pas d'Hyzum ou de Gelum-S?

Zhou regarda Jian comme s'il avait prononcé des paroles particulièrement indécentes.

— Ce sont des médicaments? demanda-t-il finalement.

— Oui. Qui viennent d'Europe.

— Ils ne sont pas sur ma liste. Je n'en ai pas entendu parler.

— On les trouve dans toutes les pharmacies de Shanghai, de Pékin, de Canton ou de Chengdu.

— Camarade savant, nous sommes ici à Huili.

— Mais tu pourrais faire venir ces médicaments de Chengdu.

— Jusqu'à présent, notre médecine chinoise a toujours été efficace. Il existe des maladies qui sont tout simplement réfractaires.

— Tu aurais pu éviter l'induration des hématomes.

Jian montra le pied du paysan, qui avait écouté toute la conversation avec des oreilles grandes ouvertes.

— Et comment traites-tu cette entorse ?

Une nouvelle fois, Zhou fixa sur Jian un œil de grenouille, puis se mit à remuer vigoureusement sa mixture.

— Il s'est retourné le pied, c'est tout. Je vais lui faire un cataplasme avec ce mélange et dans huit jours il sautera comme un lièvre.

— Ou alors, il boitera, il criera et il te maudira. As-tu des bandes élastiques ?

— Non.

— Comment vas-tu faire pour mettre le pied au repos ?

— Qu'est-ce que ça veut dire, « au repos » ? s'écria le paysan. J'aurai plus le droit de marcher ?

— Non, pas dans un premier temps. Il ne faut pas que tu t'appuies sur ton pied. Il faut que tu restes couché.

— Et qui c'est qui va faire mon travail pendant ce temps ? Vous, en ville, vous pouvez vous permettre de rester au lit, mais nous, ici, c'est la terre qui commande. Zhou Chen, ta bouillie fera partir la douleur ?

— Je l'espère.

— Et je pourrai remarcher après ?

Zhou jeta à Jian un regard en coin, comme pour implorer son silence. Jian repartirait, mais lui, le médecin aux pieds nus, il resterait au village, et c'était la confiance de ses paysans qui le faisait vivre. Et nombreuses sont les maladies qui guérissent parce que l'on croit à la guérison. Zhou avait accumulé l'expérience dans ce domaine.

— Bien sûr, tu pourras remarcher, mais pas tout de suite.

— Je suis venu en marchant sur ce pied, et je repartirai de la même façon, dit le paysan. Y aura personne pour nourrir les bêtes à ma place, ou sarcler les mauvaises herbes. Fais-moi le cataplasme, Zhou.

Jian comprit qu'il perdrait son temps en lui expliquant les conséquences que pouvait avoir le traitement erroné d'une entorse. Il commençait à connaître l'entêtement des paysans. Les champs représentaient toute leur vie, et ce n'était pas un pied estropié qui empêchait de planter les légumes, sans compter qu'on se retrouvait de toute façon avec le dos tordu.

Jian attendit donc le départ du paysan, à qui Zhou avait appliqué son cataplasme et qui quitta effectivement la pièce en boitant, mais sans une plainte, et non sans avoir jeté un coup d'œil triomphant à Jian en sortant.

Zhou se lava les mains dans un seau de zinc et retourna près du comptoir.

— Vous voulez me faire perdre la face, camarade Tong? demanda-t-il.

Mais son ton n'était ni réprobateur ni menaçant. Au contraire, il semblait plutôt désemparé.

— Je suis un bon médecin aux pieds nus, tout le monde le dit.

— Tu seras le meilleur de toute la région quand je t'aurai rapporté un carton plein de médicaments occidentaux à ma prochaine visite.

— Je vous remercie, camarade Tong.

Zhou s'inclina, sans se lever.

— On m'a enseigné que dans la médecine chinoise il se trouvait une plante pour guérir chaque affection et que la production de chaleur interne brûlait les maladies.

— Il existe mille maladies que tu ne connais pas, Zhou.

— Celles-là ne parviendront pas jusqu'à Huili. Nos paysans s'en sortent avec dix, tout au plus vingt maladies, et je possède une médecine pour chacune d'elles.

Zhou leva les épaules, comme s'il voulait dire que nul n'échappait à son destin.

— Nous finissons tous par mourir, et nous sommes impuissants quand le moment du départ est venu.

— La médecine moderne peut faire reculer ce moment. Tout ce qu'on réussit à traiter maintenant par la chirurgie faisait partie du domaine de l'utopie il y a vingt ans.

Zhou balaya d'un geste les paroles de Jian, une expression de dégoût sur le visage. Comme pour beaucoup de Chinois, le corps humain était intouchable. Ouvrir un corps était un sacrilège et, dans certaines régions, les gens se défendaient lorsqu'on voulait leur administrer une injection car la simple piqûre d'une aiguille constituait déjà une atteinte à l'intégrité de la personne. Il n'existait qu'une seule exception, l'acupuncture. L'acupuncture était un héritage des siècles passés.

— Vous ouvrez les gens, camarade Tong?

— Oui. Cela fait partie de l'enseignement qui nous est dispensé. J'ai l'intention de devenir chirurgien.

— Affreux. Vous êtes capable d'ouvrir un ventre comme on dépèce un cochon ? Que faites-vous de la dignité de la personne humaine ?

— La maladie est plus puissante que la dignité. Ce n'est pas avec de la fierté qu'on guérit un cancer des reins, mais avec un scalpel. Le chirurgien est le combattant du front. Nous voyons la mort de nos yeux et la séparons du corps.

Jian lança à Zhou un regard impérieux.

— Ne veux-tu pas apprendre à combattre la mort ? Je suis tout à fait prêt à t'apprendre à exécuter quelques opérations.

— Vous ne trouverez personne à Huili pour se laisser découper de son plein gré.

— Nous pourrions t'entraîner sur un cochon.

Zhou lança à Jian un regard en coin.

— Je n'ai pas besoin des services d'un homme cultivé pour m'apprendre à ouvrir un cochon. N'importe quel employé des abattoirs, n'importe quel paysan saura le faire. C'est bien ce que je dis : les chirurgiens ne sont rien d'autre que des bouchers.

Il était inutile de poursuivre cette conversation. Jian quitta le médecin aux pieds nus et retourna chez Huang.

Jian et Lida passèrent la journée dans leur maison, dont ils ne sortirent que lorsque Huang vint cogner à la porte pour leur signaler que le repas était prêt. Bien que le soleil d'automne fût encore chaud, Lida avait rempli la cheminée de maïs et de grands morceaux de bois sous lesquels elle alluma le feu. Lorsque les flammes jaillirent et que le bois se mit à craquer, elle s'assit devant l'âtre, posa les mains contre les pierres qui chauffaient petit à petit, et regarda Jian en riant de bonheur.

— Nous ne tremblerons plus de froid, nous n'aurons plus besoin de superposer trois pantalons et trois tricots ni de porter de grosses bottes de fourrure. Nous pourrons nous déshabiller sans claquer des dents, nous n'aurons plus à dormir tout habillés et à nous réchauffer le matin avec du thé brûlant. Nous pourrons nous coucher tout nus et nous aurons aussi chaud que si nous étions couchés au soleil.

Jian, qui emportait toujours avec lui une petite pharmacie de voyage afin d'être en mesure d'administrer les premiers soins en cas d'accident de la route, n'y trouva pas de pommade contre les hématomes, mais un gel efficace pour guérir les plaies. Il le passa sur le dos de Lida, tout en se disant que cela n'avait pas beaucoup de sens. Il fallait absolument faire parvenir à Zhou Chen un assortiment de médicaments modernes, et cela le plus tôt possible, afin de l'équiper pour tous les cas de figure. Il se promit de lui en envoyer un gros colis depuis Kunming, avec les indications précises concernant chaque préparation. De cette façon Zhou deviendrait le plus célèbre médecin aux pieds nus de toute la région, car le bruit ne manquerait pas de se répandre aux alentours qu'un médecin qui possédait des médicaments inconnus jusque-là officiait à Huili et que l'action de ces médicaments était plus rapide et plus efficace que celle des remèdes de sa propre fabrication.

Le soir, Lida, le cœur gros, posa à Jian la question rituelle :

— Tu t'en vas demain matin ?

A quoi Jian répondit, comme d'habitude :

— Oui, il le faut.

— Et quand reviendras-tu ?

— Je ne sais pas. Il est possible que je ne puisse pas revenir avant un certain temps cette fois-ci.

— Pourquoi ?

— Parce que j'ai beaucoup de cours importants auxquels je ne peux pas me permettre de ne pas assister. Mais je t'écrirai.

— Tu n'es pas une feuille de papier. Je ne pourrai pas m'y réchauffer, je ne sentirai pas tes lèvres, ce ne sera pas ton corps que je pourrai enlacer.

Ils étaient assis côte à côte sur le lit. Ils étaient au seuil de cette dernière nuit, qui, même si elle était pleine de promesses de bonheur, n'empêchait pas Lida d'avoir froid à l'idée de la séparation imminente. Elle savait que les jours suivants seraient dominés par deux sentiments ignorés d'elle jusque-là, et qui caractérisaient désormais sa vie : la solitude et le manque.

Il lui arrivait souvent d'être envahie de terreur jusqu'à en perdre le souffle, et elle se demandait s'il était du pouvoir de l'amour de transformer un être au point que celui-ci ne se reconnaisse pas. La solitude, elle ignorait jusque-là son existence. Comment pourrait-on se sentir seule lorsque l'on a un bon père, une mère pleine de tendresse, que l'on vit dans un village et que l'on fait partie d'une communauté ? Que l'on cultive son jardin et qu'on le voit fleurir, que l'on a ses champs de légumes et ses rizières, son buffle, ses poules, ses canards et son cochon, que l'on peut se rendre au marché, juchée sur le petit tracteur, et y rencontrer toutes sortes de gens ? La vie est si variée, si pleine de surprises, de nouveautés, comment le mot « solitude » peut-il exister ?

Et le manque ? De quel manque peut-on souffrir lorsque l'on a tout ce que l'on peut désirer ? Sur les marchés, on se tient au courant de ce qui se passe dans les grandes villes, on peut s'acheter des magazines remplis de belles photos en couleurs sur lesquelles on peut voir de larges rues, beaucoup de voitures, de beaux vêtements, des tours et des magasins dans lesquels on trouve de tout : mais rien de tout cela ne lui manquait, Lida n'en avait aucun désir. Et elle se languissait encore moins de voir qui que ce soit car elle était entourée de son père, de sa mère et de son frère et, avec eux, son univers était complet. Son âme n'aspirait à rien de particulier, encore moins à serrer dans ses bras un être aimé.

Comme tout avait changé ! Son petit monde agréable était désormais dominé par le sentiment d'une solitude insupportable lorsque, le soir, elle était couchée seule dans son lit et pensait à Jian, à sa chaude présence, à ses mains douces et à ses lèvres. Elle entendait le buffle à côté dans l'étable, elle entendait la voix de sa mère et de son père, rien n'avait changé et pourtant rien n'était pareil. Sans Jian, le monde était un monde de ténèbres, et elle savait que si Jian devait ne pas revenir et le temps ne pas tenir ses promesses, elle se fanerait comme une fleur coupée. Dans les champs, lorsqu'elle s'asseyait pour se reposer un moment, elle était au bord des larmes, perdue au milieu du vide qui l'entourait. Elle ne comprenait pas ce qui lui arrivait car avant de rencontrer Jian ce monde était tout son univers, et elle l'aimait.

Elle en parla une fois, une seule, à sa mère. Cette conversation avait eu lieu un matin après le petit déjeuner, avant de partir pour la rizière avec le buffle. Elles prenaient leur petit déjeuner seules, en tête à tête pendant que Huang dormait encore.

Lida avait levé la tête, et demandé à sa mère :

— Mère, regarde-moi.

Jinvan l'avait regardée avec étonnement.

— Je te regarde, Lida.

— Me trouves-tu changée ? Suis-je devenue quelqu'un d'autre ?

— Comment aurais-tu pu devenir quelqu'un d'autre ? Tu resteras toujours comme tu es. C'est uniquement le regard que tu poses sur le monde qui peut changer. Pourquoi me poses-tu cette question ?

— Je vois notre univers quotidien avec d'autres yeux.

— Mais il n'y a aucun mal à cela. Quand on a de bons yeux, on voit la poussière dans les coins.

— Je vous aime. Je suis heureuse de vivre ici, comme auparavant. Mais tout est gris comme la pluie sans Jian.

Lida joignit les mains et jeta à sa mère un regard implorant.

— Ne me prenez pas pour une ingrate. Je voudrais bien voir les choses de la même façon qu'avant, mais je n'y réussis pas. Je me sens si seule sans lui. Mais comment puis-je dire une chose pareille alors que je suis auprès de vous ? La vie est-elle devenue si différente ?

— Oui, Lida.

Jinvan s'était penchée vers sa fille et avait caressé ses longs cheveux noirs.

— L'amour a sa propre façon de voir les choses, avait-elle poursuivi, il transforme tout, en bien, mais aussi en mal. Nous avons tous fait un jour cette expérience, et nous sommes devenus ce que nous sommes maintenant.

— Tu ne t'es jamais sentie seule ? demanda alors Lida.

Jinvan secoua la tête et jeta un coup d'œil en direction du lit où Huang dormait profondément.

— Non. Ton père a toujours été près de moi.

— Ne t'es-tu jamais languie de sa présence ?

— Non. Ton père et moi n'avons jamais connu la séparation.

Elle réfléchit, puis hocha la tête :

— Si, j'ai connu quelque chose de semblable. Ton père est parti pendant six semaines pour suivre un enseignement politique destiné aux instituteurs. Tifei était âgé de six ans, et j'étais justement enceinte de toi. Six semaines sans ton père, c'était six ans en pays étranger ! Mais je savais qu'il reviendrait. J'ai fait six traits sur le mur, en barrant un trait toutes les semaines. De semaine en semaine, ma joie de le revoir grandissait jusqu'au moment où il est revenu, et la vie avec lui.

Jinvan caressa encore les cheveux de Lida.

— Tous les sentiments qui sont en toi, ma fille, sont des sentiments naturels. Ils sont le lot de tous les amoureux.

— Je te remercie, Mère. Tu as apaisé mon cœur.

Lida avait saisi brusquement la main de sa mère, l'avait embrassée, puis elle était partie rejoindre le buffle qui l'attendait dehors.

Jian rentra à Kunming tard dans la soirée, épuisé comme à l'accoutumée par le pénible trajet, couvert de poussière et mourant d'envie de passer sous la douche et de se rafraîchir. Il ne vit pas son père à son arrivée. Après avoir pris sa douche et s'être enveloppé dans son épais peignoir de soie, il rejoignit la salle à manger où l'on avait dressé la table pour lui seul. Il souhaitait par-dessus tout éviter une querelle avec son père, mais il ne put s'empêcher de demander à sa mère :

— Est-ce que tu as eu une discussion avec Père ?

Meizhu demanda à son tour :

— Pourquoi et à quel sujet ?

— Parce que je me suis encore absenté pour trois jours.

— Crois-tu qu'il soit utile d'en parler?

— Non, Mère. C'étaient des paroles en l'air.

— Simplement, tu nous brises le cœur en nous mentant comme tu as appris à le faire.

— Le temps viendra où vous me comprendrez.

Meizhu observa son fils pendant qu'il mangeait de grand appétit. « Ta paysanne de Huili... se dit-elle, ça, jamais nous ne le comprendrons, mon fils. Mais ce sera bientôt fini. Même les plus malins finissent par commettre une erreur. La tienne a été de tracer la route de Huili sur une carte. Rien ni personne au monde ne pourra retenir Tong Shijun d'y aller et de rétablir l'ordre ancien. Et toi, mon fils, tu vas apprendre que les temps donnent l'impression de changer, mais qu'il subsiste une chose immuable : c'est le respect dû à son père et à sa volonté. »

Après le repas, Jian souhaita une bonne nuit à sa mère et se retira dans sa chambre. Durant toute la journée, il avait pensé à ce que Lida lui avait dit pendant la nuit. Elle avait commencé la conversation en lui demandant :

— Tu ne sais pas quand tu reviendras?

Il avait répondu :

— Je ne peux pas le dire. Je vais avoir beaucoup de travail, et il va falloir que je m'y consacre.

— Et plus tu avanceras dans tes études, moins nous pourrons nous voir.

— Il faut nous y préparer, Lida.

— Je resterai des mois sans te voir.

— C'est bien possible.

Elle posa sa tête sur ses genoux et le regarda en ouvrant grand les yeux.

— Quatre ans à attendre, Jian. Mon cœur va se briser.

— Nous devons tenir, Lida. Il ne faut pas perdre patience. L'impatience est la mort de l'espoir. Et nous ne pouvons rien changer à cette situation.

— Si, Jian. Moi je peux.

— Ne parle pas par énigmes, Lida.

— N'as-tu jamais envisagé que je puisse venir te rejoindre à Kunming?

La surprise faillit lui couper le souffle. Il avait pensé à tout, sauf à cela, force était de l'admettre. Lida à Kunming! Ce serait une catastrophe qui sonnerait le glas de la famille Tong.

— Tu n'obtiendras jamais de ton unité l'autorisation de t'installer en ville.

C'était une réponse mi-figue, mi-raisin, mais Lida ne le

remarqua pas. Elle était tout à cette idée qui avait germé dans son esprit depuis des semaines.

— Je vais faire une demande, Jian.

— En as-tu déjà parlé à tes parents ?

— Non. Je trouverai un emploi à Kunming, peu importe lequel. Je suis même prête à faire un travail de balayeuse au service du nettoiement des rues. Je ferais n'importe quoi... Mais je serais auprès de toi, nous pourrions nous voir tous les jours, et si je pouvais avoir une chambre seule, nous pourrions y être heureux.

— Tu n'obtiendras jamais d'accord pour Kunming. Il y a déjà bien trop de chômeurs, de paysans arrivés en ville en croyant qu'il suffisait de se baisser pour ramasser les yuans.

Il se pencha vers elle et baisa ses paupières, tout en imaginant le scandale qui ne manquerait pas d'éclater lorsque l'on apprendrait que le fils de l'illustre Tong aimait une balayeuse des rues. Ils pourraient dire adieu à tous leurs projets d'avenir.

— Ce n'est pas de gagner beaucoup d'argent qui m'intéresse, dit-elle. La seule chose qui m'intéresse, c'est d'être auprès de toi.

— Ton père s'est sacrifié pour nous construire cette maison. Tu lui fendrais le cœur si tu l'abandonnais pour l'échanger contre une chambre malpropre dans laquelle tu pourrais à peine te retourner. Imagine sa déception ! Tu ne peux pas lui faire cela, Lida.

— Je ne peux plus respirer sans toi, dit-elle en se blottissant encore plus étroitement contre lui. J'ai besoin de toi pour vivre, tu es l'air que je respire, le soleil, le vent, le jour et la nuit, tu es le ciel et les étoiles, et tu es la terre qui nous nourrit. Demain, tu repartiras en me laissant seule et en ne sachant pas quand tu reviendras. Comment veux-tu que je puisse tenir ? Où puiser la force de t'attendre calmement et dignement ? A Kunming...

Il secoua la tête.

— Et qui va s'occuper des champs, du jardin, du buffle ? Veux-tu que tout ce que vous avez construit pendant des dizaines d'années soit réduit à néant, uniquement parce que tu crois que tu ne pourras pas attendre que nous soyons mariés ?

— Que ce soit maintenant ou dans quatre ans, ce sera pareil. Je vais quitter Huili avec toi, et nous irons nous installer dans un endroit où tu pourras exercer. Qui s'occupera des champs ? Les voisins les prendront et verseront à Père une petite partie de la récolte. Il n'aura aucun souci à se faire.

— Tu ne trouveras jamais de chambre à Kunming, qui est une ville surpeuplée.

Elle lui adressa son plus joyeux sourire.

— Je n'ai pas besoin de chambre, Jian. J'ai déjà un logement.

— Tu as un logement à Kunming ?

— Est-ce que tu as oublié Tifei, mon frère ? Il est devenu riche. Il est propriétaire d'une entreprise de transport qui compte trois camions. Il connaît maintenant tous les gens importants de Kunming. Il me procurera un logement, l'autorisation d'emménager, l'accord de l'unité de Huili : je n'ai aucun problème pour venir te rejoindre.

— Réfléchissons avant de faire quoi que ce soit.

Jian imaginait très bien la scène, le jour où il amènerait Lida dans la maison paternelle. Il voyait son père toiser la jeune Miao dans sa robe de coton, de la même façon qu'au marché aux oiseaux on examine un oiseau apparemment insignifiant, mais qui est censé avoir un chant particulièrement beau. Il lui dirait :

— Tu es la concubine de mon fils ? Tu es jolie, tu peux rester sa concubine, mais les Tong n'accueilleront sous leur toit que la femme qui sera digne de porter leur nom !

Et il se voyait lui, Jian, trouver la force de se planter devant son père et de lui crier au visage :

— Je renonce aux privilèges des Tong ! Je vous méprise, toi et ta maudite tradition ! Tu es de l'espèce la plus abominable qui puisse exister : tu es un mandarin communiste !

Les choses se dérouleraient exactement ainsi si Lida se mettait en tête de venir à Kunming, alors qu'en patientant pendant quatre ans tout pourrait être différent. Il était maintenant dans sa chambre, allongé sur son lit, et toutes ces pensées ne cessaient de se bousculer dans sa tête. A la radio, on passait de la musique européenne : la Troisième Symphonie de Beethoven. Jian ferma les yeux et essaya de trouver des arguments qui dissuaderaient Lida de venir le rejoindre à Kunming. Il en trouva une quantité, mais il savait qu'il n'aurait aucun pouvoir de persuasion sur Lida.

Jian se serait épargné la fatigue de ces réflexions s'il avait su où se trouvait son père à ce moment précis. En effet, celui-ci était l'hôte de sa fille Fengxia et de son gendre Wu. Tout en buvant une bouteille de vin blanc en leur compagnie, il leur parla de ses soucis à propos de Jian et de sa paysanne. Fengxia, qui était devenue une personnalité en vue du comité central du Yunnan, se tenait raide dans son fauteuil sculpté en bois de rose. Elle portait une jupe vert olive, assortie d'une veste stricte de même couleur, dans le plus pur style Mao. Elle avait toujours l'air de porter un uniforme, tandis que son mari, Wu, le chef des services de santé, portait l'un de ces costumes gris uniformisés qui vous permettent de passer inaperçu au milieu de la foule. D'autant plus grande était sa puissance au sein des services de santé. C'était son équipe qui choisissait, parmi les dernières nouveautés occidentales, celles qui seraient utilisées à Kunming.

— Mon frère n'a jamais marché droit ! dit Fengxia d'une voix dure. Mais cette fois-ci il est allé trop loin. Une paysanne ! C'est à croire que les études lui égarent l'esprit. Junghou, qui connais-tu à Dukou, au Parti ?

Wu plissa le front et se mit à réfléchir, mais Tong fit un geste de refus.

— Je considère que nous commettrions une erreur en faisant intervenir le Parti. Il s'agit d'un problème qui ne doit pas sortir du cercle familial. Nous arriverons à le résoudre par nous-mêmes.

— Tu as bien dit qu'il était inutile d'essayer d'en parler à Jian.

— Je n'ai pas encore essayé, car il ne sait pas que nous avons découvert son secret. Et c'est un avantage pour nous. Ainsi, nous pouvons agir sans qu'il contrecarre notre action.

— Agir ?

Fengxia regarda son père d'un air interrogateur :

— A quoi as-tu songé, Père ?

— Je vais convaincre cette paysanne qu'elle ferait son propre malheur en espérant un avenir quelconque avec Jian. Avant tout, je démontrerai au père qu'il aurait tout intérêt à remettre sa fille dans le droit chemin. Par ailleurs, ajouta Tong avec un petit sourire mauvais, un petit paysan est toujours à court d'argent. Autrefois, les pauvres vendaient leurs filles aux riches. Moi, je lui donnerai de l'argent pour qu'il la garde avec lui.

— Comment comptes-tu t'y prendre ? lui demanda Wu. Tu ne connais pas son nom et tu n'as même pas la certitude qu'il habite réellement à Huili ou dans ses environs.

— C'est dans ce but que je suis venu vous trouver, mes enfants. J'ai besoin de votre aide.

— Donc j'avais raison, tu as besoin du Parti ! rétorqua Fengxia.

Sa vie était tout entière vouée au Parti, sa pensée s'appuyait exclusivement sur les enseignements du Parti, il n'existait pour elle aucun problème dont le Parti ne pût trouver la solution.

— Non !

Tong se pencha en avant, sa voix devint pressante, comme s'il participait à une conjuration :

— J'ai besoin d'une voiture, d'un chauffeur et d'un témoin. J'ai pensé à toi, Wu Junghou.

— A moi ?

— Tu as une voiture de service que tu conduis seul, tu peux disposer de ton temps à ta guise. Tu pourras donc me conduire à Huili. Par ailleurs, tu es le témoin idéal : ta parole est respectée partout et personne ne se permettrait de la mettre en doute.

Tong prit une profonde inspiration et dit d'une voix solennelle :

— J'ai besoin de toi pour sauver notre famille. Jian est en train de la détruire avec sa paysanne.

— Nous t'accompagnerons, Père ! s'écria Fengxia, avant même que Wu n'ait pu répondre, voire exprimer une réserve quelconque. Nous irons tous les trois : toi, Junghou et moi-même.

— Toi aussi ?

— Vous parlerez au père, et moi à la putain. J'ai un compte à régler avec Jian. Te souviens-tu de la façon dont il s'est comporté lors de la première visite de Junghou chez nous ? Je ne l'ai jamais oublié. Et tu sais comment il me surnomme ? Le « Haut-Parleur Rouge ».

Ses yeux durs lançaient des éclairs. Fengxia était d'une beauté peu commune, mais en plongeant dans son regard, on était saisi d'angoisse devant la froideur de ses yeux.

Wu en avait pris son parti. Il laissait Fengxia parler et agir à sa guise, soucieux avant tout d'éviter les affrontements. Par chance pour lui, Fengxia dispensait trois fois par semaine des cours de formation politique. Pendant ce temps, il s'installait confortablement sur son canapé, fumant et buvant de la bière tout en écoutant de la musique occidentale.

— Quand partons-nous ? demanda-t-il.

— Ce sera à toi d'en décider. Il faudra te libérer pour trois jours au minimum.

Tong regarda sa fille :

— Et toi ?

— Je décide moi-même de mon emploi du temps, répondit-elle fièrement. Je n'ai de permission à demander à personne.

— Ce ne sera pas facile, dit Wu en dodelinant de la tête. Il faudra d'abord que je fasse une demande d'utilisation de voiture de service à des fins privées. Quel motif vais-je pouvoir invoquer ? Si je dis que c'est pour forcer une paysanne à ne plus aimer Jian, ils me prendront pour un fou. Il faut que nous trouvions un motif vraiment valable, autrement nous n'aurons pas satisfaction.

— Je vais aller faire une formation à Dukou, dit Fengxia. Et toi, tu vas aller inspecter des installations médicales.

— Ce seraient deux raisons, mais elles ne seront pas reconnues.

— Et pourquoi ?

— Dukou ne fait pas partie de notre secteur. Ils ont leurs propres commissions là-bas.

— Alors nous allons demander aux camarades de nous inviter.

Fengxia considéra son mari d'un air légèrement apitoyé. « C'est un gentil garçon, disait ce regard, mais son indolence me tape sur les nerfs. On trouve toujours à se sortir de toutes les situations, il suffit de faire un peu travailler ses méninges et d'être capable de prendre des décisions rapides. »

— Je parlerai demain matin à la section de Dukou.

Elle se tourna vers son père et lui fit un signe de tête :

— Nous pourrons certainement partir pour Huili la semaine prochaine.

— Pourrons-nous faire un détour par Dali ? demanda Tong.

— Tu veux aller rendre visite à oncle Zhang ?

— Il est au courant des incartades de Jian depuis le début. Il est allé jusqu'à les couvrir. Il a trahi notre famille. Notre honneur exige que nous lui en demandions raison.

— Tu veux le tuer ? s'écria Wu, le souffle court.

Wu était le fils d'un obscur employé des postes. Avant de rencontrer Fengxia, il ignorait tout des traditions qui continuaient à régir la vie des grandes familles de souche ancienne, en dépit de la révolution de Mao. Il devait au Parti, grâce auquel il avait rencontré Fengxia, d'avoir été accepté au sein de la famille Tong. Fengxia était convaincue que l'avenir de la Chine était entièrement suspendu à l'application des idées du communisme. La première fois, lorsqu'elle avait parlé de Wu à son père en lui disant qu'elle l'aimait, celui-ci voulut lui interdire de le revoir, mais elle avait froidement répondu que le Parti était plus puissant que lui-même, tout professeur qu'il était. Cette réponse était un avertissement que Tong avait immédiatement saisi. Il avait donné son accord et ne l'avait jamais regretté, car par l'intermédiaire de Wu l'hôpital de Kunming obtenait tous les nouveaux équipements occidentaux et comptait parmi les établissements les plus modernes du pays. De son côté, Wu avait appris grâce à Fengxia le sens des traditions familiales et par là avait acquis une tournure d'esprit qui lui était totalement étrangère auparavant. Les Tong l'avaient aspiré comme le soleil aspire une goutte d'eau.

— Je ne vais pas tuer Zhang, répondit Tong calmement. Le temps des empereurs est définitivement révolu. Mais je veux lui faire sentir mon mépris et qu'il sache qu'il est dorénavant exclu de la famille. L'air qui nous entoure est contaminé, je veux le purifier.

Il saisit son verre de vin, en but une longue gorgée et savoura la joie d'avoir en Fengxia et Wu des alliés prêts à tout pour lui venir en aide.

Mais il restait encore quelques questions à régler. La première fut posée par Wu.

— Que se passera-t-il si le père de la fille refuse toutes les propositions ?

— Il ne pourra pas, répondit Fengxia avant que son père n'ait pu dire un mot. Il verra bien quelle puissance il a devant lui. S'il a un tant soit peu de raison, il comprendra vite qu'un pauvre paysan peut devenir encore plus pauvre si l'unité agricole le met sur la liste des rebelles.

Son sourire était de glace et son regard sans pitié :

— J'aurai les moyens de briser son obstination.

Wu posa une deuxième question :

— Et si la fille ne veut pas lâcher Jian ?

— Elle n'a rien à vouloir.

Les yeux de Fengxia étincelèrent de méchanceté. Le désir d'anéantir cette fille croissait en elle, en même temps que celui de prendre sa revanche sur Jian.

— Une putain ne peut avoir que ce qu'elle mérite. Elle ne s'élèvera pas contre moi.

— Donc, tout est dit.

Tong se leva, finit son verre et regarda sa montre. Il était une heure du matin.

— J'attends de vos nouvelles, dit-il. Votre jour sera le mien.

Wu et Fengxia le raccompagnèrent jusqu'à la porte. Fengxia eut une inspiration soudaine :

— Père, quelle va être l'attitude de Mère ?

— Ta mère est une femme merveilleuse, répondit Tong d'un ton plein de respect. Elle émet de temps en temps, sous l'influence de Jian, des idées très émancipées, mais dès qu'il s'agit de la famille, elle est de mon avis.

— Elle ne vendra pas la mèche quand nous irons à Huili ?

— Je suis absolument sûr de son silence.

Meizhu ne s'était pas couchée. Elle attendait le retour de son époux. Lorsqu'il rentra, elle alla à sa rencontre et le regarda avec des yeux interrogateurs. Mais Tong ne dit rien. Il alla s'asseoir sur le canapé de la salle de séjour et ferma les yeux comme s'il ne pouvait pas regarder sa femme en face.

— Tu ne veux rien me dire ? lui demanda-t-elle au bout d'un moment, voyant qu'il restait muet.

Il prit une profonde inspiration et ouvrit les yeux. Son regard trahissait une grande fatigue, mais également un profond contentement.

— Wu va nous emmener à Huili avec sa voiture de service, finit-il par dire.

— Nous ?

Meizhu comprit immédiatement ce que cela signifiait.

— Fengxia vous accompagne ? ajouta-t-elle.

— Oui. Elle le veut. Elle pense qu'elle pourra plus facilement que moi parler à la paysanne. C'est moi qui discuterai avec le père. Ce sera facile. Wu est de mon avis. Il n'y a rien de pire pour un paysan que d'être en désaccord avec son unité. Il serait fou de ne pas le reconnaître.

Tong bâilla, submergé de fatigue.

— Est-ce que Jian est revenu ?

— Oui.

— Il a dit quelque chose ?

— Non. Il a pris une douche et a mangé, puis il est monté dans sa chambre. Il n'a même pas pris de tes nouvelles.

La voix de Meizhu devint incertaine :

— Shijun, je commence à avoir peur.

— Il n'y a aucune raison pour que tu cèdes à la peur.

— Notre famille va éclater.

— Elle va traverser une crise, c'est certain. Mais il n'est pas dans le pouvoir d'une paysanne de détruire une institution qui a mille ans derrière elle.

— Tu pourrais perdre ton fils, Shijun.

— Il finira par retrouver ses esprits et réintégrera le giron familial. Même s'il se conduit de manière subversive, Jian est un Tong, et il ne pourra se débarrasser de son appartenance à la famille comme on jette une chemise sale. J'aime mon fils par-dessus tout et je sais qu'un jour il me sera reconnaissant d'avoir agi pour son bien.

Tong se leva et bâilla une nouvelle fois.

— Je ne perdrai pas mon fils, poursuivit-il. Jian est pareil à tous les jeunes gens de son âge : un joli corps de fille lui fait perdre toutes ses facultés. Mais la réalité le ramènera à la raison. Et il en sortira plus fort qu'avant.

— Quand partez-vous pour Huili ?

— La semaine prochaine, je pense. Je veux mettre un terme à cette affaire le plus vite possible.

Tong s'étira, passa son bras autour des épaules de Meizhu, et ils se rendirent ensemble dans leur chambre à coucher. Mais dans leur tête se bousculaient des pensées que chacun garda pour soi. Meizhu répéta toutefois :

— J'ai peur !

Tong baisa son front et secoua la tête avec un sourire apaisant.

Par un triste jour d'automne, alors que le lac Erhai paraissait gris sous un soleil voilé, une voiture, une Santana fabriquée à l'usine Volkswagen de Shanghai, s'arrêta devant la maison de Zhang Shufang. Ses portières s'ouvrirent sur Tong, Fengxia et Wu. Zhang était dans son atelier, occupé à peindre un grand tableau tout en écoutant de la musique sur son transistor. Il ne remarqua l'arrivée de ses visiteurs que lorsqu'il entendit frapper de grands coups à sa porte. Il posa son pinceau, baissa le son de sa radio et, perplexe, continua à attendre. Les visites étaient rares. Lorsque les pêcheurs venaient le voir, ils ne frappaient pas à la porte, ils faisaient le tour de la maison, lui faisaient signe à travers la grande fenêtre et entraient par la porte du jardin.

De nouveaux coups impérieux amenèrent Zhang à se demander quelles autorités le réclamaient. Car il ne pouvait s'agir que d'un fonctionnaire en service.

Zhang alla ouvrir la porte, qui s'ouvrit sur le visage de Tong. Derrière Tong, les yeux de Fengxia lançaient des éclairs, et Wu arborait une expression gênée, semblant prêt à s'excuser de s'introduire de cette façon chez un vieil homme.

— Shijun, Fengxia et Junghou, quelle surprise ! s'écria Zhang, tout en se demandant quelle était la raison de cette visite inattendue. Bienvenue ! Bienvenue ! Entrez. Quel bon vent vous amène à Dali ? Le Parti donne-t-il une fête ? Y a-t-il une commémoration quelconque ?

Il s'effaça sur le côté pour laisser le passage à ses visiteurs et ferma la porte derrière eux.

Ce fut Fengxia qui brisa le silence pesant.

— Nous sommes venus pour te parler de Jian, dit-elle sans détour.

Zhang sentit sonner en lui un signal d'alarme, mais il n'en laissa rien paraître. Courtoisement, il pria ses visiteurs de prendre place. Il alla chercher des tasses, des feuilles de thé et de l'eau chaude, et versa le breuvage de bienvenue comme la bienséance l'exigeait.

— Vous arrivez directement de Kunming ? demanda-t-il.

— Oui, cela fait bientôt neuf heures que nous sommes en route, répondit Wu en étendant les jambes. Cette route est une véritable torture ! Si on ne réussit pas à s'imposer auprès des conducteurs de poids lourds et si on reste bien élevé, on est perdu. Il n'y a qu'un seul moyen, c'est d'appuyer à fond sur le klaxon pour les chasser sur le côté.

Fengxia lui cloua le bec d'un geste de la main.

— Je pense que l'oncle Zhang n'a que faire de tes exploits de conducteur, dit-elle d'une voix dure. Il attend sûrement que nous lui disions l'objet de notre visite.

— Tu l'as déjà dit.

Zhang sirotait sa tasse de thé en regardant Tong par-dessus le bord.

— Vous êtes venus pour me parler de Jian. Je pensais, Shijun, que nous avions tout tiré au clair.

— Il s'agissait de politique à l'époque, mais tu as omis de me parler de l'essentiel.

— Je te le répète : Jian n'a aucune relation...

— Ne fais pas l'innocent, l'interrompit Fengxia brutalement. Qui est la putain de paysanne qui poursuit Jian ?

— Je ne fréquente pas les putains ! répondit Zhang, plus fort qu'il ne l'eût souhaité.

Sa voix claqua comme un coup de fouet.

— Tu sais que Jian aime une fille de paysan, dit Tong avec calme.

— Ce n'est pas vrai, répliqua Zhang.

Ce n'était pas un mensonge. Lida n'était-elle pas la fille d'un instituteur ?

— Elle demeure dans le village de Huili, compléta Wu, afin qu'on ne dise pas qu'il n'avait pas participé à l'interrogatoire.

Les pensées se bousculèrent dans la tête de Zhang. Comment diable les Tong avaient-ils bien pu avoir ces renseignements ? Peut-être Jian avait-il fini par se laisser aller à faire des confidences à sa mère ? Ses mises en garde n'avaient-elles donc servi à rien ?

— Jian est-il au courant de votre visite chez moi ? demanda-t-il.

— C'est nous qui posons les questions, aboya Fengxia. Nous attendons tes réponses.

Zhang n'était pas enclin à se laisser parler sur ce ton. Il se leva et regarda Fengxia de haut, drapé dans la dignité que lui conférait son grand âge.

— Tu coasses comme un crapaud quand il s'adresse à la lune. Mais la lune ne s'abaisse pas à l'écouter.

— L'honneur de la famille est entaché, dit Tong, se maîtrisant avec peine. Nous voulons le laver afin de lui rendre son éclat.

— Loin de moi l'idée de te contrarier quand tu prends une bonne résolution. Alors, ferme le clapet de Fengxia. Coupe le son du Haut-Parleur Rouge.

— Je retrouve bien là la façon de parler de mon frère !

Fengxia serra les poings et les abattit sur la table. Puis elle regarda son mari avec des yeux remplis de fureur.

— Junghou, on offense ta femme devant toi, et tu ne trouves rien d'autre à faire que de rester assis tranquillement en te chauffant les mains sur ta tasse de thé !

Wu tenta une timide attaque.

— Elle a raison, incontestablement ! risqua-t-il, tandis que ses yeux imploraient le pardon de Zhang. Tu l'as injuriée. Dis que tu le regrettes, et ce sera oublié.

— Je n'ai jamais repris une seule des paroles que j'ai prononcées dans ma vie. Junghou, es-tu devenu aveugle ? Mais regarde-la donc ! Tu trouves que c'est une femme ? C'est un uniforme et un porte-voix qui diffuse les slogans du Parti.

Les yeux de Zhang se rétrécirent jusqu'à devenir deux fentes, signe qui incitait ordinairement ses interlocuteurs à observer la plus grande prudence dans leurs faits et gestes.

— De ma vie, je ne lui adresserai plus la parole.

— Mais moi, si ! hurla Fengxia. Et tu vas me répondre !

— Je suis ici dans ma maison. Je vous ai offert mon hospitalité, mais mes hôtes se doivent d'observer les règles de la courtoisie. Celui qui s'y refuse doit partir. Vous pouvez franchir en sens inverse la porte par laquelle vous êtes entrés.

— Tu... tu nous mets dehors ? bégaya Tong, le souffle coupé.

— Je n'empêche personne de faire ce qu'il pense devoir faire, répliqua Zhang avec le plus grand calme. Je vous ai ouvert ma porte comme à des amis, mais je constate que ce sont des ennemis qui sont entrés chez moi. Ma fierté exige que je vous referme la porte de ma maison.

Wu ne pouvait s'empêcher d'admirer le vieil homme qui leur faisait face. Il avait éprouvé jusqu'alors, à l'égard de la tradition de la famille Tong, le même genre de sentiment que l'on éprouve pour un animal empaillé dont on répugne à se séparer. Il avait consenti à caresser cet animal par amour pour Fengxia. Mais il ressentait à cet instant toute la force que conféraient le sens de l'honneur et la fierté.

Tong baissa la tête. C'était un geste de soumission.

Fengxia émit un sifflement, comme le font les serpents qui se redressent lorsqu'ils sont prêts à mordre.

— Nous ne venons pas te voir en ennemis, articula Tong difficilement. C'est l'inquiétude qui nous amène. Shufang, ne veux-tu pas nous aider ?

— Je donne mon aide à celui qui en a besoin.

— Bien sûr, et c'est Jian qui en a besoin, s'écria Fengxia d'une voix stridente.

Zhang se retourna de tous côtés comme s'il cherchait quelque chose.

— Ai-je bien entendu ? N'était-ce pas le cri d'un rat ?

Tong serra les dents si fort qu'on les entendit grincer.

Wu comprit qu'il valait mieux pour lui qu'il entreprît quelque chose. Il se leva et alla se planter devant Zhang, dans une attitude menaçante qu'il espérait convaincante.

— Si tu n'étais pas un vieil homme, lui cria-t-il au visage, tu ferais connaissance avec mes poings ! Donne-nous des renseignements sur la fille de Huili ! Comment s'appelle-t-elle ? Dis-nous son nom et tu auras la paix.

— Il existe un vieux proverbe, Junghou, que tu ferais bien de méditer : « La vie d'un homme ne dure pas cent ans, mais cela ne l'empêche pas de se fabriquer assez de soucis pour occuper un millier d'années. »

— C'est justement parce que nous avons des soucis que nous sommes ici.

Tong fit une dernière tentative pour convaincre Zhang :

— Je ne te considère pas seulement comme un parent, mais aussi et avant tout comme un ami. Un ami dont j'attends un peu de sincérité.

Zhang répondit par un autre vieux proverbe :

— « N'essaie pas de chasser avec un bâton la mouche qui est posée sur le front de ton ami. »

Tong poussa un profond soupir et se cala dans son siège. L'entretien était terminé. Zhang était devenu aussi rigide qu'un mur qu'il était inutile d'espérer abattre. Mais la conversation n'avait pas été totalement inutile : la supposition que Jian était amoureux d'une paysanne s'était transformée en certitude.

Zhang ne leur refusa pas son hospitalité. Il permit à ses trois visiteurs de dormir chez lui. Il poussa l'amabilité jusqu'à leur préparer un repas du soir, mais lorsqu'il parlait, ses mots ne s'adressaient qu'aux deux hommes. Fengxia avait cessé d'exister pour lui.

Le lendemain matin, avant de monter en voiture, Tong s'arrêta un instant pour dire à Zhang :

— Afin d'apaiser ta conscience, je préfère te dire que Meizhu approuve notre voyage à Huili.

— Et elle a trahi la confiance de Jian. Dans quel monde sommes-nous donc ? Une mère qui trahit son fils.

— Meizhu n'a pas trahi Jian. L'en croirais-tu capable ?

— Qui t'a dit, alors, que Jian connaissait une jeune fille à Huili ?

— Lui-même. Il a dessiné le trajet qui va de Kunming à Huili sur une carte routière. C'est moi qui ai trouvé cette carte. Il l'avait laissée traîner dans sa chambre.

— Un petit caillou peut faire trébucher le plus prudent des hommes, dit Zhang en tendant la main à Tong. Même toi, tu trébucheras peut-être sur ta propre intelligence. Qui peut prétendre échapper à son destin?

Zhang rentra chez lui. Il but deux verres d'eau-de-vie pour se requinquer et attrapa sa bicyclette.

Pédalant à toute vitesse, soufflant et ahanant, il franchit les kilomètres qui le séparaient de Dali en un temps record. Il se rendit immédiatement au bureau de poste pour tenter de joindre Jian par téléphone à l'université. L'opération dura une bonne demi-heure, au bout de laquelle Zhang eut enfin Jian au bout du fil :

— Ton père, ta sœur et son mari sont en route pour Huili, lui cria-t-il dans l'oreille.

Jian observa un court silence, puis répondit :

— Je te remercie, oncle Zhang. Je pars tout de suite. C'est la fin de la famille Tong. Que Dieu protège Lida du dragon Fengxia !

Zhou Chen, le médecin aux pieds nus de Huili, fut fort surpris lorsque, regardant par la fenêtre de sa pharmacie, il vit s'arrêter devant chez lui une belle voiture de marque européenne. Un monsieur d'un certain âge, très distingué, sortit du véhicule. Il lut la plaque indiquant la qualité de médecin de Zhou et fit un signe de tête aux autres occupants de la voiture, un homme et une femme. Puis il entra et se dirigea vers le comptoir où se trouvait Zhou.

— Bien le bonjour, camarade, dit Zhou, en posant de côté le mortier où il était en train de fabriquer une mixture. Vous êtes malade? Puis-je vous être utile? Vous ne pourriez pas tomber dans de meilleures mains.

Tong secoua la tête. Il embrassa du regard les flacons, boîtes, verres, petits sachets et petits paquets qui contenaient les médicaments qu'il utilisait lui-même il y a encore peu de temps et dont il estimait l'effet moins dangereux que celui des préparations chimiques dont on bourrait les malades à l'heure actuelle.

— Nous sommes bien à Huili, ici? demanda-t-il.

— C'est exact.

Zhou se redressa dans son siège.

— M'a-t-on recommandé à vous?

— Vous êtes le médecin du village?

— Oui, c'est moi. Zhou Chen.

— Je suis à la recherche d'un paysan dont j'ignore malheureusement le nom. Vous allez sûrement pouvoir me rendre service.

Tong s'appuya contre le comptoir. A l'arrière-plan de la pièce, il vit deux lits à côté desquels se trouvaient deux potences à perfusion. Les lits étaient vides, l'« établissement de santé » de Huili n'était pas occupé. Le dernier malade avait été rendu à ses foyers trois semaines auparavant. Guéri, comme l'avait mentionné Zhou avec fierté dans son registre.

— C'est un paysan, poursuivit Tong, à qui l'on vient souvent rendre visite en voiture japonaise.

— Le visiteur est un jeune homme, confirma Zhou.

En entendant ces mots, le cœur de Tong se mit à battre douloureusement.

— Mais il ne vient pas voir un paysan, camarade, il vient voir Lida, sa fiancée, précisa Zhou.

— Sa fiancée, répéta Tong comme une incantation. Sa fiancée. Je voudrais parler à son père.

— Son père s'appelle Huang Keli, c'est notre instituteur.

— Un instituteur.

Tong sentit un vertige l'envahir, mais il se ressaisit promptement. Seuls ses doigts se crispèrent sur le comptoir, faisant blanchir ses phalanges. « Un instituteur. » Sa gorge se serra à l'étouffer. Ce n'était pas un paysan, c'était un instituteur. Tong prit pleinement conscience à cet instant que sa confrontation avec le père de cette fille ne prendrait pas la tournure prévue. Il ne pourrait en aucun cas s'agir d'une conversation au cours de laquelle le grand Tong, du haut de sa superbe, écraserait comme une mouche un pauvre diable de paysan.

— Je vois d'après les vêtements des femmes qu'il y a ici une communauté miao.

— Nous sommes tous des Miaos, camarade. Nous sommes un village miao. Peut-être le plus occidental de tous.

— Où pourrai-je trouver l'instituteur Huang Keli ?

— En prenant la route qui monte, vous arriverez directement à l'école. La maison de Huang se trouve en face.

— Je vous remercie.

Tong plongea la main dans la poche de sa veste, en sortit dix yuans et les posa sur le comptoir.

Le visage de Zhou s'assombrit.

— Pourquoi ? demanda-t-il. Je ne vous ai pas traité, monsieur.

Tong comprit qu'il avait blessé la fierté de son confrère paysan et indiqua un sachet de pastilles contre la toux.

— Donnez-moi ce remède, s'il vous plaît.

Zhou lui tendit le sachet et prit les dix yuans, bien que le prix des pastilles n'excédât pas un yuan. Il suivit le monsieur distingué des yeux. Il le vit remonter dans la belle voiture et parler au conducteur. Il ne reprit son mortier qu'après que la voiture fut hors de sa vue.

— La fille s'appelle Lida, dit Tong, et son léger vertige le reprit. On la désigne au village comme la fiancée de Jian. Elle est miao et son père est l'instituteur de Huili...

— Qu'est-ce que ça change ? l'interrompit Fengxia d'une voix coupante. Un instituteur de village. Tant mieux. On pourra lui faire retirer l'autorisation d'enseigner, et il se retrouvera plus pauvre qu'un récolteur de coton. Tu pourras l'embobiner plus facilement qu'un âne bâté de paysan. Il comprendra tout de suite ce qu'il risque de subir de la part des fonctionnaires de l'éducation.

Wu haussa les épaules comme s'il était effrayé par sa propre femme. Il s'engagea sur la route de la colline et grimpa jusqu'à l'école, devant laquelle il s'arrêta. Ils constatèrent que le bruit du moteur avait agi comme une alarme sur les habitants de la maison d'en face, car il vit une femme jaillir sur le seuil de la porte, puis retourner rapidement à l'intérieur.

— C'était certainement sa mère, dit Wu.

— Et en entendant la voiture, elle a cru que c'était Jian.

Fengxia descendit et regarda autour d'elle. Le village était bien entretenu, mais elle n'en avait cure. Fengxia ne voyait d'un œil bienveillant que les choses qui avaient son agrément. Tong descendit à son tour de la voiture, et Wu n'eut d'autre choix que de l'imiter. Ils étaient encore auprès de la voiture lorsque la porte s'ouvrit, livrant le passage à Huang Keli. Presque au même moment, Tong s'était décidé à s'avancer. Ils avancèrent par conséquent l'un vers l'autre et se rencontrèrent au milieu de la place.

— Je suis l'instituteur Huang Keli, dit l'un.

— Je suis Tong Shijun, le père de Jian, répondit l'autre.

Ils se tinrent quelques instants face à face sans dire mot.

Tong fut surpris de constater que Huang ne semblait pas le moins du monde impressionné, bien qu'il ne pût ignorer que de cette rencontre dépendait le cours ultérieur de sa vie. Huang s'inclina légèrement et dit :

— Soyez le bienvenu dans ma modeste demeure, monsieur Tong.

Le grand Tong s'inclina à son tour et répondit :

— J'espérais faire votre connaissance depuis longtemps déjà

Jinvan arriva à ce moment, portant dans ses mains la coupe de terre cuite contenant l'alcool de riz afin d'accueillir le visiteur suivant la coutume ancestrale des Miaos. Tong but une gorgée du breuvage, suivi de Wu. Mais Fengxia, le regard sombre, hésita tout d'abord, puis finit par accepter que Jinvan portât la coupe à ses lèvres, et but une goutte de cette eau-de-vie au fort degré d'alcool.

— Ma maison est la vôtre, dit Huang en s'effaçant.

Il ajouta à l'intention de Jinvan :

— Voici le professeur Tong Shijun, le père de Jian.

— Je suis Fengxia, sa sœur !

La voix de Fengxia claqua comme un couperet.

Wu se présenta en ces termes :

— Je ne suis que le gendre, Wu Junghou.

Il souriait, car il savait que cette façon de se présenter comme n'étant « que » le gendre déclencherait la colère de Fengxia.

Ils entrèrent. Un seul regard suffit à Tong pour comprendre que l'instituteur Huang Keli, même s'il était très intelligent, était également très pauvre. La pièce principale de la maison était propre, mais Tong aurait eu honte de faire cadeau à un mendiant des quelques meubles qui s'y trouvaient. Embarrassé, il restait au milieu de la pièce sans savoir s'il devait s'asseoir. Il entendit Fengxia chuchoter dans son cou :

— Jian a sûrement perdu la raison.

Son cœur s'alourdit à l'idée que Jian s'était fourvoyé chez ces gens, comme un aveugle. Wu lui-même, qui avait pincé les lèvres, semblait partager cet avis. Mais il fut le premier à s'asseoir à la table ronde, et ce geste fit un peu baisser la tension ambiante.

— Vous avez fait un long voyage pour arriver jusqu'ici, dit Huang poliment. Les routes sont poussiéreuses et la gorge se dessèche. Puis-je vous proposer un peu de bière ?

Il n'attendit pas leur réponse pour aller chercher cinq verres à bière sur une étagère.

Jinvan disparut par la porte de derrière et revint, chargée de cinq bouteilles de bière Tsing-Tao. Tong s'étonna en lui-même que Huang pût s'offrir des bières de ce prix. Tout en avalant la première gorgée, il se prépara à d'autres surprises.

— Vous venez me voir à propos de Lida et de Jian ? demanda Huang.

Tong lui fut reconnaissant d'ouvrir les débats d'une façon aussi directe. Il jeta un coup d'œil à Fengxia, qui comprit sa demande et se leva.

— Lida n'est pas au village ? demanda-t-elle, en s'efforçant de donner un ton neutre à sa voix.

— Elle est dans les champs, répondit Huang sans penser à

mal. Elle ne reviendra que ce soir. Nous avons tout le temps de parler ensemble.

— Je vais aller visiter le village, dit Fengxia du ton de quelqu'un qui s'intéressait à la vie quotidienne des paysans.

Elle sortit, descendit lentement le chemin qui menait à la route et avisa une vieille femme assise sur un banc devant sa maison en train de broder une veste noire.

— Savez-vous où se trouvent les champs de Huang Keli? demanda-t-elle.

Lorsqu'elle eut obtenu le renseignement, elle continua son chemin sans hâte excessive, s'engagea dans l'étroit sentier qui conduisait aux rizières et bientôt aperçut, dans un champ de soja, un buffle massif près duquel se trouvait une jeune fille vêtue d'un pantalon et d'une chemise d'un bleu délavé. La jeune fille avait noué, sur sa nuque, ses long cheveux noirs avec un ruban rouge.

Fengxia s'arrêta et plissa les yeux. Même de loin, elle voyait bien que Lida était très belle. Elle sentit la haine monter en elle, ainsi que le désir d'anéantir Lida. Fengxia s'avança comme une tigresse, en ondulant, et plus elle se rapprochait de Lida, plus son désir de destruction grandissait.

Entre-temps, Tong avait fini son verre de bière. Il évitait de regarder Jinvan, dont les yeux étaient remplis d'angoisse. A la différence de son mari, elle montrait qu'elle était consciente de l'importance de cette journée pour la vie de sa famille.

— Je ne connais pas les circonstances de la rencontre de Jian et de votre fille, dit Tong.

— Ils se sont rencontrés par hasard sur le marché de Xiaguan. Ils s'étaient arrêtés tous les deux devant l'étalage d'un dentiste. Les choses ont commencé ainsi.

— Et elles vont devoir se terminer.

Tong joignit les mains afin d'éviter que Huang ne vît leur tremblement.

— Mon fils a-t-il pris des engagements?

— Il veut épouser ma fille après avoir obtenu son doctorat.

— Et est-ce qu'elle est déjà...

Tong chercha un mot adéquat, mais il n'en trouva pas d'autre :

— ... sa femme?

— Ils s'aiment, dit Tong en toute simplicité. On ne peut pas retenir le vent en construisant un mur. Vous êtes un père, je suis un père, nous aimons tous deux nos enfants et nous sommes heureux lorsqu'ils sont heureux.

— Je ne suis pas heureux de ce que Jian a fait à votre fille.

— Quels sont ces mots, monsieur Tong? «Fait à ma fille»?

Lorsque deux êtres s'aiment, c'est aussi naturel que le lever du soleil chaque matin et l'apparition des étoiles dans le ciel du soir...

Tong l'interrompit brutalement :

— Je ne suis pas venu pour écouter de la poésie, nous devons trouver un terrain d'entente, monsieur Huang.

— Pourquoi tourner en rond ?

Huang saisit son verre de bière à deux mains, et son visage se durcit comme un masque.

— Vous êtes venu pour nous dire que Lida n'est pas digne d'entrer au sein de la famille Tong. Son père n'est qu'un pauvre maître d'école qui officie dans un village miao, et la tradition ne permet pas qu'elle soit plus qu'une concubine. Mais cette jeune Miao a un père, monsieur Tong, un père qui donnerait son sang pour sa fille. Chacun a sa dignité. Si la vôtre remonte à mille ans, cela n'empêche pas les Huang d'avoir des ancêtres, certes pas des mandarins, mais d'honnêtes ouvriers, comme mon père Yuan, qui était menuisier. Vous considérez comme allant de soi d'être né Tong. Vous êtes un médecin réputé, vous sauvez des vies, je ne suis pour ma part qu'un pauvre instituteur, mais nous sommes tous deux en contact avec l'être humain. La seule différence, c'est que l'argent pleut dans les mains de l'un, et que l'autre s'estime heureux d'avoir la chance de faire bouillir sa marmite. La valeur de l'homme doit-elle être estimée à l'aune de son compte en banque, ou réside-t-elle dans son âme ? Votre fils est un jeune homme remarquable, monsieur Tong, et il aura une femme remarquable, c'est ce que vous promet son père.

— Je forme d'autres projets pour mon fils, répondit froidement Tong. Nous sommes en train d'évoquer un avenir qui n'en est pas un.

— Qui, à part les dieux, peut prévoir l'avenir ?

— Je me dois de montrer à mon fils le chemin de son avenir, rétorqua Tong, la mine fermée. Jian est encore trop jeune pour faire des projets à si long terme. C'est un homme, oui, doué de grandes connaissances qui ne vont cesser d'aller en s'accroissant. Mais c'est aussi un jeune homme qui est entré dans le paradis de son premier grand amour, et qui doit être pris par la main afin de ne pas se fourvoyer.

— Venez voir, monsieur Tong.

Huang se leva, imité par Tong et Wu, qui lui emboîtèrent le pas. Huang les conduisit à la petite maison qu'il avait construite à la place de l'annexe. Il ouvrit la porte et fit entrer ses visiteurs. Tong regarda autour de lui avec un bref regard condescendant. Il ne manqua pas de remarquer les tableaux de Zhang accrochés au mur. Son regard survola l'installation moderne mais simple, pour s'arrêter au lit : il y vit en esprit son fils et la fille de Huang étroitement enlacés. Il serra les dents et se retourna brusquement vers Huang :

— Qu'est-ce que c'est que ça ? demanda-t-il en ouvrant à peine la bouche.

— C'est la maison de Lida et de Jian. Je l'ai bâtie pour eux, pour les aider à attendre d'être réunis pour la vie.

— Ici, donc ?

Tong se détourna vers la porte, comme si on lui avait montré une porcherie puante.

— Si Jian s'installait dans mon garage, il serait logé avec plus de luxe.

Le visage de Huang devint livide. L'instituteur dévisagea Tong, puis Wu, qui baissa la tête sous son regard. Wu fut envahi d'une soudaine pitié pour le pauvre maître d'école qui avait probablement sacrifié tout ce qu'il possédait pour construire cette maison, dont il était fier à juste titre.

— Espèce de sac à fric puant ! prononça Huang, calmement et distinctement.

Le plus profond mépris était perceptible dans le son de sa voix. Huang se demanda soudain ce que Chang Lifu aurait fait à sa place, confronté à une telle impudence. Il était fort probable que le commissaire politique se serait réveillé pour lancer au visage de Tong :

— Il y a douze ans, nous aurions dû te jeter dans la fosse commune !

Puis il lui aurait craché dessus, et ce geste aurait entaché l'honneur de Tong jusqu'à la nuit des temps.

Huang fut effrayé jusqu'au tréfonds de l'âme par ses terribles pensées. Il ouvrit la porte et fit sortir les deux hommes. Tong s'arrêta sur le seuil et regarda vers la voiture, comme s'il avait l'intention de repartir immédiatement, sans un mot de plus. Huang l'avait offensé en le traitant de « sac à fric ». Il n'y avait plus aucune passerelle au-dessus du fossé qui séparait la famille Tong de la famille Huang.

— Je vous propose cent mille yuans, déclara Tong tout à coup. Vous ne pourrez jamais en gagner autant pendant tout le temps qui vous reste à vivre.

Huang fut comme pétrifié. Son regard se posa sur Wu, qui baissa de nouveau la tête, honteux des paroles de Tong.

— Vous voulez m'acheter ma fille, c'est cela ? demanda Huang d'une voix sourde.

— Non, c'est exactement le contraire : je vous propose le rachat de Jian, pour le libérer de cet amour aberrant.

— Mais quelle sorte d'homme êtes-vous donc ?

Huang secoua la tête comme s'il lui était impossible de comprendre le sens des paroles de son interlocuteur.

— Avez-vous vraiment des billets de banque à la place du cœur ? Vous êtes médecin, un médecin célèbre, mais quelle valeur accordez-vous à un être humain ? Un homme n'est-il pour vous qu'un corps, qu'une maladie, qu'une masse de muscles ? Vous êtes-vous seulement aperçu qu'un homme avait aussi une âme ? Comment peut-on guérir les autres sans éprouver de la compassion ? Existe-t-il en vous un autre sentiment que la fierté d'être un Tong, un Chinois Han, pour qui un Miao ne peut être qu'une sorte de cafard ? Vous savez, le droit au bonheur n'est pas l'apanage des professeurs en blouse blanche ; même les mendiants des rues ont droit au bonheur. Au moment du dernier soupir, vous ne vaudrez pas plus cher que le mendiant, et vous finirez par pourrir dans la terre, comme lui ! Que restera-t-il de vous ?

— Un fils qui reprendra le flambeau des Tong. Mais comment pourriez-vous comprendre ?

Tong eut un geste comme pour chasser un insecte importun.

— Je suis venu pour vous annoncer que Jian ne reverra plus votre fille Lida.

— Vous voulez l'enchaîner ?

— Votre question montre à quel point vous êtes primaire, répondit Tong d'un ton dédaigneux. Nous ne pourrons jamais avoir de langage commun. Donc, vous refusez mon offre ?

— Je ne suis, hélas, pas assez primaire pour prendre un bâton.

Pour la première fois, Wu prit la parole. Il dit d'un ton apaisant :

— M. Tong vous propose la sécurité et le bien-être. Pensez à votre famille qui sera à l'abri du besoin.

— Le besoin fait partie de notre intimité, c'est notre invité permanent. Un invité, je dois le reconnaître, qui nous pèse moins que votre présence.

— Vous pourriez avoir à subir quelques désagréments. J'ai certaines relations au sein du comité pour l'éducation. Le président est l'un de mes amis ! s'écria Tong.

— Vous me menacez ?

— Je vous mets en garde, monsieur Huang.

— Ils ne trouveront rien à me reprocher. J'ai toujours accompli mon devoir d'instituteur.

— Comme s'il s'agissait de cela !

Tong secoua la tête. Son dédain était sans bornes.

— Vous êtes d'une naïveté proprement étonnante. Il est

inutile de vouloir retenir un glissement de terrain avec une baguette de bambou. Vous comprenez ce que je veux dire ?

— Très bien ! Je crois qu'on appelle cela de la corruption.

Wu rentra la tête dans les épaules et se passa les deux mains sur le visage.

— Est-ce que j'entends bien ?

Il s'efforçait de paraître au comble de l'emportement.

— Vous offensez le Parti ? Vous êtes un bourgeois réactionnaire ?

— Je suis un homme honnête et j'en suis fier, à une époque où la malhonnêteté est la base de la grandeur.

— Vous êtes comme le chacal qui pleure sous la lune.

Tong fit un signe de tête à Wu Junghou.

— Nous pouvons partir. Ne perdons plus de temps en vaines paroles.

Puis il dévisagea Huang en mettant dans son regard toute la méchanceté dont il était capable.

— Jian ne reviendra plus jamais. Et cette nouvelle maison, là, vous pourrez en faire une étable ; elle conviendra très bien, d'ailleurs. Allons-y, Junghou !

— Nous devons partir à la recherche de Fengxia, Père. Elle avait l'intention de visiter le village.

— Nous allons l'attendre en bas, sur la route. Elle viendra nous rejoindre en voyant la voiture.

Tong haussa les épaules, comme pris d'un frisson.

— Je ne veux pas rester ici plus longtemps. Tout ceci offense mes yeux et mon nez.

Il alla s'appuyer contre le toit de la voiture. Il était sûr désormais que la famille Tong et la famille Huang étaient devenues mortellement ennemies et que Jian, son fils, allait sacrifier à cette haine, au même titre que Lida, la fille de Huang.

Wu hésita à suivre Tong immédiatement. Il fit une dernière tentative pour arranger les choses en s'adressant à Huang sur le ton de la confidence :

— Vous êtes un homme d'honneur, monsieur Huang. Je comprends parfaitement votre colère et votre déception. Mais veuillez vous mettre également à la place de M. Tong, qui se bat pour son fils unique.

— Je le comprends en tant que père, car je me bats pour ma fille unique, répliqua Huang en respirant difficilement sous le coup de l'affront qui lui avait été infligé. C'est Dieu seul qui dira quel est le meilleur de nous deux. Quels que soient vos plans, je ne me soustrairai pas à la lutte, je me défendrai. On n'attend pas d'un instituteur qu'il se comporte en héros, mais personne ne pourra me forcer à perdre la face. Il faudrait pour cela m'anéantir totalement.

— Réfléchissez-y encore, monsieur Huang.

Wu lui fit un signe de tête pour prendre congé.

— Nous avons un grand nombre de moyens de pression que je préfère ne pas mentionner. Il se pourrait que vous finissiez par être vaincu, car même les plus grands des héros ont leur point faible. Ecoutez la voix de la raison, monsieur Huang.

— Je suis un Miao, répondit Huang d'un ton fier. Mon peuple a réussi à survivre au fil des siècles, je me battrai moi aussi.

Dans le champ de soja, l'affrontement entre Fengxia et Lida fut de courte durée. Il n'y eut ni discussion ni joute oratoire.

Lorsque Fengxia eut quitté le chemin bourbeux qui longeait les rizières et sentit que la terre redevenait plus ferme sous ses pieds, elle traversa le champ et se dirigea droit sur Lida. Peu lui importait de piétiner les plants en laissant les traces de ses pas sur le vert des jeunes pousses. Lida était assise sur une pierre plate et fouillait dans une corbeille d'osier pour en sortir la tranche de lard et la galette de maïs de son déjeuner qui serait frugal ce jour-là, car le gardien de l'école était de sortie et avait pris sa bicyclette pour aller rendre visite à sa vieille mère dans le village voisin. Elle avait étendu les jambes devant elle et avait posé comme d'habitude le pavillon de jade sur le sol à côté d'elle, lui parlant comme si elle s'adressait à Jian. Elle était en train de rompre un morceau de galette, lorsqu'elle sursauta en entendant rouler une pierre. Elle se retourna et se trouva face aux yeux durs de Fengxia.

Fengxia s'était approchée sans bruit et regardait Lida de toute sa hauteur. Elle se dit froidement qu'il lui suffirait de la pousser du pied pour lui faire dévaler la pente.

Lida lui adressa le salut habituel :

— Bienvenue ! Qu'est-ce qui t'amène jusqu'à mon champ ?

Elle remit le lard et la galette dans sa corbeille et détailla la visiteuse. Sa jupe vert olive et sa veste de même couleur à la stricte coupe de style Mao évoquaient un uniforme. Sans aucun doute, cette femme venait de la ville.

— Puis-je t'aider ? Cherches-tu quelqu'un ?

— Toi !

Fengxia ne dit qu'un seul mot, mais ce mot claqua comme un coup de fouet. Lida ressentit instinctivement le danger, elle eut l'impression de se trouver face à un serpent venimeux, qui pouvait à tout instant relever la tête et mordre. Elle voulut se lever, mais Fengxia appuya sa main sur elle pour l'en empêcher. Lida se libéra de cette main d'un coup sec, dont la force aurait dû servir d'avertissement à Fengxia, et se releva si vivement que celle-ci ne put réussir à la rattraper.

— Qui es-tu ? demanda Lida, d'une voix menaçante. Qu'est-ce qui te prend de me toucher ?

— Je suis Fengxia, la sœur de Jian.

Elle poursuivit, lui lançant son dédain au visage :

— Je suis venue pour voir de mes yeux la traînée qui a ensorcelé mon frère. Et qu'est-ce que je vois ? Une souillon qui pue la merde de buffle !

— Mieux vaut puer le buffle, ça part au lavage !

Les yeux noirs de Lida parcoururent Fengxia de la tête aux pieds ; des yeux de combattant évaluant son adversaire afin de trouver le meilleur endroit pour l'empoigner.

— Mais quand on pue le poison par tous les pores de la peau, inutile de prendre un bain !

Fengxia se ramassa sur elle-même. A présent, elle ressemblait vraiment à une bête féroce s'apprêtant à bondir sur sa proie. Lorsque des hommes d'honneur se parlent, ils conservent leur maîtrise. Mais la haine des femmes est semblable au raz de marée qui brise toutes les digues.

— Jamais tu ne reverras Jian ! siffla Fengxia. Jamais, jamais plus !

— Il n'est pas en ton pouvoir de retenir Jian.

— C'est ma volonté, et ma volonté est assez forte pour cela.

— Ton frère se moquera de toi. Il m'a assez parlé de toi !

— Ah bon ?

Fengxia eut un sourire mauvais.

— Donc tu sais parfaitement qu'il est en mon pouvoir de te faire disparaître dans un trou qui te servira de cage. La Chine interdit la prostitution. La loi punit sévèrement le dérèglement des mœurs. Il n'y a pas trois semaines, on a exécuté trois hommes à Canton parce qu'ils avaient été pris en train de vendre des magazines pornographiques, des cochonneries qu'on trouve à Hong Kong. Tu ne seras pas fusillée, mais on va te laisser pourrir gentiment dans un camp. Et ton joli corps, ton visage lisse et ta peau douce se ratatineront jusqu'à ce que tu ressembles à une pomme blette. Tu peux compter là-dessus !

— Tu parles comme une souris qui vit dans une cage dorée, mais qui préférerait avoir un morceau de fromage.

— Espèce de putain ! hurla Fengxia en serrant les poings.

— Je n'aime qu'un seul homme ! hurla Lida en retour. Mais je connais une garce à qui deux douzaines d'hommes sont passés dessus avant son mariage.

— Charogne ! Maudite traînée !

Une haine aveugle envers Jian, qui avait osé parler de ses aventures passées, submergea Fengxia. Plus rien n'aurait pu la retenir. Un désir farouche, le désir d'anéantir Lida la dominait tout entière. Elle bondit en avant, ouvrit les mains et ses doigts écartés se refermèrent sur le cou de Lida qu'elle se mit à serrer de toutes ses forces.

Mais l'assaut ne dura qu'un court instant. Lida se libéra des mains qui l'étranglaient par un coup magistralement appliqué, et si fort que Fengxia tomba en arrière dans le champ de soja. En se retournant pour se remettre sur les genoux, Fengxia aperçut le petit pavillon de jade. Elle comprit immédiatement qu'il s'agissait d'un cadeau de Jian, représentant sans doute tout ce que Lida avait de plus cher au monde. Elle poussa un cri rauque et tendit la main vers l'objet dans l'intention de le briser sur la pierre où Lida était assise quelques minutes auparavant. Bien que Lida se fût couchée sur elle et la bourrât de coups de poing, elle réussit à toucher le pavillon du bout des doigts. La brûlure d'un rayon incandescent lui traversa la main. Fengxia poussa un cri, retira vivement sa main et se tordit de douleur, livrée à Lida qui était allongée sur elle. Lorsque Lida se releva, Fengxia s'étira et porta sa main brûlée mais apparemment intacte à sa bouche. Elle resta un moment allongée et fit le serment de se venger : « Je te tuerai. Tant que je vivrai, je te poursuivrai. Je ne connaîtrai pas le repos avant de t'avoir tuée. »

Lorsque Fengxia eut recouvré la force de se relever, elle vit Lida debout près de son buffle, lui parlant comme s'il pouvait la comprendre, son petit pavillon de jade au creux du bras.

Fengxia passa près de Lida, redescendit le sentier glissant qui traversait les rizières et grimpa sur le remblai qui séparait les champs de la route. Elle vit la voiture qui l'attendait au pied de la colline de l'école. Wu, qui fut le premier à l'apercevoir, klaxonna et agita sa main par la vitre baissée.

Fengxia fit mine de ne rien voir et continua à marcher lentement sur la route. Lorsqu'elle eut atteint la voiture, elle ouvrit brutalement la portière et s'assit auprès de son père sur le siège arrière, sans dire un mot, le regard absent.

— Que s'est-il passé ? demanda Tong.

Il remarqua ses vêtements tachés, l'herbe et les écorces de soja dans ses cheveux, et son cœur se serra, plein de mauvais pressentiments.

Wu demanda :

— Tu as rencontré Lida ? Qu'est-ce qu'elle t'a fait ? Le ciel me tombe sur la tête... vous vous êtes battues ? Ma femme, une fonctionnaire du Parti, se roule dans la fange avec une Miao ?

Un tremblement nerveux le parcourut.

— Père, faisons demi-tour ! Laisse-moi aller briser les os à ce Huang !

— Démarre ! dit Fengxia à voix basse. Démarre sans te retourner. Elle est déjà morte.

Tong fut saisi d'effroi. Il attrapa sa fille par l'épaule.

— Tu l'as tuée ? bégaya-t-il. Tu as tué quelqu'un ? Tu as fait de notre famille la famille d'une meurtrière ?

— Pour moi, elle est morte.

Fengxia se dégagea de la main de son père.

— Le temps qui lui reste à vivre n'a aucune importance. Je sais simplement qu'elle doit mourir. Et si je ne la tue pas moi-même, je trouverai bien quelqu'un pour faire le travail à ma place. Je chercherai jusqu'à ce que je trouve.

Elle avança la tête par soubresauts vers Wu, comme un reptile qui avance sa tête vers sa proie.

— Pourquoi ne démarres-tu pas ? Arrête de me regarder comme une grenouille ! Qu'est-ce que vous avez obtenu de Huang ?

— Rien ! répondit Wu.

Tong ajouta :

— Il est sans aucun doute intelligent, tout en étant stupide. Il refuse cent mille yuans, par fierté. Nous aurions pu éviter de nous fatiguer. A nous maintenant d'éloigner Jian de cette fille.

— Nous n'y arriverons pas avant d'avoir creusé la tombe de cette garce.

— Je vois d'autres chemins pour y parvenir, ma fille.

Wu démarra, laissant le village de Huili derrière lui. Tong regarda par la vitre, et ajouta :

— Et je me suis déjà engagé dans l'un de ces chemins. Nous allons assister à de grands changements dans les jours qui viennent. Nous allons en débattre au cours du conseil de famille.

— Où allons-nous ? demanda Wu, en arrivant au carrefour de Yao'an. A Dali ou à Kunming ?

— A la maison, répondit Tong en se blottissant au fond de son siège. Je n'ai rien à faire par ici. Nous avons perdu aujourd'hui un membre de la famille.

— Jian ? demanda Fengxia, le souffle court.

— Non. Zhang. Il n'appartient plus à notre clan. Jamais, en mille ans, nous n'avons eu un seul traître parmi nous. Je ne veux plus entendre prononcer son nom.

Il pouvait être environ trois heures de l'après-midi, lorsque deux voitures qui arrivaient face à face sur la route entre Nanhua et Chuxiong s'arrêtèrent dans un grand crissement de freins.

Tong et Fengxia jaillirent de l'une des voitures, tandis qu'au même instant la portière de l'autre voiture s'ouvrait pour livrer le passage à Jian. Celui-ci traversa la route en courant, au risque de se faire renverser par un camion qui arrivait droit sur lui, klaxon bloqué, mais sans avoir réduit sa vitesse. Jian fit un bond sur le côté et atterrit contre la carrosserie de la voiture de Wu.

— Dommage, commenta Fengxia froidement. Tous les problèmes auraient été réglés.

— Qu'est-ce que vous avez fait à Lida? hurla Jian sans préambule. Et n'essayez pas de mentir, je sais que vous revenez de Huili! Oncle Zhang m'a prévenu par téléphone.

— Ne prononce plus ce nom en ma présence, répliqua Tong d'une voix dure. Mais pourquoi te mentirions-nous? Je suis allé trouver Huang pour négocier avec lui. C'est un homme d'honneur.

— Négocier? Qu'est-ce que tu as négocié?

— Je suis allé chercher la preuve que mon fils, un Tong, a fait tomber la honte sur notre famille. Nous en reparlerons dès demain.

— Non, maintenant! Tout de suite! hurla Jian. Ici, sur la route, c'est l'endroit idéal!

— C'est l'endroit idéal pour un chien des rues comme toi!

Les yeux de Fengxia lançaient des flammes. Elle se sentait en sécurité entre son père et son mari.

— C'est normal, tu t'es accouplé avec une chienne des rues!

Jian prit une profonde inspiration, et le coup qui atteignit Fengxia au visage fut si bien appliqué que celle-ci tomba à la renverse sur la voiture et que sa tête vint taper contre le toit. Wu eut un mouvement, mais Jian l'arrêta, poings en avant, et le repoussa.

— N'oublie pas que je suis champion universitaire de boxe, lui dit-il d'une voix dangereusement douce. Et qu'écraser le nez d'un fonctionnaire me procurerait un plaisir tout particulier.

— Tu frappes une femme?

Tong parlait d'une voix blanche, au bord de l'apoplexie.

— Tu frappes ta sœur?

— Ce n'est ni une femme ni ma sœur. C'est un dragon venimeux.

Jian s'approcha de son père. Ils se firent face, les yeux dans les yeux. Wu enlaça sa femme, la serra contre lui, tout en s'étonnant qu'elle fût capable de pleurer, car il ne l'avait jamais vue verser la moindre larme.

— Et toi... Es-tu encore mon père? demanda Jian.

Sa bouche était agitée d'un tremblement nerveux.

— Qu'es-tu devenu, mon fils? murmura Tong, si bas que Jian eut du mal à saisir ses paroles.

— Je suis devenu un homme qui n'a pas besoin qu'on lui dicte ce qu'il doit faire.

Jian laissa passer deux camions qui les doublèrent dans un vacarme infernal, avant de saisir son père par les revers de sa veste.

— Qu'est-ce que vous avez fait à Lida? lui hurla-t-il au visage.

Tong ferma les yeux sous l'effet du souffle chaud de Jian, et sous l'effet de la honte qui ne pourrait plus être lavée.

— Réponds!

— Il est devenu fou! bégaya Wu, en serrant Fengxia contre lui comme s'il essayait de la sauver de la noyade. Il est devenu fou! Il porte la main sur son père! Il faut l'enfermer!

Tong s'était ressaisi, mais il respirait par saccades. Il ne fit rien pour se libérer des mains de Jian. Il n'allait pas s'abaisser à se battre avec son fils.

— J'ai dit aux Huang qu'ils ne te reverraient plus jamais.

— C'est une promesse que tu ne pourras pas tenir. Je suis en route vers Lida.

— Ce sera ta dernière visite.

Jian lâcha son père, qui, soulagé, fit un pas de côté pour s'éloigner de lui.

— J'ai parlé au ministre de la Culture et au recteur de l'université. J'ai toutes les autorisations requises ainsi qu'un billet d'avion pour la semaine prochaine. On t'attend. Tu as une nouvelle affectation.

Tong savoura son triomphe, sans doute le plus grand qu'il ait connu, mais aussi le dernier.

— Tu es transféré à l'université de Pékin.

Pendant quelques instant, ils restèrent tous figés, au point qu'on aurait pu les prendre pour des mannequins de cire. Les yeux écarquillés, Fengxia et Wu dévisagèrent Jian dont le visage tournait au cramoisi, et dont la bouche était agitée de tremblements. Tong était satisfait. Il l'avait emporté.

— Pékin, prononça Jian enfin, d'une voix creuse. Pékin. Tu me bannis à Pékin?

— C'est la meilleure université de Chine. Tu auras pour professeurs les médecins les plus célèbres. C'est un honneur que d'étudier à Pékin.

— Et si je refuse? éclata Jian. Vous allez me ficeler et me traîner de force à Pékin? Eh bien, je refuse! Je suis un homme libre!

— Tu n'es qu'un étudiant dont les études sont payées par

l'Etat. C'est le peuple qui te paie tes études, à la sueur de son front. Tu as des obligations vis-à-vis du peuple, en particulier celle de devenir un bon médecin. Serais-tu prêt à le trahir ?

La voix de Tong se mit à trembler d'émotion et de souffrance contenues :

— Tu représentes une partie de l'espoir de ton peuple. Est-ce que la fille d'un maître d'école miao vaut la peine que tu déçoives cette attente ?

Jian sursauta. Il releva la tête bien haut et déclara d'une voix ferme :

— Elle est tout ce que j'ai de plus cher au monde. Sache-le bien, Père : je refuse de me rendre à Pékin.

— Bien. Tu seras donc rayé de la liste et tu ne pourras jamais devenir médecin. Tu auras tout le loisir d'aller labourer les champs avec ta Lida et d'aller vendre du chou sur les marchés.

— Je vais aller étudier à Londres, à Paris ou à Munich, ou bien encore en Amérique ou en Australie. Il y a assez d'endroits de par le monde ! Et j'emmènerai Lida.

— Vous ne pourrez jamais obtenir l'autorisation de sortir de Chine.

— Eh bien, nous irons en Russie ou au Vietnam, et de là, en Occident ! Tu crois vraiment que tu arriveras à me retenir ?

— Oui, mon fils.

Tong opina du chef à plusieurs reprises.

— Tu es un Tong, tu es un Chinois, et tu seras un bon médecin. C'est cela qui te retiendra.

Tong mit sa main sur l'épaule de Jian, mais celui-ci la repoussa et serra les dents.

— Tu prendras l'avion pour Pékin la semaine prochaine, poursuivit Tong. Nous serons tous là pour te faire nos adieux et demander la bénédiction de Dieu sur toi. Nous allumerons des baguettes d'encens et les poserons aux pieds de Bouddha.

— Je ne partirai pas.

Jian regarda son père comme s'il le voyait pour la première fois.

— Vous attendrez en vain. Je ne partirai pas !

La vue de son père lui devint insupportable. Il se retourna, traversa la route en courant, se précipita dans sa voiture et démarra en trombe.

— Qu'allons-nous faire s'il refuse vraiment ? demanda Wu d'un ton hésitant. Il faudra que je fasse prendre des sanctions contre lui.

— Il partira, répondit Tong en regagnant la voiture. Il va lutter contre lui-même, et partir. Un médecin n'abandonne pas ses malades.

6
Pékin

La famille Pohland vivait en Chine depuis une quinzaine d'années déjà, et le docteur Dietrich Pohland n'avait jamais regretté de s'être exilé dans ce pays complètement fermé à l'époque de son arrivée et pliant sous le joug d'une dictature communiste. Il devait sa nomination de professeur d'immunologie à l'université de Pékin à la recommandation du Premier ministre Chou En-Lai. Ce dernier avait fait ses études à Heidelberg et entretenait toujours des relations avec sa chère patrie d'adoption, de la même manière qu'il n'avait pas oublié son premier amour de jeunesse, cette jeune fille aux cheveux blonds qui n'avait pas eu honte de se promener en ville avec lui, main dans la main. A cette époque-là, l'amour entre un Chinois et une Allemande était tout bonnement considéré comme une atteinte aux bonnes mœurs.

C'était grâce au directeur de thèse de Pohland à Heidelberg que Chou En-Lai s'était intéressé au jeune scientifique. Dans ses lettres, le professeur Hellbrandt ne tarissait pas d'éloges sur son jeune protégé et lui prédisait un brillant avenir. Au bout de quelques années, le docteur Pohland finit par recevoir une lettre de Pékin, dans laquelle les services culturels de l'université et le recteur lui-même lui demandaient s'il serait prêt à accepter un poste d'enseignant dans la première université de Chine.

Dans un premier temps, le docteur Pohland avait quelque peu hésité, non sans raison. Il avait épousé une jeune consœur, médecin ORL, Erika Wilhelmi, et le jeune couple avait eu un enfant, un petit garçon au caractère enjoué et aux yeux bleus espiègles, prénommé Holger. Ce n'était pas une petite affaire que d'envisager de transplanter ainsi un enfant dans la Chine de Mao. Les amis consultés faisaient tous la même réponse, à savoir que les Pohland seraient complètement fous de s'exiler dans cet « Empire du Milieu » notoirement animé des plus mauvaises intentions vis-à-vis des étrangers et de disparaître ainsi derrière le rideau de bambou.

Seul le professeur Hellbrandt encouragea Pohland. Il le convainquit de procéder par étapes en s'engageant tout d'abord pour deux ans, qu'il pourrait mettre à profit pour transmettre à ses confrères chinois quelques-unes des nouvelles connaissances scientifiques occidentales.

— Votre fils a dix ans maintenant, dit-il. C'est l'âge idéal pour se familiariser avec une nouvelle culture. A votre place, je n'hésiterais pas une seconde, d'autant plus que vous bénéficiez de la protection de l'homme le plus puissant après Mao. Chou En-Lai vous ouvrira toutes les portes. Ne vous laissez pas influencer par les articles des journaux, qui sont tendancieux, comme vous le savez. Vous êtes médecin et chercheur, allez là où on a besoin de vous. Peu importe qui fait appel à vos services, ce qui est important, ce n'est pas l'idéologie, c'est de sauver des vies humaines. La Chine est justement un pays en voie de développement dans le domaine de l'immunologie. Pohland, allez-y, saisissez cette chance.

Le coup décisif fut porté par une lettre signée de la main même de Chou En-Lai, dans laquelle le Premier ministre écrivait à Pohland :

« Le réveil de la Chine ouvre d'immenses perspectives pour tous les peuples de la terre, car la Chine redeviendra un jour ce qu'elle était voici mille ans : une puissance mondiale avec laquelle il faudra compter. Participez à cette œuvre de reconstruction, pour le bien de l'humanité tout entière. Vous et moi ne représentons rien de plus que quelques cailloux minuscules, mais c'est avec une multitude de petits cailloux que l'on construit des fondations. J'attends votre réponse positive. »

Les deux années d'essai s'étaient transformées en un séjour de quinze ans. Holger fréquenta le lycée anglais de Pékin et apprit le chinois avec une rapidité surprenante. Le problème du logement fut très vite résolu : le ministère de la Santé mit à la disposition de la petite famille une belle maison située dans le quartier des ambassades, rue Donghuanbeilu, juste en face de l'ambassade de Suisse. C'était une villa au beau toit de tuiles creuses vernies, entourée d'un magnifique jardin.

Le ministère avait bien fait les choses : un cuisinier, une gouvernante et une bonne étaient chargés de veiller au bien-être des vénérables étrangers. Mais, toute médaille ayant son revers, ce personnel avait également pour mission de se servir de ses yeux et de ses oreilles, afin de permettre à la police secrète de se tenir au courant des moindres faits et gestes des occupants de la villa.

C'était un conseiller de l'ambassade de Suisse qui avait mis Pohland au courant des habitudes en vigueur dans ce domaine, avec ce commentaire résigné :

— On s'y habitue, docteur. Nous sommes espionnés, mais sachez que c'est dans les quartiers où résident les Chinois que ce système de surveillance est poussé à son paroxysme. Rien ne lui échappe. Chaque quartier de la ville a son comité de rues. Une armée de vieilles femmes effectue le contrôle, rue par rue. Ces femmes entendent tout, voient tout et sentent tout. Elles signalent tout changement notable au Parti. Il est impossible d'avoir une vie privée, chaque individu est surveillé, aucun nouveau visage ne passe inaperçu. Faites très attention, s'il vous arrive de formuler la moindre critique, même en cercle restreint. N'oubliez jamais que votre personnel a de bonnes oreilles. Si j'ai un conseil à vous donner, c'est de prendre les choses telles qu'elles sont. Nous sommes des hôtes tolérés dans ce pays, nous n'avons pas à nous mêler des problèmes internes de la Chine. Mao est un demi-dieu... Mais vous allez bien vite vous en rendre compte.

Pohland n'accordait que peu d'importance à la politique. Il fonda à l'université un institut d'immunologie dont il fut nommé directeur. A trois reprises, il rencontra Chou En-Lai en personne. Le deuxième personnage de la République populaire s'entretint avec lui en langue allemande et évoqua en termes émus ses années d'études à Heidelberg.

Mais il fut impossible à Pohland de feindre d'ignorer la « Grande Révolution culturelle prolétarienne » qui vit le jour en août 1966 avec la levée en masse de gardes rouges, l'apparition des premiers dazibaos et la proclamation de l'effrayante devise de Mao : « Sans destruction, pas de reconstruction. »

Les troupes de gardes rouges se mirent en marche, les « petits généraux de Mao » partirent à l'assaut contre l'intelligence et contre les trésors de la culture ancienne, les professeurs, les enseignants, les médecins furent arrêtés, torturés et envoyés à la mort. En novembre 1966, le Comité central du Parti annonça fièrement à son président, Mao, que treize millions de gardes rouges s'étaient mis au service de la Chine pour la délivrer des capitalistes, des intellectuels et des traîtres qui louchaient vers l'Occident.

Mais il manquait à tout cela un élément spirituel. Mao combla cette lacune en couchant sur le papier ses idées révolutionnaires. Ce recueil fut intitulé, en toute simplicité : le Petit Livre Rouge.

En décembre 1966, tous les journaux et dazibaos firent savoir au pays, jusque dans les villages les plus reculés, que le Petit Livre Rouge de Mao était devenu la lecture obligatoire de tous les Chinois. A dater de ce jour, un peuple composé d'un milliard d'individus ne vécut plus qu'au travers des pensées du Grand Timonier.

Le nettoyage perpétré par les gardes rouges ne connut plus de limites. D'avril à août 1967, la Chine fut emportée dans le chaos, dans le sang et dans le pillage. Mao perdit le contrôle de la masse fanatisée de ses gardes rouges. Cinq mille ans de culture chinoise disparurent dans les brasiers allumés par les « petits généraux », dont la rage destructrice ne laissa derrière elle qu'un champ de ruines. Les intellectuels — et presque tous ceux qui portaient des lunettes étaient traités comme tels, de telle sorte que des millions de Chinois furent contraints de détruire ou de cacher leurs lunettes — furent arrêtés et conduits à des « séances d'éducation », autrement dit, de torture, ou bien entassés dans des camps de rééducation, bientôt désignés sous le nom de « clapiers » dans le langage populaire. Une vague de suicides courut à travers le pays, des scientifiques réputés préférèrent se pendre ou s'ouvrir les veines, plutôt que d'être livrés aux assauts des gardes rouges. Des histoires circulaient, suivant lesquelles des professeurs d'université pourrissaient, enfermés au fond des caves des facultés comme des bêtes sauvages. On les sortait de leur cage tous les jours pour les rouer de coups à l'aide de gourdins ou de crosses de fusil, jusqu'à leur faire perdre conscience. D'autres mouraient, étouffés par le Petit Livre Rouge qu'on leur enfonçait au fond de la gorge.

A l'arrivée du docteur Pohland à Pékin, la Révolution culturelle n'avait pas encore pris fin, mais les massacres étaient terminés, ainsi que les destructions, car il n'y avait plus personne à tuer, ni rien à détruire. Le manifeste du dixième Congrès du Parti communiste chinois d'août 1973, qui proclamait que des campagnes telles que la Grande Révolution culturelle seraient renouvelées dix, vingt, voire trente fois, resta lettre morte. Le sentiment d'horreur provoqué à l'étranger s'atténua, la politique des états occidentaux à l'égard de la Chine se concentra sur les perspectives économiques ouvertes par les besoins d'un peuple pléthorique. Teng Hsiao-Ping, qui était jusque-là vice-Premier ministre, fut désigné en 1975 président du Comité central et reprit également les fonctions du Premier ministre Chou En-Lai.

Un secret sévèrement gardé fut dévoilé : Chou En-Lai était atteint d'une maladie incurable, le cancer. Et, tandis que siégeait à Pékin le deuxième plenum du Comité central, Mao Tsé-Toung recevait à Hang-Tcheou l'homme politique allemand Franz Josef Strauss. L'industrie allemande se pressait en Chine, ce marché aux perspectives inestimables.

Pohland se trouvait à Pékin depuis trois ans. A la mort de Chou En-Lai, début 1976, il fut invité à participer aux cérémonies organisées pour les funérailles.

— Je pense que nous devrions retourner en Allemagne, dit Erika Pohland, deux mois après le décès de Chou En-Lai.

On était début mars et un événement incroyable s'était produit à Canton. Un grand dazibao proclamait : « Chiang Ching est une prostituée à la solde des profiteurs. » Chiang Ching était l'épouse de Mao Tsé-Toung, le Grand Timonier.

— J'ai l'impression que nous allons avoir droit à une nouvelle guerre civile, poursuivit Erika. La gauche du Parti est contre les progressistes qui entourent Teng Hsiao-Ping. Ils vont nous arrêter, nous aussi. Chou, ton protecteur, est mort. Aux yeux de Mao, tu n'es plus qu'un intellectuel, doublé d'un étranger. Ils ne vont pas tarder à prouver que tu es un espion.

— Erika, c'est impossible ! Tout le monde à l'université sait...

— Qu'est-ce que cela change ? l'interrompit Erika. Lorsqu'on ne *veut* pas savoir, tout est possible.

— J'ai prorogé mon contrat de trois ans.

Pohland avait eu un long entretien avec le ministre de la Culture, après la mort de Chou En-Lai. Le ministre lui avait assuré, avec une politesse exquise, que la prise de fonctions de Hua Guofeng ne changerait rien aux termes du contrat. Au contraire, on s'estimerait heureux si le docteur Pohland consentait à mettre son grand savoir au service de la Chine. Après cet entretien, Pohland avait été rattrapé par un haut fonctionnaire, qui l'avait suivi dans les escaliers et l'avait pris à part pour lui chuchoter à l'oreille :

— Monsieur le professeur, nous nous trouvons actuellement dans une période de transition. Nous sommes à la veille de grands changements. C'est Teng Hsiao-Ping qui prendra les rênes du pouvoir après la mort de Mao. Nous sommes tous dans l'attente de sa disparition. Si le dieu rouge conserve son trône, c'est parce que nous faisons semblant d'ignorer sa déchéance en attendant l'heure de sa mort. Notre pays accomplira alors une révolution pacifique, sans verser une seule goutte de sang : l'ouverture à l'Ouest. Vous aviez envisagé de vous retirer, n'est-ce pas ?

— Oui. Je vais présenter ma démission.

— Ne le faites pas, monsieur le professeur. Attendez encore un peu ! Vous allez voir, la Chine va s'engager dans une voie nouvelle. Et soyez sincère envers vous-même : vous aimez ce beau pays, n'est-ce pas ?

— Disons plutôt que je me suis accoutumé à vivre ici.

— Cela revient au même, monsieur le professeur. Qui aime la Chine l'aime du fond du cœur, ou ne l'aimera jamais. Restez, je vous en prie.

Deux jours plus tard, Pohland signait son nouveau contrat. Certains diplomates lui avaient confirmé que les rénovateurs qui formaient l'entourage de Teng Hsiao-Ping étaient plus puissants que les conservateurs qui se cramponnaient à la bible de Mao.

— Je ne vois aucune raison de rompre mon contrat, Erika, expliqua Pohland à son épouse. Au contraire. On m'a promis un nouveau laboratoire que je pourrai équiper des meilleurs appareils. Ce laboratoire est destiné à servir de modèle aux autres universités chinoises. Peux-tu m'expliquer plus clairement la raison de ton appréhension ?

— Ce sont les bruits qui courent, Dietrich. Ne secoue pas la tête ! Il n'y a pas de fumée sans feu. J'ai peur, tout simplement.

Mao Tsé-Toung mourut en septembre 1976, à l'âge de quatre-vingt-deux ans. La Chine fut plongée dans l'affliction, même si elle poussa un soupir de soulagement. Une question courut sur toutes les lèvres : « Que va-t-il se passer après Mao ? Qui va régner sur un milliard de Chinois ? Les frontières vont-elles se refermer ou, au contraire, s'ouvrir plus largement ? »

En octobre, alors que le cadavre de Mao n'était pas encore refroidi, le monde retint son souffle. Les instigateurs impitoyables de la Révolution culturelle, plus connus au sein de la population sous le sobriquet de « Bande des Quatre », furent arrêtés : la veuve de Mao, Chiang Ching, son gendre, Yao Wen-Yuan, Chang Chun-Chia et Wang Hong-Wen. Lorsque le commando chargé de l'arrêter débarqua chez le neveu de Mao, Mao Yuanxin, celui-ci lui résista, soutenu par un petit groupe de partisans. Sa maison fut investie et Yuanxin fut fusillé sur-le-champ. La voie était désormais libre pour Teng Hsiao-Ping.

Pohland resta enfermé trois jours dans sa villa, valises bouclées, prêt à partir à tout instant. Le cuisinier, la gouvernante et la bonne restaient assis, en pleurs, dans la cuisine. La raison de leurs larmes n'était aucunement la crainte d'être arrêtés et mis en prison en tant qu'informateurs de la police secrète de l'ancien pouvoir, mais bel et bien un véritable attachement à la famille Pohland. La gouvernante était particulièrement inconsolable. Elle s'était prise d'affection pour Holger qu'elle appelait tendrement sa « petite tête d'or », et sa vie entière était vouée à l'accomplissement de cette œuvre unique : faire de ce « long nez » un Chinois véritable, un homme fort, beau et honorable. La crainte de représailles à son encontre de la part du nouveau gouvernement avait d'ailleurs abandonné le trio peu après la mort de Mao. En effet, le cuisinier avait reçu la visite d'un soi-disant oncle qui, en fait de membre de la famille, n'était autre qu'un officier de la police secrète. Celui-ci informa le personnel du docteur Pohland que rien n'avait changé en ce qui concernait son rôle, au contraire. On attendait de lui qu'il renforçât sa surveillance et multipliât les rapports sur les faits et gestes des Allemands, sur le contenu de leurs conversations à table et au salon, sur leurs visiteurs et sur leur courrier. Par ailleurs, la villa fut incluse dans la liste des « maisons intouchables », ce qui signifiait qu'elle était interdite de pillage.

Tout ceci s'était passé treize ans auparavant. Le professeur Pohland était lié de façon indéfectible à l'université qui lui devait une partie de son renom, et lorsqu'il pensait à la mère patrie et à Heidelberg, il n'avait plus du tout le mal du pays. La Chine était devenue sa seconde patrie. Il n'imaginait pas pouvoir vivre ailleurs qu'à Pékin. Lorsqu'il lui était donné d'avoir en main un magazine allemand lors de ses incursions à la bibliothèque internationale, il s'étonnait de la politique de Bonn et de Pankow, de l'étroitesse de vue des politiciens allemands, de la guerre de tranchées entre les différents partis, de l'importance donnée aux problèmes de l'Allemagne qui, vus de l'étranger, paraissaient si dérisoires. Les démêlés entre Kohl et Strauss le laissaient de marbre, de même que la vie sexuelle des célébrités de l'écran. Il appartenait désormais à la Chine.

La gouvernante Jin Jingwen avait atteint le but de sa vie et ses efforts avaient été récompensés : Holger Pohland, bien que « long nez », était chinois de cœur et totalement intégré à la société chinoise. Il étudiait la médecine à l'université de Pékin, il aimait en secret une de ses camarades d'études chinoise, il jouait de la trompette dans un orchestre chinois, possédait une bicyclette chromée, luxe d'importation française, portait des jeans *made in USA* et des T-shirts imprimés, et comptait parmi les champions du club de tennis des ambassades. Il s'exprimait parfaitement en mandarin, en anglais, en français, sans oublier l'allemand, bien entendu.

Jin Jingwen avait toutes les raisons d'être fière en regardant sa « petite tête d'or ». Cependant, un léger nuage ternissait sa joie : c'était l'amitié qui unissait Holger à un étudiant allemand nommé Karl Reindl, mais qui demandait qu'on l'appelle « Charly », en toute simplicité. Jin Jingwen ne pouvait pas s'expliquer la raison pour laquelle ce Charly lui avait été antipathique dès le premier regard. Il était poli, il la saluait non pas comme une employée mais comme une dame de la haute société, et passait beaucoup de temps à la cuisine à raconter des blagues à double sens au cuisinier, lequel aurait bien ri aux éclats si la bonne éducation ne lui avait interdit ce laisser-aller.

Charly Reindl était originaire de la région de la Ruhr, plus exactement de Dortmund-Hörde. Il confia à Holger que son père était contremaître dans une usine qui fabriquait des outillages et qu'il adhérait clandestinement au Parti communiste, fidèle en cela à la tradition de la famille Reindl dont les membres, depuis plusieurs générations, étaient nourris aux enseignements de Marx, Engels et Lénine dès le biberon. Grâce à ces antécédents, il avait obtenu sans peine une place à l'université de Pékin, bien que personne ne comprît au juste ce qui avait bien pu le pousser à venir faire ses études en Chine ni ce qu'il pourrait bien faire plus tard de ses connaissances en matière d'histoire de l'art chinois. Il aurait été mieux à sa place à Aix-la-Chapelle, à étudier l'industrie mécanique.

Charly Reindl et Holger Pohland s'étaient rencontrés au restaurant universitaire. Bien que Reindl vécût à Pékin depuis six mois déjà, il éprouvait toujours les pires difficultés à manger avec des baguettes. Les morceaux de viande et les légumes lui échappaient immanquablement. Plusieurs « Merde ! » retentissants étaient parvenus aux oreilles de Holger qui, jugeant de la situation, s'était approché de lui en disant :

— Attends, je vais te montrer ! C'est très simple. Toute l'astuce consiste à ne remuer qu'une seule baguette, celle du dessus.

— Celui qui a inventé ça mériterait des coups de bâton ! rétorqua Reindl. Hier on nous a servi du poisson, du poisson bouilli. Impossible d'attraper le moindre morceau ! J'ai mangé avec mes doigts ; soit dit en passant, c'est la plus ancienne méthode connue pour attraper la nourriture. A moins que tu ne penses que le *sinanthropus pekinensis*, plus connu sous le nom d'homme de Pékin, mangeait déjà avec des baguettes ?

— Si les Asiatiques en sont capables, il n'y a aucune raison pour que tu n'y arrives pas. Je m'appelle Holger.

— Je m'appelle Charly, je suis originaire de Dortmund.

C'était ainsi qu'ils avaient lié connaissance, et cette rencontre fut le début d'une véritable amitié. Ils prirent l'habitude de jouer au tennis ensemble, Reindl apprit à jouer de la guitare et vint gratter les cordes de son instrument en compagnie de Holger au sein de l'orchestre. Pohland trouvait son compatriote très sympathique, car celui-ci était plein d'humour et bon compagnon.

En revanche, Jin Jingwen ne l'aimait pas, mais sans savoir pourquoi. Tout son être se hérissait à sa vue et, en le voyant arriver, elle disait au cuisinier :

— Un serpent venimeux s'est introduit dans la maison.

C'est Reindl qui avait présenté Bai Hongda à Holger. Il l'amena un jour sans crier gare à une répétition de l'orchestre, le présentant ainsi :

— Voici Bai Hongda. Il ne connaît strictement rien au jazz, il ne connaît que les glapissements chinois et aime les chansons populaires allemandes telles que : « Noire et brune est la noisette ». Mais c'est malgré tout un gentil garçon. Il est aussi à la tête d'un groupe d'étudiants progressistes et étudie le droit. Si jamais tu as un problème de pension alimentaire, il te donnera des tuyaux sur la façon de traiter avec les Chinoises.

— Je suis heureux de faire ta connaissance, dit Bai avec toute la courtoisie qui caractérise un Chinois bien éduqué, en s'inclinant légèrement.

Puis ils se serrèrent la main, à l'européenne.

— Je crois que nous formons une bonne équipe, constata Reindl quelque temps plus tard. Un Chinois Han, un Allemand qui pense comme un Chinois et un autre qui sort du bassin houiller de la Ruhr. Il faut venir à Pékin pour voir ça.

Un certain mercredi, Pohland fut convoqué par le recteur de l'université. Ils prirent place face à face sur des chaises de bois sculpté, burent la sacro-sainte tasse de thé, échangèrent des amabilités anodines, prirent des nouvelles de leurs familles respectives et de leur santé. Pohland était curieux de connaître les motifs qui avaient poussé le professeur Li Hiao à le convoquer pour cet entretien.

Après la deuxième tasse de thé, Li se décida à aborder les choses sérieuses :

— On m'a demandé un service, dit-il en essuyant ses lunettes avec un morceau de tissu. Le recteur de l'université de Kunming et le titulaire de la chaire de médecine, l'honorable et illustre Tong Shijun, m'ont fait parvenir une lettre. Le fils du professeur Tong, Jian, étudiant en médecine très brillant, le meilleur de sa promotion, doit être transféré à Pékin : le meilleur a droit à la meilleure université.

Ceci était un mensonge, car Li avait été informé par Tong Shijun des événements concernant Jian. Mais il estimait que

Pohland n'avait pas à les connaître. Il se racla discrètement la gorge, remit ses lunettes et adressa un sourire aimable à Pohland.

— La famille Tong fait partie des familles les plus réputées et les plus respectées du pays, dit-il. Et Jian est fils unique. Le souci de Tong est de le mettre entre de bonnes mains, en quelque sorte. Je ne connais personne de plus digne que vous, monsieur le professeur, de la totale confiance de Tong. Vous habitez une grande maison, votre fils est également un sujet brillant qui étudie lui aussi la médecine, votre épouse est médecin, et vous aurez certainement une possibilité de libérer une chambre pour Tong Jian. Il sera pour vous comme un deuxième fils. Qu'en pensez-vous ?

Pohland se livra à une rapide réflexion. La demande de Li était en réalité une façon habile de lui rappeler que la villa appartenait à la République populaire et qu'elle était mise gratuitement à sa disposition depuis quinze ans. Un refus de sa part serait évidemment accepté, mais l'honneur de Tong serait entaché et lui-même, Pohland, perdrait beaucoup de son prestige aux yeux de Li. S'il répondait : « Je vais demander à ma femme », ce serait encore pis, car c'est l'homme qui décide dans une maison, et la femme n'a d'autre ressource que celle de se plier à sa volonté.

— Je souhaiterai la bienvenue à M. Tong Jian dans ma maison, répondit Pohland dans le style traditionnel, tout en s'inclinant légèrement sans se lever de son siège. Pour quand est prévue l'arrivée de M. Tong à Pékin ?

— Pour dimanche prochain, par l'avion de midi en provenance de Kunming.

C'est-à-dire dans trois jours. Pohland s'étonna en son for intérieur de cette précipitation si peu conforme aux habitudes chinoises, mais il ne posa aucune autre question. Li se leva et alla ouvrir une armoire de laque magnifiquement ornée de fleurs peintes. Il en sortit une bouteille de Maotai, la meilleure eau-de-vie de Chine, ainsi que deux verres. Il versa l'alcool dans les verres, trinqua avec Pohland et but à petites gorgées, car il est hors de question de liquider en un tournemain la meilleure eau-de-vie de Chine

— Vous apprécierez Tong Jian, dit-il. Il a l'intention de se spécialiser en chirurgie, ce qui ennuie beaucoup son père. Tong Shijun préférerait voir son fils se consacrer à la médecine pure et non à la chirurgie.

Il se leva, suivi de Pohland.

— Vous recevrez par téléphone quelques indications qui vous permettront de reconnaître Jian. Vous irez probablement le chercher à l'aéroport ?

— Bien entendu.

— Je me réjouis de pouvoir voir en vous un ami, et ce depuis de nombreuses années.

Li tendit la main à Pohland.

— Ce n'est pas dans le corps, ajouta-t-il, mais dans l'âme que se trouve le caractère de l'être humain.

Le soir même, à table, Erika Pohland regarda son mari sans comprendre, en l'entendant dire d'un ton négligent :

— Nous allons avoir un invité, dimanche.

— En voilà une nouveauté ! De quelle ambassade ?

— Il va venir habiter chez nous.

— Habiter ?

— C'est un visiteur étranger ? demanda Holger.

Charly Reindl était assis à ses côtés, heureux d'échapper aux baguettes.

— Il vient de Kunming. Il est étudiant en médecine. Il s'appelle Tong Jian. Son père est titulaire de la chaire de médecine.

— C'est donc un fils à papa, commenta Reindl.

— Combien de temps va-t-il rester ? demanda Erika.

— Je ne sais pas. Pendant une durée indéterminée. Nous allons lui préparer la chambre qui donne sur le jardin.

— Tu n'es pas sérieux ? s'écria Erika avec emportement. Tu ne peux pas tout simplement...

— C'est le recteur qui me l'a demandé.

Pohland balaya d'un geste toutes les objections.

— Je n'ai pas eu d'autre choix que celui d'accepter avec joie.

— Personne ne peut vous contraindre, dit Reindl d'un ton agressif. Même la doctrine communiste chinoise laisse quelques droits à l'individu.

— J'aurais perdu l'estime du recteur. Par ailleurs, n'oublions pas que nous vivons dans une villa fournie par l'Etat depuis quinze ans. Mais attendons d'avoir vu M. Tong Jian, avant d'émettre des jugements définitifs. Il appartient à l'une des meilleures familles de Chine.

Holger posa ses baguettes sur le côté et passa sa serviette sur sa bouche.

— Attendons, dit-il. S'il s'avise de lever trop haut son nez de mandarin, il tombera sur un bec : moi.

Reindl ajouta, grossier :

— Et moi, je lui botterai les fesses !

L'avion de Kunming atterrit comme prévu à midi, ce dimanche-là. Jian avait pris son sac de voyage avec lui en cabine, tandis que ses deux grosses valises avaient été placées dans la soute. Avant son départ, ses parents l'avaient accompagné dans les meilleures boutiques de Kunming pour faire des achats.

— A Pékin, ce n'est pas comme à Kunming, avait déclaré Tong. Il ne peut pas circuler là-bas habillé comme un va-nu-pieds. Il sera le digne représentant de notre famille.

Il fit donc exécuter pour son fils, chez un de ces tailleurs express qui ne travaillent que pour les riches touristes étrangers, cinq costumes sur mesure, assortis de chemises de la meilleure qualité. Il lui acheta également les chaussures les plus chères, les cravates les plus modernes et les sous-vêtements les plus confortables qu'on pût trouver dans tout Kunming.

Jian se laissa faire, docile comme un mouton, se contentant d'opiner du chef lorsqu'on lui posait une question.

Meizhu en parla un soir à son époux alors qu'ils étaient couchés :

— L'âme de Jian est morte. Tu as tué Jian, Shijun.

— Ce n'est qu'un mauvais passage, répondit Tong. A Pékin, il se fera de nouveaux amis, il retrouvera bientôt sa joie de vivre. Nous ne savons pas ce qui s'est passé à Huili quand il y est allé pour prendre congé de Lida. Et d'ailleurs, je ne veux pas le savoir. Ce qui est important, c'est qu'il accepte d'aller étudier à Pékin. Tu sais, le futur médecin l'a emporté sur l'amoureux. C'est ce qui me permet de garder l'espoir.

Mais les choses ne s'étaient pas passées aussi facilement que Tong le croyait.

Jian était resté à Huili pendant trois jours. Le récit des exploits de sa famille lui avait fait monter le rouge au front.

— Je vais partir dans le Nord ! avait-il déclaré à Huang. Dans le désert du Takla-Makan, ou à Ouroumtsi, là où personne ne pourra me retrouver. Je pourrais aussi essayer de rejoindre l'Amérique ou l'Europe et continuer mes études là-bas.

— Sans argent ? objecta Huang. Je ne pourrai pas t'en donner.

— J'ai deux mains et deux bras. Je peux très bien travailler. J'accepterai tout, même les travaux les plus pénibles qui font peur à tout le monde. J'y arriverai, Keli, j'y arriverai.

— Et moi, il me faudra attendre, non pas pendant quatre ans, mais pendant six ou sept ans. Jian, je ne pense pas que la solution soit dans la fuite.

Lida se tenait derrière lui, ses bras entourant son cou.

— Tu irais au-devant d'une autre vie qui ne serait bonne ni pour toi ni pour moi. Obéis à ton père, va poursuivre tes études à Pékin.

— Pékin ! Mais, Lida, nous pourrons nous voir une fois par an au maximum !

— Peut-être, mais au moins, tu seras toujours en Chine. Si tu étais à New York, à Paris ou à Londres, nous ne pourrions même pas nous voir une fois par an. Tu ne ferais plus partie de notre univers. Tu serais considéré comme un fugitif, ton nom serait rayé des listes et tu n'appartiendrais plus au peuple de Chine. Tu sais bien que je t'attendrai patiemment. Montre à ton père combien tu es fort et prouve-lui que notre amour est indestructible. On ne vit qu'une fois, tu es bien d'accord ?

Pendant trois jours, Jian avait examiné les différentes possibilités qui lui étaient offertes. La nuit, quand Lida était endormie dans ses bras, il réfléchissait et finissait toujours par se rendre à l'évidence : mieux valait céder à son père plutôt que de s'enfuir à l'étranger et de vivre dans l'incertitude. Aucun pays ne voudrait l'accueillir au titre du droit d'asile, car il ne quitterait pas la Chine pour raisons politiques mais à la suite de difficultés familiales.

Par ailleurs, l'état d'esprit des grandes puissances vis-à-vis de la Chine s'était radicalement modifié, car l'ouverture à l'Ouest initiée par Chou En-Lai avait été poursuivie par Teng Hsiao-Ping. Tous les pays avaient repris les relations diplomatiques avec la Chine.

Les vieux messieurs de Pékin avaient opéré un changement de cap radical et menaient le pays dans une direction qui ne pouvait que trouver l'agrément des puissances occidentales. En 1978, la collectivisation de l'agriculture fut sacrifiée à la nouvelle orientation, les paysans reprirent possession de leur terre, la libre entreprise fit son apparition sur les marchés. On vit surgir les petites entreprises privées, on assista au renouveau de la littérature et de l'art, on rétablit la liberté de culte. Mais tous ces changements furent surpassés par un événement proprement inouï : de nombreuses victimes de la Révolution culturelle furent réhabilitées officiellement, y compris celles qui avaient été exécutées au cours des années où elle sévissait.

En 1981, Teng Hsiao-Ping désigna son ami Hu Yaobang à la présidence du Parti, et Zhao Ziyang devint Premier ministre. En 1982, une nouvelle constitution fut rédigée, donnant le coup d'envoi au processus de modernisation de la Chine. Teng annonça un train de réformes dont l'objectif était d'augmenter la puissance économique de la Chine en la multipliant par quatre avant l'an 2000. Mais, dès 1983, ces réformes furent remises en cause par les forces conservatrices du Parti et de l'état-major, qui s'élevèrent contre le « retour du capitalisme en Chine ».

La campagne contre la « dégradation spirituelle » commença.

Des délinquants ayant commis des délits graves furent exécutés en public, sous les yeux de la population invitée à goûter le spectacle. Certains, particulièrement zélés, reprirent la chasse aux intellectuels critiques. La mode « décadente » qui commençait à faire son apparition en Chine, principalement via Hong Kong, fut interdite. Ceux qui portaient les cheveux longs et écoutaient de la musique occidentale furent dénoncés comme traîtres à la culture chinoise.

Mais la liberté ne se laissa pas étouffer. A la fin de l'année 1986, les étudiants descendirent dans la rue et manifestèrent pour obtenir plus de démocratie, sous l'œil bienveillant de Hu Yaobang, qui refusa de les faire matraquer, comme l'exigeait l'aile conservatrice du Parti. Cependant, les conservateurs l'emportèrent une fois de plus : Hu Yaobang fut démis de ses fonctions de premier secrétaire du Parti et remplacé par Zhao Ziyang qui, étant lui-même un libéral, n'eut d'autre fonction que celle de jouer les vitrines aux yeux de l'étranger. Il resta en place pendant une année à peine, au terme de laquelle il fut contraint de céder ses fonctions à Li Peng, qui oscillait lui-même entre le conservatisme et le libéralisme.

Tous ces événements étaient suivis à l'Ouest avec le plus grand intérêt. Les géants économiques du monde occidental se tenaient prêts à venir aider la Chine à sortir de son isolement. Mais il n'y avait pas de place dans ce monde pour un individu tel que Tong Jian.

Telles étaient les pensées qui agitaient Jian la nuit, alors qu'il tenait le corps chaud et lisse de Lida entre ses bras.

Le troisième jour, il avait fini par déclarer, le cœur lourd :

— Vous avez raison. Il vaut mieux pour nous tous que je me plie à la volonté de mon père et que j'accepte d'aller continuer mes études à Pékin. Ces années de séparation finiront bien par se terminer. Quand je serai devenu médecin, je serai libre de mes faits et gestes et personne n'aura plus le droit de m'ordonner quoi que ce soit. Notre vie pourra enfin commencer, Lida !

Donc, l'avion en provenance de Kunming était arrivé sur l'aéroport de Pékin. Jian se laissa emporter par le flot des voyageurs, parmi lesquels un groupe de touristes bavarois qui clamaient *urbi et orbi* qu'ils donneraient tout pour être déjà à leur hôtel, face à un bon verre de bière bien fraîche.

Dans le hall de l'aéroport, le docteur Pohland et Holger attendaient l'invité qui leur avait été imposé. Tong Shijun avait téléphoné la veille, pour donner le signalement de son fils. Celui-ci porterait un costume marron clair et une cravate à rayures jaunes. Tong était d'avis que l'on reconnaîtrait facilement son fils à sa cravate. A cela, Pohland avait répondu que la température était anormalement élevée pour la saison à Pékin et que, pour cette raison, lui-même serait vêtu d'un costume de soie couleur crème. Quant à son fils Holger, il porterait probablement un jean et un T-shirt avec un motif représentant un joueur de base-ball. En entendant cette dernière précision, Tong éprouva une légère contrariété, d'autant que cette mode n'avait pas encore atteint Kunming. Il se demanda si les cinq costumes sur mesure qu'il avait fait faire à Jian ne paraîtraient pas trop conservateurs.

Le groupe de Bavarois fendit la foule et se dirigea tout droit vers deux interprètes qui brandissaient au-dessus de leur tête une pancarte fichée sur une baguette de bambou. On pouvait lire sur la pancarte : « Hôtel de la Grande Muraille ». Jian arriva dans le hall derrière le groupe. Il s'arrêta pour regarder autour de lui. Presque au même moment, il croisa le regard de Holger, qui donna un coup de coude à son père.

— C'est lui ! Celui qui fait l'élégant avec son costume sur mesure, là ! Une vraie gravure de mode !

Pohland jeta un regard sévère à son fils.

— Holger ! Qui sait, il n'est peut-être pas à l'aise, dans son costume ! Moi, je le trouve sympathique au premier abord.

— Attendons un peu, papa. On pourra en dire plus demain.

Pohland et Holger se dirigèrent vers Jian, qui vint à leur rencontre, un sourire mal assuré aux lèvres.

— Tong Jian, dit-il à l'adresse de Pohland, avec une légère courbette. Je vous prie de me pardonner de venir m'immiscer dans votre vie quotidienne, mais j'ai été obligé de me plier à la volonté de mon père.

Puis il jeta un regard à Holger, qui arborait un sourire en coin, comme pour montrer que l'humilité affichée par la politesse chinoise lui paraissait totalement démodée.

— Vous êtes Holger ? s'enquit-il.

Holger lui tendit la main.

— Salut ! J'espère que tu te plairas chez nous. Tu as beaucoup de bagages ?

— Deux grandes valises.

— Remplies de fringues ? Les gens m'ont l'air d'être particulièrement distingués dans ton bled. Moi, je m'en sors avec un petit sac quand je voyage.

Jian rit. Le vocabulaire utilisé à Pékin semblait être bien différent de celui de Kunming, et ce ton lui convenait beaucoup mieux que la politesse empesée qui avait cours au sein de la famille Tong. Il mit la main à son col de chemise, enleva sa cravate rayée de jaune et l'enfouit dans la poche de son pantalon.

Puis il déboutonna son col, défit les deux premiers boutons de sa chemise, enleva la veste de son costume et la suspendit négligemment à son épaule.

— Me voilà enfin débarrassé de cette horrible cravate qui me serrait le cou ! s'écria-t-il. Mais il fallait bien que je la mette, pour que vous me reconnaissiez.

— Ah ! Tu me plais mieux comme ça, Jian.

Holger lui prit son sac de voyage.

— Et maintenant, allons récupérer tes valises ! ajouta-t-il.

Il leur fallut attendre vingt bonnes minutes avant de pouvoir mettre la main sur les deux magnifiques valises de cuir de Jian.

Holger attrapa l'une d'elles par la poignée, la souleva, et la laissa retomber aussitôt.

— Ben dis donc ! Qu'est-ce que tu as mis là-dedans ?

— Des tas de choses que je ne vais pas utiliser. Déjà, pour commencer, six paires de chaussures.

— En cuir ?

— Bien sûr. Et de bonne qualité !

— Demain, je t'emmène faire des courses. Je vais te prêter des chaussures *made in Hong Kong* avec lesquelles tu pourras marcher. En toile blanche, avec des rayures sur les côtés, et des semelles qui te donneront l'impression de t'envoler. Tu as déjà eu ce genre de chaussures ?

— Non, mon père ne les aurait pas considérées comme des chaussures.

— « Mon père », toujours « mon père ». C'est lui qui décide à ta place depuis toujours ?

— Oui, il respecte la tradition chinoise.

— On m'a dit que votre famille était très ancienne, intervint Pohland.

Jian fit un signe d'approbation.

— Oui, ma famille est vieille de plus de mille ans. Mes ancêtres étaient des mandarins de la cour impériale.

— Il est étonnant que votre père ait survécu à la Révolution culturelle.

— C'est un communiste convaincu.

Ils prirent un taxi pour rejoindre la villa du docteur Pohland. Erika Pohland avait fait préparer du thé et des pâtisseries en l'honneur du nouveau venu. Elle fut surprise de constater que celui-ci ne correspondait pas du tout à l'image qu'elle s'était faite du rejeton d'une famille dont l'origine remontait à un millier d'années.

— Maman, ce n'est pas la peine de défaire les valises, il ne lui faudra que ses sous-vêtements et ses chaussettes, recommanda

Holger à sa mère, tandis que celle-ci montrait sa chambre à Jian. Demain, nous irons faire un tour pour lui trouver des vêtements convenables.

Holger s'assit sur le lit.

— Est-ce que tu fais de la musique ? Je joue dans un orchestre, avec des copains. On se produit dans les bars ; on se marre et en plus ça rapporte.

— J'ai appris à jouer du piano, répondit Jian.

— Parfait.

— Mais je joue plutôt Beethoven, Chopin, Brahms, Schubert et Tchaïkovski.

— Excellent, c'est exactement ce qu'il faut connaître pour faire du rock !

Lorsque sa mère fut sortie, Holger ajouta avec un clin d'œil :

— Tu ne peux pas t'imaginer l'effet que ça produit sur les bonnes femmes quand elles nous entendent jouer ! Ça les rend dingues ! Les touristes étrangères encore plus que les petites Chinoises. Les Américaines, les Suédoises, les Anglaises, les Allemandes... Ça fait partie de leur programme de voyage, de se taper un Chinois. Et comment ça se passe, à Kunming ? Vous avez bien des touristes ?

— Je suis fiancé, répondit Jian.

— Allons bon, il ne manquait plus que ça ! Vraiment fiancé, pour de bon ?

— Nous nous marierons dès que j'aurai obtenu mon diplôme de fin d'études. Elle s'appelle Lida, c'est la fille d'un instituteur.

— Qu'est-ce que tu viens faire à Pékin, si loin d'elle ?

Jian regarda attentivement Holger.

— Tu me promets de ne rien dire à personne ? Ni à ton père ni à ta mère ?

— Tu peux compter sur moi.

— Mon père m'a envoyé à Pékin pour me séparer de Lida. Il veut nous séparer. Je suis ici en pénitence.

— Et tu te laisses faire ?

Holger secoua la tête.

— Dis donc, tu n'as jamais entendu parler de la liberté individuelle ?

— C'est justement là que je veux en arriver. Est-ce que vous êtes libres à Pékin ? Est-ce que tu te sens libre ?

— Ce sont deux choses différentes, Jian : la liberté en général, et la liberté individuelle. J'essaie dans la mesure de mes moyens d'avoir une vie personnelle.

— Et quels sont tes moyens ?

— C'est une bonne question. Nous menons actuellement un combat pour obtenir plus de liberté en Chine.

— Et qui est-ce, « nous » ?

— Un groupe d'étudiants de l'université. Leur leader est Bai Hongda, un bon ami à moi. Tu vas faire sa connaissance.

— Et ce combat a lieu sous quelle forme ?

— Nous sommes en train d'organiser des manifestations, de façon à attirer l'attention du monde entier sur nous. Ce que Teng Hsiao-Ping appelle l'ouverture à l'Ouest est trop timide. Dans les provinces les plus reculées, les gens vivent comme si le temps s'était arrêté. Est-ce que tu sais qu'il existe en Chine plus de huit cent quatre-vingt-cinq mille villages, que dans les villes les gens ne disposent que de trois mètres carrés et demi par personne d'espace vital, que toi, si tu souhaitais par exemple quitter Shanghai pour Pékin, tu ne trouverais pas de travail sous prétexte que tu n'appartiens à aucune unité et que par conséquent ton existence n'est pas reconnue ? Quand tu n'appartiens à aucune unité, tu n'as pas droit à un logement, tu n'as droit à aucune protection sociale. Personne ne prend soin de toi quand tu es vieux, tu n'as pas droit aux cartes d'alimentation qui permettent d'acheter les aliments de base subventionnés par l'Etat. Tu es considéré comme un mort-vivant, tout simplement parce que c'est l'unité qui te donne droit au statut d'être humain, et elle seule. Toutes ces choses inimaginables, nous allons les dénoncer ouvertement à la face du monde entier. Bientôt, très bientôt.

Jian regarda par la fenêtre. Il vit le jardin bien entretenu au milieu duquel un jet d'eau faisait miroiter des myriades de gouttelettes.

— Pourquoi veux-tu te battre pour la Chine ? demanda-t-il. Tu es allemand !

— Je ne me souviens presque plus de l'Allemagne. J'ai été élevé comme un Chinois, et je me sens chinois.

Holger tendit sa main à Jian.

— Tu seras des nôtres, Jian ? Tu nous aideras à conduire la Chine vers un avenir meilleur ? *Ta* Chine ?

Mais Jian ne montra aucun enthousiasme.

— Je suis venu à Pékin pour étudier, pas pour manifester, répondit-il. Je veux devenir médecin, pas martyr. Même si vous descendez à dix mille dans la rue, n'oubliez pas que vous trouverez en face de vous cent mille soldats. Vous serez nus face aux mitrailleuses et aux chars.

— Aucun soldat ne lèvera son arme contre nous, parce que le monde entier nous observera. De plus, Teng Hsiao-Ping n'est pas Mao, il sait que le nouvel essor de la Chine dépend de la démocratie. Simplement, les choses ne bougent pas assez vite. Arrêtons d'être des escargots, soyons des aigles. Je cite Bai Hongda.

— J'aimerais bien faire sa connaissance, dit Jian.

Son instinct lui dictait de ne pas refuser la main tendue de Holger.

— A Kunming aussi, certains étudiants tiennent des réunions clandestines...

— Ces groupes existent dans toutes les universités.

— ... mais je ne crois pas qu'une nouvelle révolution apporterait autre chose que des milliers de morts, une fois de plus. Je crois que chacun de nous devrait essayer de se fabriquer sa propre liberté, suivant ses propres critères.

— Est-ce que tu t'imagines qu'un paysan du Qinghai ou un réparateur de pneus de bicyclettes de Shigan en soit capable ?

— De toute façon, cela ne changerait rien à leur vie, même si nous arrivions à obtenir la liberté totale qui règne dans les pays occidentaux. Tu ne peux pas calquer notre mode de pensée sur celui de l'Occident. Le peuple de Chine a toujours été au cours des siècles un peuple mystérieux pour le reste du monde.

— Quel potentiel que ce peuple d'un milliard d'individus libérés !

Holger se leva et se dirigea vers la porte.

— Dans les prochains jours, tu auras l'occasion de parler à Bai Hongda. Il te fera part de ses plans.

— Est-ce que ton père est au courant de vos réunions ?

— Non, il est loin de s'en douter.

— Et tu ne crains pas que je trahisse ton secret, par reconnaissance envers lui pour m'avoir accueilli ?

— J'ai confiance en toi, Jian.

Holger examina attentivement Jian.

— Tu as de bons yeux, ajouta-t-il. Et tu n'es pas bête. Je ne crois pas me tromper : tu représentes le Chinois de l'avenir. Tu mérites de te joindre à nous.

Les jours suivants, Jian fit la connaissance non seulement de Bai Hongda, mais également de Charly Reindl.

— Voilà donc notre aristocrate ! dit Reindl en donnant à Jian une tape sur l'épaule, comme s'il avait affaire à un vieux copain rencontré dans un bistrot. J'admets que je m'attendais à autre chose.

En effet, Jian était vêtu, à l'image de Holger, d'un jean, d'un T-shirt imprimé et de chaussures de sport confortables.

— Moi qui pensais voir débarquer un type sapé comme un prince... poursuivit-il.

— Quand on ne sait pas, on ne pense pas ! répliqua Jian. Il existe chez nous un proverbe : « La langue du sage est dans son cœur, le cœur du fou est sur sa langue. »

— Oh, bien envoyé ! plaisanta Reindl, loin de se vexer. Vous autres Chinois, vous êtes comme notre Bible : vous avez un proverbe pour toutes les situations. Mais qu'est-ce qu'on fait ce soir ? On va au Kaorouji de Pékin, au bord du lac Shisha ? On pourra se taper du mouton grillé à la mongole, sans compter qu'il y a des filles en pagaille, là-bas.

En rentrant de leur soirée, Jian demanda à son ami :

— Holger, est-ce que tu es très lié à ce Charly ?

— Il ne te plaît pas ?

— Il me fait penser au rat du conte qui se déguise en castor pour dévaster les nids.

— Tu es dur, Jian. Charly n'est pas comme nous, c'est tout. Il se fiche de l'opinion des autres. Il vit comme bon lui semble. Mais il fait partie de notre mouvement et c'est grâce à lui que nous sommes si nombreux. Tu devrais l'entendre quand il tient des discours pendant nos réunions ; il galvanise les gens. Il a un don de persuasion extraordinaire. Nous avons besoin d'un type comme lui.

— Et pourquoi est-ce qu'il s'implique à ce point ? L'avenir de la Chine est important pour lui ?

— Il est issu d'une famille de communistes de la première heure. Il rêve à la victoire mondiale du socialisme, laquelle passe par la mobilisation en masse du peuple chinois.

— Tu es communiste, toi aussi ?

— Non, je suis démocrate.

— Et vous avez vraiment l'espoir qu'une démocratie à l'occidentale pourra être instaurée dans un pays tel que la Chine ?

— Oui, nous y croyons. Les Occidentaux ne sont pas conscients de tout ce que la Chine peut apporter au monde.

— C'est-à-dire une culture vieille de cinq mille ans et deux cents à trois cents millions de pauvres, qui arrivent tout juste à subsister, parce qu'ils ont peu d'exigences.

— Tout cela va changer.

— Rien de tout cela ne changera, Holger, parce que la Chine est trop grande et que ses habitants sont trop habitués à la résignation.

Ce jour-là, Jian se présenta au doyen de la faculté de médecine. Ce dernier attendait la visite du fils du célèbre Tong Shijun, et il le salua comme un parent.

— Vous allez vous plaire à Pékin, dit-il. C'est la faculté de Kunming qui a fait procéder à votre inscription. Tout est réglé.

Votre carte est au secrétariat, elle vous donnera droit au restaurant universitaire gratuit.

— Mon père a vraiment pensé à tout, dit Jian avec un sourire un peu contraint. Je ne lui connaissais pas ce grand talent d'organisateur. Qu'a-t-il fait d'autre pour moi ?

— Il s'est préoccupé de vous faire admettre parmi les étudiants communistes. Leur responsable est un certain Bai Hongda.

Bai Hongda ! Jian prit soin de cacher son étonnement.

— Je dois à mon père la plus grande reconnaissance.

A la poste centrale, il s'appuya sur une tablette inclinée pour écrire une lettre à Lida, dans laquelle il donnait son adresse chez le docteur Pohland ainsi que le numéro de téléphone. Il termina sa lettre par ces mots :

« Pékin est une ville extraordinaire. J'aimerais que tu puisses être auprès de moi. Tu n'aurais pas assez de tes deux yeux pour regarder autour de toi. Lida, je t'aime comme mon soleil, car tu es la seule lumière de ma vie. »

Cette lettre n'atteignit pas Huili, pas plus que les autres lettres que Jian lui écrivit au fil des mois. Tong avait envoyé Fengxia à Dukou d'où l'on répartissait le courrier destiné aux différents villages. Fengxia avait apostrophé le responsable du bureau de poste en ces termes :

— Camarade, le Parti te demande de ne pas acheminer les lettres adressées à une certaine Huang Lida et plus généralement à la famille Huang Keli de Huili.

— J'ai compris, répondit le responsable du bureau de poste. Une demande du Parti doit être exécutée sans poser de questions. Le courrier doit-il être conservé ? Doit-il être transmis à un service du Parti ?

— Non. Détruis-le, camarade. Ces lettres n'ont jamais été écrites.

— Le nom que vous avez prononcé est celui de l'instituteur Huang Keli, poursuivit le responsable du bureau de poste en se grattant la tête. Je ne veux pas connaître les raisons du Parti, mais je dois vous dire que ce Huang Keli a fait une demande de poste téléphonique.

— Refusée ! rétorqua Fengxia d'un ton de commandement. Refusée !

— Quelles sont les raisons à invoquer ?

— Aucune ! Un maître d'école de village n'a aucune question à poser. C'est non, et il devra se plier à cette décision.

Le responsable du bureau de poste respira en voyant Fengxia tourner les talons.

Son adjoint, qui avait suivi toute la conversation à travers la porte qui était mince comme du carton, se précipita dans son bureau.

— Qui c'était, Zongdao? s'écria-t-il. Elle crachait le feu comme un dragon!

— Ferme-la! répondit Zongdao à voix basse, comme si Fengxia pouvait encore l'entendre. Elle est venue exprès de Kunming. Elle est membre du comité central de la région. Elle m'a montré sa carte. Tu n'as rien entendu, tu entends? A partir de maintenant, tu poseras tout le courrier pour Huili sur mon bureau.

— Il n'y en aura pas beaucoup.

— Peut-être, mais il suffit d'une seule lettre pour déplaire au Parti... Je n'ai pas envie de recevoir une nouvelle visite de ce dragon, je préfère le savoir à Kunming.

Jian assistait aux cours, prenait ses déjeuners au restaurant universitaire, travaillait à la bibliothèque universitaire et se spécialisait en anatomie. Il avait l'âme sensible, et les dissections pratiquées dans le cadre des cours d'anatomie exigeaient de sa part une maîtrise de soi presque surhumaine. Le soir, il accompagnait Holger et son orchestre dans les endroits où ils se produisaient, pour les écouter jouer. Mais, pendant que Holger soufflait à perdre haleine dans sa trompette et que les couples exécutaient des rocks endiablés sur la piste de danse, il était souvent saisi d'angoisse et se demandait s'il était vraiment fait pour être chirurgien.

Il n'avait eu que quatre occasions de parler à Bai Hongda, au cours desquelles ils n'avaient échangé que des mots sans importance. Bai ne lui avait encore rien dit de ses plans, contrairement à ce que Holger lui avait annoncé. Il essayait de se former une opinion, l'observant avec méfiance, d'autant que la section du Parti de Kunming lui avait indiqué, par un ordre codé, qu'il devrait accepter dans ses rangs un certain Tong Jian. Qui donc était ce Tong Jian? Un espion? Pourquoi avait-il été transféré de Kunming à Pékin? Bai voulait d'abord avoir la réponse à ces questions avant de mettre Jian dans la confidence.

Jian attendit pendant trois mois une réponse de Lida. Il lui avait écrit toutes les semaines et il était au bord du désespoir, ne trouvant pas d'explication à ce silence.

— Je vais aller à Kunming voir ce qui se passe, confia-t-il à Holger. Ce n'est pas possible, elle ne peut pas rester trois mois sans donner signe de vie. J'ai peur qu'il y ait du Fengxia là-dessous.

— La poste chinoise n'est pas exactement une entreprise modèle, dit Holger pour l'apaiser. Avant de recevoir une lettre provenant d'un village aussi retiré que Huili, il faut sans doute attendre un certain temps.

— Mais pas trois mois.

— Tu ne peux pas te tirer comme ça de Pékin ! Tu mettrais tout ton avenir en jeu.

— Voilà ce que je veux dire, quand je parle de liberté individuelle : je veux pouvoir partir quand je veux et où je veux, sans avoir à demander l'accord d'une quelconque unité. Moi je suis ici, le monde extérieur est là-bas, personne ne devrait avoir le droit de m'interdire de voir le monde extérieur !

— C'est un point qui fait partie du programme de Bai Hongda. Est-ce que tu as eu l'occasion d'entendre un discours de Charly ?

— Reindl est un beau parleur. Pour lui, la révolution est un jeu de société. Il ne croit pas un mot de ce qu'il dit. Sa technique, c'est le matraquage. Il chauffe les foules jusqu'à ce qu'elles débordent. Holger, ce type est très dangereux pour votre cause. Il s'est glissé parmi vous, vous lui faites confiance, mais son objectif n'est pas d'obtenir la démocratie en Chine. Tout ce qu'il veut, c'est le chaos, comme pendant la Révolution culturelle. Il ne veut pas d'une société organisée, il hait cette idée. Non, ce qu'il aime, c'est la terreur. Il prétend vouloir vous apprendre à vivre libres, mais il vous mène tout droit à l'anarchie. On ne peut pas vivre ensemble sans respecter des règles très strictes.

Holger dévisagea Jian en secouant la tête.

— Tu ne sais pas toi-même ce que tu veux. D'un côté, tu te plains en disant qu'en Chine tout est sous le contrôle du Parti, et d'un autre côté, tu réclames des « règles très strictes ». Finalement, comment vois-tu la Chine nouvelle ?

— Je ne sais pas.

Jian haussa les épaules.

— Il est irréaliste de vouloir gouverner un milliard de personnes en traitant chacune d'elles de façon équitable. Holger, pourquoi est-ce que Lida ne me répond pas ?

C'était l'hiver, la ville de Pékin était enfouie sous la neige, le froid humide traversait les vestes doublées de ouate et les bottes de feutre.

Jian avait écrit deux fois à l'oncle Zhang Shufang pour le supplier de se rendre à Huili, ou tout au moins de téléphoner, car Huang Keli devait avoir obtenu son téléphone depuis longtemps. Zhang avait répondu qu'il était malade, au lit, et très faible. « Du jour au lendemain, je suis devenu un vieil homme aux mains tremblantes, avait-il écrit d'une belle écriture bien dessinée. Un voyage à Huili équivaudrait pour moi à un voyage sur la lune. Et le bureau des téléphones de Dali prétend qu'il n'existe pas de liaison avec Huili, et qu'il faudra patienter longtemps avant qu'une demande de raccordement n'aboutisse. Mon cher Jian, je ne peux pas t'en dire plus. Je me sens comme un bout de chandelle qui sait qu'elle va s'éteindre d'un moment à l'autre. »

— Il faut que j'aille à Huili, répétait Jian. J'ai peur pour Lida.

— Donc, tu renonces à tes études. Ton nom sera rayé de la liste des étudiants, répliquait Holger.

Les nouvelles en provenance de ses parents ne lui apprenaient rien d'extraordinaire. Son père lui écrivait qu'il était fier de lui. Sa mère lui annonça un jour que Fengxia était enceinte, ce qui conduisit Jian à lui répondre : « Le pauvre Wu ! Il va bientôt devoir affronter deux dragons, au lieu d'un ! »

La mère de Jian détruisit immédiatement la lettre contenant cette remarque. Par ailleurs, elle ne répondit pas à la question que posa Jian dans sa lettre suivante : « Que sais-tu au sujet de Lida ? » C'était un appel au secours dont Jian savait bien qu'il ne serait pas entendu.

Les mois passèrent et, en mars 1989, Bai Hongda fut enfin disposé à ne plus considérer Jian comme un traître potentiel. Il le convoqua à une réunion clandestine qui rassemblait les dirigeants de plusieurs groupes d'étudiants. A Pékin, il est impossible de se rencontrer dans une maison particulière sans que le comité de rue n'en soit immédiatement informé, et ils se rencontrèrent donc sur le site du Palais d'Eté, dans le long promenoir couvert situé au pied du Wanshou Shan, ou montagne de la Longévité. Ce lieu de rencontre était presque symbolique, car tous ces jeunes conjurés voulaient vivre longtemps, dans une Chine transformée et démocratique.

— Je vous présente notre nouveau camarade Tong Jian, déclara Bai, en serrant la main de celui-ci pour démontrer la confiance qu'il lui portait. A compter d'aujourd'hui, il fait partie des initiés.

Il poursuivit d'une voix forte, habituée au commandement :

— Quelles sont les nouvelles informations ou observations qui vous ont été transmises ? Nous devons être sûrs que dans toutes les grandes villes les étudiants et les travailleurs seront à nos côtés pour manifester. Notre mouvement doit s'étendre à tout le pays, il ne faut pas qu'il se limite à la région de Pékin. Comment se présentent les choses d'après tes contacts ?

— Très bien.

Charly Reindl, qui était devenu le secrétaire de Bai et qui

assurait la coordination des groupes extérieurs, feuilletait un petit carnet de notes qu'il avait eu pour consigne d'avaler en cas d'arrestation.

— On attend notre feu vert.

— J'ai transmis un signal codé à mon contact de la presse internationale, dit Bai.

— C'est une erreur, Hongda.

Les participants furent sidérés des paroles de Jian : quelqu'un se permettait de critiquer Bai, et, qui plus est, un nouveau !

— Un seul mot suffit pour que nous soyons tous arrêtés ! poursuivit Jian. Est-ce que tu crois qu'il existe un seul journaliste au monde capable de garder un secret ?

— Le monde doit être informé de ce qui se prépare en Chine.

— Il aurait mieux valu que le monde soit pris par surprise.

— De toute façon, c'est fait, dit Bai, balayant toute objection d'un geste de la main, mais sur un ton qui avait perdu une partie de son assurance. Et d'ailleurs, il y a toujours eu des rumeurs en Chine.

— Des rumeurs qui se sont le plus souvent soldées par des morts.

Jian eut un regard circulaire pour englober tous les participants qui se tenaient massés autour de lui.

— Camarades, dit-il, lorsqu'on ouvre une fenêtre, on y fait entrer l'air frais, mais également une grande quantité de mouches.

— Et qu'est-ce que tu fais des bombes insecticides ? intervint Reindl.

Jian lui lança un regard pénétrant.

— Bien répondu. Mais en as-tu ?

Huang Keli s'éveilla par un triste matin de la fin du mois de février avec la sensation qu'il se passait quelque chose d'insolite. Il entendait le buffle s'agiter dans l'étable, et Lida n'avait pas encore fait son apparition dans la grande pièce. Jinvan dormait encore. D'ordinaire, c'était Lida qui la réveillait. Naturellement, la table du petit déjeuner n'était pas prête. Huang regarda sa montre : il était déjà sept heures. Lida aurait dû être à son travail depuis longtemps déjà.

Huang se leva avec un grand soupir, en se disant qu'effectivement un jour triste comme celui-ci n'incitait guère au travail. Il s'habilla et alla jeter un coup d'œil dans la maison de Lida.

Lida n'était pas couchée comme il s'y attendait. Son lit semblait ne pas avoir été utilisé. Mais cela lui paraissait impossible, car, la veille au soir, après le repas, Lida les avait quittés en déclarant :

— Je suis fatiguée. Je vais aller me coucher.

Huang referma la porte et se rendit à l'étable où le buffle, très impatient, donnait des coups de cornes sur le mur de bois. Il resta cloué au sol, n'en croyant pas ses yeux.

Des couronnes de fleurs avaient été passées autour des cornes et du cou épais de la bête dont le poil avait été brossé avec le plus grand soin. Le meilleur fourrage avait été disposé dans la mangeoire qui était, soit dit en passant, la seule mangeoire du village, les autres paysans se contentant de jeter la nourriture des animaux à même le sol.

Huang s'appuya contre la porte et ferma les yeux. Ses jambes se mirent à trembler. Il crut défaillir, se rattrapa à la dernière seconde à l'encadrement de la porte, où il appuya sa tête.

Il resta ainsi quelque temps dans l'étable, immobile, puis il entendit Jinvan l'appeler. Il s'arracha à la porte, eut le plus grand mal à traverser la cour et alla s'affaler sur son lit, le regard fixe et absent. Le visage de Jinvan assise près de la table sembla vieillir d'un seul coup. Il parut ridé et osseux, comme si le soleil et le vent s'étaient associés pour le dessécher brutalement.

— Elle est partie, dit Huang d'une voix atone. Elle a disparu. Notre fille Lida nous a quittés. Elle s'est envolée comme un oiseau à l'automne.

Il mit ses deux mains sur son visage et pleura. Il pleura en tapant des pieds, comme s'il voulait détruire la terre sur laquelle il avait vécu jusqu'alors.

— Je lui ai construit une maison, je me suis endetté, nous avons vendu pour elle tout ce dont nous pouvions nous passer, nous en avons fait plus que notre rôle de parents ne l'exigeait... Et elle s'en va, elle s'enfuit sans prévenir !

— Mais où a-t-elle pu aller ? Elle n'a pas un sou !

— Je ne sais pas.

— Et même si elle a un peu d'argent, combien de temps va-t-elle pouvoir tenir ?

— Je ne sais pas.

— Elle n'ira pas bien loin. Les gens refuseront de l'héberger. Les yeux des unités sont partout, tu le sais bien. Peut-être t'es-tu trompé. Elle est probablement partie dans les champs, tout simplement.

— Après avoir mis des colliers de fleurs au buffle ?

— C'est ce qu'elle a fait ?

Jinvan baissa la tête. Tout comme Huang, elle n'avait pas

besoin de preuves supplémentaires pour comprendre que Lida les avait quittés.

— C'est l'amour qui l'a poussée à partir, dit-elle d'une voix sourde.

— Mais elle ne peut pas aller à Pékin à pied ! hurla Huang.

Une insupportable douleur lui déchirait le cœur.

— Elle va sans doute arrêter les voitures en demandant qu'on l'emmène.

— Ma fille, une mendiante des rues. La fille de l'instituteur Huang Keli transportée sur des charrettes, entourée de cochons, de poules, de sacs, de pierres, de charbon. Je lui ai inculqué le sens des convenances et de la dignité, et la voilà qui vagabonde sur les routes comme une chienne abandonnée ! Oh, Jinvan, mon cœur se brise !

Jinvan alla examiner la maison de Lida dans l'espoir de repérer quelque indice. Elle avisa immédiatement une feuille de papier posée sur la petite armoire d'angle sur laquelle Lida avait l'habitude de poser son pavillon de jade. Cette feuille ne comportait qu'une seule phrase : « Pardonnez-moi, mais je ne peux faire autrement. »

— Elle est allée rejoindre Jian, annonça Jinvan en tendant la feuille à Huang. Maintenant, il n'y a plus de doute : elle est en route pour Pékin.

— C'est de la folie, bégaya Huang, en relisant la phrase écrite sur la feuille. Comment peut-on être aussi fou ?

— Lida ne peut plus vivre sans Jian. Elle est partie pour retrouver le goût de vivre. Nous ne pouvons rien faire, Keli, rien du tout. Mais je sais qu'elle reviendra dès qu'elle aura retrouvé la joie de vivre.

— Je ne la reverrai plus jamais.

Huang se renversa sur le lit. Il posa la feuille de papier sur ses lèvres et ferma les yeux. Il respirait difficilement.

L'après-midi, à la fin des cours, Huang se rendit chez le plus ancien de l'unité et prit place en face de lui.

— J'ai une communication à te faire, dit-il, la bouche sèche. Ma fille Lida est partie.

— Où donc ? demanda le vieux, le visage impassible.

— Je ne sais pas.

— Veut-elle rejoindre la ville ? Elle n'aura pas l'autorisation de s'installer sans notre accord.

— Je sais bien. Je ne vous fais d'ailleurs aucune demande. Je me contente de respecter la réglementation, je vous informe de son départ.

— Tu n'as pas idée de la raison de son départ ?

— Non. Tu as vu la maison que je lui ai construite, tu sais que nous avons tout sacrifié pour elle. Je ne peux te donner aucune explication.

— On va la rattraper, dit le vieux tranquillement. Tous ceux qui partent ont une idée dans la tête. Et là où elle ira, elle n'échappera pas à la vigilance des observateurs. Comment va-t-elle s'en sortir sans travail ? Où va-t-elle pouvoir dormir sans un toit au-dessus de sa tête ? Huang Keli, tu es à plaindre, tu es un père atteint par le sort. Mais n'oublie pas que tu es l'instituteur de Huili, ton chagrin ne doit pas obscurcir ton esprit. En dehors de ta fille, tu as de nombreux enfants à former pour la vie. Pense un peu à ce que tu éprouverais si Lida était morte. Tu n'aurais plus d'espoir ! Alors qu'aujourd'hui tu peux encore espérer son retour.

— Est-ce que vous la sanctionnerez si elle revient vraiment ?

— C'est notre devoir. Le fait que tu sois notre instituteur ne te met pas à l'abri des lois.

Huang prit congé de l'ancien et rentra chez lui.

— Qu'est-ce que nous pourrions vendre encore ? demanda-t-il à Jinvan.

— Il ne nous reste plus rien, en dehors du buffle.

— Je vais vendre le buffle.

— Et à quoi vas-tu employer cet argent ?

— Je vais aller à Pékin, répondit Huang d'un ton dur. Je veux être présent le jour où ma fille surgira de terre. Je ne la laisserai pas seule. Même si elle s'est enfuie, elle reste mon enfant. L'honneur des pères exige qu'ils soient capables de pardon.

— Tu ne crois pas que nous devrions nous mettre d'accord avec Tong Shijun ?

— Non. Il ferait transférer Jian à Shanghai ou ailleurs. Je veux l'attendre à Pékin.

Mais personne ne se porta acquéreur du buffle de Huang.

Jamais il n'oublierait la date du 2 avril 1989. Ce jour-là, Jian s'apprêtait à aller récupérer sa bicyclette parmi des centaines d'autres garées devant la faculté, lorsqu'il s'arrêta brusquement, se croyant l'objet d'une hallucination. Il venait d'apercevoir la silhouette d'une jeune fille, debout, près des bicyclettes. La jeune fille portait une veste matelassée couverte de boue, un pantalon informe matelassé également, de grosses chaussures et un bonnet de laine. La seule chose qui paraissait propre était son visage, où resplendissaient deux yeux noirs et les dents blanches d'un sourire éclatant.

Jian eut l'impression que le soleil entrait dans son cœur. Il se rua vers la jeune fille, bras ouverts. Celle-ci poussa un cri et courut vers lui. Il voulut la soulever et la serrer contre lui, mais à la dernière seconde il se rappela que la morale réprouvait les démonstrations de tendresse en public.

Ils se firent face, à se toucher. Il saisit ses deux mains, les serra contre sa poitrine et sentit le tremblement de ses doigts qui se cramponnaient autour des siens. Il chuchota d'une voix étranglée :

— Lida !

— Jian !

— Comment as-tu fait pour venir à Pékin ?

— Cela fait un mois que je suis partie.

Peu lui importait le regard des autres. Elle posa la tête sur l'épaule de Jian et se blottit dans ses bras.

— J'ai voyagé en voiture, en carriole, en char à bœufs, en tracteur. De temps à autre, j'ai travaillé au noir pour gagner quelques sous, j'ai dormi dans des cabanes au milieu des rizières, à côté des fours de cuisson d'argile, dans des étables, j'ai mendié chez les marchands ambulants, j'ai mangé les restes des autres, j'ai volé des fruits sur les marchés. Et je me suis répété chaque matin : « Courage, tu vas bientôt le retrouver. Il ne t'a pas donné signe de vie depuis son départ, il faut aller à Pékin pour le revoir. » Maintenant que je suis à Pékin et que je te sens auprès de moi, je sais que les miracles existent, il suffit de les provoquer.

Jian ne pouvait s'empêcher de répéter :

— Lida... Lida...

— Je t'aurais cherché partout, même si j'avais dû être sur les routes pendant un an.

— Ton père ne t'a pas retenue ?

— Je ne l'ai pas prévenu. Je suis partie pendant la nuit. Je lui ai écrit un petit mot. Je ne le reverrai peut-être plus jamais, ni ma mère. Ma vie est à tes côtés.

— Je t'ai écrit une lettre par semaine pendant quatre mois.

— Je n'en ai reçu aucune. Est-ce que tu peux t'imaginer mon désespoir ? J'ai cru devenir folle.

— C'est mon père, répondit Jian amèrement. Il a fait en sorte que mes lettres ne te soient pas remises. Ou Fengxia. Fengxia qui s'appuie sur le pouvoir du Parti.

— Je t'ai retrouvé. Tout le reste est sans importance.

Il la lâcha et regarda autour de lui. Il vit un sac de voyage en toile posé sur le pavé, à côté des bicyclettes. Il se baissa pour le ramasser. Le sac était léger et presque vide.

— C'est tout ce que tu as emporté ?

— Je me suis acheté le linge dont j'avais besoin avec les

quelques sous que j'ai gagnés en travaillant au noir. Et je l'ai remplacé par du linge neuf au fur et à mesure. Je ne pouvais pas faire la lessive, sous peine d'être remarquée. Je sais que j'ai l'air sale, mais qu'importe, je suis à Pékin !

— Il faut que je te trouve un endroit pour te cacher, dit Jian. Tu ne peux pas habiter chez moi. J'ai une chambre chez un professeur dont les moindres faits et gestes sont rapportés par son personnel à la police secrète. En moins d'une heure, tu serais embarquée par la milice. Le quartier des étrangers et des ambassades est particulièrement surveillé.

— Il va falloir que je reste cachée pendant des années, alors ?

— Non.

Jian posa son bras sur les épaules de Lida.

— Quelques semaines, peut-être. Tu sais, nous sommes à la veille de grands changements. Nous allons tous pouvoir respirer plus librement.

— Je ne comprends pas ce que tu veux dire.

— Je te l'expliquerai plus tard, Lida.

Il l'attira contre lui, tout en se demandant ce que pensaient les étudiants qui les entouraient, à la vue de l'accoutrement de Lida.

— Je vais demander à mes amis de nous aider à trouver une solution, dit-il. Ils vont le faire.

Ils se rendirent dans une petite gargote située dans une rue adjacente. Lida ne détonnait pas trop dans cet endroit, avec sa veste matelassée pleine de taches.

Jian commanda une soupe aux nouilles et à la viande de porc. Lida se jeta sur son bol comme une affamée.

— De quand date ton dernier repas ? demanda Jian, bouleversé.

— Je ne sais pas. Hier, j'ai mangé des épluchures de légumes que j'ai ramassées sur un marché. Je n'ai plus un sou en poche.

— Je vais te commander un plat de poule au riz.

Il se rendit auprès de la tenancière, une grosse femme dont le ventre tendu était enveloppé d'un tablier blanc crasseux, la paya d'avance et lui demanda :

— Tu as le téléphone ?

— Est-ce que j'ai l'air de pouvoir m'offrir le téléphone ? Va voir à côté, chez le tailleur. Combien de viande de poule ?

— Une double portion, mais avec moins de riz.

— Il va falloir que tu la savonnes au moins pendant une demi-heure avant de la mettre dans ton lit, commenta la grosse femme. Où est-ce que tu l'as dégottée ? Tu l'as trouvée dans un champ ? Quand elle sera propre, elle sera sûrement pas mal. Mais pour l'instant, elle pue !

Jian ne jugea pas utile de répondre.

Dès qu'il eut franchi le seuil de la boutique du tailleur, celui-ci se précipita à sa rencontre, une pièce d'étoffe à la main, et se mit à lui déverser un flot de paroles :

— Camarade, vous êtes à la bonne adresse. Vous trouverez ici les plus belles étoffes du monde, venez par ici, venez toucher ! Ce n'est pas pour rien que les professeurs de l'université viennent commander leurs costumes chez moi. Dans trois jours, vous serez l'homme le plus élégant de Pékin.

Jian l'interrompit :

— Voulez-vous gagner dix yuans sans rien faire ?

Le tailleur ouvrit de grands yeux incrédules.

— Dix yuans sans rien faire ? Oui, camarade.

— Je voudrais téléphoner.

Jian posa les dix yuans sur la table. Le tailleur les ramassa promptement et les enfouit dans sa poche, tout en se demandant pour quelle raison cet hurluberlu qui était visiblement trop riche payait une telle somme pour passer un coup de fil.

Jian disparut dans l'arrière-boutique et composa un numéro connu de quelques initiés seulement, celui de Bai Hongda. Par chance, celui-ci décrocha.

— J'ai besoin de ton aide, Hongda, lui dit Jian d'un ton pressant. Il n'y a que toi qui puisses m'aider.

— On te suspecte ? Tu as été interrogé ?

— Non, rassure-toi, ce n'est pas cela. Je t'ai parlé de Lida, n'est-ce pas ?

Bai avait une excellente mémoire.

— Ta nana ? La fille de l'instituteur miao ? Qu'est-ce qui se passe ?

— Elle vient d'arriver à Pékin. Je l'ai retrouvée il y a une demi-heure. Elle m'attendait devant la fac.

— Elle a vraiment choisi son moment !

— Je ne sais pas où la cacher. Elle est venue sans autorisation, elle a quitté son village clandestinement. Je ne peux pas la prendre chez moi, les Pohland ne l'accepteraient pas, tu sais bien qu'ils sont surveillés par la police secrète. Ce n'est pas le moment, tu es d'accord ? Je fais appel à toi, Hongda, il n'y a que toi qui puisses nous venir en aide.

— Où êtes-vous en ce moment ?

— Dans un boui-boui.

Jian donna le nom de la rue.

— J'arrive.

— Comment te remercier, Hongda ?

— On verra plus tard. Je vous rejoins dans une demi-heure.

Jian reposa l'écouteur. Avant de sortir de l'échoppe, il dit au tailleur avec un large sourire :

— Vous voyez, camarade, c'est facile de gagner de l'argent !

— Encore quelques fous dans votre genre et je pourrai gagner ma vie en louant mon téléphone.

Le tailleur sourit jusqu'aux oreilles et ajouta, sans lâcher le pantalon qu'il était occupé à coudre :

— Mais n'oubliez pas que mes étoffes sont les plus belles de Pékin ! Je vous dis ça au cas où !

Jian retourna dans la gargote, où il fut accueilli par une Lida qui bouillait d'impatience.

— Enfin, te revoilà ! s'écria-t-elle. Figure-toi que j'ai failli être enlevée par deux hommes qui voulaient m'acheter pour cinq yuans !

Jian se tourna vers la grosse femme.

— Tu les as laissés faire ? On importune une jeune fille sous tes yeux et tu regardes sans piper mot ? hurla-t-il.

Sans se laisser démonter, la grosse femme répliqua d'une voix stridente :

— C'est peut-être moi la responsable ? Cinq yuans, c'est cher payé pour une souillon pareille !

Jian serra les poings.

— Tu mérites des coups de bâton ! Mais tu as de la chance, je ne frappe pas les femmes. Apporte deux limonades !

Moins d'une demi-heure plus tard, Bai Hongda fit son apparition dans la gargote. Il était accompagné de Charly Reindl, ce qui déplut fortement à Jian.

Reindl dévisagea Lida, puis secoua la tête et se tourna vers Jian.

— Elle est employée au nettoyage des canaux ? demanda-t-il.

Furieux, Jian apostropha Bai :

— Il fallait absolument que tu viennes avec cet individu ?

Reindl eut un large sourire.

— Il le fallait. Je suis le seul à pouvoir trouver une planque à ta souris. Par contre, je me demande comment je vais faire pour l'astiquer, je n'ai pas de salle de bains.

— Et comment se fait-il que tu puisses cacher Lida ? Tu habites une cité où tout se sait.

— Ce bon Charly a ses petites combines.

Reindl arbora un sourire qui lui donna l'air d'un satyre lubrique.

— La bonne femme qui est chargée de la surveillance de ma rue a quarante-cinq ans et elle est souple comme une championne de gymnastique au sol. Quand son mari est au boulot, je lui fais de temps en temps un petit plaisir.

Il désigna son bas-ventre d'un geste expressif et eut un gros rire.

— Depuis, je peux faire ce que je veux. Il suffit de savoir frapper aux bonnes portes, les mecs !

Puis s'adressant à Lida avec un signe de tête d'encouragement :

— T'inquiète pas, on va se débrouiller pour te faire faire un brin de toilette, ma cocotte ! Tu es vraiment venue à Pékin à pied ?

— Oui, répondit Lida en évitant le regard de Reindl.

Elle aurait été incapable de dire pourquoi, mais elle avait détesté ce garçon dès la première minute. « Il faut que je protège Jian de cet individu, se dit-elle. Il est méchant. »

La réserve de Jian n'échappa pas à Bai, qui haussa les épaules en disant :

— C'est la seule possibilité de cacher Lida. Je ne connais pas de cachette plus sûre. Si elle veut rester à Pékin...

— Je reste ici, déclara fermement Lida.

Elle regarda Reindl droit dans les yeux.

— Maintenant que je te connais, je reste plus que jamais.

— Comment est-ce que je dois prendre ça ?

Reindl éclata de rire et envoya une bourrade à Jian.

— Fais gaffe, elle risque de te plaquer pour moi !

— Tu serais la première personne que je tuerais de mes propres mains, répondit Jian froidement.

Reindl leva la main dans un geste de défense.

— Attends un peu avant de sortir ton couteau ! Vous n'avez aucun sens de l'humour ! Les petites amies de mes amis sont tabou !

A cet instant, la grosse tenancière se rappela à leur bon souvenir :

— Est-ce que vous êtes ici pour bavasser ou pour consommer ? hurla-t-elle. Si vous prenez rien, dehors !

— Calme-toi, camarade, nous partons !

Bai sortit le premier, mais, sur le pas de la porte, il se retourna.

— Ah oui, dit-il avec le plus grand sérieux, j'oubliais, ta soupe aux nouilles sent l'aigre !

La grosse femme manqua s'étrangler de rage.

— Espèce de chien merdeux ! hurla-t-elle.

Elle saisit une tête de poule et la lança dans la direction de Bai. Mais, ayant manqué son but, elle sortit en courant dans la rue, ramassa la tête de poule, rentra dans sa cuisine et la jeta tranquillement dans la soupe.

— Les jeunes deviennent de plus en plus effrontés, proféra-t-elle à voix haute. Je me demande où ça va nous mener.

Jian comprit rapidement qu'il ne pourrait pas rendre visite à Lida. Reindl le lui signifia avec sa délicatesse coutumière, qui déplaisait du reste à tous ses amis. Mais il était inutile d'espérer inculquer à Reindl les éléments de base de la politesse chinoise, tout le monde était bien conscient qu'une telle entreprise était vouée à l'échec.

Le lendemain matin, Reindl amena Lida à la faculté. Malgré la fatigue due à ses pérégrinations des dernières semaines à travers le pays, malgré l'état lamentable de la robe de coton rouge qu'elle portait sous sa veste matelassée, Lida était très belle.

Reindl montra fièrement la veste.

— Il m'a fallu toute la nuit pour récupérer cette saloperie de veste ! dit-il. Tu aurais vu la couche de boue ! Quant à Lida, quand je l'ai vue sortir toute propre du cabinet de toilette, j'ai été obligé de m'asseoir. Je lui ai demandé si elle s'était pas perdue, si elle cherchait quelqu'un ! J'ai failli ne pas la reconnaître !

Jian entraîna Lida et planta là Reindl et ses commentaires. Ils se rendirent au restaurant universitaire et prirent place dans un coin tranquille. Jian alla chercher du thé et une assiette de pâtisseries. Il était heureux. Lida était avec lui. Ils ne se quitteraient plus désormais, ils étaient ensemble pour la vie entière. Tout ce que son père avait voulu éviter, Lida l'avait obtenu grâce à son obstination. Aucune force au monde ne pourrait plus les séparer.

— Je vais te faire une confidence, dit Jian en prenant ses mains dans les siennes. Dans les prochaines semaines, Pékin sera le point de mire du monde entier. La Chine nouvelle dont je te parle depuis toujours va enfin s'éveiller. Teng Hsiao-Ping sera contraint de transformer l'ouverture à l'Ouest en véritable démocratie.

— Qui va le contraindre ? Vous ? Toi ?

Lida fut saisie d'angoisse. Elle s'écria, d'une voix tremblante où vibrait un désespoir contenu :

— Jian, vous voulez faire une nouvelle révolution ? Vous voulez encore verser le sang ? Vous trouvez que la terre chinoise n'a pas assez souffert ? Jian, tu ne vas pas prendre part à cette folie ? Promets-moi que tu ne le feras pas !

— Le sang ne coulera pas, il n'y aura pas de révolution, ce seront uniquement des manifestations de rue. Des millions de Chinois défileront sous les yeux du monde entier. Teng n'est pas allé assez loin dans sa politique de réformes et d'ouverture. Les progrès économiques doivent s'appuyer sur un changement radical des mentalités dans notre pays et sur une éradication totale de la dictature communiste. Nous voulons obtenir la liberté de parole, la liberté de la presse, nous exigeons que les fonctionnaires soient contrôlés et que la corruption soit sanctionnée. Nous voulons obtenir la création de partis démocratiques rassemblés dans un gouvernement de coalition et être informés des décisions et des objectifs de ce gouvernement. En un mot, nous voulons la démocratie. La Chine doit sortir de son isolement.

— Et tu crois vraiment que Teng Hsiao-Ping accédera à tes exigences ?

— Ce ne sont pas les miennes. Je ne suis qu'un petit caillou comparé à la montagne qui va se mettre en marche. Teng entendra des millions de voix. Le monde attend de lui qu'il transforme la Chine. S'il ne le fait pas, il devra laisser la place à des dirigeants plus jeunes.

— L'armée va vous écraser comme des mouches, comme les gardes rouges de la Révolution culturelle.

— Ce genre de choses ne se répétera pas. Le monde entier aura l'œil fixé sur nous.

— Oui, le monde aura l'œil fixé sur vous, mais est-ce qu'il lèvera le petit doigt ? Jian, vos projets sont de la folie pure et simple, vous voulez retenir le vent avec un filet. Mon père a coutume de dire que la Chine ne sera jamais un pays de liberté absolue parce qu'elle est trop peuplée. On ne peut pas comparer la Chine aux autres pays.

— Bai Hongda n'est pas de cet avis.

— Est-ce que Bai Hongda a déjà eu une carte de géographie entre les mains ? Est-ce que Bai Hongda a déjà comparé les chiffres ? Il sait très bien que l'Europe et l'Amérique additionnées ont moins d'habitants que la Chine. Tes amis ont beau jeu de dire que la démocratie est le meilleur des systèmes. Que connaissent-ils donc de la vie des pauvres villages de montagne isolés, des habitants des yourtes dans les déserts de Mongolie, du climat glacial du Tibet ou des millions d'habitants qui peuplent le centre de la Chine ? La Chine ne se réduit pas à Pékin ni à Shanghai ni à Canton !

— Je suis étonné de constater l'intelligence de ma femme ! dit Jian en caressant la main de Lida. Mais tes idées sont prisonnières de la mentalité inculquée par un système qui a fait de nous tous ses prisonniers. Il faut que cela change. Le communisme a fait son temps. Regarde ce qui se passe en Russie. Nous devrions nous en inspirer. La *glasnost* et la *perestroïka* ont changé les mentalités, Gorbatchev a ouvert une ère nouvelle en décrétant l'arrêt du surarmement, en ordonnant la destruction des armes atomiques... Pourquoi tout cela ne serait-il pas valable pour la Chine ?

— Combien d'habitants y a-t-il en URSS ? Deux cents millions, trois cents millions ? Ce n'est rien comparé à un milliard ! Jian, je t'en conjure : sépare-toi de ces amis-là ! Ne participe pas aux manifestations !

Leur discussion se poursuivit sur le même mode pendant un certain temps. Ils ne virent pas arriver Bai Hongda, qui s'approcha de leur table et demanda :

— M'est-il permis de me joindre à vous ?

— Tu n'as pas à demander, assieds-toi, répondit Jian. J'essaie d'expliquer la démocratie à Lida.

Bai pinça les lèvres et regarda pensivement Lida.

— En tant que femme, tu ne comprendras jamais qu'un peuple qui commence à prendre conscience de sa valeur et qui est prêt à se lever puisse avoir raison de l'entêtement de quelques vieillards qui se prennent pour des demi-dieux.

— Tu ne me considères peut-être que comme une fille stupide, répondit Lida, mais, quoi que vous fassiez, je me tiendrai aux côtés de Jian. Nous ne formons plus qu'un, nous sommes un seul cœur et une seule âme. Rien ne nous séparera plus jamais.

— Si c'est de cette façon que tu vois les choses, dit Bai avec un léger sourire, alors tu marcheras à côté de lui, en portant un grand calicot.

— Je partagerai toutes les actions de Jian.

Elle s'arrêta soudain, effrayée par la pensée qu'elle venait d'avoir. Mais elle finit par l'exprimer :

— Et je mourrai à ses côtés.

— Personne ne pourra nous arrêter, continua Bai, très sûr de lui. Aucun soldat ne lèvera son arme contre nous. L'armée est une armée populaire, et elle se joindra à l'appel du peuple.

Ils burent encore une tasse de thé, puis Bai les quitta pour se rendre à un cours.

Jian devait se rendre à la salle de conférences 3, pour écouter un exposé sur les maladies du tube digestif.

— Comment vas-tu passer ton temps ? demanda-t-il à Lida. Il fait encore froid, malgré le soleil.

— Je vais aller à la Cité interdite en bus, répondit Lida.

Puis elle baissa la tête, hésita et bégaya :

— Je... je n'ai plus un sou.

Jian sortit une liasse de billets de sa poche et les mit dans la main de Lida.

— Excuse-moi, je suis distrait, dit-il. Tout ce qui est à moi est à toi. Dis-moi ce qu'il te faut.

— J'ai honte d'être aussi pauvre.

— Tu n'es pas pauvre, tu es ma femme. Tu veux t'acheter des vêtements neufs ? Achète ce qui te plaît.

A cet instant, il s'aperçut qu'elle avait pris avec elle son vieux sac de toile et qu'elle l'avait posé sur le sol, à côté d'elle.

— Jette-moi cette horrible chose ! Qu'est-ce que tu as mis dedans ?

Elle se baissa, ramassa le sac et le posa sur la table. Elle ouvrit la fermeture à glissière et en sortit un objet enveloppé dans un vieux chiffon. Elle défit le chiffon, et le pavillon de jade apparut.

— Tu l'as toujours gardé avec toi ? demanda-t-il d'une voix étranglée par l'émotion. Pendant ta longue marche de Huili à Pékin ?

— Jamais je n'aurais pu arriver jusqu'ici si je ne l'avais pas eu. C'est lui qui m'a soutenue pendant mes moments de désespoir, quand je pleurais d'épuisement. Je lui parlais, et quand je lui parlais, c'était toi qui m'entendais, et quand je le touchais, il m'insufflait la force de résister au découragement.

Elle remit le pavillon dans son sac, en précisant :

— Quand je serai à côté de toi pendant les manifestations, je le suspendrai à mon cou, et il nous protégera de tout, même des soldats.

— Il n'y aura pas de soldats, répondit Jian avec conviction. Bai Hongda a des informations de source sûre. L'armée sera de notre côté.

Ils sortirent dans le hall, se firent un dernier signe de la tête, puis Jian se dépêcha de rejoindre la salle de conférences, où l'exposé avait déjà commencé.

Lida prit un bus pour le centre-ville. Les billets de banque bruissaient dans la poche de sa veste matelassée. Elle n'avait jamais eu autant d'argent sur elle.

« Je vais m'acheter un beau pull d'une belle couleur et un pantalon jaune, se dit-elle. Et une casquette rouge. » Elle descendit place Tian'anmen, la place « de la Paix céleste ».

Un gigantesque portrait de Mao surmontait la porte de la Paix céleste, qui constituait l'entrée du palais des empereurs : la Cité interdite. Lida s'arrêta pour regarder le portrait. Des milliers de personnes la dépassèrent pour pénétrer dans la Cité interdite. Des Chinois, mais aussi des étrangers de toutes nationalités agglutinés autour de leurs interprètes, qui, à défaut de panache blanc, brandissaient au-dessus de leur tête, qui un petit drapeau, qui un panonceau, signes de ralliement indispensables au milieu de toute cette foule.

Elle fut très impressionnée par la majesté du lieu. Elle passa sous le portrait de Mao d'un pas hésitant, et la galerie de la Grande Harmonie la laissa pantoise de respect et d'admiration.

Un beau jour, les étudiants sortirent de la clandestinité et tinrent leurs réunions au vu et au su des autorités, à l'ombre du gigantesque obélisque inauguré en 1958 et élevé en l'honneur des héros de la nation au centre de la place Tian'anmen. Les leaders des différentes sections entouraient Bai Hongda. Ils se montraient au grand jour, au nez et à la barbe des policiers : l'heure avait sonné.

Bai Hongda prit la parole, sans prendre la peine de baisser la voix :

— Hu Yaobang est mort. Souvenez-vous qu'en 1987, en tant que premier secrétaire du Parti communiste, loin de combattre notre désir de démocratie, il l'a soutenu. Nos idées avaient rencontré sa sympathie. Il a été mis en minorité au sein du Comité central, insulté, traité de traître, destitué de ses fonctions et il devint l'objet du mépris de ses pairs. Mais cet homme avait vu l'avenir de la Chine. A présent qu'il est mort, il est de notre devoir de lui rendre l'hommage qu'il mérite. Revenons demain, pour accrocher son portrait sur l'obélisque et l'entourer d'une mer de fleurs ! Faisons entendre nos voix et crions aux vieux messieurs entêtés qui l'ont chassé : « Honneur à Hu Yaobang ! Nous exigeons la réhabilitation de ce grand homme ! Inscrivez son nom sur la liste de nos héros ! » Le cri que nous lancerons sera si fort qu'il atteindra les nuages du ciel !

— Que ferons-nous en cas d'interdiction de la manifestation ? demanda Holger.

— Ils ne pourront pas l'interdire !

Reindl agita les deux bras.

— C'est ici, sur cette même place de la Paix céleste, que des centaines de milliers de personnes ont pleuré la mort de Chou En-Lai, en 1976. De ce deuil est né le mouvement qui a entraîné la perte de la « Bande des Quatre ». C'est le courage du peuple qui a permis cela. Et souvenez-vous du 4 mai 1919 ! Pour la première fois, les étudiants descendaient dans la rue pour exiger la démocratie et la liberté. Les communistes sont restés sans voix devant la puissance du peuple.

— Mais pas pour longtemps ! Ils ont rapidement retrouvé leurs forces pour réprimer le mouvement dans un bain de sang ! répliqua Jian.

— C'était le début, le signal de départ! hurla Reindl. Et demain, nous lancerons un nouveau signal, qui sera entendu dans toutes les villes de Chine. Des millions de personnes se masseront sur les places en signe de solidarité avec notre mouvement! Demain commence la marche vers la liberté !

— Est-ce que nous avons besoin d'un Allemand pour nous dicter notre conduite ? s'écria l'un des leaders étudiants. Hongda, c'est toi notre chef. Nous allons accrocher le portrait de Hu Yaobang sur l'obélisque et manifester. Et nous reviendrons sur cette place de la Paix céleste aussi longtemps que Teng Hsiao-Ping ne nous aura pas promis la liberté. Camarades, notre action commencera demain !

— Qu'en penses-tu, Holger ? demanda Jian, sur le chemin du retour.

— Il est temps de commencer notre action, répondit Holger. Demain, nous serons quelques milliers de personnes, et après-demain, cent mille. La petite boule de neige du départ grandira pour former une avalanche qui entraînera tout sur son passage.

— Tu l'as dit. Une avalanche qui apportera en même temps la destruction.

— Tu veux sauter du train ? demanda Holger. Tu ne marches plus avec nous ?

— Comment peux-tu me poser une question pareille ?

Jian secoua la tête :

— Je suis un Chinois, quand j'ai donné ma parole, je ne la reprends pas. Je n'abandonne pas mes amis !

Sans attendre le lendemain, la nuit même, sous la conduite de Reindl et d'un autre leader, une quarantaine d'étudiants accrochèrent un gigantesque portrait de Hu Yaobang sur l'obélisque, sans être inquiétés par la police. Ils apportèrent des couronnes de fleurs et tendirent des calicots portant l'inscription : « Justice pour Hu ! ».

Un officier de police s'approcha avec curiosité et demanda :

— Est-ce que vous avez une autorisation pour cette cérémonie funèbre publique ?

L'un des étudiants répondit :

— Oui. Vous pourrez vous en assurer demain, camarade officier.

L'homme en uniforme insista :

— Montrez-moi le papier !

L'étudiant répliqua :

— Un papier, ça se déchire. Nous avons l'autorisation du peuple, ça, ça ne se déchire pas.

Légèrement troublé, l'officier s'éloigna sans rien faire pour empêcher leur action.

Le lendemain, deux mille étudiants, flanqués d'un grand nombre de curieux, se regroupèrent autour de l'obélisque orné du portrait de Hu pour écouter Bai Hongda qui s'adressait à eux à l'aide d'un mégaphone.

— Un homme est mort, qui voulait conduire la Chine à la liberté ! criait-il, et sa voix résonnait sur la place de la Paix céleste. Il a été chassé, mais maintenant, nous sommes là, nous, le peuple ! Je vous le demande : voulez-vous continuer à vivre courbés sous le joug du communisme ? Ne voulez-vous pas vivre libres ? Voulez-vous continuer à vous soumettre à des gens qui décident à votre place de votre travail, de votre lieu de vie, des paroles que vous prononcez et de celles que vous devez garder pour vous ? Voulez-vous continuer à vivre suivant le bon plaisir de votre unité ? Non ! Le monde appartient à tous, y compris au peuple chinois !

La télévision accourut et filma la manifestation, les reporters des journaux prirent des photos et enregistrèrent le discours de Bai, les correspondants étrangers parlèrent fébrilement dans leurs micros. Une compagnie de policiers se rassembla devant la Galerie du Peuple, mais elle ne leva pas le petit doigt. Les ordres étaient de se contenter d'observer.

Jian se trouvait à proximité de l'un des bas-reliefs qui décoraient le socle de l'obélisque et glorifiaient l'héroïsme des soldats chinois. Lida s'était installée sur un siège pliant à côté de lui. Sur ses genoux, elle avait posé un sac à bandoulière en cuir synthétique flambant neuf. A l'intérieur de ce sac, le pavillon de jade était soigneusement enveloppé dans une serviette de toilette neuve. Elle regardait Jian, qui joignait sa voix à celle des autres manifestants pour hurler « Justice pour Hu Yaobang ! », sans comprendre pourquoi il faisait une chose pareille ni pour quelle raison il courait au-devant du danger au lieu de le fuir. Mais elle était à ses côtés, et elle y resterait, quel que fût le cours des événements.

Il ne se passa pas grand-chose dans un premier temps. Les vieux messieurs du gouvernement conduits par Teng Hsiao-Ping attendirent patiemment, se gardant bien de souffler sur un feu qui n'en était qu'à ses débuts. Ils espéraient que les étudiants termineraient très rapidement leurs manifestations quand ils auraient compris que leurs paroles étaient emportées par le vent.

Mais le tableau de la situation se modifia les jours suivants.

A Pékin, les rapports alarmants des fonctionnaires des différentes provinces s'accumulaient. Dans toutes les grandes villes, la radio et la télévision avaient diffusé des reportages sur le mouvement des étudiants de Pékin, déclenchant des manifestations dans toutes les villes universitaires, où les étudiants descendirent dans les rues et investirent les places. Les manifestations les plus virulentes eurent lieu à Shanghai, où ils furent des milliers à lever le poing au ciel aux cris de : « Liberté ! Liberté ! ».

Toutes les digues avaient cédé, laissant la place à un gigantesque raz de marée qui submergea le pays entier. Les nouvelles étaient centralisées par Charly Reindl et celui-ci en faisait la lecture le soir à Bai Hongda. Elles prouvaient que les manifestations de Pékin avaient été la mèche qui avait mis le feu aux poudres dans tout le pays.

— C'est bien, disait Bai, satisfait. C'est ce qu'il faut, c'est exactement cela que nous voulions. L'ampleur du cri poussé par des millions de voix va balayer les vieillards. Le monde entier a les yeux fixés sur nous dans l'attente des événements. Il n'y a plus de retour en arrière possible, la démocratie vaincra. Nous allons vaincre, les amis, nous allons vaincre !

En mai, la fièvre de la liberté avait saisi la totalité de la Chine. La place de la Paix céleste était le lieu de rassemblement quotidien de centaines de milliers de personnes appartenant à toutes les couches sociales, des professeurs aux ouvriers d'usine, des intellectuels aux balayeurs des rues, des propriétaires de magasin aux marchands ambulants. Tout ce monde discutait de la liberté de parole et de la liberté de la presse, de la corruption des fonctionnaires, des élections libres, de la disparition de la puissance du Parti communiste. Bai Hongda tenait tous les jours des discours enflammés et entraînait les foules, y compris les fonctionnaires de la police secrète qui allaient jusqu'à le mettre en garde :

— Nous te faisons confiance, nous savons que tu ne nous dénonceras pas, mais nous avons entendu dire que Teng Hsiao-Ping est en train de perdre patience et qu'il veut faire agir les militaires. Fais en sorte qu'il n'aille pas jusque-là. Nous savons que vous êtes protégés par des millions de personnes qui formeront une muraille humaine autour de vous, mais tu sais aussi que chez nous mille morts ne comptent pas plus qu'un fétu de paille.

— Qu'ils viennent, les soldats ! hurla Reindl, dont les yeux au regard fanatique lançaient des flammes. Nos corps les arrêteront.

Jour après jour, des centaines de milliers de personnes s'accumulaient sur la place de la Paix céleste, rebaptisée par le peuple « place de l'Agitation terrestre ». Et, jour après jour, Jian retrouvait sa place parmi les étudiants, flanqué de Lida, qui portait en bandoulière son sac de cuir synthétique contenant son précieux pavillon de jade.

— Est-ce que tu crois qu'ils vont envoyer l'armée, Jian? demanda Lida.

C'était le 1er juin 1989.

— L'armée est déjà là. Elle est aux portes de la ville, elle attend. Il y a plus de cent chars. Ils ne l'appellent plus seulement l'armée mais « l'armée de libération du peuple ». Quand elle se mettra en route, elle aura pour mission de « libérer le peuple ». De nous, les manifestants. Nous serons alors libres comme des oiseaux, tout le monde aura le droit de nous tirer dessus.

— Y compris sur toi, Jian? demanda-t-elle d'une voix étranglée.

— Y compris sur moi. Je suis considéré comme faisant partie des têtes pensantes de la révolution. Ils ne se gêneront pas pour me pourchasser jusque dans les moindres recoins de notre pays.

— Si tu sais tout ça, qu'est-ce que tu fais encore ici? Viens, allons-nous-en, allons nous cacher!

— C'est trop tard.

Jian mit son bras autour des épaules de Lida. Il l'attira contre lui et sentit qu'elle tremblait de tout son corps.

— Si je trahissais mes camarades maintenant, je ne pourrais plus me regarder dans une glace. Je serais obligé de me suicider.

— Je suis venue te rejoindre pour vivre avec toi, dit-elle. Vivre, pas mourir à tes côtés pour une chimère!

Jian eut un geste du bras, qui englobait toute la place autour d'eux.

— Est-ce que tu crois que tous les gens qui nous entourent sont des fous, ou bien sont-ils tout simplement des citoyens qui espèrent changer leur vie, qui ont foi en l'avenir de la Chine et qui sont prêts à se battre? Le brasier que nous avons allumé n'est pas près de s'éteindre, il va engloutir la dictature sous ses flammes, et la Chine s'éveillera sous un ciel serein. Le monde retient son souffle.

— Le monde! Le monde! Le monde! Qu'est-ce que c'est que le monde? Est-ce que le monde viendra en aide à Bai, ou aux étudiants, ou au peuple? Le monde n'est qu'un spectateur, pour lui, c'est comme s'il assistait à une représentation de l'Opéra de Pékin! Et si cent millions de personnes trouvent la mort dans cette affaire, le monde se dira: « Mais il reste bien assez de Chinois, ils sont un milliard! » C'est ça, le monde!

Lida tira Jian par la main et voulut l'entraîner avec elle.

— Allez, viens, on s'en va!

— Non, je reste ici. Un Tong ne s'enfuit pas devant le danger.

— Un Tong ! Oh, si je pouvais fracasser le pavillon de jade sur ta tête, pour que ce nom soit effacé à tout jamais de ton esprit ! Moi, ce que je veux, c'est être ta femme. Je veux vivre et avoir des enfants, je veux avoir un bout de terre à ensemencer, mais non pas une terre trempée de sang ! Je veux planter des légumes et des fleurs dans cette terre, et un camélia, pour qu'il vive pendant cinq cents ans et porte dix mille fleurs comme celui de Lijiang. Et je veux que dans cinq cents ans les gens regardent ce camélia en évoquant notre souvenir, le souvenir d'un amour aussi fort et indestructible que le tronc de l'arbre que nous aurons planté. Mais toi, tu ne bouges pas, tu redresses fièrement la tête et tu attends qu'on vienne te massacrer !

— Personne ne sait de quoi demain sera fait. Oui, nous serons peut-être morts demain, mais il se peut aussi que nous fêtions la victoire. Tout est possible.

Dans la nuit du 3 au 4 juin 1989, l'horrible nouvelle se répandit au sein de la foule massée sur la place Tian'anmen :

— L'armée est en marche ! Les chars arrivent !

Les chars arrivèrent de deux endroits différents. Ils descendirent le Chongwenmen Dajie et le Xuanwumen Dajie en formation serrée, la tourelle fermée, le canon en position horizontale et les mitrailleuses lourdes prêtes à tirer. Des projecteurs éclairèrent la place de la Paix céleste, les gens se serrèrent les uns contre les autres en formant une masse compacte. Les chars changèrent de cap et se dirigèrent droit sur cette muraille humaine. Quelques courageux se détachèrent pour se diriger vers les chars, bras levés, en criant :

— Vous êtes le peuple ! Vous êtes nos fils et nos frères ! Arrêtez et écoutez-nous !

Mais le crépitement des mitrailleuses se fit entendre, et les premiers blessés roulèrent sur le sol, baignant dans leur sang.

— Ils tirent vraiment ! hurla Reindl, en arrachant le mégaphone des mains de Bai. Ils veulent nous écrabouiller !

Puis il se mit à hurler dans le mégaphone :

— Attaquez les chars ! Attaquez-les ! Versez de l'essence dans les interstices et mettez le feu ! Grimpez dessus et sortez les meurtriers ! Camarades, montrez-leur que c'est nous qui avons le pouvoir !

Une marée humaine courut à l'assaut des chars. Jian se joignait à la foule lorsqu'il vit, à quelques mètres de lui, Holger s'arrêter net, mettre ses deux mains autour de sa cuisse, puis s'écrouler. Il se rua sur lui et s'agenouilla à ses côtés.

— Est-ce que tu peux encore marcher ? lui cria-t-il.

Le vacarme était épouvantable, sa voix était couverte par le bruit des chars, les coups de feu, les hurlements des blessés. Les yeux exorbités par l'épouvante, Jian vit un char rouler sur un étudiant qui agitait un drapeau. Il vit les chenilles écraser le corps du malheureux, dont le sang gicla de tous les côtés. Mais le char poursuivit inexorablement sa route et ne laissa derrière lui qu'une bouillie informe qui n'avait plus rien d'humain, au milieu d'une mare de sang.

— Accroche-toi autour de mon cou ! hurla Jian. Je vais te porter !

Holger secoua la tête.

— Va-t'en ! Sauve-toi ! Sauve ta peau ! Laisse-moi, Jian. Ils vont nous noyer dans le sang. Sauve-toi, Jian !

La masse des manifestants agglutinés sur la place se désagrégea. Les gens se mirent à courir en tous sens pour essayer de sauver leur vie. Mais les chars continuaient à tirer, écrasant les blessés et les morts sur leur passage.

Jian tenta de soulever Holger, mais il était trop lourd et lui échappait des mains. Puis il aperçut Lida et son cœur s'arrêta.

— Recule, Lida ! hurla-t-il. Cours, va-t'en !

Lida ne semblait pas l'entendre. Elle marchait au milieu des blessés et des morts comme une somnambule, son sac de cuir synthétique pendu autour du cou, tenant devant elle son pavillon de jade comme un objet sacré. Elle continua à avancer, alors qu'un char arrivait droit sur le trio formé par Holger, Jian et elle-même.

— Lida ! hurla Jian une nouvelle fois.

Puis il tomba à genoux, leva les deux mains vers le ciel et l'implora :

— Ô Dieu du ciel, protège-la, laisse-la vivre.

A cet instant, il se passa une chose extraordinaire. Lida brandit son pavillon de jade dans la direction du char, et le colosse de métal sembla soudain atteint par une force surnaturelle. Il changea de cap, les mitrailleuses qui étaient pointées dans leur direction s'abaissèrent et le monstre s'éloigna dans un bruit de chenilles.

Lida se retourna et rejoignit les deux jeunes gens. Jian regarda intensément le pavillon de jade et sentit des forces nouvelles l'envahir. Il bondit, saisit Holger sous les aisselles et réussit à le transporter près de l'obélisque. Reindl avait disparu, il ne subsistait de lui que son mégaphone qui gisait en morceaux sur le sol. Quelques blessés étaient appuyés sur le socle, et l'un d'eux déclara :

— Je crois que j'ai vu Bai Hongda passer sous un char. On ne pourra même plus l'identifier. La révolution est terminée. Qu'est-ce que nous avons obtenu ? Les vieillards ont remporté la victoire, une fois de plus. Nous abordons une nouvelle période de froid. J'espère qu'on ne viendra pas me soigner. Je veux mourir.

— Est-ce que tu peux tenir sur le porte-bagage ? demanda Jian à Holger, qu'il avait porté jusqu'à l'endroit où étaient garées leurs bicyclettes.

— Je ne sais pas.

— Essaie.

Lida tint la bicyclette, tandis que Jian installait son ami sur le porte-bagage. Puis, s'asseyant sur la selle, Jian dit à Holger :

— Cramponne-toi à moi. Nous y arriverons, il le faut.

Lida avait rangé son pavillon de jade dans son sac, qu'elle mit autour de son cou. Puis elle grimpa sur la bicyclette de Holger et arriva sans encombre jusqu'au quartier des ambassades.

Ils roulèrent à travers une ville morte, paralysée par l'horreur.

Mais ils avaient survécu.

La vengeance des vieux messieurs fut atroce, et justifiée à leurs yeux. Le renouveau de la Chine amorcé par Teng Hsiao-Ping, l'ouverture à l'Ouest, qui devait se faire pas à pas, sans trop de précipitation afin d'être maîtrisée, le projet de réconciliation avec l'URSS, où Gorbatchev prévoyait d'introduire une démocratie parlementaire totalement inconnue des Soviétiques jusqu'alors, tout cela redevenait inaccessible selon eux, par la faute des étudiants.

Le monde, glacé d'effroi, assista au spectacle du bain de sang du 4 juin. La Chine fut mise en accusation par l'Assemblée générale et le Conseil de sécurité des Nations unies, des sanctions économiques furent décidées à son encontre, les liens diplomatiques furent rompus, mais Teng Hsiao-Ping ne se laissa pas influencer. Il se lança dans une nouvelle entreprise de nettoyage.

L'« armée de libération du peuple » qui avait écrasé les étudiants sous ses chars place Tian'anmen occupait désormais la totalité de la ville de Pékin. Elle contrôlait les grands carrefours, les places, défendait les bâtiments du Parti, tandis que la police secrète se déployait activement pour arrêter les coupables. Teng Hsiao-Ping, qui s'était tu jusqu'alors, refit son apparition en public et défendit les crimes sanglants perpétrés par son armée en expliquant que l'objectif avait été de déjouer les machinations d'éléments criminels contre-révolutionnaires. Selon lui, la marche de la Chine vers son avenir avait été mise en danger.

Teng Hsiao-Ping fit également le procès des étrangers qui,

toujours selon lui, non seulement auraient échauffé les esprits des étudiants, mais encore auraient soutenu le mouvement financièrement. La radicalisation du mouvement aurait été leur œuvre, des terroristes professionnels se seraient infiltrés parmi eux, tel cet étudiant allemand, Karl Reindl.

La Chine fut coupée du monde une nouvelle fois. On se souvint de la Révolution culturelle de Mao. Une chasse aux sorcières sans merci commença, une vague d'arrestations passa sur tout le pays, et, une fois de plus, les intellectuels, les artistes, les esprits critiques, les partisans de la démocratie servirent de boucs émissaires et furent pourchassés par la police, l'armée et la police secrète. A Shanghai, à Pékin, et dans les autres grandes villes, les leaders étudiants furent condamnés à mort en procédure accélérée, et exécutés. Un grand nombre d'entre eux réussit à s'enfuir à l'étranger, mais personne ne sut exactement ce qui se passa durant les jours et les semaines qui suivirent les tragiques événements. Un silence total recouvrit l'ensemble du pays.

Les soldats de l'armée arrêtèrent Charly Reindl durant le massacre de la place Tian'anmen. Le 4 juin, aux environs de midi, alors que des camions à eau nettoyaient le sang sur la place, il fut conduit devant un tribunal militaire hâtivement constitué. Il était méconnaissable. Des plaies sanguinolentes défiguraient son visage et déformaient son corps. Il avait été battu et torturé. En comparaissant devant les officiers du tribunal, il s'empressa de leur crier à la face :

— Je suis allemand ! J'exige que mon ambassade soit prévenue immédiatement ! Je ne dirai pas un mot sans la présence d'un représentant de mon ambassade ! En tant qu'étranger, j'ai le droit...

— Vous n'avez pas respecté nos lois, l'interrompit froidement le président du tribunal militaire, un général. La Chine vous a offert l'hospitalité, mais cela ne vous a pas empêché de comploter contre votre pays d'accueil dans le but de le précipiter dans le chaos. Vous vous êtes rendu coupable d'un crime contre le peuple chinois. Qu'avez-vous à répondre à cela ?

— Rien ! Je veux parler à l'ambassadeur d'Allemagne ! hurla Reindl.

— Votre ambassadeur ne peut rien pour vous.

Le général considéra Reindl d'un œil froid.

— Vous avez perpétré vos crimes en Chine, et c'est la Chine qui va vous condamner. Je vous le demande : donnez-moi le nom de vos complices ! Nous connaissons la plupart d'entre eux. Nous tenons celui qui était à la tête de vos troupes, Bai Hongda.

— Alors c'est à lui qu'il faut poser la question, pas à moi ! Il connaît tout le monde. Moi je n'avais aucun rôle dans l'organisation !

— Ce n'est pas ce qu'on nous a dit ! Il y a des prisonniers plus bavards que vous.

— Parce que vous les torturez ! hurla Reindl. Ils vous disent tout ce que vous voulez entendre. Je veux parler à l'ambassadeur, nom de Dieu !

Le général ne répondit pas. Il fit un signe à deux soldats, qui empoignèrent Reindl et le traînèrent à travers la pièce. Puis ils lui firent traverser une cour, pour l'amener contre un mur peint en rouge. Douze soldats lui firent face, le fusil braqué dans sa direction. Le jeune lieutenant qui les commandait leva le bras.

Lorsque Reindl fut seul, le dos au mur, il comprit soudain ce qui allait se passer. Il se mit à hurler et voulut prendre la fuite, mais ses jambes refusèrent de lui obéir.

— Vous ne pouvez pas faire ça !

La voix de Reindl monta et se termina dans un cri :

— Je suis allemand ! Je suis sous la protection de mon ambassade ! Mon gouvernement va protester et rompre les relations avec la Chine ! Vous êtes fous, vous ne pouvez pas...

Le bras du lieutenant retomba. Douze coups de fusil partirent en même temps. Avec un étonnement incrédule, Reindl sentit qu'il était touché huit fois. Pendant une fraction de seconde, il sentit des flammes sortir de son corps, puis son cerveau cessa toute activité.

Reindl glissa le long du mur, tomba en avant comme une masse et mourut.

Le 5 juin, Song Keda, un officier de la police secrète, sonna à la porte de la villa du docteur Pohland. Erika vint lui ouvrir. En une nuit, elle avait vieilli de plusieurs années. Sans dire un mot, elle conduisit Song dans la salle de séjour où se trouvait Pohland.

— Je vous attendais, dit-il, après que Song se fut présenté en observant toutes les règles de politesse. Mon fils est dans sa chambre, il est gravement blessé. Je vous conduis à son chevet.

Song Keda secoua négativement la tête, à la grande surprise de Pohland. Erika, qui se tenait dans l'encadrement de la porte, pleurant silencieusement, ne comprit pas ce geste.

Song se dirigea vers l'une des fenêtres, admira le jardin, puis se retourna.

— Professeur Pohland, dit-il, comme s'il était venu pour bavarder en ami, le peuple de Chine vous est reconnaissant de tout ce que vous avez fait pour lui. Nous savons que vous aimez notre pays, que vous avez consacré toutes vos forces et tout votre savoir à l'essor de la Chine, et que, durant les années passées, des centaines d'étudiants ont reçu votre enseignement qu'ils appliquent maintenant en tant que médecins, pour le plus grand bien-être du peuple. La Chine, en ces heures difficiles de son histoire récente, souhaite vous prouver sa reconnaissance et non vous reprocher d'être le père d'une tête brûlée. Nous vous demandons de quitter le pays, ainsi que votre famille, mais pour preuve de notre grande estime, nous vous accordons trois jours de délai, de façon à vous permettre de prendre toutes dispositions utiles pour votre retour en Allemagne. Une escorte du ministère de la Culture vous accompagnera à l'aéroport.

Il s'inclina légèrement et ajouta :

— J'ai été investi de la mission de vous exprimer la reconnaissance de la République populaire de Chine.

— Qu'arrivera-t-il à mon fils ? demanda Pohland d'une voix sourde et tremblante.

— C'est votre fils, un membre de votre famille, et nous avons autorisé la famille Pohland à rejoindre l'Allemagne sous trois jours.

Song regardait Pohland en souriant, comme s'il s'agissait d'une conversation amicale.

— Où se trouve le jeune homme que vous hébergez, Tong Jian ?

— Je ne sais pas. Cela fait deux jours que je ne l'ai pas vu.

Song hocha la tête. Il savait que Pohland mentait, mais il ne modifia en rien la courtoisie de son attitude. La police secrète travaillait dans l'ombre, tout n'était qu'une question de temps. On arriverait bien à mettre la main sur Tong Jian un jour ou l'autre. La police secrète de Kunming avait été informée. L'appareil d'Etat, si lent d'ordinaire, travaillait à présent avec une vitesse et une précision extraordinaires. Les arrestations avaient lieu avec la rapidité de l'éclair, de manière à surprendre les suspects et à empêcher leur fuite.

— Nous vous croirons sur parole, dit Song négligemment, si vous nous dites que vous n'aviez pas eu vent des projets de révolte des étudiants.

— Cela a été pour moi une surprise totale. Ce n'est qu'après les manifestations en faveur de Hu Yaobang que j'ai compris que mon fils était impliqué dans ce mouvement. Nous avons eu de longues discussions ensemble, ainsi qu'avec Tong Jian, mais il était inutile de vouloir les convaincre. Ils étaient aveuglés par l'idéalisme.

Pohland s'attendait à une contre-offensive, mais Song garda le silence.

— Me reprochez-vous de ne pas avoir livré mon fils, ou Tong Jian, à la police ?

— Non. Nous avons pris en compte les services que vous avez rendus à la Chine. Quel est le père qui trahit son fils ?

Song secoua la tête, puis demanda brusquement :

— Connaissez-vous Bai Hongda ?

— Il est venu chez nous quelquefois.

— Ne saviez-vous pas qu'il était l'une des têtes pensantes du mouvement étudiant ?

— Non. Je vous l'ai dit, je ne me suis douté de rien jusqu'à la manifestation en faveur de Hu Yaobang. Oui, bien sûr, ils parlaient souvent de démocratie et de liberté, et il faut dire que la politique d'ouverture à l'Ouest de Teng Hsiao-Ping permettait tous les espoirs, d'autant que Gorbatchev et sa *glasnost* pouvaient constituer un exemple à suivre. Mais si j'avais su que ces jeunes gens espéraient contraindre le gouvernement à accélérer le mouvement en faisant une nouvelle révolution, je n'aurais pas manqué de leur faire comprendre qu'ils obtiendraient le résultat inverse ! Teng Hsiao-Ping allait dans le bon sens, ce qui manque aux jeunes, c'est la patience ! L'existence de la Chine remonte à cinq mille ans, que représentent quelques mois, ou même quelques années de plus, dans un processus de transformation ? De même qu'il faudra encore plusieurs années à l'URSS avant de pouvoir réaliser ses projets de transformations.

— Vous êtes un homme sage, professeur Pohland, dit Song avec un regret visible. Votre départ est une perte pour la Chine.

Le 6 juin, la maison de Tong Shijun fut investie par la police secrète. N'ayant pas trouvé Tong à l'hôpital, ils allèrent le cueillir au milieu d'un cours, à l'université. A Kunming, les manifestations étudiantes avaient connu une grande ampleur. Leurs chefs de file avaient été arrêtés dès le 5 juin. Deux d'entre eux avaient réussi à prendre la fuite et étaient recherchés dans tout le Yunnan.

Tong Shijun, au comble de la terreur, fut incapable de proférer la moindre réponse à la question posée par le commissaire Zeng Qifeng, qui l'interrogeait dans la salle des professeurs :

— Votre fils est un contre-révolutionnaire et un traître à la patrie ! Il a pris la fuite. Lorsque nous arriverons à mettre la main sur lui, il sera fusillé. Tong Shijun, que savez-vous des machinations de votre fils ?

Tong restait assis sur son siège, pétrifié. Il ne répondit pas.

Non pas parce qu'il avait choisi de ne pas répondre, mais parce que sa tête s'était vidée brutalement. Il regardait fixement devant lui, et Zeng se demanda s'il avait entendu ses paroles. Zeng avait devant lui un père brisé, dont l'unique objet de fierté de sa vie était détruit, mais, étant issu d'une famille d'ouvriers qui avaient toujours été opprimés par les privilégiés, il n'éprouvait aucune pitié pour Tong. Le grand, l'illustre professeur Tong était devenu tout petit.

— Je vous ai posé une question, camarade ! insista Zeng. Vous ne saviez pas que votre fils Jian répandait autour de lui des idées réactionnaires ? Est-ce qu'il vous en a parlé ?

Tong resta muet. Personne ne vit qu'il pleurait en son for intérieur.

Zeng attendit patiemment, puis un sourire méchant se dessina sur ses lèvres.

— Il faut sans doute le lui demander autrement, dit-il, en empoignant les cheveux blancs de Tong.

Puis il tira sa tête en arrière et le frappa plusieurs fois au visage de sa main libre.

Immobile, Tong se laissa maltraiter, les yeux clos. Il savait qu'à dater de ce jour il avait perdu la face pour toujours, ainsi que sa fierté et son honneur. Et aussi sa vie. Même s'il continuait à accomplir les gestes de la vie quotidienne, il ne vivrait plus, car son corps n'était plus qu'une enveloppe vidée de son âme.

Une voiture de la police secrète ramena Tong chez lui. Douze fonctionnaires avaient retourné la maison de fond en comble, après avoir enfermé Meizhu dans la chambre à coucher. A l'arrivée du commissaire, un jeune fonctionnaire lui annonça que rien de suspect n'avait été découvert.

— Où votre fils est-il susceptible d'avoir fui ? demanda Zeng d'un ton coupant à Tong, qui était tombé sur son canapé. Où a-t-il pu aller se cacher ? Ou, pour être plus précis, où vous cacheriez-vous, vous-même, si vous étiez poursuivi ?

— Je ne fuirais pas, j'assumerais la responsabilité de mes actes.

Ces premiers mots sortis de la bouche de Tong furent prononcés d'une voix qui semblait être celle d'un autre.

— Même si vous saviez d'avance que vous seriez exécuté ?

— Oui. Un Tong ne fuit pas ses responsabilités. Sept membres de notre famille sont passés par le fil de l'épée. Le premier, en 1065, sous la dynastie Liao, le deuxième sous l'empereur Zhu Youtang en 1499...

— Et le dernier en 1989 à Kunming sous la présidence de Teng Hsiao-Ping ! hurla Zeng.

— Je suis prêt.
Tong le regarda d'un air fatigué.
— Vous ne ferez que déchirer un sac vide, camarade.
Quelqu'un avait dû prévenir Fengxia. Tenant la main de Wu Junghou, poussant en avant un ventre rond de femme prête à accoucher, elle se rua sur Zeng comme un dragon crachant le feu.
— Qu'est-ce que vous faites à mon père? hurla-t-elle, en poussant Zeng sur le côté. Vous faites une deuxième Révolution culturelle, pour détruire les derniers restes d'intelligence?
Wu Junghou se mit de la partie :
— Je vais saisir le Comité central! Je suis Wu, le dirigeant des services de santé. Votre nom!
— Je sais qui vous êtes, Wu. Tous les fonctionnaires sont répertoriés dans notre ordinateur. Je suis Zeng Qifeng, commissaire de la police secrète.
— Un petit merdeux de commissaire ose toucher à mon père? hurla Fengxia. Je ferai en sorte qu'on vous fasse moisir au Tibet. Qu'est-ce que mon père a à voir avec ces manifestations débiles?
— Tong Shijun est le père de l'un des agitateurs de Pékin.
— Jian?
Fengxia resta interdite, les yeux écarquillés.
— Jian? répéta-t-elle, lorsque son cœur eut recommencé à battre.
— Tong Jian, répondit Zeng, en hochant plusieurs fois la tête. Pékin nous a transmis son nom. Il ne fait pas partie des morts ni des blessés. Il a pris la fuite. Camarade, je vous demande...
— Ne demandez rien, le coupa Fengxia. Il n'y a pas de réponse. En ce qui me concerne, mon frère ne fait plus partie de la famille. Je ne prononce plus son nom.
— Vous étiez donc informée de ses idées?
— Nous nous haïssons comme deux tigres, pour des raisons personnelles. Quelle est la faute de mon père?
— Je veux qu'il me dise ce qu'il sait.
— Il ne sait qu'une chose, c'est que son fils était l'un des meilleurs éléments de la faculté de médecine de Pékin. Il ne se préoccupait pas du reste. Mon pauvre père! Allez-vous-en, commissaire!
— Il faut faire un procès-verbal, camarade!
— A quel propos? Pour dire que mon père a perdu son fils?
— Qu'a fait votre père dans la nuit du 3 au 4 juin?
— Il a dormi aux côtés de ma mère.
— Et le 4 juin, lorsque nous avons maté l'insurrection?
— Je suppose qu'il a été horrifié. Nous n'en avons pas parlé.
Zeng regarda Tong, qui gisait prostré sur le canapé.

— Pourquoi ne répond-il pas lui-même ?

— Il n'a plus de voix. Je suis son porte-parole. Cela ne vous suffit-il pas, commissaire ?

Wu s'était rendu auprès du téléphone et avait décroché le combiné.

Zeng tendit le bras.

— Qui voulez-vous appeler, Wu Junghou ?

— Le comité !

— C'est inutile, répondit Zeng vivement. Je m'en vais. Je n'ai fait que mon devoir. J'avais reçu des ordres.

Il fit un signe et sortit, suivi de ses sbires.

Meizhu, délivrée de ses gardes-chiourme, se précipita hors de la chambre pour venir s'asseoir aux côtés de son époux sur le canapé. Elle le prit dans ses bras et pressa sa tête contre sa poitrine en le caressant.

— Père, dit Fengxia. C'est fini. Ils ne reviendront plus. Etends-toi et repose- toi.

Tong leva la tête et répondit :

— Me reposer ? Je suis mort.

Meizhu l'attira de nouveau contre elle, et ils pleurèrent ensemble.

A Huili, on fut mis au courant des événements de Pékin par la radio. Huang Keli assis à table, le regard vide, ne touchait pas le thé que lui avait apporté Jinvan. Lorsque le nom de Tong Jian tomba, il dit d'une voix brisée :

— Ils ont lancé un avis de recherche contre lui. Lida est avec lui, ils l'exécuteront aussi. Jinvan, la vie vaut-elle encore d'être vécue ? Pour qui devons-nous continuer à travailler ?

— Pour nous, Keli, pour nous. Nous avons encore Tifei, notre fils. Il va se marier et engendrer un héritier. On ne jette pas sa vie quand on a un fils. Les Huang continueront d'exister.

— Tu parles comme si nous n'avions jamais eu de fille.

— Je dis cela parce que notre fille est morte. Des millions de filles meurent, leurs parents sont bien obligés de l'accepter. Mon cœur a éclaté, comme le tien, mais la vie continue. Keli, tes enfants attendent.

— Quels enfants ? demanda-t-il d'une voix sourde.

— Les enfants de l'école. Tu es leur maître et leur modèle, ne les déçois pas.

— Je vais faire sauter la nouvelle maison ! s'écria Huang en se levant. Je vais abattre le buffle. Je ne veux plus rien voir autour de moi qui me rappelle Lida. Oui, la vie continue, mais rien ne sera plus comme avant.

Mais il ne fit pas sauter la maison. Il alla s'asseoir sur le lit de Lida. Il enfouit son visage dans ses mains et pleura sans retenue, comme un enfant.

A Pékin, dix jours plus tard, il se passa quelque chose d'absolument incroyable, qui provoqua une secrète jubilation et une satisfaction ironique au sein de la population.

La police secrète avait interrogé, battu et torturé Bai Hongda sans relâche. Mais elle ne l'avait pas assassiné, car les autorités voulaient organiser un procès public, au vu et au su du monde entier, afin de prouver que la répression de l'insurrection était indispensable pour sauver la Chine du chaos. Le jugement concernant Bai ainsi que dix de ses camarades était déjà acquis, mais il ne devait être annoncé qu'après le simulacre de procès. Les portes de la Chine devaient ensuite se réouvrir, pour laisser prudemment entrer les temps nouveaux. L'œuvre réformatrice de Teng Hsiao-Ping devait être poursuivie.

Afin de s'assurer que Bai et ses dix complices seraient bien gardés, on organisa leur transport en un lieu tenu secret jusqu'au début du procès. Par un chaud matin ensoleillé, les onze insurgés furent embarqués dans un car de police grillagé. Ils n'avaient eu le droit d'emporter que leur brosse à dents, qu'ils avaient mise dans la poche de leur pantalon. Ils quittèrent Pékin, et le car roula dans la direction de l'endroit où se trouvaient les tombeaux des Ming. Les quatre gardiens armés s'entretenaient avec eux. Bai était très joyeux et racontait des blagues qui faisaient rire tout le monde.

Le car traversait des champs et des villages, l'atmosphère était bucolique. Au milieu d'une forêt broussailleuse, Bai Hongda se leva brusquement. Les dix autres l'imitèrent, et, avant que les quatre gardiens n'aient eu le temps de réagir, les prisonniers sortirent prestement leurs brosses à dents de leurs poches et les enfoncèrent dans le cou de leurs gardiens. Les quatre hommes furent saisis d'une angoisse mortelle lorsqu'ils comprirent que les prisonniers avaient fixé des lames de rasoir sur leurs brosses à dents et qu'il suffisait d'un geste de leur part pour avoir la gorge tranchée.

Pendant qu'une partie des étudiants débarrassait les gardiens de leurs pistolets mitrailleurs, Bai Hongda se rendit à l'avant pour aller rejoindre le chauffeur à qui il planta sa brosse à dents dans le cou. Puis il lui dit d'un ton aimable :

— Arrête, mon frère inconnu. Tu as certainement femme et enfant, et tu veux sans doute les revoir. Personne ne te demande d'être un héros. Arrête et tu continueras à vivre.

Le chauffeur freina immédiatement. Sous la menace de la lame de rasoir, il ouvrit la porte, livrant le passage aux étudiants qui sautèrent du véhicule et disparurent dans les buissons.

Le dernier à sortir fut Bai Hongda, qui tendit sa brosse à dents équipée de la lame de rasoir au chauffeur en lui disant :

— Tiens, prends ça en souvenir, et aussi pour éviter qu'on ne vous prenne pour des menteurs. Tu pourras prouver que vous ne pouviez pas vous défendre. Je n'ai pas envie de vous causer des problèmes. Et dis de ma part aux vieillards : « Le jour viendra immanquablement où la Chine se réveillera libre et en démocratie. »

Il fit un dernier signe de tête aux gardiens toujours immobiles comme des statues de sel, puis il sauta du car et disparut dans la nature.

On eut des nouvelles de Bai Hongda deux mois plus tard. Il se trouvait à New York, sous la protection de la CIA. Il fut élevé au rang de héros national au sein de la communauté des émigrants, et Teng Hsiao-Ping referma les portes de la Chine. Il avait tout son temps. Et d'ailleurs, le monde n'oubliait-il pas plus vite que ne vole l'oiseau ?

Lida et Jian restèrent introuvables, et on les oublia aussi, comme s'ils n'avaient jamais existé.

7

Le temple du Sommet de jade

L'autobus de Dali transportant soixante-seize malades entassés les uns sur les autres escalada en gémissant la route de montagne toute en lacets et s'arrêta, les freins fumants, sur le parc de stationnement du temple lama. Tout en haut, là où finissait l'escalier qui menait au lieu sacré, se tenait le moine sans âge, Chen Xue. Ce dernier n'avait pas manqué auparavant d'annoncer l'arrivée des visiteurs en soufflant dans sa trompe de bambou. Très digne, il laissa venir à lui la foule des patients qui se rapprochaient, marche après marche. Certains d'entre eux devaient être soutenus, trop faibles pour monter l'escalier par eux-mêmes, tandis que deux des malades étaient allongés sur des couvertures portées par des parents.

A la tête de ce lamentable troupeau, le chauffeur du car, un gros homme jovial, éclatait de santé. Le docteur miracle Deng Jintao ne pouvait pas trouver meilleure publicité que lui, qui ameutait les foules en leur tenant le discours suivant :

— Regardez-moi, mes amis ! Il y a quelques mois encore, j'étais à l'article de la mort, un tas d'os, avec plus que la peau pardessus. Et maintenant, regardez-moi ! Je serais capable de déraciner un chêne ! Et dites-moi à qui je dois cette guérison miraculeuse ? Vous avez deviné : à l'immortel Deng Jintao !

Le bagout du gros homme produisait un grand effet, y compris sur sa propre bourse. Le chauffeur ne se contentait pas d'encaisser le prix du trajet jusqu'à la montagne du Dragon de jade, mais il prenait également une commission comme conseiller médical. Personne ne rechignait pour payer. La santé n'a pas de prix quand on peut se l'offrir, ou qu'on a économisé dans ce but.

— Est-ce que le maître est là ? demanda Liu Yin, le chauffeur du car. Je vous amène une cargaison de cas intéressants. Les médecins de Dali en ont attrapé des maux de tête ! Ils les ont fait traîner de service en service, ils les ont auscultés à tour de bras et leur ont fait dire « Trente-trois ! » jusqu'à leur faire avoir la gorge sèche. Ils les ont gavés de gouttes, de pilules et de poudres, mais ces pauvres gens sont aussi malades qu'avant.

— Entrez et priez Bouddha de vous accorder ses bienfaits, répondit Chen avec dignité. Ensuite, je vous conduirai à Deng Jintao et à sa collaboratrice, Hao Peihui. Quand tout semble être perdu, ces deux envoyés de Dieu trouvent immanquablement le chemin de la longue vie.

Les soixante-seize malades entrèrent dans le temple, allumèrent des bâtonnets d'encens, et aucun ne passa devant l'assiette de céramique que tenait Chen sans y déposer quelques billets. La longue vie n'a pas de prix, comment pourrait-on refuser de mettre quelques yuans ?

Plus ils s'abîmaient en prières silencieuses, plus ils s'inclinaient, front au sol, devant le Bouddha doré, plus l'espoir grandissait parmi les malades de recouvrer la santé grâce aux dons miraculeux du saint homme. Liu priait de concert avec eux. Cependant, ce qu'il demandait à Bouddha, ce n'était pas la santé, mais une longue vie pour Deng Jintao, car, tant que le prêtre séjournerait au temple du Sommet de jade, lui-même, Liu, connaîtrait la prospérité et compterait parmi les fortunes clandestines de Dali.

A la fin de la prière, Chen conduisit les malades à la maison d'habitation des prêtres, empruntant pour cela l'étroit raidillon dans lequel on avait taillé un escalier de pierre. Il frappa à la porte peinte de couleurs vives et l'ouvrit. L'odeur douceâtre de l'encens qui leur sauta au visage insuffla aux malades un respect mêlé de crainte et une foi sans condition. Hao Peihui se tenait sous le grand magnolia. C'était une très vieille femme à la peau fripée, aux longs cheveux blancs et clairsemés, vêtue d'un habit jaune qui flottait autour d'elle, cachant les contours de son corps.

Liu, passé maître dans l'art d'organiser le déroulement des opérations, se tenait immédiatement derrière Chen et assurait la discipline, enjoignant aux soixante-seize éclopés de conserver leur calme.

— Doucement, l'un après l'autre ! recommandait-il. Le maître ne peut pas vous examiner tous en même temps. Je ne bouge pas de la porte. Ne vous inquiétez pas, je ferai signe au suivant ! Soyez patients, camarades, nous avons le temps.

Chen fit un signe de tête à Liu, puis fit tourner son moulin à prières et revint sur ses pas, en longeant la queue des patients. Il s'assit ensuite sur un tabouret à côté du bouddha doré, plaça l'assiette de céramique sur ses genoux et entreprit de compter les billets. C'était un bon jour, il s'en était déjà rendu compte lors de la quête. Une nouvelle fois, il se félicita de la riche inspiration qu'il avait eue en acceptant de recueillir Deng Jintao et Hao Peihui au temple du Sommet de jade.

Liu entra le premier dans la cour intérieure. Lui, dont la réputation de grande gueule n'était plus à faire, se montrait d'une timidité d'enfant lorsqu'il se trouvait en présence de Peihui. Il s'inclina plein de déférence devant la vieille femme qui le dévisageait, le visage figé, comme si chacune de ses rides avait été ciselée dans sa peau.

— Les malades vous supplient humblement de bien vouloir exercer vos talents, dit-il. Le maître est-il disposé à la bienveillance ?

— Combien sont-ils ? demanda-t-elle d'une voix caverneuse, que Liu ressentit jusqu'au tréfonds de lui-même.

— Soixante-seize.

— Ils sont de plus en plus nombreux !

— Les maladies ne se laissent pas limiter par les chiffres. Elles s'abattent sur l'humanité, qui ne sait pas comment se défendre. Elles viennent avec le vent, pleuvent avec l'eau qui tombe des nuages, tourbillonnent avec la poussière...

— N'essaie pas de m'expliquer ce que sont les maladies ! l'interrompit Peihui.

Elle tendit sa main recouverte d'un gant brodé de fils d'or et d'argent.

— A combien s'élève la taxe spéciale que tu as prélevée aujourd'hui ?

— Je peux vous céder cent cinquante yuans.

— Brigand ! Combien as-tu encaissé ? Tu veux gruger le grand maître ?

— Je pourrais peut-être aller jusqu'à cent quatre-vingt-dix yuans, bégaya Liu, désemparé.

Il mit la main à sa poche, en sortit des billets chiffonnés, compta cent quatre-vingt-dix yuans et les mit dans la main que Peihui lui tendait. Elle hocha la tête et rentra dans la maison en traînant le pas pour rejoindre Deng Jintao, qui était assis derrière une table de bois de rose sculptée, dans la petite salle de réunion.

Peihui posa les billets sur la table.

— Il y a soixante-seize malades, dit-elle d'une voix fraîche, complètement méconnaissable. Notre commission est de cent quatre-vingt-dix yuans.

Jintao ne toucha pas à l'argent. Son visage parcheminé à la barbiche grise clairsemée ne bougea pas.

— Ce que tu fais n'est pas bien. Ma dignité de prêtre me commande de ne pas accepter l'argent des faibles et des déshérités.

— Un médecin qui travaille gratuitement, ça n'existe pas. Tu en connais, toi ?

— Pour les malades, je ne suis pas seulement un médecin, je suis aussi un saint.

— Ils sont donc d'autant plus disposés à faire une offrande. Même un saint doit avoir de quoi vivre.

— Nous ne mourrons jamais de faim.

— Vivre, ce n'est pas uniquement manger.

Elle rassembla les billets, alla ouvrir un petit coffre et les rangea à l'intérieur.

— Tu veux savoir combien j'ai mis de côté ?

— Beaucoup, j'imagine.

— Assez pour pouvoir réaliser nos plans. Je vais dire à Liu de faire monter ses malades deux fois par semaine. Chen est très content, lui aussi.

Deng Jintao, le docteur miracle, se leva en soupirant. Il arrangea les plis de sa robe rouge délavée et mit sur sa tête sa coiffe de lama pointue tricotée avec de la laine de yack et ornée de bandes dorées. Ses cheveux dépassaient des bords de la coiffe, ce qui donnait à sa tête l'air d'être entourée de neiges éternelles comme le majestueux sommet de la montagne du Dragon de jade qui était au-dessus d'eux.

— Allons-y, dit-il. Est-ce qu'il y a des cas graves parmi eux ?

— Je ne pense pas que Liu les prendrait.

— C'est justement pour cette raison que je suis mal à l'aise, soupira-t-il en prenant son moulin à prières. Ceux qui ont le plus besoin de mes soins sont exclus. Les petits bobos peuvent être soignés par n'importe quel médecin aux pieds nus.

Il se rendit dans la cour intérieure. Liu s'inclina profondément à sa vue. Le gaillard était invariablement saisi d'une crainte respectueuse devant le saint homme sans âge, dont les connaissances étaient sans doute renouvelées quotidiennement par le Ciel. Il ne pouvait y avoir d'autre explication à son savoir et au pouvoir magique de ses mains.

— Amène-moi les malades, Liu, proféra Jintao d'une voix si profonde qu'elle semblait sortir de l'intérieur d'une montagne. Comment te sens-tu toi-même ?

— Bien, Maître. Vous m'avez redonné la vie, l'année passée.

— Je me suis contenté de te retirer la pipe d'opium qui te détruisait la santé.

— Vous avez réussi là un grand exploit, grâce auquel vous

m'avez sauvé la vie. Je n'oublierai jamais les coups de bâton que vous m'avez administrés. Ce traitement a mieux marché que toutes les médications du monde.

— Sans compter que, grâce à moi, tu es devenu un homme prospère.

Liu fit une grimace et mit ses deux mains sur sa poitrine.

— Il suffit d'avoir un peu de savoir-faire, Maître. On ne peut pas irriguer les champs de riz si on n'ouvre pas les écluses.

— Alors ouvre-les, vaurien ! répliqua Jintao, en faisant tourner sou moulin à prières. Appelle le premier malade !

Jintao recevait les malades assis dans un fauteuil à haut dossier peint en jaune et rouge, installé sous la large couronne formée par les fleurs du magnolia. Peihui se tenait à ses côtés, près d'une colonne de bois sculpté, recouverte d'une peinture dorée. Sur la plate-forme de la colonne, on avait posé un petit pavillon de jade brun clair et vert, dont le toit incurvé supportait un petit dragon doré qui, loin de cracher le feu, riait comme s'il venait sauver le monde.

Un premier malade se faufila silencieusement par la porte, sans oser regarder Jintao dans les yeux. C'était une vieille femme. Peihui lui indiqua un tabouret placé devant le maître, et la femme s'assit, tremblant de tous ses membres.

— Dis-moi ce qui t'amène, lui dit Jintao. Un seul mot de ta part peut ouvrir la voie de la guérison.

— Je ne peux plus retenir l'eau, répondit la femme. Elle coule sans prévenir. Je dois mettre un linge entre mes jambes.

Jintao jeta un rapide regard à Peihui et hocha la tête.

— Que dit ton médecin ? demanda-t-il à la femme.

— Il dit que ma vessie est faible. Il dit que les muscles qui retiennent tout lâchent quand on vieillit.

— Quel âge as-tu ?

— Ma mère dit que j'ai soixante-deux ans. Elle a quatre-vingt-cinq ans. Mais elle peut encore retenir son eau, elle.

— Est-ce que tu sens une brûlure quand ton eau coule ?

— Oui, ça fait comme des petites piqûres.

Jintao mit la main sur la tête de la femme, qui sursauta et ferma les yeux.

— Tu as une cystite, dit-il.

— Est-ce que je vais mourir ? demanda la femme, en vacillant sur son tabouret.

— Sûrement, mais pas de cette maladie-là. Je vais te donner des comprimés d'antibiotiques. Inutile de te souvenir de leur nom. La seule chose que tu ne dois absolument pas oublier, c'est qu'il faut prendre un comprimé matin et soir après le repas, avec un peu de thé. Souviens-toi : après le repas. Dans six jours, l'eau ne coulera plus le long de tes jambes. Va voir Peihui, elle va te donner les comprimés.

La femme se leva, puis, brusquement, elle se mit à genoux et baisa les pieds de Jintao.

— Viens, dit Peihui en la relevant.

Elle la conduisit devant le petit pavillon de jade, prit sa main et la posa sur le faîte du toit où riait le petit dragon.

— Sens-tu la force qui monte en toi ?

— J'ai plus de force que jamais dans ma vie, chuchota la femme. J'ai chaud dans tout le corps.

Peihui hocha la tête, puis la prit par la main pour l'amener jusqu'à une table qui était appuyée contre le mur de la pièce et lui donna le médicament. En arrivant à la porte, la femme s'arrêta au sommet de l'escalier et engloba du regard la queue des malades qui attendaient.

Une voix s'éleva parmi la foule :

— Alors, qu'est-ce qui s'est passé ? Il a su reconnaître ta maladie ?

— C'est un miracle ! répondit la femme, et tous retinrent leur souffle. J'ai vécu une chose miraculeuse ! Je me suis trouvée en face d'un saint !

Mais Liu, insensible à son émotion, leva le bras et cria :

— Au suivant !

Examiner soixante-seize malades, leur parler, les écouter évoquer les soucis et chagrins qui avaient souvent été les déclencheurs de leur maladie ou empêchaient sa guérison, tout cela ne se fait pas en un tournemain. Deng Jintao n'était pas le genre de médecin à expédier ses patients en cinq minutes. Il prenait le temps nécessaire pour que chacun d'eux soit en mesure de décrire avec précision les symptômes dont il souffrait. L'examen, effectué sur le banc de bois qui se trouvait derrière le magnolia, était si approfondi que les minutes se prolongeaient parfois jusqu'à atteindre la demi-heure ou l'heure entière.

Les autres malades attendaient patiemment à l'extérieur. Assis sur le sol, ils faisaient circuler les bouteilles thermos et se préparaient leur thé vert. Lorsque la porte s'ouvrait sur un patient qui venait d'être traité, plusieurs dizaines de paires d'yeux interrogateurs se dirigeaient vers celui-ci, qui répondait, comme chacun de ceux qui l'avaient précédé :

— Ce n'est pas un homme, c'est un dieu. Il a immédiatement désigné ma maladie. Un simple regard de ses yeux suffit pour vous faire guérir, et son pavillon de jade est un réceptacle rempli de rayons de soleil. C'est comme si j'étais délivré d'un poids.

Le cas le plus spectaculaire fut celui du vieil homme impotent que l'on avait amené en le portant dans une couverture, et qui réapparut, marchant seul, après être passé par les mains de Deng Jintao. Le vieil homme cria à la foule qui faisait la queue :

— Dieu est tout-puissant, et sa toute-puissance vit au travers des mains de Deng Jintao ! Le saint homme m'a couché sur une planche, il m'a attrapé par les épaules et par les hanches, j'ai senti une secousse et une douleur à travers mon dos et ma tête, puis il m'a ordonné : « Lève-toi et marche ! » Et je me suis levé, et j'ai marché ! Regardez-moi tous, je marche ! C'est un miracle !

La foule des patients fut saisie d'un frisson de crainte sacrée, que le cri de Liu : « Au suivant ! » fut incapable de chasser.

Dans la cour intérieure, Jintao se lava les mains et but un verre de bière pour se détendre.

Peihui elle-même était surprise de la guérison du paralytique. Elle lui demanda, en lui tendant son verre de bière :

— Comment as-tu fait ? J'ai entendu ses os craquer quand tu l'as retourné en l'empoignant brutalement, et j'ai pensé que tu l'avais tué. Je me suis demandé comment on pourrait expliquer sa mort aux autres. Mais voilà que l'homme s'est levé et qu'il a marché !

Jintao sourit, but son verre de bière et déclara :

— Je ne peux pas t'expliquer ce phénomène en quelques mots. Les médecins appellent cela la chiropractie. C'est une méthode de guérison qui exige une bonne technique de manipulation. Le frottement des vertèbres provoque souvent des étranglements au niveau de la partie située entre deux vertèbres. Certains nerfs peuvent être pincés, ce qui conduit à des paralysies, comme chez cet homme. Tout le secret du traitement réside dans la connaissance exacte des endroits à manipuler pour remettre les vertèbres en place et délivrer ainsi les nerfs de la pression.

Peihui hocha la tête et dit en reprenant le verre à bière vide :

— Tu es un grand, un très grand médecin. Et je suis heureuse et fière d'être ta femme.

— Au suivant ! Au suivant !

Tous ceux qui ressortaient étaient des hommes délivrés d'un grand poids, à l'exception de l'un d'eux, auquel Jintao put apporter un soulagement, mais rien de plus.

— Si je ne me trompe pas, il a un cancer du pancréas. Le cancer l'a rongé au point de le réduire à l'état de squelette. Je ne peux rien faire de plus que soulager sa douleur.

— Et si tu l'envoyais à Kunming pour le faire opérer ?

— C'est trop tard. Aucun chirurgien n'acceptera de le faire, pas plus que moi, d'ailleurs. Un cancer qui a été au contact de l'air passe de l'état de bête sournoise à celui de bête sauvage.

— Est-ce qu'il sait qu'il va bientôt mourir ?

— Je le lui ai dit.

— Et qu'a-t-il répondu ?

— « Je vous remercie, Maître. Si vous le dites, c'est sûrement la vérité. » Et il m'a baisé la main.

Peihui se tut un instant. Puis elle regarda Jintao :

— Et comment te sens-tu, dans ces moments-là ?

— Merdeux, dit-il, en employant un vocabulaire fort peu compatible avec son statut de saint homme. Le pas qui mène de la vie à la mort est si petit !

Liu apparut à la porte, en levant le pouce.

— Encore un ! cria-t-il. Le dernier. Vous savez pendant combien de temps vous avez consulté, Maître ?

— Que m'importe le temps, Liu ?

— Dix heures ! Il fera nuit quand nous arriverons à Dali.

— Dix heures !

Jintao regarda Peihui :

— Pas possible !

— Moi non plus, je n'ai pas vu le temps passer.

— Fais entrer le dernier ! dit Jintao.

Liu disparut pour aller chercher le dernier patient, un vieil homme à la longue barbe blanche et maigre. Il avait rabattu son bonnet à visière sur son visage, car la clarté du soleil couchant était encore vive.

— Tu peux repartir avec ton car, dit-il à Liu. Je reste ici.

— Camarade, vous avez payé le trajet du retour.

— Je t'en fais cadeau. Repars.

— Mais vous ne pouvez pas savoir à l'avance si le maître acceptera de vous garder ! Il n'a jamais gardé de malade jusqu'à présent.

— Je sais que je vais rester ici.

— Quand mon car sera reparti, vous ne pourrez plus redescendre à Dali.

— Ne t'inquiète pas de cela, Liu. Prends tes malades et redescends.

Liu haussa les épaules et dévisagea le vieil homme en se disant qu'il avait sûrement l'esprit dérangé. Puis il redescendit l'escalier et cria à la foule :

— En voiture, tout le monde ! En voiture ! Nous avons fini ! Le maître vous souhaite à tous une bonne santé !

Le vieillard monta les dernières marches et entra dans la cour intérieure. Il s'arrêta à l'ombre du mur où proliféraient les camélias pour regarder Deng Jintao et Hao Peihui. Jintao s'était réinstallé sur son siège à haut dossier, tel un empereur assis sur son trône. Il tournait son moulin à prières tibétain dans sa main droite.

— Approchez et racontez-moi ce qui vous amène, dit-il. Si je peux vous venir en aide, je le ferai.

Le vieil homme fit un pas en avant, mais son visage était encore caché par l'ombre du mur. Il émanait de sa personne une sorte de mystère qui n'échappa pas à Jintao.

— Il est déjà tard, dit-il. Les autres malades souhaitent rentrer à Dali. Venez, approchez ! Vos soucis sont les miens.

— Je reste ici, annonça soudain le vieil homme, dont la voix paraissait plus jeune que son aspect ne le laissait supposer.

Puis il sortit de l'ombre et enleva son bonnet.

— Enlevez vos masques. Vous n'en avez pas besoin devant moi.

Jintao sauta en l'air en arrachant son bonnet pointu de lama et s'écria :

— Oncle Zhang !

Ils se précipitèrent dans les bras l'un de l'autre. Peihui ôta de son visage son masque de vieille femme sans âge, imitée par Jintao qui enleva le sien à deux mains. Le visage de Zhang rayonna de joie à la vue de ceux de Lida et de Jian, riant de bonheur. Ils s'embrassèrent encore, se serrèrent les uns contre les autres, riant et pleurant à la fois, sans fausse honte.

Puis ils prirent place sous le magnolia et burent le thé. Chen fit son apparition. Il ne paraissait aucunement étonné, comme s'il savait déjà tout. Il se rendit dans la cuisine et prépara le repas du soir.

— Oncle Zhang, entends-tu mon cœur ? Il bat comme un tambour. Quelle joie de te voir ici ! dit Jian.

Lida demanda, méfiante comme toujours après les événements de Pékin :

— Comment as-tu appris qui étaient Deng Jintao et Hao Peihui ?

— J'en ai eu le pressentiment. J'ai entendu parler à Dali d'un moine qui accomplissait des miracles en soignant les malades les plus pauvres, au temple du Sommet de jade. J'ai appris aussi qu'il était assisté d'une femme. Il y a plus d'un an que j'ai compris.

— Et tu as attendu tout ce temps avant de venir ?

— Par prudence, mes enfants. J'ai reçu plusieurs visites de la part de ces messieurs de la police secrète. Mais qu'aurais-je bien pu leur dire ? Je ne savais réellement rien. Puis ton père et ta mère, Jian, sont venus à deux reprises, mais je n'ai pu que leur dire la vérité : « Je n'ai jamais revu Jian. » Je me suis tenu sur mes gardes, plein de crainte et de méfiance, car je savais que la police secrète veillait au grain, observant mes moindres faits et gestes. Comment aurais-je pu commettre l'imprudence de venir à Lijiang ? J'ai attendu une année complète. Lorsque Teng Hsiao-Ping a réouvert les portes de la Chine, j'ai été sûr que tu n'étais plus recherché. En revanche, la réputation de la sainteté du moine Jintao courait sur toutes les bouches. « Maintenant, tu peux y aller », me suis-je dit. Donc, j'ai pris le car, et me voici. Raconte-moi, Jian, ce que tu as fait, entre les événements de Pékin et ta venue sur la montagne du Dragon de jade.

— La route a été longue, oncle Zhang. Il me faudrait une journée complète pour tout raconter.

Jian posa la main sur le genou de Zhang :

— Comment va ma mère ?

— Elle est très courageuse. Elle se console avec son petit-fils. Fengxia a eu un fils et — j'ai eu du mal à en croire mes oreilles — ils l'ont prénommé Jian. Dans le cœur de ta famille, tu es devenu un héros.

— Et mon père ?

— Pour lui, tu es mort, tu as été fusillé devant un mur quelconque. Il a vieilli d'un seul coup. Il écrit un livre consacré à la médecine moderne comparée à la médecine traditionnelle chinoise. Il veut conclure ainsi l'œuvre de sa vie.

— Oncle Zhang, ce sont de bonnes nouvelles.

Jian jeta un coup d'œil en direction de la cuisine, d'où s'échappait un délicieux fumet de viande grillée.

— C'est à Chen Xue que nous devons la vie. C'est lui qui a eu l'idée des masques et du moine docteur miracle. Grâce aux offrandes des malades, il a pu rénover le temple et le monastère, et Lida, de son côté, a fait quelques économies, de telle sorte que nous pourrons bientôt prendre un nouveau départ.

— As-tu entendu parler de mon père à moi, demanda Lida d'une voix douce mais ferme.

— Oui, une fois, par l'intermédiaire d'un riche Miao qui est venu m'acheter deux tableaux. Ton père n'a pas reçu la visite de la police secrète, il continue à enseigner à Huili. Ton frère Tifei s'est marié, il est propriétaire de six camions maintenant. Grâce à des subventions de l'Etat, il est devenu capitaliste, et les fonctionnaires du Parti sont ses amis. Tes parents te croient morte aux côtés de Jian.

Zhang mit ses deux mains sur ses genoux :

— Et maintenant, dites-moi quels sont vos projets, les

enfants. Vous ne voulez tout de même pas jouer les faiseurs de miracles jusqu'à la fin de vos jours ? Porter des masques votre vie durant en soignant des malades ? N'as-tu pas d'autre ambition, Jian ?

— J'attends que Lida ait mis assez d'argent de côté.

— C'est fait. Il y en a assez ! intervint-elle.

— Et que comptez-vous en faire ? demanda Zhang.

— Nous allons passer la frontière à Burma et prendre l'avion pour l'Europe. J'espère pouvoir m'inscrire dans une université allemande et revoir mon ami Holger Pohland.

— Tu resteras en Allemagne après ton doctorat ?

— Non.

Jian saisit les mains de Lida. Elle se tourna vers lui et lui sourit.

— Nous reviendrons en Chine. Je suis un médecin chinois, il est de mon devoir de servir mon peuple. Un jour, la Chine sera ouverte à tous, y compris à moi. J'attendrai le jour où nous pourrons prendre un avion qui nous ramènera d'Allemagne à Pékin. Nous aimons notre pays, les chemins même les plus détournés nous y ramèneront. La patience a toujours été la vertu principale des Chinois, depuis cinq mille ans. Le temps est notre meilleur allié.

— Prions pour que notre foi ne nous aveugle pas, dit Zhang Shufang. Vous possédez encore le capital de votre jeunesse, moi, je ne verrai pas ce jour. Je fais partie du monde des vieillards dont la sagesse est mentionnée dans des livres que personne ne lit plus. Un proverbe dit : « Chacun de nous voit la morale avec ses propres yeux. Le poisson la voit du dessous, l'oiseau du dessus. » Que deviendra la Chine, un poisson ou un oiseau ?

— Je voudrais devenir un oiseau, dit Lida, un oiseau qui plane librement sous le ciel.

— Et toi, Jian ?

— Le poisson peut être pêché à la ligne, l'oiseau peut être atteint d'un coup de fusil. Je me contenterai donc d'être un homme debout sur la terre de Chine, un homme qui dira : « Voici le monde auquel j'appartiens. » Et je sais que ce jour arrivera.

Chen vint les rejoindre, sortant de la cuisine. Il avait attaché un tablier rouge sur son habit de moine et son visage parcheminé rayonnait.

— Quelle bonne journée nous avons eue ! s'écria-t-il en agitant un grand couteau de cuisine au-dessus de sa tête. J'ai récolté cent quarante-neuf yuans sur mon assiette ! Si cela continue, les traces de la Révolution culturelle seront bientôt effacées. Les choses reprendront l'aspect qu'elles avaient il y a cent ans. Jian, tu es béni de Dieu !

Il retourna dans la cuisine d'où parvenait un sifflement de vapeur qui s'échappe.

— Ils mettent tout sur le compte d'un dieu, dit Zhang, ouvrant les bras et entourant les épaules des deux jeunes gens. Alors qu'aucun dieu n'a rien à y voir !

— Comme toujours, tu as raison, oncle Zhang, approuva Jian, en regardant Lida. Je ne serais rien si je n'avais pas l'amour de Lida.

Lida dit à son tour :

— Que serais-je sans toi ?

Et Zhang ajouta :

— Lorsque deux personnes s'aiment d'amour, elles recréent le monde autour d'elles, car c'est dans l'amour que se trouve la puissance divine de la création.

Les rayons du soleil couchant se frayèrent un passage à travers les camélias et atteignirent le pavillon de jade, auréolant de lumière le petit dragon doré qui riait sur le faîte du toit, heureux et bienveillant.

Achevé d'imprimer en juillet 1994
sur presse CAMERON
dans les ateliers de la S.E.P.C.
à Saint-Amand-Montrond (Cher)
pour le compte de France Loisirs

— N° d'édit. 24160. — N° d'imp. 1579. —
Dépôt légal : septembre 1994.
Imprimé en France